BASTEI LÜBBE

Louisa Francis

Goldfieber

Xanthia Rhodes

Eruption

Zwei erotische Romane in einem Band

Ins Deutsche übertragen von Claudia Dorf

BASTEI LÜBBE

BASTEI LÜBBE TASCHENBUCH
Band 14 910

1. Auflage: Mai 2003

Vollständige Taschenbuchausgabe

Bastei Lübbe Taschenbücher ist ein Imprint der
Verlagsgruppe Lübbe

Titel der amerikanischen Originalausgaben:

Gold Fever / A Volanic Affair

This book was negotiated through Literary Agency
Thomas Schlück GmbH; 30827 Garbsen
Titelillustration: IFA Bilderteam
Umschlaggestaltung: Tanja Østlingen
Satz: Fanslau Communication/EDV, Düsseldorf
Druck und Verarbeitung: Maury Imprimeur
Printed in France
ISBN 3-404-14910-6

Goldfieber

Erstes Kapitel

Das Schiff zog langsam über das stille Meer. Eine sanfte Brise blähte die Segel und trug es auf dem Indischen Ozean stetig Richtung Osten. Es war eine warme Brise, und sie streichelte das Gesicht der jungen Frau, die allein an Deck stand und mit verzücktem Staunen hinauf zum sternenübersäten Himmel starrte.

Wenn sie es nicht mit eigenen Augen sähe, würde sie nie geglaubt haben, dass es so viele Sterne geben konnte. Und dass sie so hell scheinen konnten. Sie funkelten glänzend, es sah aus, als wären blau-weiße Diamanten über schwarzen Samt gestreut.

Sie musste über ihre eigene Phantasie lächeln und spazierte weiter über das verlassene Deck. Es war spät, und alle anderen Passagiere schliefen längst auf dem Unterdeck. Die tropische Nacht aber hatte sie mit einer Rastlosigkeit erfüllt, mit einer unbestimmten Sehnsucht, die sie nicht näher ausmachen konnte. Während sie jetzt über Deck schlenderte und die warme Berührung der Brise auf ihrer Haut spürte, begriff sie, dass etwas Magisches in dieser Tropennacht lag, das ihren Körper umfing.

Sie hörte ein Geräusch, als ob jemand nach Luft schnappte. Sie verharrte im Schritt und lauschte angestrengt, aber zu hören war nur das Klatschen der Segel und das normale Quietschen und Rasseln, verursacht durch die Bewegungen des Schiffs. Nein, da war es wieder. Ein gekeuchtes »Ah – ah – aahh«, wie von einer Frau in Not. Das Geräusch schien von einer Stelle hinter den aufgerollten Tauen zu kommen.

Ohne weiter zu überlegen, hastete Ginny darauf zu. Sie wollte helfen.

Wenige Augenblicke später stand sie im Schatten hinter den Tauen, und vor Schreck blieb sie stehen, als wäre sie vor eine Wand gelaufen. Dann aber spürte sie, wie sie sich von der Faszination der Szene gefangen nehmen ließ. Sie hatte ein Paar bei der Liebe überrascht.

Die Frau kauerte auf einem zusammengerollten Tau. Ihr Körper wölbte sich nach hinten. Sie hatte den Rock hochgerafft und die Knie weit geöffnet, um dem Mann Platz zu schaffen, der dazwischen kniete.

»Oh, bitte, tu's noch einmal«, stöhnte die Frau, und Ginny riss die Augen weit auf, als sie beobachtete, wie der Mann den Kopf senkte. Seine Zunge berührte das Geschlecht seiner Geliebten, verharrte an einer bestimmten Stelle und drückte federnd dagegen, was die Frau mit einem tiefen Aufseufzen quittierte.

Plötzlich liefen heftige Schauer durch ihren Körper. »Oh, ja, ja, oh, Gott, ja, mir kommt's. Ja, gib's mir, gib's mir, ich kann nicht länger warten.«

Der Mann hob den Kopf und fummelte an seiner Hose herum, bis ein geschwollener Penis heraussprang. Der Mann packte die Backen der Frau und hob sie an, um die feuchten, dicken Lippen der Vagina näher an seinen Penis heranzuziehen. Dann drang er in sie ein.

Die Frau atmete keuchend aus.

Der Mann zog sich weit aus ihr zurück, stieß dann wieder zu, wieder und wieder. Er variierte sein

Tempo und seinen Rhythmus, bis er ihre Knie härter packte, um den Körper der Frau noch näher an sich zu pressen.

Laute Schreie kündeten von ihren Höhepunkten. Zuckend ergoss er sich in ihr.

Ginny schlich sich leise davon. Ihr Herz pochte wie wild, und ihr Mund fühlte sich trocken an. Es war nicht das erste Mal, dass sie Mann und Frau bei einem Akt gesehen hatte, aber mit ihren zwanzig Jahren hatte sie körperliche Liebe noch nicht selber erlebt.

Ihre ältlichen Eltern waren äußerst streng und puritanisch, und nachdem sie von einer geschwätzigen Dienstmagd erfahren hatte, wie Kinder auf die Welt kamen, konnte sie sich nicht vorstellen, dass ihre Eltern je Sex miteinander gehabt hätten. So lange sie denken konnte, hatten die Eltern immer getrennte Schlafzimmer gehabt, sie hatten nie Zuneigung für den anderen erkennen lassen, und in ihrem Haus hatte es nie irgendeinen körperlichen Kontakt gegeben, und später unterbanden sie jeden Kontakt Ginnys mit einem Mann.

Etwa ein Jahr, nachdem sie erfahren hatte, wie Frau und Mann zusammenkamen, um ein Kind zu zeugen, entdeckte sie, dass man auch zusammenkam, um miteinander Freude und Lust zu erleben.

Eines Nachmittags war Ginny in die Küche gegangen, um dort etwas für ihre Mutter zu erledigen. Die Tür zur Vorratskammer hatte offengestanden, und sie konnte drinnen ein Paar sehen, dass sich küsste. Ginny wollte schon weitergehen, aber dann sah sie, dass es nicht nur um Küsse ging.

Die Hand des Dienstmädchens rieb hitzig über eine kräftige Schwellung in der Hose des Stallburschen, und dessen Hand war unter ihren Röcken verschwunden, die sie mit ihrer freien Hand hochgezogen hatte.

»Himmel, Maisie, du weißt genau, wie du einen Mann hochbringen kannst.« Die andere Hand des Mannes war damit beschäftigt, die großen weißen Brüste aus dem Mieder zu holen, und jetzt, als es ihm gelungen war, beugte er sich hinab und begann eifrig an den Kronen zu saugen.

Das Mädchen kicherte. »Als ob man dich noch hochbringen müsste! Du bist doch immer so brünstig wie ein Deckbulle.«

»Und dieser Deckbulle würde es dir jetzt liebend gern besorgen. Aber ich muss zurück an die Arbeit. Um neun Uhr in den Ställen, Maisie! Komm bloß nicht zu spät!«

Ginny eilte weiter zur Küche, erledigte, was die Mutter ihr aufgetragen hatte und half den Rest des Nachmittags der Mutter beim kunstvollen Sticken einer Zierdecke. Aber ihre Gedanken waren voll von der kleinen Szene in der Vorratskammer. Der kurze Dialog hatte sie verwirrt. Es war höchst unwahrscheinlich, dass sich Maisie und der Stallbursche trafen, um ein Baby zu zeugen, denn sie waren nicht verheiratet. Ginny konnte sich nicht vorstellen, warum man ›es‹ sonst tun sollte. Und dann war sie auch verdutzt gewesen von dem hektischen Grabschen der beiden, als ob sie es kaum erwarten konnten, ›das andere‹ zu tun.

Kurz nachdem der neunte Glockenton der gewaltigen Standuhr in der Diele verklungen und die Stille im Haus wieder eingekehrt war, zog sich Ginny einen Mantel über ihr Nachthemd und schlich die Treppe hinunter und über den Hof zu den Stallungen. Die kleine Tür stand einen Spalt breit auf, und Ginny schlüpfte flink hinein. Sie blieb im Dunkel stehen und sah im hinteren Teil des Gebäudes einen leeren Stall, den eine Öllampe sanft erhellte. Aus einer Ecke konnte sie über das Schnaufen und Stampfen der Pferde hinweg ein ausgelassenes Kichern hören.

Ginny wusste, dass es an der Außenwand des leeren Stalles einen breiten Riss gab. Sie schlüpfte wieder hinaus und lief leichtfüßig um das Gebäude herum, wo sie durch den herausfallenden Lichtschein bald den Riss entdeckte. Sie spürte ihr Herz wild schlagen, und ihr Atem rasselte, als sie ihr Gesicht gegen die Wand drückte und durch das Loch in den Stall hineinschaute.

Sie hielt die Luft an, als sie die Szene dahinter erfasste. Der Stallbursche hatte schon seine Kleidung abgestreift und stand nackt in der Mitte des Stalls, wobei dieses seltsam anzuschauende männliche Glied steif aus seinem Körper emporwuchs.

Maisie war noch nicht ganz ausgezogen, sie trug noch ihr Mieder und die Beinkleider. Das Leibchen hatte sie schon abgelegt, so dass der Stallbursche ihre großen, runden Brüste mit seinen forschenden Händen erkunden konnte. Er drückte die Zwillingshügel, als ob er Teig zu kneten hätte, dann nahm er jeden der dunklen Nippel zwischen Daumen und Zeigefinger und rieb und zwickte sie, bis sie sich hart reckten.

Während er sich mit ihren Brüsten beschäftigte, stand Maisie da und beobachtete ihn mit einem spitzbübischen Lächeln, wobei sie die Zungenspitze verführerisch über die Lippen gleiten ließ. Eine Hand griff nach seinem strotzenden Penis, die Finger glitten an der Unterseite entlang und streichelten behutsam über den Hodensack, bevor sie den Weg wieder zurück zur Spitze fanden.

Sie kniete sich vor ihn hin, koste ihn jetzt mit beiden Händen, und dann schnellte die Zungenspitze aus ihrem Mund und fuhr spielerisch über die seiden glänzende Eichel. Ganz langsam nahm sie das Glied in den Mund.

Der Stallbursche schüttelte sich. »Oh, Maisie, du bist einfach einmalig! Wenn du nicht damit aufhörst, bin ich schon fertig, ehe ich in dir war!«

Er schob ihren Kopf zurück, und sie bewegte sich in einer geschickten Drehung, so dass sie sich jetzt mit Händen und Knien auf dem Boden abstützte und ihm den Hintern zuwandte. Er ließ sich auf die Knie fallen, fand die Öffnung in ihren Beinkleidern, zog sie weit auseinander und legte ihre Vagina bloß. Mit den Fingern streichelte er sie.

Maisie rutschte voller Lust herum, drehte und wandte ihren Körper und trieb den Mann noch an. Dann langte sie mit einer Hand unter ihrem Bauch hindurch, packte seinen Penis und führte ihn zwischen die Lippen ihres Geschlechts. Im nächsten Moment begann sein Pumpen und Stoßen. Seine Lenden klatschten gegen ihre Hinterbacken, und ihre schweren Brüste schwangen hin und her. Der Stallbursche beschleunigte seine Stöße, bis er einen Schrei ausstieß und noch zweimal, dreimal heftig in sie eindrang.

Maisies Knie gaben nach. Sie klappte zusammen und fiel auf den Boden, ihr Partner, noch mit ihr verbunden, auf sie drauf. Etwa eine Minute blieben sie so dort liegen, dann zog er sich aus ihr heraus, rollte Maisie auf den Rücken, spreizte ihre Beine und drang wieder in sie ein.

Nachdem sie das Geschehen mit einer Mischung aus Schock und Faszination verfolgt hatte, wurde Ginny sich der brennenden Hitze zwischen ihren Schenkeln bewusst. Wieder in ihrem Zimmer, schob sie ihr Nachthemd hoch und betastete zaudernd ihre intime Stelle. Ihre Finger fühlten durch den feuchten Haarbusch und erreichten die geschwollenen Falten ihres Geschlechts. Zitternd vor Neugierde und aus Furcht, etwas Verbotenes zu tun, schob sie den Finger weiter, tiefer hinein. Es war, als würde ihr Finger gebadet. So etwas Schönes, wusste Ginny, hatte sie noch nicht erlebt.

Kurz darauf suchte eine besonders tückische Influenza ihr Dorf heim und raffte die meisten Bewohner dahin. Innerhalb weniger Wochen wurde Ginny eine Waise. Sie empfand nicht wirklich tiefe Trauer, denn die strengen Eltern hatten ihrer Tochter nie wirklich Liebe geschenkt.

Der größere Schock trat ein, als das Testament ihres Vaters verlesen wurde. Er hatte alles ihrem Vetter hinterlassen, dem einzigen männlichen Erben. Ginny würde leer ausgehen, wenn sie nicht den Vetter heiratete.

Das war etwas, was sie nie tun würde, schwor sie sich. Er war einige Jahre älter als sie, und sie hatte ihn immer für abstoßend gehalten, was sein Aussehen anging, und für scheinheilig, was seinen Charakter betraf. Sie hatte keinen Zweifel daran, dass die Frau, die einmal seine Ehefrau wurde, wie ein Arbeitstier geschunden werden würde.

Ginny hatte schon seit langem beschlossen, dass sie nur aus Liebe heiraten würde. Und wenn das nicht möglich sein sollte, dann würde sie sich einen Ehemann aussuchen, der gutherzig war und ihr Wohlstand und gesellschaftliches Ansehen bieten konnte. Bei den sozialen Strukturen im viktorianischen England erschien diese Möglichkeit höchst unwahrscheinlich. Deshalb kratzte sie alles Geld, was sie besaß, zusammen, floh nach London und buchte eine Schiffspassage nach Australien. Ihre Vergangenheit wollte sie für immer hinter sich lassen.

Sie spazierte wieder über Deck, nachdem der Anblick des kopulierenden Paares sie so verwirrt hatte. Sie spürte die Feuchtigkeit zwischen den Schenkeln mehr als je zuvor. Sie sehnte sich danach, ihre Hand hinuntergleiten zu lassen, aber sie wusste, wie schwierig es war, so etwas unbeobachtet in der engen Schlafkoje auf dem Zwischendeck zu tun, die sie sich mit einem anderen Mädchen teilte.

Sie schaute sich hastig um und sah, dass niemand in der Nähe war. Sie lehnte sich gegen einen Poller, spreizte die Beine und fummelte zwischen den Petticoats herum, bis ihre Finger einen Weg zu der glühenden Stelle gefunden hatten. Aber so angenehm es auch war, sich selbst zu befriedigen, so sehr wurde ihr auch bewusst, dass etwas fehlte. Sie hatte immer noch die Lustschreie von der Frau da hinten im Ohr, als sie das harte Glied eines Mannes in sich spürte.

»Nun sieh dir das an! Verdammt und zugenäht, Mädchen, du brauchst einen anständigen Mann, und ich hab' hier genau das, was du suchst!«

Ginny riss die Augen auf – es war ihr gar nicht bewusst gewesen, dass sie sie geschlossen hatte , als sie die heisere Stimme hörte, gefolgt von einem gemeinen Gekicher. Als sie den Seemann mit den blutunterlaufenen Augen, dem Stoppelkinn und den

Zahnlücken sah, zog sie hastig die Hand aus den Röcken und wollte davonlaufen, aber sie fand sich im starken Griff der kräftigen Arme gefangen und spürte seinen faulen Atem im Gesicht.

Als seine Hand unter ihre Röcke packte, wehrte sie sich aus Leibeskräften und öffnete den Mund, um einen Schrei auszustoßen, aber das brachte ihn nur dazu, seinen faul riechenden Mund auf ihren zu pressen.

Er drückte sie rückwärts aufs Deck, während er ihr mit einer Hand den Mund zuhielt. Er warf sich über sie.

»Mädchen, bist du heiß! Du wartest ja nur darauf! Warte nur, ich hab' was für dich!«

Er musste die Hand von ihrem Mund nehmen, um seinen Hosenlatz zu öffnen. In diesem Moment schrie Ginny. Ja, sie war neugierig, sogar im höchsten Maße, wie es war, wenn ein Mann seinen Penis tief in sie hineinstieß, aber sie wollte nicht zulassen, dass ein stinkender Seemann der Erste sein würde.

»Steh auf, Mann!«

Der wütend ausgestoßene Befehl erschreckte sie beide. Ginny, die flach auf dem Rücken lag, starrte mit großäugiger Erleichterung auf die Gestalt des Ersten Offiziers. Einen Moment lang sah es so aus, als wollte ihr Angreifer den Befehl ignorieren. Er war mit Schnaps abgefüllt und benommen von seinem Sexualtrieb, und so wollte er sich seinen Spaß, kurz vor dem Ziel, nicht nehmen lassen.

Aber dann zog der Erste Offizier eine Pistole und richtete sie auf den Kopf des Seemanns. Ernüchtert ließ er sein Opfer los und stolperte auf die Füße.

»Sie hat es selbst gewollt«, murmelte er zu seiner Verteidigung.

»Das ist nicht der Eindruck, den ich hatte. Zurück zu deinem Posten. Ich werde dafür sorgen, dass du morgen deine gerechte Strafe erhältst.«

Knurrend und mit einem kaum hörbaren Fluch stampfte der Seemann davon. Ginnys Retter bückte sich, um ihr aufzuhelfen.

»Sind Sie in Ordnung, Miss Long? Hat diese Bestie Ihnen irgendetwas angetan? Ich meine, sind Sie verletzt?«

»Nein, ich glaube nicht. Oh, bin ich froh, dass Sie gekommen sind! Ich glaube, er hätte mich tatsächlich ...« Sie zitterte so stark, dass sie nicht weitersprechen konnte. Voller Mitgefühl nahm der Erste Offizier ihren Arm.

»Sie müssen einen schrecklichen Schock erlitten haben, Miss Long. Wenn Sie gestatten, bringe ich Sie zu meiner Kabine, wo ich Ihnen etwas geben kann, was Ihre Nerven beruhigen wird.«

»Sie sind sehr freundlich, Sir. Ich danke Ihnen, denn ich glaube, ich brauche wirklich etwas.«

Der Erste Offizier Jonathan Salter schaffte es kaum, ein Lächeln des Triumphs zu unterdrücken. Sein Herz schlug ein wenig schneller, als er das zitternde Mädchen über das Deck zu seiner Kabine führte. Er mochte seinem Glück kaum trauen. Als Frauenkenner hatte er gleich in Southampton, als sie in See gestochen waren, ein Kribbeln gespürt, als er Ginny das erste Mal gesehen hatte. Bei ihr würde es sich lohnen, mal unter die Röcke zu greifen. Sie war von außergewöhnlicher Schönheit. Goldbraune Haare, braune Augen und eine Figur mit atemberaubenden Kurven und Schwellungen.

Während der ersten Wochen der Seereise hatte er ein paar Gelegenheiten gehabt, mit ihr ein paar Worte zu wechseln, aber ihm war noch kein Plan eingefallen, wie er sie in seine Kabine locken könnte. Und in dieser Nacht, so schien es, hatte das Schicksal sie in seine Hände gespielt.

Er half ihr in den Sessel und schenkte zwei großzügig bemessene Brandy ein. Ein Glas reichte er ihr.

»Danach wird es Ihnen besser gehen«, sagte er. »Haben Sie schon einmal Brandy getrunken?«

»Ja«, sagte sie. Was ihre Eltern natürlich nicht gewusst hatten. Mehr als einmal hatte sie sich heimlich einen Schluck genommen, weil sie das warme Gefühl genoss, das sich von der Flüssigkeit in ihrem Körper ausbreitete. Und dieses Gefühl empfand sie auch jetzt. Während sie an dem hellbraunen Getränk nippte, spürte sie, wie die Wärme in ihre Adern floss.

Ein aufkommendes Verlangen machte ihr bewusst, dass sie das erste Mal in ihrem Leben allein mit einem Mann war. Ginny war reif und bereit, und sie gestand sich ein, dass ihr der junge Erste Offizier mit seinen welligen, blonden Haaren und den Augen, so blau wie der Morgenhimmel, gut gefiel. Er hatte eine tolle Figur, groß und schlank, und seine Muskeln waren unter der Uniform ebenso deutlich zu sehen wie die interessante Schwellung im Schritt seiner Hose.

Plötzlich überfiel sie die Angst, dass sie diesem Teil seiner Anatomie zu offensichtliche Aufmerksamkeit schenkte, deshalb hob sie den Blick. Ihre Blicke trafen sich. Er lächelte.

»Geht es Ihnen jetzt besser?«

»Ja, vielen Dank, Mr. Salter.«

»Johnny, bitte. Und darf ich Sie auch beim Vornamen nennen, Miss Long?«

»Ich heiße Virginia, aber lieber ist mir Ginny.«

»Virginia. Sind Sie Jungfrau, Ginny?«

Ginny zögerte angesichts der unverblümten Frage. Sie wusste, dass sie ihn hätte zurechtweisen müssen, aber dann nickte sie. Es war ihr nicht recht, das zuzugeben, wenn sie auch nicht so genau wusste, warum. War es der Mangel an Erfahrung, den sie damit eingestand? Sie kam sich wie ein naives Kind vor, und dabei glaubte sie doch, eine sinnliche Frau sein zu können.

»Sie sind wunderschön, Ginny. Ich habe Sie seit dem Moment bewundert, als ich Sie das erste Mal gesehen habe.« Er stellte sein Glas auf den Tisch und trat näher an ihren Sessel heran. »Darf ich Sie küssen?«

Bevor sie sich gefasst hatte, spürte sie schon, wie er ihr Gesicht in beide Hände nahm und seine Lippen auf ihre drückte. Es geschah ganz leicht, sie spürte keine Gewalt. Als er sich wieder aufrichtete, sah er sie voller Verwunderung an. »Sind Sie auch noch nie geküsst worden?«

»Ich fürchte, ich kenne mich mit solchen Dingen nicht aus. Ich muss noch viel lernen von dem, was zwischen Mann und Frau geschieht.«

»Möchten Sie, dass ich es Ihnen beibringe, Ginny?«

Seine Lippen berührten ihre wieder ganz sanft. Er legte seine Arme um sie und zog sie aus dem Sessel hoch, und als sie sich gegenüberstanden, küsste er sie heftiger, und ihr war, als müssten ihr die Sinne schwinden.

Als sie glaubte, in seinem Kuss zu ertrinken, gab er ihre Lippen frei, und sein Mund begann eine Reise zu ihren Wangen, zu den Lidern, hinunter zum Kinn und schließlich zu den beiden Ohrläppchen. Ginny spürte, wie wohlige Schauer über ihren Rücken liefen.

»Das hat Ihnen gefallen, nicht wahr? Und dabei waren das nur Küsse. Wollen Sie erfahren, wie gut es tut, richtig mit einem Mann zusammen zu sein?« Ginny wollte es dringend erfahren, aber zwanzig Jahre strikter moralischer Erziehung waren nicht leicht abzustreifen und über Bord zu werfen. »Ich … ich glaube nicht, dass das anständig wäre.«

Johnny fuhr fort, ihr Gesicht und den Hals zu küssen, und dabei raunte er ihr verführerische Worte ins Ohr. »Sie sind viel zu schön. Sie werden die Passage nicht als Jungfrau überstehen, meine Liebe. Sie hatten Glück, dass ich heute Abend im richtigen Moment vorbeigekommen bin.«

»Ja, aber haben Sie mich vor etwas gerettet, was Sie jetzt selbst tun wollen?« fragte sie anklagend.

»Das werden Sie kaum miteinander vergleichen wollen, Miss. Ich möchte Ihnen gern die Geheimnisse der Liebe nahe bringen. Ich möchte Ihnen zeigen, wie man Vergnügen empfängt und bereitet.«

Der Erste Offizier Salter bildete sich auf seine erprobten Verführungskünste etwas ein, und Ginnys Zaudern behagte ihm nicht, zumal er erkannt hatte, dass sie es nur vortäuschte.

»Erlauben Sie mir, mit Ihnen Liebe zu machen, Ginny. Sonst werde ich das nächste Mal nicht eingreifen, wenn die Seeleute über Sie herfallen. Stellen Sie sich nur vor, wie es wäre, wenn diese schmutzigen Typen Sie vergewaltigten, einer nach dem anderen. Das hätte nichts mit Zärtlichkeit zu tun, sie würden Sie nur verletzen.«

Ginny konnte sich kaum noch auf das konzentrieren, was er sagte, denn seine Lippen schienen jeden erogenen Nerv zu finden, der sie reizte und erregte. Seine raue, männliche Stimme verursachte ein fast schmerzhaftes Ziehen in ihrem Inneren. Seine Hände streichelten über ihren Rücken und machten sich dort an der Schleife ihres Umhangs zu schaffen, den sie sich übergeworfen hatte, bevor sie auf Deck gegangen war.

»Legen Sie ab, Ginny«, raunte er und küsste sie wieder auf den Mund. Seine Zunge drang zwischen ihre Lippen. Sie spürte, wie sie zu zittern begann, und in ihrem Bauch kribbelte es gefährlich.

Wie in Trance streifte sie den Umhang ab, und gleich darauf, und ohne dass er etwas zu sagen brauchte, legte sie auch ihr Kleid und die Petticoats ab. Sie stand vor ihm, trug nur noch Leibchen und Beinkleider, denn in dem tropischen Klima hatte sie auf das Mieder verzichtet.

Er streckte die Hände aus und umfasste ihre Brüste, die sich gegen das Leibchen drückten, dann öffnete er die Seitenschleife und schob den Leinenstoff von ihren Schultern. Jetzt sog sich sein lüsterner Blick an ihren vollen, festen, herrlich geformten Brüsten fest, die sich keck nach oben reckten.

Sie war noch schöner, als er gedacht hatte, und unwillkürlich hielt er den Atem an. Er streichelte ihre sanfte Haut, nahm die Brüste in seine Handflächen, als wollte er sie wiegen. Seine Daumenballen strichen behutsam über die rosigen Nippel und rieben sie zu steifen Spitzen.

Unvermittelt trat er einen Schritt zurück. Mit einer Hand öffnete er den Hosenstall, und im nächsten Moment federte der geschwollene Penis ins Freie. Während er ihn mit einer Hand leicht rieb, ließ er sie nicht aus den Augen. Er wollte ihre Reaktion sehen, wenn sie den Blick senkte.

Ihr Atem stockte, als sie den vibrierenden Schaft

sah. Sie erkannte die hervortretenden Adern, und sie erschrak.

»Fass ihn an, Ginny.«

Wie hypnotisiert streckte Ginny zaghaft die Hand aus. Die Fingerspitzen berührten die heiße Haut kaum. Er packte ihr Handgelenk und zog sie näher an sich heran, drückte ihre Finger um den Schaft. Er fühlte sich hart und zugleich so sanft an. Sie traute sich jetzt mehr und griff ihn mit ihrer Hand jetzt fester. Nachdem sie die Finger ein paar Mal geöffnet und geschlossen hatte, begann sie versuchsweise zu reiben. Sie hatte gesehen, wie das Dienstmädchen es beim Stallburschen gemacht hatte. Fasziniert schaute sie zu, wie sich die Haut bewegte, wie sie sich über den Kopf legte und dann wieder hinunterglitt.

Johnny griff zwischen ihre Schenkel und erforschte die nasse Vagina. Als er seinen Finger in sie hineinstieß, war das ganz anders, als wenn sie ihren eigenen Finger einführte. Sein erfahrener Finger glitt nicht nur ein und aus, er streichelte, rieb, drückte und wedelte, bis er Stellen entdeckt hatte, von deren Existenz sie gar nicht gewusst hatte. Ihr Körper wurde wild geschüttelt.

Er nahm sie in die Arme und brachte sie zu seiner Koje. Er löste das schmale Leinenband, das ihre Beinkleider zusammenhielt, dann zog er sie hinunter. Jetzt lag sie nackt da, seinen lüsternen Blicken ausgesetzt. Er beugte sich über sie und küsste ihren Bauch, während er mit den Händen ihre Schenkel spreizte. Dann senkte er den Kopf, bis er das Zentrum ihrer Weiblichkeit erreicht hatte.

Es waren ekstatische Gefühle, die durch ihren Körper flossen, als sie seine Zunge spürte. Plötzlich glaubte sie, dass ihr ganzer Körper explodierte, so heiß durchlief es sie.

Er erhob sich, als sie sich wieder ein wenig beruhigt hatte, und streifte seine Kleider ab. Sie starrte ihn ungläubig an – was er ihr beschert hatte, war mehr und schöner und atemberaubender als alles, was sie sich vorgestellt hatte. Es schien unmöglich zu sein, dass er noch etwas tun konnte, was ihr auch nur annähernd soviel Lust bereiten würde.

Und dann entdeckte sie, dass es doch möglich war.

Er legte sich über sie, führte sein Glied mit einer Hand an ihre Öffnung und stieß langsam hinein. Er hielt inne, zog sich zurück und versuchte es erneut, bis er auf Widerstand stieß. Dann übte er ein bisschen mehr Druck aus, bis er ihre Membran durchbrach.

Der unerwartete Schmerz ließ sie aufschreien. Im ersten Moment konnte sie nicht verstehen, dass ihre Lust der plötzlichen Pein gewichen war. Aber dann begann er rhythmisch in sie hineinzustoßen, und Ginny vergaß alles und ergab sich dem herrlichen Gefühl.

Instinktiv presste sie ihre inneren Muskeln zusammen und umfasste ihn so fest, dass er es war, der zu keuchen begann. Er verstärkte sein Tempo, sein Atem rasselte, und mit einem Aufbäumen, das seinen ganzen Körper erfasste, versprühte er seinen Höhepunkt in ihr. Und Ginny erlebte erneut diese unbeschreibliche Explosion, die der Orgasmus entzündete.

Der Erste Offizier Salter brach auf ihr zusammen und blieb eine Weile hechelnd auf ihr liegen, ehe er sich erhob und an ihrem Körper hinabschaute.

»Hat dir das gefallen?«

»Oh, ja, ja.«

»Hast du dir vorgestellt, dass es so sein würde?«

»Nie im Leben!«

»Möchtest du es gern noch einmal tun?«

»Oh, ja, bitte.«

Er bewegte sich immer noch sanft in ihr, aber als sie die Hände zu seinen Hinterbacken ausstreckte, um ihn zu schnelleren Stößen aufzumuntern, schüttelte er den Kopf. »Noch nicht. Wir haben doch die ganze Nacht. Zuerst genehmigen wir uns noch einen Drink.«

Sie fühlte sich beraubt, als er sich aus ihr zurückzog, und als sie an ihm hinunter schaute, war sie verwirrt und enttäuscht. Der eben noch so imponierende Penis war erschlafft.

Er fing ihren Blick auf und grinste, als er sah, dass sie ihre Enttäuschung nicht verbergen konnte und einen Schmollmund zog. »Keine Sorge, meine Liebe«, sagte er. »Der wird schon wieder.«

Er sollte recht behalten.

Zwischen verschiedenen Brandyschlucken tätschelte Johnny ihre Brüste. Er beträufelte ihre Brustwarzen mit dem braunen Alkohol und leckte ihn dann ab. Ginny hatte ihr Glas noch nicht einmal halb geleert, bevor Johnny sie wieder auf den Rücken legte und in sie eindrang, und er ließ nicht von ihr ab, bis sie beide einen weiteren Höhepunkt erreicht hatten. Erst jetzt durfte sie den Brandy austrinken und sich anziehen.

Bevor sie seine Kabine verließ, nahm er sie in die Arme und küsste sie lange. »Du warst großartig, Ginny. Kommst du morgen Abend wieder zu mir?«

Ginny ging am nächsten Abend und jeden weiteren Abend zu ihm. Sie stellte fest, dass ihr die Tage zu lange dauerten, dass es nicht schnell genug Abend werden konnte. Jetzt, da sie in die Freuden der Liebe eingeführt war, konnte sie nicht genug bekommen.

In ihrer Naivität glaubte sie, dass Johnny die Liebe ihres Lebens war, und dass er über sie genauso dachte. Nicht einmal die Warnungen der erfahreneren jungen Frau, mit der sie die Kabine teilte, konnten ihren Glauben an die romantische Natur ihres Verhältnisses mit dem Ersten Offizier trüben.

Die junge Frau hatte sich gleich in der ersten Nacht, als Ginny erst um drei Uhr ins Bett gekommen war, gedacht, dass sie einen Liebhaber unter den männlichen Passagieren gefunden hätte. Als sie aber erfuhr, wer der Liebhaber war, hielt sie eine Mahnung für angebracht.

»Ich hoffe, du weißt, was du tust, Ginny. Und dass dir auch bewusst ist, dass eure Affäre keine Zukunft hat.«

»Wie kommst du denn darauf? Ich liebe Johnny, und er liebt mich.«

»Du denkst, dass du ihn liebst, weil er der erste Mann ist, mit dem du geschlafen hast. Und ich gebe auch gerne zu, dass er verdammt gut aussieht. Aber du musst wissen, dass er dich nicht liebt. Du bist nur seine Lustbegleiterin auf dieser Reise. Wenn wir in Melbourne das Schiff verlassen, hat er dich schon vergessen. Und du kannst sicher sein, dass er auf der Rückreise eine andere Frau findet, die ihm die Zeit vertreibt.«

»Das stimmt nicht!« rief Ginny erzürnt. »Du bist nur eifersüchtig, weil er dir keine Beachtung schenkt.«

»Oh, er hat mir Beachtung und mehr geschenkt.

Gleich am zweiten Abend. Und ich bin nicht die Einzige gewesen. Unser Erster Offizier ist ein lüsterner Bursche, aber du hast es geschafft, sein Interesse wach zu halten.«

»Beweist das nicht, dass er mich liebt?« rief Ginny, das Gesicht rot überzogen. Es gefiel ihr nicht zu hören, dass auch andere Frauen die Lust mit Johnny erlebt hatten, die er ihr jeden Abend bescherte.

Ihre Freundin machte eine wegwerfende Handbewegung. »Das beweist, dass du ihn reizt, aber mit Liebe haben seine Gefühle nichts zu tun.« Sie sah den wütenden Ausdruck in Ginnys Augen. »Sei mir nicht böse. Ich will dich nur darauf vorbereiten, damit du nicht allzu verletzt sein wirst. Und noch etwas möchte ich dir sagen. Hast du daran gedacht, dass du vielleicht am Ende der Reise ein Kind erwarten könntest?«

»Ich ... nun ... nein«, stammelte Ginny und war plötzlich völlig verunsichert. An die mögliche Konsequenz hatte sie bisher keinen Gedanken verschwendet. Wenn sie bei Johnny war, die Ekstase in ihr explodierte und sie gefangen nahm, dann blieb keine Zeit für Gedanke an Babys. Jetzt runzelte sie die Stirn. »Ist das denn möglich?«

Ihre Freundin seufzte ob dieser Unschuld. »Es ist nicht nur möglich, sondern sehr wahrscheinlich, es sei denn, ihr habt irgendwelche Maßnahmen ergriffen, um es zu vermeiden.«

»Welche Maßnahmen?«

Wieder ein Seufzer. »Es ist schon gut, dass du mich hast. Nicht auszudenken, in welchem Zustand du dich sonst befinden würdest, wenn wir in Melbourne anlegen. Es ist wirklich ganz einfach. Du brauchst einen in Essig getränkten Wattebausch.« Sie hob eine

Hand, um Ginnys Einwand zuvorzukommen. »Ich weiß, du hast keine Ahnung, wo du einen solchen Wattebausch herholen sollst. ›Ich werde dir ein paar besorgen, und dann zeige ich dir, wie man ihn einführt. Und noch etwas, Ginny: Glaub nicht jedem Mann, der dir seine unsterbliche Liebe erklärt. Die allermeisten von ihnen wollen nichts anderes, als uns auf den Rücken zu legen, die Beine hoch in die Luft gespreizt, damit wir ihre Lust befriedigen. Am schlimmsten ist es, dass sie ganz genau wissen, wie sehr wir es genießen.«

Während Ginny dankbar für die Aufklärung war, wie sie eine unerwünschte Schwangerschaft vermeiden konnte, weigerte sie sich zu glauben, dass sie für Johnny nicht mehr war als ein Objekt seiner Lust. Und um Klarheit zu gewinnen, brachte sie bei jedem Treffen die Sprache auf ihre Zukunft. Sie wollte ihn nicht direkt fragen, ob er sie heiraten wollte, deshalb versuchte sie seine Zukunftspläne möglichst umständlich herauszufinden.

Seine Antworten waren geschickter als ihre Fragen und zerstreuten ihre Zweifel, obwohl sie sich noch keine Gedanken darüber gemacht hatte, wie sie wohl zusammenleben würden, solange er seinem Beruf auf den Ozeanen nachging.

Johnny Salter wurde ihrer bald überdrüssig, er fand, dass Ginny wie eine Klette an ihm hing und es mit ihr im Bett langweilig wurde. Er war immer noch stolz, dass er sie in die Liebe eingeführt hatte, und sie war gewiss eine sinnliche, unersättliche Frau. Aber er hatte nicht vor, sich von irgendeiner Frau anketten zu lassen.

Und so beschloss er, Ginny noch eine letzte Lektion zu erteilen.

Es war der letzte Abend ihrer Reise. Morgen würden sie Melbourne erreichen, wo die meisten Emigranten von Bord gehen würden. Es war der richtige Zeitpunkt, fand Ginny, dass sie Johnny Salter die entscheidende Frage stellte. Wollte er sie heiraten? Voller Ungeduld wartete sie darauf, dass sie in seine Kabine gehen konnte.

Sie zog sich in ihrer winzigen Kabine aus, streifte bis auf das Hemdchen jedes Kleidungsstück ab, und legte sich dann einen Bademantel um. Eifrig stieg sie aufs Hauptdeck hinauf und lief zu Johnnys Kabine.

Sie hielt sich nicht mit dem Anklopfen auf und riss ungestüm die Tür auf. Sie trat ein und verharrte in völliger Verunsicherung, als sie erkannte, dass Johnny nicht allein war. Der Zweite Offizier und der Steward saßen am kleinen Tisch, auf dem verstreut die Karten lagen. Ginny fühlte sich verlegen und murmelte eine Entschuldigung. Sie wollte sich verschämt zurückziehen, aber Johnny erhob sich hastig und zog sie tiefer in seine Kabine herein, nachdem er die Tür hinter ihr geschlossen hatte.

»Komm herein, meine Liebe, wir spielen nur noch unser Spiel zu Ende.« Er drückte ihr ein Glas Brandy in die Hand, kehrte zum Tisch zurück und nahm die Karten wieder in die Hand.

Ginny hatte keine Ahnung, was sie spielten, aber Johnny legte plötzlich seine Karten mit einem geplagten Seufzer auf den Tisch. »Also, das war's für mich. Ihr habt mich abgezockt. Ich fürchte, ich muss einen Schuldschein ausstellen.«

Der Zweite Offizier runzelte die Stirn. »Wir haben

nie von einem Schuldschein gesprochen. Wir wollen sofort bezahlt werden.«

»Also, Leute ...« Johnny schien nachzudenken. Dann stand er auf, stellte sich hinter Ginny, und bevor sie seine Absicht durchschaute, zog er ihren Bademantel auf. »Was haltet ihr davon, Gentlemen?«

Ginny spürte, wie sie blutrot anlief. Und sie spürte, wie ihre geheime Stelle heiß wurde. Es lag an der Art, wie die beiden Männer sie anschauten. Sie war unsicher über das, was da vor sich ging, und sie wusste auch nicht, ob sie sich gegen die Zurschaustellung wehren sollte. Sie hatte das Gefühl, wie eine Art Trophäe vorgeführt und angestarrt zu werden.

Nervös schluckte sie den Rest aus ihrem Brandyglas. Sie hörte, wie Johnny, der immer noch hinter ihr stand, gluckste. Der Zweite Offizier musterte sie gründlich, er tastete ihren fast nackten Körper mit seinen heißen Blicken ab.

»Sie ist nicht schlecht, wirklich nicht schlecht«, sagte er heiser, »aber so können wir nicht genug sehen, um zu entscheiden, ob sie die Spielschulden abdeckt.«

Ginny begann zu ahnen, um was es ging. Aber sie wollte sich vergewissern. »Wovon redet er, Johnny?«

Johnny hob die Schultern. »Ich habe beim Kartenspiel verdammt viel Pech gehabt. Jetzt habe ich kein Geld mehr, und das einzige, was ich ihnen anbieten kann ...«

»... bin ich?« quietschte Ginny entsetzt. Erst jetzt wurde ihr bewusst, welches Spiel man mit ihr trieb. Der Zorn brach in ihr durch. »Und du bietest mich für deine Spielschulden wie eine gewöhnliche Hure an? Du Bastard!« Sie warf das Brandyglas nach ihm. Er sah es rechtzeitig und konnte sich ducken, sodass es gegen die Tür krachte und dort zerschellte.

Die beiden anderen Männer lachten. »Die Kleine hat Temperament, was?«

Ihr Zorn war noch nicht besänftigt, und so packte sie einen anderen Gegenstand, einen Briefbeschwerer, und wollte ihn auf einen der lachenden Männer werfen. Aber starke Arme umfingen sie und hielten ihre Hände an den Seiten fest. Sie hörte Johnnys amüsierte Stimme nah bei ihrem Ohr.

»Wenn du genauer sehen willst, was sie alles anzubieten hat, Harry, musst du näher herankommen, solange ich sie festhalte. Sie wird sich nicht mehr lange wehren, das verspreche ich dir.«

Ginny öffnete den Mund und wollte laut schreien, aber sie brachte nur einen Schmerzensschrei heraus, als ihre Arme heftig nach hinten gerissen wurden. Der Zweite Offizier – das war Harry – hatte sich vor sie gestellt. Mit seinen behaarten Pranken fummelte er an ihren Brüsten herum, die sich unter dem dünnen Stoff des Hemdchens deutlich abzeichneten.

Er war ein dunkler Typ, nicht viel größer als sie, und Ginny ahnte, dass der Rest seines Körpers ähnlich behaart sein musste wie sein Handrücken. Er besaß kräftige Muskeln, und ohne sich dessen bewusst zu sein, fiel ihr Blick auf seine Hose, wo sich der andere Muskel ungeduldig gegen den Stoff drängte.

Harry gluckste vor angespannter Lust. »Du bist scharf drauf, was?« Dann ließ er vor ihren verdutzten Augen seine Hose fallen, und sein steifes Glied sprang heraus.

Es schein Ginny unmöglich zu sein, den Blick

abzuwenden. Das Glied war so ganz anders als das von Johnny – und dabei hatte sie gedacht, dass männliche Genitalien alle gleich sein würden. Harrys Werkzeug war nicht so lang wie das von Johnny, aber dafür dicker und dunkler, und es erhob sich aus einem Busch krauser, schwarzer Haare.

»Er gefällt dir, was?« fragte Harry. »Willst du ihn mal anfassen?«

Er trat noch einen Schritt näher heran und schob seine Hände unter ihr Hemdchen. Unwillkürlich öffnete sie die Schenkel, und im nächsten Augenblick drang Harry in sie ein. Er packte ihre Hinterbacken und zog sie enger heran, und dann begann er zu stoßen, während Johnny sie in den Achselhöhlen festhielt und mit den Fingerspitzen über ihre Brustwarzen rieb und sie abwechselnd zwickte.

Es war eine Erfahrung, die sich Ginny nie hätte träumen lassen. Während der Verstand ihr zu sagen versuchte, dass sie benutzt und erniedrigt wurde, reagierte ihr Körper mit Lust. Sie spürte, wie jeder seiner Stöße mehr Feuchtigkeit in ihr auslöste. Plötzlich zog er sich aus ihr zurück, obwohl sie wusste, dass er seinen Höhepunkt noch nicht erreicht hatte, denn sein Glied federte immer noch hart und steif.

»Ja, gut, ich akzeptiere sie, Johnny. Aber warum sollen wir die Sache überstürzen? Ich werde mir zuerst noch einen Drink nehmen. In der Zwischenzeit kann Frederick feststellen, ob sie ihm gefällt.«

Johnny hatte sie auch aus seinem Griff entlassen. Ginny rannte zur Tür. Frustriert stellte sie fest, dass sie abgeschlossen war.

Der Steward hatte sich erhoben und war ihr bis an die Tür gefolgt. Als sie sich jetzt herumwarf und die Männer mit wütenden Blicken bedachte, griffen sie alle gleichzeitig nach ihr. Als sie sich später zu ihrem Schlafquartier schleppte, war sie sich bewusst, dass sie Sex noch nie so genossen hatte. Eine ganze Nacht lang! Das Glücksgefühl war stärker als die Gedanken von Scham und Erniedrigung.

Noch etwas hatte sie in dieser Nacht gelernt. Sie war nicht in Johnny verliebt. Sie hatte sich in das verliebt, was er und die anderen mit ihr angestellt hatten.

Ginny beschloss, naiv und vordergründig, wie sie nun einmal war, mit so vielen Männern wie möglich zu schlafen. Nein, sie wollte keine Hure werden, aber sie konnte sich gut vorstellen, Sex einzusetzen, um sich Wohlstand und gesellschaftliche Stellung zu verschaffen. Wie fragwürdig das war, wurde ihr nicht bewusst.

Zweites Kapitel

Wattle Creek unterschied sich kaum von anderen kolonialen Goldgräberstädten. Man hatte es beinahe über Nacht aus dem Boden gestampft. Wo vorher nur unberührtes Buschland gewesen war, erhob sich nun eine Stadt mit über eintausend Bewohnern und geschätzten weiteren tausend, die in der Umgebung bei den Goldadern hausten.

Zu dieser Zeit, in den späten sechziger Jahren des neunzehnten Jahrhunderts, erlebte Wattle Creek den Höhepunkt seiner Geschichte. Nicht weniger als sechzehn Hotels säumten die staubige Main Street, und ein weiteres halbes Dutzend versteckte sich in den Nebenstraßen. Es gab mehrere Lebensmittel- und Eisenwarengeschäfte, einen Schmied, einen Stellmacher und natürlich auch zwei Banken.

An einem schwülen Februarnachmittag lungerten Dan Berrigan und seine Kumpel im Schatten der Außenmauer des Post- und Telegrafenamtes. Sie waren damit beschäftigt, nichts anderes zu tun, als den Passanten nachzuschauen, denn die ersten Samstagabendbesucher trafen in der Stadt ein. In ein paar Stunden würde man auf der Main Street kaum noch Platz finden.

Ein nervöses Pferd, von einem Städter geritten, wirbelte vor den Männern eine Staubwolke hoch. »Verdammt!« knurrte Charlie, dessen muskulöse Gestalt von knapp zwei Metern in jeder Menschenmenge auffiel, zumal er einen flammendroten buschigen Bart trug. »Hier kann man ersticken, Leute. Ich schlage vor, dass wir uns den Staub im Grand runterspülen.«

»Klar«, stimmte Josh zu. »Kommst du mit, Dan?«

»Noch nicht. Ihr könnt schon mal vorgehen. Vielleicht seht ihr mich später.«

Seine Kumpane starrten ihn an. Josh, der gut einen Kopf kleiner war als die beiden anderen, streckte sich zu seiner vollen Länge und stieß sich einen Finger ins Ohr. »Ich glaube, ich werde bald taub.«

»Was heißt das, du kommst erst später? Bist du krank oder was?«, wollte Charlie wissen, denn Dan hatte nie die Gelegenheit zu einem Drink ausgelassen.

Ein spontanes Grinsen verbreiterte Dans Gesicht. Die ebenmäßigen weißen Zähne bildeten einen scharfen Kontrast zum tiefen Braun seiner Haut. Er lüftete den Hut, fuhr sich mit gespreizten Fingern durch das widerspenstige schwarze Haar und sagte: »Ich habe einfach was Besseres vor.«

»Also, was kann schon besser sein als ... oh, ich kapiere!« Charlie prustete laut heraus. »Dein elfter Finger wird dich eines Tages mal in große Not bringen, alter Junge. Bilde dir bloß nicht ein, dass sie ihre Petticoats für dich hebt – das macht sie erst, wenn sie einen Ehering am Finger trägt.«

Dan grinste nur. »Wir werden es ja sehen. Ihr könnt schon mal gehen, entweder komme ich später zu euch, oder wir sehen uns im Camp.«

Nachdem seine Kumpel die Main Street hinunter gegangen waren, wobei Dan sie noch nach hundert Metern kichern hören konnte – wahrscheinlich über ein paar derbe Witze –, widmete er seine Aufmerksamkeit wieder dem Mädchen, das sich auf der anderen Straßenseite näherte.

Miss Jenny Townsend bot ein Bild, das man lange im Gedächtnis behalten wollte. Sie trug ein langes, blassgelbes Sommerkleid, und die Hitze und der Staub des Nachmittags schienen ihr nichts anhaben zu können. Sie war von zierlicher Gestalt, und das hübsche, herzförmige Gesicht wurde von weizenblonden Locken umrahmt. Ihre Augen hatten das tiefe Blau eines kostbaren Saphirs. Und Dan wusste, dass ihre Stimme so süß war wie ihr Gesicht.

Sie war jung, unschuldig und anbetungswürdig, und er hatte schon beim ersten Mal, als er sie gesehen hatte, gewusst, dass er sie besitzen musste.

Das war vor fünf Wochen gewesen, als ihr Vater eingetroffen war, um die Bank of New South Wales als Manager zu übernehmen. Seither hatte Dan nach einem Weg getrachtet, mit ihr allein zu sein. Aber bislang hatte es nur zu belanglosen Begrüßungen auf der Main Street gelangt. Sein Verlangen, mit ihr zu schlafen, hatte sich beinahe zu einer Obsession ausgewachsen. Wenn er nachts im Bett lag, stellte er sich vor, wie sie nackt aussehen würde.

Unter gesenkten Lidern schaute er ihr entgegen. Er musste schlucken, als er sah, wie sich ihre festen Brüste beim Gehen bewegten. Er betrachtete ihre schlanke Taille und die betonten Hüften. Er stellte sich ihre blütenweiße Haut vor, den goldenen Flaum, der ihren Venusberg bedecken musste. Sie war bestimmt noch unschuldig. Wie eng sie sein würde! Und er würde mit ihr schlafen und sie …

Himmel! Er schüttelte den Kopf, um die Hirngespinste zu vertreiben, und richtete sich an der Mauer auf. Wenn er sich nicht zusammenriss, würde er in seiner Hose nur von den Gedanken an sie explodieren. Er atmete ein paar Mal tief ein und aus und zwang sich zur Zurückhaltung. Jetzt erst traute er sich über die Straße und schlenderte auf sie zu.

»Guten Tag, Miss Townsend.«

»Guten Tag, Mister Berrigan.«

»Sind Sie zum Einkaufen unterwegs?« fragte er und wies auf den Korb an ihrem Arm.

»Ich bin unterwegs zum chinesischen Garten. Mutter braucht frisches Gemüse fürs Abendessen.«

»Es wäre mir ein großes Vergnügen, wenn Sie mir gestatten, Sie zu begleiten, Miss Townsend. Vielleicht«, fügte er mit einer gehobenen Augenbraue hinzu, »sollten wir am Flussufer entlang gehen, denn dort ist es kühler als in der Stadt.«

»Das würde mir gefallen«, antwortete sie und errötete leicht. »Es ist wirklich sehr heiß heute.«

Dan unterdrückte ein triumphierendes Lächeln, fiel in den Schritt der zierlichen Miss Townsend ein, begleitete sie die Straßen hinab und dann zum Flussufer.

Der Gartenmarkt lag in einiger Entfernung zur Stadt, und als sie den halben Weg zurückgelegt hatten, war Dan schon ein gutes Stück weiter gekommen: Sie redeten sich jetzt mit den Vornamen an. Und als sie die Leute hinter sich gelassen hatten, die sich des Schattens wegen am Ufer aufhielten, nahm er ihren Arm und hielt sie auf.

»Warum ruhen wir uns nicht ein paar Minuten aus, um die frische Brise zu genießen?«

Unsicher schürzte sie die Lippen. Dan versicherte ihr rasch, dass er nichts Böses im Schilde führe.

»Oh, daran habe ich auch nicht gedacht«, sagte sie hastig. »Aber meine Mutter wird auf das Gemüse warten, und wenn ich zu lange ausbleibe, wird sie sich sorgen.«

»Ich bitte doch nur um ein paar Minuten.« Er hielt ihre Hand und beschrieb mit dem Daumenballen kleine Kreise in ihrer Handfläche. Er wusste, wie sinnlich solche Liebkosung sein konnte. Mit verführerischer Stimme sagte er: »Ich habe dich schon vom ersten Tag, als ich dich sah, näher kennen lernen wollen.«

»Ich möchte das ja auch«, gab sie schüchtern zu, »aber mein Vater will nicht, dass ich mich mit einem Bergmann sehen lasse.«

»Wir sind nicht alle Raufbolde. Einige von uns sind ehrliche, anständige Männer.«

Er hatte sie dazu überredet, sich neben ihn auf den Boden zu setzen. Er küsste die Knöchel ihrer Hand, bevor er die Hand umdrehte und seine Lippen gegen die Innenfläche drückte, dann auf das Gelenk. Er spürte ihr Zittern. Er legte beide Hände auf ihre Schultern und küsste sie auf den Mund. Es war nur eine leichte Berührung der Lippen, und erst als sie nicht protestierte, küsste er sie tiefer und länger, jetzt drang seine Zunge zwischen die Lippen und tippte leicht gegen ihre Zunge. Er schmeckte sie, betäubte sie mit seiner Leidenschaft, bis sie nur noch ein zitterndes Bündel in seinen Armen war.

Seine Hand umfasste ihre Brust. Mit dem Daumen fuhr er aufreizend über die Nippel. Auch wenn sie hätte protestieren wollen, hätte sie es nicht tun können – sein Mund hielt immer noch ihre Lippen gefangen.

Erst als es ihm gelungen war, einige Knöpfe ihres Kleides zu öffnen, damit er mit einer Hand unter den Stoff gleiten konnte, sträubte sie sich, und ihre schönen Augen weiteten sich vor Entsetzen. »Oh, nein, nein, das darfst du nicht.«

»Du brauchst dich nicht aufzuregen«, flüsterte er ihr zu. Er wusste, dass noch kein Mann sie auf diese Weise berührt hatte. »Ich habe dir doch nicht weh getan, oder? Gefällt dir das nicht?«

Sein Daumen streichelte über einen Nippel, kreiste darüber und drückte ihn leicht, bis er sich hart aufrichtete. Als er die Wirkung bei ihr erkannte und das leise Stöhnen hörte, öffnete Dan rasch die restlichen Knöpfe des Oberteils und legte ihre Brüste bloß. Sie waren genauso, wie er sie sich vorgestellt hatte – klein und fest, sahnig weiße Hügelchen, die nur darauf warteten, dass jemand an ihnen saugte.

Sie stöhnte lustvoll, als er zu saugen begann und die Nippel mit der Zungenspitze reizte, während eine Hand sich unauffällig unter Kleid und Petticoats schlich, um ihre bestrumpften Waden zu streicheln. Die Hand glitt höher, erreichte jetzt den rüschchenbesetzten Saum ihrer Beinkleider. Warum, fluchte er still, mussten Frauen so viele Sachen anziehen? Seine Finger tasteten nach der Öffnung der Beinkleider, dann schlüpften sie hinein. Ihr schwacher Protest erstarb unter seinen feurigen Küssen.

Seine Finger strichen über das seidenweiche Haar ihres Venusbergs, dann schoben sie sich behutsam in die kleine Spalte. Er koste und rieb, bis er ihre Nässe fühlte. Erst dann drang er vorsichtig mit einem Finger ein, rieb mit der Fingerkuppe über die Klitoris, drang wieder ein bisschen tiefer, fuhr ein und aus, bis sie heftig durchgeschüttelt wurde.

Er beließ den Finger vor Ort, löste seinen Mund von ihrem und schaute sie gespannt an. »Hat dir das gefallen, Jenny?«

»Oh ja«, stieß sie hervor, immer noch außer Atem. »Was hast du mit mir angestellt?«

»Ich habe dir die Lust gezeigt, die eine Frau nur mit einem Mann erleben kann. Und es kann noch viel schöner sein. Tausendmal schöner. Dann müssen wir aber an einen anderen Ort gehen.«

»Sprichst du von einem Ort, an dem wir ganz allein sind?«

»Ja. Wir könnten in ein Hotel gehen.«

»Oh, nein! Das könnte ich nie tun.«

»Hast du einen anderen Vorschlag?« fragte er ungeduldig. Er wusste, dass er sie weit genug hatte. Und er brannte darauf, seinen pochenden Schaft bald einsetzen zu können.

»Du kannst morgen Abend zu mir nach Hause kommen.«

»Zu dir nach Hause? Was ist mit deinen Eltern?«

»Sie besuchen ständig irgendjemanden. Ich könnte Kopfschmerzen vortäuschen und sagen, dass ich sie nicht begleiten kann.«

Dans Herz schlug schneller vor Freude. Nachdem er fünf Wochen lang darauf gewartet hatte, kam es jetzt auf einen weiteren Tag auch nicht mehr an. Er zog seine Hand zurück, knöpfte ihr das Kleid wieder zu und küsste sie. »Bis morgen.«

Er lächelte strahlend, als er zurück in die Stadt schlenderte. Es war ihm leichter gefallen, als er gedacht hatte. Er hatte mit längerem Widerstand gerechnet und konnte kaum glauben, wie bereitwillig sie zugestimmt hatte.

Sonntage waren Ruhetage. Niemand arbeitete. Die Gläubigen besuchten die Gottesdienste und andere, wie Dan und seine Kumpel, schufen Ordnung im Camp, sie wuschen ihre Sache und reparierten ihre

Geräte. Während Josh und Charlie ihre Erlebnisse gestern Abend im Grand berichteten – zwei junge Frauen spielten dabei eine große Rolle –, hielt sich Dan zurück, was seine Begegnung mit Miss Jenny Townsend anging. Er überhörte ihre Anspielungen, die noch heftiger wurden, als er einen Eimer Wasser vom Fluss holte, sich auszog und sich zu waschen begann. Die Männer wussten aus langjähriger Erfahrung, dass es nur einen Grund für eine außerplanmäßige Ganzkörperwaschung gab – eine Frau.

Dan rasierte sich, zog ein frisches Hemd an und kämmte sein widerspenstiges Haar.

Josh hielt es nicht mehr aus. »Also, so viele Vorbereitungen hast du noch für keinen Weiberrock getroffen.

Willst du vielleicht bei den Eltern um ihre Hand anhalten?«

Dan lachte fröhlich, und seine Augen blitzten in der Vorfreude. »Ihr alter Herr würde mich achtkantig rauswerfen, noch bevor ich das erste Wort gesagt hätte. Nein, nein, für einen wie mich bleibt bei solchen Leuten nur die Hintertür. Durch die werde ich schlüpfen, sobald ihre Eltern das Haus verlassen haben. Und da sie eine Lady von Welt ist, wird sie es zu schätzen wissen, dass ich mich herausgeputzt habe.«

»Also heimlich, was?« murmelte Josh. »Pass bloß auf, dass der Alte dich nicht erwischt, sonst landest du in der Hölle.«

Wieder grinste Dan sein ansteckendes Grinsen. »Es ist nicht die erste Hintertür, durch die ich mich verdrücken muss«, sagte er. »Ich habe auch schon manches Fenster als Ausgang missbraucht. Und bis heute ist es mir immer noch gelungen, eifersüchtigen

Ehemännern oder ängstlichen Vätern zu entkommen.« Er sah seine Kumpel an. »Also, wartet heute Abend nicht auf mich.«

Charlie und Josh lachten. »Auf die Idee wären wir auch nie gekommen. Du wirst dich bei deiner jungfräulichen Miss Townsend verausgaben, und wir werden morgen für dich arbeiten müssen, deshalb brauchen wir viel Schlaf.«

Lachend und mit raschen Schritten verließ Dan das Lager und ging in die Stadt. Er hatte sich gegen das Reiten entschieden, das Pferd hätte ihn verraten können. Es war eine warme Nacht, eine frische Brise löste die Schwüle des Tages auf. Dan spürte ein angenehmes Kribbeln der Vorfreude in seiner Magengrube, und schon bald hatte es auch seine Lenden erfasst. Er konnte sich nicht erinnern, wann er zuletzt eine Jungfrau gehabt hatte, und eigentlich legte er auch keinen besonderen Wert auf Jungfrauen. Frauen mit mehr Erfahrung und weniger Hemmungen waren eher nach seinem Geschmack. Aber diese Miss Jenny Townsend hatte ihn vom ersten Augenblick an gereizt, und das Wissen um ihre Unschuld verstärkte noch die Erwartungshaltung. Er freute sich darauf, sie in die Freuden des Sex einweihen zu können.

Als er die Stadt erreichte, mied er die Hauptstraße und näherte sich dem Haus der Townsends durch ein paar schmale Gassen. Der Manager bewohnte den ersten Stock über dem Bankgebäude. Die Hintertür war über eine Treppe im Garten zu erreichen.

Dan verharrte eine Weile in den Schatten des Gartens, um sich davon zu überzeugen, dass niemand auf ihn aufmerksam geworden war. Dann stieg er schleichend wie ein Einbrecher die Treppe hoch. Er berührte den Türknopf und entspannte sich merklich, als er feststellte, dass er sich drehen ließ. Im nächsten Moment schwang die Tür geräuschlos nach innen auf.

Das Zimmer, das er betrat, war eine Art Salon, aber Dan nahm sich keine Zeit die Einrichtung zu begutachten, denn Miss Jenny Townsend stand empfangsbereit in der Mitte des Zimmers. Sie trug nur einen blauen Seidenumhang, und die weizenblonden Haare fielen kaskadenförmig auf ihre Schultern.

Dan begriff, dass sie unter dem Umhang nackt sein musste, und das allein genügte, dass sein Schaft rebellisch gegen den Hosenstoff drängte. Er musste gegen den animalischen Trieb ankämpfen, sie zu packen und auf der Stelle ohne jedes Vorspiel zu nehmen.

Er beherrschte sich. Er berauschte sich am Anblick ihres Körpers und nahm jede weibliche Rundung auf, als wollte er sie später aus dem Gedächtnis nachzeichnen. Der Umhang konnte ihre Reize nur unvollkommen verbergen.

Sie errötete unter seinen gierigen Blicken, und das brachte ihn zu einem milden Lächeln. Es erinnerte ihn aber daran, dass sie eine Jungfrau war, der er sich nur mit Rücksicht nähern durfte. So trat er auf sie zu und nahm sie in seine Arme. Er drückte die Lippen auf ihren Mund, der sich öffnete wie die Blütenblätter einer Rose.

Eine Hand fuhr über ihren Rücken und drückte sie enger an sich. Sein geschwollener Penis drängte gegen ihren flachen Bauch. Er hob den Stoff ihres Umhangs, bis er mit beiden Händen ihren Hintern umfing und sie gegen seine Körpermitte presste.

»Wo ist dein Schlafzimmer?« flüsterte er.

Ohne ein Wort befreite sie sich aus seinem Griff und ging voraus, in einen Korridor hinein und dann in ihr Zimmer. Dan folgte ihr und drückte die Tür hinter sich zu. Erst jetzt sprach sie und bat ihn, behutsam zu sein und sie nicht zu verletzen. Das versicherte er ihr, während seine Hände nach der Schleife griffen, die den Umhang zusammenhielt. Er öffnete die Schleife, und im nächsten Moment rauschte der Umhang von ihren Schultern zu Boden, und sie stand nackt vor ihm.

Dan starrte sie gebannt an und spürte ein kräftiges Zucken in den Lenden. Mit den lockigen, blonden Haaren und den Wogen der blauen Seide zu ihren Füßen sah sie wie die Personifizierung einer Wassernymphe aus.

Wahrhaftig, sie war eine Schönheit! Und so zierlich. Ihre Figur war vollkommen, von den rosigen Spitzen ihrer festen, kleinen Brüste bis zum Flaum der blassblonden Härchen, wo sich die Schenkel trafen.

Er nahm sie in seine Arme, hielt sie fest und trug sie dann zum Bett.

»Wirst du wieder das mit mir tun, was du gestern Nachmittag getan hast?« fragte sie.

»Wenn du willst.« Seine Finger tasteten sich schon vor, streichelten und kosten, teilten die Lippen und suchten sich den Weg ins Innere. »Aber ich würde auch andere Dinge tun, die dir noch mehr gefallen werden.« Er beugte den Kopf und nahm ihre kleine Brust in den Mund, nagte sanft an ihren Nippeln und sog sie tief in den Mund.

Sie stöhnte vor Lust, und er ließ seine Finger in ihrer feuchten Grotte spielen. Zu seiner Überraschung kam es ihr sofort, ihr Körper bäumte sich auf, und ihr Mund stieß keuchende Laute der Ekstase aus.

Als sie ihre Augen öffnete, spiegelte sich in dem sonst so klaren Blau stürmisches Verlangen wider. Mit dunkler Stimme ächzte sie: »Mach das noch mal! Das möchte ich immer wieder erleben!«

Dan brauchte weniger als eine Minute, bis er seine Kleider abgestreift hatte.

Er schob sie in die Bettmitte und legte sich über sie. Er führte den Kopf seines Schafts zwischen ihre Lippen. Sie war so eng! Die Spannung, die seine Eichel umpackte, hätte ihn beinahe sofort kommen lassen, und es war nur seine ungeheure Willenskraft, die ihn davor bewahrte. Wenn er sie nicht verletzen wollte, musste er mit doppelter Vorsicht zu Werke gehen, denn er zweifelte, dass sie ihn beim erstenmal ganz aufnehmen konnte.

Behutsam drang er ein Stück ein, zog sich wieder zurück, um dann ein bisschen weiter vorzudringen. Das wiederholte er fünf- oder sechsmal. Er spannte sich selbst auf die Folter. Dann stieß er tiefer und wartete auf den Widerstand, von dem er wusste, dass er bald erreicht sein würde. Nach einem Dutzend Stößen begriff er plötzlich, dass es gar keinen Widerstand gab.

Verwirrt schaute er in ihr Gesicht. Sie hatte die Augen halb geschlossen, ihre Lippen waren geöffnet, und auf ihrem Gesicht lag ein glücklicher Ausdruck der Befriedigung. Die Wahrheit schlug wie ein Schock bei ihm ein.

»Du hinterlistige kleine Schlampe. Du bist genauso wenig eine Jungfrau wie die Huren in der Stadt.« Gleichzeitig verstärkte er seine Stöße.

Eigentlich war Dan ein umgänglicher Mann. Aber wenn ihn jemand hereinlegen oder täuschen wollte, konnte das Temperament mit ihm durchgehen, und Miss Jenny spürte die volle Kraft dieses Temperaments, die jetzt in dem heißen, wütenden Muskel steckte, der in sie eingedrungen war. Als er seine Befriedigung gefunden hatte, sprang er auf, stieg in seine Kleider und stürmte ohne ein Wort aus dem Haus.

Jenny starrte ihm nach, benommen, verletzt und auf Rache bedacht.

Als ihre Eltern zwei Stunden später nach Hause kamen, hörten sie gedämpfte Schluchzer aus dem Zimmer ihrer Tochter kommen. Sie öffneten besorgt die Tür und waren entsetzt, als sie das Durcheinander im Zimmer entdeckten. Ein Stuhl lag umgekippt da, und eine zerbrochene Vase deutete darauf hin, dass ein hässlicher Kampf stattgefunden hatte.

Schlimmer noch war der Anblick ihrer schönen Tochter. Sie lag zusammengekauert auf dem Bett, schluchzend und zitternd, und als ihre Mutter eine tröstende Hand über Jennys Wange strich, zuckte die Tochter zurück, schlang das Nachthemd enger um sich und wandte der Mutter den Rücken zu. Es dauerte noch eine lange Zeit, ehe die Mutter auf sanfte Fragen eine Antwort erhielt.

Tränenüberströmt und mit sich überschlagender Stimme schluchzte die Tochter: »Oh, Mummy, Daddy, ich bin vergewaltigt worden!«

Dan befand sich in einer miserablen Laune. Er konnte immer noch nicht glauben, dass man ihn derart hatte hereinlegen können. Seine Wut richtete sich nicht nur gegen Miss Townsend, sondern auch gegen sich selbst, weil er seinen Unmut am anderen Tag an seinen Freunden Charlie und Josh ausließ. Die drei waren wirklich gute Freunde, und noch nie hatte es ein böses Wort zwischen ihnen gegeben, aber an diesem Morgen wurde es Charlie und Josh zuviel.

Sie beschlossen kurzerhand, Dan und seine Übellaunigkeit nicht länger zu ertragen. Sie wollten in die Stadt gehen, um Vorräte einzukaufen.

Ein gelungener Einkauf, wussten sie, begann gewöhnlich mit einem kühlen Bier im Grand. Als sie die Bar betraten, verstummten die Gespräche der Gäste. Der Wirt starrte sie an, als kämen sie aus einer anderen Welt.

»Ihr könnt euer Geld woanders ausgeben. Ich will keinen Ärger mit dem Gesetz.«

»Wovon redest du, verdammt?« wollte Josh wissen. »Was haben wir mit dem Gesetz zu tun?«

Charlie bemerkte die ernsten, unfreundlichen Mienen der anderen Gäste. Stirnrunzelnd sagte er: »Könnt ihr mal rauslassen, was eigentlich los ist?«

»Gestern Abend war was los«, informierte einer der Gäste sie. »Euer Freund Dan ist in die Bank eingebrochen und hat die Tochter des Managers vergewaltigt.«

Einen langen Moment lang starrten Charlie und Josh den Mann an, die Münder weit aufgerissen. Dann aber sprachen sie beide gleichzeitig.

»Was, zum Teufel, soll das heißen?«

»Du bist ein verdammter Lügner!«

Der Wirt sah, dass die beiden bereit waren, ihre Fäuste schwingen zu lassen, um ihren abwesenden Freund zu verteidigen, deshalb schaltete er sich rasch ein. »Es stimmt«, sagte er. »Die Neuigkeit ist rund in der Stadt. Der Sergeant ist vor ein paar Minuten hinausgeritten, um den Schuldigen zu verhaften.«

Charlie und Josh harrten nicht länger aus, um weitere Fragen zu stellen. Es gab eine Abkürzung durch den Busch, die sie mit halsbrecherischem Tempo nahmen, weil sie das Lager unbedingt vor dem Sergeant erreichen mussten.

Dan schaute neugierig auf, als er die donnernden Hufe hörte. Überrascht stellte er fest, dass es seine Freunde waren, die da heranpreschten, als wäre der Leibhaftige hinter ihnen her.

Charlie schrie ihm bereits etwas zu, noch bevor er sein Pferd gezügelt hatte. Er sprang aus dem Sattel.

»Du verdammter Narr! Ich habe dir gesagt, dass dein Schwanz dich eines Tages direkt in die Hölle führt!«

Dan blieb ruhig, obwohl er spürte, wie sich ihm die Nackenhaare sträubten. »Was ist denn los?«

»Deine Miss Townsend hat gesagt, dass du sie vergewaltigt hast«, sagte Josh unverblümt. »Der Sergeant ist unterwegs, um dich zu verhaften.«

»Dieses Luder!« Zorn brach in Dan aus. Von einer hinterlistigen kleinen Schlampe würde er sich nicht unterkriegen lassen.

Charlie bemerkte das Glitzern in Dans Augen. »Verdammt, Mann, begreifst du denn gar nichts? Du musst abhauen! Schnellstens! Dein Wort steht gegen ihres, und dir wird kein Mensch glauben!«

»Er hat Recht, Dan«, stimmte Josh zu. »Vor Gericht wirst du keine Chance haben.«

Widerwillig musste Dan erkennen, dass die beiden Freunde Recht hatten. Mit ihrer Hilfe raffte er ein paar Dinge zusammen, dann bestieg er sein Pferd und ritt davon.

Er war kaum außer Sichtweite, als ein Sergeant und sein Adjutant ins Lager ritten. Charlie und Josh beschrieben die Fluchtrichtung bewusst falsch, dann wandten sie sich wieder ihrer Arbeit zu und fragten sich, was als Nächstes geschehen würde.

Das fragte sich auch Dan, als er den Busch erreichte. Seine Arbeit als Golddigger hatte ihm Spaß gemacht, auch wenn er dabei nicht hatte reich werden können. Er war siebenundzwanzig Jahre alt, und dank dieser blonden Hexe stand er jetzt vor den Ruinen seines Lebens. Er schwor sich, es ihr eines Tages heimzuzahlen.

Drittes Kapitel

Ginny hob das Kristallglas, nippte am goldfarbenen Wein und täuschte Interesse an den besserwisserischen Ausführungen des älteren Gentleman vor, der zu ihrer Linken saß. Sie tastete den Tisch mit den Blicken ab, wobei sie kein Interesse an dem teuren Silberbesteck, an den glitzernden Kristallgläsern, am feinen Porzellan oder an den exotischen Treibhausblumen hatte, die auf dem makellos weißen, gestärkten Damasttuch standen. Am anderen Ende des Tisches nickte ihr Ehemann lächelnd zu ihr herüber. Begleitet von einem kaum hörbaren Seufzer nahm Ginny noch einen Schluck des importierten deutschen Weins und sagte sich, dass sie zufrieden sein könne.

Everleigh war einer der beeindruckendsten Herrensitze in Melbourne, und vor vier Monaten hatte sein Eigentümer, William Leigh, Ginny zu seiner Frau genommen.

Seine Position und sein Ansehen in der kolonialen Gesellschaft waren hoch, und Ginnys Leben war eine angenehme Abfolge von großen Abendessen, Bällen, Partys, Theaterbesuchen und all den anderen Aktivitäten, die von der geistigen und finanziellen Elite des Landes zelebriert wurden. Ginny trug Kleider nach der letzten Mode und Schmuck von beträchtlichem Wert, und doch fühlte sie sich zunehmend ruhelos und unzufrieden.

William Leigh war von imposanter Gestalt. Groß und kräftig, lediglich der Ansatz eines kleinen

Bauchs. Sein graues Haar verlieh ihm Würde. Man würde ihn eher auf einen Mann von Fünfzig schätzen, dabei näherte er sich dem sechsundsechzigsten Geburtstag.

Ginny hatte ihm schon sechs Monate nach ihrer Ankunft in der Kolonie das Jawort gegeben. Nachdem sie erkannt hatte, dass er ihr alles das bieten könnte, wonach sie strebte, hatte sie auch nicht mehr die Bedenkzeit in Anspruch genommen, die William ihr angeboten hatte.

Unglücklicherweise entsprach seine Manneskraft nicht dem äußeren Aussehen, und die Tatsache, dass sein Herz trotz seiner markanten Gestalt sehr schwach war, zwang ihn dazu, sich von anstrengenden Manövern im Schlafzimmer zurückzuhalten. Bei den wenigen Gelegenheiten, die ihn zum Bett seiner Frau führten, kam es zu einem schalen Paaren im Dunkeln, das Ginny erregt aber völlig unbefriedigt über sich ergehen ließ.

Ginny räumte ein, dass er ein freundlicher und großzügiger Ehemann war, und wenn es ihr möglich gewesen wäre, einen Liebhaber zu nehmen – oder auch mehrere , dann hätte sie an ihrem Leben nichts auszusetzen gehabt. Ginny wusste, dass es unter ihren Bekannten einige Männer gab, die ihre sexuellen Nöte gern und eifrig gestillt hätten, aber es gelang ihrem eifersüchtigen Mann, sie immer unter Kontrolle zu halten.

Die Unterhaltung am Tisch hatte sich der Politik zugewandt. Ginny, von dem Thema total gelangweilt, weil sie auch zu wenig davon wusste und sich noch weniger darum scherte, musterte die Gäste. Sie versuchte sich vorzustellen, wie sie sich im Schlafzimmer verhielten. Jede der Frauen, schätzte sie, würde wahrscheinlich erleichtert sein, wenn ihr Mann sie nur ab und zu unter den Laken im Schutz der Dunkelheit mit einem kurzen Akt heimsuchte.

Von den zehn männlichen Gästen konnten vier als zu alt eingestuft werden, um weder Interesse noch Fähigkeiten zu zeigen. Den Priester konnte man auch ausscheiden. Ginny war sicher, dass dem frommen Mann noch kein unkeuscher Gedanke gekommen war. Der Doktor war zu fett, und sie glaubte, dass der hagere, weibisch aussehende Mann, der sich gerade mit ihm unterhielt, kein großes Interesse an Frauen hatte. Also blieben drei.

Die Zahl weckte erotische Erinnerungen an ihren wunderbaren letzten Abend auf dem Schiff. So deutlich, als wäre es erst gestern gewesen. Die Bilder waren so klar und lebhaft, dass sie die Nässe im Schoß fühlte.

»Man sagt, dass es wieder einen heißen Sommer geben wird, Mrs. Leigh. Was glauben Sie?«

»Es ist ... ich ... oh, ja.« Es dauerte eine Weile, ehe Ginny mit den Gedanken wieder am Tisch war und den Mann anlächeln konnte, der sie angesprochen hatte. »Oh, ja, Mr. James, alles deutet auf einen heißen Sommer hin«, und dabei schaute sie ihn mit großäugiger Unschuld an.

Nach dem Essen begaben sich die Gäste in den Salon, wo die meisten sich mit Kartenspielen beschäftigten. Ginny sah, dass ihr Mann in einer Männerrunde am Kartentisch saß, und wandte sich an Mr. James, der, ebenso wie der Doktor, kein Kartenspieler war. »Ich halte Sie für einen Menschen, der sich an seltenen Büchern ergötzt, Mr. James. Möchten Sie vielleicht die Sammlung meines Mannes sehen? Sie auch, Doktor«, fügte sie in absoluter Korrektheit hinzu.

»Nein, nein«, lehnte der Doktor ab, »ich bin zu erschöpft, um mich aus dem Sessel zu erheben.« Er akzeptierte ein weiteres Glas Portwein von der Bedienung. »Aber richten Sie sich nicht nach mir, gehen Sie beide ruhig.«

Gemessen schritt Ginny voran, als sie den Salon verließen. Durch die breite Halle ging sie zur Bibliothek, ihr Begleiter dicht hinter ihr. Sie zündete eine kleine Lampe an, die einen intimen Schimmer verbreitete, und drehte sich dann lächelnd um. »Leider müssen wir schnell sein, Mr. James.«

»Ich weiß, Mrs. Leigh«, sagte er. »Würden Sie so gut sein, sich über den Schreibtisch zu beugen?« Ginny war so gut.

Mr. James hob ihre Röcke an, breitete die Beinkleider auseinander und schob einen Finger in ihre Öffnung. Es überraschte ihn nicht, sie feucht und vorbereitet anzutreffen. Mit jeder Bewegung seines Fingers wurde sie nasser.

»Beeilen Sie sich, bitte«, flehte Ginny. Sie konnte es nicht erwarten, ein strammes Glied in sich zu spüren, und sie fürchtete, dass jemand sie erwischen könnte.

Mr. James zog den Finger heraus, und einige Wimpernschläge später stieß sie einen Seufzer der puren Lust aus, als sie spürte, dass sein warmer Schaft in ihr pochendes Geschlecht glitt. Es war himmlisch! Er war groß und kräftig, und er stieß in Gefilde vor, die seit sechs Monaten vernachlässigt worden waren. Es war zuviel für sie.

Sie kam schon nach wenigen seiner Stöße, und sie musste in ihren Handrücken beißen, um die Schreie der Erregung zu unterdrücken. Erst jetzt wurde ihr klar, was sie in der Ehe so heftig vermisst hatte.

Zehn Minuten später durchschritt sie wieder die Halle auf dem Weg zum Salon. Vor der Tür blieb Mr. James stehen, nahm ihre Hand und drückte einen Kuss darauf. »Sie haben mir eine große Ehre erwiesen, Mrs. Leigh«, sagte er. »Es ist sehr schade, dass ich Melbourne morgen verlasse, denn ich hätte gern die Gelegenheit wahrgenommen, Sie besser kennen zu lernen.«

Solche kurzen Fluchten aus der Ehe verstärkten noch ihre Unzufriedenheit und erhöhten ihr Verlangen nach mehr Aktivitäten in ihrem Leben. Wie sie es als unberührte Jungfrau getan hatte, nahm sie Zuflucht zu ihren Fingern. Das verschaffte ihr zwar ein wenig Erleichterung, aber es war nicht mit dem zu vergleichen, was ein Mann ihr bieten konnte. Ein richtiger Mann.

Dies waren auch ihre Gedanken, als sie an einem Nachmittag auf der Chaiselongue ihres eigenen Salons ruhte und an das Abendessen erinnert wurde. Welcher der Gäste, fragte sie sich, würde sich für einen Besuch in der Bibliothek anbieten?

Es war ein schwüler Nachmittag, und sie hatte sich nur einen dünnen Umhang umgeworfen. Ihre Nacktheit und die erotischen Gedanken heizten sie noch mehr auf, und beinahe unbewusst griff sie sich mit einer Hand an die Brüste, während die andere Hand wie von selbst zwischen ihre Schenkel fiel.

Sie legte den Kopf weit zurück und schloss die Augen, um die Lust besser genießen zu können, die sie sich selbst bereitete. Sie hatte es nicht eilig mit dem Orgasmus, deshalb streichelte sie sich ohne Hast, fast so, als wollte sie sich in den Schlaf trösten.

In diesem Zustand hörte sie nicht das leichte Klopfen an der Tür, und sie gewahrte auch nicht, dass Tessa, ihr Dienstmädchen, im Zimmer stand. Sie wurde erst auf das Mädchen aufmerksam, als es sprach.

»Möchten Sie, dass ich Ihnen helfe, Ma'am?«

Ginny riss die Augen auf, und mit einem unterdrückten Aufschrei versuchte sie, ihre Hände zu verbergen und gleichzeitig den Umhang über ihre Blöße zu legen. Aber das Mädchen war schon auf die Knie gesunken, und jetzt waren es seine Finger, die Ginnys feuchte Grotte erkundeten. Die Finger waren so geschickt, dass Ginny ihren beabsichtigten Protest rasch erstickte. Sie schloss wieder die Augen und überließ sich ganz den erfahrenen Praktiken des Dienstmädchens.

Schauer der Erregung rannen durch Ginnys Körper. Sie hätte nie geglaubt, dass ihr eine andere Frau soviel Lust bereiten könnte. Sie ruckte und zuckte, wälzte sich herum, bäumte sich auf. Erst als Ginnys Körper sich beruhigt und entspannt hatte, erhob sich das Mädchen und schaute mit einem unverschämten Lächeln hinunter auf ihre Herrin.

»Ich kann Ihr Problem lösen, Ma'am. Sie brauchen einen Liebhaber, und ich weiß, dass mein Bruder scharf auf Sie ist.«

Ginny hatte sich aufgerichtet und schlang den Umhang um ihren Körper. Etwas an der Art des Mädchens gefiel ihr nicht, und ihr gefielen auch nicht die überheblichen Blicke, mit denen Tessa sie bedachte. Auf der Stelle bereute sie, was gerade stattgefunden hatte, denn Ginny begriff, dass das Mädchen jeden nur erdenklichen Vorteil daraus ziehen wollte.

»Du bist zu vorschnell in deinen Mutmaßungen«, sagte sie in ihrer arrogantesten Stimme. »Du wirst sofort vergessen, was in diesen letzten Minuten hier geschehen ist, oder du wirst entlassen.«

Das Mädchen zuckte die Achseln, aber die Unverschämtheit blieb in seinem Ausdruck. »Entlassen Sie mich, Ma'am, und die Gesellschaft von Melbourne wird sich das Maul über Sie zerreißen. Und Sie würden doch auch nicht wollen, dass Ihr Mann etwas über die Gäste erfährt, denen Sie die Bibliothek zeigen, nicht wahr?«

Ginny sog hörbar die Luft ein. Entsetzen überfiel sie. Wie lange schon spionierte ihr das Mädchen nach? Sie hegte keinen Zweifel daran, dass Tessa ihre Drohungen ernst meinte. Kalte Schauer liefen über Ginnys Rücken. Nicht nur, dass sie von der Gesellschaft gemieden und die Lachnummer von Melbourne sein würde – der Skandal würde auch ihren gutmütigen, angesehenen Ehemann demütigen.

»Also gut«, sagte sie seufzend. »Was willst du?«

»Ich will, dass mein Bruder das bekommt, was er begehrt. Ich werde ihm sagen, dass er heute Abend auf Sie warten soll, nachdem die Gäste gegangen sind.«

Es war Erpressung! Es gab kein anderes Wort dafür. Ginnys Absicht, den Nachmittag auszuruhen, war zunichte gemacht. Unruhig schritt sie in ihrem Zimmer auf und ab. Ihre Stimmung schwankte zwischen Reue über ihr Tun, Zorn auf das Dienstmädchen und Resignation.

Als sie den Stallburschen ihres Mannes das erste Mal gesehen hatte, war Ginny seine animalische Ausstrahlung aufgefallen. Die schwarzen Augen blickten hypnotisch und schienen sie bei jeder Begegnung herauszufordern. Ein Kribbeln machte sich dann in ihrem Bauch bemerkbar, ein Kribbeln, das sich rasch zum Schoß hin ausbreitete. Ein paar Mal hatte sie sich erlaubt, mit einer Hand über den Schritt seiner engen Hose zu streichen, wenn er ihr in den Sattel half.

Wenn sie von der Höhe des Reitsitzes auf ihn hinabschaute, schürzte sie amüsiert die Lippen – es vergnügte sie zu sehen, wie leicht er zu erregen war. Aber wenn sie dann in seine Augen schaute, schwand ihr Lächeln rasch.

Ein Gefühl von Furcht beschlich sie dann immer, und sie trieb ihr Pferd an, um von ihm wegzukommen. Er war ihr unheimlich, und obwohl sie ahnte, dass er körperlich in der Lage sein würde, sie zu den Höhen der Leidenschaft zu führen, behandelte sie ihn ganz bewusst von oben herab. Geringschätzig. Ein tiefer Instinkt sagte ihr offenbar, dass er ein gefährlicher Mensch war, dem sie sich nicht ausliefern durfte.

Es war Mitternacht, als die Gäste sich verabschiedet hatten und Ginny und ihr Mann zu ihren verschiedenen Schlafgemächern gegangen waren. Ginny befand sich in einem Zustand erregter Erwartung.

Sie trug nur einen dünnen Umhang, als sie heimlich die Treppe hinunterschlich. Wie es verabredet war, wartete Tessa an der offenen Hintertür auf sie. Ginny gefiel es überhaupt nicht, wie sie sagte: »Ich werde hier sein, um Sie wieder reinzulassen, wenn Logan mit Ihnen fertig ist.«

Dann stand Ginny draußen in der kühlen Luft. Das blaue Licht des Mondes wies ihr den Weg über den Hof zu den Ställen. Eine steile Treppe führte zu Logans Wohnung über den Ställen, und Ginnys

Beine zitterten so sehr, dass sie fürchtete, sie würde es nicht bis oben schaffen.

Aber dann wurde von innen die Tür geöffnet, als sie gerade den letzten Treppenabsatz erreichte. Logan stand im Mondlicht da und starrte sie durchdringend an.

»Du bist also gekommen«, sagte er übelgelaunt, wartete, bis sie bei ihm war und zog sie dann in das Zimmer. Hinter ihr schloss er die Tür ab.

Ginny schaute sich neugierig um. Es gab nicht viel Mobiliar in dem Zimmer. Eine Kommode, einen kleinen Tisch und eine Stuhl, ein Waschbecken und ein schmales Bett mit Eisenpfosten. Mehr sah sie auf den ersten Blick nicht.

Logan griff mit einer harten Hand in ihre Haare und zog sie näher an sich heran. Unvermittelt drückte er seinen Mund auf ihre Lippen. Es war eher ein Eigentumssiegel als ein Kuss. Mit der anderen Hand packte er ihre Hinterbacken, um sie enger an sich zu drücken, damit sie den Beweis dafür spürte, wie sehr er sie begehrte.

Die Brutalität seines Vorgehens erzürnte Ginny, und sie begann sich zu wehren – es war ein fruchtloser Versuch, der ihr nur noch mehr Schmerzen zufügte, denn er verstärkte den Griff in ihren Haaren.

»Du hast lange genug mit mir gespielt«, raunte er heiser. »Jetzt bin ich dran. Ich werde dich winseln sehen, und ich will dich betteln hören.« Er ließ sie los, stieß sie von sich und betrachtete sie aus der Entfernung. »Zieh das Ding aus, ich will dich nackt sehen.«

Verängstigt von der kalten Berechnung und der mitschwingenden Drohung in der Stimme, gehorchte Ginny. Logan sah ihr zu, die Augen zu schmalen, schwarzen Schlitzen zusammengezogen, den Mund zu einem anerkennenden Pfeifen gespitzt.

»Verdammt, hast du eine Figur!« stieß er gepresst hervor. »Du hast einen Körper, der Männer um den Verstand bringt, aber das weißt du selbst, was?« Er schritt um sie herum, inspizierte sie von allen Seiten.

Ginny konnte seine heißen Blicke fast körperlich spüren, es war, als stachen sie in ihre intimsten Stellen. Sie spürte, wie ihre Erregung wuchs.

Als er wieder vor ihr stand, griff er mit beiden Händen nach ihren Brüsten. Er strich über die Warzen, die sich schon aufgerichtet hatten und jetzt härter wurden. Ginny hielt die Luft an. Logans Hände waren wie Instrumente der Lust, als sie ihre Brüste kneteten, drückten und zwickten. Ginny schloss die Augen und ließ sich von der Sinnlichkeit treiben.

Plötzlich spürte sie, wie die Angst in ihr wieder emporstieg – aus Lust wurde Schmerz. Sie riss die Augen auf und schrie auf, als Logan ihre Nippel zwischen Daumen und Zeigefinger nahm und mit aller Gewalt drückte. Dabei schaute er ihr ins Gesicht, um ihre Reaktion zu sehen.

Ginny sah, wie sich seine dünnen Lippen zu einem sadistischen Lächeln verzogen. »Du Bastard!« fauchte sie, drehte sich rasch um und wollte nach ihrem Umhang greifen. Sie würde es nicht zulassen, dass er ihr absichtlich Schmerzen zufügte.

Er war schneller und stärker als sie. Bevor sie ihren Umhang hatte greifen können, packte Logan sie und warf sie rücklings aufs Bett. Er grätschte mit den Knien über sie, damit sie ihm nicht entkommen konnte. Als er ein Seil aus der Hosentasche zog, erkannte Ginny seine Absicht, sie schrie laut auf, beschimpfte ihn wild, bäumte sich verzweifelt unter ihm auf und versuchte, sich zu befreien.

Ihre fruchtlosen Versuche schienen ihn eher zu amüsieren. In aller Gelassenheit band er ihre Handgelenke an die Bettpfosten. Sein Mund war wie ein dünner Strich, und in seinen schwarzen Augen glomm ein sadistischer Schein. Er ignorierte ihre ruckenden Bewegungen, ihre wüsten Flüche und Beschimpfungen, erhob sich jetzt von ihr und streifte ohne Hast seine Kleider ab.

Ginny stellte ihren Kampf ein und musterte ihn. Ihr Mund war so trocken, dass sie mit der Zunge über ihre Lippen streichen musste. Er war von beeindruckender Gestalt – nein, er war eine Schönheit. Unter der dunklen, matt schimmernden Haut spielten die harten Muskelstränge. Er hatte schlanke Hüften und lange Beine, und wo sie sich trafen, forderte seine strotzende Männlichkeit ihre Aufmerksamkeit.

Sie musste schlucken. In ihrem Innern loderte es plötzlich, und sie vergaß, dass er sie ans Bett gebunden und eben noch gequält hatte. Sie wollte, dass er sie nahm, sie wollte diesen phantastischen Schaft in sich spüren.

Er grätschte wieder über sie, rutschte bis zu ihren Brüsten vor, so dass sein stolzes Organ über ihrem Gesicht federte. Sie hob fragend den Blick zu ihm, sah in seinen dunklen Augen aber nur diese hypnotische Macht, die ihr gleich zu Anfang bei ihm aufgefallen war.

Er zerrte ihre Schenkel auseinander und fuhr mit zwei Fingern in sie hinein. Ginny schrie protestierend auf, denn die Finger stießen hastig zu, drückten wuchtig und zwickten gemein. Erbarmungslos!

Und dann zog er die Finger plötzlich heraus. Da war nichts mehr!

Ihre Nerven kreischten, ihr Körper fühlte sich an, als hinge er über einer tausend Meter hohen Klippe – und Logan hockte da und sah sie nur an. Sie war drauf und dran, ihn anzuflehen, sie gehen zu lassen. Aber dann sah sie in sein sadistisches Gesicht, und sie presste den Mund fest zu. Nein, diesen Triumph würde sie ihm nicht geben.

Ein grimmiges Lächeln umspielte seine Lippen, als er erkannte, was in ihr vorging. Ihre Augen sagten ihm, ganz egal, was er mit ihr anfing, nie würde sie ihn anbetteln. Er beugte sich über sie und knetete und drückte ihre Brüste wieder. Er saugte die Spitzen in den Mund, nahm die Warzen abwechselnd zwischen die Zähne und zog sie lang, bis sie zu schmerzen begannen. Dann fuhr er wie zum Trost mit der Zunge darüber und badete sie in seinem Speichel.

Die erotisierende Wirkung war zuviel für sie. Ginny stöhnte.

»Bastard!« fauchte Ginny.

Er hob die Schultern. Ihm war es egal, mit welchen Namen sie ihn belegte. Er ging zum Tisch, nahm eine Flasche in die Hand und goss einen kräftigen Schluck in einen Becher. Er trat ans Bett, hob ihren Kopf an und setzte den Becher an ihre Lippen.

Ginny musste trinken.

Sie wusste nicht, was sie trank, jedenfalls verschluckte sie sich und würgte und keuchte, als der scharfe Alkohol durch ihre Kehle floss. Nachdem sie sich beruhigt hatte, spürte sie, dass sich eine sinnliche Wärme in ihren Adern ausdehnte, und diese Wärme verstärkte sich noch durch seine Finger, die jetzt sanft über ihren nackten Körper strichen und besonders lange auf Brüsten, Bauch und Lenden verharrten. Es war wie die Berührung von Schmetterlingsflügeln, so unsagbar leicht!

Logan schritt wieder zum Tisch, goss wieder aus der Flasche in den Becher ein und trank selbst. Er beobachtete sie über den Becherrand hinweg, und wieder war es dieser hypnotische Blick, der ihren Willen brechen sollte.

Wütend schloss sie die Augen, um dem Bann seiner Blicke zu entkommen. Sie wälzte sich auf die Seite und presste die Schenkel fest zusammen, als wollte sie damit das Feuer löschen, das dazwischen brannte.

»Verdammt noch mal, tu's endlich!« schrie Ginny ihm entgegen.

Er schaute sie mit spöttischer Befriedigung an. »Höre ich, dass du mich anflehst?«

»Ja, du Bastard!« schrie Ginny, und die Tränen liefen ihre Wangen hinunter, »ich flehe dich an!«

Er warf sich über sie und stieß hart in sie hinein. Es kam ihr sofort, und die Erlösung war um so heftiger, weil sie ihr so lange verwehrt worden war. Ihre Tränen flossen immer noch, jetzt aber ausgelöst durch die süße Agonie des herbeigesehnten Orgasmus. Ihr war, als befände sie sich in einer ihr unbekannten Unterwelt, fernab der Wirklichkeit.

Er betrachtete sie spöttisch. »So wird es immer sein. Ginny. Du gehörst jetzt mir, und du wirst mir gehorchen, solange ich es will. Wann immer ich dich will, kommst du zu mir. Und du wirst kommen«, versicherte er ihr. »Bei mir wird es dir immer gefallen. Dein Körper weiß es.«

Ginny war zu aufgewühlt – und zu wund, um am anderen Morgen aufstehen zu können. Verwirrt und verunsichert über die Art und Weise, wie ihr Körper über ihren Verstand gesiegt hatte, blickte sie der kommenden Nacht mit Schrecken entgegen. Wenn er beabsichtigte, sie jede Nacht auf diese Weise auszunutzen, dann würde ihr Körper bald ausgelaugt sein.

An diesem Abend ließ er sie nicht rufen, und auch in der ganzen Woche nicht.

Ob Logan seine Einstellung ihr gegenüber geändert hatte? So wie sie ihre Einstellung ihm gegenüber geändert hatte? Ginny wollte ihn haben, trotz aller Schmach sehnte sie sich nach ihm – mehr, als sie sich je nach einem Mann gesehnt hatte.

Sie erfand Gründe, warum sie zu den Ställen gehen musste, und erlebte nur, wie er ihre Gegenwart ignorierte. Es war erniedrigend, von ihm überhaupt nicht zur Kenntnis genommen zu werden, sie sah nur den verächtlichen, zynischen Zug um seinen Mund. Er wusste ganz genau, warum sie sich bei den Ställen aufhielt.

Als er sie endlich rufen ließ, kochte sie vor Wut. Mit hochrotem Kopf und funkelnden Augen informierte sie Tessa, sie könnte ihrem Bruder ausrichten, er sollte sich zum Teufel scheren – falls der Teufel ihn nähme. Aber die Stunden der Dunkelheit forderten ihren Tribut.

Um Mitternacht schleppte sie ihren fiebernden Körper zu seiner Behausung. Inzwischen war sie davon überzeugt, dass Logan der Teufel selbst war.

Ob nun Teufel oder nicht, in jedem Fall war Logan ein Meister der Kunst der sadistischen Lust. Die geschickt zugefügten Schmerzen erhöhten ihre sexuelle Erregung und – trieben sie in einen Kreislauf des Wahnsinns. Er brauchte und missbrauchte sie, und sein mächtiger Penis trug sie in einen Bereich der Wollust, den sie bisher nicht gekannt hatte.

Sie fühlte sich versklavt – ihr Körper herrschte über ihren Geist, und ihr Körper gehörte ihm. Die Größe ihres Verlangens erschreckte sie mehr als die Macht, die Logan über sie hatte. Es war, als hielte er sie in einem Bann, den sie nicht durchbrechen konnte.

Tessa setzte ihre Erpressungen fort. Ginny musste sich von Geld und Schmuck trennen, um sicherzustellen, dass Melbourne nicht die Wahrheit über Mrs. William Leigh erfuhr.

Drei Monate vergingen auf diese Weise. Drei Monate, in denen sie sich fühlte, als bestünde sie aus zwei Personen. Eine war die charmante Schönheit mit ihrem Platz in der Gesellschaft, Ehefrau des William Leigh. Die andere gehörte Logan, und diese andere fühlte sich erst vollständig, wenn sie mit ihm verbunden war. Es fiel ihr leicht, seinen Erklärungen zu glauben, dass sie ihm in einem früheren Leben gehört hätte, und dass sie ihm im nächsten Leben wieder gehören würde.

Sie liebte ihn nicht, im Gegenteil, sie war näher daran, ihn zu hassen. Aber er war ein Teil von ihr, wie sie ein Teil von ihm war.

In einem Versuch, die Herrschaft über ihr Leben wieder an sich zu ziehen, beschloss sie, selbst zu bestimmen, wann sie sich Logan das nächste Mal hingab.

Everleigh erstreckte sich von dem großen Parkland, in dem auch die Villa lag, bis hin zum dichten, undurchdringlichen Busch. Ginny wagte sich bei ihren Ausritten gern an diesen Busch heran, und sie war stolz, wenn sie wieder eine Stelle entdeckt hatte, die es ermöglichte, tiefer in die Wildnis einzudringen. Ihr Mann begleitete sie nie auf diesen langen Ritten, weil sie ihm zu beschwerlich waren. Aber er bestand darauf, dass der ältere Stallmeister seine Frau eskortierte.

An dem Tag, den Ginny gewählt hatte, richtete sie es so ein, dass Logan ihr Begleiter war.

Sie ritten aus dem Parkland hinaus und die Hügel hinauf, Ginny immer vorneweg. Das Gelände wurde unwegsamer, aber bald hatten sie eine Lichtung erreicht, die von einem kleinen Bach durchkreuzt wurde. Ginny zügelte ihr Pferd. Sie teilte Logan mit, dass sie eine Weile hier verbringen wollte, stieg ab und wies den Stallburschen an, die Pferde festzubinden.

Als er seine Arbeit erledigt hatte, drehte er sich nach ihr um und sah, dass sie Hut und Handschuhe ausgezogen hatte und dabei war, ihren Reitanzug abzustreifen. Er verfolgte ihr Tun mit seinen dunklen Augen, sagte aber nichts.

Sie hob das Kinn und sagte von oben herab: »Zieh dich aus. Diesmal wirst du das tun, was ich haben will – und wann ich es haben will.«

Als er nicht sofort gehorchte und nur stehenblieb und sie mit einem zynischen Zucken seiner Lippen betrachtete, verlor sie die Geduld. Blitzschnell schlug sie ihm mit ihrer Reitpeitsche ins Gesicht. Obwohl er zusammenzuckte und seine Augen zornig flackerten, hob er nicht mal eine Hand, um über den roten Striemen zu tasten, der sich auf seiner Wange abzeichnete. Mit langsamen Bewegungen begann er, sein Hemd aufzuknöpfen.

Ein triumphierendes Lächeln leuchtete in Ginnys Gesicht, während sie sich weiter auszog. Kurz darauf standen sie sich nackt gegenüber.

»Fass mich an«, befahl sie, nahm seine Hand und führte sie zwischen ihre Schenkel. Sie atmete geräuschvoll aus, als er einen Finger in sie hineinschob und ihn gefühlvoll ein- und ausgleiten ließ. Es stimmt, dachte sie, er ist unvergleichlich, er wusste, wann sie es kurz und heftig oder langsam und behutsam haben wollte. Ihre Nervenenden begannen zu sirren. Sie spürte ihre Nässe, sie spürte die Wärme, die sich in ihr ausbreitete, und sie spürte das Wackeln ihrer Knie von der überwältigenden Erregung, die er nur mit dem einen Finger ausgelöst hatte.

Im nächsten Moment schrie sie auf, als sie spürte, dass ihr Orgasmus einsetzte. Zu ihrem grenzenlosen Entsetzen wandte er sich ab und griff nach seinem Hemd.

Ginny fuhr hoch, saß jetzt aufrecht da. »Was, zum Teufel, tust du da?«

»Ich ziehe mich an. Du hast geglaubt, du könntest mir deinen Willen aufzwingen, aber das kannst du nicht. Ich verschaffe dir deine Lust nur dann, wann ich es will.«

»Du Bastard!« schrie Ginny, stolperte auf die Füße und rannte mit der Reitpeitsche in der erhobenen Hand auf ihn zu.

Diesmal packte er ihr Handgelenk und entwand ihr die Peitsche. Er hielt ihre beiden Handgelenke mit einer Hand fest und versetzte ihr einen Peitschenschlag auf den Hintern. Ihre Haut brannte, und der Schmerz trieb Tränen in ihre Augen. Entsetzt fiel sie auf die Knie nieder.

»Bist du jetzt bereit, um das zu bitten, was du von mir haben willst?« fragte Logan.

Ginny hob den Blick und starrte in seine kalten, grausamen Augen.

»Verdammter Bastard! Ich hasse dich, Logan!« stieß sie hervor.

Er stieß sie um, ließ sich hinter ihr auf die Knie nieder und zog sie heran.

Als er den Schaft tief in sie hineinstieß, wäre sie von der schieren Intensität des Gefühls fast ohnmächtig geworden. Sie bewegte die Hüften kreisförmig, wollte mehr und mehr von ihm, wollte ihn nie wieder hergeben.

Sie schrie auf, als er mit einer Hand auf ihren nackten Hintern schlug, dass es laut klatschte. Gleichzeitig führte dieser Schlag dazu, dass sie sich noch schneller bewegte, dass das Kreisen ihrer Hüften zu einem wilden Rucken wuchs.

Sie schluchzte seinen Namen und stieß ihre Gier heraus. Er beugte sich weit über sie und knetete beide Brüste. Ginny brach in ein langgezogenes Wimmern aus, das die Wellen ihres Orgasmus begleitete, bis sie unter ihm zusammenbrach.

»Siehst du, Ginny«, sagte er, »du musst immer das tun, was ich dir sage.«

An diesem Abend war sie überrascht, als Tessa ihr ausrichtete, dass ihr Bruder sie auf seiner Bude sehen wollte. Sie hatte nicht damit gerechnet, und eigentlich hatte sie auch keine Lust, denn sie fühlte sich immer noch geschwächt.

Aber sie ging hin.

Eine Woche später setzte sich William Leigh an den Tisch, griff sich an sein Herz und starb.

Viertes Kapitel

Die späten Nachmittagsschatten warfen dunkle Tümpel über den Weg, als die Kutsche durch die Ebene preschte. Sie war noch zwanzig Meilen von Wattle Creek entfernt. Ein Peitschenknall trieb die Pferde zu einer schnelleren Gangart.

Die Kutsche hatte beachtliche Verspätung, die durch einen Deichselbruch hervorgerufen worden war, und die Aussicht, in die Dunkelheit hineinzufahren, gefiel dem Kutscher überhaupt nicht. Vor ihm stieg der Weg an, wand sich zwischen zwei Hügeln hinauf. Bald würde er die Pferde zügeln müssen, denn auf dem schmalen, kurvenreichen Bergstück war alles andere als Schritttempo leichtsinnig und gefährlich, zumal der dichte Busch von beiden Seiten in den Weg hineinwuchs.

Die Hügel blockierten die letzten Sonnenstrahlen, und der düstere Weg zwischen den Bäumen wirkte bedrohlich. Der Kutscher spürte, wie sich seine Nackenhaare aufrichteten, als er sein Gespann zügelte.

Die acht Reisenden im Inneren der Kutsche waren erleichtert darüber, dass das heftige Schaukeln aufhörte und sie durch das Rucken nicht mehr gegeneinander gestoßen wurden. Es handelte sich um eine bunt gemischte Gruppe: Ein Heranwachsender mit einem offenen Gesicht, ein Seemann, ein Ehepaar mittleren Alters mit einer jungen Tochter, ein Priester, eine unauffällige junge Frau und ein ungewaschenes, grob aussehendes Individuum, das von den anderen mit Misstrauen und Verachtung beäugt wurde. Seit zehn Stunden waren sie, verstaubt und verschwitzt, in der engen Kutsche eingepfercht, und alle hofften, dass die Reise bald beendet sein würde.

Sie zeigten unterschiedliche Reaktionen, als sie plötzlich einen Pistolenschuss und einen lauten Befehl hörten:

»Anhalten und abliefern!« Entsetzen, Angst und Entrüstung vom Priester waren zu hören, ein Schrei von der Mutter des Mädchens und ein zynisches Grinsen des derb aussehenden Mannes.

Er war es, der als erster etwas sagte. »Ich schätze, wir werden bald die Bekanntschaft von Dan Berrigan und seinen Leuten machen.«

Die junge Frau, die blass vor Angst geworden war, wandte sich mit einem Anflug von Erregung an ihn. »Ich habe gehört, dass er gut aussieht und ein echter Gentleman ist.«

Der Mann grinste und zeigte dabei ein paar abgebrochene gelbe Zähne. Demonstrativ schaute er auf die Brüste der jungen Frau. »Nun ja, bisher hat er noch niemanden verletzt oder gar getötet, er nimmt sich einfach nur, was er will, wenn Sie wissen, was ich meine.«

Es war unmöglich, nicht zu wissen, was er meinte, denn er starrte immer noch auf die ausgeprägten Brüste der Frau, die jetzt im Gesicht rot anlief. Der Mann stieß einen verächtlichen Zischlaut aus. »Er ist ein Verbrecher und Vergewaltiger.«

»Und ich wette, hinter der Geschichte steckt mehr, als man uns erzählt hat«, sagte der Vater des Mädchens.

In diesem Augenblick wurde die Tür aufgerissen,

und ein großer Mann mit flammendroten Haaren befahl ihnen, aus der Kutsche zu steigen.

Dan Berrigan saß im Sattel, in jeder Hand eine Pistole. Die Mündungen waren auf die Reisenden gerichtet, die zögernd aus der Kutsche stiegen. Dan empfand keine Befriedigung in der panikartigen Angst, die er auf dem Gesicht der Mutter des Mädchens sah, und er bereute, ihr solches Ungemach zu verursachen.

Unglücklicherweise waren die Eltern des jungen Mädchens die einzigen, die vielleicht etwas von Wert mit sich führten. Dan hatte sich seinen eigenen Ehrenkodex zurechtgelegt, nach dem Geistliche und junge Frauen tabu waren. Und die drei anderen Reisenden waren zweifellos auf dem Weg zu den Goldminen, um dort ihr Glück zu versuchen.

Dan war plötzlich angewidert von seinem schmutzigen Geschäft. Er befahl Josh und Charlie, den Kutscher um die Kiste mit den Tageseinnahmen zu erleichtern, während die Reisenden darum beteten, dass sie verschont blieben. Zur ungeheuren Erleichterung aller riss er sein Pferd herum, und im nächsten Moment waren die drei Buschräuber mit ihrer Beute verschwunden und ließen ihre Opfer zwar zitternd, aber unbeschadet, zurück.

Dan verfiel auf dem Rückweg in ihr Versteck in den Hügeln in nachdenkliches Schweigen. Er war zum Buschräuber geworden, weil ihn der Zorn über die Ungerechtigkeit der Justiz dazu getrieben hatte, aber inzwischen war es seine Art zu leben geworden.

Dass Josh und Charlie Charakterzüge besaßen, die sie viel eher zu einem solchen Leben befähigten, war ihm von vornherein klar gewesen. Und ihm war auch klar, dass sie sich fragten, warum er die Reisenden nicht hatte ausrauben lassen.

»Dein Problem ist«, sagte Charlie schließlich, als sie ihre schäbige Hütte erreicht hatten, die nun schon seit neun Monaten ihr Zuhause war, »dass du dringend eine Frau brauchst. Warum besuchst du nicht mal Molly?«

Dan grinste, steckte sich noch ein Stück Fleisch in den Mund und schüttelte den Kopf. »Ist nicht mein Typ.«

»Was hat das mit Typ zu tun? Sie hat alles, was ein Mann braucht, lass dir das gesagt sein.«

Dan lachte lauthals auf. »Das bezweifle ich nicht. Aber ich bin nicht so scharf auf irgendeine Frau wie ihr beiden Sexbesessenen.«

Josh blinzelte Charlie zu und täuschte vor, beleidigt zu sein. »Ausgerechnet er nennt uns sexbesessen. Wessen Schwanz hat uns denn in diese Lage gebracht?«

Dan wurde ernst. »Du weißt genau, dass ihr nicht hättet mitkommen müssen. Das Gesetz war nicht hinter euch her.

»Nein, aber sie haben unser Schürfrecht widerrufen und die Goldader beschlagnahmt«, wandte Josh ein. »Und außerdem hätten wir dich gar nicht allein ziehen lassen können. Das hättest du nicht geschafft.«

»Ich weiß«, sagte Dan, »und ich bin euch dankbar dafür.«

»Dafür sind Freunde eben da«, sagte Charlie. »Du bist schwer in Ordnung, Dan, und Josh und ich werden dich nie im Stich lassen, ganz egal, was geschieht.«

Die drei Männer betrachteten sich schweigend.

Das Gespräch stockte, bis Charlie aufstand und die Finger schnipste. »Also, Josh, was hältst du davon, wenn wir mal nach Molly schauen? Ich meine, wir sind nicht so anspruchsvoll wie Dan, oder?«

»Ich bin dabei, Mann«, sagte Josh. »Vielleicht lässt sie heute Abend Strohhalme ziehen, um denjenigen auszuwählen, der mit ihr ins Bett geht. Wenn ich das wüsste, würde ich ein paar Strohhalme vorbereiten und gleich lang schneiden.«

Grinsend und in bester Stimmung zogen die beiden davon.

Dan legte sich auf die Matratze, die Hände unter dem Kopf verschränkt. Er starrte gegen die ungehobelten Balken, die das Dach hielten, und dachte über sein derzeitiges Leben nach. Er hatte keine Ahnung, wie er aus dieser Situation herauskommen sollte.

Miss Jenny Townsend strich sich mit den Händen über den Körper, glättete den Stoff ihres Rocks und zog einen Schmollmund, als sie sich im Spiegel betrachtete. In ihren blauen Augen war nichts von süßer Unschuld zu sehen, nur Frust und Übellaunigkeit.

Seit dem Abend, an dem sie Dan Berrigan in ihr Zimmer eingeladen hatte, war eine Menge schiefgelaufen. Nicht nur, dass ihre beabsichtigte Rache fehlgeschlagen war, als sie erfuhr, dass er dem Gesetz entkommen war – nein, jetzt überwachten die Eltern sie so perfekt, dass es ihr unmöglich war, ein anderes sexuelles Abenteuer zu finden.

Wenn sie aber nicht bald einen Mann fand, den sie verführen konnte, würde sie vor Langeweile noch verrückt werden.

Dan Berrigan hatte sich sein Schicksal selbst zuzuschreiben. Warum auch hatte er sich so benommen? Jenny genoss es, das unschuldige junge Mädchen zu spielen, das sich zögernd verführen ließ. Diese Vorstellung erhöhte ihre Erregung noch, auch das Wissen darum, ihren Partner so überzeugend zu täuschen.

Gewöhnlich spielten die Partner dieses Spiel nur zu gern mit, sie spielten es auch dann noch weiter, wenn sie merkten, dass sie getäuscht worden waren. Nur der Golddigger nicht. Der Dummkopf war wütend auf sie geworden und hatte sie fast sogar brutal behandelt.

Mit einem verdrießlichen Schmollen setzte sie sich zu ihren Eltern an den Tisch zum Abendessen. Sie war ihnen übel gesonnen wegen der strengen Überwachung, die es ihr nicht erlaubte, das Brennen zwischen den Beinen von einem Mann löschen zu lassen. Deshalb wurde während des Essens wenig gesprochen.

Schließlich fragte ihre Mutter sie, ob sie sich nicht wohl fühlte und sie deshalb lieber nicht zur Schule der Künste gehen sollten.

Der Vortrag in der Schule würde der Inbegriff der Langeweile sein, wusste Jenny, aber sie hatte die Hoffnung nicht aufgegeben, dort vielleicht einen Mann zu treffen, mit dem sie irgendwas anfangen könnte. Sie wollte schon den Kopf schütteln und sagen, nein, sie käme in jedem Fall mit, aber da erhob sich ihr Vater vom Tisch und sagte, er müsste nach unten in die Bank gehen und mit dem Kassierer sprechen.

Das war eine interessante Entwicklung, dachte Jenny. Der Kassierer der Bank war jung und sah gut aus, und sie hatte oft gesehen, wie sich der Stoff seiner Hose im Schritt spannte, sobald sie in der Nähe war. Jenny hatte dann seine Frau beneidet und sich oft vorgestellt, dass sie an ihrer Stelle in seinem Bett liegen würde.

Sie setzte eine unschuldige Miene auf und wandte sich an ihre Mutter. »Arbeitet Mr. Alexander noch so spät in der Bank?«

»Ich glaube ja.«

»Dann bleibe ich vielleicht doch zu Hause. Ich fühle mich nicht ganz gut. Wenn ich Mr. Alexander dort unten weiß, kann ich mich vor irgendwelchen Einbrechern sicher fühlen, nicht wahr?« Sie brachte es fertig, dass ihr ein kalter Schauer über den Rücken lief.

Die Erwähnung des Zwischenfalls, über den in der Familie seither nicht mehr gesprochen worden war, hatte eine andere Wirkung, als Jenny kalkuliert hatte. Jetzt meinte die Mutter, nein, Jenny könnte unter keinen Umständen allein im Haus bleiben, und kurz darauf schaltete sich auch ihr Vater ein, der wieder in der Wohnung war und sagte, er könnte nicht garantieren, wie lange Mr. Alexander noch zu tun hätte.

Aber Jenny blieb hart. Nein, sie wollte nicht mit, sie sei froh, sich ausruhen zu können, und sie fürchte sich auch nicht. Selbst dann nicht, wenn Mr. Alexander gegangen wäre.

Sie grinste triumphierend, als die Eltern achselzuckend aufgaben und sich verabschiedeten, damit sie nicht zu spät zum Vortrag erschienen. Jenny ging in ihr Zimmer, um sich vorzubereiten.

Sie bewunderte die Vollkommenheit ihres zierlichen Körpers im Spiegel, während sie ihr Haar lockerte und es gründlich bürstete. Mit einem selbstverliebten Lächeln schaute sie zu, wie sie den goldenen Flaum auf dem Venusberg kämmte. Sie hob die Härchen mit den Fingerspitzen an und erfreute sich an dem seidenen Schimmer, den ihnen das Lampenlicht verlieh. Wie zufällig berührte sie dabei ganz leicht ihre Spalte, in der es verräterisch pulsierte. Dann nahm sie einen Topf mit Rouge und betupfte die Brustwarzen mit einem Pinsel. Sie wusste, dass die rosigen Spitzen ihrer kleinen Brüste jeden Mann in noch größere Erregung versetzten.

Ein sinnliches Moschusparfum, das sie in die Halsbeuge, zwischen die Brüste und auf die Innenseiten ihrer Schenkel rieb, vervollständigte die körperliche Vorbereitung auf den verwegenen Plan.

Sie schlüpfte in ein feines Seidennachthemd mit tiefem Ausschnitt und halben Ärmeln. Das Kleidungsstück enthüllte mehr, als es bedeckte. Sie ging ein paar Schritte, um sich davon zu überzeugen, wie die Falten sich beim Gehen ausbreiteten und den Blick auf ihre nackte Haut freigaben. Die kleinen, festen Brüste und das Schenkeldreieck lagen nur unter einer dünnen Stoffschicht.

Ihre Nerven flatterten vor lustvoller Erwartung, als sie sich leise die Treppe hinunterschlich.

Mr. Alexander saß an seinem Schreibtisch und brütete über den Akten, als Jenny die Tür aufdrückte. Zuerst zuckte er erschrocken auf, dann stand er verwirrt von seinem Stuhl auf, als Jenny ins Licht trat.

Er sah, dass ihre blauen Augen schreckgeweitet waren und dass ihr süßer Mund zitterte. Er versuchte, ihre spärliche Kleidung zu ignorieren, aber es fiel ihm schwer.

»Aber … Miss Jenny … ist irgend etwas passiert? Kann ich Ihnen helfen?«

»Ich benehme mich kindisch, ich weiß … aber plötzlich überkam mich die Angst, so ganz allein oben in der Wohnung …« Sie quetschte eine Träne ins Auge. »Ich dachte, es würde mir nichts ausmachen, allein zu sein. Wissen Sie, es ist das erste Mal, dass ich seit jener Nacht allein bin …«

Der Kassierer errötete und schluckte unbehaglich. Er wusste, worauf sie anspielte, und er hatte zunehmende Schwierigkeiten, seinen Blick von den harten Spitzen ihrer festen Brüste fernzuhalten, die sich neugierig gegen den dünnen Stoff reckten. »Möchten Sie, dass ich Ihre Eltern hole?«

»Oh, nein, ich möchte nicht, dass sie sich Sorgen machen. Wenn Sie nur so gut wären, Mr. Alexander, einen Arm um mich zu legen, dann wäre mir fürs Erste schon geholfen.«

Ungeschickt und aufgeregt tat Mr. Alexander wie geheißen. Er achtete peinlich darauf, dass er keine ungehörigen Körperpartien berührte, aber seine Versuche wurden von Jenny unterlaufen, als sie sich gegen ihn presste, wobei ihm noch bewusster wurde, wie wenig sie am Leib trug. Mit der scheinbaren Ungezwungenheit eines vertrauensvollen Kindes legte sie ihren Lockenkopf an seine Schulter.

»Ihre Arme haben so viel Kraft«, murmelte sie. »Jetzt fühle ich mich sicher.« Sie kuschelte sich noch ein bisschen enger an ihn.

»Miss Jenny … ich … Sie … ich glaube, Sie …«

»Ich glaube, ich fände es wunderbar, wenn Sie mich jetzt küssten«, hauchte Jenny. Sie hob ihre weichen, pinkfarbenen Lippen und drückte ihren Körper gegen seinen, und fast hätte sie ihre Rolle vom unschuldigen Kind vergessen, als sie seinen harten Schaft spürte.

»Miss Jenny, bitte.« Mr. Alexander löste sich von ihr und trat einen Schritt zurück, beschrieb gleichzeitig eine halbe Drehung seines Körpers, damit sie die Beule in seiner Hose nicht sehen konnte. »Sie wissen ja nicht, was Sie tun. Glücklicherweise bin ich ein Ehrenmann, denn ganz bestimmt wollen Sie nicht wieder brutal gegen ihren Willen genommen werden.«

»Oh, aber Mr. Alexander«, schmollte Jenny, die Augen voller Unschuld weit aufgerissen, »es muss ja nicht brutal sein, dann wäre es auch nicht gegen meinen Willen. Wenn der Mann damals nicht so grob gewesen wäre, dann hätte ich die Erfahrung wahrscheinlich sehr genossen. Jedes Mal, wenn ich daran denke, wird mir ganz heiß, und ich spüre, wie es zwischen meinen Beinen ganz feucht wird. Ich weiß nicht, warum es so ist. Vielleicht können Sie es mir erklären.« Sie nahm seine Hand und führte sie zu ihrem Dreieck. »Fühlen Sie doch mal selbst, wie feucht ich bin.«

Mr. Alexander fühlte. Zuerst durch den hauchdünnen Stoff des Nachthemds, was Jenny veranlasste, unruhig von einem Fuß auf den anderen zu treten und dabei den Po gegen seinen Schoß zu reiben, wo sie das Pochen seines Penis spürte. Der Kassierer drückte den Stoff mit dem Finger in ihre Spalte, und als er Jennys Stöhnen hörte, legte er zuerst seine Zurückhaltung und dann seine Kleidung ab.

Jenny nutzte die Zeit, um ihr Nachthemd abzustreifen, sie schob es von den Schultern und stieg heraus, als es zu ihren Füßen lag.

Als der Kassierer wieder damit begann, die Feuchtigkeit in Jennys Spalte zu testen, legte sie eine Hand um den heißen Schaft und rieb ihn mit demselben begeisterten Rhythmus, in dem Mr. Alexander ihre

Schamlippen teilte und rieb. Sie schaute hinunter und erregte sich am Bild ihrer kleinen Hand, die den massigen Schaft gerade umspannen konnte. Die rote Eichel sah wie mit Seide überzogen aus. Mr. Alexander zog Jenny rasch und entschlossen hoch und setzte sie auf seinen Schreibtisch.

Er drückte ihren Oberkörper auf die Tischfläche nieder, legte ein Bein über seine Schulter und winkelte das andere weit ab, trat näher heran und stieß tief in sie hinein.

»Oh, ja!« schrie sie. »Ganz tief, ganz tief. Tiefer, ja, ja!«

Mr. Alexander hätte sich in diesem Zustand von nichts mehr beeinflussen lassen, seine Libido ersetzte den Verstand, vor allem, als Jenny ihn derart antrieb. »Oh, er ist ja so groß!« schrie sie, dass man es vielleicht draußen auf der Straße hören konnte. Sie hob den Kopf. Ein Schrei des Entsetzens drang in ihr lustentbranntes Bewusstsein. Sie warf den Kopf zurück und schaute seitwärts zur Tür.

Dort stand, mit einem Ausdruck völliger Fassungslosigkeit, ihr Vater, der zusätzlich noch die Aufgabe hatte, seine Frau zu stützen, die in Ohnmacht gefallen war.

»Oh, Daddy«, keuchte sie mit schwacher Stimme, und dann: »Ooh, ooohhh.« Sie zog diesen Laut so lang, wie der Aufbau des Orgasmus dauerte, und als sich die Muskeln ihrer Vagina um den zuckenden Schaft zusammenzogen, konnte auch Mr. Alexander nicht mehr an sich halten und explodierte in ihr.

Eine Woche später wurde sie von zwei Anstandsfräuleins zu einer Tante nach Sydney begleitet, wo sie an den erstbesten anständigen Mann, der sich bereit erklärte, sie zu nehmen, verheiratet werden sollte.

Molly Jones und ihr Mann betrieben ein nicht genehmigtes Wirtshaus im Busch, weit genug von jeder Siedlung entfernt, um nicht vom Gesetz behelligt zu werden. Ihre Gastfreundschaft spielte sich im eher bescheidenen Rahmen ab. In einem windschiefen Bretterverschlag standen ein paar Pritschen für die Gäste, die über Nacht bleiben wollten oder mussten. Die Mahlzeiten bestanden aus unschmackhaften Schmorgerichten mit Hammel- oder Kängurufleisch. Der Schnaps wurde in einer Destille im Schuppen hinter dem Haus gebrannt.

Nicht, dass sich die wenigen Reisenden, die den Weg zum Wirtshaus fanden, beklagt hätten. Die Besucher waren keine Gourmets, meist wollten sie sich eine Weile vor dem Gesetz rar machen, oder sie suchten die Gunst der Wirtin.

Molly Jones war eine pummelige Frau von mäßigem Aussehen und einem unersättlichen Appetit auf Sex, der auch durch ihr hartes Leben nicht gelitten hatte. In den ersten Jahren ihrer Ehe hatte es Mr. Jones geschafft, sie in einem befriedigten Zustand zu halten, aber dann war der Tag gekommen, an dem ein böser Unglücksfall mit dem Gewehr das einst so imposante Gerät zerstückelt zurückließ.

Einen derart abrupten Abbruch ihrer sexuellen Freuden mochte Molly nicht hinnehmen, deshalb suchte sie nach Auswegen. Mr. Jones erwischte sie eines Tages im Bett mit einem Fremden, und bei dieser Gelegenheit stellte sich heraus, dass er des verbliebenen Stummels wegen zwar nicht mehr der körperlichen Liebe frönen, wohl aber bei entsprechendem Anreiz einen Höhepunkt erleben konnte.

Mann und Frau trafen eine Abmachung. Molly konnte sich ihren Sex bei jedem holen, der nach ihrem Geschmack war – solange sie Mr. Jones heimlich zuschauen ließ, damit auch er auf seine Kosten kam.

Ein kleines Guckloch gestattete Mr. Jones, alles deutlich zu sehen, was im hinteren Zimmer des Wirtshauses geschah. Neue Gäste weckten Mollys Interesse in besonderem Maße. Sie erinnerte sich noch so gut, als wäre es gestern gewesen, als die beiden Buschräuber ins Wirtshaus gekommen waren. Sie hatte sich nicht entscheiden können, mit wem sie zuerst das Lager teilen sollte, entweder mit dem großen Mann mit dem buschigen Bart, oder mit dem Kleinen, der verwegener zu sein schien. Es war ihre erste Nacht mit zwei Männern gewesen.

Molly dachte gerade an die beiden und fragte sich, ob sie Josh und Charlie wiedersehen würde, als sie hereinplatzten. Sie strahlte übers ganze runde Gesicht, schenkte ihnen unaufgefordert den neu gebrannten Schnaps ein und genehmigte sich selbst auch einen.

Zuerst dachte sie, dass der Schnaps nicht so stark sei wie sonst, aber nach dem zweiten Glas wurde ihr heiß, und die Hitze strömte durch ihren drallen Körper. Die Brustspitzen fingen an zu jucken, und in ihrem Schoß fachte jemand ein Feuer an, so schien es. Und es dauerte nicht lange, bis sie der Überzeugung war, dass es den beiden Gästen nicht anders erging.

Sie saßen an dem rustikalen Tisch, und Molly wartete darauf, dass die beiden Männer das Spiel eröffneten. Mann, sie hatte es nötig.

Sie zog den üppigen Ausschnitt noch ein bisschen tiefer, so dass der Stoff gerade noch die braunen Nippel ihrer prallen Brüste bedeckte, als sie sich dem

Tisch näherte, um nachzuschenken. Der Geruch ihrer Lust waberte den Männern entgegen und verstärkte noch deren Erregung.

»Was hast du diesem Schnaps beigegeben?« fragte Josh. »Mein Prügel drängt gegen den Hosenstall wie ein Bulle, der in den Kuhstall will.«

»Meiner auch«, fiel Charlie ein. »Das liegt an deinem Schnaps, Molly, deshalb solltest du was für uns tun.«

Die beiden starrten sie so unverhohlen lüstern an, dass Molly mit jedem Atemzug heißer und feuchter wurde. Sie schob den Ausschnitt nach unten, bis ihre üppigen weißen Brüste herausfielen, die sie ihnen mit beiden Händen und fiebernden Blicken anbot.

»Wer will denn zuerst?« fragte sie heiser.

Am nächsten Morgen waren die Erinnerungen von Charlie und Josh über die Ausschweifungen der Nacht ziemlich blass. Die erlebte Lust wurde von dem schweren Kopf in den Hintergrund gedrängt, in dem ein kleines Männchen mit einer Axt zuzuschlagen schien.

Ihr Kater währte drei Tage lang, und als sie ihn überstanden hatten, stellten sie fest, dass sie eine Flasche des selbstgebrannten Schnapses mitgenommen hatten. Sie versteckten sie in der hintersten Ecke ihrer Hütte und versicherten sich gegenseitig, dass es lange dauern würde, ehe sie sich noch einmal an dem Fusel vergriffen.

Fünftes Kapitel

Die Beisetzung war vorüber, und William Leighs Testament war verlesen worden. Obwohl Ginny enttäuscht darüber war, dass sie nur eine geringe finanzielle Absicherung erhielt, war sie über ihre veränderten Lebensbedingungen nicht sonderlich betrübt. Der größte Teil des Besitzes ihres Ehemannes – auch die Villa Everleigh – ging an seinen einzigen Neffen. Francis Leigh war Anfang Dreißig, eine angenehme Erscheinung, freundlich im Umgang, und alleinstehend.

Ginny trauerte wirklich um ihren Mann, der sie immer gut behandelt hatte und den sie immer gemocht hatte. In ihre Trauer mischte sich ein Schuldgefühl, das sie zu seinen Lebzeiten nicht empfunden hatte. Ginny warf sich vor, ihre Lust nicht gezügelt zu haben, um dem Mann treu zu bleiben, der ihr stets mit Respekt begegnet war.

Zu ihrer immensen Erleichterung ließ Logan sie in dieser ersten Zeit der Trauer in Ruhe. Sie war sicher, dass sie dieser Beziehung jetzt entkommen konnte, dass sie stark genug war, seine Demütigungen nicht mehr hinzunehmen.

Vor einer Erpressung brauchte sie sich nicht länger zu fürchten – William konnte nicht mehr verletzt werden, und sie selbst war der Meinung, dass jeder Skandal nach neun Tagen durch einen anderen abgelöst wurde.

Es gab noch einen weiteren positiven Aspekt, der

durch den Tod ihres Mannes eingetreten war: Die Bekanntschaft mit dem freundlichen Francis. Vom ersten Tag an hatte sie sich in seiner Gesellschaft wohlgefühlt. Er hatte seinen Freund Harold mit nach Everleigh gebracht.

Francis war so gutmütig und fürsorglich wie sein Onkel, und er kümmerte sich rührend um Ginnys Wohlergehen. Fast täglich unternahmen sie lange Spaziergänge durch das Parkland, nach denen sich Ginny friedvoll und erholt fühlte. Francis besaß die seltene Gabe zu wissen, wann er sprechen und wann er schweigen sollte. Zuhören war seine große Gabe.

Als sie eines Tages wieder von einem Spaziergang zurück ins Haus gingen, blieb er in der Halle stehen und nahm ihre Hände in seine. »Du weißt, wie glücklich ich wäre, wenn du hier bliebst, Ginny. Everleigh wird dir Zuhause sein, solange du es wünschst.«

Sie lächelte ihn dankbar an und beschäftigte sich in den nächsten Tagen mit dem Gedanken an den unverheirateten Neffen.

Aber dann ließ Logan von sich hören. Ginny richtete keine Antwort aus. Sie würde einfach nicht zu ihm gehen. Aber diese Entscheidung war leichter zu fällen als durchzuhalten. Beim Abendessen fühlte sie sich unwohl vom Kampf des Verstandes gegen ihren Körper. Sie zog sich nach dem Essen früh zurück. Ihr Kopf schmerzte, und ihr Schoß schrie nach Logan.

Der Schlaf wollte nicht kommen, und als die Uhr Mitternacht schlug, fuhr ein Stich des Verlangens durch ihren Körper, der schmerzte. Sie warf die Decken zurück und stieg aus dem Bett, trat ans Fenster und zog die Vorhänge zurück. Sie schlang die Arme um ihren zitternden Körper und starrte hinaus auf die mondbeschienene Landschaft, während sie sich dem erdrückenden Zwang von Logans Willen widersetzte.

Mitternacht, die Geisterstunde. Die Stunde der Hexen, der Zauberer. War es nur Zufall, dass Logan sie immer nur um Mitternacht zu sich bestellte? Oder hatte er irgendwelche Zauberkräfte? Welches Geheimnis umgab diesen Mann, dem es gelungen war, sie derart in seinen Bann zu ziehen?

Wieso arbeitete Logan mit seiner gehobenen Sprache als Stallbursche? Sie hatte ihn ein paar Mal einen Teufel genannt, und er hatte daraufhin nur sein zynisches, grausames Lächeln und ein Funkeln in den schwarzen Augen gezeigt.

Als sie die Bewegung an der Tür hörte und sah, wie sich der Knopf langsam drehte, hielt sie vor Anspannung die Luft an. Als sie ausatmete, wurde die Tür geöffnet, und eine große, dunkle Gestalt betrat ihr Zimmer. Logan. Er sah ihre Umrisse am Fenster, und obwohl sie seinen Gesichtsausdruck nicht sehen konnte, wusste sie, dass er verärgert war.

»Du bist nicht zu mir gekommen, Ginny«, stellte er mit finsterer Stimme fest. »Warum bist du nicht gekommen?«

Er blieb vor ihr stehen. Sie zitterte am ganzen Körper. Ihre Kehle war so trocken, dass ihre Stimme nur ein heiseres Krächzen war, als sie sagte: »Du musst wissen, warum. Es hat sich alles verändert.«

Er griff nach ihr, streichelte über ihre Haare, nahm eine Strähne zwischen die Finger und spielte damit. Ein Schluchzen rang sich aus Ginnys Kehle. »Geh bitte. Logan. Lass mich in Ruhe.«

»Du weißt genau, dass ich das nicht tun kann.« Er

nahm einen Haarstrang und legte ihn spielerisch um ihren Hals. Es hätte auch eine verliebte Geste sein können, aber bei ihm fühlte sie sich eher wie eine heimliche Drohung an.

Mit einer raschen Bewegung, auf die sie nicht vorbereitet war, packte er den Halsausschnitt ihres Nachthemdes und riss es ihr vom Leib. Der Stoff zerriss, und das hässliche Ratschen ließ sie zusammenzucken.

Mit einer brutalen Drehbewegung seiner Hand in ihren Haaren zog er sie enger an sich heran. Er presste seinen Mund wild auf ihren, während seine zweite Hand über ihren Rücken fuhr, über die Pobacken und dann in die Kerbe hinein zwischen ihre Beine. Als er einen Finger rücksichtslos in sie hineinstieß, begann sie sich gegen ihn zu wehren – sie sträubte sich gegen Logan und gegen sich selbst.

Aber je mehr sie sich wehrte und sich in seinem Griff wand, desto erregter wurde sie, weil die heftigen Bewegungen ihrer Hüften der Aktion seines Fingers in die Hände spielten.

Ihre Arme waren zwischen den beiden Körpern gefangen. Ginny erkannte, dass ihr Widerstand zwecklos war. Sie spreizte ihre Hände und tastete nach seinen Brustwarzen. Durch den Hemdstoff zwickte sie mit all ihrer Kraft. Vor Schmerz sog er zischend die Luft ein. Dass sie ihm Schmerzen zufügte, freute und erregte sie gleichzeitig.

Logan packte sie und warf sie aufs Bett. Wie am ersten Abend warf er sich gespreizt über ihren Leib und band ihre Handgelenke an den Bettpfosten fest, dann packte er ihre Beine, und zu ihrem großen Entsetzen band er auch die Fußgelenke um die Bettpfosten. Der Widerstand, den sie aufbrachte, um ihn daran zu hindern, schien ihm nur noch größere Befriedigung seiner sadistischen Ader zu geben.

Er streichelte sie am ganzen Körper. Leicht huschten die Fingerspitzen über ihre Brüste, über ihren Bauch und zwischen ihre Beine, bis jedes Nervenende bibbernd vibrierte. Sie konnte dem erotischen Kreuzzug seiner Finger nicht ausweichen. Ginny zitterte. Mit den gespreizten Beinen fühlte sie sich ihm noch hilfloser ausgeliefert als bisher.

Als er sie nahm, klammerten sich ihre inneren Muskeln um seinen wunderbaren Schaft, als wollten sie ihn nie wieder hergeben. Sie wollte ihn umarmen, aber wegen ihrer gefesselten Gelenke war das nicht möglich. Ginny hob die Hüften an, bäumte sich unter ihm auf, sie wollte mehr von ihm, sie brauchte die kräftigen Stöße seiner Lenden.

Plötzlich zog er sich aus ihr zurück. Er band ihre Gelenke los und wandte, sich vom Bett ab.

»Logan?« Ginny, die danach begehrte, ihn in sich zu spüren, schaute ihm verdutzt nach.

»Ich habe dich ans Bett gebunden, um dich dafür zu bestrafen, dass du es gewagt hast, dich mir zu widersetzen. Ich brauche keine Stricke, um deinen Körper an meinen zu binden. Wenn du mir jetzt sagen kannst, dass ich gehen und dich in Ruhe lassen soll, dann werde ich es tun.«

Sie sah seine Silhouette im Mondlicht, dunkel und ein Bild für die Götter. Sein herrlich anzusehender Schaft ragte immer noch steif vom Körper weg.

Ginny konnte nicht sprechen. Sie konnte ihn nur ansehen, ihn bewundern, nach ihm verlangen. Ihr Körper schmerzte vor Gier nach ihm.

Er ließ ein leises, triumphierendes Lächeln hören. »Siehst du, du kannst mich nicht wegschicken,

Ginny. Du willst mich. Aber du musst zu mir kommen.«

Als ob sie von einem unsichtbaren Faden gezogen würde, verließ Ginny das Bett und schritt wie in Trance zu ihm. In ihrem Schoß pochte es verlangend, und sie drückte sich gegen ihn und umschlang seinen Hals mit den Armen.

Logan hielt ihre Pobacken gepackt. Sie fühlte sich angehoben, und im nächsten Moment spürte sie, wie sein Schaft die Lippen ihres Geschlechts teilte. Sie wagte nicht zu atmen, als er in ihren feuchten Kanal schlüpfte, und hielt seinen Hals noch fester gepackt, während sie die Beine um seine Hüften schlang. Er hatte die Kontrolle und bestimmte den Rhythmus.

Ginny grub die Finger in seinen Rücken. Er wusste, dass sie vor Lust brannte, und als er in ihr explodierte, rief sie seinen Namen und zog ihn so lange hinaus, bis auch sie zum Höhepunkt kam.

Wie eine Lumpenpuppe hing sie an ihm, der Kopf ruhte schlaff auf seiner Schulter. Sie wäre an ihm hinabgerutscht, wenn er sie nicht zum Bett getragen hätte, ohne sich aus ihr zu lösen.

Ihr Atem hatte sich noch nicht beruhigt, als er mit langsamen Stößen das Feuer in ihr wieder entfachte. Ginny lag still da, ließ sich von ihm einnehmen, überließ es ausschließlich ihm, sie zu einem weiteren Höhepunkt zu bringen, der sich bald einstellte, längst nicht so impulsiv wie der erste, aber dafür wohliger und genüsslicher.

Er rutschte von ihr, blieb aber immer noch mit ihr verbunden. Sie lagen beide auf den Seiten und schauten sich an. Er schlüpfte schlaff aus ihr heraus, und ihr war, als hätte sie einen Teil von sich selbst verloren. Sie griff nach ihm, aber er rollte sich weiter weg und stellte sich neben das Bett, schaute grinsend auf sie hinab.

»Nichts hat dich geändert, Ginny, wenn auch alles andere sich verändert hat. Es nähert sich die Zeit, dass ich dich ganz zu mir nehme, und bis dahin werde ich dich holen, wann immer ich will. Tag oder Nacht.«

Das blasse Licht der Morgendämmerung zog auf, als Logan aus ihrem Zimmer glitt. Emotional und körperlich erschöpft, fiel Ginny in einen tiefen Schlaf, aus dem sie erst am frühen Nachmittag erwachte. Sie fühlte sich steif an und wund und klingelte nach Tessa, die ein Bad für sie richten sollte. Der freche, wissende Blick des Dienstmädchens behagte ihr überhaupt nicht.

Das duftende warme Wasser half, ihre Schmerzen zu lindern. Nachdem sie sich mit einem flauschigen Badetuch trocken gerubbelt hatte, betrachtete sie die blauen Flecken an ihrem Körper, Erinnerungen an Logans brutale Griffe. Offenbar brauchte er kleine Sadismen, um sich in die höchste Lust steigern zu können. Ginny musste sich eingestehen, dass sie durch die kalkuliert zugefügten Schmerzen in einen wahren Wirbel der Lust geriet, eine Erkenntnis, die sie erst bei Logan gewonnen hatte.

Sie kämpfte wild und mutig gegen ihn, wenn er ihr weh tat, sie fluchte und nannte ihn einen Teufel, aber gleichzeitig rieb sie ihren Körper gegen seinen und wand sich und konnte nicht genug von ihm bekommen.

Ginny betrachtete ihren nackten Körper im mannshohen Spiegel. Ihre Brüste waren voll und fest, ihr Bauch war flach, die Hüften rundeten sich sanft, und wo sich die langen, wohlgeformten Beine trafen, bewachte ein flaumiger, goldbrauner Busch ihre Weiblichkeit.

»Ein Körper, der Männer in den Wahnsinn treibt«, hatte Logan gesagt. Und doch war es dieser Körper, der im Bann des Mannes stand, der ihn mit unsichtbaren Fäden eingewickelt hatte. »Bald ist die Zeit da, dass ich dich ganz zu mir nehme.« Was hatte er damit gemeint?

Sie hatte ihn nicht gefragt. Sie wusste nur, dass es für sie keine Fluchtmöglichkeit mehr gab, wenn es ihr nicht schnell gelang, sich von Logan, seinem Bann und ihrer eigenen seelenzerstörenden Leidenschaft zu befreien.

Sie kleidete sich sorgfältig und mit Bedacht, atmete ein paar Mal tief ein, um ihre Nerven zu beruhigen, und begab sich auf die Suche nach Francis.

Sie fand ihn in der Bibliothek, wo er Williams Papiere sortierte. Sein freundliches Lächeln zur Begrüßung gab ihr das Selbstvertrauen, das sie brauchte, um ihren Plan in die Tat umzusetzen.

»Francis, willst du mich heiraten? Ich meine, nachdem wir eine Anstandszeit haben verstreichen lassen.«

Er betrachtete sie mit einem vergnügten Lächeln und war von ihrer ungestümen Art überhaupt nicht aus dem Gleichgewicht gebracht. »Willst du mir erzählen, Ginny, dass du dich Hals über Kopf in mich verliebt hast?«

Sie erwiderte sein Lächeln, als sie den Kopf schüttelte. »Du weißt, dass es nicht so ist, obwohl ich dich sehr mag. Ja, ich möchte gern weiter auf Everleigh leben. Ich weiß, dass du mir erlaubt hast, das auch ohne Trauschein zu tun, aber ich finde, dass es auf vielen Gebieten praktischer wäre, wenn wir beide verheiratet sind.«

»Ich gebe zu, dass ich auch schon darüber nachgedacht habe. Du bist eine schöne Frau, und jeder Mann würde mit dir Ehre einlegen.«

»Danke, Francis.« Ginny freute sich über das Kompliment. »Du stimmst also zu?«

»Ich bin einverstanden, wenn du nichts dagegen hast, dass auch Harold hier in Everleigh lebt.«

»Es ist dein Haus, Francis.«

»Ich möchte, dass du es auch als dein Haus betrachtest. Harold und ich stehen uns seit einigen Jahren sehr nahe. Ich weiß, dass er sehr viel von dir hält. Er fühlt sich zu dir hingezogen.« Er lächelte wieder. »Du bist eine sehr sinnliche Frau, Ginny, und ich habe nichts gegen Teilen.«

Zuerst glaubte Ginny, dass sie Francis missverstanden hatte. Dann begriff sie aber, dass das nicht der Fall war. Ihr Herz hüpfte vor Freude. Es schien, dass Francis nicht nur glücklich war, sie zu heiraten, er hatte auch nichts dagegen, dass sie sich seinen Freund als Liebhaber nahm. Vielleicht würde das Leben auf Everleigh viel lustiger werden als bisher. Ein Ehemann und ein Liebhaber, und keiner von ihnen ein Sadist.

Der Gedanke an Logan verfinsterte ihre Blicke. Sie wollte Francis noch um einen weiteren Gefallen bitten. »Ich möchte dich noch in einer anderen Sache um Rat fragen.«

»Was immer du willst, meine Liebe.«

»Seit einiger Zeit habe ich mein Dienstmädchen im Verdacht, dass sie Geld aus meinem Zimmer stiehlt, und in letzter Zeit vermisse ich auch bestimmte Schmuckstücke.«

»Um Himmels willen! Hast du sie schon mit deinem Verdacht konfrontiert?«

»Nein. Das Mädchen ist frech und dreist, und sie würde nur lügen. Ich bitte dich, dass du ihr Zimmer durchsuchen lässt. Wenn der Schmuck bei ihr gefunden wird, ist ihre Schuld zweifellos bewiesen.«

Francis runzelte die Stirn. »Eine unangenehme Aufgabe. Ich schätze, dass die Bediensteten mich für einen nachgiebigen Herrn halten, aber Unehrlichkeit werde ich nicht dulden. Möchtest du mit mir kommen, Ginny?«

»Nein, lieber nicht. Aber Mrs. Mason kann dich begleiten.«

Ginny ging in der Bibliothek unruhig auf und ab, während sie darauf wartete, dass Francis und die Hausverwalterin zurückkehrten. Nun, da sie ihren verwegenen Plan umgesetzt hatte, befürchtete sie, dass er scheitern könnte. Sie musste ihre Hände ineinander wringen, um ihr Zittern zu verbergen, als sie die Schritte im Flur hörte.

»Du hast Recht gehabt, Ginny«, sagte Francis und zeigte die beiden Broschen und das Halsband – Schmuckstücke, die Tessa von ihr erpresst hatte. »Möchtest du das Mädchen selbst zur Rede stellen?«

Ginny schüttelte den Kopf. »Es wäre mir lieber, wenn du die Sache in die Hand nimmst, Francis.«

»Möchtest du, dass ich eine Anzeige wegen Diebstahls mache?«

»Nein, mir genügt es, wenn du sie entlässt.«

Francis runzelte tadelnd die Stirn. »Bist du sicher, dass dir das genügt? Diese Schmuckstücke stellen immerhin einen beträchtlichen Wert dar.«

»Ich weiß, aber ich glaube nicht, dass sie im Gefängnis zur Besinnung käme. Ich würde sie ohne Zeugnis entlassen, und ich würde es für sinnvoll oder gar notwendig erachten, auch ihren Bruder zu entlassen.«

»Ihren Bruder?«

»Der Stallbursche – Logan.« Es war ihr unmöglich, den Namen ohne Stocken zu nennen, und als sie ihn herausbrachte, musste sie rasch die Augen schließen, um gegen den Tumult in ihrem Bauch anzukämpfen. Sie hoffte, dass Francis nichts aufgefallen war.

»Er ist ein guter Mann, der was von Pferden versteht«, wandte Francis ein.

»Seine Schwester ist eine Diebin, und es wäre ein Fehler, ihm auch dann noch zu vertrauen, wenn du sie erst einmal entlassen hast.«

Francis nickte seufzend. »Du hast zweifellos Recht, Ginny, und ich muss zugeben, dass er mir trotz seines Pferdeverstandes von Anfang an unheimlich war, ohne dass ich den Grund dafür benennen könnte. Ich habe ihm nie über den Weg getraut.«

»Genauso fühle ich auch. Entlasse sie beide ohne Zeugnis und ohne Referenzen. Falls sie andeuten, dass sie Ärger machen wollen, sollte die Drohung, die Polizei einzuschalten, ausreichen, um sie zu Verstand zu bringen. Ich bin sicher, dass sie leise und ohne Aufhebens deinen Grund und Boden verlassen.«

Es zeigte sich, dass Ginny Recht behalten sollte.

Als der Abend dämmerte, waren Tessa und Logan von Everleigh verschwunden.

Nun begann für Ginny eine zweite Periode der Trauer. Obwohl sie nie bereute, Logan aus ihrem

Leben vertrieben zu haben, war ihr, als hätte sie ein Stück von sich selbst zerstört. Aber tief in ihrem Inneren glaubte sie nicht daran, dass Logan sie so leicht aufgeben würde. Täglich lebte sie mit der Angst, dass er wieder auftauchen könnte, verbunden mit der Furcht, was er dann mit ihr anstellen würde. Schlimmer noch – wie sie auf seine Gegenwart reagieren würde.

Zwei Wochen vergingen, ehe sie sich wieder gefangen hatte. Sie begriff, dass es nur ein Motiv gegeben hatte, um Logan aus ihrem Leben zu entfernen – weil er ihr eigenes Leben kontrolliert hatte. Jetzt musste sie ihn auch noch aus ihren Gedanken verbannen. Und um das zu erreichen, sagte sie sich, musste sie einen anderen Mann finden, der ihr Freuden der Lust bescherte. Sie begann über das sexuelle Potenzial von Francis und Harold nachzudenken.

Francis' Bemerkung, er hätte nichts dagegen, sie mit Harold zu teilen, hatte ihre Neugier geweckt. Er behandelte sie immer noch sehr freundlich und zuvorkommend. Vielleicht glaubte er, dass sie noch nicht bereit wäre, einen neuen Mann in ihrem Bett zu haben, da seit Williams Tod erst ein paar Wochen vergangen waren. Aber es war doch nicht ihr Mann, den sie dringend ersetzen musste, es war ihr brutaler Liebhaber, für den sie Ersatz benötigte.

Mit kühler Berechnung begann sie, Harolds Interesse anzufachen. Immer häufiger erwischte sie ihn dabei, wie er sie mit fiebrigen Augen anstarrte. Harold war so blond und hellhäutig wie Francis, aber man konnte ihn beim besten Willen nicht als gutaussehend beschreiben. Allerdings, räumte Ginny ein, besaß er einen gewissen Charme, der die Defizite seines Äußeren wettmachte.

Die Nächte waren am schlimmsten. Die Stunden der Dunkelheit waren angefüllt mit Erinnerungen an wollüstige Begegnungen, und oft sehnte sie sich nach Logans harten, fordernden Stößen. Tagsüber konnte sie sich ablenken, aber wenn sie allein in ihrem Bett lag, wurde das Verlangen oft unerträglich. Und ihre Finger boten nur schwachen Trost.

Eines Abends fühlte sie sich noch einsamer als sonst, und sie beschloss, in einem Buch zu lesen, bis sie der Schlaf heimsuchen würde. Sie warf sich einen dünnen Umhang über und lief leichtfüßig hinunter zur Bibliothek. Es war schon spät, und sie ging davon aus, dass sich Harold und Francis schon zurückgezogen hatten.

Aber als sie die Tür öffnete, entdeckte sie Harold in einem der hochlehnigen Sessel. Er las in einem Buch und schaute auf, als sie eintrat. Er legte das Buch beiseite.

»Das ist eine Überraschung, Ginny. Ich dachte, du hättest dich schon für die Nacht zurückgezogen.«

»Hatte ich auch, aber dann stellte ich fest, dass ich nicht einschlafen konnte, deshalb bin ich hier, um mir ein Buch zu holen.«

»Du musst abschalten, Ginny. In den letzten Tagen wirkst du sehr angespannt und nervös. Vielleicht würde dir ein Glas Portwein helfen.«

Er hob die Karaffe und schaute Ginny fragend an. Sie nickte, murmelte »danke schön« und schaute ihm zu, wie er zwei Gläser einschenkte. Er reichte ihr ein Glas, und dabei berührten sich ihre Finger, während sich ihre Blicke trafen. Sie las eine deutliche Frage in seinen Augen.

Der Wein wärmte Ginny und löste ihre Anspannung. Sie setzte sich auf ein Sofa und nippte behaglich an ihrem Glas, während sie Harold mit einem verführerischen Lächeln um die Mundwinkel anschaute.

Harold spürte, wie sein Herz schneller schlug. Er trank sein Glas in einem kräftigen Zug leer. Dann stand er auf, setzte sich neben Ginny aufs Sofa, nahm sie in seine Arme und küsste sie.

Ginny war sich nicht sicher, wie sie den Kuss einschätzen sollte. Zu fordernd, um noch als brüderlich durchzugehen, aber längst nicht ausreichend, um leidenschaftlich oder lustvoll zu sein. Und als Ouvertüre zum Sex taugte er auch nicht. Jedenfalls hatte er nichts mit den feurigen, wilden Küssen Logans gemeinsam.

Ach, zum Teufel mit Logan! Ginny öffnete den Mund und erwiderte Harolds Kuss mit mehr Erfahrung, als er gezeigt hatte, und die anmachende Wirkung blieb auch nicht aus.

Harolds Hand glitt von ihren Schultern zu den Brüsten, und als er sprach, klang seine Stimme wie ein heiseres Flüstern. »Ich will mit dir Liebe machen, Ginny.«

»Ich will es auch«, murmelte Ginny. Sie schauten sich in die Augen, während er mit einer Hand die Linien ihres Körpers entlang fuhr. Sie trank den Rest Portwein und stellte das Glas auf den Boden.

Mit zitternden Händen löste er ihren Umhang, dann öffnete er die Knöpfe ihres Nachthemdes. Beinahe ehrfürchtig schob er die Kleidungsstücke auseinander und entblößte die Schönheit ihrer festen Brüste seinen erstaunten Blicken. Er umfasste sie zärtlich mit beiden Händen, beugte sich hinunter und küsste nacheinander die rotbraunen Warzen.

Zu Ginnys großer Überraschung ließen sie die

Berührungen seiner Lippen und Hände völlig unerregt. Was war nur mit ihr los? Es hatte eine Zeit gegeben, da sie schon bei lüsternen Blicken in den Augen eines attraktiven Mannes die Spannung in den Brüsten und Lenden spürte.

Vielleicht lag es daran, dass Harold keine Erfahrung im Umgang mit Frauen hatte. Ginny führte seine Hand zurück zu ihren Hüften.

Er hob den Saum ihres Umhanges, um ihre Schenkel streicheln zu können. Die Hand glitt an der Innenseite hinauf bis zum Dreieck, dann fuhr sie über den flachen Bauch und schließlich – zögerlich – hinunter in den flauschigen Busch. Dort verharrte sie, und versuchsweise streckte er einen Daumen aus, um wie unbeabsichtigt in ihre Spalte zu gleiten.

Ginny seufzte. Das war schon viel, viel besser. Ihre Vulva pulsierte, und sie hob die Hüften an, um ihn weiter zu ermutigen. Ein leises Stöhnen diente auch dieser Motivation, ebenso ihre geraunte Frage, ob sie ihr Nachthemd ausziehen sollte. Sie wartete seine Antwort gar nicht erst ab, sondern streifte es einfach ab. Harold widmete sich währenddessen den Knöpfen seines Hemdes.

Als sie beide nackt waren, legte sich Ginny aufs Sofa und genoss die streichelnden Hände Harolds, die voller Bewunderung ihren Körper in Besitz nahmen. Er schien aus dem Staunen nicht mehr herauszukommen, und scheu murmelte er: »Du bist wunderschön, Ginny. Dein Körper ist ein Bild vollkommener Weiblichkeit. Wie könnte irgendein Mann dich nicht besitzen wollen?«

Ginny wünschte, er hätte nicht von ›besitzen‹ gesprochen, denn dieses Wort malte Bilder von Logan in ihre Gedanken, zumal Harolds Finger, die sich jetzt mit ihrer Vagina beschäftigten, eher beruhigend wirkten als erregend.

Sie war nur milde stimuliert, aber sie spreizte jetzt die Schenkel, um ihm leichteren Zugang zu ermöglichen. Vielleicht würde die Erregung kommen, wenn er in sie eingedrungen war. Als er sich auf sie legte und den Penis zwischen die feuchten Lippen ihres Geschlechts drückte, hob sie die Hüften an, um ihm entgegenzukommen.

Er stieß ein langgezogenes »Aahh« aus, als er tief in ihr steckte. Vorsichtig zog er zurück, und ebenso vorsichtig drang er wieder in sie ein.

Ginny spürte kein Echo seiner Lust, die Stöße des dünnen Schafts ließen sie enttäuscht und unbefriedigt zurück. Sie konnte sich auch nicht dazu durchringen, dem unsteten Rhythmus seiner Bewegungen zu folgen, wohl aber schaffte sie ein Lächeln, als sie seine Blicke spürte. Sie lag still und reglos da und ließ ihn gewähren.

Aber auch Harold schien Lichtjahre von einem Orgasmus entfernt zu sein, so sehr er sich auch bemühte. Er rackerte sich ab, und Ginny überlegte krampfhaft, wie sie ihm auf nette Weise sagen könnte, dass sie genug von seinem Strampeln hatte, ohne seine Gefühle zu verletzen.

Da hörte sie ein Geräusch an der Tür.

Francis stand im Zimmer und schaute ihnen zu. Und es schien ihm von Sekunde zu Sekunde mehr Spaß zu machen. Als er seine Kleider abzulegen begann, belebten sich Ginnys gelangweilte Sinne. Harold und Francis gleichzeitig! Ja, das konnte doch noch ein schöner Abend werden. Sie spürte, wie sich die Vorfreude in ihr ausbreitete und eine neue, wohlige Wärme in ihrem Schoß auslöste.

Jetzt antwortete sie auch auf Harolds Stöße, ohne ihren Blick von Francis zu lassen. Er hatte sich inzwischen ausgezogen und näherte sich dem Sofa, und seine erregte Männlichkeit trug er vor sich her wie ein Banner.

Als er sich allerdings hinter Harold aufbaute, einen Fuß aufs Sofa gestützt, fragte sich Ginny stirnrunzelnd nach seinen Absichten.

Im nächsten Augenblick stieß Harold sie zurück, erhob sich und fiel Francis in die Arme. Sein Körper bebte und zuckte, und Ginny spürte, welche Gefühle die beiden Männer füreinander aufbrachten.

Ginny hielt die Luft an, ohne dass ihr das bewusst wurde. Sie hatte geglaubt, nicht leicht aus der Fassung geraten zu können, was sexuelle Dinge anging. Aber sie musste sich eingestehen, dass sie geschockt war, als sich Francis und Harold in den Armen lagen.

Ginny stand in der Halle und sah zu, wie der Diener die letzten Taschen in die wartende Kutsche brachte. Sie hörte, dass jemand ihren Namen rief, und schaute sich zur Treppe um. Francis kam herunter, und mit einem traurigen Lächeln im Gesicht trat er auf sie zu. Er nahm ihre Hände und drückte sie.

»Du weißt, dass du immer noch in diesem Haus bleiben kannst, wenn du es möchtest. Es wäre schön, wenn du deinen Entschluss ändern würdest.«

»Ja, ich weiß es«, sagte Ginny lächelnd. »Aber ich werde abreisen. Du bist mir ein lieber Freund gewesen, Francis, und als solchen werde ich dich stets in Erinnerung behalten. Aber jetzt kann ich dich nicht mehr heiraten.«

»Sehr schade«, sagte er. »Eine Frau, so schön und klug wie du, wäre ein Gewinn für jeden Mann.«

»Glaube nicht, dass ich dich verurteile, Francis.« Ein wehmütiges Lächeln umspielte ihre Lippen. »Als du von ›Teilen‹ gesprochen hast, habe ich andere Vorstellungen gehabt.«

»Das war meine Schuld. Ich hätte wissen müssen, dass du nicht darüber im Bilde warst, was Harold mir bedeutet, als ich dich fragte, ob du meine Frau werden willst.« Er drückte ihre Hände noch ein bisschen stärker. »Ich weiß, wie du an Everleigh hängst, Ginny. Geh nicht. Du kannst mich immer noch heiraten. Du gibst mir gesellschaftliches Ansehen, und du kannst dir so viel Liebhaber nehmen, wie du willst. Ich meine, das ist ja nur fair.«

Ginny schüttelte den Kopf. »Ich werde Everleigh vermissen, und ich werde dich auch vermissen, aber jetzt ist der Zeitpunkt gekommen, einen neuen Lebensabschnitt zu beginnen.«

»Dann wünsche ich dir Glück.«

»Ich dir auch, Francis.«

Er nahm sie in die Arme und drückte einen leichten Kuss auf ihre Stirn. Als er sie freigab, wandte sich Ginny rasch ab und schritt zur Kutsche. Ihre Augen füllten sich mit Tränen.

Sechtes Kapitel

»Die Kutschenstation befindet sich gleich hinter der nächsten Biegung. In zehn Minuten werden wir dort eintreffen.«

Ginny lächelte den Mann an, der ihr diese Information gab. Nach einer dreitägigen, höchst unbequemen Reise fragte sie sich immer häufiger, warum sie sich überhaupt auf diese törichte Unternehmung eingelassen hatte. Sie hatte Wattle Creek als Reiseziel gewählt – ohne eine Idee zu haben, was sie dort erwartete.

Nachdem sie Everleigh verlassen hatte, war sie in eines der besseren Hotels von Melbourne gezogen. Zwei entsetzlich langweilige Wochen hatte sie dort in ihrer Suite verbracht. Nur wenige ihrer früheren Freunde hatten sie eingeladen, und Ginny begriff rasch, dass die Witwe Leigh gesellschaftlich viel weniger beachtet wurde als die Ehefrau des William Leigh.

In einer ihrer ruhelosen, schlaflosen Nächte hatte sie alle Orte, von denen sie je gehört hatte, aufgeschrieben und sich dann ohne genaueres Wissen einfach so für Wattle Creek entschieden. Dort wollte sie ihre Zukunft neu gestalten.

Wattle Creek.

Die nächste Station war die letzte vor Wattle Creek. Danach noch fünfzehn Meilen, dann hatte sie ihr Ziel erreicht.

Ginny war dankbar, dass sie endlich wieder einmal die Beine ausstrecken konnte. Sie genoss die Tasse Tee und achtete nicht auf die Umgebung in der Station. Alle diese Einrichtungen sahen fast gleich aus, grob zusammengezimmerte Baracken, umgeben von der Pferdeweide und einigen baufälligen Buden.

»Ich möchte mal wissen, ob Smithy schon einen Käufer für diese Station gefunden hat.«

Eigentlich verlangte diese Bemerkung keine Antwort, aber Ginny spürte, wie ganz schwach ihr Interesse erwachte. Sie wandte sich an ihren Mitreisenden.

»Steht die Station denn zum Verkauf?«

»Ja. Smithys Frau ist vor ein paar Monaten gestorben, und es heißt, dass er zurück in die Stadt will.«

Eine völlig unerwartete Idee formte sich in Ginnys Kopf. Ob sie die Station kaufen sollte? Ihre Gedanken überschlugen sich. Welche Möglichkeiten hatte sie? Ob sie einen Bankkredit erhalten würde?

Sie nutzte die erste Gelegenheit, mit dem Besitzer zu sprechen. »Mr. Smith, ich habe gehört, dass Sie die Station verkaufen wollen. Ich möchte gern wissen, welchen Preis Sie erzielen wollen.«

»Mit vierhundert Pfund würde ich auskommen. Kennen Sie jemanden, der interessiert ist?«

»Ja, ich.«

»Sie?«

Das ungläubige Schnaufen wurde von einem heftigen Kopfschütteln begleitet. »Ich will Ihnen nicht zu nahe treten, Ma'am, aber ich glaube nicht, dass eine Lady wie Sie in der Lage ist, eine Kutschenstation zu übernehmen. Ich meine, wie würden Sie zum Beispiel mit den Pferden zurechtkommen?«

Die negative Einstellung des Mannes förderte nur

noch Ginnys Gefühl, dass dies eine echte Herausforderung für sie sein könnte. »Natürlich bräuchte ich Hilfe, und bisher habe ich auch nur gesagt, dass ich interessiert bin. Ich muss viel Genaueres über die Station wissen, bevor ich mich entscheide. Wann kommt die nächste Kutsche, die nach Wattle Creek fährt?«

»Nicht vor Donnerstag. Montags und donnerstags hin, dienstags und freitags zurück.«

»Dann werde ich ein paar Tage bleiben – das heißt, wenn Sie ein Gästezimmer haben. In dieser Zeit werde ich mir ansehen, wie Sie die Station führen. Bis Donnerstag müsste ich genug wissen, um entscheiden zu können, ob ich die Station übernehmen kann oder nicht.«

Ginnys Gepäck wurde aus der Kutsche geholt. Die anderen Reisenden stiegen wieder ein.

Ginny schaute der Kutsche nach, bis sie in einer dichten Staubwolke unter den hohen Bäumen verschwunden war.

»Also gut«, sagte Smithy, als er Ginnys Taschen aufhob, »ich werde Sie auf Ihr Zimmer bringen. Danach kann sich mein Sohn Drew um sie kümmern. Er wird Ihnen alles zeigen und Sie herumführen.«

Ginny gefiel das kleine, spärlich eingerichtete Zimmer, das Smithy ihr zeigte. Sie packte nur einige notwendige Sachen aus ihren Taschen und zog sich rasch um. Sie hatte ihre Abendkleider in Melbourne zurückgelassen, weil sie nicht glaubte, sie in der Wildnis zu benötigen. Sie zog eine leichte Bluse an, dazu einen weiten Rock.

Sie wusch ihr Gesicht, bürstete den Staub aus ihren Haaren und wartete ungeduldig darauf, dass Drew sie zur Besichtigung abholte. Der Sohn des Gastwirtes war ein Bursche von etwa achtzehn Jahren, er war kräftig gebaut und hatte ein offenes, jungenhaftes Gesicht.

Ginny empfing ihn mit einem Lächeln und bemerkte amüsiert, wie die Blicke seiner blauen Augen auf der Schwellung ihrer Brüste haften blieben, bevor sie den Rest ihres Körpers intensiv begutachteten.

»Wo möchten Sie anfangen?« fragte er, wobei der forsche Ausdruck seiner Augen der Frage eine andere Bedeutung gab, die Ginny sofort auffing.

»Ich richte mich ganz nach Ihnen, Drew. Ich bin sicher, dass es hier viel für mich zu sehen gibt.«

»Okay, schauen wir uns zuerst die Pferdeweide an, von dort aus machen wir dann den Rundgang.«

Drew war ein angenehmer Führer, er wusste eine Menge und konnte die vielen Fragen Ginnys beantworten. Im Gasthaus bewirteten sie nicht nur die Durchreisenden, sie waren auch darauf eingerichtet, anderen Gästen einen angenehmen Aufenthalt zu bieten. Die meisten Übernachtungsgäste waren Golddigger auf dem Weg von einer Mine zur nächsten, meinte Drew.

»Meine Ma hat für sie gekocht, und seit sie nicht mehr da ist, haben mein Dad und ich es sehr schwer. Wir hatten eine Frau hier, die uns geholfen hat, aber sie hat sich einen Digger geangelt und ist mit ihm über alle Berge.«

Sie schlenderten am Bach entlang, der das Grundstück begrenzte. Das Ufer war mit knorrigen Gummibäumen bewachsen, das Gras darunter wuchs dicht und in einem satten Grün. Eine leichte Brise wehte über das Land, und die einzigen Laute kamen von den verschiedenen Vogelarten.

»Wie schön es hier ist«, sagte Ginny seufzend. »So

friedvoll und entspannend. Von hier aus kann man nicht einmal das Gasthaus sehen.«

»Ja«, sagte Drew. »Es ist so, als wären wir ganz allein auf der Welt.«

Ginny warf ihm einen Seitenblick zu, lächelte verstohlen und ging weiter. »Wenn ich mich zum Kauf der Station entschließe, würden Sie dann bleiben und für mich arbeiten?«

»Das hängt von den Bedingungen ab, die Sie mir bieten«, sagte er und grinste breit.

»Ich würde Ihnen guten Lohn zahlen, und Sie würden Kost und Logis frei haben.« Sie blieb stehen und schaute ihn an, als er nicht sofort antwortete. »Oder wollen Sie noch mehr?«

»Ja, Mrs. Leigh. Ich möchte Sie kräftig durchvögeln.«

Ginny musste lächeln. Ihre Brauen hoben sich amüsiert. Der Bursche hatte ein ausgeprägtes Selbstbewusstsein. Sie betrachtete ihn mit provozierenden Blicken, musterte ihn ausgiebig von oben bis unten. Er hatte kräftige Beine und Arme, besonders die muskulösen Oberschenkel reizten Ginny sehr.

»Gibt es einen Grund, warum ich nicht beleidigt sein sollte und mein Angebot, Sie zu beschäftigen, zurückziehen müsste?« fragte Ginny mit unterkühlter Stimme, aus der sie ihr Amüsement nicht ganz verbannen konnte.

»Diesen Grund«, sagte Drew mit einem breiten Grinsen, während er die Hosenklappe aufknöpfte und seinen geschwollenen Penis zeigte. Er hatte tatsächlich eine beachtliche Größe. Ginny spürte, wie sie allein vom Hinschauen erregt wurde. Der harte, geäderte Schaft mit dem glänzenden Kopf federte ungeduldig, aber sie wollte dem jungen Mann nicht sofort freien Lauf lassen.

»Sie sind ganz schön von sich überzeugt, Drew. Glauben Sie wirklich, dass Sie dieses Gerät zu Ihrem Vorteil einsetzen könnten?«

»Zu Ihrem Vorteil und zu meinem, Mrs. Leigh.«

»Und das haben Sie jetzt vor? Hier?« fragte Ginny und schaute sich am Bachufer um.

»Warum nicht? Niemand kann uns sehen.«

»Eins möchte ich noch klarstellen«, mahnte Ginny, während sie begann, ihre Bluse aufzuknöpfen. »Zu unserer Abmachung gehört nicht, dass du mich bumsen kannst – vielmehr lautet die Bedingung, dass du mich befriedigst.«

Er befriedigte sie.

Seite an Seite lagen sie nackt im Gras. Ginny hatte keine Ahnung, woher Drew in einem so jungen Alter so viele Tricks wusste, eine Frau zu erregen. Aber er war zweifellos ein Fachmann auf diesem Gebiet. Er spielte auf ihrem Körper wie auf einem edlen Instrument. Er zupfte und blies, er streichelte und strich und entlockte Ginny eine Vielfalt von unterschiedlichen Tönen.

Er führte sie wie ein Meister in die entzückenden Höhen der Lust, und als er sich schließlich über sie legte und in sie eindrang, hielt sie den Atem an und konzentrierte sich auf das herrliche und durch nichts zu ersetzende Gefühl, wie sie den harten Schaft in sich aufnahm.

Ein paar Mal stieß er hart, heftig und kurz zu, dann ließ er seine Hüften kreisen. »Gefällt es dir?«

»Oh, ja!« Es war mehr als gut, es war pure Lust, völlig anders als die brutale Leidenschaft ihres Verkehrs mit Logan und auch anders als die mitleiderregenden Versuche, die sie bei Harold erlebt hatte.

Drew zog sich aus ihr zurück und führte ihre Hand an seinen Schaft. Er beugte sich über sie und küsste sie wild, während er sich mit den Ellbogen auf dem Boden abstützte, um sein Gewicht von ihrem Körper zu nehmen.

Ginny fuhr mit den Fingern von den prallen Hoden bis zur Spitze, die sie zwischen Daumen und Zeigefinger nahm und leicht drückte. Ihre kleinen spitzen Schreie verrieten Drew, wie rasch ihre inneren Feuer loderten, und als sie sich kurz vor dem Höhepunkt befand, nahm sie ihre Hand weg, und Drew stieß kräftig in sie hinein, um die brennende Flut ihres Orgasmus auszulösen.

Ginny hob die Hüften an, erwiderte Stoß um Stoß. Es war der lustbringendste, unkomplizierteste Sex, den sie seit langem genossen hatte. Niemand wollte den anderen beherrschen, es ging nicht um tiefe Gefühle, es ging nur um Mann und Frau, die ihre Körper benutzten, um sich gegenseitig sinnliche Lust zu bescheren.

Wahrscheinlich stand für Ginny schon nach diesem Erlebnis fest, dass sie die Station kaufen wollte. Drews sexuelle Kennerschaft allein war den Preis wert, und bei den vielen Reisenden würde sie wahrscheinlich auch wirtschaftlich gut abschneiden, ganz abgesehen von den Möglichkeiten, die immer neue Bekanntschaften boten.

Aber zuerst musste sie sich das Geld beschaffen. Als die nächste Kutsche eintraf, stieg Ginny zur letzten Etappe ihrer Reise ein.

Der Bankmanager und seine Frau saßen sich am Mittagstisch gegenüber und widmeten sich schweigend dem Essen. Obwohl draußen die Sonne auf den Staub der Straße brannte, war die Atmosphäre im Zimmer eisig wie ein arktischer Winter. Mrs. Townsend vermied es, ihren Mann anzuschauen, während er ab und zu einen verstohlenen Blick auf das kalte, unversöhnlich abweisende Gesicht seiner Frau warf.

Nur mit Mühe unterdrückte er einen Seufzer. Manche Frauen genossen den Sex. Warum musste seine Frau zu denen gehören, die ihn für eine lästige, geschmacklose Pflicht betrachten? Ohne Vorankündigung drängte sich das Bild seiner Tochter auf, wie sie in schamloser Vereinigung auf dem Schreibtisch des Kassierers gelegen hatte. Sein Hals färbte sich dunkelrot, und Mr. Townsend verbannte das Bild wieder aus seinem Kopf. Solche Gedanken grenzten an Inzest.

An diesem peinlichen Abend war er ebenso entsetzt gewesen wie seine Frau, aber seither war er zunehmend ungehaltener geworden, wenn er an den gelegentlichen freudlosen Vorgang des Paarens in seinem Ehebett dachte. Wollüstiges Verlangen, das er mit den wilden Tagen seiner Jugend abgelegt zu haben glaubte, tauchte mit schmerzlicher Intensität wieder auf. Ihm war bewusst, dass seine Frau die Lüsternheit der Tochter auf das Erbgut des Vaters zurückführte – und damit hatte sie zweifelsfrei recht.

Seit er mit sechzehn Jahren das erste Mal mit einer Frau geschlafen hatte, bis zu seiner Heirat zehn Jahre später, hatte es kaum einen Abend gegeben, den er allein verbracht hatte. Immer hatte er eine bereitwillige Frau gefunden.

Dann aber hatte er sich an den Treueschwur bei der Hochzeit gehalten. Er hatte seine Frau noch nicht betrogen – aber in den letzten Jahren war ihm bewusst geworden, wie schwer es ihm fiel, den Treueschwur einzuhalten, denn seine Frau bestand darauf, dass die Paarung nur dem Zweck der Fortpflanzung zu dienen hatte – alle anderen Motive waren des Teufels und wider die Natur.

Mit großer Mühe hatte er seine Frau im Laufe der Ehejahre dazu überreden können, dass es zu ihren Pflichten gehörte, dem Ehemann Zugang zu ihrem Körper zu gestatten, aber nachdem es ihm gelungen war, fragte er sich, ob es die Sache wert war. Sie lag so steif und verkrampft da, dass es ihm niemals richtig Spaß machte. Ein paar Mal, wenn die Frustration übermächtig geworden war, hatte er sich die Dienste einer Hure erkauft, aber diese Erlebnisse hatten ihn beschämt und erniedrigt.

Seit dem unaussprechlichen Geschehen an jenem Abend mit seiner Tochter und Mr. Alexander, als er Zeuge der letzten orgastischen Zuckungen beider geworden war, spürte er in sich ein tief verwurzeltes Verlangen nach den wollüstigen Vergnügungen seiner Jugend.

Unglücklicherweise hatte das Erlebnis, das seine schlummernden sexuellen Vorstellungen erregt hatte, die gegenteilige Wirkung auf seine Frau gehabt. Sie war entsetzt, dass sich ihre süße Tochter wie eine Hure aufführte, und fand die Schuld in einem Charakterfehler ihres Mannes. Von diesem Abend an blieb ihre Schlafzimmertür nachts verschlossen.

Monate der erzwungenen Abstinenz hatten schließlich ihren Tribut gefordert. Vergangenen Abend, noch bevor seine Frau sich hatte zurückziehen und einsperren können, hatte Townsend sie aufs Sofa gedrückt und sich seine ehelichen Rechte geholt. Als es vorbei war, hatte er sich geschämt, dass er sich wie ein Tier verhalten hatte, und er hatte ihr eine zerknirschte Entschuldigung angeboten. Aber diese Bitte wurde nicht akzeptiert. Wie lange sie ihn nun mit Verachtung und unheilvollem Schweigen bestrafen würde, konnte niemand wissen, aber er rechnete mit einer langen, langen Zeit.

Seufzend tupfte er sich mit einer Serviette den Mund ab und schaute auf die Uhr. Noch fünf Minuten. Um ein Uhr hatte, er eine Verabredung mit einer Mrs. Leigh. Die Frau war neu in der Stadt, eine Geschäftsfrau, die ein Darlehen benötigte. Sonst wusste Townsend nichts über sie, aber er stellte sie sich wie eine verknöcherte, sauertöpfische Frau vor, wie das Gegenstück, das ihm gegenüber saß. Verdammt, ja! Sie war sauertöpfisch. Es stand fest, dass Jennys Schönheit auf keinen Fall von ihrer Mutter gekommen sein konnte.

Er entschuldigte sich, schob den Stuhl zurück und erhob sich vom Tisch. Was er suchte, war eine warmblütige, sinnliche Frau, die wusste, wie man Vergnügen gab und nahm, die sich in den Armen eines Mannes vergessen konnte – nur um die Glückseligkeit der Lust zu spüren.

Ginny war zu früh zu ihrem Termin. Sie wurde von einem verschüchterten jungen Angestellten in das Büro des Managers geführt. Ginny schaute sich in dem einfallslosen Zimmer um und fragte sich, ob der Mann selbst auch so einfallslos war. Sie war entschlossen, das Darlehen um jeden Preis zu bekommen. Irgendwie hatte sie das Gefühl, dass sie das Talent für eine Geschäftsfrau hatte. Die Kutschenstation mit Weide und Schlafräumen und Wirtshaus betrachtete sie als ersten Schritt auf dem Weg zur unabhängigen Wohlhabenheit.

Als er hörte, dass die Kundin schon wartete, setzte Townsend seine Miene der höflichen Besorgtheit auf – die war immer nützlich, wenn Leute Geld leihen wollten.

Er betrat sein Büro mit genau dieser Miene, aber sie war sofort verschwunden, als Mrs. Leigh sich erhob, um ihn zu begrüßen. Und alle wollüstigen Gedanken, die ihn am Mittagstisch heimgesucht hatten, waren plötzlich wieder da. Diese Frau war keine ausgetrocknete Matrone. Sie war jung und sehr hübsch, und sie strahlte Sinnlichkeit aus.

Townsend schluckte seine Erregung hinunter. »Tut mir Leid, dass ich Sie warten lassen musste, Mrs. Leigh.«

»Aber das ist doch nicht schlimm, Mr. Townsend, ich war zu früh …« Ginny lächelte ihr verführerischstes Lächeln, und der Herzschlag des Mannes erhöhte sich so sehr, dass er Mühe hatte, formell zu bleiben.

»Bitte, behalten Sie doch Platz.« Er trat hinter den Schreibtisch und konnte seine Hände gegen den schmerzenden Schoß pressen. »Nun, wie kann ich Ihnen helfen?«

»Ich möchte ein Darlehen haben, Mr. Townsend.«

»Ja, das habe ich gelesen. Ich muss wissen, für welchen Zweck Sie das Darlehen brauchen, und wie viel Sie genau benötigen.«

»Ich möchte Smithys Kutschenstation kaufen.«

»Sie meinen, Sie und Ihr Mann möchten die Station kaufen«, sagte der Bankmanager.

»Nein, Mr. Townsend, ich bin es, der kaufen möchte. Ich bin Witwe und will brennend gern ins Geschäft einsteigen.«

Townsend schluckte wieder und spürte, wie

Schweiß in seinen Brauen perlte. Sie ist nicht nur schön, ging es ihm durch den Kopf, sie ist auch noch Witwe. »Eine Kutschenstation scheint mir für eine junge Frau ein ungewöhnliches Geschäft zu sein. Ich meine, ein Kleidergeschäft wäre eher etwas für eine Frau.«

»Das mag schon sein, aber ich habe nie etwas Normales und Langweiliges unternommen. Drew Smith ist bereit, bei mir zu bleiben und sich um die Pferde zu kümmern.«

»Hm. Nun, ich muss gestehen, dass Sie mir den Eindruck von Selbstsicherheit und Fähigkeit vermitteln, Mrs. Leigh, auch wenn Sie noch keine geschäftlichen Erfahrungen haben. Ich nehme an, dass Sie auf anderen – eh – Gebieten ihre Erfahrungen gesammelt haben.«

Ginnys schön gewölbte Brauen hoben sich, wie immer, wenn sie sich über das sexuelle Interesse eines Mannes amüsierte. »Das ist durchaus möglich«, sagte sie vage. »Habe ich Sie richtig verstanden, dass Sie mir das Darlehen gewähren wollen?«

»Wie hoch soll das Darlehen denn sein, Mrs. Leigh?« Townsend war weniger mit dem Darlehen beschäftigt als mit der Überlegung, wie er es bewerkstelligen könnte, diese schöne, verführerische Frau an einem intimeren Ort zu treffen.

»Ich brauche vierhundert Pfund.«

Der Bankmanager zwang sich, wieder ans Geschäftliche zu denken. »Das ist eine beträchtliche Summe, das Durchschnittseinkommen mehrerer Jahre. Haben Sie selbst auch Eigenkapital, das Sie einbringen können?«

»Ich selbst besitze einhundert Pfund. Smithy will fünfhundert für die Station haben.«

»Sie müssen verstehen, Mrs. Leigh, dass ich Ihnen ohne Sicherheit nicht eine so hohe Summe als Darlehen gewähren kann.«

»Aber die Bank hätte doch die Besitzurkunde der Station, nicht wahr?«

»Natürlich. Aber die Bank würde eine zusätzliche Sicherheit verlangen. Was, wenn die Station abbrennt?« Townsend legte eine Pause ein.

Die winzigen Fältchen zwischen den Brauen seiner Kundin und das Aufblitzen ihrer weißen Zähne, als sie sich unsicher auf die Unterlippe biss, ließen sie noch begehrenswerter erscheinen.

»Haben Sie denn nichts, was wir als Sicherheit einsetzen können?« fragte er verzweifelt, denn er wollte die Frau nicht wegschicken müssen.

»Nichts, was Sie im Tresor der Bank deponieren könnten, Mr. Townsend.« Ginny betrachtete den Mann mit reglosem Blick. Von der Sekunde an, in der er das Büro betreten hatte, wusste sie, woran er dachte. Und sie wollte das Darlehen. »Meine Aktivposten sind derzeit noch bedeckt«, sagte sie. »Wenn Sie sie näher in Augenschein nehmen wollen, sollten Sie vielleicht die Tür schließen.«

Die Geschwindigkeit, mit der er zur Tür hastete, hätte Ginny fast lauf auflachen lassen. Der arme Mann. Als sie vor gut einer Stunde am Bankgebäude vorbeigegangen war, hatte sie einen kurzen Blick auf seine Frau werfen können, und sie hatte sofort gewusst, wie wenig Befriedigung diese Frau einem Mann im Bett geben konnte. Townsend mochte zwar bald eine Glatze haben und auch ein wenig übergewichtig sein, aber solche kleinen Unzulänglichkeiten zählten nicht, wenn er ihr ein Darlehen gewährte – zu niedrigen Zinsen.

Er starrte sie in nervöser Erwartung an. Ginny stand auf und begann, die Knöpfe ihrer hochgeschlossenen Jacke zu öffnen. Mit quälender Langsamkeit ließ sie die Jacke von den Schultern gleiten, und der Bankmanager erwärmte sich beim Anblick der sahnigen Haut des Halsausschnittes ihres Mieders.

»Möchten sie noch mehr sehen, Mr. Townsend?« fragte sie mit einem Augenaufschlag, der ihn ins Schwitzen brachte.

»Ja, ja.« Es hätte sie nicht überrascht, wenn ihm Speichel aus den Mundwinkeln gelaufen wäre. »Ich muss mir die Sicherheiten genau anschauen.«

Ginny legte die Jacke auf den Stuhl und öffnete die Schleife des Mieders, und im nächsten Augenblick hatte sie die feste Schönheit ihrer Brüste entblößt.

»Mehr, mehr«, stöhnte der Bankmanager, dessen geschwollener Penis ungeduldig gegen den Hosenstoff klopfte. »Ich muss mehr sehen.«

»Qualifizieren mich meine Aktivposten für ein Darlehen?« fragte Ginny.

»Vielleicht, vielleicht.«

»Fällt Ihnen jetzt die Entscheidung leichter?« fragte sie, trat dicht zu ihm, hob seine Hand und legte sie auf ihre nackte Brust, während sie mit ihrer Hand über die harte Schwellung in seiner Hose strich.

Beinahe wäre es ihm sofort gekommen.

»Wann?« ächzte er. »Wann kann ich Sie haben, Mrs. Leigh?«

»Sobald ich das Geld habe«, antwortete Ginny, trat wieder zwei Schritte zurück und begann gelassen, ihre Kleidung wieder herzurichten.

Sie würde sich nicht vergebens prostituieren. Seit jener Nacht auf dem Schiff mit Johnny und seinem Freund – auch wenn sie ihren Spaß dabei gehabt hatte – hatte sie beschlossen, selbst zu entscheiden, wann sie mit wem Sex haben würde. Bei Logan hatte sie diesen Vorsatz nicht einhalten können, sagte ihre innere Stimme jetzt. Aber sie schob sie sofort wieder ins Unterbewusstsein.

»Es mag ein paar Tage dauern, ehe ich die Unterlagen für das Darlehen zusammengestellt habe«, hörte sie den Bankmanager sagen. »Vielleicht könnten wir die Einzelheiten heute Abend besprechen?«

Ginny lächelte und schüttelte den Kopf. Armer Mann. Er war nahe daran, sie an Ort und Stelle zu vergewaltigen. »Ich warte auf Ihre Benachrichtigung, dass das Geld für mich bereit liegt. Danke für Ihre Zeit, Mr. Townsend.«

Dann schritt sie entschlossen zur Tür, die er ihr hastig öffnete.

»Es war mir ein Vergnügen, Mrs. Leigh.«

Als sie am Abend des folgenden Tages in ihrem Hotel einen Brief vorfand, in dem der Bankmanager ihr mitteilte, dass ihr Antrag auf ein Darlehen bearbeitet sei, war sie ob der Schnelligkeit nicht überrascht. Und es überraschte sie auch nicht, dass der Manager darauf bestand, sie und das Geld in seiner Privatkutsche zu Smithys Station zu bringen. Der Mann erwartete offenbar, dass er als Gegenleistung für seine Dienste eine Nacht mit ihr in der Station verbringen konnte.

Ginny überlegte kurz, was Drew wohl von einem solchen Arrangement halten würde, aber dann schob sie diesen Gedanken beiseite – es war nicht wichtig, was Drew davon hielt. Drew und sie verstanden sich. Ihr Körper gehörte ihr, und sie war niemandem Rechenschaft schuldig.

Nie wieder würde sie eines Mannes Sklave sein. Wieder flammte das Bild Logans in ihrem Kopf auf. Sie schloss rasch die Augen, aber sie konnte nicht verhindern, dass sie ein vertrautes heißes Gefühl in ihrem Bauch empfand, das ihr nicht einmal unangenehm war.

Townsend hatte ihr in seinem Brief mitgeteilt, dass sie ihn um zwei Uhr am nächsten Nachmittag in der Bank treffen sollte. Kurz vorher verließ sie ihr Hotelzimmer und ging die zwei Blocks bis zur Bank. Sie erkannte einige Menschen in den Straßen, und einige grüßten freundlich. Männer starrten ihr in unverhohlener Bewunderung nach, nicht nur von ihrer Schönheit angezogen, sondern auch von ihrer sinnlichen Ausstrahlung, die auch von der respektablen Kleidung nicht gemildert werden konnte.

Sie war an die geilen Blicke der Männer gewöhnt. Und trotzdem hatte sie das unbehagliche Gefühl, beobachtet zu werden.

Vor dem Krämerladen verharrte sie. Sie gab vor, die Auslagen im Schaufenster zu betrachten, in Wirklichkeit studierte sie die Gesichter der Menschen, die an ihr vorbeigingen und die im Fensterglas widergespiegelt wurden. Unauffällig schaute sie in die Richtung, aus der sie gekommen war, aber sie entdeckte nichts Auffälliges. Niemand schien sich für sie über Gebühr zu interessieren. Trotzdem setzte sie ihren Weg verunsichert fort, obwohl es nur noch wenige Schritte bis zur Bank waren.

Townsend führte sie mit nervösem Eifer und einiger Feierlichkeit in sein Büro. »Es gibt da einige Papiere, die Sie unterzeichnen müssen, Mrs. Leigh. Ich habe den Kutscher zu Ihrem Hotel geschickt, damit er Ihr Gepäck holt. Sobald er zurück ist, können wir aufbrechen.«

»Darf ich das Geld sehen?« fragte sie.

»Natürlich.« Er öffnete eine kleine Ledertasche. »Hier ist es, einschließlich der erforderlichen Dokumente, um die Station zu erwerben.«

Ginny lächelte vieldeutig. »Ich sehe, dass ich mich in fähige Hände begeben habe.«

»Darauf können Sie sich verlassen, Mrs. Leigh.« Townsends Männlichkeit schwoll bereits an in der Vorfreude. Er hatte nicht die Absicht, bis zum Abend zu warten, um die versprochenen ›Aktivposten‹ einem Test zu unterziehen. Wenn der Kutscher eine gemütliche Gangart vorgab, wie mit ihm abgesprochen, dann würden sie drei ungestörte Stunden in der Kutsche haben. Die Aussicht darauf spornte ihn an. Er fühlte sich wieder jung. In seiner wilden Jugend hatte er viele sexuelle Abenteuer in der intimen Abgeschlossenheit einer Kutsche erlebt.

Nachdem Ginny die Dokumente unterschrieben hatte, deponierte der Bankmanager sie im Safe, dann begleitete er Ginny zur bereitstehenden Kutsche. Er lächelte freundlich, als er ihr beim Einsteigen half.

Ginny schaffte es kaum, das Lächeln zu erwidern. Sie war erneut betroffen von dem Gefühl, dass jemand sie beobachtete. Als sie sich rasch umdrehte, sah sie gerade noch, wie eine schwarzhaarige Frau in einem der Geschäfte verschwand.

Es war nur ein kurzer Blick gewesen, und sie konnte sich auch nicht sicher sein. Aber sie spürte, wie sich ihr Magen zuschnürte, als sie meinte, Tessa erkannt zu haben. Konnte es wirklich Tessa sein? Wenn es wirklich ihr früheres Dienstmädchen war, musste das nicht auch bedeuten, dass Logan nicht weit war?

Der Gedanke verstörte sie so sehr, dass sie in tiefes Grübeln versank, was Townsend wiederum befürchten ließ, dass Ginny ihr Versprechen bereuen könnte. Aber seine Sorge währte nicht lange. Er wusste zwar nicht, welche trüben Gedanken ihr sonst so fröhliches Gemüt beschäftigten, aber er war zuversichtlich, dass Mrs. Leigh seine höchsten Erwartungen erfüllen würde, sobald sie den geschäftlichen Teil ihrer Abmachungen abgeschlossen hatten.

Aus einem geflochtenen Korb, den er auf den Boden der Kutsche gestellt hatte, nahm er eine Flasche Wein und zwei Gläser.

»Sollen wir auf den Erfolg Ihres Unternehmens anstoßen, Mrs. Leigh?«

Ginny riss sich vom Bild der vorbeihuschenden Bauten am Stadtrand und von ihren entnervenden Bildern von Logan los. »Ja, warum nicht?«

Der Alkohol löste ihre Anspannung, und erleichtert legte sie sich in die Polster ihres Sitzes zurück. Mit einem matten Lächeln sagte sie: »Ihre Kutsche ist, was den Komfort betrifft, den Stationskutschen weit überlegen, Mr. Townsend.«

»Ich habe immer Qualität und Schönheit geschätzt, Mrs. Leigh, und Sie besitzen beides. Seit Sie mir gestattet haben, Teile Ihrer weiblichen Schönheit zu schauen, erfüllt mich die Sehnsucht, mehr davon zu sehen.«

»Und das werden Sie auch.« Das Katz-und-Maus-Spiel bereitete ihr Spaß. Sie hatte es noch nie in einer Kutsche getrieben, und jede Variation fügte der bekannten Sache neuen Reiz zu.

In der Art einer provozierenden Stripteasekünstlerin legte sie Hut und Handschuhe ab und deponierte sie auf den Sitz neben ihren Begleiter. Er verfolgte jede ihrer Bewegungen mit heißen Blicken lustvoller Erwartung.

Unendlich langsam knöpfte sie ihr Jackett auf. Als sie an einem der unteren Knöpfe angelangt und ein Teil ihres breiten Ausschnitts schon bloßgelegt war, verharrten die Finger ein paar Augenblicke auf dem nächsten Knopf, während sie die Zungenspitze wie unbeabsichtigt über die Lippen streichen ließ.

»Ich habe ein bisschen Durst, Mr. Townsend.«

Der Mann blinzelte ein paar Mal, bevor es ihm gelang, den Blick von den Schatten zwischen den milchigen Hügeln zu wenden, dann schenkte er ihr wieder ein.

Ginny nippte an ihrem Glas und lächelte. »Ich schaffe es nicht, die Knöpfe mit einer Hand zu öffnen«, murmelte sie. »Vielleicht würden Sie sie gerne öffnen.«

Während Townsends ungeschickte Finger sich mit Ginnys Knöpfen abgaben, nippte Ginny am Wein und erfreute sich der Situation. Der Mann mochte zwar vor Eifer ungeschickt sein, was das Öffnen ihrer Jackenknöpfe anging, aber die Schwellung seiner Hose war unmissverständlich. Als der letzte Knopf geöffnet war, umfasste er ihre Brüste mit beiden Händen und koste sie voller Bewunderung.

Ein Schauder durchlief Ginny, als Townsend die empfindlichen Spitzen ihrer Brüste streichelte. Es kribbelte in ihrem Schoß. Auch wenn seine Frau eine sauergesichtige alte Krähe war, hatte der Bankmanager offenbar noch nicht verlernt, eine Frau zu erregen, und Ginny war ebenso erpicht darauf wie er, ihre restlichen Kleider abzustreifen. Nicht ohne Mühe gelang es ihnen gemeinsam, den Rock und die Unterröcke abzulegen. Jetzt trug sie nur noch ihr

Mieder und das Leibchen, die Beinkleider und die halbhohen Stiefeletten.

Townsend deckte ihren Körper mit Mund und Händen zu. Er küsste sie lustvoll und drang mit einem Finger in die feuchte Spalte, die ihm so ein großes Vergnügen versprach. Obwohl er es kaum erwarten konnte, seinen pochenden Penis in dieses Behältnis der Wonne zu versenken, wusste er auch, dass er sofort einen Orgasmus erleben würde, was weder in seinem Sinne war noch in ihrem.

Also hielt er sich zurück. Von seinen jugendlichen Erlebnissen wusste er, dass er um so länger durchhalten würde, je länger er entsagte. Und er wollte dieser Mrs. Leigh zeigen, wozu er fähig war. Es sollte ganz, ganz lange dauern.

Dan, Josh und Charlie kundschafteten die Straße nach Süden aus. Sie hatten gerüchteweise gehört, dass in den nächsten Wochen eine Goldladung von Wattle Creek zu einem Hafen gebracht werden sollte, und sie suchten nach der am besten geeigneten Stelle für einen Überfall – falls sie sich zu einem Überfall entschlossen. Josh und Charlie waren dafür, Dan hatte sich eher zurückhaltend geäußert. Er befürchtete, dass ein solches Unterfangen mit Blutvergießen enden könnte, denn die Goldladung würde mit einer Eskorte auf den Weg gebracht werden, und man konnte nicht davon ausgehen, dass die Eskorte bei einem Überfall seelenruhig zusah.

Als Dan das Herannahen einer Kutsche hörte, preschten die Reiter ihre Pferde hinter mehrere massive Felsblöcke, die ihnen ausreichenden Sichtschutz boten, während sie den Pass im Auge behielten. Ein einzelner Mann saß völlig entspannt und arglos auf dem Kutschbock. Wer in der Kutsche saß, konnte man nicht sehen, weil das Rollo heruntergezogen war.

»Ist das nicht Townsends Kutsche?« fragte Charlie.

»Ja, das ist sie«, sagte Dan gepresst. »Ich möchte mal wissen, wohin er fährt. Wenn er es ist, der drin sitzt.«

»Kann es nicht sein, dass der Goldkommissar sich was besonders Schlaues hat einfallen lassen?« fragte Charlie.

Dan schaute ihn stirnrunzelnd, an. »Du meinst, das Gold könnte in der Kutsche sein?«

»Kann doch sein. Ich meine, es hat sich herumgesprochen, dass die Fuhre bald abgehen soll. Ich halte es für möglich, dass man das Gerücht absichtlich unter die Leute gestreut hat. Zur Ablenkung. Und dann karren sie die Fuhre ganz unauffällig mit Townsends Kutsche.«

»Hm. Die Sache hat was«, murmelte Dan.

»Ich sehe keine Eskorte«, gab Josh zu bedenken.

Dans Augen verengten sich zu schmalen Schlitzen, während er die Kutsche mit den Blicken verfolgte. »Die Begleiter könnten drinnen sitzen.«

»Dann wären es zwei, höchstens drei. Ich schätze, wir schaffen die mit links.«

Dan sagte eine Weile nichts. Er schürzte die Lippen, und eine steile Falte grub sich in seine Stirn. Wenn das Gold tatsächlich mit dieser Kutsche transportiert wurde, hätten sie eine günstige Ausgangsposition.

Und wenn es wirklich Townsend war, der in der Kutsche saß, würde es Dan ein großes Vergnügen bereiten, ihm alle Wertsachen abzunehmen, die er bei sich hatte. Das wäre ihm fast noch lieber als die Goldbeute.

»Also gut. Wir reiten querfeldein bis zur nächsten Biegung und nehmen sie dann von vorn, sobald sie den Fluss erreicht haben.«

Ginny lag quer über der Sitzbank der Kutsche, einen Fuß auf dem Boden, den anderen auf der Fensterbank, damit sie die Schenkel so weit wie möglich öffnen konnte. Townsend kniete auf dem Boden. Mit einer Hand koste und drückte er ihre Brüste, die andere beschäftige sich mit ihrem Geschlecht. Ginny begleitete seine Bemühungen mit eifrigem Keuchen. Der Mann hatte sie mehr erregt, als sie für möglich gehalten hatte. Sie dachte nicht mehr daran, dass sie ihm Zugang zu ihrem Körper als Gegenleistung für das Darlehen gewährte; sie war nur noch eine lustvoll erregte Frau, die das sexuelle Vorspiel eines geschickten, erfahrenen Mannes genoss.

Plötzlich griff sie nach seinem Handgelenk, und seine Finger in ihr hielten inne. Sie spürte, dass sie sich dem Orgasmus näherte, aber sie wollte nicht auf diese Weise kommen. Dabei wollte sie seinen Schaft spüren.

Im nächsten Augenblick ging ein Ruck durch die Kutsche, als wäre sie von einer Riesenfaust gepackt worden. Sekunden später blieb die Kutsche abrupt stehen, Townsend verlor das Gleichgewicht und landete auf dem Hintern.

»Was, zum Teufel ...?«

»Buschräuber?« flüsterte Ginny. Dann hörte sie die scharfen Kommandos draußen. Sie richtete sich in eine sitzende Position auf. Furcht verdrängte die Lust aus ihrem Körper. Townsend rappelte sich mühsam hoch.

»Werft eure Gewehre raus, dann öffnet, die Tür und kommt mit erhobenen Händen raus!«

»Oh, bitte, tu alles, was sie sagen«, flüsterte Ginny. Townsend zog einen schweren Revolver aus einer Tasche in der Kutschentür und warf ihn hinaus. Es klatschte laut, als die Waffe in den Fluss fiel. »Ist das alles?« fragte eine Stimme. »Ja.«

»Dann kommt hintereinander heraus.«

»Ich kann doch so nicht raus«, klagte Ginny betroffen.

»Ich fürchte, wir haben keine andere Chance.« Townsend sah auch nicht ausgehfertig aus, seine Kleider waren verrutscht, die Hose stand offen. Aber er hing am Leben und würde die Scham überwinden. Er wusste, dass es keinen Sinn machte, mit zu allem entschlossenen Kriminellen verhandeln zu wollen.

»Wenn ihr euch nicht beeilt, fangt ihr euch 'ne Kugel ein, die wird euch Beine machen!« Deutlich war die Ungeduld in der Stimme zu hören.

Townsend öffnete die Tür und lugte hinaus. Zuerst sah er nur zwei, aber dann begriff er, dass ein dritter Mann seinen Kutscher im Visier hielt. Hastig sprang er hinaus und verzog das Gesicht, als Wasser an seinen Beinen hochspritzte – sie hatten die Kutsche im Fluss angehalten.

»Guten Tag, Sir«, sagte eine höhnische Stimme.

Townsend schaute auf und in dunkelbraune Augen, die amüsiert blickten, aber kein Erbarmen zu erkennen gaben.

»Sie!« stieß er aus. »Also, Sie ...« Ihm fielen die richtigen Worte nicht ein, aber Dan kümmerte sich auch nicht weiter um ihn. Seine Aufmerksamkeit richtete sich auf die Tür der Kutsche, und unwillkürlich entfuhr ihm ein überraschtes, anerkennendes Pfeifen.

»Wen haben wir denn da?« murmelte er.

Townsend war ganz Gentleman, drehte sich um und half Ginny aus der Kutsche. Als die junge Frau neben ihm im Wasser stand, wandte er sich an den Buschräuber. »Hören Sie, Berrigan. Ich will, dass Sie die Vergangenheit vergessen. Ich weiß inzwischen, dass Sie nicht die alleinige Schuld tragen.«

»Ich habe davon gehört«, sagte Dan, ohne den Mann anzusehen. Er war viel zu sehr damit beschäftigt, jede Einzelheit dieser Schönheit in sich aufzunehmen, deren spärliche Kleidung unzweifelhaft verriet, wobei das Pärchen unterbrochen worden war.

»Ja, nun ...« Townsend wurde zusehends beunruhigter. Er wusste nur zu gut, dass Berrigan jedes Recht der Welt hatte, ihm Übles zu wollen. »Ich meine, Sie beabsichtigen doch nicht, etwas Törichtes anzustellen.«

»Törichtes?« wiederholte Dan und starrte den Mann an. »Meinen Sie damit, dass ich Sie kaltblütig erschießen könnte, Townsend?« Er lachte über die Angst des Mannes, die ihm im Gesicht geschrieben stand. »Wenn ich ein gewalttätiger Mann wäre, würde ich das vielleicht tun, weil ich Ihnen und Ihrer Schlampe von Tochter zu verdanken habe, dass mein Leben ruiniert ist.« Er wandte den Blick wieder zu Ginny, die zitternd und stumm dastand und nichts von dem begriff, was gesprochen wurde. »Ich möchte mal wissen, was die höchst respektable Mrs. Townsend sagen würde, wen sie wüsste, dass Sie sich in der Kutsche mit diesem Püppchen vergnügen.«

Ginny hielt wütend die Luft an. Funken sprühten aus ihren Augen, aber sie sagte nichts.

»Durchsuch die Kutsche, Charlie. Irgendwas wird

der geschätzte Bankmanager wohl dabei haben, was uns weiterhelfen wird.«

»Niemals!« fauchte Ginny.

Dan lachte. »He, eine Wildkatze. Townsend, wie sind Sie denn mit der fertig geworden?«

Der durchklingende Zweifel an seinen sexuellen Fähigkeiten trieb die Röte in Townsends Gesicht. Von allen Dingen, die hätten passieren können, war dies das Schlimmste, ein wahrer Albtraum: Er hatte kurz davor gestanden, das ultimative Vergnügen mit der heißesten Frau zu erleben, die er seit Jahren gehabt hatte, als die Kerle die Kutsche überfielen. Hätten sie nicht noch zehn Minuten warten können?

Der rotbärtige Charlie sprang aus der Kutsche und hielt eine Ledertasche hoch.

»Schau dir das an, Dan. Da sind bestimmt ein paar hundert Mäuse drin.«

»Die gehören mir! « schrie Ginny verzweifelt, die in diesem Moment alle Hoffnung begrub, jemals die Kutschenstation kaufen zu können.

»Oh?« Dan hob spöttisch eine Augenbraue. »Für geleistete Dienste? Sie müssen verdammt gut sein.«

Ginny wäre an ihrer Wut beinahe erstickt. Ihre geballten Fäuste zuckten, so sehr wünschte sie sich, diesem Kerl das anzügliche Grinsen aus dem Gesicht zu schlagen. Aber er hatte sich schon zu Townsend umgedreht und fragte barsch: »Sonst noch was?«

»Nein, nein, das ist alles. Sie können das Geld nehmen.«

»Das habe ich auch vor. Und sie da nehme ich auch.«

»Niemals!« fauchte Ginny wieder. Sie trat einen unsicheren Schritt zurück, als der Mann auf seinem

Pferd näher kam. Seine braunen Augen lachten sie an, was ihre lodernde Wut nur noch mehr entfachte.

Unvermittelt beugte er sich vor, umschlang ihren Rücken mit einem muskulösen Arm und hob sie offenbar ohne jede Mühe hoch. Trotz ihrer Gegenwehr und trotz der kleinen unruhigen Schritte des Pferdes schaffte er es, sie vor sich aufs Pferd zu heben. Sie hämmerte mit ihren kleinen Fäusten gegen seinen Brustkorb.

Dan packte ihre Handgelenke mit einer Hand und holte mit der anderen eine Schnur aus der Tasche, mit der er ihre Hände zusammenband. »Das sollte reichen, bis wir im Lager sind«, sagte er.

Ginny starrte dem Buschräuber ins Gesicht. »Dafür werden Sie bezahlen«, drohte sie. »Entführung ist eine schwere Straftat.«

»Ach, wirklich?« neckte Dan sie und lachte wieder dieses entnervende Lachen. »Glauben Sie, dass jemand etwas bezahlt, um Sie zurückzubekommen? Leichte Frauen sind billig. Obwohl ich zugeben muss, dass vierhundert Pfund ein schöner Batzen ist.«

Wenn Ginny dazu in der Lage gewesen wäre, hätte sie ihm ins Gesicht geschlagen. So aber wandte sie nur wütend das Gesicht ab. Starke Arme umfassten sie und zogen sie näher an den Mann heran. Dann drehte Dan sein Pferd, warf Townsend einen höhnischen Gruß zu und ritt aus dem Fluss.

Siebtes Kapitel

Eine Zeit lang hielt sich Ginny so steif wie möglich. Das gelegentliche leise oder glucksende Lachen ihres Entführers steigerte ihren Zorn mit jeder Meile, die sie zurücklegten. Es lag auf der Hand, dass der Buschräuber sie zu seinem eigenen Vergnügen gefangengenommen hatte. Was aus ihr werden würde, wenn er sich mit ihr ausgetobt hatte, wagte sie sich nicht vorzustellen. Aber Furcht spielte in ihren Gefühlen keine Rolle. Trotz der gefährlich aussehenden Waffe, mit der er Townsend in Schach gehalten hatte, glaubte sie nicht, dass er ein schießwütiger Mann war.

»Warum entspannen Sie sich nicht?« fragte er.

Ginny ignorierte ihn – bis eine kräftige braungebrannte Hand unter ihr Mieder glitt und ihre Brust umfasste. Mit dem Daumen fuhr er behutsam über den Nippel, der sich sofort hart aufrichtete. Ein erotischer Schauer durchlief Ginnys Körper. Sie musste an den Grad ihrer Erregung in der Kutsche denken und fand es deshalb nicht verwunderlich, dass sie sofort wieder ein Stadium höchster Lust erreichte. Ihre Vulva pochte vor eifrigem Verlangen.

Sie befanden sich schon tief in den Hügeln, als Dan seine Hand nach unten gleiten ließ, in ihre Beinkleider hinein, deren Öffnung er sofort entdeckte. Geschickt schlängelte sich die Hand vor, und im nächsten Augenblick spürte Ginny, wie ein Finger tief in ihre feuchte Scheide drang. Sie hörte ihn erregt keuchen und schüttelte sich.

Dan hatte schon beim ersten Anblick der jungen, nur locker bekleideten Frau ein Ziehen in den Lenden gespürt. Sie strahlte eine sexuelle Bereitschaft aus, die jeden Mann erregen musste. Und Dan hatte schon zu lange keine Frau mehr gehabt.

Er begehrte diese Frau mehr, als er je eine Frau begehrt hatte. Und er wollte sie jetzt haben, nicht in zwei Stunden, wenn sie ihr Lager erreicht haben würden. Die Versuchung, anzuhalten, sie auf den Boden zu legen und in Besitz zu nehmen, war beinahe übermächtig. Aber Vorsicht setzte sich noch gegen seine Lust durch. Sie waren noch nicht weit genug entfernt, um vor möglichen Verfolgern sicher sein zu können.

Als er sein Pferd zügelte, schaute Ginny ihn das erste Mal an, seit sie den Fluss verlassen hatten. Sie sah den schelmischen Ausdruck in seinen Augen, und bei seinem breiten Grinsen entblößte er seine weißen Zähne.

»Ich kann nicht länger warten, aber ich wage es auch nicht, einfach anzuhalten«, murmelte er rau. Mit einer Hand hielt er die Zügel und umfasste Ginny, mit der anderen öffnete er seinen Gürtel und den Hosenstall, um den eisenharten Schaft seiner Männlichkeit zu befreien. Er hob Ginnys Schenkel an, setzte sie breitbeinig vor sich und sagte ihr, dass sie die Arme um seine Schultern schlingen sollte.

Völlig benommen tat Ginny wie geheißen und hob die zusammengebundenen Arme über seinen Kopf. Dan packte sie bei den Hüften und hob sie in Position. Ginny hielt den Atem an, als sie spürte, wie die Eichel sich zwischen ihre feuchten, geschwollenen Lippen schob, dann stieß sie keuchend die Luft aus, als er sie langsam niederließ.

Für Ginny ergab sich die Lust aus seiner schieren Größe, für Dan war es die Entdeckung, dass sie seine Länge offenbar bequem aufnehmen konnte. Einen Moment lang verharrten sie so, genossen stumm und reglos die Vereinigung.

Dann hörten sie Joshs gackerndes Lachen. »He, Charlie, ich glaube, es ist besser, wenn wir Dan bei seinem Unternehmen allein lassen.«

Dan und Ginny reagierten nicht. Dan hielt Ginny mit einem Arm um den Rücken fest, packte die Zügel und ermunterte das Pferd zu einem langsamen Trab.

»Oh, Himmel!« keuchte Ginny und hielt sich mit aller Kraft an Dan fest. Die Gangart des Pferdes bestimmte die Bewegungen ihrer Körper. Ohne dass sich einer der beiden rühren musste, fuhr Dans Schaft tief in Ginny ein. Für sie war es der erotischste Akt ihres Lebens.

Dans Abstinenz hatte zu lange angedauert, und Ginnys feuchte Scheidewände umklammerten ihn zu heftig, als dass er es viele Minuten hätte durchhalten können. Mit einem lauten Ächzen ergoss er sich in ihr, und die fast gleichzeitige Flut ihrer warmen Säfte, die seinen Schaft umspülte, zeigte ihm, dass es auch ihr gekommen war.

Er spürte sie am ganzen Leib zittern, und immer noch pochte sein Schaft in ihr. Als die Ekstase abgeklungen war, hob sie den Kopf von seiner Schulter und schaute ihn an.

Sie sah das Leuchten der absoluten Befriedigung in seinen Augen und das satte Lächeln, das seine sinnlichen Lippen umspielte. Ginny lächelte zurück, ehe sie den Kopf wieder an seine Schulter legte.

Dan ließ das Pferd Schritt gehen, aber sie blieben

miteinander verbunden und genossen die angenehmen Bewegungen. Das Tier plantschte durch einen klaren, mit hohen Farnen gesäumten Bach, und Dan lenkte das Pferd herum, damit es dem Wasserlauf bergauf folgte.

Mann und Frau schwiegen, bis sie eine Stelle erreichten, an der sich ein kleiner Wasserfall in einen herrlich klaren See ergoss.

Als Dan die Zügel zog und das Pferd stehenblieb, schaute Ginny kurz auf. Dan nutzte den Augenblick und drückte seinen Mund auf ihre warmen Lippen. »Ich will richtig Liebe mit dir machen«, raunte er ihr nach dem Kuss zu. »Willst du?«

Überrascht und seltsam berührt von der Tatsache, dass er sich die Mühe machte, sie zu fragen, nickte Ginny eifrig. Er konnte nicht begieriger darauf sein als sie.

Dan hob sie leicht an, bis er aus ihr hinausrutschte, dann ließ er sie hinab, bis ihre Füße den Boden erreicht hatten. Er stieg ab und band ihre Hände los. »Baden wir zuerst?« fragte er. Ohne ihre Antwort abzuwarten, zog er sich das Hemd aus.

Ginny schaute skeptisch auf das kristallklare Wasser, auf dem im Sonnenlicht kleine Regenbogen tanzten. Wo das Wasser tosend hinunterrauschte, hatte sich eine dicke Schaumschicht gebildet. »Es sieht elendiglich kalt aus«, sagte sie.

»Es ist auch kalt«, räumte er ein, »aber denk nur daran, welchen Spaß wir haben werden, uns danach gegenseitig zu wärmen.«

Er schaute sie so jungenhaft-herausfordernd an, dass Ginny lachen musste. Sie setzte sich auf den Boden und begann, ihre Schuhe aufzuschnüren.

Sie fand bald heraus, dass ›kalt‹ eine maßlose

Untertreibung war. Das Wasser war eisig. Als sie einen Fuß versuchsweise ins Wasser hielt, schrie sie entsetzt auf. Zimperlich schob sie den anderen Fuß nach, dann trat sie auf und watete bis zu den Knien hinein.

Dan, der getaucht und weiter geschwommen war, lachte sie aus. »Du musst mit dem ganzen Körper ins Wasser!« rief er ihr zu, war mit ein paar Zügen bei ihr und klatschte mit der flachen Hand aufs Wasser. Die eisige Gischt besprühte ihren bibbernden Körper.

Ginny schrie auf und machte sich ganz klein. »Das ist nicht fair!«

»Ist es doch. Wenn du überall nass bist, fühlt es sich nicht mehr so kalt an!«

Bevor sie zum rettenden Ufer flüchten konnte, war Dan bei ihr, packte sie und tauchte sie unter. Er holte sie rasch wieder heraus, hielt sie mit seinen Armen umschlungen und presste sie fest an sich. Er drückte seinen Mund auf ihren, schmeckte sie, labte sich an ihr. Der Kuss wurde immer länger, als ob er sich nicht mehr von ihr lösen wollte. Was wie ein wärmender Kuss begonnen hatte, wuchs sich zu einem wilden, leidenschaftlichen aus, den sie ebenso heftig erwiderte.

»Ich möchte dich waschen«, sagte er schließlich am Ufer. Mit zärtlichen Händen rieb er das geschöpfte Wasser über ihren Körper. Es gab keine Stelle, die er ausließ. Er begann mit der Stirn, strich mit den Handflächen behutsam über Schultern und Brüste und Arme, ließ sie genüsslich über ihrem flachen Bauch kreisen, ehe er sich die Stelle zwischen den Schenkeln vornahm, der er besondere Aufmerksamkeit schenkte.

Die ganze Zeit über schauten sie sich an, und er

spürte, wie sie zu zappeln begann. Er konnte ihre erwachende Lust in ihren Augen lesen.

»Jetzt wäschst du mich«, sagte er.

Ginny tat es ihm nach, sie schöpfte Wasser mit beiden Händen und klatschte es ihm ins Gesicht, verrieb es mit sanften Fingern, ehe sie erneut schöpfte und seine Brust wusch. Sie bewunderte seinen schlanken muskulösen Körper und die feinen braunen Haare, die den breiten Brustkorb bedeckten und ihre Handflächen kitzelten.

Als ihre Hände tiefer glitten, von den Lenden zu den Schenkeln, kreisten sie sinnlich, mieden aber Penis und Hoden. Sie spürte, wie sich sein Glied erhob, wie es sich mit Blut voll pumpte, und staunend hielt sie in der Bewegung inne, um dem Schauspiel zuzuschauen.

Unwillkürlich griffen ihre Finger zu, sie streichelte den fein behaarten Hodensack und hörte, wie Dan geräuschvoll die Luft einsog. Ihre Finger glitten jetzt den Schaft entlang, von der Wurzel bis zur Spitze. Sie spürte, wie er unruhig und ungeduldig in ihrem leichten Griff tanzte und pochte.

»Genug«, stöhnte Dan. Er packte sie in seine Arme, hob sie auf und trug sie auf eine Decke, die er am Ufer in der Sonne ausgebreitet hatte. Er ließ sie behutsam nieder, streckte sich neben ihr aus, nahm sie in die Arme und küsste sie. Sein Penis pochte und hämmerte vor Verlangen, endlich in sie einzudringen, aber er wollte die Vorfreude noch ausdehnen.

Ginny hatte die Arme um seinen Nacken geschlungen und erwiderte seine heißen Küsse. Sie wölbte ihren Körper gegen seinen, rieb sich an ihm und genoss die Wärme der Sonne auf ihrem nackten Körper. Sie rieb ihre steil aufgerichteten Nippel gegen seine trocknenden Brusthaare.

Mit einer Hand zeichnete Dan die Konturen ihres Körpers nach, sie folgte dem Schwung der Hüfte, verharrte kreisend auf einer Pobacke und glitt dann nach innen zu den samtenen Härchen ihres Venusberges. Die Fingerspitzen spielten aufreizend mit den krausen Löckchen, bereiteten sie allmählich auf intimere Liebkosungen vor.

Ginny streichelte seinen Rücken, fuhr mit den Fingernägeln sachte über den Hintern und graste dann mit den Kuppen den seidenen Flaum ab.

Er zuckte und schüttelte sich. »Fass mich an«, raunte er heiser, »ich kann's nicht länger aushalten.«

Sie lachte leise auf, während ihre Hand zu seinem gewaltig geschwollenen Penis glitt und ihn liebevoll drückte. Sie hörte Dans Stöhnen und drückte wieder, und im nächsten Moment spürte sie, wie er aufhörte, an ihren Härchen zu zupfen und mit den Fingern vorsichtig den feuchten Eingang ihrer Liebeshöhle öffnete.

Sie bereiteten sich gegenseitig mit den Händen Vergnügen. Sie waren begierig auf die absolute Befriedigung, aber sie hatten es nicht eilig damit. Die Vorfreude wirkte wie ein Aphrodisiakum und hielt ihre Körper in Hochspannung. Dan küsste die vollkommenen Rundungen ihrer Brüste, nahm die Nippel zwischen die Zähne und biss behutsam zu. Er spreizte ihre Schenkel und öffnete die Schamlippen mit den Fingern, um die Süße ihres Verlangens zu schmecken.

Ginny fuhr mit beiden Händen durch seine Haare. Ihr Körper wurde von kleinen Zuckungen geschüttelt, während Dan langsam hinaufrutschte, bis die heiße Spitze seiner Männlichkeit die feuchten, zuckenden Lippen ihrer Vagina küsste.

Und dann war er in ihr drinnen. Mit einer flüssigen Bewegung tauchte er ganz in sie ein, beseelt von dem Wissen, dass sie ihn mit Freude und Verlangen aufnahm. Er spürte die innere Wärme, die seinen harten Schaft umfing.

Die Lust wirkte sich doppelt so intensiv aus, weil sie den Beginn so lange hinausgezögert hatten. Dan stieß hart zu, und Ginny hob ihre Beine und verschränkte sie auf seinem Rücken, damit sie sich weiter für ihn öffnen konnte. Ihre langen Finger hielten seinen Hintern gepackt, gruben sich tief in das straffe Fleisch.

Zuckung auf Zuckung schüttelte Ginnys Körper, sie bäumte sich auf, hob ihm den Schoß entgegen, als wollte sie den stoßenden Schaft noch tiefer in sich spüren. Sie hörte an Dans wildem, heftigem Keuchen, dass er kurz vor dem Höhepunkt stand, und während sie sich ihm ekstatisch auslieferte, erreichte er zuckend den Gipfel seiner Lust.

Befriedigt ließen sie sich von der Sonne wärmen. Sie hielten sich mit den Armen umfasst. Er war immer noch mit ihr verbunden, und Ginny empfand ein Glücksgefühl, das sie bisher noch nicht gekannt hatte.

Nach einer Weile musste sie eingeschlafen sein, denn als sie die Augen öffnete, hatte der Schatten die Decke erreicht. Dan hatte sich auf einen Ellenbogen gestützt und beobachtete sie. Ginny sah seine dunklen Augen – sie waren fast so dunkel wie Logans Augen. Damit waren die Gemeinsamkeiten aber auch schon erschöpft. Logans Augen waren hart und dunkel wie Onyx und glänzten mit einer brutalen Besitzgier, und Dans Augen strahlten Wärme aus. Sie waren wie brauner Samt, und jetzt drückten sie so etwas wie Bedauern aus, was Ginny einen Moment lang verwirrte.

»Möchtest du, dass ich dich zurückbringe?« fragte er.

»Willst du mich zurückbringen?«

»Nein. Ich möchte, dass du bei mir bleibst.«

Ginny antwortete nicht sofort. Sie ließ sich Zeit, um sich über ihre Gefühle klar zu werden. Sie war zufrieden. Sogar glücklich. Vielleicht hatte sie in Dan einen Mann gefunden, mit dem sie die Erinnerung an Logan austreiben konnte. Und außerdem – wohin sollte sie denn zurückgehen? Selbst wenn sie fragen würde, wäre es höchst unwahrscheinlich, dass Dan ihr das Geld zurückgeben würde. Die Aussicht, ein zweites Mal die Summe zu borgen, war äußerst gering.

Sie spürte, dass er sie nachdenklich betrachtete, als wollte er ihre Gedanken lesen. Ginny lächelte.

»Ich werde eine Weile bleiben. Obwohl ich ein kleines Problem wegen meiner Kleider habe.«

Es überraschte Dan, wie groß seine Erleichterung war, als Ginny ihm ihre Entscheidung mitteilte. Bisher war er sicher gewesen, dass er sie nur deshalb bei sich haben wollte, weil sei ihm auf sexuellem Gebiet gefiel.

Er küsste sie auf Stirn, Nase und Mund und sah sie dann mit einem schelmischen Lächeln an. »Mir wäre es lieber, wenn du so bleibst, wie du jetzt bist – splitterfasernackt, damit ich immer deinen wunderbaren Körper vor Augen habe. Aber ich bin sicher, dass wir irgendwie an deine Kleider herankommen, ohne gleich die Polizei zu alarmieren.«

In den Wochen, die folgten, stellte Ginny bei sich ein ihr bisher unbekanntes Glücksgefühl fest. Zu keiner Zeit in ihrem Leben hatte sie sich so wohlgefühlt, so ausgeglichen und ausgefüllt. Sie hatte bisher geglaubt, dass sie sich nur mit Luxus umgeben müsste, um glücklich zu sein. Nun lebte sie unter denselben primitiven Bedingungen wie die Buschräuber, und sie war mit ihrem Leben zufrieden, wobei sie zugab, dass es Dans Gegenwart war, die ihr dieses Glücksgefühl bescherte.

Es war fast dunkel gewesen, als sie die grob zusammengezimmerte Bretterbude hoch in den Bergen erreicht hatten.

Die beiden anderen Männer hatten sie lüstern betrachtet, als sie die Bude betreten hatte. Lüsterne Männerblicke hatten Ginny noch nie etwas ausgemacht, aber diesmal fühlte sie sich unbehaglich. Sie wünschte, sie hätte mehr als nur ihre Unterwäsche an.

»Du hast sie also mitgebracht«, stellte der Rotbart lauernd fest. »Sind wir bei ihr denn auch mal an der Reihe?«

»Halt den Mund, Charlie!« Die wütende Antwort führte dazu, dass drei Augenpaare verdutzt auf Dan starrten. Charlie und Josh mochten überrascht sein, dass Dan auf die Frage so heftig reagiert hatte, aber Ginny sah zum erstenmal den harschen Zug in Dans Charakter, der sicherlich auch dazu beigetragen hatte, ihn zu einem Kriminellen zu machen.

Charlie hob versöhnlich eine Hand. »Schon gut, Dan, reg dich wieder ab. Wie lange wird sie denn bleiben?« »Solange sie will.«

»Ach? Und wo sollen wir schlafen? Erwartest du, dass Josh und ich Augen und Ohren verschließen, während du mit ihr in der Ecke liegst und ihr beide um die Wette stöhnt? Das wird doch nicht dein Ernst sein.«

Die Feindseligkeit des Mannes lag so offen in seinem Gesicht, dass Ginny spürte, wie ein kalter Schauer über ihren Rücken lief. Sie wusste nur nicht, ob Charlie sich so verhielt, weil er Dans alleinigen Anspruch auf sie verurteilte, oder weil ihn eine Frau in der Hütte störte.

Man sah Dan an, dass er Mühe hatte, seinen Zorn zu beherrschen. Seine Stimme klang barsch, und die sonst so warmen braunen Augen blickten hart wie Felsgestein.

»Du gehst zu weit, Charlie. Ginny bleibt hier, und mehr ist zu diesem Thema nicht zu sagen. Keine Sorge, ich werfe euch nicht aus euren Betten. Jedenfalls noch nicht. Wir schlafen heute Abend in der Höhle.«

Mehr wurde an diesem Abend nicht mehr gesagt, aber Ginny wusste, dass dieser Charlie wohl nie ihr Freund sein würde.

Die Höhle, von der Dan gesprochen hatte, lag in den Klippen, etwa hundert Meter oberhalb des kleinen Plateaus, auf dem sie ihre Hütte gebaut hatten. Der winzige Eingang ließ nicht die Geräumigkeit der Höhle vermuten. Als Dan eine Lampe anzündete, sah Ginny, dass sie mit den wesentlichen Dingen ausgestattet war – einschließlich einer Strohmatratze an der Wand. Im Schein der Lampe sah sie auch einen großen Vorrat an Munition.

»Dies ist unser eigentliches Versteck«, erklärte Dan. »Wenn die Polizei die Hütte mal entdecken sollte, laufen wir in die Höhle. Deshalb lagert hier auch die Munition. Es wird unmöglich sein, uns hier zu stellen.«

Ginny schüttelte sich. Sie hatte nicht daran gedacht, dass Dan mit der Gefahr lebte, eines Tages von der Polizei verwundet oder erschossen zu werden. Seufzend fragte sie: »Warum bist du ein Buschräuber geworden?«

Dan schaute sie an und fragte sich, was das leichte Zittern in ihrer Stimme zu bedeuten hatte.

»Das ist eine lange Geschichte.« Dan hielt ihr ein flaches Blech hin, auf dem ein Stück ungesäuertes Brot und eine Scheibe kalten Fleisches lag. »Du musst was essen«, sagte er, »damit du bei Kräften bleibst.« Grinsend fügte er hinzu: »Ich habe nämlich was Besseres mit dir vor, als dir die Geschichte meiner Misserfolge zu erzählen.«

Später sagte sie leise: »Dein Freund Charlie mag mich nicht.«

Eine steile Falte grub sich in Dans Stirn, bevor er gleichgültig die Schultern hob. »Mach dir um Charlie keine Sorgen. Weiß du, wir drei sind schon eine kleine Ewigkeit zusammen. Er wird sich daran gewöhnen, dass du jetzt zu uns gehörst.«

Ginny bezweifelte es.

Die Matratze auf dem Boden der Höhle war komfortabler, als man vermuten konnte. Ginny lag auf der Seite und blinzelte durch einen Felsspalt zum Himmel, der sich gerade von Grau zu Gold verfärbte – die Ankündigung eines neuen Tages.

Bis spät in die Nacht hinein hatten sie sich gegenseitig die Lust ihrer Körper geschenkt, immer und immer wieder. Sie waren eingeschlafen, während sie noch einander in den Armen lagen. Ginny war vom heiseren Rufen des Rieseneisvogels wach geworden, der irgendwo in der Nähe der Höhle sein musste. Es hörte sich wie ein höhnisches Lachen an.

Sie spürte, dass nun auch Dan aufwachte. Er streckte einen Arm aus. Als er ihren warmen Körper ertastete, griff seine Hand nach ihrer Brust. Lächelnd nahm Ginny sie und drückte sie fest gegen sich.

»Schon wach?« murmelte er, rutschte näher und drückte den Mund auf ihr Haar.

»Ja.«

»Hast du gut geschlafen?«

»Ganz tief.«

»Ich auch. Das kommt bestimmt vom Sex.« Seine Hand drückte ihre Brüste, und jetzt spürte sie auch, wie sein harter Stab gegen ihren Hintern pochte. »Ah, Ginny! Ich frage mich, wo du mein ganzes Leben lang gewesen bist.«

Seine kosende Hand streichelte ihren Bauch, glitt tiefer über den weich behaarten Venusberg und verharrte dort nur ganz kurz, bevor sie behutsam den feuchten Schlitz teilte. Die Reaktion von Ginnys Nervenenden war dramatisch – sie schienen sich nach der Berührung zu sehnen. Ohne es zu wissen, öffneten sich ihre Schenkel, um der Hand leichteren Zugang zu verschaffen.

Das Streicheln und Stimulieren war für Ginny so herrlich, dass sie zunächst reglos liegenblieb, den Kopf aufs Kissen gedrückt. Kleine Seufzer entrangen sich ihrer Kehle, sie gaben Dan zu verstehen, dass sie seine Berührungen unendlich genoss.

Sie wollte schon protestieren, als er plötzlich einhielt, aber bevor sie etwas sagen konnte, hatte sich Dan zwischen ihre Beine gekniet. Er hob ihr ausgestrecktes Bein an und öffnete sie weit, dann führte er die Eichel zwischen ihre Schamlippen und stieß langsam in ihre feuchte, pochende Liebesgrotte.

Er schob sich in sie hinein, als wollte er Stellen finden, die noch nie berührt worden waren. Als der erste Orgasmus sie überflutete, stieß Ginny ihre Lust laut heraus.

Es dauerte eine Weile, bevor sie sich beruhigt hatte, und in dieser Zeit hatte Dan sich nur wenig in ihr bewegt. Jetzt waren ihr diese leicht schunkelnden Züge zu wenig, sie bockte sich unter ihm auf, ruckte ihm entgegen, um ihm zu signalisieren, dass sie es heftiger haben wollte.

Dan hob sich über sie, verlagerte sein Gewicht auf Zehenspitzen und Hände und verstärkte den Rhythmus. Er schaute ihr ernst in die Augen.

»Ich hoffe, dass du ganz lange bleibst, Ginny. Ich möchte dich nie wieder fortlassen.«

Er beugte sich tief über sie und küsste sie. Ginny hob die Arme und schlang sie um seinen Hals und erwiderte den Kuss mit einer Emotion, die sie noch bei keinem Mann zuvor empfunden hatte. Mund und Genitalien der beiden Menschen waren miteinander verbunden, sie rollten sich herum, so dass Ginny jetzt auf Dan zu liegen kam.

Sie bewegte die Hüften vor und zurück, um den pochenden Schaft mit den zuckenden Wänden ihrer Scheide zu umklammern. Dann wieder hob sie sich hoch, bis die Eichel nur noch von den Lippen gehalten wurde, ehe sie sich wieder langsam senkte und den Penis voll in sich aufnahm.

Es war der reinste Wahnsinn.

Eine Woche lang blieben sie zum Schlafen und Lieben in der Höhle, bis sie einen grob zusammengebauten Schuppen hinter ihrer Hütte errichtet hatten, in dem Charlie und Josh schlafen konnten. Wie es den beiden gelungen war, gleich am zweiten Tag von Ginnys Aufenthalt ihr Gepäck und die Kleider herbeizuschaffen, wusste sie immer noch nicht. Die Männer sagten es ihr auch nicht, sie deuteten lediglich an, dass sie immer noch eine Menge Freunde in der Region hatten.

Charlie ließ zwar nicht erkennen, dass er Ginny liebgewonnen hatte, aber er schien wenigstens ihre Anwesenheit in der Hütte zu akzeptieren.

Ginny fühlte sich beinahe wie eine Ehefrau. Sie räumte in der kleinen Hütte auf, kochte die Mahlzeiten und wusch auch die Kleider der Männer. Das Wasser musste vom Bach heraufgeschafft werden, und die Feuerstelle bestand aus Steinen, die sie in der Umgebung der Hütte gesammelt hatten. Sie lernte, ungesäuertes Brot zu backen und mit Kängurufleisch einen schmackhaften Eintopf zu richten. Nichts war ihr zuviel; Dans Gegenwart entschädigte sie für alles.

Es schien, als verstünden sie sich blind auf allen Gebieten. In Anwesenheit der anderen verständigten sie sich durch Blicke oder kaum wahrnehmbare Gesten. Im Bett wussten sie genau, was der Partner in diesem Augenblick gerade wollte, wie sie sich am lustvollsten gegenseitig erregen konnten. Wenn sie Liebe machten, war es eine einzige Harmonie.

Den einzigen Streit gab es, als Ginny hörte, wie die Männer den Plan entwarfen, den Goldtransport zu überfallen. Selbst jemand, der Dan nicht so nahe stand wie sie, hätte bemerken müssen, dass er gegen seinen Willen zu dem Unternehmen überredet wurde. Da sie den Goldtransport am Tage nach dem Überfall auf Townsends Kutsche verpasst hatten, wollten Charlie und Josh die nächste Gelegenheit unbedingt nutzen.

»Du brauchst nicht mitzumachen«, unterbrach Ginny hitzig. »Wenn Charlie und Josh ihr Leben riskieren wollen, sollen sie es tun. Aber du brauchst es nicht zu tun.«

Alle drei schauten sie an, Dan mit einem nachdenklichen Stirnrunzeln, Charlie mit unverhohlener Verachtung. Joshs Miene war nicht zu deuten.

»Das geht dich nichts an«, fauchte Charlie. »Kümmere dich gefälligst um das, wozu er dich hergebracht hat.«

Zornesröte wallte in Ginny auf, denn sie war gerade dabei, eines von Dans Hemden zu flicken. Sie antwortete nicht auf Charlies Provokation, sondern wandte sich wieder bittend an Dan. »Du könntest eine Kugel abbekommen. Ich will nicht, dass dir etwas passiert.«

»Warum?« fragte Charlie gehässig. »Hast du Angst, dass dir dann der Liebhaber fehlt?«

»Charlie!« Dans Stimme enthielt eine deutliche Warnung. Dann drehte er sich nach Ginny um, er bemerkte ihre geröteten Wangen und sah den besorgten Blick ihrer hellen Augen. Mit jedem Tag kam sie ihm begehrenswerter vor. Trotzdem sagte er: »Auf seine Weise hat er recht, Ginny. Es geht dich nichts an. Es hat nichts mit dir zu tun.«

»Oh, ihr seid alle Dummköpfe!« Sie sprang auf die Füße, warf ihr Nähzeug beiseite, bedachte ihren Geliebten mit einem zornigen Blick und stürmte aus der Hütte. »Lasst euch von meinen Gefühlen bloß nicht beirren!« rief sie noch.

Ginny ging hinunter zum Bach und folgte am Ufer seinem Lauf. Sie war so aufgebracht und zornig, dass sie Dans Ermahnung, sich nie zu weit von der Hütte zu entfernen, völlig vergessen hatte. Die Motive für ihren Zorn waren vielfältig, aber eines überlagerte sie alle – die Angst um Dan.

Sie war tief in Gedanken versunken und nahm überhaupt nicht wahr, wie weit sie sich schon von der Hütte entfernt hatte. Sie holte weiter aus, bis eine Felsgruppe ihr Weiterkommen unmöglich machte. Seufzend setzte sie sich auf einen Felsen. Sie stützte ihr Kinn mit beiden Händen und starrte grübelnd auf den träge fließenden Bach.

Die Sonnenstrahlen, die durch das Laubwerk der Bäume drangen, brachen sich auf dem Wasser und zauberten alle Farben des Regenbogens. Und dann sah sie etwas glänzen – es war die Farbe von Silber oder Gold.

Gold?

Ginny schaute genauer hin, und plötzlich spürte sie, wie das Herz in ihrer Brust wie wild zu pochen anfing. Eine Brise strich über die Oberfläche des Wassers und ließ sie für einen Augenblick aufwallen. Die Farben des Sonnenlichts schwanden, aber das gleißende Gold blieb.

Sie hatte noch nie ein Goldklümpchen gesehen, geschweige denn eins in der Hand gehalten. Es hatte die Größe eines Fingernagels. Es war sicherlich kein Vermögen wert, aber doch genug, um ganz aufgeregt zu sein. Ginny war außer sich vor Freude und Erleichterung. Sie suchte den Bach jetzt nach weiteren Goldklumpen ab – sie fand auch noch ein halbes Dutzend weitere, alle kleiner als der erste.

Ihr ausgelassenes Lachen wurde von den Felsen zurückgeworfen, und dann hörte sie, wie Dan ihren Namen rief.

»Oh, Dan, du wirst es nicht glauben!« rief Ginny und drehte sich zu ihrem herannahenden Geliebten um. Sie strahlte ihn mit glänzenden Augen an.

»Du wirst Recht haben«, sagte er. »Warum bist du jetzt so glücklich, wo du doch eben noch so zornig warst?«

»Ich bin glücklich, weil ich dir den besten Grund dafür präsentieren kann, warum es Unsinn wäre, den Goldtransport zu überfallen – oder überhaupt noch einmal irgend etwas zu überfallen.«

»Wovon redest du?«

»Von denen hier«, sagte sie lachend und hielt ihm ihre ausgestreckte offene Hand hin.

Dan brachte kein Wort heraus. Er starrte auf das Nest von Goldeiern und wusste nicht, was er sagen sollte.

»Das ist doch Gold, oder?« fragte sie, plötzlich ganz kleinlaut geworden.

»Und wie das Gold ist!« sagte er schließlich, die Stimme heiser. »Wo hast du die Nuggets gefunden?«

»Hier.« Sie zeigte zum Bach. »Ich saß auf diesem Felsen und starrte ins Wasser, und da habe ich etwas glitzern gesehen. Das war der dickste hier.«

Dan brach in schallendes Gelächter aus, umarmte sie, hob sie hoch und wirbelte sie herum. »Weib, du bist ein Juwel! Ich wusste, dass du gut für mich bist!« Er küsste sie leidenschaftlich, und schon hatte die Lust alle Gedanken an das Gold verdrängt.

Sie streiften sich mit fiebrigen Bewegungen die Kleider ab und breiteten sie auf dem Boden aus, um für ihre Körper eine Unterlage zu haben. Dan nahm sie schnell, denn beiden war nach einer raschen Erleichterung zumute, und so stießen sie mit heftiger Dringlichkeit gegeneinander.

Ginnys erotisches Hüftkreisen trieb Dan in den sexuellen Wahnsinn. Er hatte viele Frauen gekannt, die den Sex genossen, aber noch nie eine Frau, die ihren Körper so erotisch einsetzte wie Ginny. Sie passte sich seinen Bewegungen innerhalb von Sekunden an, nahm seine beachtliche Größe und Länge tief in sich auf und genoss ihre Gefühle.

Viel später lag er auf dem Rücken, die Hände als Kissen unter dem Kopf verschränkt. Er lächelte zu Ginny hoch, die über ihm kniete und auf seinem Schaft ritt. Die heißen Strahlen der Mittagssonne beschienen sie jetzt direkt, und ihre Hitze polierte ihre Körper mit glänzendem Schweiß.

Ginny drückte sich so tief es ging, bis die Lippen ihres Geschlechts von seinen Schamhaaren gekitzelt wurden. Dort verharrte sie, als wollte sie sich mit der wuchtigen Füllung in sich ausruhen. Sie hob die Arme und schob die Haare in den Nacken.

Diese Bewegung ließ ihre Brüste zu gespannten, perfekten Halbkugeln werden, festigte ihre Bauchmuskeln und zog die Scheidewände noch enger um seinen harten Schaft. Dan stöhnte, ein Hauch von Ekstase flog über sein Gesicht.

»Hat dir das gefallen?« fragte Ginny schelmisch und spannte und entspannte ihre inneren Muskeln jetzt willkürlich. Diesmal stöhnte Dan noch lauter.

Ein sinnliches Lächeln teilte ihre Lippen, als sie ihre Hüften kreisen ließ. Es war ihr Streben, Dan Lust zu bescheren. Nicht nur, dass ihr das gelang – sie löste damit auch in ihrem Körper wunderbare Sensationen aus. Sie keuchte jetzt, drückte sich noch dichter gegen seine Lenden und spürte, wie seine rauen Schamhaare sie stimulierten. Immer schneller drehte sie sich auf ihm. Dan hatte die Augen geschlossen, und ihre waren geöffnet und funkelten vom Wissen über den kurz bevorstehenden Orgasmus.

»Oh, Dan! Dan!« Es sprudelte aus ihr heraus.

»Ginny, Ginny!« schrie er, packte sie an den Hüften und stieß zu, gut ein halbes Dutzend mal, bis er sich in ihr verströmt hatte.

Dan hatte Ginnys Vorschlag, ihre Entdeckung des Goldvorkommens für sich zu behalten, abgelehnt. Die anderen waren seine Kumpanen, erklärte er ihr. Sie hatten immer alles geteilt – nun ja, fast alles –, und er sah keinen Grund, das nun anders zu handhaben. Was sie an Gold fanden, sollte zwischen ihnen geteilt werden.

Und sie fanden eine ganze Menge. Während sich ihr Vermögen anhäufte, schien sogar Charlie der jungen Frau freundlicher gesonnen zu sein.

»Wenn ich genügend Gold habe«, sagte Dan eines Abends, als sie nach dem Sex aneinander gekuschelt dalagen, »werde ich so weit weg von hier gehen, wie es nur möglich ist. Ich will ein neues Leben beginnen.«

»Bedeutet das, dass du auch deine Buschräuberzeit hinter dir lässt?«

»Ich habe mich dabei nie wohlgefühlt. Nur wegen Josh und Charlie bin ich so lange dabeigeblieben. Auf der anderen Seite – sonst hätte ich dich nie getroffen.« Er wandte den Kopf und huschte mit den Lippen über ihre Stirn. »Willst du bei mir bleiben, Ginny? Wohin ich auch gehe?«

»Das weißt du doch«, sagte sie und kuschelte sich noch ein bisschen näher an ihn heran.

»Gut«, sagte er lächelnd, dann war er auch schon eingeschlafen.

So vergingen die Wochen, und bald setzte der trübselige, kalte Winter ein, der ihnen in der zugigen Hütte zu schaffen machte. Aber trotz der Unannehmlichkeiten war Ginny glücklicher denn je zuvor in ihrem Leben, und sie wusste, dass Dan nicht anders empfand. Sie waren so sehr miteinander beschäftigt, dass sie oft die Existenz von Josh und Charlie vergaßen. Sie schmiedeten Pläne, einige vernünftig, die meisten albern, was sie tun würden, wenn sie alles Gold gesammelt hatten, das sie sich wünschten.

An einem späten Augustnachmittag schlenderte Ginny den Pfad entlang, der zu ihrer Latrine führte. Statt sofort zur Hütte zurückzukehren, spazierte sie weiter hinunter zum Bach. Kurz vor Einbruch der Dämmerung kamen die Wallabies, die kleinen Kängurus an den Bach, um ihren Durst zu löschen.

Die seltsam anzuschauenden kleinen Tiere mit ihren langen Schwänzen, den kurzen Vorderbeinen, den hochstehenden Ohren und den friedlichen, großen, dunklen Augen faszinierten Ginny. Sie konnte sie stundenlang beobachten, und zwei Nächte zuvor hatte sie zu ihrer großen Freude ein Tier entdeckt, das ein Baby im Beutel getragen hatte.

Sie suchte wieder ihren Lieblingsplatz auf, einen kleinen, zurückliegenden Felsen, von dem aus sie nicht gesehen werden konnte, und wartete. Sie brauchte nicht lange zu warten, und so schaute sie den scheuen Kreaturen zu, bis das Rot am Horizont von einem beginnenden Grau abgelöst wurde. Dann stand sie auf und lief am Ufer entlang auf die Lichtung zu, denn sie wollte in der Hütte sein, bevor es dunkel wurde.

Als sie den Pfad erreichte, der zur Hütte führte, überfiel sie ein Gefühl der Unbehaglichkeit. Irgendetwas stimmte nicht. Mit einem unsicheren Stirnrunzeln betrachtete sie ihr kleines Zuhause. Ihr Herz schlug vor Furcht ein bisschen schneller.

Obwohl die Männer behaupteten, in der Stadt viele Freunde zu haben, hatte sich noch nie jemand in ihrem einsamen Versteck in den Bergen sehen lassen. Nicht einmal die Polizei mit ihren erfahrenen Spurenlesern hatte sie auftreiben können. Oder war das jetzt geschehen?

Ginny bewegte sich vorsichtig und langsam. Sie überquerte die Lichtung und ging auf den Eingang der Hütte zu. Sie konnte Dans Stimme hören, sie klang normal und entspannt. Mit einem Seufzer der Erleichterung stieß sie die Tür auf und betrat die Hütte.

Alle Farbe wich aus ihrem Gesicht.

Die fünf Leute, die sich um den Tisch geschart hatten, schauten hoch. Der eine von ihnen zeigte ein boshaftes Grinsen um die dünnen Lippen.

»Hallo, Ginny«, sagte Logan.

Achtes Kapitel

Dan schaute von Ginnys bleichem Gesicht zum dunklen rätselhaften Gesichtsausdruck des Fremden, der vor etwa einer Stunde mit seiner Schwester eingetroffen war. Zwischen den beiden spielte sich etwas ab, was ihm überhaupt nicht behagte.

»Kennt ihr euch?« fragte er.

»Das kann man so sagen«, meinte Logan.

Ginny wandte Dan ihr entsetztes Gesicht zu. Ihre Stimme klang wie ein heiseres Flüstern, als sie fragte: »Was tun die hier?«

Diese Frage beunruhigte Dan auch. Es verunsicherte ihn, dass irgendjemand, auch wenn es ein Pärchen war, das sich angeblich vor der Polizei verstecken musste, ihre Hütte gefunden hatte. »Sie wollen eine Weile bleiben.«

»Nein!« rief Ginny so heftig, dass sich die Falten auf Dans Stirn noch vertieften.

»Was ist denn los, Ginny? Glaubst du, dass sie uns der Polizei ausliefern wollen?«

Ginny schüttelte den Kopf. Sie mochte weder Logan noch Tessa direkt anschauen, und sie mied auch Dans fragende Augen, deshalb starrte sie auf einen Punkt auf dem Boden. »Nein, der Polizei werden sie uns nicht ausliefern.«

»Nein, das werden wir auch nicht«, bekräftigte Logan. »Aber was ist mir dir, Ginny? Servierst du deine Liebhaber immer noch so gnadenlos ab?«

Fast zwanghaft hob sie den Kopf und spürte

die Gier, die sich in seinen schwarzen Augen spiegelte.

»Wart ihr ein Paar?« fragte Dan, und in seiner Stimme schwang Eifersucht mit.

Logan beobachtete sie, hielt sie fest mit seinem hypnotischen Blick. »Wir waren mehr als nur ein Paar, nicht wahr, Ginny?«

Ginny zitterte so sehr, dass sie kaum stehen konnte, und als Logan sich erhob und auf sie zutrat, hätte sie sich nicht von der Stelle rühren können, auch wenn sie es gewollt hätte. Aber sie wollte ihm auch nicht ausweichen, denn ihr Körper erinnerte sich schon – und verriet ihren Verstand. Es bedurfte gar nicht der Kraft seiner Finger in ihren Haaren oder dem Druck der anderen Hand auf ihrer Pobacke, mit dem er sie hart gegen die steife Länge seiner Männlichkeit presste.

Als er den Kopf beugte, schossen Flammen der Vergeltung und der Begierde in seinen Blick. Dann hatte er seinen Mund auf ihren gepresst – hart und besitzergreifend. Leidenschaft durchflutete Ginny. Die anderen im Raum existierten nicht mehr. Es gab nur noch Logan – Logan, der sie festhielt und küsste und ihren Körper beanspruchte, als wäre er sein Besitz. Und es schien Ginny, als wären sie nie getrennt gewesen.

Josh schaute sich unbehaglich um, sah von dem sich umarmenden Paar zu Dans Gesicht, in dem der Blitz eingeschlagen war. »Ich schätze, es ist höchste Zeit, dass wir Molly einen Besuch abstatten, Charlie.«

»Ja, richtig.«

Ginny hörte sie nicht und erfasste auch nicht, dass sie die Hütte verlassen hatten. Erst als Logan sie losließ, kehrte sie ein wenig in die Wirklichkeit zurück.

Sie spürte Dans Verbitterung und sah, wie Tessa eine Hand auf seinen Oberschenkel gelegt hatte. Ginny schloss einen Moment die Augen. Sie wusste, dass Dan ihren nächsten Schritt abwartete.

Dan und Logan.

Zwei Männer, die beide in der Lage waren, ihr sexuelles Begehren voll zu erfüllen, und doch waren sie so verschieden. Wie hätte sie Dan erklären können, was sie zu Logan hinzog, konnte sie sich die Macht, die er über sie ausübte, doch selbst nicht erklären?

Wie konnten sie Dan begreiflich machen, dass sie lieber zu ihm gehen wollte, dass sie aber nicht in der Lage war, sich von der Stelle zu bewegen, obwohl Logan sie nicht mehr festhielt?

Schließlich wurde ihr die Entscheidung abgenommen. Dan erhob sich abrupt und ergriff Tessas Hand. »Komm. Wir lassen die beiden allein, damit sie ungezwungen ihr Wiedersehen feiern können. Ich bin sicher, dass wir auch unseren Spaß haben werden, wenn wir uns die Nacht über Gesellschaft leisten.«

»Dan?«

Es war ein verzweifeltes Flehen, das auf bitteres Schweigen stieß. Dan warf ihr noch einen verächtlichen Blick zu, als er an ihr vorbeiging und Tessa beinahe aus der Hütte zerren musste.

»Warum bist du gekommen, Logan?« flüsterte sie. »Ich war glücklich mit Dan.«

»Aber du gehörst ihm nicht, Ginny. Du gehörst zu mir. Vom Anfang bis zum Ende der Zeit. Hast du wirklich geglaubt, dass du dich von mir befreit hättest, als du uns gezwungen hast, Everleigh zu verlassen?«

Ginny hob willenlos die Schultern. »Ich dachte, ich hätte Tessa in Wattle Creek gesehen«, murmelte sie.

»Da war ich dir schon ganz nah auf der Spur«, sagte er. »Aber dann wurdest du entführt. Dein Buschräuber hat sein Versteck sehr gut gewählt. Es hat eine lange Zeit gedauert, bis ich dich fand.«

»Wie hast du uns denn gefunden? Es ist noch nie jemand hier gewesen.«

Logan lächelte, es war das grausame, geheimnisvolle Lächeln, das sie so oft schon gesehen hatte. »Zweifelst du an meiner Macht, Ginny? An meinen geheimen Kräften?«

Seine Finger durchzogen ihre Haare und fassten einzelne Büschel, bis sie ihren Kopf nicht mehr bewegen konnte. Die dunklen, stechenden Augen starrten sie an. »Du weißt, dass du es nicht erwarten kannst, bis sich unsere Körper verschmelzen. Du willst doch, dass ich dich nehme, oder nicht, Ginny?«

Ein heftiges Schaudern durchlief sie. »Verdammt, Logan«, sagte sie rau, »du weißt genau, dass es so ist.«

Dan kraxelte den steilen Pfad zur Höhle hoch und kümmerte sich kaum um die Frau, die er hinter sich herzerrte. Er war wütend – sehr wütend, und er verspürte ein seltsames Toben in seinen Eingeweiden, und dieses Toben schien verdammt nahe an Eifersucht zu grenzen.

Und das machte ihn nur noch wütender. Keine Frau hatte das Recht, solche Gefühle bei einem Mann auszulösen. Was hatte diese Ginny denn an sich, das sie bedeutsamer machte als alle anderen Frauen, die er bisher gekannt hatte? Schließlich ging es bei ihr auch nur um Sex. Und diese Tessa schien sich auf diesem Gebiet nicht schlecht auszukennen.

Sobald sie die Höhle erreicht hatten, zog er sie in seine Arme und küsste sie heftig. Er drückte ihre Brüste mit beiden Händen und spürte, dass Tessa eine Hand zwischen ihre Körper schob und in seinen Schritt fasste.

Sie fuhr mit gespreizten Fingern den Schaft entlang und schien ihn messen zu wollen. Dann, bevor er begriff, was geschehen war, rutschte sie an seinem Körper hinab, kniete sich vor ihn, öffnete seine Hose, nahm behutsam den halbsteifen Schaft heraus, tastete ihn mit den Fingerspitzen ab und nahm ihn in den Mund.

Sie ließ ihn zwischen die Lippen gleiten und beleckte ihn mit der Zunge, während ihre Hände die Hoden massierten. Diese Frau hatte eine Menge Erfahrung! Vielleicht war sie genau die richtige Medizin, um ihn Ginny vergessen zu machen.

Sie war gut! Zu gut! Er versuchte, sich ihrem saugenden Mund zu entziehen, aber sie hielt ihn fest umschlungen. Schelmisch schaute sie zu ihm hoch, und er sah die stolze Befriedigung in ihren dunklen Augen.

Es war ein Zeichen, das ihn rasend machte. Dan riss ihr die Kleider vom Leib, denn er konnte es nicht erwarten, sie nackt zu sehen.

Tessa hatte große, schwere Brüste, die von dunkelbraunen Warzen gekrönt wurden. Mit den Fingern teilte Dan den Dschungel schwarzer Haare zwischen ihren Schenkeln, legte die dunkelrot leuchtende Spalte bloß und streichelte sie mit den Fingern. Tessa war keine stille Genießerin, sie schrie ihre Lust heraus, und ihre Schreie erregten ihn neu.

Als er sich auf sie legte, vergaß Dan, sein umfangreiches Organ behutsam zu versenken, weil er bei Ginny gewohnt war, dass sie ihn ohne Mühe aufnehmen konnte. Seine Rücksichtslosigkeit fiel ihm erst auf, als er Tessa aufschreien hörte.

Er verharrte in der Bewegung und schaute ihr ins Gesicht. »Habe ich dir weh getan?«

»Ja, doch«, keuchte sie, »aber es fühlte sich gut an. Hör nicht auf. Ich will alles.«

Dan zog sich ein wenig zurück, bevor er langsam eindrang und die Tiefen ihrer Weiblichkeit auslotete. Tessa wälzte sich unter ihm herum, keuchte und stöhnte und bettelte ihn an, sich schneller zu bewegen.

»Ja, ja, ganz tief. Komm, schneller.«

Es war ihr dritter oder vierter Orgasmus, als er endlich auch sein Ziel erreichte.

Ginnys Wangen waren nass von Tränen. Tränen, die sie wegen der Wollust in der neuerlichen Vereinigung mit Logan geweint hatte. Das orgastische Inferno, das ihren Körper vereinnahmte und sie irgendwo ins All schleuderte, wo sie nur in der Verschmelzung mit ihm existieren konnte. Seine harten Lippen nahmen Besitz von ihr, seine Hände hoben ihr Gesäß an, damit sie den Stößen seiner Hüften noch verwundbarer ausgeliefert war, als er sie auf die Matratze drückte.

Ginny hatte nicht erwartet, dass Logan ihr verziehen hätte, ihn von Everleigh weggeschickt zu haben. Aber es war zwischen ihnen, wie es immer gewesen war. Logan löste eine Ekstase in ihr aus, die nur mit einem Sturmwind zu vergleichen war.

Plötzlich bewegte er sich seitlich, er rollte sich auf den Rücken und nahm sie mit, so dass sie auf ihm lag. Kräftige Hände packten ihre Hüften und ruckten sie rauf und runter. Der erste Orgasmus ging in den zweiten über, Ginny verkrampfte ihre Finger in seinen schwarzen Haaren und schrie seinen Namen.

»Oh, Logan, Logan!« rief sie schluchzend. Sie sackte auf ihm zusammen, während sie seine letzten Zuckungen erlebte. Ihre Hände glitten über seinen Brustkorb, wobei die Fingernägel tiefe Striemen in die Haut rissen.

Als er schließlich befriedigt war, griffen seine Hände in ihre Haare. Er drehte die Büschel, bis ihre Kopfhaut zu schmerzen begann. Dann hob er ihren Kopf und starrte ihr intensiv in die Augen, in denen die Lust brannte. »So wird es immer sein, Ginny, unsere Körper sind eins, wir erleben die Ekstase wie niemand sonst. Nichts hat sich geändert – und es wird sich auch nie ändern. Du könntest Sex mit hundert Männern haben, aber in dem Augenblick, in dem ich dich ansehe, wirst du wissen, dass dein Körper nur mir gehören kann.«

Er wälzte sich wieder herum. »Ist es nicht so, Ginny?«

Ginny schüttelte den Kopf – sie wollte nicht darauf antworten. Ihr Verstand sagte ihr, es nicht zuzugeben, und dann würde es auch nicht so sein. Ihr Körper sagte ihr das Gegenteil. Aber bevor die Nacht vorüber war, hatte sie Logans Auffassung zugestimmt.

Logan schlief dann ein, einen Arm quer über ihre Brüste gelegt. Ginny fand keinen Schlaf. Das erste Mal in dieser Nacht dachte sie an Dan, an Dan, der bei Tessa war. Sie spürte, wie sich ihre Magengrube zusammenzog. Sie grübelte darüber, was morgen geschehen würde. Sie war sicher, dass Dan die Eindringlinge zurückschicken würde. Das war schon deswegen notwendig, damit niemand etwas von ihrem Gold erfuhr.

Vielleicht würde Dan sie auch fortschicken. Der Ausdruck in seinem Gesicht, als er mit Tessa an ihr vorbei aus der Hütte stürmte, sagte ihr, dass alle ihre Pläne für eine gemeinsame Zukunft vergessen waren.

Aber selbst wenn Dan sie noch haben wollte, wusste Ginny, dass Logan sie nie aufgeben würde. Sie schüttelte sich.

Sie befand sich in einer verzweifelten Situation, und wieder schossen ihr die Tränen in die Augen.

Sie liebte Dan, und doch hatte sie zugelassen, dass Logan wieder Besitz von ihr nahm.

Ginny war allein in der Hütte, als Dan am nächsten Morgen hereinkam. Eine lange Zeit starrten sie einander an. »Ich nehme an, dass du eine angenehme Nacht verbracht hast«, sagte Dan schließlich. »Ich jedenfalls habe die Nacht sehr genossen.«

Ginny biss sich auf die Lippe und kämpfte gegen ihre Eifersucht an. »Bitte, Dan, du musst verstehen …«

»Was muss ich verstehen? Dieser Mann taucht hier auf, meldet Besitzansprüche an, und du fällst in seine Arme. Wer ist er, Ginny? Dein Ehemann?«

»Nein!«

»Nun, es ist mir auch egal. Du hast deine Wahl getroffen.«

»Hat denn alles, was zwischen uns war, keine Bedeutung mehr für dich?«

»Offensichtlich nicht. Es hat Spaß gemacht, solange es dauerte, aber Tessa gefällt mir auch sehr gut. Wir hatten enorm viel Freude aneinander, kann ich dir sagen«, fügte er boshaft hinzu. »Geh du nur mit deinem Logan, Ginny. Ich werde dich nicht vermissen.«

Damit hatte Dan alle ihre nächtlichen Fragen beantwortet. Ihr Herz schlug schwer in ihrer Brust. Wenn er so über sie dachte, würde sie gehen – aber nicht mit Logan.

Sie wollte schon weg sein, ehe Logan zurückkehrte. Er war zum Bach gegangen, um sich dort zu waschen. Ginny packte rasch ihre Sachen und hastete zum Unterstand, der als Stall diente. Zu ihrer Erleichterung fand sie Charlie dort. Es überraschte sie nicht, dass er ihr gern behilflich war, das Pferd zu satteln, als sie ihn darum bat.

Ginny stieg auf und wollte gerade die Lichtung überqueren, als Logan den Pfad hinaufkam. Er sah sie und rief ihren Namen, rannte ihr entgegen und griff ihr in die Zügel. Zornesflammen brannten in seinen schwarzen Augen, und Ginny spürte, wie die Angst ihr die Kehle zuschnürte.

Seine Stimme war unendlich weich und tief, und sein Blick hatte wieder diese hypnotische Kraft, der sich Ginny nicht entziehen konnte.

»Du willst doch nicht weggehen, Ginny?« »Doch, sie geht«, erklärte Charlie.

Logan ignorierte ihn und konzentrierte seine Aufmerksamkeit auf Ginny. Sie spürte seine seltsame Macht über sie, spürte genau, wie sie in ihren Körper drang, in ihren Verstand.

Charlie sah, wie Ginny wankelmütig wurde, und beschloss, die Dinge in seine eigenen Hände zu nehmen. Er wollte sie alle drei los sein, am meisten aber Ginny. Der Knauf seines Revolvers sauste auf Logans Hinterkopf nieder.

Während Logans Körper zusammensackte und zu Boden krachte, drang ein heiserer Schrei aus Ginnys Kehle. Sie wollte absteigen, um sich um Logan zu kümmern, aber Charlie ließ das nicht zu. Er richtete die Waffe auf sie. Er bemühte sich nicht, seinen Hass zu unterdrücken.

»Du hast gesagt, dass du weg willst, also hau ab. Und wenn du nur ein wenig Verstand hast, dann kommst du nie wieder.«

Ginny warf einen letzten entsetzten Blick auf den reglosen Körper Logans, dann trieb sie ihr Pferd an. Tränen rannen über ihre Wangen, als sie den Hügel hinunterritt und schließlich im Eukalyptuswald verschwand.

An diesem Augustmorgen ritt noch jemand durch den Busch, der mehr seinen Gedanken nachhing als auf die unmittelbare Umgebung achtete. Sergeant Malcolm Ferguson dachte wie so oft in letzter Zeit darüber nach, ob er je eine Beförderung erfahren oder in eine zivilisiertere Gegend als Wattle Creek versetzt würde. Seit die Polizeistation in der Boomstadt eingerichtet worden war, gehörte er dazu, und seit langem hatte er genug von Trunkenbolden und Pferdedieben, ganz zu schweigen von den kleineren Straftaten, mit denen er sich tagein, tagaus herumschlagen musste.

An diesem Morgen fühlte er sich mürber denn je, war doch sein bisher letztes Versetzungsgesuch wieder abgelehnt worden. Wenn es ihm doch nur gelänge, Dan Berrigan einzufangen! Dann würden seine Vorgesetzten ihre Meinung vielleicht ändern. Dass es ihm bisher nicht geglückt war, den Buschräuber zu schnappen, lag nicht daran, dass er es nicht oft genug versucht hatte. Ganz im Gegenteil.

Obwohl Berrigan sich in letzter Zeit zurückgehalten hatte und die Kutschen unbehelligt in Wattle Creek eingetroffen waren, blieb Ferguson davon überzeugt, dass sich der Mann noch irgendwo im Bezirk versteckt hielt. Und er war sich auch verdammt sicher, dass er sein Versteck irgendwo in diesen dunstverhangenen Hügeln aufgeschlagen hatte, denen er sich jetzt näherte.

Unglücklicherweise hatte Ferguson in seinem Vorbereitungslehrgang in der Polizeiwache seines heimischen Schottland nicht gelernt, einen Kriminellen im australischen Busch aufzuspüren. Und aus Gründen, die er immer noch nicht ganz durchschaut hatte, zauderten seine ihm zugeteilten Spurenleser, das Gelände auf der anderen Seite des Baches zu erkunden, der am Fuß der Hügel entlangfloss.

Dan Berrigan war im Laufe der Zeit ein Dorn im Auge des Sergeants geworden. Der ursprüngliche Ärger darüber, dass der Mann seiner Festnahme nach dem Vergewaltigungsvorwurf durch Flucht entgehen konnte, war inzwischen zu einer persönlichen Vendetta geworden. Sergeant Ferguson war in der Stadt nicht gut gelitten, aber noch erniedrigender war es, wenn man erkennen musste, dass ein Outlaw mehr Sympathien hatte als ein Hüter des Gesetzes.

Als er die Frau auf sich zureiten sah, war es schwer zu sagen, wer von ihnen mehr überrascht war. Ferguson wusste sofort, wer sie war, denn es gab viele Gerüchte über die geheimnisvolle Frau, die aus Townsends Kutsche entführt worden war.

Ginny spürte ihr Herz aus Furcht wie wild schlagen, als sie die Polizeiuniform erkannte, und die Furcht empfand sie nicht wegen sich selber. Sie wusste, dass er sie befragen würde. Er würde sie nicht eher ziehen lassen, bis sie die Lage von Dans Versteck verraten hatte. Aber ganz egal, wie sehr ihre Gefühle verletzt waren und wie tief ihre Eifersucht saß – in diesem Moment schwor sie sich, Dan niemals zu verraten.

Sie zügelten beide ihr Pferd und blieben fast nebeneinander stehen, während sie sich abwartend oder gar misstrauisch beäugten.

Der Sergeant hatte viele Geschichten über die Schönheit der entführten Frau gehört, und jetzt konnte er sich davon überzeugen, dass keine einzige davon übertrieben war. Sie war eine Frau voller Liebreiz, eine Frau, die ein Mann nur anzuschauen brauchte, um den Drang zu spüren, mit ihr zu schlafen. Er fragte sich, ob die drei Buschräuber sich ihre Gunst geteilt hatten. Diese letzten lüsternen Gedanken schickten heftige Blitze vom Kopf bis in die Lenden, aber er musste sich diese Gedanken aus dem Kopf schlagen. Es ging um Dan Berrigans Festnahme. Zuerst würde er sie überreden, sie zu seinem Versteck zu führen, dann konnte er weitersehen.

Eigentlich überraschte es ihn nicht all zu sehr, dass die Frau sich weigerte, mit ihm zusammenzuarbeiten. Trotzdem empfand er eine zunehmende Verärgerung über ihr Verhalten.

Sie wollte ihm tatsächlich einreden, dass sie weder wusste, woher sie gekommen war, noch dass sie in der Lage wäre, ihn dorthin zurückzuführen.

»Sehr gut, Ma'am. Sie wollen uns also nicht behilflich sein, uns zu Berrigan zu führen. Aber Sie haben uns schon mehr geholfen, als Sie ahnen. Ihr Pferd wird deutliche Spuren hinterlassen haben, und diesen Spuren werden wir folgen, bis wir unseren Mann gefunden haben. Und Sie, Ma'am, werden uns begleiten.«

Tessa hatte geschlafen, als Dan die Höhle verlassen hatte, aber jetzt lag sie wach und sehnte sich nach den Berührungen ihres nächtlichen Liebhabers. Unwillkürlich glitten ihre Finger zu der geheimen Stelle ihres Körpers, die Dan so gründlich erforscht hatte.

Als ob sie ihn sich herbeigewünscht hätte, hörte sie seine Schritte. Er kam gerade nach der Auseinandersetzung mit Ginny zurück. Sein nachdenkliches Gesicht hellte sich auf, als er Tessa empfangsbereit dort liegen sah. Sie spreizte die Schenkel noch ein bisschen weiter, um die Einladung, die aus ihren Augen sprach, noch mehr zu verdeutlichen.

Diesmal nahm er sie mit ungeduldigen Stößen, er benutzte ihren Körper als Ventil für die Verwirrungen, die in seinem Kopf tobten. Es war ihm leichtgefallen, Ginny all diese Dinge zu sagen – es war viel schwieriger, selbst davon überzeugt zu sein. Während er den Schaft in ihren Leib senkte, dachte er nicht an die Frau, die sich unter ihm keuchend wälzte, er dachte an Ginny.

Die körperliche Erleichterung nach dem Akt mit Tessa besänftigte den Aufruhr in seinem Kopf nicht. Eine Weile blieb er reglos auf ihr liegen, dann schob er sich mit einer Hand hoch und betrachtete die Frau. Er sah ihre glänzenden Augen, den befriedigten Ausdruck in ihnen, und er schaute auf ihre

Brüste, die sich bei jedem schweren Atemzug bewegten.

Er drückte sich hoch und war entsetzt über sich. Er wandte sich von der Frau ab und zog sich an.

Während er sich den Gürtel umband, ertappte er sich bei dem Gedanken, was Ginny wohl jetzt machte. Und dieser Mann Logan. Bereiteten sie schon ihre gemeinsame Abreise vor? Oder würden sie auf Tessa warten? Die Versuchung, zurück in die Hütte zu gehen und Ginny zum Bleiben aufzufordern, war beinahe zu groß.

Aber Dan Berrigan besaß einen unbeugsamen Stolz, und er sollte verdammt sein, wenn er erneut einer Frau erlaubte, ihn zum Narren zu halten. Nicht, nachdem das mit Jenny Townsend geschehen war.

Nein, er hatte diese boshafte, verlogene kleine Hexe noch nicht vergessen. Auch wenn ihre Eltern sie aus Wattle Creek entfernt hatten, war seine Entschlossenheit nicht geringer geworden, Rache zu verüben. Er hatte seinen Plan nur aufgeschoben, bis sich ihre Wege wieder kreuzten. Und dieser Tag würde kommen, das wusste Dan genau.

Er blickte hinunter auf Tessa, die immer noch mit offenen Schenkeln auf der Matratze lag und gedankenverloren mit einer Hand über ihren Körper strich.

»Du kannst dich jetzt anziehen«, sagte er. »Ich habe euch eine Nacht aufgenommen, aber nun müsst ihr weiterreiten. Und sage deinem Bruder, dass er die herumhurende Hexe auch gleich mitnehmen soll.«

Damit schritt er aus der Höhle und stieg weiter den Hügel hinauf. Er wollte einen langen, kräftezehrenden Spaziergang machen, und er hoffte, dass er bei seiner Rückkehr nur noch Charlie und Josh in der

Hütte vorfinden würde. Von nun an würden sie wieder nur zu dritt sein, wie es vor diesem schicksalhaften Tag gewesen war, als sie die Kutsche Townsends überfallen hatten.

Ginny wurde immer verzweifelter, obwohl sie sich nach außen hin ihre innere Unruhe nicht anmerken ließ. Der Sergeant hatte ihr Pferd an seins festgebunden, um zu verhindern, dass sie fliehen konnte. Die Spuren führten sie immer näher an das Lager heran. Sie musste bald etwas unternehmen, denn die Vorstellung, dass Dan festgenommen werden könnte, war so furchtbar, dass sie alles tun musste, um das zu vereiteln.

Die beiden einheimischen Spurenleser ritten in einigem Abstand voran, beugten sich über den Hals ihres Pferdes und prüften den Boden. Ab und zu saßen sie ab, um genauer hinsehen zu können. Dann schickte Ginny Stoßgebete zum Himmel, dass sie die Spur verloren haben könnten, aber wenn sie dann wieder aufsaßen und weiterritten, schwand ihre Hoffnung.

Als sie den Bach erreichten, schauten sich die beiden Spurenleser unbehaglich an. Sie blickten ängstlich ins Wasser, das an dieser Stelle gurgelnde Geräusche machte, weil sich der Bach an ein paar Felsen brach. Auf der anderen Seite des Ufers drang der dichte Wald vor, aus dem sie offenbar eine Bedrohung fürchteten. Man sah ihnen die abergläubische Angst in den Augen an, als der Sergeant und Ginny neben ihnen anhielten.

»He, worauf wartet ihr?« fragte der Sergeant ungehalten. »Geht rüber und nehmt dort wieder die Spur auf.«

»Das ist Teufelsland.«

»Heidnisches Geschwätz!« gab der Sergeant verächtlich zurück.

Die beiden schüttelten den Kopf. Nicht einmal die Aussicht, wegen Ungehorsams ausgepeitscht zu werden, konnte sie in Versuchung führen, einen Fuß auf die andere Seite des Flusses zu setzen. »Das ist schlimmes Land. Sehr schlimm.«

Mit Fergusons Geduld war es nicht weit her. »Verdammte Wilde«, murmelte er so leise, dass nur Ginny es hören konnte. Seine Hand glitt zum Revolver unter dem Gürtel. Offenbar überlegte er ernsthaft, ob er die Männer zum Weitergehen zwingen sollte.

Ginny beobachtete die drei Männer, sie analysierte die Situation genau und sagte dann, verdrießliches Zögern in der Stimme: »Es ist nicht erforderlich, Gewalt anzuwenden, Sergeant.«

»Was soll das heißen?« Ferguson musterte sie, die Augen zu schmalen Schlitzen zusammengekniffen.

Ginny stieß einen tiefen Seufzer aus. »Ich begreife, dass es für Dan Berrigan keine Hoffnung mehr gibt. Sie sind wild entschlossen, ihn festzunehmen. Während wir unterwegs waren, hatte ich Zeit zum Nachdenken. Sie brauchen Ihre Männer nicht mit Gewalt zu zwingen. Ich zeige Ihnen den Weg auf der anderen Bachseite.«

Ihre Sinneswandlung hörte sich ein wenig zu glatt an. Ferguson wusste nicht, ob er ihr trauen sollte oder nicht. Aber er würde es mit ihr schon schaffen. Er wies die Spurenleser an, beim Bach zu verharren, dann führte er Ginnys Pferd durch das Wasser. Er band die Leitleine los, konnte sich aber nicht die Warnung verkneifen: »Versuchen Sie bloß keine Tricks!«

Genau darauf habe ich es abgesehen, dachte Ginny. Sie führte das Pferd nach rechts, weg aus der Richtung, in der Dans Versteck lag. Sie wusste, wie leicht es war, sich im Busch zu verirren, und nutzte alles Wissen, das Dan ihr beigebracht hatte, um sich bestimmte Punkte zu merken. Einmal war es ein Vogelnest in der Baumkrone, dann ein umgekippter Stamm oder die gerissene Gabelung eines Baumes.

Sie ritten etwa eine halbe Stunde lang. Ginny sagte nichts und merkte sich den Weg. Auch Ferguson schwieg und starrte auf Ginny. Er fand es ungeheuer schwer, sich auf das zu konzentrieren, was vor ihm lag – die Festnahme von Dan Berrigan.

Es war viel, viel leichter, über die Art der sexuellen Vergnügungen nachzudenken, die diese Schönheit vor ihm mit den Buschräubern erlebt hatte. Er brauchte nur daran zu denken, und schon verhärtete sich die Beule in seinen Breeches. Mit jeder Minute wurde sein Zustand unerträglicher.

Unvermittelt zügelte Ginny ihr Pferd. Ferguson sah sie misstrauisch an. »Warum halten wir?«

Ginny drückte eine Hand gegen ihre Stirn und seufzte zum Erbarmen. »Ich fühle mich ein bisschen schwach, Sergeant. Könnten wir uns vielleicht im Schatten etwas ausruhen?«

»Natürlich.« Seine Augen glänzten von seinen lüsternen Vorstellungen.

Ginny hätte am liebsten laut aufgelacht. Was für Narren manche Männer doch waren! Aber sie behielt ihre Rolle bei und gestattete ihm, ihr beim Absteigen behilflich zu sein. Sie schwankte leicht gegen ihn, so dass ihre Brüste gegen seinen Brustkorb drückten, und wie aus Versehen rutschte ihre Hand über die Schwellung seiner Hose.

Der Sergeant half ihr, sich im Schatten eines Baumes niederzulassen und ging dann zu seinem Pferd zurück, um eine Decke zu holen. Er hatte nichts mehr gegen den Widerstand seiner Spurenleser einzuwenden. Er würde den Vorteil nutzen, dass sie nicht mehr dabei waren. Er konnte es kaum noch erwarten, herauszufinden, wie gut diese Frau in der Liebe war. Nach all diesen Monaten spielte eine Stunde, um die er die Verhaftung der Buschräuber um Dan Berrigan hinausschieben wollte, auch keine Rolle mehr. Bis dahin würde er sich mit diesem wunderschönen Geschöpf beschäftigen. Er breitete die Decke auf dem Waldboden aus und setzte sich neben Ginny. »Während wir ruhen«, sagte er, »könnten Sie mir vielleicht etwas über die Buschräuber erzählen.«

»Oh, nein«, rief Ginny erschrocken. »Ich fühle mich so schwach, dass es für mich schädlich wäre, mich jetzt an all diese schrecklichen Dinge zu erinnern. Es sind recht brutale Männer.«

»Regen Sie sich nicht auf«, beschwichtigte Ferguson, obwohl seine Neugier kaum zu bezähmen war. »Sie ... eh ... hat es Ihnen keinen Spaß gemacht, bei den Männern zu sein?«

»Nicht bei diesen Männern, Sergeant«, antwortete Ginny und schaute ihn verlangend an.

»Natürlich nicht. Eine Frau, so schön wie Sie, weiß einen Mann mit mehr Anstand zu schätzen als diese derben Gesetzlosen.« Er streckte die Hand aus und streichelte behutsam über ihre Brust. Er wurde mit einem bebenden Seufzer belohnt, der über ihre leicht geöffneten Lippen kam.

»Ihre Berührung ist so sanft, Sergeant. Ich glaube,

Sie wissen, wie man eine Frau behandelt. Sie würden nicht nur ihren Körper für Ihr eigenes Verlangen missbrauchen.«

»Ich bin stolz darauf, dass ich so bin«, sagte der Sergeant rasch. »Ich verspreche, Ihnen jede Lust zu bescheren, nach der Ihr Körper verlangt.«

Er knöpfte geschickt ihre Bluse auf, um ihre Brüste bloßzulegen, die er mit seinen Händen umfasste und streichelte. Es waren Halbkugeln von unvergleichlicher Schönheit, die schönsten Brüste, die er je gestreichelt hatte. Ungeduldig wartete er auf eine Gelegenheit, sie ganz auszuziehen, diesen herrlichen Körper völlig nackt zu sehen.

Aber er wollte nichts überstürzen, es stand zuviel auf dem Spiel. Und so fuhr er fort, ihre Nippel zu reizen. Er legte eine Hand auf ihre Schulter und drückte sie leicht zurück, bis sie auf der Decke lag. Er presste seinen Mund auf ihren und hoffte, dass sie den Kuss für verführerisch genug hielt.

Sie gestattete seinen Händen, über ihren Bauch zu streichen, unter den Rock zu greifen und die Öffnung der Beinkleider zu erkunden. Dann stießen die Finger gegen die Härchen, die ihre Scheide umgaben. Er wollte gerade in die Spalte eindringen, als sie seine Hand festhielt. »Warte«, sagte sie.

Ferguson sah sie mit zusammengezogenen Augen an. »Jetzt wirst du dich doch nicht zieren, oder?«

»Aber nein«, versicherte sie ihm. »Ich will dich! Es ist nur ... eh ... weißt du, ich muss Wasser lassen, bevor wir ...

»Oh.« Ferguson zog seine Hand aus ihren Kleidern zurück und setzte sich auf. »Bleib nicht zu lange. Ich brenne schon darauf, dich auszuziehen, wenn du zurückkommst.«

Er stand auf und begann, seine Uniformjacke auszuziehen, dann sein Hemd. Ginny zog sich ein wenig in die Büsche zurück, denn sie musste sich tatsächlich erleichtern. Sobald sie aber sah, dass ihr Beinahe-Liebhaber auch seine Hose ausgezogen hatte und nun nackt war, rannte sie los.

Sie hatte sich schon in den Sattel ihres Pferdes geschwungen, ehe Ferguson begriff, dass sie ihn hereingelegt hatte.

Mit einem jammervollen Schrei rannte er hinter ihr her, bis ihm seine Nacktheit einfiel.

Laut fluchend lief er zur Decke zurück und stieg in seine Kleider, die er gerade erst in Erwartung vielfältiger sexueller Freuden abgelegt hatte.

Zwei Stunden strammen Marsches über unwegsames Gelände hatten wenig dazu beigetragen, Dans Stimmung zu heben. Er war zu der Erkenntnis gekommen, dass es ihm unmöglich sein würde, Ginny und das, was sie ihm bedeutete, aus seinen Gedanken zu streichen. Oder nur dann, wenn er blind würde und ständig volltrunken wäre, um lange Zeit keinen klaren Gedanken mehr fassen zu können.

Und genau das hatte er vor, als er den Weg zurück zur Hütte einschlug. Denn er erwartete, dass die ungebetenen Gäste bereits das Weite gesucht hatten.

Schon von weitem erkannte er, dass das nicht so war. Unten, nahe am Bach, entdeckte er Tessa und Josh. Die Art ihrer Aktivitäten war ihm nicht fremd.

Dan beobachtete sie mit aufrichtiger Gleichgültigkeit. Obwohl er eine heiße Sexnacht mit ihr erlebt hatte, störte es ihn überhaupt nicht, sie jetzt mit seinem Kumpan in derlei Weise beschäftigt zu sehen.

Nach diesem Auftakt legte sie Rock und Bluse ab und zeigte ihrem Partner, dass sie nichts darunter trug. Sie legte sich nackt rücklings auf einen Felsen, der sich dafür wegen seiner Form besonders gut eignete und spreizte die Beine.

Dan wandte seinen Blick und schaute hinüber zur Hütte. Die beiden Pferde der Gäste waren noch da, also war auch Logan noch nicht davon geritten. Unentschlossen trat er auf der Stelle. Er hatte nicht damit gerechnet, Ginny noch einmal wiedersehen zu müssen. Wenn er jetzt hinunterging, würde er ihr begegnen. Vielleicht wäre es gescheiter, wenn er wieder hinauf in die Berge ging und dort ausharrte, bis sie alle abgereist waren.

Sein Blick schweifte zurück zum Pärchen am Bach. Tessa kniete jetzt auf allen Vieren, und Josh nahm sie von hinten. Die ekstatischen Schreie der Frau, die hoch bis zu ihm drangen, lösten ein knappes Zucken in seinen Mundwinkeln aus. Teufel, sie war wirklich unersättlich.

Er hatte sich entschieden. Er würde zurück zur Hütte gehen, Bruder und Schwester wegschicken und Ginny bitten, bei ihm zu bleiben. Wenn sie zögerte, würde er sich vielleicht sogar erniedrigen, sie anzubetteln.

Aber was ihn dann in der Hütte erwartete, ließ ihn fast aus den Schuhen kippen.

Logan saß am Tisch, den Kopf schwer in die Hände gestützt. Charlie saß ihm gegenüber und hatte einen Revolver auf den Mann gerichtet.

»Was ist denn hier los?« fragte Dan.

Charlies Lippen bewegten sich zu einem Grinsen, das auch ein verächtliches Schnaufen sein mochte. »Ich schätze, er hat einen Brummschädel. Ich halte ein Auge auf ihn, bis seine hurende Schwester zurückkommt. Dann schicke ich sie beide auf den Weg.«

»Wo ist Ginny?«

Bevor Charlie antworten konnte, hob Logan den quälenden Kopf und starrte Dan mit seinem hypnotischen Blick an. »Sie ist weg. Es scheint, dass sie auch nicht bei dir bleiben wollte.«

»Wieso ›auch nicht‹?«

»Sie wollte weg«, erklärte Charlie mit satter Befriedigung in der Stimme, »und er wollte sie daran hindern. Ich sah, wie sie wankelmütig wurde, deshalb musste ich ihn für eine Weile ausschalten, damit sie in Ruhe reiten konnte.«

»Du hast sie allein reiten lassen?«

»Ja, klar«, antwortete Charlie. Das gefährliche Glitzern in Dans Augen störte ihn nicht.

»Alles Mögliche kann ihr zustoßen! Ich reite ihr nach und bringe sie zurück!«

Er hörte nicht Charlies Proteste, der ihm nachrief, dass die Frau alt genug sei, auf sich selbst aufzupassen, sondern rannte zum Stall und nahm sich nicht die Zeit, sein Pferd zu satteln. Er spürte, dass sein Herz schmerzhaft gegen die Rippen pochte. Er wollte Ginny zurückholen, koste es, was es wolle. Er hoffte, dass sie noch nicht allzu weit gekommen war – und wünschte, dass sie sich im Busch nicht verirrt hatte.

Ginnys Triumph währte nur bis zum Bach, wo die beiden Spurenleser ihr den Weg verstellten. Sie mochten abergläubische Angst vor den bösen Geistern haben, die jenseits des Baches ihr Unwesen trieben, aber sie wussten auch, dass ihr Leben keinen Cent mehr wert war, wenn sie die Frau entkommen ließen. Der eine von ihnen griff nach den Zügeln, der andere zielte mit seinem Gewehr auf ihr Herz. Kurz darauf hatte Ferguson sie eingeholt, er war nicht weit hinter ihr gewesen.

Der rachsüchtige Ausdruck im Gesicht des Sergeants nahm Ginny den Mut. Sie wusste, dass sie nun nichts mehr tun konnte, um Dan zu retten. Ferguson beugte sich ganz nah zu ihr, bis ihre Gesichter sich fast berührten. In seinen blauen Augen blitzte das Verlangen nach Vergeltung.

»Keine Frau führt mich vor«, fauchte er. »Ich will dich, und ich werde dich kriegen.« Er lachte kurz auf, und es hörte sich gemein und bedrohlich an.

Er griff mit einer Hand an ihre Bluse, offenbar in der Absicht, sie ihr vom Leib zu reißen, damit auch die beiden Spurenleser was zum Begaffen hatten.

Da hob einer der Spurenleser eine Hand. »Ein Mann kommt auf Pferd.«

Ferguson ließ die Hand sinken, griff nach seinem Gewehr. Er glaubte dem Mann sofort, obwohl er weder etwas von einem nahenden Reiter sah noch hörte. Der Sergeant zweifelte nicht daran, dass es Berrigan war, der wahrscheinlich Ginny suchte. Ein knapper Befehl ließ die Spurenleser Verstecke aufsuchen, dann widmete Ferguson seine Aufmerksamkeit wieder der jungen, verführerischen Frau. Die Hand, die eben noch ihre Brust entblößen wollte, richtete nun das Gewehr auf diesen Teil ihres Körpers.

»Du wartest hier, und wenn er sich zeigt, wirst du langsam zu ihm reiten. Falls du versuchst, ihn zu warnen, werdet ihr beide tot sein.«

Ferguson brachte sein Pferd hinter einen Felsen, und Ginny stand allein am Bachübergang. Sie fühlte sich elend und war voller Angst.

Dan ritt in die Falle, und sie konnte nichts tun, um ihn zu retten, denn sie zweifelte keinen Augenblick daran, dass der Sergeant seine Drohung ernst gemeint hatte. Er würde sie beide töten.

Als Dan sah, dass Ginny auf dem anderen Bachufer wartete, ging ihm das Herz auf. Er rief ihren Namen schon von weitem, zügelte sein Pferd aber erst, als er dicht vor dem Bach war. Sein Lachen bewegte sein ganzes Gesicht. »Du hast deine Meinung geändert. Du kommst zurück.«

Erst jetzt bemerkte er die Anspannung auf ihren Zügen. Es war zu spät. Ferguson und die Spurenleser ritten aus ihren Verstecken und richteten ihre Waffen auf ihn.

Ginny hatte nicht einmal die Gelegenheit, ihm zu sagen, wie Leid es ihr tat.

Neuntes Kapitel

Die vergitterte Zellentür schlug mit blechernem Scheppern zu. Ginny empfand die Hoffnungslosigkeit wie Blei in ihren Gliedern.

Er hatte kein Wort mit ihr gesprochen, auch nicht, als er begriffen hatte, dass er in eine Falle getappt war. Es waren auch keine Worte erforderlich gewesen. Er hatte sie nur einmal kurz angesehen, seine Lippen zuckten in verbitterter Wut, und der Ausdruck seiner Augen hatte ihr gezeigt, was er von ihr dachte.

Als Ferguson sie jetzt am Arm packte und von den Zellen wegzerrte, schaute sie sich nach Dan um. Sie wollte zu ihm laufen und um Verzeihung bitten. Einen Moment lang begegneten sich ihre Blicke. Ginnys Augen flehten um Verständnis. In Dans Augen sah sie nichts als Verachtung.

Es war ihr wie ein Stich ins Herz. Sicher, sie hatte ihn verlassen, aber es machte einen großen Unterschied, einen freien Mann zurückzulassen oder jemandem den Rücken zuzudrehen, der hinter Gittern saß. Ungeachtet dessen, was er von ihr hielt, musste sie alles versuchen, seine Freilassung zu bewirken.

Der Sergeant begehrte sie. Ginny hatte schon einmal Sex eingesetzt, um das zu erreichen, was sie erreichen wollte. Sie würde es wieder tun. Und wenn sie sich daran erinnerte, wie männlich der Sergeant wirkte, würde ihr Tun kein großes Opfer sein – aber er würde trotzdem einen Preis zahlen müssen.

Sobald sie Ferguson das Versprechen abgerungen hatte, würde man Dan freilassen, und erst dann konnte sie Wattle Creek verlassen und irgendwo ein neues Leben beginnen. Diese Monate mit Dan würden ihr als angenehme Episode in Erinnerung bleiben, die von Anfang an nicht auf Dauer angelegt gewesen war.

Und Logan? Nun, wenn es möglich war, würde sie vergessen, dass Logan sie zu seiner Sexsklavin gemacht hatte. Diesmal würde sie ihm entkommen.

»Kommen Sie, Mrs. Leigh.« Fergusons Stimme unterbrach ihre Gedanken. »Wir haben eine bestimmte Sache noch nicht zu Ende geführt. Ich möchte, dass Sie Ihr Versprechen einlösen, mir mehr von ihren charmanten Schätzen zu zeigen.«

»Verhurtes Luder!« rief Dan gepresst.

Ferguson verzog den Mund. »Es hat fast den Anschein, meine Liebe, dass Ihr krimineller Geliebter es nicht schätzt, wenn Sie sich anderen, verdienteren Männern hingeben. Sollen wir es hier tun, direkt vor seiner Nase, damit er alles sieht?«

Der Gedanke behagte Ferguson sehr. Ihm würde es einen zusätzlichen Kick bescheren, die Freundin des Buschräubers vor seinen Augen zu nehmen. Der Kerl würde in seiner Zelle vor Wut und Geilheit die Wände hochgehen.

Ginny fand diese Vorstellung schrecklich. »Aber Sergeant, Sie haben gesagt, dass Sie alle Einzelheiten darüber hören wollen, was nach der Entführung geschehen ist. Diese Dinge kann ich Ihnen viel besser in der Abgeschiedenheit eines Hotelzimmers erzählen.«

Während ihre Finger mit den Knöpfen der Bluse spielten, kreiste ihre Zungenspitze langsam um ihre

Lippen. Ihr Gesicht war eine einzige Provokation. Die beiden Männer konnten nicht ahnen, dass sich ihr Magen dabei fast umdrehte. Sie wusste, dass ihr Verhalten Dans Annahme nur noch bekräftigen musste, dass sie ihn verraten hatte.

Das Hotel, zu dem Ferguson sie führte, war ein schmuddeliges Etablissement in einer Nebenstraße. Der Mann an der Rezeption war ein übergewichtiger, ungewaschen aussehender Mann, den man eher hinter Gittern vermuten könnte als den Gefangenen, den sie jetzt dort festhielten.

Ein widerliches Grinsen entblößte verrottende, gelbliche Zähne, als er dem Sergeant den Schlüssel reichte.

Ginny fühlte sich wie eine gewöhnliche Hure. Sie begriff, dass der Mann und der Sergeant ein Abkommen geschlossen hatten. Der Hotelier würde die heimlichen Aktivitäten des Sergeants geheim halten, und der Sergeant würde wahrscheinlich beide Augen zudrücken, wenn es um fragwürdige Unternehmungen des Hoteliers ging.

Zu Ginnys Überraschung – denn sie hatte damit gerechnet, dass Ferguson ihr »Versprechen« sofort eingelöst haben wollte – blieb er an der Zimmertür stehen.

»Unglücklicherweise kann ich meine Pflichten nicht so lange vernachlässigen, wie ich dafür brauche, Sie gründlich zu vernehmen, Mrs. Leigh. Heute Abend passt es mir viel besser in den Zeitplan. Ich schlage vor, dass Sie sich ausruhen. Es könnte sein, dass Sie meine Art der Vernehmung körperlich erschöpfen wird. Und falls Sie eventuell an Flucht denken, sollten Sie wissen, dass ich dieses Zimmer überwachen lasse.«

»Ich habe nicht vor zu fliehen, Sergeant. Und wir sollten abwarten, wer gegen Ende der Nacht körperlich erschöpft ist.«

»Ist das ein Versprechen, Mrs. Leigh?«

»Unter einer Bedingung.«

»Bedingung? Ha! Was bringt Sie auf den Gedanken, dass Sie in einer Position sein könnten, mir Bedingungen zu stellen?«

»Sie wollen Sex mit mir, Sergeant. Den nehmen Sie sich, ganz egal, was ich sage. Entweder liege ich passiv auf meinem Rücken und lasse Sie machen, oder ich setzte meine nicht unbeträchtlichen Talente ein, um Ihnen eine Nacht zu bescheren, die über Ihre kühnsten sexuellen Träume hinausgeht.«

»Hm. Und wie hört sich Ihre Bedingung für eine solche Nacht an?« fragte er lauernd.

»Dass Sie Dan Berrigan freilassen.«

»Ha! Ich wusste ja, dass er Sie nicht gegen Ihren Willen festgehalten hat. Bedeutet er Ihnen so viel?«

»Ja.«

Ferguson schürzte die Lippen. Spekulierend huschten seine Blicke über Ginnys Gesicht und Körper. Ja, sie versprach eine Menge Spaß. Er konnte diese verführerische Frau nehmen, wann immer er wollte, denn er hatte sie in seiner Gewalt. Aber er wollte sie mit Bereitschaft und voller Leidenschaft, sie sollte sich engagieren und ihre Künste zeigen. Er spürte, wie sich sein Hosenstoff wölbte.

Berrigans Festnahme würde dem Sergeant fast mit Sicherheit eine Beförderung einbringen, ganz zu schweigen von der Belohnung in Höhe von fünfhundert Pfund. Die Flucht des so lange gesuchten Buschräubers würde im Gegenzug bedeuten, dass

Ferguson den Rest seiner Tage als Polizist in Wattle Creek bleiben würde.

Auf der anderen Seite – wenn die Frau so begierig war, ihren kriminellen Geliebten in Freiheit zu sehen, würde es ihm leicht fallen, sie zu überreden, ihm ihren entzückenden Körper für mehr als nur eine Nacht zur Verfügung zu stellen.

»Ich werde darüber nachdenken«, sagte er. »Bis heute Abend, Mrs. Leigh.«

Ginny wartete auf ihn. Sie hatte sich auf ihn vorbereitet, gebadet und ihren Körper parfümiert. Ihr goldbraunes Haar fiel in Kaskaden über ihre Schultern und verdeckte die rosigen Nippel, die man durch den leichten Stoff ihres Umhangs ahnen konnte.

Als sich der Schlüssel kratzend im Schloss drehte, schluckte sie hastig den letzten Wein, den der Hotelier ihr mit dem Abendessen gebracht hatte, dann richtete sie das Dekolleté des Umhangs, damit die Kerbe zwischen den Hügeln deutlich zu sehen war.

Ferguson verschwendete keine Zeit. Er schloss die Tür hinter sich und zog Ginny heftig an sich, presste sie gegen seinen Körper. Er drückte seinen Mund auf ihre Lippen, und im nächsten Moment glitt seine Hand in den Umhang und umfing ihre Brüste.

»Sagen Sie mir, ob er das mit Ihnen gemacht hat – und das.« Seine andere Hand fuhr zwischen ihre Schenkel.

»Natürlich hat er das getan«, antwortete Ginny. »Er wollte, dass ich bereit für ihn war, deshalb hat er meine Brüste massiert und meine Spalte gerieben, bis ich ihn angefleht habe, mich zu nehmen.«

Fergusons Finger fanden ihre Öffnung und schlüpften in die warme Höhle. »Es bedarf nicht viel, Sie bereit zu machen. Sie sind ja jetzt schon feucht. Ah, es gefällt mir, mit einer Frau zu schlafen, die so leicht zu erregen ist. Jetzt sagen Sie mir, Mrs. Leigh«, fuhr er fort, wobei seine Finger sie so geschickt reizten, dass sie Mühe hatte, sich auf seine Frage zu konzentrieren, »wie war es denn das erste Mal mit ihm?«

»Nun ... das erste Mal ...«, stöhnte sie, während die streichelnden, reibenden, zwickenden Finger sie einem Höhepunkt entgegentrieben, »haben wir es ... auf seinem Pferd ... getan. Das war ... auf dem Weg ... zu seinem Versteck ...«

Die erotische Aktion seiner Finger hörte auf, Fergusons Mund klappte auf. »Wie hat er das denn geschafft?«

Ginnys Atem hatte sich beruhigt. »Soll ich es Ihnen zeigen?« hauchte sie.

»Ich bestehe darauf. Vergessen Sie nicht, dass dies eine offizielle Vernehmung ist. Ich muss jede Einzelheit Ihrer Zeit bei den Outlaws kennen.«

»Ja, das sehe ich ein«, sagte Ginny. »Aber um das vollständig zu verstehen, wäre es wohl besser, wenn ich so angezogen wäre wie damals.« Der Umhang glitt von ihren Schultern und schwebte zu Boden. Sie gestattete Ferguson nur einen kurzen Blick auf ihre Nacktheit, dann war sie hinter einen Schirm geschlüpft.

Er machte ein verdutztes Gesicht, als sie in ihrer Unterwäsche und den Schnürstiefeln hinter dem Schirm hervortrat. Er hatte damit gerechnet, dass sie in einem Reisekleid unterwegs gewesen war.

Ginny lächelte ihn provozierend an. »Der arme Mr. Townsend war höchst ungehalten, denn er hatte es gerade geschafft, mich so weit auszuziehen, als die Kutsche überfallen wurde.«

Sie reichte ihm einen kurzen Strick und streckte ihre Arme aus. »Jetzt müssen Sie meine Handgelenke zusammenbinden, denn so war es damals auch. Unglücklicherweise haben wir kein Pferd zur Verfügung, deshalb müssen wir uns vorstellen, dass dieser Stuhl das Pferd ist. Wenn Sie sich hinsetzen, Sergeant, und Ihren Schaft aus dem Gefängnis Ihrer Hose befreien, kann ich Ihnen zeigen, wie wir es geschafft haben.«

Ferguson gehorchte übereifrig. Die Neuheit an diesem Sexspiel schickte ein pulsierendes Verlangen von den grauen Zellen seines Gehirns in seine Lenden.

Sie schob ihre gefesselten Hände über den Kopf des Sergeants und umfasste seinen Nacken, während sie sich rittlings auf ihn setzte und sich langsam auf dem heißen männlichen Muskel niederließ. Ferguson hielt die Luft an, so überwältigend war die Lust, die er empfand, als sie sich ganz über ihn schob. Voller Ekstase packte er ihre Hüften und hob sie auf und nieder.

»War es so gut wie jetzt?« keuchte er.

»Besser! « rief Ginny mit absichtlicher Provokation. »Sie müssen sich vorstellen, dass das Pferd unter uns immer schneller galoppierte.«

»Verdammt!« stöhnte er und erhöhte das Tempo, mit dem er sie anhob und sacken ließ. »Schneller? Noch schneller?«

Die Kraft seiner Hände war unglaublich. Ginny hatte nicht mehr die Kontrolle. Wie eine Stoffpuppe zappelte sie auf ihm, ihr Kopf flog von einer Seite zur anderen, ihre Brüste hüpften im Rhythmus, als

Ferguson sie mit einer solchen Geschwindigkeit rauf und runter hetzte, dass die brennende Flut des Orgasmus nicht mehr aufhören wollte.

»Gut, Mrs. Leigh, sehr gut«, lobte er sie, als er nachließ und sie den Kopf auf seine Schulter legte. »Sie haben mir wirklich sehr geholfen. Dafür haben Sie sich eine kleine Pause verdient.«

Das Knarren des Schlüssels im Türschloss weckte sie am nächsten Morgen auf. Nachdem der Sergeant sie verlassen hatte, war sie in einen tiefen Schlaf gefallen, der ihr eine zermürbende Folge von Albträumen gebracht hatte, in denen Dans Schicksal im Gefängnis in den grellsten Farben geschildert wurde.

Sie rieb sich noch den Schlaf aus den Augen, als die Tür aufschwang und der Hotelier eintrat. Er hielt ein Tablett in der Hand, auf dem wahrscheinlich ihr Frühstück stand. Weder das Tablett noch das Frühstück aber waren sauberer als der Kerl selbst.

Seine lüsternen Blicke waren auf die glatte Haut ihrer Schultern gerichtet, die das Laken freiließ. Mit einem Ruck war Ginny wach. In ihrem Kopf entwickelte sich ein Plan. Auf dem Nachttisch stand der Kerzenleuchter ...

Der feiste Hotelier blieb stehen, starrte auf Ginnys Leib, der sich unter dem dünnen Laken abzeichnete. Sein Atem rasselte. Ginny sah, wie sich die Hose im Schritt ausdehnte. Kaum merklich zog sie das Laken ein bisschen tiefer, so dass der Brustansatz zu erkennen war.

Der Mann schluckte, stellte das Tablett auf den Nachttisch ab, stieß einen heiseren Laut aus und warf sich über Ginny, die im letzten Moment zur Seite rutschte, um nicht von dem Gewicht des Kerls erdrückt zu werden. Gleichzeitig griff sie nach dem schweren Messingleuchter und schlug ihn mit aller Wucht auf den Schädel des schmutzigen, stinkenden und schwer ächzenden Mannes.

Ginnys Herz pochte wie rasend, als sie die Zimmertür öffnete und vorsichtig in den Flur schaute. Es war niemand zu sehen, und außer dem gelegentlichen Geklapper von Geschirr in der Küche war auch nichts zu hören.

Sie zog die Tür zu, schloss sie ab und ging auf den Zehenspitzen auf den hinteren Ausgang zu.

Ein plötzliches Geräusch ließ sie verharren, und voller Angst begann sie zu zittern. Ein bitterer Geruch griff ihre Nase an. Sie drehte sich um, schaute durch eine offenstehende Tür in die Bar und entdeckte dort einen Betrunkenen, der quer vor der Theke lag und dort seinen Rausch ausschlief.

Das Glück blieb ihr treu, denn als sie Sekunden später den Hof erreichte, war auch dort kein Mensch – nur ein gesatteltes Pferd, das an einen Pfosten gebunden war. Pferdediebstahl wurde hart bestraft – aber nachdem sie den Hotelier vielleicht getötet hatte, kam es auf ein gestohlenes Pferd nun auch nicht mehr an.

Nein, sie hatte sich nicht mehr davon überzeugt, ob der feiste Kerl, der sich über sie geworfen hatte, noch lebte, nachdem sie ihm den Kerzenleuchter über den Schädel gezogen hatte.

Es war ein spontaner Entschluss gewesen, aber er hatte sich wahrscheinlich schon während des Schlafs in ihren Gedanken gebildet. Es war ihr klar geworden, dass Ferguson nicht daran dachte, es bei dieser einen Nacht bewenden zu lassen, und sie hatte keine Möglichkeit, ihn zu zwingen, sein Wort zu halten. Also musste sie möglichst schnell hier weg, um einen anderen Weg zu finden, Dan zu seiner Freiheit zu verhelfen.

Sie schlug einen weiten Kreis um die Stadt und traute sich nicht, sich umzuschauen. Sie erwartete jeden Augenblick, dass jemand rief, weil er das Pferd erkannte. Oder dass sie die Hufschläge der verfolgenden Polizeipferde hörte. Erst als sie die letzten Hütten der Stadt hinter sich gelassen hatte, baute sich die Anspannung in ihr ein wenig ab.

Erst jetzt begann sie darüber nachzudenken, was sie jetzt tun sollte. Wie konnte sie Dan am besten helfen? Als Frau hatte sie nur eine Waffe. Bei Ferguson hatte sie versagt. Ihre einzige Möglichkeit, erkannte sie, hatte sie bei Dans Kumpanen. Sie musste ihnen sagen, dass Dan im Gefängnis saß. Vielleicht gelang es ihnen, ihrem Freund zu helfen.

Aber Charlies Drohung klang immer noch in ihren Ohren.

Als Dan am Abend nicht zurückgekehrt war, machten sich Josh und Charlie keine großen Sorgen. Sie gingen davon aus, dass er Ginny gefunden hatte. Charlie hoffte sehr, dass er allein in die Hütte zurückkehren würde. Wenn jemand angedeutet hätte, dass sein Hass auf Ginny daher rührte, dass er sie lieber für sich gehabt hätte, dem hätte er seine eisenharte Faust ans Kinn gesetzt. Zwar hätte er nichts dagegen gehabt, sich einmal näher mit dieser aufregenden Frau zu beschäftigen. Aber allein diesen Gedanken gestand er sich nicht zu – er wertete ihn schon als Verrat an seinem Freund.

Wie das Schicksal es fügte, war er allein in der Hütte, als Ginny am späten Nachmittag des folgenden Tages eintraf. Zu diesem Zeitpunkt war den beiden Männern die lange Abwesenheit Dans bereits unheimlich geworden.

Als Charlie den Hufschlag des Pferdes hörte, dachte er sofort an Dan. Erleichtert stand er auf und trat vor die Hütte. Er war enttäuscht und verärgert, als er Ginny erkannte.

»Wo ist Dan?« brüllte er.

»Die Polizei hat ihn festgenommen. Ich bin gekommen, um euch um Hilfe zu bitten.«

»Dan ist festgenommen? Wie denn? Wann?«

»Gestern, als er hinter mir hergeritten ist.«

Ein Zug voller Verachtung verdrehte Charlies Gesicht.

»Also hast du ihn verraten.«

»Nein!« Ginny stieg ab und starrte den rotbärtigen Mann entsetzt an. »Das kannst du nicht wirklich glauben!«

»Dir traue ich alles zu«, bekannte Charlie, packte sie am Arm und schleppte sie in die Hütte. Er schleuderte Ginny weit in die Hütte hinein und trat mit dem Fuß die Tür hinter sich zu.

Ginny hatte Schwierigkeiten, das Gleichgewicht zu halten, stolperte quer durch die Hütte und stellte sich dann aufrecht vor Charlie hin und starrte ihn an. »Bitte, Charlie, ich weiß, dass du mich nicht magst, aber du musst mir glauben, dass ich Dan nicht verraten würde. Warum sonst wäre ich hierhin zurückgekommen?«

»Du bist ein Frau, und dazu noch eine besonders

raffinierte. Ich zweifle nicht, dass du deine Gründe hast.«

»Natürlich habe ich meine Gründe. Ich will dich und Josh holen, damit wir Dan helfen können. Wir müssen einen Plan entwickeln, wie wir ihn aus dem Gefängnis befreien.«

»Mich führst du nicht hinters Licht, Ginny. Wenn dir wirklich was an Dan läge, hättest du nicht die ganze Nacht mit dem Fremden herumgehurt. Dir scheint es im Leben nur um Sex zu gehen.«

Ginny hob hilflos ihre Schultern. Sie wusste, dass es keinen Sinn hatte, ihre Obsession mit Logan erklären zu wollen. »Ich dachte, Dan wäre dein Freund? Willst du nichts tun, um ihm zu helfen?«

»Oh, uns wird schon etwas einfallen, um ihn da herauszuholen, aber dafür brauchen wir dich nicht.« Er trat näher an sie heran, seine boshafte Absicht stand ihm im Gesicht geschrieben. »Aber vorher will ich dir schnell noch eine Lektion erteilen. Ich schätze, du bist hergekommen, weil du wieder mal einen kräftigen Mann brauchst. Nun, den sollst du jetzt kriegen.«

Er griff nach ihr, aber Ginny trat rasch zur Seite und brachte den Tisch zwischen sich und Charlie. »Untersteh dich«, warnte sie ihn.

Charlie reagierte mit einem wütenden Knurren. Er folgte ihr um den Tisch herum. »Ich habe dir gesagt, du sollst nicht zurückkommen. Du hättest auf mich hören sollen, Ginny. Aber nun hast du es nicht getan, und jetzt werde ich mir holen, was ich schon immer haben wollte.«

Wie eine Katze mit der hilflosen Maus spielte er mit ihr, verfolgte sie, bis er sie mit dem Rücken zur Wand hatte. Wieder griff er nach ihr, und diesmal konnte sie nicht weit genug ausweichen. Ihre Bluse zerriss, als sie ihm zu entkommen versuchte.

Sie schaffte es bis zur Tür, aber dort packte er sie. Seine Hände rissen die Stoffreste der Bluse weg, er hielt sie an der Schulter gepackt und warf Ginny auf den Boden.

Er tauchte hinunter und walkte ihre Brüste. Ginny versuchte, sich unter ihm wegzurollen, sie trat um sich, erwischte ihn aber nicht. Er ratschte ihr den Rock auf und riss ihn ihr vom Körper, ohne dass sie eine Chance hatte, ihn daran zu hindern.

»Bastard!« stieß sie keuchend heraus, und als Charlie sich wieder über sie werfen wollte, krümmte sie den Ellenbogen und rammte ihn blindlings in seinen Körper. Sie wusste nicht, wo sie ihn getroffen hatte, aber Charlie war für einen Moment außer Gefecht gesetzt. Diesen Moment nutzte Ginny, um außer Reichweite zu kriechen.

Sie sprang auf die Füße und rannte davon, aber in der Enge der Hütte hatte sie keine wirkliche Chance. Er packte sie, und sie wehrte sich verzweifelt. Aber schließlich musste sie sich seiner Kraft beugen. Er drückte sie gegen den Tisch. Seine Arme blockierten sie an den Seiten, und sein Körper bog ihren Oberkörper nach hinten. Beide keuchten heftig. Sie starrten sich schweigend und hasserfüllt an.

Die Augen des Mannes glühten vor Lust, während Ginny, verschwitzt und zerzaust, die letzten Reserven mobilisierte, um ihm wenigstens ein paar deftige Beleidigungen ins Gesicht zu schleudern. Ihr Zorn wurde geschürt von seinem steifen Glied, das er ihr gegen den Unterleib presste.

»Du bist ein Tier«, fauchte sie. »Dan wird dich dafür umbringen!«

»Ach ja?« schniefte er. »Ich glaube nicht, dass es Dan noch interessiert, wer mit dir was macht, wenn er erfährt, dass du ihn verraten hast.«

Er ließ eine Sekunde von ihr ab, packte sie mit beiden Händen und drehte sie brutal herum, sodass sie bäuchlings über dem Tisch lag. Mit einer Hand hielt er ihre beiden Hände auf dem Rücken.

»Ich habe dich gleich durchschaut«, schnarrte er. »Du bist nichts als eine gewöhnliche Schlampe, die sich jeden Mann nimmt, den sie kriegen kann. Ich wette, du bist schon feucht vor Geilheit.«

Ginny, eine Wange gegen die raue Oberfläche des Tisches gedrückt, fluchte in einer Sprache, die einen Seemann hätte erröten lassen. Aber es brachte ihr nichts ein. Charlie lachte nur und griff mit einer Hand derb zwischen ihre Schenkel.

Gerade als er in sie eindringen wollte, stürmte Josh in die Hütte. Wie festgenagelt blieb er stehen und nahm das Schauspiel in sich auf, das sich ihm bot. Sein Kumpan war dabei, die sträubende, schreiende Ginny zu vergewaltigen.

Mit weit aufgerissenen Augen starrte Josh auf die Szene. »Scheiße«, krächzte er. »Dan wird dich dafür zusammenschlagen, Mann.«

»Wohl kaum«, gab Charlie ungerührt zurück »Sie hat ihn der Polizei verraten, deshalb schätze ich, haben wir ein Recht, mit ihr zu tun, was wir wollen. Du kannst sie nach mir haben, Mann. Ich mache jede Wette, dass sie sich nicht mehr lange sträubt«, fügte er noch hinzu, als er ihren Arm ein bisschen mehr drehen musste, um ihren Widerstand abzublocken.

Josh konnte seine Blicke nicht von ihrem Körper wenden. Ginny war eine Göttin! Der Anblick ihres sich windenden Körpers, über den Tisch gebeugt, entflammte sein Verlangen. Er hatte sich immer schon gefragt, wie es wohl sein würde, mit einer solchen Frau zu schlafen. Aber Respekt und Furcht vor Dan hatten seine animalischen Instinkte unterdrückt.

Und jetzt war es erneut die Treue zu seinem Freund, die einer Prüfung unterzogen wurde. Dan befand sich in Schwierigkeiten. Seine Abwesenheit auszunutzen, um sich an Ginny zu befriedigen, verstieß gegen seine Ehre und gegen Dans Ehre.

So sehr er auch Ginny begehrte – er wollte von Dan selbst hören, dass sie ihn der Polizei ausgeliefert hatte. Josh hoffte inständig, dass er der Versuchung widerstehen konnte, der Charlie so leicht anheim gefallen war.

»Ich schätze, du machst einen schweren Fehler, Charlie. Ich weiß, dass du sie nicht magst, aber das nimmst du jetzt als Vorwand, um sie zu demütigen. Das wird Dan nicht gefallen. Er wird es dir nie verzeihen.«

Charlie war verdutzt darüber, dass Josh sich dafür entschieden hatte, Ginny beizustehen. Einen Moment lang lockerte er seinen Griff. Es war nur ein Moment – aber der genügte Ginny, um sich aus der erniedrigenden Position zu befreien.

Ihre Stimme klang schrill, und ihr Atem ging keuchend, als sie laut schrie: »Josh hat Recht. Dan wird dir nie verzeihen, was du gerade getan hast. Ich habe ihn nie verraten. Du willst nur einen Vorwand für dein mieses Verhalten. Du bist Abschaum, Charlie, nichts anderes. Du würdest es mit einem Dingo treiben, wenn er lange genug still hielte. Und du bildest dir ein, dass mir Sex mit einem Kerl wie dir Spaß machen würde? Pfui!« Ginny atmete immer noch hechelnd, und Tränen schossen ihr in die Augen. Sie war auch wütend über sich, dass sie sich in eine solche Situation gebracht hatte. Sie wünschte, Dan tauchte jetzt auf. Ihre Nerven lagen blank, ihre Gedanken überschlugen sich. Sie war dankbar, dass Josh eingegriffen hatte.

Wenn Charlie bis jetzt Vergewaltigung im Sinn gehabt hatte, dann sah es nun so aus, als wollte er sie bis zur Bewusstlosigkeit schlagen. Die Spannung in dem kleinen, stickigen Raum hatte einen kaum zu ertragenden Höhepunkt erreicht. Irgendwas musste geschehen, um Nerven und Gemüter zu beruhigen.

Josh schaute zu den verstaubten Flaschen, die in einer Ecke standen. »Ich schätze, wir alle könnten einen Drink vertragen«, sagte er.

Während Ginny die Reste ihrer zerrissenen Bluse suchte und den Rock vom Boden aufhob, sah sie zu ihrer unendlichen Erleichterung, dass Charlie in die Ecke ging und eine Flasche nahm, mit der er hinausstürmte, nachdem er ihr noch einen wütenden Blick zugeworfen hatte.

Josh ließ einen kräftigen Schluck von Mollys üblem Gebräu durch die Kehle rinnen, bevor er die Flasche widerwillig an Ginny abgab. Sie nahm sie dankbar an und setzte die Flasche an den Mund. Sie schloss die Augen, als das brennende Zeug vom Gaumen in die Speiseröhre floss und im Magen ein Feuer zu entfachen schien.

»Du musst mir glauben, Josh«, sagte sie flehend und schaute ihm in die Augen. »Der Sergeant hat mich festgenommen. Er hatte mich in seiner Gewalt, bevor er Dan festgenommen hat.« Ihre Stimme klang beinahe feierlich, als sie sagte: »Nie hätte ich gewollt, dass Dan verhaftet wird. Ich will nicht, dass ihm etwas zustößt. Ich mag ihn sehr.«

»Ja, das habe ich bemerkt«, sagte Josh trocken. »An dem Abend, als du dich mit dem Fremden eingelassen hast.«

»Das verstehst du nicht. Und ich habe nicht vor, es dir zu erklären.«

»Ich verstehe dich schon, Ginny. Ich weiß, was für eine du bist. Du bist nicht gut für Dan. Und uns bringst du nur Unglück. Ich habe mir schon oft gewünscht, wir hätten nie Townsends Kutsche überfallen. Mit uns dreien lief es gut, bevor du hier aufgetaucht bist.« Er griff nach der Flasche, die Ginny noch in der Hand hielt, und nahm einen weiteren Schluck.

Ginny verfiel in Schweigen. Sie war müde und erschöpft, und das Wissen, dass sie bald den beschwerlichen Ritt zurück antreten musste, ließ sie noch einmal zur Flasche greifen. Vielleicht würde sie nicht mehr an die bevorstehenden Strapazen und an die beiden feindseligen Männer denken, wenn sie dem Alkohol stärker zusprach.

Viele Stunden später wachte sie stöhnend auf, instinktiv drückte sie beide Hände gegen den Kopf, in dem es brummte und rumorte. Er fühlte sich wie aus zerbrechlichem Porzellan an, und dieses Porzellan schien an mehreren Stellen gesprungen zu sein. Der Raum drehte sich, ihr Magen hob sich. Schwankend lief sie aus der Hütte hinaus, und dort befreite sich ihr Magen von dem vielen Alkohol.

Benommen schritt sie durch den kühlen Morgen bis hinunter zum Bach. Sie stieg ins eiskalte Wasser.

Der Schock hatte die gewünschte Wirkung. Auch wenn sie sich noch nicht ganz wohl fühlte, so war sie doch eines klaren Gedankens fähig. Bibbernd hastete sie zur Hütte zurück, um sich ihre wärmsten Kleider anzuziehen.

Die beiden Männer lagen schlafend auf dem Boden, Charlie lag auf dem Rücken und schnarchte laut durch den offenstehenden Mund, und Josh lag auf der Seite und hatte sich zusammengekugelt wie ein Baby. Offenbar waren sie irgendwann von den Stühlen gefallen, als sie sich nicht mehr halten konnten.

Als sie sich angezogen hatte und nicht mehr zitterte, huschte Ginny aus der Hütte und stieg hinauf zur Höhle. Obwohl es fast Mittag war, zeigte sich die Sonne nicht, dichter Dunst hing über den Bergen und hielt die Kälte fest. Ginny fand Kerze und Streichhölzer.

Als der Docht zu brennen begann, hörte sie ein raschelndes Geräusch, das vom Eingang der Höhle zu ihr drang. Ihr Herz klopfte wie verrückt vor Angst. Sie hielt die Luft an und starrte gebannt in das Licht, das den Eingang erhellte. Nichts zu sehen. Schließlich sagte sie sich, dass es nur eine Eidechse gewesen sein konnte.

Ginny sah sich um. Da war noch die Matratze, auf der sie und Dan die erste wundervolle Nacht verbracht hatten. Beinahe hätte sie ihren Plan wieder aufgegeben. Aber dann erinnerte sie sich auch daran, dass er dort mit Tessa gelegen hatte. Eifersucht packte sie. Nein, sie würde ihren Plan ausführen.

Die Angst, dass sie von Charlie und Josh erwischt werden könnte, hielt ihre Nerven angespannt. Sie traute sich erst erleichtert aufzuatmen, als sie durch den Bach ritt und das Tal erreichte.

Charlie, Josh und auch Dan konnten ihr gestohlen bleiben. Wattle Creek würde bald weit hinter ihr liegen. Sie würde kaum noch einen Gedanken daran verschwenden. Von nun an würde sie ihr Leben nach eigenen Regeln leben.

Das Gold in ihren Taschen würde es ihr leichter machen.

Molly Jones und ihr Mann standen hinter dem Tresen ihres Gasthauses und gaben vor, Gläser zu polieren, während sie in Wirklichkeit immer wieder heimliche Blicke zu dem Fremden schickten, der allein an einem der Tische saß.

Er war vor zwei Nächten bei ihnen eingetroffen, und außer der Frage, ob er bei ihnen übernachten könnte, hatte er seither kein einziges Wort gesprochen. Es ärgerte Mr. Jones ein wenig, dass seine Frau noch nicht versucht hatte, den Mann in ihr Bett zu bekommen, denn Mr. Jones war sicher, dass der Fremde über eine sexuelle Kraft verfügte, bei der es besonderen Spaß machen würde, zuzuschauen.

Er sagte das bestimmt schon das zehnte Mal und fügte nun hinzu, dass Molly versuchen sollte, ihrem Gast ein Glas ihres Spezialgebräus vorzusetzen.

»Bloß nicht«, raunte sie. »So einer ist nichts für mich. Hast du schon mal in seine Augen gesehen? Solche schwarzen Augen sind nicht natürlich. Hölle, wie er einen anschaut! Da läuft es mir ja kalt den Rücken runter! Würd' mich nicht wundern, wenn er der Satan höchstpersönlich wäre. Ja, Satan höchstpersönlich!«

Ginny musste mehrmals eine Rast einlegen. Ihr Körper hatte die Menge dieses scheußlichen Getränks immer noch nicht ganz verarbeitet. Aber am späten Nachmittag sah sie durch die Bäume ein kleines Gasthaus im Busch. Wenn sie noch die Kraft gehabt hätte, hätte sie laut gejubelt. Sie brauchte ein Bett, um sich auszuruhen.

Schwere, schwarze Wolken verhingen den Himmel und tauchten das Land in ein ungastliches Grau. Ein kühler Wind kam auf, und es raschelte merkwürdig, als sich die Kronen der Bäume im Wind bewegten.

Sie blickte hoch und spürte die ersten Tropfen auf ihren eisigen Wangen.

Der plötzliche Wetterumschwung konnte nicht allein zu ihrer gedrückten Stimmung beigetragen haben, sagte sich Ginny. Sie fühlte sich körperlich und seelisch ausgelaugt – in den letzten Tagen und Nächten war einfach zuviel auf sie eingestürmt. Sie würde die Welt wieder mit anderen, fröhlicheren Augen betrachten, wenn sie eine Nacht geschlafen hatte. Deshalb freute sie sich auf das Gasthaus, so heruntergekommen und baufällig es auch aussehen mochte.

Ein bedrohliches Grollen sagte ihr, dass sie das Gasthaus gerade noch rechtzeitig erreichen würde.

Ginny band ihr Pferd an, warf einen scheuen Blick hinüber zum Himmel über den schwankenden Baumspitzen und sah die zuckenden Blitze, die den Himmel erhellten. Rasch rannte sie ins Gasthaus.

Einen Moment blieb sie gleich hinter der Tür stehen, bis sie sich an das trübe Licht im Inneren gewöhnt hatte. Das Scharren eines Stuhls auf dem Fußboden ließ sie hinüber schauen zum einzigen Gast.

Es war kein Schock für sie, sie war nicht einmal wirklich überrascht. Irgendwie hatte sie gewusst, dass sie ihn hier finden würde.

Er zog sie mit seiner dunklen, magnetischen Kraft an. Ob sie wollte oder nicht, sie lief hastig auf ihn zu, als hätte er sie gerufen.

»Ich habe auf dich gewartet«, sagte er.

Eisenharte Hände packten ihre Schultern, tiefschwarze Augen glühten sie an, feste Lippen pressten sich auf ihren Mund, nahmen wilden Besitz von ihr. Die Zeit zählte nicht. Vergangenheit, Gegenwart und Zukunft verschmolzen ineinander.

Mit einem Schluchzen schlang Ginny die Arme um seinen Nacken und ließ sich von den seltsamen Kräften gefangen nehmen, die sie an Logan banden.

»He«, flüsterte Molly Jones ihrem Mann zu und sah zu dem Paar hinüber. »Hast du das gesehen? Also, das nenne ich wahre Leidenschaft!«

Zehntes Kapitel

Die folgenden Tage waren die schlimmsten in Dans Leben. Es war schon schlimm genug, gefangengenommen zu werden. Weitaus schlimmer war es, wenn man sich von der Frau verraten glaubte, von der man bis vor kurzem überzeugt war, dass man sie liebte. Nicht einmal, als er gezwungen gewesen war, als Outlaw zu leben, hatte er einen solchen Schmerz empfunden, der jetzt sein ganzes Wesen einzunehmen schien. Die Wände der winzigen Zelle erdrückten ihn.

Flucht war unmöglich. In den dicken Mauern war kein Loch für die Fenster vorgesehen. Wenn er durch die Gittertür seiner Zelle schaute, sah er wieder auf eine Mauer. Dan starrte stundenlang darauf. Er wusste, dass die Freiheit auf der anderen Seite dieser Mauer lag.

Eine harte Eisenpritsche mit einer Decke, aber ohne Matratze, sowie ein Eimer, in dem er seine Notdurft verrichtete, waren die einzigen Gegenstände in seiner Zelle. Es gab nicht einmal eine Kerze oder irgendeine andere Lichtquelle. Wenn das trübe Grau des Tages in ein dichtes Schwarz überging, wusste er, dass es Nacht war. Dass es Tag war, wusste er, weil Ferguson dann kam, um ihm weitere Seelenqualen zuzufügen.

Man erzählte Dan nicht, dass Ginny beinahe eine Mörderin geworden wäre. Achtundvierzig Stunden lang hatte der Hotelier nach dem Schlag mit dem

Kerzenleuchter im Koma gelegen, und es gab nicht wenige, die auch danach noch glaubten, dass er es nicht schaffen würde.

Gerüchte über die Umstände der Tat geisterten durch die Stadt, während Ferguson einen Haftbefehl ausstellte: Ginny wurde wegen versuchten Mordes gesucht.

Zunächst aber behielt Ferguson den Haftbefehl in seiner Tasche. Er wollte nicht, dass die Polizei einer anderen Stadt die schöne Frau festnahm. Nein, dieses exklusive Vergnügen gönnte Ferguson nur sich selbst. Wenn er sie in eine Zelle des Gefängnisses von Wattle Creek steckte, aus dem es keine Fluchtmöglichkeit gab, würde er ihre Schulden plus Zinsen eintreiben. Er würde dann die sexuellen Freuden erleben, auf die er nach ihrer Flucht hatte verzichten müssen.

Er war nicht nur wütend darüber, dass ihm diese Freuden der ›Verhöre‹ entgangen waren, sondern auch darüber, dass er ihrem Geliebten, dem Buschräuber, nicht mehr die ausführlichsten Einzelheiten der Begegnungen berichten konnte, um ihm zu beweisen, wie intensiv sie mit der Polizei zusammenarbeitete.

Voller Bosheit war Ferguson zu dem Schluss gekommen, dass keine Notwendigkeit bestand, Berrigan mitzuteilen, dass Ginny entkommen war. Von wem sollte der Mann die Wahrheit erfahren? Wenn der sadistische Sergeant schon auf das eine Vergnügen verzichten musste, wollte er sich das andere gönnen. Er besaß eine ausgiebige Phantasie, was die Variationen des Geschlechtsaktes anbetraf, und so log er jeden Tag dem Gefangenen seine sexuellen Erlebnisse mit Mrs. Leigh vor.

Obwohl er innerlich raste, behielt Dan nach außen hin eine gleichmütige Miene. Nur am plötzlichen Blähen der Nasenflügel und an den Blitzen seiner feurigen Augen konnte man sehen, dass die gemeinen Pfeile des Sergeants ihr Ziel erreichten.

Wenn sein Peiniger das zufrieden feststellte, ließ er Dan in der halbdunklen Zelle allein zurück. Dieser zweifelte nicht einen Augenblick lang an den Berichten des Sergeants. Nur ein Mann, der Ginny intim kannte, konnte ihren Körper bis ins letzte Detail so genau beschreiben.

Nach dem ersten Mal hatte Dan seine Wut herausgeheult und seine Fäuste gegen die Zellenwand geknallt. Der daraus resultierende Schmerz war eher eine willkommene Abwechslung von diesem anderen fast unerträglichen Schmerz, der seine Seele durchbohrte und sich in seiner Brust festsetzte und ein schwarzes Loch der Bitterkeit zurückließ.

Alle seine Gedanken und Gefühle konzentrierten sich auf einen ungeheuren Hass auf diese Frau. Sie hatte es gewagt, seine Liebe anzunehmen, um sie dann wegzuwerfen wie einen kaputten Hausschuh. Dan peinigte sich mit Gedanken an Flucht und Rache. In seinen wachen Stunden malte er sich aus, wie er Vergeltung an ihr verüben würde.

Als er am dritten Tag hörte, wie sich die äußere Tür öffnete, sperrte er sich innerlich gegen die Fortsetzung der mentalen Folter des Sergeants. Er hörte ihn sprechen, aber gleich darauf fuhr er hoch, als er die helle Stimme einer Frau hörte.

Mörderische Wut überfiel ihn. Diese Hexe! War sie gekommen, um dem Sergeant, ihrem neuen Geliebten, zu helfen, ihn bis zum Äußersten zu reizen?

Dan spürte, wie er am ganzen Körper zu zittern

begann. Er musste seine geballten Fäuste zwischen die zusammengepressten Knie stecken, um wieder Kontrolle über seinen Körper zu gewinnen.

Wenn Ginny sich in seine Reichweite begab, würde er seine Hände um ihren Hals legen und das Leben aus ihrem schönen, verräterischen Körper pressen.

Der Sergeant klang wenig freundlich, und jetzt konnte Dan seine Worte verstehen. »Ich weiß wirklich nicht, warum du so hartnäckig darauf bestehst, den Gefangenen zu sehen.«

»Weil ich weiß, wie hartnäckig du daran gearbeitet hast, ihn festzunehmen«, gab die Frau mit einem Lachen zurück. »Ich wünschte, ich wäre hier gewesen, um dir gratulieren zu können, mein tapferer Ehemann, als du ihn hinter Schloss und Riegel gesteckt hast.«

Das war nicht Ginny. Dans Zittern legte sich. Er schalt sich einen Narren und legte sich wieder auf die Pritsche, die Hände unter dem Kopf verschränkt. Er starrte an die hohe Decke und ignorierte das Paar, das inzwischen seine Zellentür erreicht hatte.

»Bitte, zünde die Laterne an, Malcolm. Ich muss mir genau anschauen, wie er aussieht.«

»Er ist ein Mann wie jeder andere.«

»Oh, aber du solltest die Geschichten hören, die man sich über ihn erzählt. Man sagt, er sehe ungewöhnlich gut aus, und dass er jede Frau haben könnte.«

»Warum sollte dich das interessieren?« In der Stimme Fergusons schwang Argwohn mit.

»Bloße Neugier, mein Lieber. Ich will mit eigenen Augen anschauen, wie der Mann aussieht, der anständige Frauen dazu bringt, stöhnend im Bett zu liegen und davon zu träumen, von diesem Outlaw geliebt zu werden.«

»Ich hoffe, dass du nicht zu diesen Frauen gehörst.«

»Aber natürlich nicht. Warum sollte ich denn, wo ich doch einen so wunderbar aktiven Ehemann habe?«

Die Antwort stellte den Sergeant offenbar zufrieden, denn ein plötzliches Aufflackern verriet Dan, dass die Laterne angezündet worden war. Einen Moment später fiel ein Lichtschein in die Zelle und holte Dans reglose Gestalt auf der Pritsche aus dem Halbdunkel heraus.

»Oh, Malcolm, ich kann ihn nicht richtig sehen, wenn er auf der Pritsche liegt.«

»Auf die Füße, Berrigan. Sofort!« blaffte Ferguson, als Dan nicht auf der Stelle auf den Befehl reagierte.

Dan erhob sich mit absichtlicher Langsamkeit, stellte sich breitbeinig hin und faltete die Arme über der Brust. Mit einem frechen Grinsen starrte er die Frau direkt an und betrachtete sie so intensiv, wie sie ihn musterte.

Sie hatte ein offenes Gesicht und trug ein weites, hochgeschlossenes Kleid aus grauem Serge, das alles verbarg, was sie an weiblichen Rundungen vielleicht besaß. Ihr Blick ruhte ein paar Sekunden auf seinem Gesicht, wanderte dann hinunter bis zu den Füßen und den halben Weg wieder hoch. Dort verharrte er eine Weile, während sie sich mit der Zunge über die Lippen fuhr, als wären sie trocken geworden.

»Habe ich die Musterung überstanden?«, fragte Dan höhnisch.

Die Frau schaute auf, entdeckte den Spott in seinen Augen und blickte nervös auf ihren Mann.

Ferguson blaffte den Gefangenen an. »Das reicht, Berrigan!« Dann wandte er sich an seine Frau. »Komm, meine Liebe. Du hast deine Neugier befriedigen können.«

Die Laterne wurde gelöscht, und die Frau des Sergeants trippelte hastig den Gang zurück.

Dans verbittertes, höhnisches Lachen folgte ihnen. Es gefiel Ferguson also nicht, dass seine Frau sich für andere Männer interessierte? Und die anständige, ehrenwerte Mrs. Ferguson hatte ganz gewiss Interesse an dem Gefangenen gezeigt. Gut zu wissen, dachte Dan. Falls ihm jemals die Flucht gelingen sollte, wusste er jetzt, wie er es dem Sergeant auf diesem Gebiet zumindest heimzahlen konnte.

Er ahnte nicht, wie schnell sich die Möglichkeit dazu ergeben sollte. Noch an diesem Abend würde er die nächste Begegnung mit der ungeduldigen Mrs. Ferguson haben.

Seit seiner Inhaftierung schlief Dan nicht viel, weder nachts noch tags. Meist lag er dösend auf der Pritsche. An diesem Abend ging er gemächlich in seiner Zelle auf und ab, als er hörte, wie die äußere Tür geöffnet wurde und ein trüber Lichtschein in den dunklen Gang fiel.

Dan stellte sich an die Gittertür seiner Zelle. Er war neugierig, wer zu dieser späten Stunde das Gefängnis besuchte. Wahrscheinlich ein anderer Gefangener, dachte er. Wenn es ein ordentlicher Kerl war, würde die Zeit vielleicht weniger langsam vergehen, dann konnte man sich von einer Zelle zur anderen unterhalten. Für zwei Gefangene waren die Zellen zu klein, sie waren wirklich nicht geräumiger als eine Hundehütte.

Er blinzelte in den Schatten des Ganges und

erlebte eine nie geahnte Überraschung. Fergusons Frau schritt den Gang entlang und blieb vor seiner Zelle stehen.

Sie trug immer noch den schrecklichen grauen Fummel. Ihr Gesicht sah im trübgelben Licht der Laterne, die sie trug, eingefallen und hohl aus.

Dan wurde über den Grund ihres Besuches nicht lange im Ungewissen gelassen. Sie stand an der Gittertür, hielt mit einer Hand die Laterne hoch und griff mit der anderen Hand zum Schritt von Dans Hose.

Dan hielt verdutzt die Luft an und zwickte sich, um sich zu vergewissern, ob er nicht träumte. Die Wirkung ihres Handelns war unvermeidlich. Aber trotz der größer werdenden Schwellung schaute er sich misstrauisch um.

Die Frau lächelte ihn an. Dan sah, wie die Sinnlichkeit ihre Gesichtszüge bestimmte. »Sie sind seit drei Nächten hier eingesperrt«, sagte sie leise. »Ich bin sicher, dass Sie ein bisschen Erleichterung brauchen können. Und in solchen Dingen bin ich sehr gut.«

Noch bevor er sich fragen konnte, auf welche Weise sie ihm die versprochene Erleichterung verschaffen könnte, stellte sie die Laterne auf den Boden und kniete sich vor ihn. Jetzt war sie es, die erstaunt die Luft anhielt, als sie den voll erigierten Schaft sah. Ein paar Momente starrte sie das Prachtexemplar seiner Männlichkeit nur voller Bewunderung an, streichelte die gesamte Länge mit den Fingerspitzen, umrundete es, indem sie mit Daumen und Zeigefinger einen Kreis formte, als wollte sie genau Maß nehmen und die Beschaffenheit in ihrer Erinnerung speichern.

Ihre Zunge schnellte heraus und umkreiste die Eichel. Warme Lippen schlossen sich um den Kopf.

Dan stöhnte unterdrückt auf, klammerte sich an den Gittern fest und presste die Hüften fest dagegen. Er warf den Kopf zurück, schloss die Augen und gab sich ganz der unbeschreiblichen Lust hin, die ihr Mund ihm bescherte.

Ihre Behauptung, dass sie Expertin auf diesem Gebiet war, hatte durchaus ihre Berechtigung. Dan nahm an, dass er nicht der erste Gefangene war, der von ihrem oralen Geschick profitierte. Viel zu schnell kam er zum Höhepunkt.

Er atmete hechelnd und hielt sich immer noch an den Gitterstäben fest, während sie auf die Füße kam und sich nach der Laterne bückte.

»Warten Sie«, sagte er. Er bedachte sie mit einem frechen Grinsen, das ihm den Weg zu vielen Frauenschößen gewiesen hatte. »Es ist unfair, dass Sie mir solches Vergnügen bereiten, wenn ich nicht in der Lage bin, mich zu revanchieren. Würden Sie nicht gern erfahren, wie geschickt ich darin bin, eine Frau zu befriedigen?«

Die Lippen, die ihm eben noch diese Lust bereitet hatten, schürzten sich überlegend. »Ich wüsste nicht, wie wir das anfangen könnten.«

Er spürte ihr Zögern, sah ihren beinahe sehnsüchtigen Blick auf seine halbsteife Rute. Er war entschlossen, seinen Vorteil zu nutzen, deshalb griff er durch die Gitterstäbe und zog sie näher an sich heran. Mit der anderen Hand griff er an ihren Schoß über dem groben Kleiderstoff.

»Sie haben gesagt, dass Frauen stöhnend im Bett liegen und sich danach sehnen, von mir geliebt zu werden. Sie haben die Gelegenheit, es zu erleben. Ich werde Sie lieben, wie Sie noch nie geliebt worden sind. Ich spüre, wie Sie zittern, während Sie sich vorstellen, wie es sein könnte. Sie wollen es doch erleben, nicht wahr?«

Sie war es, die jetzt hechelnd atmete. »Es ist unmöglich«, raunte sie heiser und zermarterte sich den Kopf, wie sie es doch anstellen könnten. Selbst durch den Stoff fühlten sich seine Finger wunderbar erregend an. Wie musste es erst sein, sie auf der bloßen Haut zu spüren? Und wenn er in sie hineinstieß – oh, sie konnte nicht klar denken, aber sie wusste, dass sie sich bis an ihr Lebensende daran erinnern würde.

»Alles ist möglich, wenn man es unbedingt tun oder haben will«, sagte Dan. »Geben Sie zu, dass Sie es haben wollen.«

»Oh, ja! Ja! Aber wie?«

»Ganz einfach. Sie haben die Schlüssel, und niemand braucht etwas zu erfahren.«

»Ich ... das geht nicht.«

»Hat Ihr Mut Sie verlassen? Sie sind ein großes Risiko eingegangen, als Sie hergekommen sind. Warum wollen Sie jetzt gehen, ohne all Ihre Wünsche erfüllt zu haben?«

Ein paar Minuten später lag sie nackt auf der groben Decke auf dem Zellenboden, und sie stöhnte langgezogen vor Entzücken, als Dan gekonnt ihre Klitoris streichelte. Er spielte mit ihr, brachte sie dem Orgasmus nahe und ließ sie dann hängen. Sie bettelte darum, sie weiter zu reizen, er aber schüttelte den Kopf und sagte, dass sie die erregende Stimmung auskosten sollte.

Er streichelte ihre Brüste, zwickte die rosigen Nippel, bis sie steif und hart waren. Zu seiner Überraschung hatte sie einen gut geformten, üppigen Körper mit vollen Brüsten, ausladenden Hüften und einer prächtigen Scheide, die von einem schwarzen Busch gesäumt wurde. Ein schöner Kontrast zu ihrer feinen weißen Haut. Sie hatte die Haare geöffnet, und das sexuelle Verlangen zeigte sich im geröteten Gesicht, an den feurigen Augen und den leicht geöffneten Lippen.

Er küsste ihre Brüste und stieß den Finger wieder in sie hinein, er rieb sie behutsam, bis sie kurz vor dem Höhepunkt stand. Wieder verweigerte er ihr den Orgasmus, statt dessen kniete er sich über sie. Gierig schnappte sie nach seinem Penis.

Schon bald hatte er wieder die maximale Größe und Härte erreicht, und ungeduldig hob sie den Schoß an, ruckte unter ihm, aber er schüttelte nur den Kopf. »Noch nicht.«

Da schrie sie ihre Not heraus, schluchzend und zum Erbarmen. Er hob ihren Hintern an und stieß zu, bis ihr Körper von wilden, heftigen Zuckungen geschüttelt wurde.

Er ließ nicht nach. Sie sollte wissen, wie Sex mit dem Buschräuber Dan Berrigan war! Er wollte es ihr auf eine Art und Weise zeigen, die sie nicht so schnell vergessen würde. Als er sich schließlich in ihr verströmte, blieb er eine Weile in ihr, bis sich ihr Atem beruhigt hatte. Als er sich aus ihr zurückzog, atmete sie tief aus, seufzte lange und hielt die Augen geschlossen.

Die sexuelle Befriedigung war so intensiv, dass sie fast übergangslos in einen Schlummer fiel. Sie bekam nichts davon mit, dass Dan sich anzog und ihre Kleider einsammelte.

Erst als die Zellentür hinter ihm knarrend ins Schloss fiel, öffnete sie die Augen. Sie wusste sofort, was geschah, aber es war zu spät, um es zu verhindern. Sie war nackt, in der Zelle eingeschlossen, und ihre Kleider lagen draußen.

»Beste Grüße an Ihren Mann, den Herrn Sergeant, Mrs. Ferguson«, sagte Dan spöttisch. »Und vergessen Sie nicht, ihm zu sagen, wie sehr Sie die Begegnung mit dem gutaussehenden Buschräuber genossen haben.«

An einem Himmel, dessen Schwärze durch kein Mondlicht gemindert wurde, leuchteten die Sterne besonders hell. Es gab nicht den geringsten Windhauch, und so bewegten sich auch die höchsten Äste der Bäume nicht. Und doch war die Nacht nicht still. Überall hörte man ein leises Huschen, ein flottes Wieseln, ein helles Rascheln von den Tieren, die sich nur in der Kühle der Nacht bewegten.

Eine Eule stieß einen einsamen Ruf aus und forderte Ginnys Aufmerksamkeit, lenkte ihren Blick vom Feuer der glühenden Kohlen zu einem Baum dicht vor der Hütte. Aber auch als die Eule ihren Ruf wiederholte, konnte sie den Vogel nicht ausmachen, denn seine gesprenkelten, grauen Flügel waren eins mit den Farben der Zweige.

Ginny schlang die Arme um ihre Beine, legte das Kinn auf die Knie und starrte wieder ins Feuer. In der Nähe kümmerte sich Logan um die Pferde. Er würde ihr bald Gesellschaft leisten. Sie sehnte sich schon nach seiner Umarmung, und die Vorfreude ließ sie die Arme enger um die Beine schlingen.

Seit sie in Mollys Gasthaus abgestiegen war, waren ein Tag und eine Nacht vergangen. In dieser Zeit hatte Logan sie kaum angerührt. Erst recht hatte sie keinen Sex mit ihm gehabt. Zuerst hatten sie gemeinsam gegessen, einen faden Eintopf. Dazu hatte es ungesäuertes Brot gegeben, das zwar unappetitlich war, ihren Hunger aber gestillt hatte.

Während des Essens war der Sturm mit furchterregender Gewalt über sie hereingebrochen. Die Blitze zuckten mit tödlicher Absicht erdwärts, und die lauten Donnerschläge zerrten an ihren blankliegenden Nerven. Der heftige Regen fiel in Strömen, prasselte auf das Schindeldach und fand winzige Lücken, durch die das Wasser auf den Boden im Gasthaus platschte.

Logan hatte Ginny zu dem Zimmer gebracht, das er bisher benutzt hatte, aber zu ihrer Überraschung hatte er sie an der Tür allein gelassen. »Wir können hier nicht bleiben, aber wir können auch nicht weg, ehe der Sturm nachgelassen hat. Du bist müde und erschöpft, und wir haben eine lange Reise vor uns. Ich wecke dich, sobald ich reisefertig bin.«

Verdutztheit und Enttäuschung spiegelten sich auf ihrem Gesicht wider. »Willst du denn nicht ...?« Ihre Stimme brach ab, als sie in seine Augen sah.

»Ich will dich immer«, sagte er heiser. »Aber du musst erst wieder zu dir selbst finden. Außerdem habe ich nicht vor, unserem voyeuristischen Gastgeber und seiner schlampigen Frau ein sexuelles Schauspiel zu liefern.«

Ginny riss die Augen weit auf. »Du meinst, sie würden zuschauen?«

»Ganz gewiss. Sie haben kleine Löcher in die Wand gebohrt. Wenn du genau hinschaust, wirst du sie sehen. Nein, du sollst schlafen, Ginny. Der Sturm wird uns noch eine Weile erhalten bleiben.«

In den frühen, kühlen Morgenstunden hatte er sie geweckt. Die schweren Sturmwolken waren verzogen. Als sie vom Gasthaus wegritten, spritzte der Matsch unter den Hufen der Pferde auf, und von den Bäumen regnete es dicke Tropfen.

Sie waren den ganzen Tag weitergeritten, hatten zweimal die Pferde gewechselt. Ginny stellte keine Fragen und ordnete sich Logan wie selbstverständlich unter. Ihr ging es darum, so schnell wie möglich viele Meilen zwischen sich und Wattle Creek zu bringen. Erst als die Sonne hinter dem westlichen Horizont unterging und ein feuriges Leuchten hinterließ, verkündete Logan, dass sie eine Rast einlegen könnten.

Als sie einen geschützten Lagerplatz in der Nähe eines kleinen Wasserlaufes gefunden hatten, schichtete er Holz zu einem Feuer auf, auf dem er den Eintopf aufwärmte, den er bei einem der Siedler während des Pferdewechsels bekommen hatte.

Er breitete die Decke auf dem Boden aus, damit Ginny sich hinlegen konnte, während er sich um die Pferde kümmerte. Bisher hatten sie sich kaum unterhalten, obwohl er Ginny nicht aus den Augen ließ. Sie war immer noch verunsichert über seine Absichten und Gefühle, aber sie wusste, dass ihr die Sehnsucht nach ihm in den Augen abzulesen war. Und sie sah, dass Logans Augen vor Triumph glühten.

Als er sich zu ihr auf die Decke legte, wandte sie sich ihm zu. Sie musste seine Nähe spüren, und sie sehnte sich nach dieser einzigartigen Erfüllung, die sie nur bei ihm empfand. Die Leidenschaft loderte in ihr auf, hitziges Verlangen überkam sie und wärmte sie mehr als die Flammen des Feuers.

Bald waren sie nackt, lagen Haut an Haut und kosten sich mit Händen und Lippen. Logans Zunge reizte das Zentrum ihrer Lust und trug sie hinweg auf die Ebene der Erotik, auf der nur sie beide existierten. Als er seinen steifen Penis in sie schob, nahm sie ihn willig auf. Sie wollte ihm Lust bereiten, sonst gar nichts.

Schließlich drehte sich Logan herum, und ihre Lippen trafen sich, und sie schmeckten sich gegenseitig. Ihr Kuss fachte die nächste Welle der Leidenschaft an.

Als Logan den Kopf hob, brannten rote Flammen in den kohlschwarzen Tiefen seiner Augen. »Jetzt gehörst du für immer mir. Kein anderer Mann wird deinen Körper besitzen. Du wirst nie mehr einen anderen Mann wollen. Wir sind eins, Ginny, du und ich. Dein Körper ist Teil von meinem, und meiner ist Teil von dir. Nur der Tod kann uns scheiden.«

Constable Smith schloss um Punkt sechs Uhr die Zellentür auf, um dem Gefangenen das Frühstück zu bringen. Da er seinen Augen nicht glaubte, was er sah, schloss er sie rasch wieder und fragte sich, ob er gestern Abend zuviel Rum getrunken hatte. Er zwang sich dann, die Augen noch einmal zu öffnen. Aber der Anblick hatte sich nicht geändert.

Statt des Outlaws lag die Frau des Sergeants auf der Pritsche, eingehüllt in eine Decke. Die Erkenntnis, dass sie unter der Decke völlig nackt sein musste, raubte ihm eine Weile sein Denk- und Sprachvermögen.

Nein, der junge Constable konnte sich nicht vorstellen, wie es zu dem Tausch der Zelleninsassen gekommen war, ein solcher Vorgang überstieg seine Phantasie. Ihm wurde bewusst, dass Anblick und

Phantasie stimulierende Auswirkungen auf seine Männlichkeit hatten, und so zog sich der errötende junge Mann hastig zurück, um den Sergeant zu holen. Dies tat er mit nervöser Beklommenheit.

Der Zorn des Sergeants war so schrecklich, wie er befürchtet hatte. Die Tatsache, dass er die Geschichte zunächst nicht glauben wollte, war vielleicht noch verständlich. Aber als er dann soweit ging, dem Constable zu unterstellen, irgendwie für die Flucht Berrigans verantwortlich zu sein, zeigte Smith einen Ausdruck selbstgerechter Entrüstung.

»Es tut mir leid, dass Sie mir nicht glauben, Sergeant. Ich ging davon aus, dass es Ihnen lieber wäre, wenn ich die Sache Ihnen meldete und nicht dem Leiter der Wache. Ich bin sicher, dass er die Identität der Frau in der Zelle bestätigen wird.«

»Der Teufel soll Sie holen, Constable! Wenn Sie einen Moment warten, werde ich Ihnen beweisen, dass meine Frau in ihrem Zimmer liegt und schläft.«

Fergusons Gesicht war rot vor Wut und Scham, als er schließlich die bittere Wahrheit begreifen musste. Ohne ein Wort zerrte er seine vor Schreck wie gelähmte Frau aus dem Gefängnis und über den Hof in sein Haus.

Hölle! Er würde die Lachnummer der viktorianischen Polizei sein, wenn sich dieses Fiasko herumsprach. Was, fragte er sich, würde den Constable wohl dazu bringen, dass er auf ewig den Mund hielt? Eine rasche Beförderung? Versetzung in eine bessere Stadt? Ferguson war kein Mann, der es ertragen konnte, zum Narren gehalten zu werden. Er musste dem Constable etwas Verlockendes anbieten. Der Sergeant knirschte wütend mit den Zähnen.

Bis vor ein paar Stunden hatte er noch geglaubt, dass alles nach seinen Plänen verlief. Dann war ihm Berrigans Geliebte abhanden gekommen, und jetzt war auch Berrigan selbst ausgebrochen. Aber es waren die Umstände seiner Flucht, die Ferguson am meisten zu schaffen machten. Er schleuderte seine Frau in ein Zimmer, schloss die Tür ab, schnallte den Gürtel ab und baute sich vor seiner Frau auf.

»Und jetzt, meine Liebe, erzählst du mir alles, was in der Nacht geschehen ist. Und lass bloß keine Einzelheiten aus. Danach kriegst du die härteste Tracht Prügel, die ein Mensch je verdient hat.«

Sobald Dan die Umgebung von Wache und Gefängnis hinter sich gelassen hatte, wurde seine Flucht einfacher. Er hatte viele Freunde und Sympathisanten in der Stadt, die nur allzu bereit waren, ihm zu helfen. Seine erste Absicht war, Ginny zu finden. Er würde sich eine schreckliche Art der Vergeltung für ihren Verrat ausdenken. In den Stunden und Tagen seiner Einkerkerung hatte er an kaum etwas anderes als an Rache denken können.

Aber schon bald erfuhr er von den herumschwirrenden Gerüchten, dem schmierigen Hotelier, dessen Leben am seidenen Faden hing und seinem eingeschlagenen Schädel, der auf die Tat einer zu allem entschlossenen Frau hinwies.

Ferguson hatte also gelogen, als er ihm erzählt hatte, dass Ginny seine Geliebte war. Aber was machte das schon für einen Unterschied? Ob er ihren Körper eine Nacht oder einen Monat lang besessen hatte, war egal. Dass sie sich ihm überhaupt freiwillig hingegeben hatte, war für Dan schon Verrat genug.

Obwohl es hinreichend Gerüchte gab, wusste niemand, wohin sich Ginny gewandt hatte. Man wusste nur mit Sicherheit, dass sie sich nicht mehr in Wattle Creek aufhielt.

Nun gut. Dann musste er die Ausführung seiner Rache eben verschieben.

Dan ritt zurück in die Berge, denn in Wattle Creek hatte niemand eine Ahnung, was aus Charlie und Josh geworden war. In der Stadt hatten sie sich nicht blicken lassen, seit Dan festgenommen war.

Irgendwie berührte ihn das seltsam. Natürlich wollte er nicht, dass sie ihr Leben oder auch nur ihre Freiheit aufs Spiel setzten, aber warum hatten sie nicht auf die eine oder andere Weise Kontakt mit ihm aufgenommen? Sie hätten bei Freunden unterschlüpfen und Pläne zu seiner Befreiung schmieden können.

Er ritt auf direktem Weg zur Hütte und spürte sofort, dass etwas nicht stimmte. Charlie und Josh waren zwar erleichtert und erfreut, ihn zu sehen, aber irgendetwas schien ihnen unbehaglich zu sein.

Sie entspannten sich ein wenig, als er die Geschehnisse schilderte, die unmittelbar zu seiner Flucht geführt hatten. Sie stimmten ihm auch zu, dass es beinahe die Sache wert gewesen war, ein paar Tage eingesperrt zu sein. Den verhassten Sergeant in eine solche prekäre Situation gebracht zu haben, war die Sache wert.

Dan verzog das Gesicht. »Ich schätze, es war ausgleichende Gerechtigkeit. Ich hatte Sex mit seiner Frau, und er hat sich Ginny vorgenommen. Ah, dieses Luder!« Er schlug mit der Faust auf den Tisch. »Es ist schon gut, dass sie das Weite gesucht hat, obwohl ich gern wissen möchte, wo sie jetzt ist.«

Er bemerkte, wie Josh und Charlie nervöse Blicke tauschten. »Was ist eigentlich mit euch beiden los? Ihr benehmt euch sehr seltsam, seit ich hier bin. Hat es etwas mit Ginny zu tun? Ist sie hier?«

»Nicht mehr«, gestand Charlie.

»Aber sie war hier«, schloss Dan. »Und da gibt es etwas, was ihr mir nicht sagen wollt.« Er sah sie beide an. »Josh?«

»Nun, es wird dir nicht gefallen, Dan.«

»Was wird mir nicht gefallen?« Seine Stimme nahm diesen leisen Klang an, von dem sie wussten, dass er Ärger bedeutete.

»Teufel, es war nicht unsere Schuld, Dan«, verteidigte sich Charlie. »Sie hat das verdammte Gold gestohlen.«

»Was?!«

Charlie rutschte unbehaglich auf dem Stuhl herum, denn Dan war aufgesprungen und stand bedrohlich nahe vor ihm. »Du hast gehört, was ich gesagt habe, Mann. Sie ist zurückgekommen und hat das ganze Gold geklaut.«

Dan ließ sich matt auf den Stuhl fallen, den Kopf verzweifelt in beide Hände gestützt. »Das also war ihr Plan.« Als er den Kopf hob, waren seine Züge so hart, als wären sie in Granit gemeißelt.

Seine Kumpanen ahnten, dass sie Dans sorgenfreies, ansteckendes Lachen eine lange Zeit nicht mehr hören würden.

»Da ist nur noch eine Sache, die ich gern wissen möchte«, sagte er dumpf. »Wo, zum Teufel, wart ihr, als sie das Gold geklaut hat?«

Wieder tauschten die beiden gehetzte Blicke. Keiner der Männer wollte Dans geballte Wut abbekommen, aber gleichzeitig wussten sie auch, dass er nicht eher ruhen würde, bis er eine zufrieden stellende Antwort erhalten hatte.

Nun, entschied sich Josh, die ganze Wahrheit brauchte er nicht zu erfahren. »Also, sie kam vor drei Tagen hierhin. Das war ungefähr zu der Zeit, als wir annehmen mussten, dass dir irgendwas widerfahren sein musste.«

»Hat sie euch gesagt, dass ich im Gefängnis sitze?«

»Ja, das hat sie gesagt.«

»Was hat sie euch genau gesagt?«

»Verdammt, Mann, hör auf, uns zu verhören«, rief Josh. »Meinst du, dass uns das nicht schwer auf den Magen geschlagen ist? Ich meine, dass sie uns das ganze Gold geklaut hat?«

Charlie erzählte schließlich, dass Ginny sie aufgegeilt hätte, und weil sie alle ein bisschen getrunken hätten, wären sie nicht mehr Herr ihrer Sinnen gewesen. Das läge bestimmt an dem Gebräu von Molly Jones.

Dan wollte keine Einzelheiten hören. Die Bitterkeit stieg wie Galle in ihm hoch. Das Verlangen, Rache zu üben, schoss wie ein Pfeil in sein Herz.

Wenn es nötig sein sollte, jeden Winkel der Erde nach Ginny abzusuchen, würde er es tun. Er würde nicht ruhen, bis er sie gefunden hatte.

Und wenn er sie gefunden hatte, würde sie bitter dafür zahlen müssen. Hölle, würde sie zahlen!

Elftes Kapitel

Logan und Ginny ritten über eine Woche lang südöstlich, Richtung Melbourne. Sie mieden die Hauptstraßen, suchten nur die entlegensten Gasthäuser auf und schliefen stets im Freien, nur von den Geschöpfen des Buschs umgeben. Während ihrer Reise steigerte Logan noch seine Dominanz über sie. Ginny gehörte ihm. Wohin auch immer er ging, sie hatte ihm zu folgen. Sie waren durch ein unsichtbares Band der sexuellen Hörigkeit aneinander geschmiedet.

Ein paar Tage verbrachten sie in einer schmuddeligen Hütte am Hafen, während sie auf die Ankunft des Küstenschoners warteten. Er traf mit vollen Segeln ein und floh vor einem herannahenden Sturm in den Schutz der Bucht. Als er an einem grauen Morgen wieder in See stach, türmten sich vor ihnen die Schlechtwetterwolken. Die Segel blähten sich und das Schiff brachte sie nach Norden, nach Sydney.

Tessa war bei ihnen.

Ginny ärgerte sich über die Anwesenheit der anderen Frau, denn sie konnte sich in der Gegenwart ihres früheren Dienstmädchens nicht entspannen, zu viele Dinge aus der Vergangenheit hatten Misstrauen zwischen ihnen gesät.

Wann immer es möglich war, wich Ginny ihr aus. Da auch Logans Schwester nicht den Wunsch verspürte, sich mit Ginny zu unterhalten, sprachen sie während der Reise sehr wenig miteinander.

Einmal, als sie sich zufällig trafen und Logan nicht in der Nähe war, griff Tessa mit Daumen und Zeigefinger an den dünnen, billigen Stoff von Ginnys Mantel. »Wie tief man doch fallen kann, was? Wo ist denn die feine Ma'am geblieben?« spottete sie. »Du hast dich für so schlau gehalten und geglaubt, du könntest der Kraft meines Bruders widerstehen. Aber jetzt hat er dich in seinem Bann, und er wird dich benutzen, bis er meint, dass er deiner überdrüssig ist. Wenn es so weit ist, wirst du für keinen anderen Mann mehr zu gebrauchen sein. Nie wieder wirst du die große herumhurende Dame spielen können. Ah, du miese geile Hexe, du weißt ja gar nicht, wie sehr ich mich darüber freue.«

Von diesem Tag an ignorierte Ginny sie völlig.

Zu ihrer großen Erleichterung trennten sie sich wieder kurz nach ihrer Ankunft in Sydney. Tessa blieb in der Stadt, während Logan und Ginny durch die angrenzenden Vororte reisten. Wie immer folgte Ginny ihm, wohin er sie auch führte. Sie wollte von ihm wissen, welches Ziel er ansteuerte, aber ihre Neugier wurde nicht gestillt.

In der letzten Nacht auf dem Schiff hatte Ginny gehört, wie sich Logan und seine Schwester gestritten hatten. Sie wollte wissen, worüber der Streit entbrannt war.

Logans Lippen wölbten sich zu einem hämischen Lächeln. »Tessa und ich waren uns immer sehr nahe. Sie ging davon aus, dass das immer so sein würde. Sie hoffte, dass ich dich bald satt bin, sie hat nie geglaubt, dass ich dich so lange halten würde. Sie kann einfach nicht begreifen, dass wir eins sind und keinen anderen brauchen.«

Er schaute sie von der Seite an. Sie saßen nebeneinander auf dem Kutschbock, und er sah die Nachdenklichkeit in ihrem Gesicht. Er hielt die Kutsche an.

Er legte einen Arm um ihre Schultern und presste seinen Mund auf ihre Lippen. »Wir brauchen niemanden mehr, Ginny. Wir haben uns, das genügt.«

Sie fuhren weiter in nördliche Richtung, bis sie die satten Weiden des Bezirks New England erreicht hatten. Auf über tausend Hektar dieser Weiden grasten die Schafe des Richard Cumberland. Sie produzierten eine so gute Wolle, dass Cumberland in kürzester Zeit zum wohlhabenden Mann geworden war. Er hatte genug Geld, um sich jeden Wunsch zu erfüllen – und eines seiner Hobbys waren Vollblutpferde, die fast so viel wert waren wie die Schur eines Jahres.

Richard Cumberlands ausladende Gestalt und die dralle Figur seiner Frau verrieten, dass sie sich an den schönen Dingen des Lebens ergötzten. Der Herr über viele tausend Schafe genoss nicht nur den vollbeladenen Tisch, er schätzte es auch, seinen Reichtum zu zeigen. Die Fußböden seiner Villa waren mit dicken Teppichen ausgelegt, und an den Wänden hingen kostbare Kunstschätze.

Eine lange, baumgesäumte Auffahrt führte den Hügel hinauf zu der großzügig angelegten Veranda und dem Haupteingang, und kurz vorher gabelte sich der Weg. Die zweite Route führte zum hinteren Eingang und den zahlreichen anderen Gebäuden auf der Rückseite der Villa. Logan und Ginny nahmen den Weg zu den hinteren Gebäuden.

Die Cumberlands lebten in offen demonstriertem Luxus, aber sie wussten auch, was sie ihren Bediensteten schuldig waren.

Das Hauspersonal lebte in Quartieren, die gleich

hinter der Villa lagen, die Farmarbeiter lebten in kleinen Steinhütten. Weiter zurück lagen Molkerei, Schlachthaus, Wäscherei, Vorratsschuppen und einige andere Gebäude. Aber im Mittelpunkt der Nebengebäude standen die beeindruckenden Pferdeställe, in denen Cumberlands Tieren eine vorzügliche Pflege zuteil wurde.

Hinter den Ställen, in einiger Entfernung zu den anderen Gebäuden, lag das kleine, schindelgedeckte Steinhaus, in das Logan und Ginny einzogen. Es gab nur ein großes Zimmer mit einem Herd, einem Bett an der einen Wand und einem Schrank an der anderen Wand. Das Haus war lange nicht bewohnt gewesen, und von der Balkendecke hingen die Spinngewebe.

Als sie mitten im düsteren Raum stand, fiel es Ginny schwer, sich vorzustellen, dass sie einmal in einer Villa gewohnt hatte, die so fein war wie die der Cumberlands. Als sie den ersten Blick auf das Haus geworfen hatte, die gepflegten Rasen mit den Blumenbeeten gesehen hatte, war sie stark an Everleigh erinnert worden. War es wirklich erst ein Jahr her, dass sie sich von Francis verabschiedet hatte? Dieser Teil ihres Lebens war nur noch schwache Erinnerung – wie ein unwirklicher Traum. Und doch war es auf Everleigh gewesen, dass sie Logan das erste Mal begegnet war.

Ginny musste lächeln. Sie hatte so viel Gold bei sich, dass sie ein Haus kaufen könnte, das so großartig war wie das der Cumberlands. Aber das war ihr Geheimnis, und sie würde es mit niemandem teilen.

Richard Cumberland war zuerst nicht bereit gewesen, Logan einzustellen, denn er traute keinem Menschen ohne Referenzen. Aber irgend etwas hatte ihn bewogen, es mit ihm zu versuchen. Schon nach wenigen Tagen war dem Farmbesitzer klar geworden, dass der Mann unglaubliches Geschick für den Umgang mit Pferden hatte. Er schien sie zu verstehen, als könnte er mit ihnen sprechen.

Cumberland wusste, dass er diesen Mann unbedingt behalten musste, und so bot er ihm ein größeres Haus an, das näher bei der Villa lag. Cumberland war wie vor den Kopf geschlagen, als Logan das Angebot ablehnte.

»Das kleine Haus genügt unseren Ansprüchen«, sagte Logan. »Wir brauchen nicht mehr.«

Ein verdammt seltsamer Bursche, dachte der Farmbesitzer. Am Abend sprach er mit seiner Frau darüber. »Irgendein Geheimnis umgibt diesen Logan. Die Art, wie er spricht, ist eher die Art eines Herren. Und auch sein Selbstbewusstsein zeigt mir, dass er nicht immer nur Arbeiter gewesen ist.«

Mrs. Cumberland nickte. »Das wird wohl so sein. Ich bin sicher, dass er seine Geheimnisse hat. Aber ich bin auch sicher, dass die Hälfte aller Menschen in dieser Kolonie ihr Geheimnis hat.«

»Das stimmt. Und wie findest du seine Frau?«

»Auch sie ist mir ein Rätsel. Sie spricht wenig, und was um sie herum vorgeht, scheint sie nicht zu interessieren. Zuerst habe ich sie für ein bisschen simpel gehalten. Aber als ich sie eines Tages in ein Gespräch verwickeln konnte, stellte ich fest, dass sie recht intelligent ist und offenbar eine gute Erziehung genossen hat.«

»Ist sie eine gute Arbeiterin?«

»Sie ist sehr geschickt mit der Nadel. Deshalb habe ich ihr ein paar Kleidungsstücke gegeben, die sie flicken oder kürzen soll. Du hast doch nichts dagegen?«

»Solange sie arbeitet, um ihren Unterhalt zu verdienen, ist es mir egal, womit sie beschäftigt wird.«

Ginny war es auch egal, was sie zu arbeiten hatte. Ihre Herrin war freundlich und warmherzig, und das Nähen half, die Tage zu vertreiben. Ginny lebte nur für die Nächte, wenn Logan sich zu ihr legte und ihren Körper in leidenschaftlichen, dominierenden Besitz nahm.

An einem kühlen Winterabend saß Ginny neben dem Feuer in der kleinen Hütte und nähte den Saum eines kleinen Hemdchens. Es war viel sauberer und gemütlicher in der Hütte geworden, auch wenn es noch nicht viele Möbelstücke gab. Goldene Strahlen der schrägstehenden Sonne fielen durchs Fenster und hellten den Teppich auf.

Ein Anfall von inzwischen vertrauter Übelkeit zwang sie, mit dem Nähen aufzuhören. Sie drückte eine Hand gegen ihren Leib, legte den Kopf zurück und schloss die Augen.

Seit sechs Monaten musste sie diese Schmerzen aushalten, und an Tagen wie diesem fragte sie sich, ob sie es wirklich noch weitere drei Monate schaffen würde. Oft hielt die Übelkeit den ganzen Tag an, und dann kamen auch noch die krampfhaften Zuckungen dazu. Ihre Lethargie wurde von Tag zu Tag schlimmer, es war, als wäre alle Energie aus ihrem Körper gewichen. Wenigstens war ihre Herrin verständnisvoll. Da sie selbst kinderlos geblieben war, freute sie sich auf die Geburt von Ginnys Baby. Sie litt mit der jungen Frau, deren Schwangerschaft so turbulent verlief, und sie bestand darauf, dass Ginny nur arbeitete, wenn es ihr gut ging.

Ginny empfand nichts für das in ihrem Bauch heranwachsende Kind, sie nahm ihre Schwangerschaft hin, weil Logan es so wollte. Für Logan schien es ein besonderer Triumph zu sein, sie geschwängert zu haben; der ultimative Beweis seiner Macht über sie. Ginny erinnerte sich noch gut an die leidenschaftliche Nacht im Januar, als er ihr ein Kind gemacht hatte.

An diesem Sommerabend hatte die aufkommende Nacht die stickige Hitze des Tages nur ein wenig vertreiben können. Ginny lag nackt und schwitzend auf dem Bett und wünschte sich eine Brise, um die Luft abzukühlen. Logan war irgendwo draußen und schaute nach den Pferden.

Als er schließlich mit seinen feurigen Augen zurückkam, blieb er an der Tür stehen und warf einen Blick auf die verlorene Gestalt. Unwillkürlich rannen Tränen des Jammers und des Selbstmitleids aus Ginnys Augen. Wie war es zu erklären, dass Logan mit jedem Tag, den sie sich elender fühlte, immer lebhafter und munterer zu werden schien?

Er stand da, die Haare schwarz, die dünnen Lippen brutal verzogen. Stolz, geheimnisvoll, mächtig. Nach all diesen Monaten, die sie gemeinsam verbracht hatten, kannte Ginny ihn nicht besser als in der ersten Nacht, als er Besitz von ihrem Körper genommen hatte. Alles an Logan, einschließlich der fremden Kräfte, die sie an ihn banden, blieb ihr ein unlösbares Geheimnis.

Das goldene Licht der untergehenden Sonne warf einen bronzenen Schein auf seine Haut. Wie die Personifizierung eines dunklen, sinnlichen Luzifer, dachte Ginny. Sie musste auflachen. Logan, Herr der Finsternis. Es hatte Nächte gegeben, da hatte sie in ihm den Teufel des Fleisches gesehen, den Götzen der Lust.

Das Lachen wurde von den Tränen erstickt, die unaufhörlich über ihr Gesicht rannen.

Logan trat an sie heran, schaute auf sie hinab, plötzlich nichts als Mitgefühl in den Augen. »Geht es dir nicht gut?«

Ginny wischte sich mit einer müden Hand die Tränen über die nassen Wangen und seufzte. »Du weißt, dass es mir überhaupt nicht mehr gut geht.«

»Es ist nicht zu ändern, Ginny. Mein Kind wächst in deinem Mutterleib heran. Seine Kraft raubt deine.« Er nahm ihre Hand und zog sie auf die Füße. »Du brauchst mich, Ginny. Wie mein Sohn dich schwächt, kann ich und nur ich allein deine Stärke wiederherstellen.«

»Oh, ja, Logan, ja.« Ginny klammerte sich an seine Schultern und hob das Gesicht zum Kuss. Wie immer reichte schon der erste fordernde Kuss dieses Mannes, dass ihre Leidenschaft für ihn geschürt wurde. Ihre Schwangerschaft hatte den sexuellen Hunger nicht berührt, im Gegenteil – Ginny lechzte mit noch größerer Intensität nach seinen Berührungen, nach den Beweisen seiner Männlichkeit. Nur wenn Logans Körper eins wurde mit ihrem, fühlte sie die Erleichterung von den zehrenden Strapazen der Schwangerschaft, als ob tatsächlich stimmte, was er behauptete – dass er ihr neue Kraft gab.

»Ich verstehe das alles nicht«, flüsterte sie, denn sie spürte schon, wie die Übelkeit sich langsam legte.

»Du brauchst es auch nicht zu verstehen, Ginny. Du musst es nur akzeptieren, du darfst dich nicht dagegen sträuben. Unsere Körper gehören zusammen, wir haben ein und dieselbe Existenz, und das ist viel mehr als nur die Einheit unserer Körper.«

Seine Hände strichen über ihren nackten Körper. Er ließ sich auf die Fersen nieder und begann ihren Bauch zu küssen, bis hinunter zum Venusberg.

Ginny wickelte ihre Finger um kräftige Büschel seiner schwarzen Haare und ließ langsam die Hüften kreisen. Sie stieß den Unterleib vor. Ihr Körper begann heiß zu vibrieren.

Sie rief seinen Namen. »Nimm mich, nimm mich«, bettelte sie. »Ich muss dich in mir fühlen. Du gibst mir neue Kraft.«

Sie lagen nackt auf dem Teppich vor dem Feuer, und der orangefarbene Schein der Flammen flackerte über ihre zuckenden, verschwitzten Körper. Sie liebte ihn mit wilder, verzweifelter Hingabe, und als er sich in sie ergoss, spürten beide unendliches Glück.

Erschöpft blieben sie ineinander verwoben auf dem Boden liegen. Ihr Atem beruhigte sich wieder. Logan streichelte liebevoll über ihren Bauch. Nach einer Weile stand er auf, holte eine Decke und legte sie über Ginny.

Sie war eingeschlafen. Die Nacht war hereingebrochen, als sie vom Duft einer aromatischen Suppe aufwachte. Erst jetzt spürte sie, wie hungrig sie war. Sie wandte den Kopf und sah Logan am Tisch stehen und Brot schneiden.

Ginny beobachtete ihn durch halbgeschlossene Lider, und nicht zum ersten Male versuchte sie, ihre Gefühle für ihn zu analysieren. Sie liebte Logan nicht mit dem Herzen, dessen war sie sicher. Obwohl sie seit fast einem Jahr zusammen waren, hatte sich seine herrische Neigung nicht gelegt.

Und doch empfand sie tief und intensiv für ihn. Sie wusste genauso gut wie er, dass sie ihn nicht verlassen konnte. Niemals. Sie hatte lange und hart gegen Logans dominante Art angekämpft, aber vergeblich. Die triebhafte Bindung war stärker.

Unter der Decke strich ihre Hand über den geschwollenen Leib. Ginny hatte Mühe, sich als Mutter zu sehen, aber sie konnte sich Logan als Vater noch viel weniger vorstellen. Wie würde sich ihr Leben verändern, wenn sie plötzlich zu dritt waren?

Als er sah, dass sie wach war, füllte er zwei Teller mit der Gemüsesuppe. Schweigend aßen sie vor dem Feuer. Logan war bereits wieder angezogen.

»Das Fohlen ist geboren worden«, sagte er, als er ihren leeren Teller wegräumte. »Ich muss zu den Ställen, um nach ihm zu sehen. Geh ins Bett, Ginny, und schlaf. Ich komme später zu dir.«

Es war kurz vor Mitternacht, als er sich zu ihr legte und sie in die Arme nahm. Ginny drückte die Lippen auf seinen Mund, als sollte der Kuss ihre Einheit bekräftigen. Sie fühlte sich sicher in seinen Armen und schlief ein.

Einige Stunden später wälzte sie sich unruhig herum. Irgendwas außerhalb ihrer bewussten Wahrnehmung hatte sie geweckt. Sie hob die Augenbrauen und richtete sich auf. Im nächsten Moment wurde auch Logan aus dem Schlaf gerissen.

Draußen vor dem Haus sahen sie einen orangefarbenen Schimmer, der durchs Fenster fiel.

»Feuer!«

Logan war sofort auf den Beinen. Er war schon an der Tür, als er sich noch in seine Hose kämpfte. »Das ist bei den Ställen!« rief Logan. »Die Ställe brennen!«

Dann war er weg, rannte quer über den Hof und schloss zu den anderen auf, die auch aus ihren Behausungen gelaufen kamen, weil sie den Lichtschein gesehen hatten. Alle rannten wild schreiend zu den Ställen.

»Holt Wasser! Wir brauchen Wasser!«

»Oh, großer Gott!«

»Die Pferde! Die Pferde! Wir müssen unbedingt die Pferde aus den Ställen holen!«

Ginny warf sich einen Mantel über und hastete hinaus. Sie reihte sich in die Kette der Männer und Frauen ein, die Eimer voll Wasser aus einem Brunnen weiterreichten. Dicht an den Flammen standen Männer, die das Wasser ins Feuer und gegen die Holzbalken des Gebäudes schütteten.

Die Flammen schlugen immer höher. Die eingeschlossenen Tiere wieherten in Todesangst, und die Menschen draußen mussten schreien, um sich über dem Knistern und Krachen des Brandes zu verständigen.

Wieder rief jemand, dass man die Pferde retten müsste. Einige der Männer versuchten, in das brennende Gebäude zu dringen, aber die glühende Hitze trieb sie zurück. »Es hat keinen Zweck. Die Flammen sind zu stark.«

Niemand ahnte, dass ein Mann schon drinnen war und die Tiere aus ihren Boxen befreite.

Ginny, die immer noch in der Kette stand, wusste auch nichts vom Alleingang dieses Mannes. Sie nahm die Eimer an und reichte sie weiter, bis Cumberland rief: »Hört auf damit! Spart eure Kräfte! Das Feuer hat gewonnen!«

»Herr im Himmel«, murmelte seine Frau, als die Kette sich auflöste und die Männer und Frauen fassungslos und hilflos aufs brennende Gebäude starrten.

»Kann denn niemand die Pferde retten?« flüsterte Ginny.

Niemand antwortete, aber in den Gedanken aller schwang diese Frage mit. Mrs. Cumberland legte eine beruhigende Hand auf Ginnys Schulter.

Dann, es war wie ein Wunder, brachen die Pferde plötzlich aus den brennenden Ställen heraus, sie preschten durch Rauch und Flammen. Staunen und Erleichterung waren bei den Menschen zu spüren. Die Männer rannten den Tieren nach, griffen in die Zügel und führten sie in Sicherheit.

Cumberland zählte sie rasch. »Sie sind alle draußen, bis auf die Stute und das neugeborene Fohlen.«

»Oh, schau mal da!« rief seine Frau aus.

In dem dichten Qualm war die Szene kaum zu sehen, aber allmählich schälte sich das Bild eines Mannes heraus, der eine störrische, völlig verängstigte und schrecklich wiehernde Stute aus dem brennenden Stall führte.

»Um Himmels willen!« rief Cumberland. »Das ist Logan! Wie hat er es geschafft, in den Stall zu kommen?«

Ginny schwankte und wäre zu Boden gefallen, wenn Mrs. Cumberland nicht die Hand auf ihrer Schulter gehabt hätte. Ginny biss die Zähne aufeinander, um nicht laut aufzuschreien.

Die Stute war in Sicherheit, und Cumberland schrie: »Bleib weg da, Mann! Lass das Fohlen!«

Entweder hörte Logan ihn nicht, oder er achtete nicht darauf, jedenfalls duckte er sich und stürzte sich ein weiteres Mal in die Flammen.

Die Zuschauer verstummten. Die Sekunden tickten wie kleine Ewigkeiten. Die Stute schrie immer noch zum Erbarmen nach ihrem Fohlen, und Ginny glaubte, ihr Herz müsste zerspringen.

Im nächsten Augenblick hetzte das Fohlen aus dem Inferno heraus. Erleichterte Rufe der Menschen begleiteten die Szene, als das Fohlen zu seiner Mutter lief. Aber dann breitete sich wieder gespanntes Schweigen aus.

Jeder erwartete, dass der Mann folgte. Einer rief aufgeregt, dass er die Umrisse des Mannes sehen könnte. Ein anderer behauptete: »Da ist er!«

Aber seine Worte erstickten von einem ohrenbetäubenden Lärm, als das Dach der Stallungen zusammenbrach und mit Sicherheit alles begrub, was sich noch in den Boxen aufhielt. Jetzt schlugen die Flammen ungehindert zum Himmel.

Ginny schrie Logans Namen. Sie schrie seinen Namen immer wieder. Sie riss sich los von den fürsorglichen Armen, die sie hielten und stützten, und rannte los. Aber schon nach ein paar Schritten fuhr ein böser Schmerz durch ihren Unterleib, sie knickte in den Knien ein und schlug hart auf dem Boden auf.

Sie spürte das warme klebrige Blut zwischen den Schenkeln, und in den wenigen Sekunden, bevor die Ohnmacht sie erlöste, begriff sie, dass sie Logans Kind verlor.

Der Doktor klappte seine Tasche mit einem besorgten Seufzer zu und gab Mrs. Cumberland zu verstehen, dass sie ihm folgen sollte. Die Frau warf noch einen beunruhigten Blick auf das weiße Gesicht der Frau im Bett.

»Was glauben Sie, Doc?« fragte sie, als sie die Tür hinter sich zuzog und im Flur stand.

»Ich wünschte, ich könnte es Ihnen sagen.« Eine steile Falte grub sich in seine Stirn. »Es ist jetzt sechs Wochen her, seit sie das Kind verloren hat. Obwohl sie dabei viel Blut verloren hat, müsste sich ihr Zustand eigentlich verbessert haben.« Er hob die Schultern. »Ich bin nur ein einfacher Arzt, Mrs. Cumberland, und ich muss gestehen, dass ich ratlos bin. Wann immer sie Anzeichen einer Besserung zeigt, fällt sie wieder in diese Bewusstlosigkeit. Ich bin sicher, dass sie um ihr Leben kämpft, aber ich habe den Eindruck, als ob jemand oder etwas sie immer wieder ins Grab zerren will.«

»Ich fürchte, Sie könnten Recht haben, Doc. Das arme Ding. Hat Ehemann und Kind in dieser schrecklichen Nacht verloren.« Sie schüttelte den Kopf. Ebenso ratlos wie der Arzt. »Sie haben ihren Mann nicht gekannt. Etwas Geheimnisvolles umgab ihn …« Sie suchte nach den richtigen Worten, fand sie nicht und hob die Schultern. »Es ist unmöglich zu beschreiben, was ihn so anders machte. Und auch die Art und Weise, wie sie zusammenlebten, war seltsam. Ich hatte nicht den Eindruck, dass die beiden heftig ineinander verliebt waren, aber erst wenn sie zusammen waren, lebten sie auf. Sie schienen nur existieren zu können, wenn sie zusammen waren. Was für eine Tragödie! Ich wünschte, ich könnte mehr tun, damit sie sich schneller erholt.«

»Sie haben Ihre christliche Pflicht getan und mehr«, versicherte ihr der Arzt. »Sie haben sie in Ihr Haus aufgenommen und pflegen sie mit großer Hingabe. Ich fürchte, mehr als noch ein paar Gebete sprechen, können Sie für die unglückliche Frau nicht tun.«

Mrs. Cumberland war eine fromme Frau, und so betete sie jeden Abend, und tagsüber träufelte sie Ginny Haferschleimsuppe zwischen die Lippen. Vielleicht lag es an der Kraft ihrer Gebete, jedenfalls schlug Ginny eine Woche später die Augen auf.

Das erste Mal wurde ihr die Umgebung, in der sie war, ein wenig bewusst. Fast sofort aber fiel sie wieder in einen tiefen Schlaf. Es vergingen noch einige Tage, ehe sie weit genug ins Leben zurückkehrte, um sich zu fragen, wie sie in die Eleganz dieses Schlafzimmers geraten war.

Ein freundliches, vertrautes Gesicht beugte sich über sie und fragte, wie sie sich fühlte. Jäh kehrte die Erinnerung zurück, und mit ihr ein unerträglicher Schmerz, der sie aufstöhnen ließ. »Nein, nein«, rief sie schwach, und in ihren verhangenen Augen bildeten sich ein paar Tränen.

»Ruhig, meine Liebe. Denken Sie nicht daran«, tröstete Mrs. Cumberland. »Jetzt geht es Ihnen schon etwas besser. Sie müssen wieder zu Kräften kommen. Sie dürfen sich nicht allzu sehr aufregen.«

Allmählich verbesserte sich Ginnys Zustand. Jeden Tag wurde sie etwas kräftiger, und nun gab es auch keine Rückschläge mehr. Nur wenn die Erinnerung sie heimsuchte und sich nicht mehr verdrängen ließ, lag sie weinend und schlaff und teilnahmslos im Bett. Obwohl sie Logans Namen nie erwähnte und auch nicht die schrecklichen Ereignisse jener Nacht ansprach, stellte sie doch die Frage, die Mrs. Cumberland seit langem befürchtet hatte. »Wo ist er begraben?«

Die gute Frau wich Ginnys Blicken aus, sie trat nervös von einem Fuß auf den anderen und war damit beschäftigt, Ginnys Kissen zu richten. »Machen Sie sich darüber keine Sorgen, meine Liebe«, sagte sie dann. »Dafür ist noch Zeit, wenn es Ihnen besser geht.«

Tränen sammelten sich in Ginnys Augen. »Ich möchte es wissen. Bitte, sagen Sie es mir.«

Mrs. Cumberland seufzte und nahm Ginnys Hände in ihre. Auch sie hatte feuchte Augen. »Es tut mir schrecklich leid, meine Liebe. Die Männer haben gründlich gesucht, aber sie konnten ihn nicht finden. Das Feuer muss ihn verbrannt haben.«

Das qualvolle Stöhnen, das sich Ginnys Kehle entrang, brach der älteren Frau fast das Herz. Ginnys schwacher Körper bäumte sich ein wenig auf, als wollte sie sich gegen die Nachricht stemmen, aber dann sackte sie in sich zusammen, als hätte sie die letzte Kraft verschleudert.

Hinter den geschlossenen Lidern sah Ginny wieder die brennenden Ställe, das einstürzende Dach und die Flammen, die triumphierend zum Himmel schlugen.

Nichts! Von Logan war nichts übrig geblieben! Das Feuer hatte ihn verzehrt. Es war, als hätte es ihn nie gegeben.

Ginnys Erholungspause dauerte lange. Als sie in der Lage war, das Bett zu verlassen und ein wenig spazieren zu gehen, lag schon die Kraft des Frühlings in der Luft. Auf dem Rasen vor dem Haus verströmten die bunten Blumen herrliche Düfte.

Hinter dem Haus waren die Reste der Stallungen fortgeschafft worden, und man hatte mit dem Bau neuer Ställe begonnen.

Auf ihre Bitte hin hatte man Logans Habe aufgeteilt oder weggeworfen. Ihr eigenes Gepäck war jetzt im Herrenhaus. Sie wollte nie wieder einen Fuß in das kleine Haus bei den Ställen setzen.

In dieser Zeit entwickelte sich eine behutsame Freundschaft zwischen Ginny und Mrs. Cumberland, und schließlich fragte ihre frühere Herrin sie nach ihren Plänen für die unmittelbare Zukunft.

»Ich möchte sehr gern, dass Sie auf Cumberland Downs bleiben, Ginny. Ich habe mich an Sie gewöhnt, und ich mag Sie wirklich gern. Jetzt, da es Ihnen besser geht, könnten wir beide uns Gesellschaft leisten. Sie müssen wissen, dass ich manchmal sehr einsam bin.«

In Ginnys Blick lag der Ausdruck ehrlichen Bedauerns. »Sie sind mehr als herzensgut zu mir gewesen, Mrs. Cumberland, und ich habe das Gefühl, dass ich Ihnen dafür eine Menge schuldig bin. Allein deshalb würde ich Ihrer Bitte schon entsprechen, wenn es mir möglich wäre. Bitte, halten Sie mich nicht für undankbar, aber ich kann nicht hier bleiben.«

Mrs. Cumberland ergriff Ginnys Hände und streichelte sie. »Machen Sie sich keine Selbstvorwürfe, meine Liebe. Ich verstehe das. Ich glaube, ich würde auch so empfinden, wenn ich meinen Mann auf diese Weise verloren hätte.«

Sofort als sie die Worte ausgesprochen hatte, wünschte sie, sie hätte sie zurücknehmen können. Sie sah, wie Ginny die Lider schloss, um den Ausdruck unendlichen Leids zu verstecken. Die ältere Frau spürte, wie Ginny sich in sich zurückzog und die Außenwelt ausschloss.

Wann immer auch nur die geringste Anspielung auf das Geschehen und auf Logans Tod ausgesprochen wurde, wiederholte sich dieser totale Rückzug.

Mrs. Cumberland glaubte, dass sie verstand, was in Ginny vorging. Aber nur Ginny selbst wusste von der schrecklichen Leere in sich.

Sie trauerte um Logan mit einer Intensität, die alle anderen Gefühle erdrückte. Wann immer der Schmerz so allumfassend war, dass sie glaubte, ihn nicht länger ertragen zu können, hörte sie seine Stimme voller Entschlossenheit, Besitzgier und Leidenschaft.

»Wir sind eins, Ginny, du und ich. Dein Körper gehört mir, und mein Körper gehört dir. Nur der Tod kann uns trennen, Ginny.«

Jetzt hatte der Tod sie getrennt, und es kam Ginny so vor, als hätte er auch ein Stück von ihr mitgenommen, genau wie Logan es gesagt hatte. Ginny glaubte, dass sie sich nie wieder als vollständiger Mensch fühlen würde.

Zwölftes Kapitel

Sydney war mit seinen überquellenden Straßen und den schmalen Gassen eine Stadt, in der man sich leicht in der Menge verstecken konnte. Als Dan den Constable etwa zwanzig Schritte vor sich sah, schlüpfte er rasch in eine Gasse und tauchte dort unter.

Auf seinen Kopf war ein Preis ausgesetzt, und er wusste, dass es viele Leute gab, die nicht zögern würden, ihn zu verraten, um die Belohnung zu kassieren.

Um seine Identität zu verschleiern, hatte er sich die Haare wachsen lassen, sie erreichten inzwischen die breiten Schultern. Der größte Teil seines Gesichts wurde von einem wilden Vollbart verdeckt. Dan glaubte, dass selbst Charlie und Josh ihn auf den ersten Blick kaum erkennen würden.

Wo sich die beiden herumtrieben, wusste er nicht. Und er gestand sich ein, dass es ihn auch nicht interessierte. Die Freundschaft war zu einem Ende gelangt. Sie hatte zu schwinden begonnen, als Ginny in ihr Leben getreten war, und sie endete ganz sicher mit der Art und Weise ihres Abschieds.

Es hatte noch heftige Auseinandersetzungen zwischen Dan und Charlie gegeben, hitzige Wortgefechte, von denen eins zu einem fürchterlichen Kampf geführt hatte, den sie beide beinahe nicht überlebt hätten. Danach beschlossen sie, dass sich ihre Wege trennen sollten.

Sie teilten die wenigen Nuggets, die sie noch gefunden hatten, und obwohl es nicht viel war, würde es reichen, um Dan auf die Spur seiner Rache zu führen.

Plötzlich legte sich eine Hand auf seinen Arm. Er zuckte erschrocken zusammen. Instinktiv griff er nach dem Messer, das unter seinem Gürtel steckte. Als er aber zur Seite schaute und sah, wer ihm die Hand auf den Arm gelegt hatte, stieß er das Messer wieder zurück

Im Schatten eines Hauseingangs stand eine dralle, grell geschminkte Prostituierte, die ihn einladend anlächelte.

Dan musterte sie im Schnellverfahren, er bemerkte die fleischigen, weißen Brüste, die im weiten Ausschnitt des Mieders fast bis zu den Warzen zu sehen waren. Warum nicht, dachte er. In ihrem Zimmer würde er sich eine Weile in Sicherheit befinden, und es war schon eine Weile her, seit er das letzte Mal eine Frau gehabt hatte. Die Zeiten, in denen sein Hauptvergnügen darin bestand, um eine Frau zu werben und sie zu erobern, waren längst Vergangenheit. Seine Gedanken beschäftigten sich nur noch mit seinem Rachefeldzug.

»Wie viel?« fragte er.

Die Prostituierte blinzelte ihn lockend an. »Kommt drauf an. Bei einem starken, kräftigen Mann, mit dem es Spaß macht, nehme ich nicht so viel wie bei einem, der sich auf mir nur abreagieren will.«

»Also gut, gehen wir.« Die Frau drehte sich um und zog ihn mit ins Haus. Er war nicht überrascht, sich in einem Salon wiederzufinden, in dem andere Frauen desselben Gewerbes auf Kunden warteten. Alle schauten ihn interessiert an – sehr interessiert.

Dan spürte, wie sein Glied wuchs, und die Ausbuchtung der Hose wurde von einer der Prostituierten bemerkt, was sie schrill kichern ließ.

»Scheint, dass du dir da einen Dicken an Land gezogen hast, Polly. Bist du sicher, dass du mit ihm fertig wirst, oder brauchst du Unterstützung?«

Zu Dans Verblüffung stürzte sich Polly wie ein Derwisch auf die andere Frau. »Du hältst das Maul, Betty. Ich werde mit jedem Mann besser fertig als du, du vertrocknetes Nagelbrett!«

Betty ließ sich die Beleidigung nicht gefallen, sprang auf die Füße, sprudelte eine Flut von Beschimpfungen heraus und wollte mit dem eingezogenen Kopf in Polly hineinrammen. Dan begriff, dass die Frauen dabei waren, wie Furien aufeinander einzustürmen, deshalb drückte er Polly rasch durch eine Tür, die zu den Schlafzimmern führte. Er hatte kein Interesse daran, dass die Polizei gerufen wurde, um einen Weiberkampf zu schlichten.

Er nahm den Drink an, den sie ihm anbot, gab aber nur vor, davon zu trinken. Er war zu vorsichtig, um die Gefahr einzugehen, erst morgen früh wieder aufzuwachen. Außerdem schaute er ihr lieber beim Ausziehen zu.

»Willst du dich nicht auch ausziehen?« fragte Polly mit einem häufig geübten Schmollmund, als sie nackt war und Dan immer noch vollständig bekleidet auf dem Stuhl saß.

»Warum übernimmst du das nicht?« schlug er vor und stand gemächlich auf.

Pollys Hände begaben sich eifrig an die Arbeit. Sie streifte Dans Jacke und Hemd ab, dann zerrte sie seine Stiefel hinunter, und erst dann stillte sie ihre Neugier, was die Ausbuchtung der Hose verursacht hatte. Als der beeindruckende Schaft schließlich enthüllt war, saugte sie geräuschvoll die Luft ein, und in ihre Augen trat ein gieriger Glanz.

»Hölle, du hast einen großen, was?« Sie bog die Finger um den rigiden Muskel, und dabei schluckte sie ein paar Mal. Im nächsten Augenblick lag sie auf dem Rücken und spreizte die Beine weit. »Komm, steck ihn rein, bitte. Ich kann es nicht erwarten«.

Dan gehorchte.

»Oh, wie du mich ausfüllst!« stöhnte Polly und wand sich unter ihm wie eine Schlange im heißen Wüstensand. Im Rhythmus seiner Stöße hielt sie dagegen. »Oh, ah, oh, ah. Hölle, ich kann mich nicht erinnern, wann ich zuletzt so etwas genossen habe! Komm, mach weiter, stoß fester, Liebster! Ah, ja, jaaaa ...«

Pollys lustvolle Schreie waren auch im Salon zu hören, wo die Frauen sich wissende Blicke zuwarfen. Sie fragten sich, ob der bärtige Fremde zu einem Stammkunden werden könnte. Natürlich ging es den Frauen in erster Linie um das Geld, das sie mit dem Sex verdienten. Aber sie hatten auch nichts dagegen, dabei das Vergnügen zu erleben, das Polly offenbar bei diesem Kunden erfuhr.

Sobald er seinen Höhepunkt erzielt hatte, stand Dan auf und begann, sich anzuziehen.

Polly blieb noch liegen. Die Wellen der Lust ebbten noch in ihr nach. Sie schüttelte den Kopf, als Dan seine Geldbörse herausholte. »Hölle, es wäre nicht recht, wenn ich dir dafür Geld abnähme«, sagte sie. »Bei einem solchen Gerät müssten es die Frauen sein, die dich bezahlten.«

Dan grinste verlegen.

Polly erhob sich zu einer sitzenden Position, ihr

Blick auf seinen Schritt gerichtet. »Wirst du wiederkommen?« fragte sie.

»Vielleicht«, sagte Dan. »Vielleicht auch nicht.« Er warf eine Münze aufs Bett. »Du hast mehr für mich getan, als du ahnen kannst. Gibt es einen anderen Ausgang?«

Der Hinterausgang führte auf einen stinkenden Hof, der von Unrat übersät war. Von dort fand Dan den Weg zurück zur Straße, auf der ihn Polly angesprochen hatte.

Obwohl er Monate dafür gebraucht hatte, auch wegen falscher Spuren, denen er gefolgt war, hatte er es schließlich geschafft, Ginny bis nach Sydney nachzureisen. Aber dort hatte er ihre Spur verloren. Trotzdem würde er sich nicht geschlagen geben, auch wenn er jetzt schon seit drei Monaten vergebens versuchte, sie in dieser großen Stadt aufzutreiben.

Er hatte keinen Grund zu glauben, dass er ihr an diesem Tag näher war als an den vorangegangenen. Aber dann blieb ihm fast das Herz stehen, als er eine Frau auf der anderen Straßenseite erkannte. Sie hatte nur Augen für den Mann an ihrer Seite, und an ihren Gesten konnte er sich leicht denken, worüber sie sich so angeregt unterhielten.

Sie waren fast gleichauf mit Dan, als sie ein kleines Hotel betraten. Dan grinste grimmig und richtete sich darauf ein, auf die beiden zu warten. Er rief sich den unersättlichen sexuellen Hunger der schwarzhaarigen Tessa in Erinnerung und ging davon aus, dass er ziemlich lange warten müsste.

Dies erwies sich als richtig. Es dauerte so lange, dass er drauf und dran war, seinen Beobachtungsposten aufzugeben, als sie endlich wieder auf die Straße traten. Sie verabschiedete sich von ihrem Liebhaber und ging mit raschen Schritten die Straße hinunter.

Dan hielt einen gewissen Abstand, verlor sie aber nie aus den Augen. Wenn Tessa sich noch in Sydney aufhielt, würde ihr Bruder vielleicht auch noch in der Stadt sein. Und wo Logan war, würde er auch Ginny finden, davon war Dan überzeugt. Er hatte erfahren, dass sie zu dritt von Melbourne nach Sydney gesegelt waren.

Tessa führte ihn aus dem geschäftigen Treiben des Zentrums hinaus in die großzügigen Wohngegenden, in denen offenbar die wohlhabenderen Bürger der Stadt zu Hause waren. Die Gebäude hatten zwei oder drei Stockwerke, sie standen auf großen Grundstücken und waren von hohen Mauern oder Zäunen umgeben.

Sie befanden sich jetzt auf einer kurvigen Straße, die bergauf führte, und Dan sah gerade noch rechtzeitig, als Tessa durch ein kleines Tor in einer Mauer verschwand.

Ein paar Blicke überzeugten Dan davon, dass es keine Stelle gab, von der er das Haus im Auge behalten konnte. Natürlich hätte er gern gewusst, ob Tessa wieder herauskam. Irgendwie bezweifelte er das. Sein Instinkt sagte ihm, das Tessa hier lebte.

Aber wem gehörte das Haus? Hatte Ginny es mit dem gestohlenen Gold gekauft?

In einem Schlafzimmer des großen Hauses, das Dan beobachtete, schritt Mrs. Timothy Wetherby verärgert auf und ab. Wo war ihr Dienstmädchen? Die Frau kam jeden Nachmittag zu ihr, wenn die anderen glaubten, dass sie sich zum Ausruhen hingelegt hätte. Aber zu dieser Zeit ruhte sich Jenny nicht aus. Das tat sie erst, wenn Tessa sie verlassen hatte. Ihr Dienstmädchen gab ihr das, was ihr Mann ihr nicht geben konnte, und machte dadurch das Fiasko ihrer Ehe erträglicher.

Sie steigerte sich über das Ausbleiben des Dienstmädchens in einen Wutausbruch, warf sich schließlich wütend aufs Bett und schlug mit den kleinen Fäusten auf die Kissen ein. Als sie sich schließlich beruhigt hatte, zog sie die Knie an bis unters Kinn und langte mit einer Hand zu ihrer pochenden Vulva.

In ihrer Gier nach Befriedigung ließ sie einen Finger in ihre Liebesspalte gleiten und rieb ihn verzweifelt hin und her, um sich einen Orgasmus zu verschaffen.

Als es ihr kam, brachte es ihr nur einen Bruchteil des Vergnügens, das sie sich erhofft hatte. Sie rollte sich auf dem Bett zusammen und weinte Tränen des Selbstmitleids. Verdammt, diese Frau! Am liebsten hätte sie das unpünktliche Dienstmädchen entlassen. Sie hasste es, wenn etwas nicht so ablief, wie sie es haben wollte.

Ja, Tessa rauszuwerfen, würde ihr eine Lektion erteilen. Verdient hätte sie es. Aber damit hätte Jenny sich ja auch selbst bestraft.

Am allerersten Abend ihrer Ehe hatte Jenny schon erfahren, dass ihr Mann absolut kein Interesse an Frauen hatte. Das teilte er ihr auch unverblümt mit. Er sagte ihr geradeheraus, dass er sie nur geheiratet hätte, um eine Fassade der bürgerlichen Wohlanständigkeit aufrechtzuerhalten. Timothy Wetherby war ein hochmütiger Mensch, und es befriedigte seine Eitelkeit, eine schöne Frau zu besitzen.

Er machte ihr auch klar, dass er nicht den geringsten Sex-Skandal dulden würde, der mit seinem Namen besudelt würde. Seine eigenen sexuellen Affären würden unter absoluter Diskretion vollzogen, und seine Ehefrau hätte sich gefälligst in Enthaltsamkeit zu üben.

Nachdem Jenny sich von dem Schock erholt hatte, warf sie in ihrem Zimmer den Kopf mit den vielen blonden Locken in den Nacken und schwor sich – in aller Diskretion natürlich, so viele Liebhaber zu nehmen, wie es ihr nur möglich wäre.

Zu ihrem tiefsten Verdruss entdeckte sie bald, dass sich dies nicht bewerkstelligen ließ.

Jennys resolute Schwiegermutter wusste um die sexuellen Neigungen ihres Sohnes, und um den guten Namen der Familie zu beschützen und den Eindruck des ehelichen Glücks zu vermitteln, schwang sie sich als ständige Begleiterin der jungen Frau auf. Jenny fühlte sich bewacht wie eine Novizin im Nonnenkloster.

Als sie ein neues Dienstmädchen bekam, zeigte sich gleich das ganze Ausmaß von Jennys sexuellem Notstand. Als das Mädchen aus Versehen über Jennys Brüste strich, stieß Jenny einen orgiastischen Seufzer aus. Die Frau beobachtete die Reaktion ihrer Herrin im Spiegel und lächelte wissend.

»Ich weiß, wie es um Sie steht, Ma'am. Ihr Mann kümmert sich nur um andere Männer. Er nimmt sich, was er haben will, aber Ihnen gestattet er diese Freiheiten nicht. Es bereitet ihm ein sadistisches Vergnügen, Sie zu einem enthaltsamen Leben zu zwingen.«

Während sie sprach, fuhren Tessas Hände über Jennys Brüste. Sie zupfte an den Nippeln, bis sie ganz hart geworden waren und sich vor Sehnsucht reckten. Im Spiegel trafen sich die Blicke der beiden Frauen.

»Ihnen gefällt die Art, wie ich Sie berühre, nicht wahr, Ma'am? Ich weiß, wie ich Ihnen fast ebenso viel Vergnügen bereiten kann wie ein Mann. Soll ich es Ihnen einmal zeigen, Ma'am?«

Ein erwartungsvoller Schauer durchlief Jennys Körper. »Es ist schon so lange her, und ich sehne mich nach Sex.«

»Dann kommen Sie, Ma'am. Streifen Sie den Umhang ab und kommen Sie ins Bett.«

Zuerst war es Jenny unbehaglich, nackt vor einer Frau zu liegen und sich von ihr streicheln zu lassen. Aber das war vergessen, als Tessas Zunge sie an den intimen Stellen küsste und mit der Daumenkuppe ihre Scheide reizte. Jenny bäumte sich schon nach den ersten Berührungen auf und erlebte einen phantastischen Orgasmus, den sie jetzt schon so lange entbehrt hatte.

»Hat Ihnen das gefallen?« fragte Tessa, während sie die Innenseiten von Jennys Schenkel massierte.

»Es war wunderbar. Oh, Tessa, bleibe noch ein bisschen länger, bitte. Ich habe so lange darben müssen, jetzt will ich gleich noch einmal kommen.«

So begann Jennys sexuelle Abhängigkeit von ihrem Dienstmädchen. Ganz egal, welche Forderungen Tessa stellte – Jenny gab ihnen nach. Wenn sie mal eine Forderung nicht sofort erfüllte, hielt Tessa sich zurück, bis Jenny vor Frustration nicht mehr ein noch aus wusste. Früher oder später bekam Tessa, was sie haben wollte.

Einmal, nachdem Jenny sich bei ihrem Mann nur mit Mühe herauswinden konnte, als sie den Verlust einer Perlenbrosche beichten musste, sagte sie Tessa, dass sie ihr nichts mehr geben würde. Schon vor der Episode mit der Brosche hatte Jenny all ihr Geschick benötigt, um plausibel und mit einer Handvoll Lügen zu erklären, warum sie mehr Geld ausgegeben hatte, als ihr Mann ihr zugestand.

Als Tessa die Absichtserklärung der Herrin hörte, lächelte sie nur und verließ das Zimmer. Tagelang musste Jenny ihre einsamen Nachmittage allein verbringen, wütend über sich selbst, weil das Dienstmädchen eine solche Macht über sie ausübte.

An einem Abend, als Tessa ihr beim Ankleiden für eine Dinnerparty half, quälte das Dienstmädchen sie mit dem Bericht über ein Sexabenteuer mit einem Mann. Jenny drehte fast durch.

»Du redest davon nur, um mich aufzuregen! Wie kann ich hinuntergehen und wie eine zufriedene Ehefrau aussehen, wenn ich vor lauter Geilheit die Männer anstarre und mir vorstelle, wie ihr Schaft in mir ein- und ausfährt?«

Tessa hob unschuldig die Schultern. »Aber tun Sie das nicht immer, Ma'am?«

»Ja, natürlich, aber es ist nicht so schlimm, wenn ich weiß, dass du da bist, um mir zu helfen.«

»Ich habe etwas, das Ihnen noch viel mehr helfen würde.«

Der Gegenstand, den sie aus einer Kleidertasche holte, löste bei Jenny verblüfftes Staunen und ein fiebriges Kitzeln zwischen den Schenkeln aus. Tessa lächelte katzenhaft und fuhr anzüglich mit den Fingern am elfenbeinernen Phallus entlang.

»Woher hast du denn dieses Gerät her?« fragte Jenny gepresst.

»Ich habe viele interessante Bekannte. Hier, fühlen

Sie mal.« Tessa nahm Jennys Hand und ließ sie über den Phallus gleiten. »Fühlen Sie, wie sanft er sich anfühlt? Und doch ist er sehr, sehr hart. Wie das Organ eines Mannes sein soll, aber nicht immer ist. Stellen Sie sich vor, welche Lust Sie sich damit bereiten könnten, Ma'am.«

»Gib ihn mir«, verlangte Jenny. »Dann brauche ich dich nicht mehr.«

Tessa schüttelte den Kopf und versenkte das faszinierende Stück aus Elfenbein wieder in ihre Tasche. »Ich werde es ihnen nicht geben, Ma'am, aber ich könnte es Sie bei einer bestimmten Gegenleistung mal ausprobieren lassen, damit Sie die Lust spüren, die man sich durch ein solches Ding verschaffen kann.«

»Was willst du?«

»Diese Diamanten, die so herrlich an Ihren Ohren funkeln, Ma'am.«

Jenny riss vor Entsetzen die Augen weit auf. »Ich kann dir unmöglich meine Diamanten geben.«

»Dann kann ich Ihnen nicht helfen.« Tessa legte letzte Hand an Jennys Frisur, trat einen Schritt zurück, um ihr Werk zu betrachten und nickte dann. »Sie sehen wunderbar aus, Ma'am. Alle Männer werden Sie begehren. Und wenn es Sie juckt und Sie ganz feucht werden, dann denken Sie einfach an meinen Schaft aus Elfenbein.«

Jenny konnte sich später nicht mehr erinnern, wie sie die Dinnerparty überstand. Ihre Gedanken kreisten rund um das schöne Gerät, das sie kurz in den Fingern gehabt hatte. Wie würde es sich wohl an der richtigen Stelle anfühlen? Es musste unbeschreibliche Lust verursachen.

Tessas Prognose bewahrheitete sich. Die Männer

schauten sie voller Begehren an, und Jenny wurde von ihren Gedanken an den künstlichen Phallus so erregt, dass sie fürchtete, ihre Tischherren könnten es bemerken. Wenn das gestrenge Auge der Schwiegermutter nicht so gnadenlos Wache gehalten hätte, wäre Jenny bestimmt mit dem erstbesten Mann hinaus in den Garten geschlüpft.

Als sie sich endlich zurückziehen durfte, war ihr Verlangen ein brennender Schmerz, und sie bettelte Tessa an, ihn zu löschen.

Tessa ignorierte ihr Betteln und bewunderte dafür das Glitzern der diamantenen Ohrringe.

»Ach, dann nimm sie dir«, fauchte Jenny, »aber gib mir den Stab aus Elfenbein!«

»Heute Abend nicht, Ma'am. Ich muss zu meinem Geliebten zurück«.

»Du redest, als wärst du die einzige, die standhafte Liebhaber hat«, klagte Jenny missgelaunt. »Ich hatte eine ganze Reihe von ausgezeichneten Liebhabern, und ich bin wild entschlossen, mir auch wieder einen zu suchen. Dann brauche ich dich nicht mehr. Ich bin sogar geneigt, die Ohrringe zurückzufordern.«

»Ich kann Ihnen die Ohrringe zurückgeben, wenn Sie das wirklich wollen. Oder wollen Sie lieber dies hier?«

Sie hielt wieder den Phallus in der Hand, ließ die Spitze leicht über Jennys Bauch gleiten und dann tiefer hinunter zum Schoß. Sie wusste, wie die Berührung ihre Herrin erregen würde. »Wollen Sie Ihre Ohrringe zurück, oder wollen Sie die Lust des Elfenbeins erfahren, Ma'am?«

»Oh, gib ihn mir, Tessa.« Jenny wollte rasch nach dem Stab greifen, aber Tessa war zu schnell. Sie ließ den Phallus verschwinden, drehte sich um und ging zur Tür.

»Erst morgen Nachmittag, Ma'am. Bis dahin müssen Sie warten.«

Ein paar diskrete Auskunftsersuchen brachten Dan das Wissen, dass ein gewisser Timothy Wetherby der Besitzer des Hauses in der Bayview Crescent war. Und dass Tessa nicht seine Ehefrau war. Man hatte ihm gesagt, dass Mrs. Wetherby blond und zierlich sei, und selbst ein Blinder hätte die dunkelhaarige Verführerin nicht für zierlich halten können. Auf Ginny traf die Beschreibung auch nicht zu.

Tessa war Dans Hoffnung, etwas mehr über den derzeitigen Aufenthaltsort der Frau zu erfahren, der seine Rachegelüste galten.

Mit dieser Absicht trat er aus dem Schatten eines Baumes, um sich ihr in den Weg zu stellen, als sie weit genug vom Haus entfernt war, dass man die Szene von dort aus nicht würde verfolgen können.

Da er nicht damit rechnete, dass Tessa ihn der langen Haare und des Vollbartes wegen erkannte, sagte er höflich: »Entschuldigen Sie, Ma'am. Können Sie mir vielleicht helfen?«

Tessa blieb stehen und musterte den Mann ausgiebig von oben bis unten, weil sie immer nach einer Gelegenheit suchte die guten Sex versprach. Sie schaute ihm in die Augen, und dann weiteten sie sich vor Überraschung. »Du!« rief sie verduzt aus.

»Sie kennen mich?« fragte Dan vorsichtig.

»Aber natürlich. Obwohl ich mir denken kann, dass du jetzt einen anderen Namen benutzt.«

»Joe Gordon.«

Tessas Lippen schürzten sich zu einem Lächeln. »Woher stammt dieser Name?«

Dan grinste entspannt. Es tat gut, mit jemandem zu reden, den er von früher kannte. »Mein Vater hieß Joseph, und der Mädchenname meiner Mutter ist Gordon.«

»Irgendwie passt der Name, besonders jetzt, mit deinem buschigen Bart.«

Dan strich sich verlegen durchs Gesicht. »Ich hatte gehofft, dass man mich durch den Bart nicht erkennt. Woran haben Sie mich erkannt, Miss Tessa?«

»Hör auf mit der Miss. Glaubst du, ich würde einen Mann vergessen, dessen Schaft mir solche Wollust gebracht hat.« Sie blickte ihn verführerisch an und fuhr sich mit der Zungenspitze über die Lippen.

Dan grinste breit, und zum ersten Mal seit Monaten baute sich eine freudige Erwartung auf eine lustvolle Nacht in ihm auf.

»Ich habe deine Fähigkeiten auch nicht vergessen, Tessa. Können wir irgendwo hingehen?«

»Klar können wir.« Sie gingen die Straße weiter entlang, und Dan ging mit.

»Warum hast du auf mich gewartet?« fragte sie. »Und rede mir nicht ein, dass es nur war, um mit mir zu schlafen. Ich glaube nicht, dass du Sex im Kopf hattest, als du mich angesprochen hast.«

»Du hast Recht. Ich suche Ginny. Erinnerst du dich an sie?«

Tessa schaute ihn mit funkelnden Augen an. »Als ob ich dieses Luder je vergessen würde.«

Die Heftigkeit ihrer Reaktion verdutzte Dan. »Es hört sich so an, als könntest du sie nicht ausstehen.«

»Ich hasse sie. Sie hat mir Logan genommen.«

»Ah! Dann ist sie als noch bei ihm.«

»Wenn er ihrer noch nicht überdrüssig geworden ist, wird sie noch bei ihm sein.«

»Weißt du, wo sie sich aufhalten?«

»Nein.« Sie standen vor dem kleinen Hotel, vor dem Dan sie das erste Mal gesehen hatte. Tessa blieb stehen und schaute zu ihm hoch. »Warum suchst du sie?«

Die Bitterkeit, die Tessa in seinen Augen sah, ließ ihr Herz höher schlagen. »Sagen wir, dass ich noch eine kleine Rechnung mit ihr zu begleichen habe«, presste Dan hervor.

Ein Mann mittleren Alters und mit blutunterlaufenen Augen stand an der Rezeption des Hotels und schaute nur kurz hoch, als sie die Halle betraten. Dann vertiefte er sich wieder in seine Zeitung. Es war offensichtlich, dachte Dan, dass die Zimmer in diesem Hotel nur für einen einzigen Zweck vermietet wurden, und dass Tessa eine Stammkundin war.

Auch die Einrichtung des Zimmers schien nur diesem einen Zweck zu dienen. Ein großes Bett, ein Waschtisch, ein hoher Spiegel.

Tessa hatte ihre Tasche schon auf den Boden gestellt, als Dan die Tür verschloss und sich zu der Frau drehte. Sie machte sich sofort an den Knöpfen seiner Hose zu schaffen.

»Ich will sofort herausfinden, ob mich meine Erinnerung trügt oder nicht«, sagte sie atemlos.

Sie zog Dans Hose bis zu den Knien und strich bewundernd über das noch schlaffe Glied.

Tessa begab sich an die Arbeit. Es bedurfte nur einiger weniger Berührungen von Lippen und Zunge, bis sein Penis voll erigiert war. Eine Weile überließ er sich dem Vergnügen, dann riss er sie hoch, warf sie auf das Bett und drang in sie ein. Ihre lustvollen Schreie stachelten ihn an. Sie ruckte und zuckte unter ihm, bäumte sich auf und warf sich herum. Im nächsten Moment stöhnten sie beide los und bereiteten sich gegenseitig einen ersten Höhepunkt.

»Tessa«, keuchte er, als sie sich voneinander gelöst hatten, »Du weißt wirklich, was einem Mann Freude bringt.«

Tessa ließ seine Hoden durch die Finger gleiten. »Willst du mehr?« fragte sie lockend. »Ich meine, das kann doch nicht alles gewesen sein, oder?«

Dan musste lachen. Er richtete sich auf einen Ellenbogen auf und betrachtete sie. Versonnen spielte sie an ihren festen Brüsten, mit Daumen und Zeigefinger drückte sie den Nippel, der hart hervorlugte.

»Du bist eine unersättliche Schlampe«, sagte er grinsend.

»Sehen wir uns wieder?« fragte sie, als sie sich anzogen.

»Warum nicht?« Dan sah sie grinsend an. »Wäre doch zu schade, wenn wir auf diesen Spaß verzichten sollten.« Nach seinem Empfinden ergänzten sie sich auf ideale Weise. Beiden ging es nicht um eine dauerhafte Beziehung, und echte Gefühle spielten auch keine Rolle. Ihnen beiden ging es um nichts anderes als um Sex.

Tessa schlang die Arme um seinen Hals und drückte einen Kuss auf seine Lippen. »Mir hat dieser Nachmittag so gut gefallen, dass ich dir jetzt etwas sage, was dich wahrscheinlich sehr interessieren wird.«

Dan sah sie lauernd an. »Du weißt, wo Ginny ist?«

»Nein, um sie geht es nicht. Aber meine Herrin ist eine verwöhnte, junge Madam, die einmal einen Mann schwer hereingelegt hat, als es nicht nach ihrer Nase ging. Sie hat behauptet, dass der Mann sie vergewaltigt hätte!«

»Himmel und Hölle!« rief Dan aufgeregt. »Das kann nur Jenny Townsend sein!«

»Jetzt ist sie Mrs. Wetherby.«

Dan gluckste leise. »Nun ja«, sagte er grimmig, »dann habe ich wenigstens dieses kleine Luder aufgespürt.«

Dreizehntes Kapitel

Tessa wurde Dans bereitwillige Komplizin bei seinem Plan, sich an Jenny zu rächen. Ihre erpresserischen Aktionen ließen es nicht zu, zu lange an einem Arbeitsplatz zu bleiben. Einige ihrer Opfer rebellierten schon nach kurzer Zeit. Andere, und zu ihnen gehörte Jenny, konnte sie so leicht beherrschen wie eine Marionette. Trotzdem hatte sie genug von der verdrießlichen, gereizten Frau, die selbst jetzt, nachdem sie schon viel Geld und Schmuck geopfert hatte, noch nicht begriff, wie sehr Tessa sie in der Gewalt hatte. Für die verwöhnte Bürgertochter waren Tessas Forderungen nur ein Spiel, das sie selbst gut kannte – wenn sie etwas haben wollte, setzte sie alles ein, um es zu bekommen.

Dan und Tessa überlegten lange nach der geeigneten Bestrafung für Jenny. Viele Pläne wurden wieder verworfen, weil sie nicht angemessen oder zu überzogen waren. Während einer ihrer Diskussionen, die wie gewöhnlich von Liebesspielen unterbrochen wurden, berichtete Dan von den näheren Umständen seiner Flucht aus dem Gefängnis.

Tessa, die nie in eine solche Falle tappen würde, ganz egal, wie sehr sie nach einem Mann lechzte, hielt sich die Brüste vor Lachen, und als sie wieder sprechen konnte, sagte sie: »Das wäre doch die ideale Strafe für Jenny!«

Die Saat für seinen Racheplan war gelegt. Kurze Zeit später gelang es Dan – als Joe Gordon – auf dem

Besitz der Wetherbys als Gärtner eingestellt zu werden.

Dan befürchtete nicht, wiedererkannt zu werden. Nur Tessa und Jenny wussten von seiner Vergangenheit, und Jenny würde seine wahre Identität erst herausfinden, wenn es zur Ausführung des Plans kam. In der Nacht, in der er Rache nehmen würde.

Er war gerade seit einer Woche auf dem Anwesen beschäftigt, als er bemerkte, dass Jenny ihn vom Fenster ihres Schlafzimmers aus beobachtete. Er gab nicht zu erkennen, dass er sie entdeckt hatte, erhob sich aus seiner gebückten Position und streckte seinen Körper, ließ die Muskeln in Armen und Schultern spielen und nahm dann wieder die Arbeit im Beet auf.

Jenny entging keine seiner Bewegungen. Ihr Mund wurde trocken, ihr Schoß feucht. Schon lange hatte ein Mann sie nicht mehr derart erregt.

Und jetzt dieser großartig gebaute Mann im Garten! Sie konnte es kaum fassen. Nur durch Zufall hatte sie ihn entdeckt. Wie gut er aussah!

Sie hörte, dass die Tür ihres Zimmers geöffnet wurde. Ungeduldig drehte sie sich um und rief: »Tessa, komm mal her! Siehst du den Mann da unten? Wer ist er?«

»Der neue Gärtner, Ma'am.«

»Das sehe ich selbst. Ich will wissen, wie er heißt und woher er kommt.«

»Er heißt Joe Gordon, Ma'am. Ich weiß nicht, woher er kommt.«

»Erzähl mir mehr von ihm, Tessa. Was ist er für ein Mann?«

»Er ist ein guter Liebhaber.«

»Ach, das hast du schon herausgefunden, ja? Denkst auch mal an was anderes als an Sex?«

»Tun Sie das, Ma'am?«

»Oh, du bist so frech und dreist. Ich weiß nicht, warum ich mich überhaupt noch mit dir abgebe.«

»Das können wir rasch lösen, Ma'am. Ich wollte Ihnen nämlich meine Kündigung geben.«

Jennys hochmütige Haltung wandelte sich von einem Wimpernschlag zum nächsten. »Du kannst mich doch nicht verlassen. Was würde ich denn nur ohne dich und dein gutes Stück aus Elfenbein anfangen?«

»Vielleicht sollten Sie sich einen Liebhaber nehmen, Ma'am.«

»Ich wünschte, das wäre möglich.« Jennys Blicke schweiften wieder hinaus zum Gärtner. »Ich frage mich, ob er dazu taugte.«

»Er gehört doch nur zum Dienstpersonal.«

»Aber er ist wenigstens ein Mann! Was soll ich denn sonst tun? Du überlässt mir ja nicht deinen Stab aus Elfenbein.«

»Er ist zu kostbar, um mich von ihm zu trennen«, sagte Tessa. »Sie wissen aus eigener Erfahrung, Ma'am, dass die Berührung einzigartig stimuliert. Nun, ich bin heute in großmütiger Stimmung und überlasse ihnen den Phallus für den Nachmittag. Ich selbst möchte diese Zeit mit meinem Geliebten verbringen.«

Jenny griff mit gierigen Blicken nach dem Elfenbeinstück. Aber Tessa wich dem Griff aus und hielt den Phallus noch in der Hand. Ein spöttisches Lächeln umspielte ihre Lippen. »Was Sie wirklich brauchen, Ma'am, ist ein Mann. Ich hatte mal eine Herrin mit einem sehr ähnlichen Problem. Sie löste es, indem sie dem einen oder anderen männlichen Gast nach dem Essen die Bibliothek zeigte.«

»Oh«, sagte Jenny und setzte diese Anregung gleich in erregende bunte Bilder um. »Aber viel Spaß kann das doch nicht machen. Ich meine, man muss sich unheimlich beeilen und kann sich nicht ganz ausziehen.«

»Ich bin sicher, dass es besser ist als nichts«, meinte Tessa und fuhr mit den Fingern am Phallus entlang. »Warum versuchen Sie es heute Abend nicht mal? Dann wissen Sie, ob es Ihnen gefällt oder nicht. Und bis dahin können Sie sich ja mit diesem Ding hier vergnügen.«

Jenny befriedigte sich den ganzen Nachmittag damit.

Eine Weile stand sie verdeckt am offenen Fenster. Sie wollte den Gärtner während ihrer Ersatzbefriedigung unbedingt sehen. Sie hatte einen Fuß auf einen Stuhl gestellt, um sich mehr zu öffnen und um mehr Spielraum für Hände und den Elfenbeinphallus zu haben. Sie rieb die Spitze ganz leicht an der Vulva entlang, immer und immer wieder, und sie zögerte das tiefe Eindringen hinaus, so lange sie es ertragen konnte.

Dann musste sie sich setzen, weil sie sich nicht mehr auf dem einen Bein halten konnte. Sie zitterte am ganzen Körper, und als der Orgasmus kam, stieß sie kleine, spitze Schreie aus.

Die Wirkung war so stimulierend gewesen, dass sie immer noch hoch erregt war, als sie am Abend zum Essen hinunterging. Ihre Vulva pulsierte so heftig, dass es ihr fast nicht möglich war, die Rolle der charmanten Gastgeberin und liebevollen Ehefrau zu spielen, die man von ihr erwartete. Unruhig rutschte sie auf ihrem Stuhl herum und presste ihre Schenkel zusammen.

Sie aß kaum etwas. Ihr Hunger galt einem Mann. Sie dürstete nach Sex. Die meisten männlichen Gäste wurden von ihren Ehefrauen begleitet, oder es waren Freunde ihres Ehemanns. So blieb Jenny keine große Auswahl, um das auszuprobieren, was Tessa vorgeschlagen hatte.

Sie entschied sich für einen scheuen, jungen Mann, der sie schon den ganzen Abend mit bewundernden Blicken angehimmelt hatte. Seine hündische Ergebenheit, so rechnete sich Jenny aus, würde sicherstellen, dass er nichts verriet.

Alles verlief so gut, dass sie vor spannungsgeladener Erregung fast außer sich war, als sie den breiten Gang hinunter zur Bibliothek schritten. Aber als sie allein in dem großen Raum waren, begann ihr Plan zu bröckeln. Obwohl Jenny heiß auf Sex war, auf die Berührungen des jungen Mannes, konnte sie der Versuchung nicht widerstehen, wieder das naive, junge Ding zu spielen, das verführt wurde.

Dieses Verhalten bestätigte unglücklicherweise die Meinung des Mannes, dass Jenny ein jungfräuliches Wesen von außerirdischer Vollkommenheit sei, und dass er sich schon glücklich preisen dürfe, ihr seine Bewunderung in schönen Worten kundzutun.

Damit hielt er sich so lange auf, dass Jenny ungeduldig wurde, weil ihr die Zeit davonlief. Sie fürchtete, dass jeden Moment jemand kommen könnte.

»Vielleicht sollten Sie mir einen Kuss geben«, hauchte sie und rutschte auf dem breiten Sofa näher an ihn heran.

»Oh, Mrs. Wetherby, ich bin ein zu unwürdiger Mensch, um den Nektar Ihrer Lippen zu schmecken«, säuselte der junge Mann. »Ihr süßer Mund ist so delikat wie eine frisch geöffnete Rosenknospe. Ich würde solche Schönheit besudeln, wenn ich sie nur berührte.«

»Unsinn«, fauchte Jenny. Sie hatte inzwischen ihren taktischen Fehler bemerkt und wollte ihn wiedergutmachen. »Nun gut, dann werde ich Sie küssen.«

Sie schmiegte sich an ihn, presste ihn gegen den Sofarücken und drückte ihre Lippen auf seinen Mund. Er spürte ihre spitzen, kleinen Brüste, und seine blasse Gesichtsfarbe veränderte sich zu einem giftigen Rot, während er atemlos geschehen ließ, dass Jenny ihre Zungenspitze in seinen Mund stieß.

Als plötzlich die Tür aufging, nahm das Unglück seinen Lauf. Wie ein Schlachtschiff in schwarzer Seide segelte Jennys Schwiegermutter in die Bibliothek und wollte mit lauter Stimme wissen, was hier vor sich ging. Das Pärchen sprang schuldbewusst auf. Der junge Mann brachte sprudelnd und stotternd eine Entschuldigung heraus, bevor er wie ein ängstliches Kaninchen aus dem Zimmer hetzte.

Mrs. Wetherby richtete die volle Kraft ihres Entsetzens gegen die hilflose Jenny, die vor Wut hätte aufschreien können. Die Geißelung der Schwiegermutter wegen des unbeschreiblichen, wollüstigen Verhaltens war mehr, als Jenny ertragen konnte.

»Was erwarten Sie denn von mir?« rief sie, den Tränen nahe, in schwacher Selbstverteidigung. »Wo Ihr Sohn doch kein normaler Mann ist!«

»Mein Sohn war gut genug, dir seinen guten Namen zu geben, dich in ein wunderbares Haus aufzunehmen und dir eine hohe soziale Stellung in der Gesellschaft zuzusichern«, trompetete Mrs. Wetherby und schaute zornig hinunter auf die zierliche junge Frau auf dem Sofa. »Was ich von deiner Vergangenheit gehört habe, ist auch nicht gerade schmeichelhaft für dich. Du solltest dich glücklich schätzen, dass du überhaupt hier sein darfst. Ich habe keine Zweifel, dass es viele Männer gibt, die dich als Mätresse genommen hätten, aber nicht als Ehefrau.«

»Oh!« Jenny stampfte wütend mit dem Schuh auf. »Ich wäre lieber die Mätresse eines richtigen Mannes, als die Ehefrau eines ... eines ...«

»Das genügt mir«, unterbrach die ältere Frau sie. »Du gehst sofort auf dein Zimmer.«

Benommen und wie in Trance floh Jenny die Treppe hoch.

Tränen rannen über ihre Wangen. Aber ihre Frustration wäre noch größer gewesen, wenn sie gewusst hätte, was sich zur selben Zeit in den Quartieren des Dienstpersonals abspielte.

Dan und Tessa amüsierten sich bei einem lustvollen Abend. Sie nahmen keine Rücksicht auf die Tatsache, dass die Geräusche ihrer Aktivitäten durch die Wand im Nachbarzimmer gehört werden konnten.

Dort lag das Dienstmädchen Bess wach im Bett und lauschte erregt und neidvoll. Sie hatte keinen Zweifel über die Potenz des Mannes, der Tessa dieses langgezogene Stöhnen und die kleinen spitzen Schreie entlockte. Sie selbst war scharf auf den Gärtner, hatte bis jetzt aber noch keine Gelegenheit gehabt, sich ihm zu nähern.

Leise schlüpfte sie aus dem Bett, schlich hinaus auf den Flur und ging auf Zehenspitzen zur Tür von Tessas Zimmer. Die Türen zu den Zimmern des Dienstpersonals konnten nicht abgeschlossen werden.

Bess öffnete leise die Tür.

Weder der Mann noch die Frau hörten sie. Der Gärtner lag auf dem Rücken, die Hände unter dem Kopf verschränkt, während Tessa vor dem Bett kniete und den Schaft des stattlichen Mannes in der Hand hielt.

Bess dachte nicht daran, sich eine solche Gelegenheit entgehen zu lassen. Sie streifte sich das Nachthemd ab und ließ es auf den Boden rutschen. Dann trippelte sie zum Bett, schwang sich über den Gärtner und kniete sich über dessen Gesicht.

Dan war zwar ein paar Sekunden lang verdutzt, aber dann begann er, das zu tun, was die junge Frau ohne Worte von ihm erwartete.

Tessa hatte nichts dagegen. Sie schaute mit glühenden Augen zu. Der Anblick der beiden Menschen erhitzte sie so sehr, dass sie schon bald einen Höhepunkt erfuhr. Fasziniert schaute sie weiter, bis auch das Paar auf dem Bett gemeinsam den Orgasmus herausschrie.

Am anderen Tag labte sich Tessa an Jennys Bericht über den jämmerlich verlaufenen Versuch, einen Mann zu verführen und über die schrecklichen Konsequenzen. »Es wird schlimmer sein denn je«, seufzte Jenny schwer. »Meine Tür soll jeden Abend abgeschlossen werden, damit sie sicher sind, dass ich nichts Unrechtes anstelle.«

»Das tut mir aufrichtig leid, Ma'am, aber es sieht so aus, als müssten Sie sich in Ihr Schicksal fügen. Es sei denn«, fügte sie boshaft hinzu, »Sie entscheiden sich für eine Trennung von Ihrem Mann.«

»Es gibt Zeiten, da bin ich versucht, das zu tun«, gestand Jenny. »Aber was würde aus mir werden, wenn ich es wirklich tue? Es stimmt, dass er mir durch die Heirat eine gesellschaftliche Stellung verschafft hat. Deshalb hat er ja auch gedroht, mich auf die Straße zu werfen, wenn ich durch einen Skandal seinen Namen beschmutze.«

»Ich kann Sie nur bedauern, Ma'am, besonders, da ich Sie nächste Woche verlassen werde.«

»Ich wünschte, du würdest bleiben, Tessa. Ändern Sie Ihre Absichten, wenn ich Ihnen den Lohn erhöhe?«

»Nein, auch dann kann ich nicht bleiben, Ma'am. Aber vielleicht kann ich Ihnen helfen, bevor ich Sie verlasse.«

»Wie meinen Sie das?«

»Ich spreche von Ihrer Lust auf einen Mann. Schauen Sie mal aus dem Fenster, Ma'am. Was halten Sie von einer Nacht voller Sex mit jenem Mann?«

Jenny schaute aus dem Fenster und sah Dan, der im Garten arbeitete. »Oh, Tessa, ich habe schon geträumt, wie es mit ihm sein würde. Ist er wirklich so ein guter Liebhaber, wie Sie gesagt haben?«

»Ein sehr guter sogar. Bis jetzt hat er mich noch jedes Mal zur totalen Erschöpfung gebracht.«

Jenny stieß einen erbärmlichen Seufzer aus. »Ich werde ganz neidisch, wenn ich an ihn denke. Ich will ihn unbedingt. Aber wie soll das jemals Wirklichkeit werden?«

»Sie sind ihm aufgefallen, Ma'am«, sagte Tessa. »Und er hat mir gesagt, dass sein Verlangen so groß ist wie Ihres.«

»Wirklich?« kreischte Jenny und sprang auf. Sie

war außer sich vor Vorfreude. Ob sie nach all den Monaten endlich einen Geliebten haben würde?

»Ja. Aber er kennt natürlich seinen Platz, deshalb würde es ihm nie einfallen, Sie anzusprechen.«

»Dann muss ich ihn ansprechen. Oh, Tessa, ich bin so aufgeregt. Wie können wir das arrangieren? Ich meine, bei welcher Gelegenheit kann ich mit ihm reden?«

»Ich werde mir was einfallen lassen. Sie müssen sich in Geduld üben, Ma'am.«

Geduld war keine von Jennys starken Seiten. Als eine Woche vergangen war, stand Jenny dicht davor, die Wände hochzugehen.

Dann kam der Tag, auf den sie so sehnsüchtig gewartet hatte. »Es ist alles arrangiert«, sagte Tessa. »Heute Abend wird er im Sommerhaus auf Sie warten.«

Enttäuschung verschleierte Jennys Augen. »Ich kann nicht aus meinem Zimmer«, sagte sie leise. »Meine Tür wird doch jeden Abend abgeschlossen.«

»Ich kann sie wieder aufschließen, Ma'am. Ihr Mann wird mit seinen Freunden beschäftigt sein, denn am anderen Morgen gehen sie auf die Jagd. Ich werde dafür sorgen, dass Sie ungesehen aus Ihrem Zimmer kommen – und danach auch wieder sicher auf Ihr Zimmer zurückkehren.«

Jenny konnte die Erregung kaum unterdrücken und zählte die Minuten bis zum Abend. Beim Abendessen erwähnte sie schon ihre Kopfschmerzen, und gleich nach dem Essen schob sie diesen Grund vor, warum sie sofort auf ihr Zimmer wollte.

Nur in einen weiten Umhang gehüllt, schritt sie in ihrem Zimmer auf und ab. Ihre Vulva pochte in Vorfreude, ihre Brüste schmerzten vor Sehnsucht nach Berührung. Alle paar Minuten blieb sie am Fenster stehen und schaute hinaus in den mondbeschienenen Garten, aber das Sommerhaus konnte sie von hier aus kaum sehen.

Es war lange nach Mitternacht, als Tessa endlich kam, um sie zu holen. Heimlich schlichen sie sich über die dunkle Treppe, in den Salon und zu dem hohen Fenster, das Tessa geräuschlos öffnete.

»Beeilen Sie sich, Ma'am«, raunte Tessa und schubste sie ein wenig an. »Er wartet voller Ungeduld auf Sie.«

Jenny rannte über den Rasen. Ihr Herz schlug wie verrückt. Endlich würde sie wieder die Freuden, bei einem Mann zu liegen, genießen können. Es war schon so lange her! Sie zitterte vor Nervosität, als sie das Sommerhaus erreichte und ihn dort stehen sah.

»Ich dachte schon, du hättest es dir anders überlegt«, sagte Dan. »Komm her, lass dich betrachten.«

Jenny ließ den Umhang von den Schultern gleiten. Die Seide breitete sich wie eine Lache zu ihren Füßen aus. Als sie im Mondlicht ihren zierlichen nackten Körper posierte, konnte sie nicht die kalte Wut ahnen, die durch den Körper des Mannes pulsierte.

Die Pose rief die Erinnerung an den Abend zurück, als sie ihn voller Berechnung hereingelegt hatte.

»Hältst du mich für schön?« fragte sie.

»Wunderschön.«

»Dann fasse mich überall an«, drängte sie ihn. »Fühl mal, wie bereit ich bin. Bereit für dich.« Sie führte Dans Hand zwischen ihre Schenkel und atmete heftig aus, als er einen Finger in die Spalte schob. »Oh, ja, das tut gut.«

»Mir gefällt es auch gut«, murmelte Dan. Im nächsten Augenblick hob er sie hoch und legte sie behutsam auf die Decke die er auf dem Boden ausgebreitet hatte.

Er verschwendete keine Zeit mit dem Vorspiel. Jenny öffnete sofort weit die Schenkel, er drückte die Penisspitze sanft gegen sie und drang dann ganz allmählich in sie ein, viel zu langsam für ihren Geschmack, aber er wollte die Penetration so lange wie möglich hinausschieben, um sie so erregt wie möglich zu machen. Schließlich hatte er den Schaft ganz versenkt.

»Oh, ja«, seufzte Jenny selig. »Das fühlt sich so gut an. Ich habe lange auf ein solches Gefühl gewartet. Ist es für dich auch gut?«

Dan lachte. Es war ein spöttisches Lachen. »Ja, es ist mehr als gut. Und ich habe lange auf dieses besondere Vergnügen gewartet, Jenny Townsend.«

Jetzt stieß er heftig in sie hinein, und wenn seine Worte sie auch zunächst nur verdutzt hatten, erkannte sie jetzt erschrocken, wer er war.

Aber da war es schon zu spät. Sie war gefangen von ihrer Lust und vom Gewicht des Körpers auf ihr.

»Du hast behauptet, ich hätte dich vergewaltigt«, stieß er hervor. »Das könnte ich nicht, auch wenn ich es wollte. Aber ich will dir auch keine Lust bereiten, du kleine, gemeine Lügnerin.« Im nächsten Augenblick zog er den Penis plötzlich aus ihr heraus. Jenny zitterte und schluchzte, wütend über sich selbst und über diesen Mann.

Als Dan sich selbst abreagiert hatte, stand er auf und knöpfte seine Hose zu. »Du wirst niemanden mehr der Vergewaltigung beschuldigen, du kleines

Luder. Du wirst dir eine Menge einfallen lassen müssen, um deinem Mann eine plausible Erklärung zu geben.«

Jenny schaute durch die Tränen des Selbstmitleids zu ihm hoch. »W ... wie m ... meinst du d ... das?«

Dan rollte ihren Umhang zusammen. »Das wirst du bald herausfinden«, sagte er. Dann schritt er über den Rasen, den Umhang unter einen Arm geklemmt.

Jenny kam schwankend auf die Füße. Sie zitterte in der kühlen Nacht und schlang die Arme um ihren nackten Körper. Voller Entsetzen stellte sie fest, dass sich das Tageslicht schon zeigte. Irgendwie musste es ihr gelingen, ungesehen ins Haus zu kommen.

Sie hatte gerade die Hälfte des Rasens überquert, als sie wie vom Donner getroffen verharrte. Sie sah, dass Dan und Tessa beide gemeinsame Sache gemacht hatten, um sie zu bestrafen.

Es war zu spät.

Ihr Mann und seine Freunde stürmten gerade aus dem Haus, zur Jagd bereit.

Vierzehntes Kapitel

Es gab kein anderes Haus in Mackay, das sich mit der Pracht der Villa messen konnte, die der Witwe Leighton gehörte. Es war auf einem Hügel erbaut, der die Stadt überragte. Eine lange Auffahrt führte schwungvoll an den makellos gepflegten Rasen vorbei zum Haupteingang.

Die wenigen Stufen der breiten Treppe zur Veranda wurden von Kübeln mit herrlichen Blumen gesäumt. Wegen der Ausmaße und des schmiedeeisernen Geländers mit den kunstvollen Verzierungen gehörte die Veranda zu den auffälligsten Attributen der Villa. Sie lief auf zwei Hausseiten entlang und umschlang den fünfeckigen Salon.

Von einer der hinteren Ecken des Hauses führte eine steilere Treppe hinunter in den üppigen tropischen Garten, der sich an den Hang schmiegte. Von dort hatte man einen einmaligen Blick über viele Hektar jungfräulichen Landes. Bis zum westlichen Horizont konnte man von hier aus schauen. Die hohen Spitzen der fernen Berge ragten geheimnisvoll in den Dunst.

Alles verriet den Reichtum der Besitzerin, die Ausmaße des Hauses, seine Lage, die gepflegten Gärten und der umgebende Park. Erst recht die Inneneinrichtung – geschmackvolles Mobiliar, dicke Teppiche, elegante Wandverkleidungen. Und nicht zuletzt die Frau, die an einem schweren Eichenschreibtisch saß und ihren Namen unter ein Dokument setzte.

Zufrieden hakte sie den Füllfederhalter wieder in die Halterung neben dem Tintenfass. Sie schaute die beiden Herren an, die ihr gegenüber Platz genommen hatten. Einer von ihnen schob das Dokument auf seine Seite des Schreibtischs und setzte seine eigene Unterschrift darunter, dann schob er es der Frau mit einem zufriedenen Nicken wieder hin.

»Ich gratuliere Ihnen, Mrs. Leighton. Plankton gehört jetzt Ihnen. Aber sagen Sie mir nur eins noch – was beabsichtigen Sie, mit einer Zuckerrohrfarm anzufangen?«

»Geld machen, was denn sonst?«, lautete die unterkühlte Antwort. »Etwas anderes habe ich auch mit meinen anderen Besitzungen nicht gemacht.«

»Natürlich«, sagte der Anwalt rasch und kam sich ein wenig albern vor, eine so überflüssige Frage gestellt zu haben. Diese Frau schien das Geschick eines Midas zu haben, so rasch vervielfältigte sich ihr Vermögen. Er war fasziniert von ihr, fühlte sich zu ihr hingezogen und wünschte, sie besser kennenzulernen.

Sie erhob sich hinter ihrem Schreibtisch und gab den Herren damit zu verstehen, dass sie den geschäftlichen Termin für beendet betrachtete. Die beiden Männer erhoben sich sofort, um sich widerwillig zu verabschieden. Sie hatten gehofft, noch auf einen Drink eingeladen zu werden, damit sie die anmutige Vollkommenheit der Gestalt und die makellose Schönheit dieses Gesichts noch ein wenig länger bewundern könnten.

»Wenn ich Ihnen noch auf irgendeine andere Weise zu Diensten sein kann«, begann der Anwalt, beendete den Satz aber nicht, weil er hoffte, dass die Witwe ihn ergänzte. Der kühle Ausdruck in den braunen Augen gab ihm eher zu verstehen, dass sein Anbiedern mehr als plumpe Dreistigkeit aufgefasst wurde.

»Verdammte Verschwendung«, knurrte er zu seinem Begleiter, als sie in der Kutsche saßen und den Rückweg eingeschlagen hatten. »Es gibt keinen einzigen Mann in der Stadt, der sie nicht gern zu sich ins Bett nähme. Wenn es je eine Frau gab, die geschaffen wurde, um einem Mann Freude zu bescheren, dann ist sie das. Aber die geringste Andeutung, dass man sie gern näher kennen lernen will, stößt bei ihr auf eisige Distanz.«

»Ich weiß, was Sie meinen«, seufzte der Bankmanager. Er war ein paar Jahre älter als der Anwalt. Außerdem war er verheiratet und hatte sechs Kinder, was ihn aber nicht daran hinderte, erotischen Tagträumen nachzuhängen. »Sie scheint die diversen Anträge, die man ihr macht, nicht als Beleidigung aufzufassen. Man hat eher den Eindruck, dass sie es für anmaßend hält, wenn jemand glaubt, in der Lage zu sein, es mit ihr aufnehmen zu können. Sie ist wohl der Meinung, dass es keinen Mann auf dieser Welt gibt, der ihr Vergnügen bereiten kann.«

Der Anwalt stimmte aus vollem Herzen zu. »Ich möchte trotzdem gern wissen, wie sie im Bett ist.« Er seufzte wehleidig. »Ich glaube, wenn ein Mann die Chance bekäme, ihre Zurückhaltung zu durchbrechen, dann würde sie nicht mehr lange so kühl und reserviert sein. Eine Frau, die so aussieht wie sie, muss alles über Leidenschaft und Wollust wissen.«

»Vielleicht hatte sie ihren verstorbenen Mann so sehr in ihr Herz geschlossen, dass sie sich nicht überwinden kann, dass ein anderer seinen Platz einnimmt«, mutmaßte der Bankmanager.

Beide Männer konnten nicht ahnen, dass sie der Wahrheit so nahe gekommen waren.

Als die Männer abgereist waren, verließ Ginny ihr Arbeitszimmer und trat hinaus auf die Veranda. Sie stieg die Stufen hinunter und folgte einem Pfad, der zu einem farbenprächtigen, tropischen Strauchwerk führte. In einiger Entfernung vom Haus endete der Pfad auf einer kleinen Lichtung, wo eine Holzbank an einem farnumsäumten Teich stand.

Von allen möglichen Plätzen in Garten und Park war dies die Stelle, an der Ginny am liebsten verweilte. Hier fühlte sie sich im Frieden mit der Welt. Der beruhigende Anblick des stillen Wassers zu ihren Füßen, das fröhliche Gezwitscher der bunten Vögel, das wie Musik in ihren Ohren klang, und der Ausblick auf die fernen Berge waren Balsam für ihre Seele. Wann immer unerfreuliche Gedanken sie quälten, suchte sie diesen Platz auf.

Seit sie Cumberland Downs verlassen hatte, waren genau zwei Jahre und drei Monate vergangen. Von diesem Tag an hatte Ginny Leigh aufgehört zu existieren. Sie war jetzt Mrs. Virginia Leighton, eine wohlhabende Witwe und gerissene Geschäftsfrau, schön, klug und einsam.

Morgen würde sie 26 Jahre alt sein, und der Rest ihres Lebens erstreckte sich vor ihr wie ein langer, leerer Tunnel. Ja, sie war reich, viel reicher, als sie es je zu erträumen gewagt hatte, aber Reichtum allein konnte eine Frau in der Nacht nicht wärmen und im Alter nicht trösten.

In den Jahren, seit Logan gestorben war, hatte kein Mann ihr Bett geteilt. Logan besaß sie im Tod genauso, wie er sie im Leben besessen hatte. Selbst jetzt noch vermisste sie ihn mit einem Schmerz, der körperlich zu spüren war. Nach außen hin mochte sich ihr Körper kaum verändert haben, aber in ihren Augen war er nur eine Hülle der sinnlichen Frau, die von Männern begehrlich angestarrt wurde. Innen aber empfand sie nichts, da war nichts als Leere.

Einmal, etwa ein Jahr nach Logans Tod, hatte sie einen Mann mit nach Hause genommen, weil sie hoffte, einen Teil von sich selbst zurückzugewinnen, den Logan mitgenommen hatte. Es war das einzige Mal, und es war ein totales Fiasko gewesen. Ganz gewiss hatte es nicht an dem möglichen Geliebten gelegen, der ein junger, kräftiger, gutaussehender Mann gewesen war, erfahren im Umgang mit Frauen.

Ginny hatte versucht, sich ihm hinzugeben, aber es hatte keinen Sinn gehabt. Selbst die Berührung seiner Hände hatte bei ihr nichts als eine Gänsehaut hervorgerufen, und noch bevor sie ganz ausgezogen waren, hatte sie ihn fortgeschickt. Und seither hatte kein Mann sie je berührt.

Ihre ganze Energie verwandte sie darauf, ihren Wohlstand zu vergrößern. Wie sie schon damals, beim Erwerb der Kutschenstation vermutet hatte, besaß sie eine natürliche Begabung für Geschäfte. Es war ihr gerissener Verstand, der sie nach Norden in die Tropen geschickt hatte. Mackay, umgeben von Zuckerrohrplantagen und Viehfarmen, war eine wachsende Stadt. Dort legte sie ihr Geld an, kaufte und verkaufte Liegenschaften und verdoppelte in kurzer Zeit ihr Vermögen.

Plankton, ihre neue Errungenschaft, war eine der blühendsten Zuckerrohrfarmen der Gegend. Obwohl der Preis sehr hoch war, konnte sie ihn sich erlauben, denn die beiden Hotels und die Ladenlokale in der Stadt warfen eine überraschend gute Rendite ab.

Aus einem Grund, der ihr unerklärlich war, gelang es Ginny an diesem Nachmittag nicht, den Frieden zu finden, der sie gewöhnlich an diesem Ort überkam. Der Teich war so still wie sonst, die Vögel so lustig wie immer, die Berge so dunstverhangen wie gestern. Und trotzdem rumorten in ihr die Erinnerungen an die Vergangenheit.

Plötzlich wusste sie, was sie zu tun hatte. Sie hastete ins Haus zurück, rief die Wirtschafterin und bestellte eine Kutsche für den frühen Morgen. Ihren Geburtstag wollte sie zünftig feiern, und es sollte ein Tag voller Freude werden.

Jack Williams war der Verwalter von Plankton, er war es schon seit vielen Jahren. Der ursprüngliche Besitzer zog das Gesellschaftsleben von Sydney vor und hatte sich kaum auf der Farm blicken lassen und alles den fähigen Händen Williams' überlassen.

Er war nicht begeistert gewesen, als er gehört hatte, dass eine Frau die Farm gekauft hatte. Deshalb lag eine gehörige Portion Misstrauen in seinem Gesicht, als er hinausging, um die neue Besitzerin zu begrüßen. Er trat der Kutsche zögerlich entgegen und erwartete eine alte Matrone. Als er feststellte, dass die Witwe Leighton eine junge, schöne Frau war, wuchs sein Misstrauen noch. Sie hat von nichts Ahnung, schoss es ihm durch den Kopf, und sie wird alles ändern wollen.

Er fühlte sich schon erheblich glücklicher, als sie sofort versicherte, dass er und seine Frau auf der

Farm bleiben und dass er seine Arbeit und sein Leben wie gewohnt fortsetzen sollte. Als sie dann auch noch eine Reihe sehr vernünftiger Fragen stellte, war er vollends beruhigt. Auf ihre Bitte hin war er mehr als bereit, den Nachmittag zu opfern und mit ihr einige Felder abzureiten.

Ginny fand die Farm faszinierend. Manche Felder lagen brach, auf anderen stand das Zuckerrohr in unterschiedlichen Höhen. Auf den schnittreifen Feldern standen die Rohre über drei Meter hoch. Sie hörte gespannt zu, wie Williams erklärte, dass sie zu unterschiedlichen Zeiten säten, um sich die Ernte besser einteilen zu können. Auf einigen Feldern hatte die Ernte begonnen, und gebannt saß Ginny auf ihrem Pferd und schaute zu.

Die Arbeiter waren dunkelhäutige Männer aus der Südsee. Das Rohr zu schneiden war harte Arbeit, die durch die sengende Sonne noch erschwert wurde. Kein Weißer hätte sich diese Arbeit zugetraut, aber die Insulaner konnten es und waren bereit dazu. Williams berichtete, dass man sie für drei Jahre verpflichtete, sie ließen ihre Frauen und Kinder zurück und kehrten als relativ wohlhabende Männer auf ihre Inseln zurück, obwohl ihr Lohn den Profit der Farmer kaum beeinträchtigte.

Bei der Arbeit trugen sie lediglich einen Lendenschurz. Auf den dunklen, muskulösen Körpern glänzte der Schweiß. Es war kein Mann da, stellte Ginny fest, der nicht über eine durchtrainierte Figur verfügte. Kräftige, muskelbepackte Schenkel und Arme, an denen Sehnen und Adern dick hervortraten. Sie verrichteten ihre Arbeit mit sparsamen Bewegungen, schlugen immer nur kurz zu und zeigten dabei ein Geschick, das Ginny tief beeindruckte.

Es hatte mal eine Zeit gegeben, da hätte der Anblick so vieler gut gebauter, fast nackter Körper seine Wirkung auf Ginnys sexuelle Gefühle nicht verfehlt, aber jetzt schien sie nur an ihren ökonomischen Bewegungen und an der Flinkheit ihrer Arbeit interessiert zu sein.

Einige der Männer blickten kurz von ihrer Arbeit auf und lächelten scheu, bevor sie sich wieder bückten und die rhythmischen Schnittbewegungen fortsetzten. Die meisten aber nahmen vom Manager und der unbekannten Frau an seiner Seite keine Notiz.

Erst als sie sich abgewandt hatten und zum nächsten Feld ritten, erhob sich einer der Arbeiter und starrte der schönen Frau lange Zeit nach.

Am Abend speiste Ginny mit den Williams'. In den Zimmern stand noch die erdrückende Hitze des Tages, und nach dem Essen traten sie hinaus auf die Veranda und genossen die angenehme Luft. In die Stille der Nacht drang ganz aus der Nähe dumpfer Trommelschlag.

»Was ist das?« fragte Ginny.

»Das sind die Kanaken«, antwortete Jack Williams und sprach die Südsee-Insulaner mit der Bezeichnung an, die man ihnen in der Bevölkerung gegeben hatte, obwohl die Arbeiter längst nicht alle den Kanaken angehörten. »Man hört das oft von ihnen, ich schätze, sie haben irgendwas zu feiern. Kann sein, dass sie ein paar Stunden lang die Trommeln schlagen. Vor Mitternacht hören sie jedenfalls nie damit auf. Ich habe keine Ahnung, woher sie die Energie nehmen, am nächsten Morgen wieder in aller Frühe bei der Arbeit zu sein.«

Er schaute Ginny direkt an, und in seiner Stimme klang echte Sorge durch. »Ich hoffe, sie stören Sie nicht zu sehr, Mrs. Leighton. Manchmal betrinken sie sich, und dann können sie richtig laut und auch ausfallend werden. Sie können hier bei uns bleiben, wenn Sie sich fürchten.«

»Danke, aber ich fürchte mich nicht. Ich möchte lieber in meinem Haus schlafen.«

»Dann begleite ich Sie.«

Weniger als fünfzig Schritte lagen zwischen den beiden Häusern.

Als sie unter dem Moskitonetz im Bett lag, fand Ginny keinen Schlaf, was nur bedingt auf die Hitze zurückzuführen war. Die beiden Flügel der Glastür standen offen, um die frische Nachtluft hereinzulassen, aber mit der Luft drang auch der pochende primitive Rhythmus der Trommeln in ihr Zimmer.

Der Beat der Trommeln schien ihr ins Blut zu gehen, denn sie spürte, wie es auch in ihren Adern pochte. Und das schwache Dröhnen verstärkte sich in ihrem Körper und konzentrierte sich in ihrem Schoß. Es war Ginny, als wäre ihre Sexualität neu erwacht. Sie hob das Moskitonetz an und schlüpfte aus dem Bett. Reglos stand sie auf der Veranda und schaute hinein in die Dunkelheit. Die sinnliche Botschaft der Musik erreichte ihren Körper.

Ein schwaches, orangefarbenes Glühen, der Schein von vielen Feuern, erhellte den Himmel über dem Dorf der Kanaken. Es war im Stil ihrer heimischen Dörfer erbaut und lag weniger als eine halbe Meile entfernt.

Neugier und noch etwas anderes verleiteten Ginny, die Treppe hinunterzugehen, den Feldern entgegen. Das Dorf wurde von einem halbhohen Baumgürtel umgeben. Ginny blieb im Schatten der Bäume stehen und betrachtete verblüfft die Szene vor ihren Augen.

Sie konnte ungehindert auf den Platz in der Dorfmitte schauen, der von den Hütten gesäumt wurde. Die Kochtöpfe neben den Feuern und die herumliegenden Gegenstände ließen ahnen, dass sie im Dorf ein Festessen veranstaltet hatten. Und an den Bewegungen der meisten Männer sah Ginny auch, dass eine Menge Alkohol konsumiert worden sein musste.

Bis zu diesem Augenblick hatte Ginny nicht gewusst, dass sich auch Frauen im Dorf aufhielten. Von der Art und Weise, wie sie tanzten, war es unmöglich zu sagen, ob sie einem bestimmten Mann gehörten, oder ob sie zum Vergnügen für alle da waren. Sie tanzten zum Rhythmus der Trommeln, und ihre Bewegungen waren sinnlich und erregend. Die Erotik ihres Tanzes jagte das Blut hitziger durch Ginnys Adern, und sie spürte, wie die Botschaft sie in ihren Bann zog.

Auch die Insulaner erregten sich an ihren Tänzen. Ein Pärchen trennte sich hastig von der Gruppe und rannte in den Schatten der Bäume. Die beiden machten sich nicht die Mühe, sich vor den anderen zu verstecken. Gleich unter den ersten Büschen warfen sie sich auf den Boden und begannen mit einer hitzigen Kopulation.

Ginny spürte, wie ihr Mund trocken wurde. Sie wandte den Blick wieder zu den Tanzenden auf dem Dorfplatz und sah noch rechtzeitig, wie der größte und beeindruckendste der Männer den Lendenschurz ablegte und seine steife Männlichkeit herzeigte. Er sah aus wie ein Häuptling. Ginny sog scharf die Luft ein, um sie im nächsten Augenblick keuchend auszustoßen, als der Mann seine Partnerin bei den Hüften packte, leicht anhob und sie an seinen Körper presste.

Ginny spürte, wie es in ihrem Schoß zu kribbeln begann. Der Mann setzte den Tanz fort, die Arme um die Taille der Frau geschlungen, sein Glied in ihrem Körper.

Plötzlich schob der junge Riese seine Partnerin von seinem Körper und zerrte sie zum Waldrand – genau dorthin, wo Ginny stand. Jetzt überkam sie die Angst, dass sie entdeckt werden könnte, deshalb glitt sie rasch hinter einen Baumstamm und hoffte, dass der Schatten sie verschluckte.

Nur gut einen Schritt vor ihr hielt das Paar inne. Der Mann legte die Frau auf den Boden und verlor keine Zeit, er legte sich auf sie und drang in sie ein. Er tat es mit solcher Kraft, dass Ginny unwillkürlich aufstöhnte.

Der Mann schaute hoch – und direkt in Ginnys Augen. Er gab keinen Laut von sich, aber sein Blick blieb auf ihre weit aufgerissenen Augen gerichtet, während er mit kräftigen Stößen die Frau auf dem Boden befriedigte.

Ginny spürte, wie ihre Knie nachgaben, aber gleichzeitig schaffte sie es nicht, sich von diesem Anblick loszureißen. Ihr Körper reagierte, als wäre sie es, die sich mit ihm paarte und seine wuchtigen Stöße empfing.

Ihr Schoß brannte. Alle Nervenenden schienen aufgewühlt zu sein und sich in ihrer seit Jahren so vernachlässigten Vulva zu treffen. Ihr Atem kam hechelnd, und dann spürte sie es tief in ihrem Innern prickeln. Eine unbeschreibliche Lust durchflutete sie mit einer glühenden Hitze. Mit einem unglaublichen

Staunen registrierte Ginny benommen, dass sie von einem Orgasmus geschüttelt wurde.

Ein leichtes Lächeln umspielte die Lippen des Mannes.

Erst jetzt wandte er seine volle Aufmerksamkeit wieder der Sexpartnerin zu, er beschleunigte seine Stöße und erreichte seinen eigenen Höhepunkt.

Ginny floh.

Sie spürte Seitenstiche, als sie ihr Haus erreichte. Auf der obersten Stufe blieb sie stehen und rang nach Luft. Sie spürte, dass sie am ganzen Körper zitterte. Sie hielt sich am Geländer der Veranda fest. Plötzlich wurde ihr bewusst, dass sie den Beat der Trommeln nicht mehr hörte; alles hatte sich zur Ruhe begeben.

Erschöpft schleppte sich Ginny in ihr Schlafzimmer. Sie ließ sich ins Bett fallen, aber es dauerte lange, bis der Schlaf kommen wollte. Instinktiv spürte sie, dass diese Nacht ihr Leben verändert hatte. Sie fühlte einen Hunger nach Leben, Liebe und Sex. Ihr wurde bewusst, dass ihr Körper wieder sein Recht verlangte. Er wollte die Lust genießen.

Es dämmerte schon, als sie endlich einschlief. Sie hörte zwar den Beat der Trommeln nicht mehr, aber sie spürte ihn noch in ihrem Blut.

Am folgenden Tag ritt Ginny allein durch die Felder. Von der ausgelassenen Feier der Kanaken war nichts mehr zu sehen, es schien auch keine Nachwirkungen zu geben. Am Vortag hatte sie sich nicht die Gesichter der einzelnen Arbeiter eingeprägt, sie hatte gemeint, dass sie sich alle ähnlich sahen.

Heute begriff sie, dass sie sich geirrt hatte.

Ohne allzu auffällig hinzuschauen, betrachtete sie die Männer genau, sie bemerkte die Unterschiede in den Gesichtsformen, in den Augen und natürlich in der Statur. Einige sahen ausgesprochen gut aus.

Sehr langsam ließ sie das Pferd die Reihe der Männer abreiten. Sie suchte nur diesen einen, und sie würde nicht eher Ruhe geben, bis sie ihn gefunden hatte.

Einige Arbeiter blickten hoch, andere behielten ihre gebückte Haltung bei. Wie gestern Nachmittag, als sie mit Williams unterwegs gewesen war.

Sie hatte fast das Ende der Reihe arbeitender Männer auf diesem Feld erreicht, als einer der Männer sich aufrichtete, seine Muskeln spielen ließ und ihr direkt in die Augen schaute.

Noch bevor sie ihn erkannt hatte, hüpfte ihr Herz, und ohne bewusst zu handeln, zügelte sie ihr Pferd. Der Augenkontakt währte nur ein paar Sekunden, aber Ginny wusste, dass sie den Mann gefunden hatte.

Das Blut pochte in ihren Adern. Sie kam sich nackt vor, als er sie anstarrte, als könnte er die Geheimnisse ihres Körpers erkunden. Die unausgesprochene Botschaft zwischen ihnen war klar. Er wollte sie haben, und Ginny wollte ihn haben. Es war fast so, als könnte sie seinen Schaft zwischen den Schenkeln spüren.

Sekunden später bückte er sich und nahm die Arbeit wieder auf. Der Zauber, der zwischen ihnen gehangen hatte, war gebrochen.

An diesem Abend speiste Ginny wieder bei ihrem Verwalter und dessen Frau. Diesmal gab es keine Trommeln. Man hörte nur die Geschöpfe der Nacht und eine kleine Armee von Zikaden. Wie gestern Abend begleitete Williams seine Herrin wieder zu ihrem Haus und verabschiedete sich an der Haustür.

Aber Ginny trat nicht ins Haus. Sie schritt über die Veranda und schaute sehnsuchtsvoll hinüber ins Dorf der Kanaken. Sie rief sich die Geschehnisse der letzten Nacht in Erinnerung und erlebte in Gedanken noch einmal diesen heftigen Orgasmus, den sie diesem geheimnisvollen Mann zuschrieb.

Sie folgte einem Impuls, als sie plötzlich in ihr Schlafzimmer lief und sich aller Kleider entledigte. Sie löste die Haare und ließ sie bis auf die Schultern fallen. Das Lampenlicht reichte aus, um ihr Bild im Spiegel zu sehen. In einer sinnlichen Bewegung ließ Ginny die Hände über ihren nackten Körper gleiten, über die festen, vollkommenen Brüste, den glatten Bauch, die sanft geschwungenen Hüften, die langen, kräftigen Schenkel und den schmalen Busch heller Haare dazwischen.

Wie oft hatte man ihr schon gesagt, dass ihr Körper dazu bestimmt sei, Männer in den Wahnsinn zu treiben? Heute Abend war es Ginny selbst, die sich danach sehnte, einen Mann in den Wahnsinn zu treiben – einen bestimmten Mann.

Ein leises Geräusch ließ sie herumfahren. Er stand in der Tür, groß, muskulös, selbstsicher. Seine Oberschenkel hatten in etwa den Umfang von Ginnys Taille. Der schmale Lendenschurz, den er trug, wurde von dem starren Muskel seiner Männlichkeit hoch aufgerichtet.

Er sah ihren Blick, griff nach dem Lendenschurz, riss ihn ab und trat ins Zimmer. Zwei Schritte vor ihr blieb er wartend stehen.

Ohne ein Wort überbrückte Ginny die Distanz zwischen ihnen und stellte sich dicht vor ihn. Sie schauten sich tief in die Augen, rührten sich nicht und sagten nichts. Im nächsten Moment packte er sie an den Hüften, hob sie leicht an und ließ ihre feuchte Scheide über seinen pochenden Schaft gleiten.

Ginny stieß die angehaltene Luft in einem Seufzer purer Ekstase aus. Es kam ihr vor, als hätte sie sich nie in ihrem Leben so gut gefühlt. Sie hielt sich mit den Händen an seinen Schultern fest, und für einen Augenblick verharrte sie dort, genoss es, wie der Penis in sie hineinglitt und sie aufwühlte. Dann schob er die Hände unter ihren Po und hob sie wieder an.

Die Augen geschlossen, den Kopf zurückgeworfen, gab sich Ginny den großartigen Gefühlen hin, die sein Schaft in ihrer Scheide auslöste. Es kam ihr rasch, und da sie mit einer solchen Intensität des Höhepunktes nicht gerechnet hatte, schrie sie laut auf. Ihr Körper wurde geschüttelt.

Er hielt sie fest und ging mit ihr auf die Knie, ohne den Kontakt mit ihr zu verlieren. Seine Kraft und die Muskelkontrolle mussten von beinahe unmenschlicher Qualität sein. Sie hielt die Beine um seine Hüften geschlungen, während er sie sanft auf den Boden legte. Sie stemmte die Hände unter ihren Hintern, um sich ihm entgegenzubäumen, Stoß um Stoß.

Viel später lag Ginny allein, befriedigt und zufrieden in ihrem Bett und durchlebte die Entzückungen der letzten Stunden voller Sex noch einmal. Endlich hatte sie das Gefühl, dass Logans Fluch durchbrochen war. Sie stand nicht mehr unter seinem Bann. Hatte er wirklich die Kraft über sie verloren?

Nein, natürlich würde sie seine diabolische Macht

nie vergessen, aber jetzt war sie so weit, dass sie auch den Sex mit anderen Männern wieder genießen konnte, dass ihr Körper danach verlangte. Ihre Lider wurden schwer, und allmählich fing der Schlaf sie ein. Aber vorher noch schwor sich Ginny, die verlorenen Jahre einzuholen, in denen sie es nicht ertragen hatte, dass ein Mann sie berührte.

Ihr Liebhaber, der Kanake, war genau die richtige Medizin für sie. Sie sprachen nie miteinander, denn Ginny wusste nichts von seiner Sprache, und er kannte nur ein paar Brocken von ihrer. Aber Worte waren überflüssig bei ihren Zusammenkünften, instinktiv begriffen sie die sexuellen Begierden des anderen. Jede Nacht kam Badu zu ihr, und sofort fielen sie in animalischer Lust übereinander her.

Erst nachdem sie die erste Begierde gestillt hatten, beschäftigten sie sich intensiver miteinander. Sie erprobten, versuchten, erkundeten. Badus Schaft war tatsächlich von ungewöhnlicher Größe und ebensolchem Umfang. Am meisten erstaunte Ginny die absolute Kontrolle, die er über sein Organ verfügte. Er behielt seine Erektion bei, bis Ginny zwei- oder dreimal gekommen war, und erst dann gestattete er sich die eigene Befriedigung.

Badu stimulierte sie auf jede nur erdenkliche Weise. Er war ein stolzer Mann, ein echter Stammeshäuptling. Und oft fühlte sich Ginny eher als Sklavin, denn als Herrin.

Wie lange sie auf Plankton geblieben wäre, wenn ihr Anwalt sie nicht benachrichtigt hätte, wusste sie natürlich nicht. Jedenfalls war sie nach drei lustvollen Wochen auf dem Wege, nach Mackay zurück.

Fünfzehntes Kapitel

Dan Berrigan rekelte sich auf der Bank der schattigen Veranda des Royal Hotels. Es war ein ungewöhnlich heißer Tag, die Luftfeuchtigkeit ließ das Hemd an seinem Rücken kleben. Er hielt sich erst seit sechsunddreißig Stunden in Mackay auf und hatte sich noch nicht an die aufreibende heiße Feuchtigkeit eines Tropensommers gewöhnt. Ein anderer Mann, ein Einheimischer, hockte neben ihm. Von Zeit zu Zeit wechselten sie ein Wort oder auch einen ganzen Satz.

Nach einer Weile richtete sich Dan auf, streckte die Beine aus und zog den Hut in die Stirn, um die Augen vor den gleißenden Sonnenstrahlen zu schützen. Er hatte die Augen fest geschlossen, weil er ein bisschen dösen wollte. Wenig später hörte er eine Kutsche kommen, und seine Ohren stellten sich auf.

Er öffnete müde ein Auge, um sich das Gefährt anzuschauen, das auf der Straße fuhr. Er spitzte die Lippen zu einem langen Pfiff der Bewunderung. Die Kutsche selbst glänzte makellos im schwarzen Lack, und die Türen waren mit goldenen Schnörkeln verziert. Die beiden Braunen, die eingespannt waren, entzogen sich jedem Vergleich – solche prachtvollen Pferde hatte Dan noch nie gesehen.

»Donnerwetter«, entfuhr es Dan.

»Gehört der Witwe Leighton«, sagte der Mann neben Dan.

»Ach? Hab' schon von ihr gehört. Soll ziemlich wohlhabend sein.«

»Reichste Frau im Territorium. Dieses Hotel gehört ihr auch. Und viele andere Häuser.«

Während sie miteinander sprachen, fuhr die Kutsche an ihnen vorbei. Innen war die Jalousie zugezogen, um die Reisende vor der Sonne und wahrscheinlich auch vor neugierigen Blicken zu schützen. Dan starrte dem Wagen nach und wünschte, er hätte einen Blick hineinwerfen können.

»Was ist das denn für eine Frau, die Witwe Leighton? Alt wie Methusalem, schätze ich.«

»Teufel, nein! Die ist bestimmt noch jünger als du.«

»Wie sieht sie denn aus?«

Der Mann wandte den Kopf und schaute Dan verwundert an. »Warum bist du denn so sehr an ihr interessiert?«

»Nur so.« Dan wollte keine Pferde scheu machen. »Was weißt du über sie?«

Der Einheimische schien sich noch eine Weile den Kopf darüber zu zerbrechen, warum ein Fremder so interessiert Erkundigungen über die Witwe Leighton einzog, aber dann hob er die Schultern – was störte es ihn? »Wie ich schon sagte, sie ist jung, und sie ist schön.«

»Welche Haarfarbe?«

»Ist 'n helles Braun, oder auch ein dunkles Blond. So genau weiß ich das nicht, weil ich sie noch nie ganz nahe gesehen habe. Aber auch von weitem sieht man, dass sie eine verdammt attraktive Frau ist.«

»Woher stammt sie?«

»Niemand scheint zu wissen, woher sie kam und woher sie ihren Reichtum hat. Ein paar Leute meinen, sie hätte einen reichen alten Knacker geheiratet, und seit der die Radieschen von unten hochdrückt, ist sie stinkreich. Jedenfalls hatte sie schon ziemlich viel Kohle, als sie sich vor ein paar Jahren hier niederließ.«

Dan sagte nichts. Er sah immer noch der Kutsche nach, die am Ende der Straße aus seinem Blickfeld verschwand. Es war auch nicht erforderlich, noch weitere Fragen zu stellen. Der Einheimische hatte bestätigt, dass die Witwe jung und schön war und dass man in der Stadt nichts über die Quelle ihres Reichtums wusste.

Dan wusste es besser.

Mit einer abrupten Bewegung, die seinen Nachbarn zusammenzucken ließ, stemmte sich Dan auf die Füße, tippte zum Abschied an die Hutkrempe und trat auf die Straße. Er musste nachdenken und wollte dabei nicht gestört werden. Unten am Fluss war es wahrscheinlich etwas kühler, dort würde er allein sein, um seine wirren Gedanken zu ordnen.

Da er jetzt die Bestätigung hatte, dass seine Reise in den Norden zum Ziel geführt hatte, war er sich unsicher über seine nächsten Schritte. Die Spur, die ihn schließlich zu Ginny geführt hatte, war beschwerlich gewesen und hatte ihn Jahre seines Lebens gekostet. Es hatte Tage und Wochen gegeben, da war er nahe daran, seinen Racheplan aufzugeben. Die Fülle der Entbehrungen war einfach zu groß, die Aussicht auf einen erfolgreichen Abschluss zu gering gewesen.

Nachdem er an Jenny Townsend Vergeltung geübt hatte, hielt er es für klüger, Sydney sofort zu verlassen. Tessa hatte ihm alles, was sie wusste, über Logans Pläne erzählt, und danach war es einfach gewesen, Ginny bis nach Cumberland Downs zu verfolgen. Aber von dort verlief sich ihre Spur, und es schien unmöglich, sie irgendwo wieder aufzunehmen. Niemand schien zu wissen, wohin Ginny gegangen war.

Schließlich, nach Hunderten von Meilen und nach zahlreichen falschen Spuren, war er nach Queensland gekommen, wo es die meisten Farmen gab. Es war in einem Hotel der Hauptstadt, wo Dan das erste Mal von der Witwe Leighton hörte. Der Mann, der von ihr sprach, war ein Pastor aus Mackay auf der Durchreise nach Brisbane. Dan hatte dem Gespräch des Mannes in der Hotelhalle kaum Beachtung geschenkt, bis er den vollen Namen der Frau hörte.

»Virginia Leighton?« wiederholte er.

Auch als ihm das bestätigt wurde, glaubte er noch nicht an sein Glück. Zuviel war in den letzten Monaten schief gelaufen. Die Ähnlichkeit der Nachnamen konnte reiner Zufall sein. Er zweifelte nicht daran, dass Ginny sich einen anderen Namen zugelegt hatte, aber ausgerechnet diesen?

Trotzdem – eine bessere Spur hatte er nicht, also buchte er die nächste Schiffsreise nach Mackay. Und nun war er hier, und er war davon überzeugt, nach all diesen Jahren kurz vorm Ziel zu sein. Er hatte Ginny aufgespürt.

Jetzt musste er sich einen Plan ausdenken, wie er seine Rache am wirkungsvollsten anbringen konnte. Sein ganzes Wesen dürstete nach Vergeltung. Ginny hatte ihn der Polizei verraten, sie hatte sein Gold gestohlen und lebte im Luxus, während er sich durchs Land schlug und kaum mehr besaß als das Hemd am Leib. Und wie oft hatte er Hunger gelitten in diesen letzten drei Jahren? Nur sein Drang nach Vergeltung hatte ihn weiter getrieben, hatte ihn daran gehindert, seinen fast aussichtslosen Kampf aufzugeben.

Ginny hatte ihm seelischen und finanziellen Schaden zugefügt, sie hatte sich als durchtriebenes Weib entlarvt. Wenn ihm auf der Reise durch dichtes Dornengestrüpp das Hemd zerfetzt und die Haut aufgerissen wurde, wenn der Regen ihn durchnässte und ihm übel wurde vor Hunger, dann hielt ihn nur der Gedanke im Sattel, wie er es ihr heimzahlen würde.

Er wollte sie am Boden sehen, er wollte ihr den ganzen Reichtum nehmen. Er wollte ihr Schmerzen zufügen. Die Feindseligkeit, die er ihr gegenüber verspürte, war hundertmal größer als sein Hass gegenüber Jenny Townsend gewesen war.

Er grinste, als er an die Vergeltung dachte, die er Jenny zugefügt hatte. Ob sie einen Weg gefunden hatte, ihrem Mann eine plausible Erklärung für ihren nackten Zustand zu geben?

Dan konnte nicht wissen, wie dramatisch sich die Geschehnisse nach jener Nacht entwickelt hatten.

Das blasse, feminine Gesicht von Timothy Wetherby wurde knallrot vor Verlegenheit und Zorn. Man sah ihm an, dass er keine Erklärung hören wollte. Hastig warf er seinen Mantel über seine nackte Frau und zerrte sie ins Haus. Seine Freunde begannen natürlich sofort zu spekulieren, was Jennys Nacktheit und ihre Anwesenheit im Garten zu bedeuten hatten.

Timothy hielt Jenny an beiden Händen gepackt, als er in der Eingangshalle stand. Er rief laut nach seiner Mutter.

Jenny befand sich in einem schrecklichen Zustand.

Sie zitterte am ganzen Körper und erwartete das Schlimmste. Er würde sie prügeln oder auf die Straße werfen. Oder beides. Die Wetherbys taten weder das eine noch das andere, sie verlangten auch keine Erklärung. Ihre Phantasie reichte aus, sich vorzustellen, was in der Nacht geschehen war.

Von diesem Tage an wurde Jenny als Gefangene in ihrem Zimmer gehalten. Jeder Kontakt mit anderen Menschen wurde ihr untersagt und unmöglich gemacht.

Die Freunde und Bekannten Timothy Wetherbys sprachen ihm sein Mitgefühl aus, wenn er ihnen von seiner schönen, armen, geistig verwirrten Frau erzählte, was aber schon nach ein paar Wochen in der Gesellschaft kein Thema mehr war.

Tatsächlich glaubte Jenny in dem langen Jahr, das folgte, an manchen Tagen, dass sie verrückt würde. Eisengitter waren vor ihrem Fenster angebracht, und ein schweres Schloss sicherte die Tür zu ihrem Zimmer. Die ältliche, säuerliche Frau, die Tessa als Dienstmädchen ersetzte, besaß alle unangenehmen Attribute einer Gefängnisaufseherin. Was Jenny nicht wusste – sie war von der Familie für diese Aufgabe ausgesucht worden, weil sie Erfahrung in der Bewachung geistig verwirrter Menschen hatte. Jenny sah nie ein Lächeln auf den strengen, missmutigen Zügen. Bald schon merkte sie, dass auch sie selbst kaum noch zu einem fröhlichen Gedanken fähig war. Sie zog sich immer mehr in sich selbst zurück.

Einige wenige Male wurde ihr gestattet, die Enge des Zimmers zu verlassen und im Garten spazieren zu gehen. Dann war die Frau an ihrer Seite und achtete auf jeden Schritt. Dabei wäre Jenny zur Flucht gar nicht in der Lage gewesen. Vor jedem Ausgang wurde sie mit Beruhigungstabletten traktiert, die sie in eine Art Trance versetzten.

Dies war Jennys Leben bis zu dem Tag, an dem Timothy Wetherby vom Pferd stürzte und sich das Genick brach. Seine Leiche wurde nach Hause gebracht und in der Halle aufgebahrt. Jenny wurde aus ihrem Zimmer geholt, um einen letzten Blick auf den leblosen Körper zu werfen, aber sie empfand absolut keine Trauer.

Während seine Mutter sich laut grämte und ihren Schmerz hinausschrie und das Dienstpersonal am Sarg vorbeidefilierte, schritt Jenny langsam zur Tür und trat hinaus auf die Straße.

Jenny ließ sich im Pulk der Menschen treiben, die dem Stadtzentrum entgegenhasteten. Erst als sie begriff, dass sie endlich frei war, begann sie zu überlegen, was sie jetzt unternehmen könnte. In die Euphorie über die Leichtigkeit ihrer Flucht mischte sich die Sorge über ihre Zukunft. An wen konnte sie sich wenden? Wo sollte sie diese Nacht schlafen?

Eine Zeitlang schlenderte sie durch die Straßen, betrat das eine oder andere Geschäft. Sie konnte nichts kaufen, denn sie hatte keinen Penny bei sich. Sie hatte auch sonst nur die Sachen, die sie am Leib trug.

Mit jeder Minute wurde sie unruhiger, ängstlicher und verzweifelter.

Und dann sah sie Tessa.

Ihr früheres Dienstmädchen kam ihr auf der anderen Straßenseite entgegen. Jenny war froh, jemanden zu treffen, den sie kannte, dass sie spontan zu ihr hinüberlief und auch nicht mehr bedachte, welche Rolle Tessa in jener Nacht gespielt hatte, die ihr Elend besiegelte.

Jenny war so außer sich vor Freude, dass sie nicht bemerkte wie sehr sich die Kleider des Dienstmädchens geändert hatten.

Tessa trug nicht mehr die schlichte Tracht einer Hausangestellten. Ihr malvenfarbiges Kleid entsprach der letzten Mode, das dunkle Haar war kess geschnitten und wurde gekrönt von einer Zusammensetzung aus Purpurnetz und blauen Federn, was wie ein Hut aussah. Alles an Tessa wies darauf hin, dass sie sich einen exklusiven Geschmack leisten konnte.

Sie erkannte Jenny erst, als sie dicht vor ihr stand. Natürlich hatte sie gehört, welches Nachspiel jene Nacht für Jenny gehabt hatte. Obwohl sie Jenny immer für eine verwöhnte Göre gehalten hatte, für die sie nichts als Verachtung empfand, und obwohl sie allzu bereit gewesen war, bei Dans Racheplänen behilflich zu sein, fand sie die Bestrafung außergewöhnlich hart. Die junge Frau hatte ihr sogar ein bisschen Leid getan, denn schließlich war sie nur wegen ihres Sextriebs in diese missliche Lage geraten. Auch wenn Jenny diese Gier nach Sex oft zu ihrem Vorteil und zum Nachteil ihrer Partner eingesetzt hatte, hatte Tessa aus eigenem Erleben großes Verständnis für eine Frau, die Sex nicht entbehren wollte.

»Ich bin ja so erleichtert, dich zu sehen!« rief Jenny. »Oh, Tessa, ich brauche deine Hilfe. Ich weiß nicht, wohin ich gehen kann. Ich habe Angst, so allein in dieser Stadt.«

Die blassgesichtige, junge Frau schien tatsächlich einem Nervenzusammenbruch nahe zu sein. Tessa war über sich überrascht, dass sie Mitleid empfand. »Wieso weißt du nicht, wohin du gehen kannst? Bist du allein?«

»Ja. Ich bin weggelaufen, aber ich habe kein Geld und keine Kleider.«

»Was ist mit deinem Mann?«

»Er ist tot.« Jennys Stimme klang schrill. Tränen schossen in ihre Augen, und dann begann sie wie irre zu lachen. »Stell dir vor … stell dir vor, er ist tot. Er ist vom Pferd gefallen und hat sich das Genick gebrochen.«

Tessa erkannte die Anzeichen einer einsetzenden Hysterie und legte tröstend einen Arm um die zierlichen Schultern der jungen Frau. »Es wird alles wieder gut«, murmelte sie. »Du musst mit mir nach Hause kommen. Ich habe ein freies Zimmer, in dem du bleiben kannst.«

Tessa hielt eine Kutsche an und nannte ihre Adresse. Nach gut zehn Minuten hielt die Kutsche vor einem eleganten dreistöckigen Stadthaus. Ein Mädchen in Dienstbotentracht öffnete ihnen.

»Gefällt es dir?« fragte Tessa, als sie durch eine geräumige Halle schritten, die mit edlen Stücken möbliert war.

»Es ist wunderschön«, sagte Jenny staunend. »Aber wie kann das dein Haus sein? Ich meine …« Sie schüttelte den Kopf. »Ich verstehe das nicht.«

Sie standen im Salon, versanken fast im Teppich und sahen sich an.

Tessa lächelte. »Du verstehst das nicht? Nun, für dieses Haus habe ich all mein Geld gespart. Mein Haus ist das exklusivste Etablissement seiner Art in Sydney. Ich habe zwei Mädchen aus angesehenen Familien, die hier wohnen und für mich arbeiten, aber ich habe auch noch Platz für ein drittes Mädchen.«

Jennys Augen sahen wie große blaue Teller in

ihrem schmalen, ovalen Gesicht aus. »Du meinst ... du willst sagen, dass dieses Haus ein Bordell ist?«

Tessas Lippen schürzten sich. »Ich mag es nicht, wenn man dieses Wort benutzt«, sagte sie tadelnd. »Es hört sich nach schmieriger Bude an, jedenfalls nach sozialer Unterklasse. Damit hat mein Etablissement nichts zu tun. Nur die vornehmsten Gentlemen erhalten Zutritt. Außerdem müssen sie wohlhabend sein, denn sie sollen angemessen zahlen für einen angenehmen Abend in der Gesellschaft von jungen, intelligenten Damen die sich in allen Variationen der Vergnügungen auskennen.«

Sie führte Jenny zu einem breiten, mit dunkelblauem Plüsch bezogenen Sofa und drückte sie sachte darauf. Tessa setzte sich neben sie und wartete eine Weile, damit die junge Frau die Informationen verdauen konnte.

»Was meinst du, Jenny?« fragte sie dann leise. »Dir hat der Sex immer Spaß gemacht, und du hast einen sehr feinen Körper, du bist eine Schönheit, nach der sich viele Männer die Finger lecken werden.«

»Ich weiß nicht ...« Jenny mied es, die ältere Frau anzuschauen. Ihr Blick fiel auf die kostbaren Gemälde an den Wänden, auf den Kristallüster, der von einer holzgetäfelten Decke hing, und auf einen wunderschönen Intarsienschrank, der eine Wand des Salons einnahm.

»Denk darüber nach«, sagte Tessa. »Es hat keine Eile. Gewöhne dich erst an deine neugewonnene Freiheit. Du kannst bei mir bleiben, solange du willst. Morgen werden wir neue Kleider für dich bestellen, und dann sorgen wir dafür, dass deine Wangen wieder etwas rote Farbe bekommen.«

»Oh, Tessa, du bist so lieb.«

»Vielleicht bin ich nur fair. Schließlich habe ich viele deiner Schmucksachen mitgenommen, als ich gegangen bin.«

Drei Abende später empfing Jenny ihren ersten Gast. Zum Abendessen gab es einen guten Wein, und Jenny spielte ihre Rolle der scheuen Jungfrau, die sich zögernd darauf einließ, verführt zu werden. Die Schauspielerei reizte den gediegenen Herrn ungemein, und seine Libido erhöhte sich von Minute zu Minute. Jenny setzte das Spiel im Schlafzimmer fort, bis sie vollständig ausgezogen war und seine Hände sie an den richtigen Stellen berührten.

Erst dann ließ sie ihrer Lust freien Lauf, und irgendwann im Verlauf einer Nacht mit nie erlebten fleischlichen Genüssen beschloss Jenny, auf Dauer in Tessas Etablissement zu bleiben.

Wie es ihre Gewohnheit war, saß Ginny am Morgen an ihrem Schreibtisch und überprüfte die Kontostände. Seit ihrer Abreise von Plankton war eine Woche vergangen. Die Erinnerung an ihre Sexerlebnisse dort waren verblasst, als wären sie nur ein Traum gewesen. Aber sie wusste, dass sie Wirklichkeit waren, und sie wusste auch, dass solche Dinge nicht mehr geschehen durften. Von nun an würde sie Plankton in Williams' erfahrenen Händen belassen, und selbst die Farm nicht mehr besuchen.

Trotzdem hatten die Erlebnisse dort ihr deutlich gemacht, dass sie wieder einen Liebhaber brauchte. Sie musste einen Mann in der Stadt finden. Anfangs hatte es eine Reihe von Verehrern gegeben, aber sie hatte sie alle fortgeschickt, weil ihr nicht der Kopf nach Sex gestanden hatte. Und seither hatten sie sich alle zurückgezogen, weil sie glaubten, dass die Witwe Leighton Eis in den Adern hätte.

Ihr Hausmädchen klopfte, und kurz darauf trat sie sichtlich nervös ins Zimmer.

»Was ist los, Mrs. Brown?« fragte Ginny besorgt, denn die Frau war außer Atem und schien entsetzt zu sein.

»Da steht ein Mann draußen, Ma'am. Er besteht darauf, dass er Sie sehen will. Aber ich muss Ihnen sagen, mir gefällt nicht, wie er aussieht.«

»Hat er Ihnen gesagt, warum er mich sehen will? Oder hat er seinen Namen genannt?«

»Nein, Ma'am. Er ...« Sie brach ab, weil in diesem Moment die Tür hinter ihr aufgestoßen wurde.

»Ich bin sicher, Mrs. Brown, dass Sie Ihrer Herrin meinen Namen nicht sagen müssen.«

Ginny spürte, wie alle Farbe aus ihrem Gesicht wich. Wenn sie nicht gesessen hätte, wäre sie wahrscheinlich umgefallen. Ihre Hände griffen nach der Schreibtischkante, und die Knöchel zeichnete sich weiß ab.

Die Haushälterin öffnete den Mund weit, brachte aber vor Entrüstung über die schrecklichen Manieren des ungehobelten Mannes keinen Laut heraus.

»Schon gut, Mrs. Brown«, sagte Ginny gedämpft. »Sie können gehen.«

Ginny achtete nicht auf das verständnislose Gesicht ihrer Haushälterin, denn ihre Augen richteten sich nur auf den Mann. Er hatte sich verändert, und das beschränkte sich nicht nur auf den buschigen Vollbart. Sein Körper war hager geworden, und in seinen Augen lag eine ungewöhnliche Härte. Die lachenden Lichter, die früher bei seinem Zwinkern gestrahlt hatten, waren einem verbitterten Zynismus gewichen. Da war nichts mehr von der jungenhaften Ungezwungenheit, in die sie sich damals verliebt hatte.

Sehr langsam, die Hände noch an der Kante des Schreibtischs, erhob sich Ginny. »Hallo, Dan«, sagte sie unsicher.

»Hallo, Dan?« imitierte er sie spöttisch. »Ist das alles, was dir einfällt?«

»Ich bin überrascht, dich zu sehen.«

»Darauf wette ich!« Er trat weiter ins Zimmer und sah sich um. Der verbitterte Zug um die Mundwinkel wurde noch prägnanter. Bedächtig schritt er herum, hob hier einen Gegenstand auf, wog ihn in den Händen, stellte ihn wieder hin, blieb vor einem anderen lange stehen, als wollte er sich die Form fürs ganze Leben einprägen.

Ginny beobachtete ihn in zitterndem Schweigen.

Er stellte eine wertvolle Porzellanfigur wieder an ihren Platz auf einem kleinen Tisch und drehte sich nach Ginny um. »Du hast es gut getroffen, was?«

Ginny zuckte unter dem deutlichen Hohn seiner Stimme zusammen. »Es war auch mein Gold, Dan. Schließlich war ich diejenige, die es entdeckt hat.«

»Stimmt«, gab er zu. »Ich hätte auch nichts dagegen gehabt, wenn du dir deinen Drittelanteil genommen hättest. Aber du musstest alles haben. Das Geld, den Schmuck, alles, was von Wert war.«

»Was sollte ich denn sonst tun?« rief sie. »Hast du eine Ahnung, wie Charlie und Josh mich behandelt haben?«

Dans Augenbrauen hoben sich. »Sie haben mir gesagt, dass du bereitwillig mit ihnen geschlafen hast.«

»Ha!« rief Ginny. »Ich höre wohl nicht richtig! Charlie wollte mich vergewaltigen, und es wäre ihm auch gelungen, wenn Josh mir nicht in letzter Minute zur Hilfe gekommen wäre.«

Einen langen Moment starrte Dan sie an. Er sah ihr gespanntes Gesicht, auf dem sich zusammengedrängt die schrecklichen Erinnerungen spiegelten – Erinnerungen, die sie in den letzten Jahren erfolgreich verdrängt hatte und die sie jetzt voller Schmerz überfielen.

»Ja«, sagte Dan schließlich. »Ich habe mir gedacht, dass er es versuchen würde.«

Dann sagte er lange nichts, bis Ginny das Schweigen unerträglich wurde.

»Dan, ich ...« begann sie.

»Ja?« hakte Dan nach, als sie rasch wieder abbrach. »Ich warte auf deine Erklärung.«

»Welche Erklärung? Ich habe dir gesagt, warum ich das Gold genommen habe.«

»Du hast mir noch nicht gesagt, warum du mich der Polizei verraten hast.«

»Das habe ich nie getan!« rief Ginny entsetzt.

»Nein? Verdammt noch mal, hör mit deinen Lügen auf!« In einer Explosion von Zorn ließ Dan seine Hand auf das Tischchen mit der Porzellanfigur krachen. Sie fiel zu Boden und zerbrach, aber niemand nahm Notiz davon.

Dan schritt durchs Zimmer, bis er vor ihr stand. Er stützte sich mit den Händen auf dem Schreibtisch ab und lehnte sich darüber, bis sich ihre Gesichter sehr nahe waren. »Lüge mich nicht an, Ginny«, sagte er wieder. »Du hast nicht nur Ferguson geholfen, mich in die Falle zu locken. Du hast es auch nicht erwarten können, bis sich die Zellentür hinter mir geschlossen hatte und du deine Kleider für ihn ausziehen konntest. Stimmt das nicht, du verdammte, durchtriebene Hexe?«

Ginny setzte sich abrupt hin. Irgendwo in ihrem Innern spürte sie einen schrecklichen Schmerz, der ihren Magen umdrehte und ein stählernes Band um ihr Herz legte. Sie stieß einen halblauten Seufzer aus und schlug die Hände vors Gesicht, weil sie nicht ertragen konnte, was sie in Dans Gesicht sah.

Dan trat um den Schreibtisch herum, packte sie an den Schultern und zog sie hoch. Er drückte ihre Hände vom Gesicht weg. »Tränen werden dir nicht weiterhelfen, Ginny«, sagte er bebend.

Er stand so nahe, dass sich ihre Körper fast berührten. Sie spürte seine warmen Hände auf ihren Schultern. Ginny schaute verstohlen in seine Augen und sah, dass der Ausdruck sich zu ändern begonnen hatte. Der kleine Abstand zwischen ihren Gesichtern wurde angefüllt mit Erinnerungen. Es war, als küssten sie sich, ohne dass sich ihre Lippen berührten.

Es war Dan, der sich bewegte und einen Schritt zurücktrat um die Distanz zwischen ihnen zu vergrößern. Ginny versuchte nicht, ihm zu folgen, denn sie ahnte, dass er die letzten Sekunden schon wieder bereute.

»Ich habe dich nicht verraten, Dan«, sagte sie leise. »Ferguson hat mich ausgenutzt – nach Strich und Faden. Er hat versprochen, dich laufen zu lassen, wenn ich mit ihm schliefe. Er hat sein Wort nicht gehalten. Ich bin ausgerissen und zurück zu eurem Versteck geritten. Ich wollte Charlie und Josh holen, damit wir dich befreien könnten.«

»Sie haben auch gedacht, dass du mich verraten hättest.«

»Ich weiß.«

Wieder entstand ein längeres Schweigen zwischen ihnen, aber Ginny spürte, dass die aggressive Haltung des Mannes gewichen war. Jetzt klang nur noch der Vorwurf in seiner Stimme durch, als er sagte: »Ich dachte, da wäre was Besonderes zwischen uns, Ginny.«

Sie gab leise zurück: »Vergiss nicht, dass du es warst, der mich weggeschickt hat.«

»Nachdem du deine Wahl getroffen hattest. Logan kam, und du bist zu ihm gegangen. Erinnerst du dich?« Bitterkeit kehrte zurück. »Vielleicht hast du mich nicht der Polizei verraten, aber du hast mich allein im Gefängnis gelassen und bist mit Logan durchgebrannt. Hat er dir so viel mehr bedeutet?«

Er sah die Schatten des Kummers und des Schmerzes in ihren Augen und spürte einen Stich der Eifersucht.

»Logan ist tot«, sagte sie.

»Ich weiß«, gab er zurück. »Ich habe kein Recht, dich zu fragen, aber ich möchte gern wissen, warum er es war, für den du dich entschieden hast.«

Ginny seufzte tief. »Ich kann dir das mit Logan nicht erklären, Dan. Bitte, frage mich nicht warum. Auch ich glaube, dass etwas Besonderes zwischen dir und mir war, aber was mich und Logan verband, war zu stark. Ich hatte keine Chance mich dagegen zu wehren.«

Dans Augen verrieten nicht, wie sehr ihn ihre Worte trafen. Sein fester Blick ließ nichts von der inneren Aufruhr erkennen, von der Woge der Eifersucht, die in ihm aufwallte, als ihm bewusst wurde, wie sehr sie Logan noch nachtrauerte.

»Warum bist du hergekommen, Dan?«

»Ich habe dich gesucht, um mir das zu nehmen, was du mir schuldest.«

»Wieviel willst du?«

Dan lachte höhnisch auf. »Glaubst du, du könntest mir einen Scheck ausstellen, damit ich wieder verschwinde und dich hier mit deinen Liebhabern im Luxus schwimmen lasse? Wie viele Liebhaber hast du zur Zeit?«

»Keinen«, antwortete sie.

»Lügnerin!« Er wechselte wieder das Thema. »Nein, Ginny, ich gehe nicht wieder fort. Ich habe die Absicht, dein Vermögen mit dir zu teilen. Dein Haus wird auch mein Haus sein.«

»Du meinst, du willst hier leben?«

»So ist es.«

Ginnys Herz schlug ein bisschen schneller. »Was ist mit deinem Gepäck?«

»Meine ganze Habe befindet sich in der kleinen Tasche, die ich auf deiner Türschwelle abgelegt habe.«

Ginny traute sich nicht, ihre überschwängliche Freude zu zeigen. Dan war in ihr Leben zurückgekehrt, und sie würde ihn nie wieder ziehen lassen. Dan mochte der Sinn noch nach Vergeltung stehen, ihr selbst genügte es, dass sie ihn wieder hatte.

»Also gut. Ich werde Mrs. Brown Bescheid sagen. Vielleicht möchtest du das Haus besichtigen und den Garten sehen, bevor wir essen.«

Ginny übernahm es, ihn durchs Haus zu führen, und während er sich ein elegant eingerichtetes Zimmer nach dem anderen ansah, stiegen sein Zorn und seine Bitterkeit ums Zehnfache. Wenn er daran dachte, dass sie in diesem unglaublichen Luxus schwelgte, während er sich vor dem Gesetz verstecken musste und kaum besser wie ein streunender Hund gelebt hatte, wurde ihm fast schlecht. Als er den Traum von Schlafzimmer sah, musste er daran denken, wie oft er in Kälte und Regen hatte übernachten müssen. Während er ihr hinaus in den Tropengarten folgte, schwor er sich erneut, alles an sich zu reißen.

Sie erreichten Ginnys Lieblingsplatz am Teich, und sie hob lächelnd den Blick zu ihm. »Was hältst du von dem allem? Ich sitze hier am liebsten, schaue hinaus zu den Bergen und lausche dem Gezwitscher der Vögel. Ist es nicht wunderschön hier?«

»Ja«, sagte Dan und war kaum in der Lage, das eine Wort durch den Kloß zu pressen, der ihm im Hals steckte. Wie konnte sie hier so stolz dastehen und mit Haus und Garten prahlen? Und vor allem – wie konnte so ein verräterisches Luder so verdammt begehrenswert sein?

»Komm«, sagte sie, »ich muss dir noch eine andere Stelle zeigen.«

Ginny ging voran. Sie führte ihn am Teich vorbei auf einen schmalen Pfad, der sich bald im Busch verlor. Nach einer Weile folgte der Pfad einem kleinen Bach. Ginny blieb an einer Stelle stehen, wo das klare Wasser über eine Felsgruppe sprudelte, kleine, lebhafte Wasserfälle hintereinander, bevor sich das Wasser wieder in einem größeren Becken sammelte.

»Erinnert dich das an was?« fragte sie.

Dan starrte auf das Becken, und mit einem Schlag war die Erinnerung da, genau, wie sie beabsichtigt hatte. An einem solchen Teich hatten sie sich das erste Mal geliebt. Tumultartige Gefühle durchrasten ihn. Was war die Erinnerung wert, wie wunderbar es zwischen ihnen gewesen war, wenn der Hass jetzt über alles Schöne triumphierte?

Als er sie anschaute, entdeckte er Begierde in ihren Augen. Nun, sie konnte ihn begehren, so sehr sie wollte. Sie hatte sich von ihm abgewandt, und jetzt würde es ihm Spaß machen, sie zu verschmähen. Dies würde erst der Beginn seiner Rache sein. Als Ginny zu ihm trat, hielt er ihre Handgelenke fest, um sie auf Abstand zu halten.

Er wusste sofort, dass es ein Fehler war, sie anzufassen. Sie hätte ihm nicht so nahe kommen dürfen. Ihre sexuelle Ausstrahlung reizte seine Sinne trotz allem.

Gegen seinen Willen schlang er die Arme um sie und presste seinen Mund auf ihren. Sie küssten sich mit dem Heißhunger eines Liebespaares, das viel zu lange voneinander getrennt gewesen war. Der Kuss entzündete eine wilde Leidenschaft in ihnen beiden, der sie sich nicht entziehen konnten.

Es war, als wären sie nie auseinander gewesen, so waren ihre Körper aufeinander eingespielt. Ihre Paarung war ein wilder, ausgelassener Tanz auf dem weichen Boden des Buschs, begleitet vom Gurgeln der kleinen Wasserfälle und von spitzen, lustvollen Schreien Ginnys.

Sie hielt ihn noch umschlungen, als sein Penis in ihr schon geschrumpft war. »Erinnerst du dich«, flüsterte sie in sein Ohr, »wie wir uns im Teich gegenseitig gewaschen haben? Sollen wir das wieder tun?«

Dan stützte sich auf die Ellenbogen und blickte auf sie hinab. »Du bist eine verführerische Hexe, Ginny, und das weißt du. Ich hatte nie vor, dass dies geschehen würde.«

»Lügner«, sagte sie sanft und lächelte. »Warum sonst willst du bleiben?« Sie ließ ihren Unterleib rotieren und stieß ein kleines, triumphierendes Lachen aus. »Ich fühle, wie er schon wieder hart wird.«

Tatsächlich gewann seine Männlichkeit rasch die alte Stärke wieder, und die Nerven in ihrer Scheide pulsierten erwartungsvoll und ungeduldig.

»Oh, Dan, Dan«, rief sie, hob die Knie an und öffnete sich ihm, so weit es ging. Sie packte seine Hinterbacken und zog ihn tief in sich hinein. Und während ihre Körper sich wanden, waren sie auch in einem tiefen Kuss vereint, bis sie einen weiteren Höhepunkt ihrer gemeinsamen Lust in die Stille des Buschs schrien.

Rasch verbreiteten sich Gerüchte in der Stadt über den fremden Mann, der im Hause der schönen Witwe Leighton wohnte. Es gab eine Reihe lüsterner und neidvoller Spekulationen unter der männlichen Bevölkerung. ›Er bumst sich an ihr Vermögen heran‹, lautete die allgemeine Zusammenfassung der gröbsten Spekulationen.

Ginnys Anwalt, der seine eigenen Interessen ebenso schützen wollte wie die seiner Klientin, wollte den Dingen auf den Grund gehen.

Er tat dies mit einer ungeschickten Art, die Ginny entrüstete und zu einer hochmütigen, abweisenden Haltung herausforderte. »Meine persönlichen Angelegenheiten, Mr. Webb, gehen Sie absolut nichts an. Es sind ausschließlich die geschäftlichen Dinge, die ich Ihnen anvertraut habe, und die ich bei Ihnen lasse, solange ich den Eindruck habe, dass Sie sie zu meiner Zufriedenheit erledigen.«

Obwohl sie den anmaßenden Anwalt in seine Schranken verwiesen hatte, störte es Ginny, dass die Leute über sie redeten. Dabei ging es ihr nicht um ihre Person oder um ihren Ruf, sondern um Dan. Sie wusste, dass er aus dem Gefängnis geflohen war, wenn sie auch nicht die genauen Umstände kannte, die zur Flucht geführt hatten. Zuerst hatte sie ihn bedrängt, ihr die Einzelheiten zu schildern, aber jetzt fragte sie nicht mehr. Über verschiedene Ereignisse in den Jahren, in denen sie getrennt waren, sprach er nur zögernd.

Ihr reichte es, dass er wieder bei ihr war, dass sie jetzt gemeinsam in diesem wunderbaren Haus leben und sie sich aneinander erfreuen konnten, auch wenn er nicht offiziell der Mann an ihrer Seite sein mochte. Die Gerüchte, warum er das nicht wollte, beunruhigten sie, und an diesem Abend sprach sie ihre Besorgnis aus.

Dan lag auf dem Rücken, die Hände unter dem Kopf verschränkt, und sah Ginny beim Ausziehen zu. Er genoss es zu sehen, wie jedes abgelegte Kleidungsstück mehr von ihrem phantastischen Körper enthüllte. Da sie wusste, wie sehr ihn der Anblick des Ausziehens erregte, neckte sie ihn oft auf ihre verführerische Art. Aber an diesem Abend waren ihre Gedanken offensichtlich mit anderen Dingen beschäftigt, denn sie legte die Kleider auf eine für sie untypische, mechanische Art ab.

»Die Leute reden über dich, Dan. Es gibt niemanden in der Stadt, der nicht weiß, dass du hier bist.«

»Und du sorgst dich um das, was die Leute denken.«

»Ich bin sicher, dass die meisten Gerüchte davon ausgehen, dass du mein Liebhaber bist. Das beunruhigt mich nicht im geringsten. Aber die Leute beginnen sich zu fragen, wer du in Wirklichkeit bist.«

»Sie haben keine Möglichkeit, das herauszufinden, oder?« Er schaute sie eindringlich an.

»Ich würde dich nie verraten, Dan. Ich habe dich auch in der Vergangenheit nicht verraten. Ich dachte, dass du mir das glaubst.«

»Vielleicht glaube ich dir«, sagte er nachdenklich. Er wollte weder ihr noch sich selbst gegenüber zugeben, wie sehr sich seine Ansichten gewandelt hatten. »Warum beunruhigen dich diese dummen Gerüchte?«

»Die Polizei muss diese Gerüchte auch gehört haben, und ich bin entsetzt, wenn ich daran denke, dass sie die Wahrheit herausfinden könnten. Ich würde es nicht ertragen, wenn sie dich verhaften und wegbringen.«

»Willst du mir damit sagen, dass du dir wirklich Sorgen um mich machst?«

»Sorgen? Oh, Dan, ich liebe dich. Begreifst du das nicht?«

Dan ließ sich seine tiefe Befriedigung über ihre Erklärung nicht anmerken. Seine Lippen verzogen sich zu einem leichten Lächeln. »Wenn ich dir glauben soll, dass du mich liebst, dann solltest du rasch zu mir ins Bett kommen und es beweisen.«

Ginny kam aus ihrer gebückten Haltung hoch, als sie die Beinkleider abgelegt hatte, und schritt langsam aufs Bett zu.

Sie lächelte zufrieden, während sie den einsatzbereiten Schaft betrachtete. Sie stützte ein Knie auf die Bettkante und beugte sich über seine Körpermitte.

Wildes Verlangen brach in Dan aus, Wärme durchflutete ihn, und die Nervenenden in seiner Lendengegend schienen zu revoltieren.

Ein Schauer der Eifersucht kam über ihn. Bei wem hatte sie es gelernt, einen Mann so einzigartig zu verwöhnen?

Er bemerkte, dass solche Gedanken nur hinderlich waren, und so zog er sie über sich. Er drang mit dem Penis zwischen die feuchten, geschwollenen Lippen ihres zuckenden Geschlechts.

Er hörte, wie Ginny wohlig stöhnte und immer wieder seinen Namen rief. Er spürte ein unbändiges Verlangen in sich, das stärker war als alles, was er bisher empfunden hatte. Verlangen und etwas anderes noch, das er sich nicht traute, überhaupt zu denken.

Als er spürte, dass sie sich ihrem Orgasmus näherte, gab es für ihn in diesem Augenblick nichts anderes, als ihr zu zeigen, dass sie zu ihm gehörte. Sie krallte ihre Finger in die gespannte Haut seines Rückens und schrie auf, weil sich die Lust ein Ventil verschaffen musste.

Immer und immer wieder stieß er zu und genoss das warme seidene Gefühl ihrer Scheide, die seinen Schaft so herrlich umfasste. Er begehrte sie mit einer solchen verzweifelten Intensität, die er nie zuvor erfahren hatte, und er stieß in sie hinein, als ob er nie genug von ihr haben könnte.

Später, als Ginny in seinen Armen schlief, starrte Dan in die Dunkelheit und zog Erinnerungen aus der Vergangenheit hervor. Er wollte sich vorbereiten auf das, was er schon vor langer Zeit hatte tun wollen. Als sie am anderen Morgen fast gleichzeitig aufwachten, fragte er sie völlig unvermittelt, ob sie ihn heiraten wolle.

Der Ausdruck absoluten Entzückens auf ihrem Gesicht und die Art, wie sie sich ausgelassen über ihn warf und herzte und küsste und juchzte, bestätigte ihm, dass es eine richtige Entscheidung war.

Aber dann trübten sich ihre Augen. »Wie können wir heiraten, wenn du vor dem Gesetz davonläufst?«

»Niemand hier kennt meinen richtigen Namen«, sagte Dan. »Ich will dich als meine Frau, nicht als meine heimliche Geliebte. Wir werden in der Kirche heiraten, wie es sich gehört, und wir werden dort auch unsere richtigen Namen nennen. Aber die werden nur der Pastor und die Trauzeugen wissen.«

Eine Woche später wurde Ginny Dans Ehefrau. Als er ihr den Ehering überstreifte, durchflutete sie eine Welle der Glückseligkeit, und sie lächelte ihren frisch getrauten Mann mit aller Liebe an, derer sie fähig war.

»Glücklich?« fragte Dan sie, als sie mit der Kutsche auf dem Nachhauseweg waren.

»Ich bin die glücklichste Frau auf der Erde.« Sie lachte fröhlich auf und kuschelte sich an ihn, um ihre Gefühle noch zu unterstreichen.

Dan wandte den Blick vom strahlenden Ausdruck ihres Gesichts. Er wollte sich sein inneres Unbehagen nicht eingestehen und zwang sich einzureden, dass seine Vergeltung erst dann richtig zum Zuge kam, wenn sie sich unsterblich in ihn verliebt hatte.

An diesem Abend kehrte er ihr im Bett den Rücken zu, und Ginny litt unter der entsetzlichen Frustration, dass ihre scheuen Versuche, ihn zu erregen, verschmäht wurden. Am folgenden Abend wiederholte sich Dans Verhalten, und während sie wach in der dunklen Nacht lag, wurde ihr bewusst, dass irgendetwas nicht stimmte.

Sie nahm sich vor, ihn am Morgen zur Rede zu stellen, aber als das Tageslicht anbrach und sie wach wurde, musste sie feststellen, dass er den Platz neben ihr schon verlassen hatte. Von Mrs. Brown erfuhr sie, dass ihr Mann in aller Frühe in die Stadt aufgebrochen war.

Erst am späten Nachmittag kehrte Dan aus der Stadt zurück.

Ginny hielt sich im Salon auf und arrangierte wunderschöne Blumen in einer Kristallvase. Er reagierte nicht auf ihre leise Frage, wo er gewesen war.

»Du liebst dieses Haus, nicht wahr, Ginny?«

»Natürlich.«

»Dann schlage ich vor, dass du es noch ein bisschen intensiver genießt – jedenfalls noch solange du kannst.«

Ginny wandte sich ihm zu, sah forschend in die harten, verschlossenen Züge seines Gesichts. Sie hob leicht die Augenbrauen, und eine steile Falte teilte ihre Stirn. »Ich verstehe nicht.«

»Du würdest es verstehen, wenn du lange genug darüber nachdenkst. Es ist nämlich relativ einfach. Von dem Tage an, an dem du mich verraten hast, war ich wild entschlossen, mich an dir zu rächen. Und du bist sehenden Auges in die Falle meines ausgeklügelten Plans getappt.«

»Und, wie genau sieht dein Plan aus?« Ginny sprach mit leiser Stimme, weil sie glaubte, ihre Emotionen dann besser unter Kontrolle zu haben. »Gehören die beiden letzten Nächte auch zu deinem ausgeklügelten Plan?«

»Ja. Du hast mich verraten, verschmäht und um mein Gold betrogen. Ich hasste dich, Ginny, und mit jeder Nacht, die ich kalt und hungrig verbrachte, hasste ich dich ein bisschen mehr. Ich wollte, dass du leidest, wie ich gelitten habe, dass du den Schmerz und die Verzweiflung erfährst, die mir widerfahren sind. Ich hatte keine Ahnung, wie ich es anstellen würde. Die Idee kam mir erst, als ich dich wiedersah. Du selbst hast mir die Antwort gegeben, als du mir gezeigt hast, wie sehr du mich haben willst.«

»Wolltest du mich denn nicht?«

Dan ignorierte die Wahrheit hinter ihrer Frage. »Ich wollte, dass du dich in mich verliebst, dass du zustimmst, mich zu heiraten. Siehst du, meine Liebe, da ich jetzt dein Ehemann bin, gehört dein Besitz völlig legal mir. Wie du weißt, ist ein Kopfgeld auf mich ausgesetzt, und ich habe nicht das Verlangen, wieder im Gefängnis zu landen. Ich habe heute veranlasst, dass deine gesamten Besitzungen zum Verkauf anstehen.«

Alle Farbe war aus Ginnys Gesicht gewichen, während er seine Absicht enthüllt hatte, aber sie würde ihm nicht die Genugtuung geben, ihre Tränen zu sehen. Sie schluckte ein paar Mal, bevor sie sachlich fragte: »Warum ist es denn erforderlich, alles zu verkaufen? Ich hätte gern alles mit dir geteilt.«

»Aber ich habe nicht die Absicht, mit dir zu teilen. Die Bank hat mir schon einen Vorschuss auf den Verkaufserlös gegeben. Morgen reise ich nach Brisbane ab, und von dort segle ich nach Neuseeland. In diesem Land hat noch nie jemand etwas von Dan Berrigan gehört. Dort kann ich ein neues Leben beginnen.«

»Ich verstehe.«

Sie sagte die beiden Worte so leise, dass Dan sie kaum vernahm. Ginny wandte sich von ihm ab und blickte hinaus in den Garten. Dan betrachtete sie. Es war ihm klar, dass er gegen seine Gefühle handelte, dass er seinen Plan nur deshalb umgesetzt hatte, weil er sich nicht selbst untreu werden wollte.

Den ganzen Tag hatte er daran gearbeitet, sich in eine Wut hineinzusteigern, die groß genug war, um die Dinge auszusprechen, die er ihr zu sagen hatte.

Jetzt hatte er sie gesagt! Aber sie hatte nicht so reagiert, wie er es erwartet hatte. Er hatte gedacht, sie würde wütend sein und protestieren, oder vielleicht würde sie auch schreien und weinen und ihn bitten, alles rückgängig zu machen. Ja, sie hätte ihn anbetteln müssen, das wäre in seinem Sinne gewesen.

Ihr Schweigen verwirrte ihn. Er wünschte, er wüsste, welche Gedanken ihr durch den Kopf gingen.

Er wäre überrascht gewesen, wenn er ihr Gesicht hätte sehen können. Dort stand mehr List als Schmerz, mehr weibliche Besonnenheit als Kummer. Von den vielen Gedanken, die sich in ihrem Kopf überschlugen, behielten zwei die Oberhand, weil sie ihr am wichtigsten waren: Das Wissen um das neue Leben, das in ihrem Bauch wuchs, und die Entschlossenheit, dass wenigstens dieses Kind die Liebe seines Vaters erleben sollte.

»Du sagst ja nichts«, meinte Dan schließlich.

Ginny drehte sich langsam nach ihm um. Ein leicht provokantes Lächeln umspielte ihre Lippen. Ihre Finger nestelten an den Knöpfen ihres Kleids.

»Was soll ich schon sagen?« Das Kleid fiel vorne auseinander und enthüllte den Ansatz ihrer Brüste. »Ich glaube, lieber Dan, dass ich in Neuseeland sehr gern leben werde.«

ENDE

Eruption

Erstes Kapitel

Pompeji, Italien, 79 n. Chr.

Ihr Schoß glühte.

Sie schaute hinauf zum hohen, kegelförmigen Gipfel des Vesuv und spürte die Erschütterungen schon das zweite Mal an diesem Morgen. Kräftige Zuckungen erfassten ihre Beinmuskeln und setzten sich in ihrem Körper fort, kosten Nacken und Brüste wie die Berührungen sanfter Finger. Die Bewegungen der Erde zerzausten ihre Haare. Unbewusst fuhr sie sich im Dunkel der Taverne mit einer Hand über die zarte Haut der Wangen und streichelte auf und ab.

»Die Götter zürnen.«

Sie starrte den alten Mann verärgert an, weil er ihre schwülstigen Gedanken gestört hatte.

»Wie der Berg schwelen auch in dir aufgestaute Energien und Leidenschaften. Wer wird wohl zuerst ausbrechen?« fragte er, während er einen schweren Weinbehälter zwischen seinen Knien und der Theke festhielt.

»Du übertreibst, Terentius. Der Berg wird nie ausbrechen«, sagte sie im Brustton der Überzeugung.

»Von dir würde ich das nicht behaupten, Marcella. Die Stadt ist voll von muskulösen Männern aus allen Ecken des Römischen Reiches, sie kommen aus Syrien, aus Gallien und vielleicht sogar aus Britannien. Ihre gestählten Körper warten ungeduldig auf die Berührung einer Frau. Auf deine Berührung.«

Sie warf ein Staubtuch nach ihm, aber er ging rechtzeitig in Deckung.

»Jeden Tag, wenn sie die öffentlichen Bäder besuchen«, fuhr er mit großem Vergnügen fort, »lassen sie sich ihre Haut von den Sklaven mit wohlriechenden Ölen polieren, und wenn sie abends hier eintreffen, haben sie in allen möglichen Ausschweifungen geschwelgt – mit anderen Frauen, nicht mit dir! Diesen Gedanken kannst du nicht ertragen, nicht wahr?«

Sie schloss die Augen, um seine spöttischen Bemerkungen auszuschalten, aber sie hatten Bilder in ihr wachgerufen, die jetzt durch ihren Kopf wirbelten. Sie begann leicht zu zittern.

»Und die Situation wird sich nicht ändern, wenn du dich nicht drastisch änderst, denn deine Tante und dein Onkel bewachen dich wie Kerkermeister. Gut, du hast keine Mitgift, aber als Jungfrau ergatterst du eine bessere Partie als eine, die läufig ist.«

»Oh, Jupiter, erhöre mein Flehen und hole mich aus dieser schäbigen Pinte heraus. Lass etwas Aufregendes geschehen!« murmelte sie halb laut.

Er beugte sich über die Theke, verschränkte die Arme vor der Brust und schaute sie ernst an.

»Du musst etwas Positives mit deinem Leben anfangen, Marcella. Wenn die Götter dich verschonen, wirst du dich zwischen Anständigkeit und Abenteuer zu entscheiden haben. Beides kannst du nicht haben, und deine Unentschlossenheit führt dazu, dass du bedeutende Warnungen wie ein Beben der Erde nicht wahrnimmst.«

»Was soll ich denn tun?« fragte sie mit aufwallender Verzweiflung. »Frauen sind mit dem Schicksal geschlagen, dass sie entweder heiraten oder für einen

Hungerlohn die Arbeiten verrichten, die kein Mann tun würde.«

»Du wirst einen Weg finden, das zu tun, was du tun willst«, sagte er. »Ob sich deine Ziele aber im Rahmen der gesellschaftlichen Konventionen erreichen lassen, ist eine zweite Frage.«

Er verschwand im Lagerraum, und sie rutschte auf dem niedrigen Hocker herum. Sie hatte wegen der außergewöhnlichen Hitze auf ihre Unterkleider verzichtet, und so klebte der Stoff des weit fließenden Kleids an ihren warmen Schenkeln. Das Feuer in ihr glühte auf unbehagliche, beharrliche Art.

»Das ist der Letzte«, erklärte Terentius, als er einen weiteren Weinbehälter von den Schultern ließ und auf dem Boden absetzte. »Ist dir eigentlich schon aufgefallen, dass die Weinamphoren genau wie riesige Phalli aussehen?«

»Warum machst du nicht mal Pause«, sagte sie scharf. Sie konnte seine Gegenwart nicht länger ertragen. »Geh hinaus und tratsche mit den anderen Sklaven.«

Einen Moment lang sah es so aus, als wollte er mit ihr streiten, aber dann erwiderte er zu ihrer Erleichterung: »Es ist zu heiß, als dass ein Mensch, der seine Sinne beisammen hat, jetzt ins Freie geht, aber ich werde mir andere Gesellschaft suchen. Vergiss nicht, alles wegzuräumen. Schließlich musst du zeigen, dass du an diesem Nachmittag irgendwas getan hast.«

Sie hörte, wie seine Schritte sich entfernten, und sie seufzte erleichtert auf und genoss die Stille und das Halbdunkel in der kleinen Taverne. Ihr Kleid rutschte höher die Schenkel hinauf, als wollte es sie daran erinnern, dass sie dringend eine Befreiung dieser ungeheuren Anspannung brauchte, die ihr Inneres erfüllte. Sie konzentrierte sich auf die Süße der Gefühle, die ihre Finger auslösten, wenn sie sich an den geheimen Stellen so geschickt bewegten.

Ein Schatten fiel durch die Tür, und dann sah Marcella in ein schelmisches Gesicht. »Salve.«

»Lydia!« rief Marcella. »Oh, bin ich froh, dich zu sehen! Terentius hat mich mit seinem schmutzigen Reden fast in den Wahnsinn getrieben. Und ich muss hier ausharren, bis mein Onkel zurückkehrt. Als ob sich um diese Tageszeit ein einziger Gast sehen ließe!«

Lydia lachte. »Ich kann nicht lange bleiben, Marcella – ich wollte nur sagen, dass wir später ein bisschen Spaß haben können, wenn du willst. Wir können uns heimlich die Wandzeichnungen anschauen, die meine Herrin für den Salon hat anfertigen lassen. Der Künstler hat seine Arbeit heute morgen beendet.«

»Ich habe die Leute schon darüber schwatzen gehört«, sagte Marcella mit einem anzüglichen Lächeln. »Sie sagen, dass sie an Deutlichkeit nichts zu wünschen übrig lassen, und dass sie wirklich unanständig sind.« Sie füllte zwei Becher aus einem Bronzekrug mit verwässertem Wein und schob ihrer Freundin einen Becher hin.

»Der Verwalter klagt, dass sie so obszön seien, als ob sie für ein Bordell gemalt worden wären. Am liebsten hätte ich ihn gefragt, woher er das wüsste«, sagte Lydia und kicherte.

»In meinem Alter hätte ich schon ein paar Jahre verheiratet sein müssen, dann wüssten wir jetzt die Antworten auf die Dinge, die wir wissen wollen«, sagte Marcella wehmütig.

»Du hättest doch schon ein paar Mal heiraten können, aber du hast immer abgelehnt.«

»Vielleicht hätte ich tun sollen, was die Gesellschaft von mir erwartet, aber die mickrigen Kerle, die sie mir ausgesucht haben, konnten mir nicht die erotische Befriedigung bieten, die ich brauche. Verheiratete Frauen haben Kinder, viel Arbeit und keinen Spaß.«

»Frauen brauchen heutzutage keine Kinder mehr zu bekommen, wenn sie nicht wollen«, sagte Lydia und nippte an ihrem Becher. »Meine Schwester benutzt einen kleinen Schwamm, der das aufsaugt, was ihr Mann in sie hineinsprüht. Sie sagt, man muss den Schwamm nur in Olivenöl tunken. Und als zusätzliche Vorsichtsmaßnahme badet sie den Penis ihres Mannes in Wasser, das mit Pfefferminze und Honig angereichert wurde.«

»Und das hilft?« rief Marcella ungläubig.

»Das weiß ich nicht. Jedenfalls macht es ihr eine Menge Spaß – sie stand immer schon auf Süßem.«

Marcella schnaufte.

»Die mickrigen Kerlchen, die sie für mich vorgesehen hatten, wären nicht in der Lage gewesen, ihr Ding so lange steif zu halten, um herauszufinden, ob es hilft«, murrte sie. Sie wiegte auf dem Hocker hin und her und starrte versonnen auf den Wein in ihrem Becher. »Die Götter mögen meine Zeugen sein, ich kann nicht viel länger warten. Ich kann die Ungewissheit nicht mehr ertragen, nicht zu wissen, wie es ist. Der Künstler hört sich großartig an – glaubst du, dass er seinen eigenen Phallus als Modell für seine Bilder nimmt?«

Lydia kicherte. »Dann müsste er doch einen Spiegel haben!«

»Aber stell dir vor, wenn er solche unanständigen Bilder an die Wand malt, dann muss er Szenen dieser

Art im wahren Leben schon gesehen haben!« Marcella spürte, wie ihr Schoß in Flammen stand. Sie beugte sich zu ihrer Freundin vor. »Ich komme mir so naiv vor, Lydia. Ich weiß in der Theorie, was Männer und Frauen miteinander treiben, aber ich weiß nichts über die Gefühle, die man dabei empfindet.«

Lydia nickte. »Ein paar Finger oder ein längliches Objekt wie ein Küchenlöffel können nicht vergleichbar damit sein.«

»Die Leute reden davon, dass ein Mann hart wird«, fuhr Marcella fort. »Aber wie hart ist hart? Amor ist grausam – er hat alle Pfeile auf mich abgeschossen, aber keinen auf einen Mann, der zu mir passt. Warum kann ich nicht zu einer Orgie eingeladen werden, wo die Leute ihre fleischlichen Gelüste ausleben? Wo ist die Göttin Venus? Hört sie mein Flehen nicht, dass sie ein bisschen Dekadenz in mein Leben bringen soll?«

Ihre Gedanken an solche Feiern und an die Wandgemälde des Künstlers trugen nicht zu Marcellas Ruhe bei. Sie spürte, wie ihre Brüste anschwollen, und die zarten Falten ihres Geschlechts wurden feucht.

»Mein liebe Freundin, du befindest dich in einer Taverne, mitten in einen kleinen römischen Provinzstadt, und du lebst zu Zeiten des Kaisers Titus«, sagte Lydia und stellte ihren leeren Becher auf die Theke. »Finde dich mit dem Gedanken ab, dass hier nichts Aufregendes geschieht.«

»Aber Leben muss doch etwas mehr sein als das hier«, klagte Marcella, als Lydia zur Tür hinaus ging.

Sie richtete einige Flaschen und Krüge auf den Regalen hinter der Theke aus und stellte Tische und Stühle ordentlich zusammen. Auf dem Spieltisch lagen noch die Würfel vom letzten Spiel. Sie sammelte sie ein und wischte ein paar Pastetenkrümel vom Tisch auf den Boden. Sie wollte sie unter die Bank treten, aber dabei geriet ein harter Krümel zwischen das Leder der Sandale und ihren Zeh, und sie stieß einen lauten Fluch aus.

Sie setzte sich auf den Hocker hinter der Theke, spreizte die Beine und presste sie fest zusammen, wobei sich der Stoff des Kleids an ihrer Klitoris rieb. Sie umfing ihren Oberkörper mit beiden Armen und rieb dabei die steifen Brustwarzen gegen den rauen Leinenstoff. Es war leicht, sich vorzustellen, dass es Männerhände waren, die ihre Brüste streichelten, die sie zärtlich erregten und zum Orgasmus brachten. Sie wollte, dass es kräftige Männerhände waren, die sich rhythmisch zwischen ihren Schenkeln bewegten.

Sie verlagerte ihr Gewicht auf dem Hocker, und während sie ein Auge auf die Tür gerichtet hielt, tauchte eine Hand unter den langen Rock. Sie spürte die seidige Haut unter den Fingerkuppen und kam sich wie ein Kind vor, das heimlich an einer verbotenen Frucht naschte, die sich Erwachsene vorbehalten hatten.

Der Geruch ihres eigenen Verlangens stieg ihr in die Nase. Ihre Pobacken fühlten sich heiß an und rieben sich auf dem harten Holz des Hockers. Sie streckte die Beine aus, hielt sich mit einer Hand am Sitz fest und ließ ihre Finger der anderen Hand rasch über den kahl geschorenen Venusberg hüpfen. Die Sklavenmädchen in den öffentlichen Bädern hatten ein paar Härchen übersehen, aber sie hatte jetzt keine Zeit, über die Unzulänglichkeiten der Sklavinnen zu jammern, denn ihre Finger hatten das Zentrum ihres heißen Gefühls erreicht.

Sie rieb rhythmisch auf und ab, konzentrierte sich auf die Sensationen, die ihre Berührungen in ihr auslösten, und schloss alle anderen Empfindungen aus. Sie spannte die Muskeln ihrer ausgestreckten Beine an. Als die ersten kleinen Explosionen der Lust aufbrachen, rieb sie die Schenkel gegeneinander und schloss die Lider, gab sich ganz den schwingenden Wellen hin, die ihren Körper erfassten. Ihre inneren Muskeln schrien nach Penetration und Inbesitznahme.

Sie schob zwei Finger in die feuchte Wärme, aber in diesem ungünstigen Winkel war die Stimulation nur unvollkommen. Sie begann wieder mit dem sanften Reiben.

»Die besten Tavernen führt man zu zweit.«

Sie schaute benommen hoch.

Ihre Augen sahen einen Mann, der an der Tür stehen geblieben war und von der gleißenden Sonne angestrahlt wurde, so dass sie nur seine Kontur sehen konnte.

Er war kräftig gebaut und hatte breite Schultern. Sein wuchtiger Brustkorb verjüngte sich zu den Hüften hin, und die ausgeprägten Waden zeugten davon, dass er im Wettkampf erfahren war.

Sie setzte sich aufrecht, ließ die Beine sinken und versuchte, gegen die Wut und die Enttäuschung anzukämpfen, die sich in ihr ausbreiteten. Sie überdachte ihre Position: Er konnte unmöglich bemerkt haben, womit sie sich beschäftigt hatte, denn die Theke verbarg den Blick auf den unteren Teil ihres Körpers.

Sie blickte auf die Wachstafel in seiner Hand. »Bist du in offizieller Mission hier?« fragte sie. »Dann musst du mit meinem Onkel reden.«

»Komm her.«

Er schob die Tür hinter sich halb zu und trat tiefer in die Taverne ein.

Sie seufzte. »Wenn es eine Diskrepanz bei den Abgaben geben sollte, fürchte ich, kann ich dir nicht helfen.« Sie glitt vom Hocker und ging zögernd auf ihn zu. Im Gehen glättete sie ihr Kleid.

Als sie sich ihm näherte, sog sie seinen männlichen Geruch ein. Sie roch Leidenschaft und Potenz, Kraft und Geschicklichkeit.

»Ich habe zufällig etwas Zeit, wenn du willst«, sagte er und legte die Wachstafel auf die Theke. »Bleib still stehen und spreize deine Beine. Wer braucht schon lange Einführungen?«

Sie starrte ihn verständnislos an.

»Du lechzt nach Lust und Liebe, nicht wahr? Um diese Tageszeit geht niemand in eine Taverne, und du hast kein langes Vorspiel mehr nötig. Ergreifen wir die Gelegenheit, die Amor uns geschickt hat!«

»Hier? Jetzt?« fragte sie im Flüsterton.

»Hier. Jetzt.«

Er blickte entschlossen drein.

Seine Hand griff unter seine Tunika und löste das Lendentuch. Auf seinem Gesicht lag ein Anflug von Vergnügtheit.

»Ich denke nicht daran, jetzt noch irgendwo anders hinzugehen. Ich bin mehr als bereit, dir die Lust zu verschaffen, die wir beide wollen – hier, überzeuge dich selbst.«

Seine Aufforderung erhöhte noch ihre Neugier. Sie schob eine Hand unter seine Kleidung und fühlte, dass er gewaltig und hart war. Und gleichzeitig fühlte sich das Ding wunderbar weich an, so samten. Die pulsierende Wärme bewies ihr, dass ihre Experimente mit den groben Holzstielen nichts als billiger Ersatz waren. Seine Größe überraschte und erregte sie. Ja, sie wollte dieses Symbol der Manneskraft in sich spüren, sie wollte, dass es hart und kräftig in sie eindrang. Bis zum Anschlag.

»Sei nicht so schüchtern. Du kannst deine Finger bewegen. Ein Phallus fühlt sich gut an, genauso gut, wie du dich anfühlst, nur anders.«

Sie zupfte am Stoff des Lendentuchs, zog es zur Seite und konnte jetzt den Penis deutlicher sehen. Er zuckte und sprang ihr entgegen, und unwillkürlich wich sie zurück, aber dann siegte ihre Neugier und hielt ihn mit beiden Händen, als hätte sie Angst, er könnte davonrennen oder himmelwärts fliegen.

Das herrliche Gefühl der Hitze und das Versprechen von Kraft überwältigte sie. Sie bewegte ihn langsam in ihren Handflächen und labte sich an dem ungeheuren Geschehen. Behutsam legte sie einen Finger auf die Spitze und ließ ihn über die gespannte Haut kreisen. Sie drückte mit Daumen und Zeigefinger leicht gegen den geschwollenen Kopf.

Sie wusste, dass sie ihn erregte, denn der Schaft zuckte immer wieder, als ob Wellen der Wollust ihn durchliefen. Er war jetzt auch noch härter als eben noch, und wenn sie sich nicht ganz täuschte, war er auch noch ein bisschen gewachsen. Oh, er würde ohne Schwierigkeiten in sie hineingleiten.

Er zog sie an sich, legte die Hände auf ihre Brüste und drückte sie vorsichtig. Er zog geschickt das Kleid über ihre Schultern nach unten, bis ihre prächtigen Brüste entblößt waren. Er umfing sie mit seinen Händen und streichelte sie. Die Finger glitten zu den Brustwarzen, drückten sie, aber nicht zu fest. Er schien genau zu wissen, was sie am liebsten hatte, und es fiel ihr nicht schwer, sich ihm ganz zu überlassen.

»Ich weiß, wie frustrierend es sein kann«, murmelte er. »Man reibt und drückt und hofft. Ich wette, dass du manchmal bis zu einer Stunde herumstreichelst, bis du anschwillst wie eine Blase. Aber du findest die Erlösung erst, wenn sich der kleine Knopf, die Quelle deiner größten Lust, aufgeplustert hat. Dann pocht er wie wild, und du willst nicht, dass dieses Gefühl jemals aufhört.«

»Woher weißt du all diese Dinge?« flüsterte sie.

»Ich spreche mit Frauen. Ich weiß, wie sie fühlen. In der Dunkelheit deiner Schlafkammer streichelst du dich selbst, und wenn du spürst, dass du kurz davor bist, nimmst du die Hand weg, um den Augenblick hinauszuzögern. Ich kann dich vor mir sehen, ich höre deinen Atem, der immer kürzer wird. Ich wette, dass du dich in manchen Nächten wund gerieben hast. Aber selbst dann erlebst du nicht immer den Zenit.«

Sie barg ihr Gesicht an seiner Brust, verwundert und beschämt, weil er sie durchschaut hatte.

»Dann bist du älter geworden und bist auf den Gedanken gekommen, dass du etwas anderes brauchst als deine Hand, um wirklich glücklich zu werden. Und du hast herausgefunden, dass der Phallus eines Mannes genau das richtige Stück für dich wäre, nicht wahr?«

Die ganze Zeit streichelte er ihre Brüste, und Daumen und Zeigefinger rieben sanft über die Warzen. Er wandte ihre eigene Methode an, aber er bescherte ihr eine unvergleichlich höhere Lust. Seine Hände waren etwas rauer als ihre eigenen, sie kratzten sogar ein bisschen, aber es tat ihr gut, oh, so gut. Sie drückte ihren Oberkörper dichter an ihn und stöhnte auf, als er die empfindlichen Halbkugeln zu kneten begann.

»Du bist ungeduldig, nicht wahr? Aber dieses Spiel verlangt nach zweien. Du hast mich gesehen, aber ich sehe noch zu wenig von dir.«

Sie warf den Kopf zurück in den Nacken und spürte, wie der Phallus gegen ihren Bauch drückte.

»Der Sklave wird bald zurück sein«, murmelte sie. Plötzlich überkam sie ein Gefühl von Unschuld und Schüchternheit – es wurde ihr bewusst, dass das, was er mit ihr tun wollte, gegen die Regeln der Gesellschaft und gegen die Moral verstieß. Die halböffentliche Situation hier in der Taverne, wo sie jeden Augenblick überrascht werden könnten, verschlimmerte ihr Verhalten noch.

»Du hast so etwas noch nie getan, nicht wahr?« fragte er, packte einen ihrer Schenkel und hob ihn an, schlang ihn um seine Hüfte. Sie ließ es mit sich geschehen, weil sie nicht gegen das Verlangen ankämpfen konnte, das in ihrem Körper tobte. Sie spürte, dass sich ihre geheime Stelle wie eine Blume in der Sonne öffnete. Scheu schlang sie einen Arm um seinen Nacken. Sie fuhr mit der Zunge über seinen Hals. Obwohl sich ihr Gewissen meldete, wusste sie, dass sie nicht umkehren würde – sie wählte den Weg ins Abenteuer, nicht in die Anständigkeit.

Er hob ihr Bein noch höher an, so dass sie fast schwebte, und um die Balance zu halten, musste sie sich an seinen Körper klammern. Sie schlang auch den anderen Schenkel um seine Hüfte, und mühelos hielt er ihr Gewicht, indem er beide Hände unter ihren Hintern schob und die Backen kräftig knetete. Er kniff auch ein paar Mal, was sie lüstern aufschreien ließ.

Er zog sie höher und spreizte seine Beine, und nun

konnte sie seinen Schaft spüren, der ungeduldig gegen ihren glatten Hügel klopfte. Er ließ ihn absichtlich über die geheime Öffnung gleiten, die in den Säften ihres Verlangens badete. Oh, was für ein Gefühl! Endlich spürte sie die pochende Männlichkeit an ihrem klaffenden Schlitz. Er schaute ihr in die Augen und lächelte sanft.

»Das gefällt dir, nicht wahr? Du willst mich haben. Du bist bereit für mich, ich spüre deinen Feuerofen. Aber du sollst noch ein bisschen länger warten.«

Sie stöhnte nur selig auf, leckte seinen Hals und knabberte an seinem Ohrläppchen.

Er hielt sie an den Backen gepackt, und seine Finger schoben sich langsam vor, bis sie die geschwollenen Falten ihres Geschlechts erreicht hatten, die vom Tau ihrer Lust feucht sein mussten, dachte sie. Einen Finger schob er weiter, forschend, reibend, testend. Sanft stieß er gegen eine Barriere.

»Du bist wirklich eine kleine Unschuld«, sagte er überrascht. »Ich werde dir die Dinge beibringen, die du so gerne wissen möchtest. Wieso hast du es so lange ohne Mann ausgehalten? Sind nicht alle von deiner Schönheit und deiner sinnlichen Weiblichkeit überwältigt gewesen?«

»Sie alle waren inkompetent«, stieß sie hervor. »Ich habe auf einen Besseren gewartet.«

Er trug sie mühelos zum Spieltisch und legte sie behutsam nieder. Ihre Beine waren noch gespreizt, weil sie bisher die Schenkel um seinen Leib geschlungen hatte. Er legte eine Hand auf ihr Knie, womit er verhindern wollte, dass sie die Beine aus Schüchternheit wieder schloss.

»Berühre dich mit deiner Hand.« Es klang wie ein Befehl.

Sie wandte den Kopf zur Seite und biss sich auf die Lippe. Man sah ihr an, dass sie verwirrt war.

»Du bist also nichts als ein Spanner«, rief sie. Enttäuschung breitete sich in ihr aus. Sie starrte ihn wütend an.

»Tu, was ich dir sage.«

»Warum?«

Er lachte. »Es war schön, dir zuzusehen, als ich in der Tür stand. Du hast so zufrieden und friedlich ausgesehen, als du dir mit deinen Fingern Vergnügen bereitet hast. Ich habe dich aus eigensüchtigen Motiven gestört – ich dachte, du würdest mich nicht mehr brauchen, wenn du dich selbst zum Höhepunkt gebracht hättest. Außerdem gehört es sich nicht, dass man einer Dame die ganze Arbeit überlässt.«

»Du hast mir eine lange Zeit zugesehen?« fragte sie, und eine tiefe Schamröte überflutete ihr Gesicht.

»Lange genug.«

Sie mochte sein Lächeln, es war nicht überheblich, sondern warm und freundlich. Verständnis las sie in diesem Lächeln.

»Du brauchst dich nicht zu schämen. Es ist so selten, dass man in dieser prüden Gesellschaft eine Frau findet, die weiß, was sie will und sich zu dem bekennt, was sie braucht. Die meisten schürzen die Lippen, schauen verächtlich und geben vor, schockiert zu sein.«

»Hast du Angst, es mit mir zu tun?« fragte sie herausfordernd, denn sie befürchtete, er könnte ein Maulheld sein, einer, der große Sprüche machte und nichts ablieferte.

»Ich möchte wissen, was dir Lust bringt. Woher sonst soll ich erfahren, was ich mit dir anstellen soll? Oder wäre es dir lieber, dass ich mit dir das tue, was ich schon hundertmal mit anderen Frauen getan habe? Vielleicht ziehst du etwas anderes vor, und dann wärst du enttäuscht. Aber ich möchte keine Dame enttäuschen, das ist wider meine Natur.«

Sie fühlte sich entspannt und ungehemmt, und in dieser Stimmung führte sie einen Finger in ihre pochende Vulva, während sie den Blick nicht von ihm wandte.

»Du bist schön«, sagte er andächtig. »Es ist nicht nur dein langes schwarzes Haar, die ebenmäßige Form deines Gesichts, die großen dunklen Augen ... du bist auch hier schön ...« Er kniete sich vor ihr auf den Boden und schaute unentwegt auf die Stelle, die von ihrem Finger vereinnahmt wurde.

»Schön wie eine Sonnenblume, die sich öffnet«, murmelte er ergriffen. Er drückte seine Lippen auf die Stelle und rieb leicht mit der Zunge darüber.

Sie schüttelte sich vor Wonne und Wärme. Das Feuer in ihr loderte höher als zuvor. Mehr als sie sagen konnte, verlangte sie nach ihm und der Lust, die er ihr bereiten konnte. Seine Zunge tupfte über die geschwollenen Lippen, fuhr dann in langen Strichen an ihnen entlang, ehe sie zur Klitoris zurückkehrte, und er sog den Nektar auf, als wäre er Leben spendendes Wasser.

»Du schmeckst besser als guter Wein. Selbst der Kaiser kennt solchen Genuss nicht.«

Er hob den Kopf, schaute sie an und brachte ihre Hand wieder in die alte Position. »Mach weiter«, drängte er sie. »Ich sehe so gern in dein Gesicht, wenn du das tust. Du bist eine Frau, die ihre Freude an der intimen Entspannung hat. Es ist ungewöhnlich, eine so junge Genießerin vor sich zu haben. Wie bei jeder Kunst, ist auch der Genuss eine Gabe, die uns allen gegeben ist, aber die meisten nehmen sie nicht an. Freilich kann man auch durch Erfahrung noch ein Stück dazu lernen.«

Sie öffnete die Augen, und es war ihr bewusst, dass sie ihm ein schamloses Bild bot. Ihre Beine waren weit gespreizt, und er stand dazwischen, sein Phallus waagerecht und zitternd.

Sie zuckte zusammen, als sie draußen plötzlich das Herannahen hastiger Schritte hörte. Sie stieß einen leisen Schrei aus.

»Bleib, wo du bist«, sagte er, ohne seinen Blick von ihrem glatten Dreieck zu wenden. »Von der Tür aus kann man dich nicht sehen, und ich will dich weiter beobachten. Mach weiter mit deinen Fingern, ich will deine Lust sehen.«

»Ist der Tavernenwirt zu sprechen?« dröhnte eine männliche Stimme in das Schweigen hinein.

»In den nächsten Stunden nicht.«

Marcella sah, dass der geheimnisvolle Fremde, der ihr diese Lust verschaffte, kaum den Kopf wandte, um der Stimme zu antworten.

Sie wusste, dass der Ankömmling bestenfalls seine Konturen sehen konnte, sie selbst blieb ihm ganz verborgen.

»Ich muss ihn so bald wie möglich sprechen.« Jetzt wurde die Tür wieder halb zugezogen.

Die Schritte entfernten sich, und der Mann drehte sich wieder ihr zu und kniete sich zwischen ihre Schenkel. Er zog ihre Knie an, bis die Fersen fast ihren Hintern berührten. Einladend breitete sich ihre Vulva aus.

»Vielleicht bleibt uns keine Zeit mehr«, raunte der Mann.

Er fuhr vorsichtig mit einem Finger in sie hinein.

Sie sprang hoch, saß jetzt auf dem Tisch und griff nach dem steifen Schaft seiner Männlichkeit. Sie drückte ihn sanft und schüttelte sich vor Wonne ob der Kraft, die dieser Teil von ihm verströmte.

»Ich möchte dich in mir spüren«, murmelte sie. Ihre Wollust ließ sie alle Hemmungen verlieren.

Er fummelte unter seiner Tunika, legte sie wieder behutsam auf den Rücken und schob erneut einen Finger hinein, dann den nächsten. Offenbar platzierte er ein Schwämmchen in ihre Vagina, und dabei erreichte er eine viel intensivere Tiefe, als ihr das jemals gelungen war.

Sie spürte, wie er in sie hineinfuhr, wie er ihre inneren Wände abtastete und schließlich zwei Finger in ihr hin und her schob. Sie spürte einen Zwang in sich, den Schoß in seine Richtung zu drücken, um ihm den Zugang zu erleichtern.

»Was machst du?« flüsterte sie voller Furcht und Erwartung.

»Ich sorge dafür, dass du geschützt bist.«

»Ich will dich in mir spüren, nicht nur ein bisschen Schwamm. Komm jetzt«, stöhnte sie.

Er lachte leise auf und trat näher an sie heran. Er hob ihre Beine an und legte sie um seine Hüften. Sie spürte seinen pochenden Penis, der mit köstlicher Süße gegen den verbotenen Eingang ihres Körpers klopfte.

Sie schob sich ihm entgegen, und im gleichen Moment stieß er in sie hinein, so dass sie in einem mächtigen Atemzug tief miteinander verbunden waren.

Herrliche neue Gefühle durchfluteten ihren Kopf, und vor Lust wurde sie fast benommen, aber sie wollte nicht ohnmächtig werden, sie durfte diese Wonne nicht verpassen. Er stieß jetzt tiefer in sie hinein, und sie fühlte sich, als müssten in ihr die Funken sprühen. Sie konnte nicht mehr klar denken, sie stand in Flammen, sie wölbte ihren Rücken und stieß ihm entgegen, hob den Hintern hoch vom Tisch und ruckte wild auf und ab.

Sie stützte sich mit den Händen auf dem Tisch ab und fuhr mit der Zunge an seinem Kinn entlang. Er beugte den Kopf, und jetzt trafen sich ihre Lippen. Er stieß die Zunge in sie hinein, und augenblicklich passte sie sich dem Rhythmus des Phallus an. Sie fühlte eine solche Ekstase in sich, die sie nicht für möglich gehalten hatte.

»Du sagst, dass euer Sklave bald zurück sein wird. Würde es deine Lust noch erhöhen, wenn er dir zuschaute?« murmelte er, während er mit der Zungenspitze über ihre Lippen fuhr. »Hast du dich deshalb in aller Öffentlichkeit so schamlos gezeigt? Ich meine, weil du damit rechnen musstest, jemand könnte hereinkommen?«

»Oh, Juno und Minerva mögen meine Zeugen sein, aber ich weiß es nicht!« rief sie gepresst. Sie stieß ihm entgegen, aber er hielt sie fest. »Bitte, bitte, führe es zu einem schönen Ende!«

Sie wusste, dass er sie mit Absicht neckte, er wollte ihre Lust noch steigern, und vor allem wollte er, dass sie ihn anbettelte. Sie zog ihre inneren Muskeln an. Er sollte die Glut ihres Feuers spüren. Sie führte ihn jetzt, hatte zumindest einen Teil der Kontrolle übernommen.

»Du hast gesagt, dass dies ein Akt für zwei sei«, sagte sie. »Also, dann erledige deinen Teil«, flüsterte sie heiser und voller Ungeduld, während sie wieder an seinem Ohrläppchen knabberte.

»Jupiter, ich möchte dich ein paar Stunden lang genießen, aber dort, wo uns niemand stören kann.«

Er stieß jetzt heftig und schneller zu, und er setzte eine Kraft ein, die ihren Körper in köstliche Zuckungen versetzte. Sie umfasste seinen Torso mit beiden Armen, als wollte sie ihn noch tiefer in sich hineinziehen. Bei jedem seiner Stöße blieb sie die Antwort nicht schuldig.

Ihr Körper explodierte, zersprang in Tausende kleine glitzernde Fasern der Lust. Die Erlösung lockerte ihre Muskeln, und dann wurde sie von seinen Armen geschüttelt, als er sich in ihr ergoss, zuckend, mit einem langgezogenen Aufschrei. Er legte sich über sie und stützte sich auf den Ellenbogen ab.

Er küsste sie sanft. Der energiegeladene Wahnsinn der vorangegangenen Minuten war vorbei und wurde ersetzt von einer Zärtlichkeit, die sie überraschte. Sie lächelte ihn im Halbdunkel scheu an und wischte ein paar Schweißtropfen über seinen Brauen ab. Sein fein geformtes Gesicht hatte Ähnlichkeit mit einer Bronzestatue.

Von der Straße drang ein Geräusch herein, und der erregende Gedanke, tatsächlich erwischt zu werden, währen der Phallus eines fast Fremden in ihr steckte, ließ sie schaudern. Sie blickte über seine Schulter hinweg zur Tür. »Vielleicht hast du recht«, murmelte sie. »Vielleicht würde es mir Spaß machen, dabei beobachtet zu werden – solange ich später nicht in Schwierigkeiten gerate.«

»Es ist nichts Verworfenes daran, anderen Menschen deine Talente zu offenbaren, auch wenn sie auf einem Gebiet liegen, das von der Öffentlichkeit nur stirnrunzelnd und gelegentlich auch mit Verachtung hingenommen wird.«

Sein Lächeln schwand, als ein leichtes Beben das Gebäude schüttelte.

»Das Ende meines Müßiggangs«, sagte er und richtete sich auf. Die abrupte Trennung kam ihr so schmerzlich vor, als hätte sie einen Teil ihres Körpers verloren.

Auch sie richtete sich auf und strich ihr Kleid glatt. Sie sah, dass seine Tunika sich um den noch halb steifen Penis verfangen hatte.

»Lass mich das tun.«

Sie kniete vor ihm nieder und nahm den Stoff in die Hände, aber dann tauchten ihre Hände in die Falten der Tunika. Sein Schaft zuckte schon wieder, als sie ihn liebevoll hielt.

»Du bist noch nicht ganz fertig, nicht wahr?« fragte sie, während sie versonnen über die gespannte Haut strich.

»Für den Augenblick sehr wohl«, sagte er lächelnd. »Gib mir eine Stunde Zeit. Es gibt wohl keine Frau auf der Erde, die mich völlig befriedigen kann.«

Er band sein Lendentuch und richtete sich auf, und von einem Moment zum nächsten hatte er sich wieder unter Kontrolle.

»Im Forum läuft nicht viel, alles liegt da wie tot«, beschwerte sich Terentius, als er die Tür weit aufdrückte und hereinkam. »Das muss ausgerechnet mir passieren – dass man mir meine Freizeit gibt, wenn draußen absolut nichts los ist.«

Marcella war benommen von der raschen Veränderung der Atmosphäre.

»Soll das eine Herausforderung sein?« Sie schaute den Fremden an, der jetzt ihr Liebhaber war.

»Es ist nicht meine Angewohnheit, Frauen vor unlösbare Aufgaben zu stellen, aber wenn du willst, kannst du meine Bemerkung so interpretieren.«

Sie rechnete damit, dass Terentius Zeit brauchte,

bis sich seine Augen an das Halbdunkel gewohnt hatten, nachdem er draußen in der gleißenden Nachmittagssonne gewesen war. Deshalb blieb ihr noch eine Weile, bis sich die Erregung in ihr gelegt hatte und nicht mehr sichtbar war, denn ihre Wangen fühlten sich noch ganz heiß an, und bestimmt würden sie dunkelrot sein. Ihr Geschlecht war noch stark geschwollen, und beim Gehen rieben die dicken Lippen gegeneinander.

»Alles ist in bester Ordnung«, sagte ihr Liebhaber in einem schneidigen Ton, als ob sie bisher über Dienstliches diskutiert hätten. Er trat vor und hob die Wachstafel auf.

Marcella fühlte sich gleichzeitig zufriedener und aufgeweckter, als sie so schnell wieder in die Wirklichkeit zurückging und den traumhaften Zustand, in dem sie sich befunden hatte, hinter sich ließ.

Der Fremde schritt zur Tür und drehte sich dort noch einmal um.

»Ich kenne deinen Namen nicht!« rief sie, und plötzlich überkam sie eine eigenartige Panik.

»Den wirst du herausfinden«, sagte er kurz angebunden. »Ich meine, wenn du interessiert genug bist.«

»Du bist kein Offizieller des Rates, nicht wahr?« fragte sie argwöhnisch.

»Ich bin sehr offiziell«, sagte er, und in seiner Stimme schwang ein Lachen mit.

Marcella wurde ganz schlecht, als ihr bewusst wurde, dass sie ihn vielleicht nie wiedersehen würde. »Das war doch eben eine Herausforderung, nicht wahr?« wollte sie wissen.

»Gewiss.« Er lachte. »Aber sei gewarnt – du wirst sie nicht bestehen.«

Zweites Kapitel

Als sich die Taverne mit Gästen füllte, erholte sich Marcella allmählich von diesem Anschlag auf ihre Sinne, als der sich das Geschehen am Nachmittag erwiesen hatte. Alle äußeren Anzeichen ihres wilden Abenteuers waren verschwunden, und ihr Körper war bis obenhin angefüllt mit einem neuen, herrlichen Gefühl des Wohlbehagens.

Am Spieltisch saßen zwei Spieler, die von ihren Freunden angefeuert wurden.

»Noch einen Becher vom Feinsten!« rief ein schmutziger Maurer und wischte sich die laufende Nase an der Tunika ab.

»Lass deine Hände von mir!« fauchte sie wütend, als der Kerl ihren Hintern tätschelte. »Hast du schon vergessen, dass mein Onkel dich letzte Woche verwarnt hat?«

»Nein, natürlich nicht. Aber ich dachte, es könnte dir ein bisschen gefallen ...« Er lachte derb.

»Da täuschst du dich gewaltig!« sagte sie laut. »Ich könnte nie so tief sinken, dass es mir gefallen würde, von einem ungewaschenen geilen Bock von Maurer angefasst zu werden.«

Der Mann war nicht beleidigt. »Dein Onkel ist auf der Straße und quatscht. Du könntest dir rasch einen verpassen lassen.« Dabei versuchte er erneut, mit einer klobigen Hand unter ihr Kleid zu fassen.

Sie schlug ihm auf die Hand, trat einen Schritt zurück und klatschte dann eine Hand in sein Gesicht.

»Du hast dich vergangene Woche bei ihm entschuldigt, weil er dich sonst nicht mehr in die Taverne gelassen hätte. Also, begnüge dich mit deinem Becher und halte deine Finger bei dir!«

Seine Freunde lachten, und er rieb sich die Wange.

»Die Bordelle sind voll mit Mädchen, die mir für ein paar Münzen das geben, was ich will. Bilde dir nur nicht ein, etwas Besonderes zu sein. Du hast auch nur zwei Titten und 'ne Möse.«

»Ihr seid alle widerlich!« rief sie angeekelt. »Ihr gehört zu dem Abschaum, der für Frauen zahlen muss. Und ihr müsst zahlen, weil es keine Frau gibt, die sich von einem von euch aus Liebe oder Mitleid anfassen lässt.«

Sie wurde rot, als sie hörte, was sie ihr alles nachriefen, aber tief in ihrem Inneren war sie so entspannt und gelöst, dass die Schimpfworte sie nicht berühren konnten.

»Dieser Mann war kein Beamter«, sagte Terentius und gluckste heiser, während er Wein aus einer neuen Amphore in kleinere Kannen goss.

»Er muss einer sein«, sagte sie rasch, aber dann zuckte sie mit den Achseln, um ihm zu zeigen, wie gleichgültig ihr das war – was absolut nicht zutraf.

»Ich habe noch nie einen Schreiberling gesehen, der solche Muskeln hat, und auch keinen Arbeiter, der sich so herausputzt. Er muss Stunden in den Bädern verbringen – selbst seine Ohren und Fingernägel waren sauber. Das ist dir doch wahrscheinlich auch aufgefallen, oder?«

Sie kommentierte das nicht.

»Das bedeutet«, fuhr er fort, »dass er wohlhabend genug ist, sich Sklaven zu halten, die sich um sein Wohlergehen und um sein Aussehen kümmern.«

Er mischte Wasser dem Wein bei und verrührte das Gemisch ausgiebig. »Er ist ein Mann der Tat, kein Stifthalter. Sein Bart war gerupft, nicht rasiert. Das bedeutet, dass ihm der Schmerz nichts ausmacht, und wahrscheinlich ist er oft unterwegs, so dass er nicht jeden Tag zu einer Rasur kommt. Außerdem kenne ich alle die gekrümmten Rücken der Schreiberlinge aus der Verwaltung.«

»Wer war er denn?« fragte sie, weil sie ihre Neugier nicht mehr unterdrücken konnte. »Du musst doch wenigstens seinen Namen kennen.«

»Ich weiß natürlich nicht, wer er war«, sagte er und goss das Wein-Wasser-Gemisch aus den Kannen in kleinere Krüge. »Ich habe ihn noch nie gesehen. Er war ein durchreisender Fremder, der wegen der Hitze des Tages das Verlangen nach einem kühlen Trunk verspürte. Wahrscheinlich war er auf dem Weg zum Hafen und will nach Griechenland. Er hat doch nicht den hiesigen Dialekt gesprochen, nicht wahr?«

»Nein, er hat wie einer aus Rom gesprochen. Er war kein Plebejer, und er hatte eine gewisse Ausstrahlung«, sagte sie versonnen. Wie sollte sie ihn wiederfinden, wenn niemand wusste, wer er war?

»Dann kommt er also für dich nicht in Frage«, stellte Terentius fest.

Sie bedachte ihn mit einem verächtlichen Blick und griff nach einem der gefüllten Weinkrüge. »Ich wollte nur wissen, woher er kam, denn er ist gegangen, bevor ich ihn danach fragen konnte. Das ist mein ganzes Interesse an ihm.«

»Natürlich, meine Dame. Sie waren auch nicht angetan von ihm. Und Sie wollen ihn auch nicht wiedersehen. Ha, ha. Aber du glaubst ja auch nicht, dass der Berg bald ausbricht. Wir werden ja sehen, wer recht hat.«

»Wenn vom Berg eine Gefahr ausginge, hätte die Verwaltung uns längst gewarnt«, gab sie zurück. »Warum sonst konsultieren die Auguren die heiligen Tiere? Sie haben keine Vorahnung eines bevorstehenden Unglücks gespürt, also gibt es auch keins.«

»Vor siebzehn Jahren hat es auch keine Vorwarnungen gegeben, und sieh doch, was passiert ist!« Er zeigte auf den breiten Riss, der quer durch die Decke der Taverne lief. Spinnen hatten die Öffnungen mit Geweben und toten Fliegen gefüllt. »Sie haben immer noch nicht die Schäden behoben, deshalb sieht die Stadt ja wie eine einzige Baustelle aus. Und dieses Mal wird die Katastrophe noch entsetzlicher sein.«

»Ich war damals gerade erst auf der Erde, aber ich weiß, dass du übertreibst«, fauchte sie ihn an, denn sie war seine Schwarzmalerei leid. »Ich treffe mich mit Lydia.«

An der Tür zur Straße blieb sie stehen und schaute hinüber zum Spieltisch. Von hier aus konnte man nur das eine Ende des Tisches sehen, genau dort, wo sie gelegen hatte.

Plötzlich stand Terentius neben ihr. Er sah sie grinsend an. »Du hast mich zwar nicht gefragt, aber ich sage es dir trotzdem. Ich hatte einen interessanten Nachmittag. Du hast wohl geglaubt, du hättest Glück gehabt, dass ihr zwei gerade fertig wart, als ich zur Tür hereinkam, was? Ha! Ich war schon viel früher zurück!«

Sie schüttelte sich bei der Vorstellung, dass er ihre geheime Stelle gesehen und den ganzen Akt verfolgt hatte, sogar ihren unbändigen Orgasmus.

»Es ist schon Jahre her, dass ich einen so jungen und frischen Schoß gesehen habe. Es hat mir viel Spaß bereitet.«

»Du kleiner mieser Kerl! Wie kann man sich nur so erniedrigen? Ich habe nichts getan, dessen ich mich schämen müsste – absolut nichts!«

Eine Stunde später klopften Marcella und Lydia an die schwere Holztür unter dem reich verzierten Steinsturz, Haupteingang zum Haus von Lydias Herrschaft. Das Mosaik eines wilden Tieres warnte: *Achtung vor dem Hund*, und prompt hörte man ein wütendes Bellen, als von innen mehrere Riegel zurückgeschoben wurden.

»Ob ein Phallus dicker, länger und muskulöser wird, wenn man ihn oft benutzt?« murmelte Marcella. »Oder haben sie alle dieselbe Größe? Oh, ich kann es kaum erwarten, die Bilder zu sehen.«

»Beruhige dich, Marcella. Sie werden ahnen, dass wir nichts Gutes im Schilde führen, wenn du so aufgeregt bist«, zischte Lydia ihr zu.

Der Pförtner ließ sie ins kühle, mit Marmor ausgelegte Innere treten. Hohe Säulen wiesen das Haus als stattliches Gebäude aus, ganz im Gegensatz zu den kleinen Zimmern hinter der Taverne, in denen Marcella lebte.

Schweigend schritten sie Richtung Innenhof, als ob sie sich sonnen wollten. Sie versuchten beide, unschuldig und arglos auszusehen, konnten aber ihre Ungeduld kaum verbergen, als sie sich dem verbotenen Zimmer näherten.

Der Verwalter kam aus den Quartieren des Personals und schimpfte laut mit jemandem, der nicht zu sehen war. Die Mädchen blieben wie angewurzelt stehen, als sie sich von ihm ertappt fühlten. Er musterte Marcella kritisch, sah das einfache Kleid und die Ausgehsandalen.

Tiefe Falten durchzogen seine Stirn, und sein Blick war durchdringend, fand Marcella. Sie kam sich nackt vor.

»Ich habe ein großes Problem«, sagte er zu Lydia. »Wer ist sie? Kann sie am Tisch bedienen? Welche Qualifikation hat sie?«

Marcella hielt die Luft an und hörte gespannt zu, was Lydia zu sagen hatte.

»Sie arbeitet in der Taverne ihres Onkels«, sagte Lydia rasch. »Wir sind schon seit Jahren befreundet.«

»Der Herr und die Herrin haben kurzfristig zu einer Gesellschaft eingeladen, um ihren Gästen die Wandgemälde zu zeigen, und wir haben nicht genug Personal dafür. Es ist keine harte Arbeit. Man muss gut genug aussehen, damit den Gästen das Essen nicht hochkommt, aber nicht so gut, dass die Frauen eifersüchtig werden.«

Marcella nickte und versuchte, ihre freudige Erregung nicht sichtbar werden zu lassen.

»Keine auffälligen Ohrringe, keine Armreifen, keine Fußspangen, keine Ringe. Und am wichtigsten ist – nicht flirten. Glaubst du, du schaffst das?«

Sie schlug die Augen nieder und hielt die Hände verkrampft vor sich. Mit allen Mitteln versuchte sie, nicht an die Szenen zu denken, die sie auf den Wandgemälden vermutete.

»Was soll ich tun«, fragte sie, den Blick immer noch gesenkt, »wenn ein Mann zu aufdringlich wird?«

»Wenn ich das noch nicht gesehen und dich nicht

aus der Situation herausgeholt habe, kommst du zu mir. Ich schicke dich dann in die Küche, als gäbe es dort etwas Wichtiges zu tun. Wir regeln solche Dinge auf diplomatische Weise.«

Sie nickte.

»Du scheinst für die Aufgabe geeignet«, verkündete er. »Lydia wird dir die Einzelheiten mitteilen.« Er betrachtete sie noch einmal prüfend, und dabei blieb sein Blick zu lange an ihrem Busen haften, ehe er sich umdrehte und schnellen Schrittes verschwand.

»Die neuen Bilder sollen die Gäste aufmuntern«, sagte Marcella. »Ich wette, dass wir einige interessante Dinge zu sehen bekommen. Die Gesellschaft könnte in eine einzige Orgie ausarten. Ich kann es kaum noch erwarten!«

Lydia öffnete eine Tür. Vor ihnen lag das fensterlose Speisezimmer, in dem die Luft stickig war. Es gab keine Einrichtung, aber auf dem Boden standen viele Farbtöpfe, Pinsel und Quasten verschiedener Größe lagen auf mit Farben bekleckerten Tüchern. In einer Ecke lag ein Sack Gips, daneben stand ein Krug, bis obenhin mit Wasser gefüllt.

Marcella strengte die Augen an, um in dem fast dunklen Raum die Einzelheiten der Gemälde zu erkennen. Sie sah pastellfarbene Gestalten vor einem dunkelroten Hintergrund.

Je mehr sich ihre Augen an das Dämmerlicht gewöhnt hatten, das zwei Wandlampen spendeten, desto deutlicher konnte sie einzelne Gestalten ausmachen. Die Wände waren in Abschnitte zwischen geschwungenen Tüchern und marmornen Säulen aufgeteilt, und dazwischen lief das Szenario des Malers ab.

»Sie stehen einfach nur da und tun nichts«, flüsterte Lydia enttäuscht.

»Nein! Schau genau hin!«

Marcella trat näher heran und betrachtete die Gestalt eines jungen Mannes in einer hellbraunen Tunika.

Er beugte sich zu einer Frau im blauen Kleid vor.

»Ich dachte zuerst, dass sich die Frau bückt, um Blumen zu pflücken, aber ihren Rock hat sie bis zu den Hüften gehoben, und sie hält sich mit beiden Händen auf einer niedrigen Mauer fest. Schau dir den gewaltigen Phallus dieses Mannes an!«

»Er steht hinter ihr!« rief Lydia aus.

»Er ist gerade dabei, von hinten in ihre Öffnung zu stoßen!«

»Man kann ihre geheime Stelle nicht sehen.« Lydia klang immer noch enttäuscht, während Marcella sich intensiv den Rest der Szene anschaute. Neben dem Paar an der Mauer stand ein anderes. Die Frau lehnte rückwärts über einem Tisch und hatte ein Bein gehoben wie eine Tänzerin. Der Phallus auch dieses Mannes wies gewaltige Ausmaße auf, als er sich der Frau näherte.

»Schau dir die Frau an, deren Brüste aus ihrem Kleid fallen«, murmelte Marcella.

Lydia beugte sich vor, um das Bild zu inspizieren. »Man kann alle Einzelheiten erkennen«, flüsterte sie.

Mit großer Detailtreue hatte der Künstler das Dreieck der dargestellten Frau gemalt. Die Spalte öffnete sich leicht, weil sie das eine Bein gehoben hatte und um die Hüfte des Mannes schlang.

Marcella spürte, wie sich ihr Kleid zwischen ihren Schenkeln rieb. Sie schaute zu Lydia und sah, dass deren Gesicht vor Verlangen tief gerötet war. Unter dem dünnen Kleid zeichneten sich die steifen Brustwarzen ab.

»Das ist starkes Zeug – stell dir die fetten Kaufleute vor, wenn sie hier speisen. Noch bevor die Mahlzeit vorbei ist, sprengt jeder Phallus die Tunika, die ihn bedecken soll. Sie werden ihre Finger nicht von den Frauen lassen können. Ich wette, dass es eine heiße Gesellschaft wird!«

Lydia schlenderte zur anderen Wand.

»Hier befinden sich drei im Liebeskampf, schau mal!«

Ein Mann mit erigiertem Glied stand hinter einem anderen Mann, der dabei war, eine Frau zu penetrieren. Die Frau wandte sich den Betrachterinnen mit einem herausfordernden Blick und einem übertriebenen Grinsen zu.

»Das ist nicht sehr realistisch«, fand Marcella.

»Was meinst du?«

»Dieses Grinsen. Sie müsste vollauf damit beschäftigt sein, sich auf ihre Lust zu konzentrieren, da bleibt keine Zeit zu grinsen.«

»Woher willst du das wissen?« Lydia starrte sie im Halbdunkel an. »Marcella! Ich glaube, du hast einen Mann in dir gehabt! Was für ein Gefühl war es? Hat es weh getan? War es ein langer, dicker Phallus?«

Marcella wandte sich ab.

»Nun rede schon!« drängte Lydia. »Wir haben vereinbart, dass wir immer alles teilen!«

»Ich weiß nicht, wer er ist«, gab Marcella schließlich zu. »Und ich weiß auch nicht, wo ich ihn finden kann. Wie soll ich wissen, ob das Entzücken, das er mit bereitet hat, wirklich war? Ich habe den Akt vielleicht mit übertriebenen Gefühlen empfunden, weil es das erste Mal war.«

Lydia wandte sich wieder den Gemälden zu. »Ich glaube, du denkst dir bloß was aus, wenn du nicht einmal seinen Namen weißt. Wenn er so gut gewesen wäre, hättest du ihn gefragt. Dieses Bild ist noch deutlicher, schau mal!«

Ein Mann und eine Frau waren ineinander verkeilt, die Frau klammerte sich an dem Mann fest, sie schwebte über dem Boden, während der Mann sie tief penetriert hatte.

»Das muss sich sehr, sehr gut anfühlen«, murmelte Marcella. Ihr Atem ging schneller. Sie schloss die Augen und schlang ihre Arme um den Leib. Es war, als könnte sie den würzigen Geruch ihres Liebhabers wahrnehmen.

Sie erlebte die Szene noch einmal durch, als der Künstler unbemerkt ins Zimmer schlüpfte.

Er war jung, wenn auch nicht so jung, wie sich Marcella vorgestellt hatte. Sein krauses Haar war kurz geschnitten und rahmte sein Gesicht ein wie bei einer Marmorstatue. Er hatte einen wunderbaren Körper, schmale Hüften, schmale Schultern. Und auch die Waden waren nicht so muskulös wie die ihres Liebhabers. Er hatte feine Hände und lange Finger.

»Ich bin Petronius – Petro für die jungen Damen.« Zu Lydia gewandt, sagte er: »Dich habe ich ab und zu im Haus gesehen«, worauf Lydia sofort errötete. Dann sah er Marcella an. »Ich habe versucht, so viele Variationen der körperlichen Liebe zu malen, wie mir möglich sind. Ich habe eine lange Zeit in Rom verbracht, um mir Anregungen zu holen.«

»Du meinst, du schaust dir Bilder anderer Künstler an und lässt dich von ihnen inspirieren?« fragte Marcella. »Ist das nicht ziemlich langweilig?«

»Überhaupt nicht. Ich male das Leben. Alle Szenen in diesem Raum – und noch viele andere mehr – habe ich gesehen, erlebt. Es ist nicht möglich, solche Bilder zu malen, während die Szenen ablaufen, vor allem Männer wollen sich in solchen Posen nicht malen lassen. Außerdem wäre es ein bisschen viel von ihnen verlangt. Sie würden ihre Erektionen verlieren, während ich die Farben mische und auf den nassen Gips auftrage.«

Lydia kicherte hinter ihrer Hand, aber im nächsten Augenblick bemühte sie sich wieder um einen scheuen Ausdruck. Marcella erkannte, dass auch ihre Freundin von der freizügigen Unterhaltung erregt wurde.

»Darüber habe ich noch nie nachgedacht«, sagte sie mit gepresster Stimme. »Die Fleischeslust scheint ein großer Bestandteil deiner Kunst zu sein«, sagte sie. »Bisher habe ich gedacht, dass nur Huren und ihre Beschützer damit Geld verdienen.«

»Wie nett du zu mir bist«, sagte er und zwinkerte ihr zu.

»Die praktische Umsetzung beim Malen obszöner Wandgemälde ist jedenfalls schwierig«, fuhr Marcella ungerührt fort. »Ich nehme an, du musst schon an vielen Orgien teilgenommen haben.«

»Diese Gemälde sind kaum obszön zu nennen«, protestierte der Künstler. »Sie sind zahm im Vergleich zu einigen Szenen, denen ich beigewohnt habe. Es ist so gut wie unmöglich, in Rom zu leben, ohne zu wilden Gelagen geladen zu werden, obwohl sich die Zahl solcher Feste reduziert hat, seit Kaiser Nero gestorben ist. Das neue Herrscherhaus hat Maßhalten auf allen Ebenen gepredigt, obwohl man unter Titus wieder mehr Spaß haben kann als unter seinem Vater Vespasian.«

»Aber niemand kann Leute daran hindern, hinter geschlossenen Türen das zu tun, was sie tun wollen«, sagte Marcella voller Hoffnung.

»Als ich wusste, dass ich diesen Auftrag erhalten würde«, sagte Petro, »habe ich keine Einladungen mehr ausgeschlagen.« Er lächelte versonnen.

Marcella schaute ihn an, Neid im Gesicht. »Solche gesellschaftlichen Feste gibt es bei uns in Pompeji nicht.«

»Die Gesellschaften in diesem Haus können auch ziemlich heiß werden«, warf Lydia ein. »Aber eine richtige Orgie habe ich hier noch nicht erlebt.«

Petro lächelte die Mädchen an. »Das wird sich ändern. Die Leute zahlen nicht für solche Wandgemälde, um prüde Bekannte zu beeindrucken.«

Marcella warf Lydia einen triumphierenden Blick zu.

»Wie ich schon sagte«, fuhr Petro fort, »richtige Orgien sind rar geworden in Rom. Aber Pompeji ist eine kleine Provinzstadt, und ich bin sicher, dass es hier einen großen Nachholbedarf gibt. Und wenn einer der wohlhabenden Leute mit solchen Wandgemälden beginnt, dann wollen andere es bald auch haben. Nun, was sagen die Damen? Gefällt es euch?«

»Du malst wunderschöne Frauenkörper«, sagte Lydia. »Die Brüste und die eh ... anderen Teile sind mehr als deutlich.«

Ihre Augen leuchteten, als sie ihn anschaute und lächelte. Er erwiderte das Lächeln, dann bückte er sich nach einem Pinsel und wischte ihn mit einem Tuch ab. Seine langen Finger strichen voller beabsichtigter Sinnlichkeit über den Holzstiel des Pinsels, während er Lydias Gesicht betrachtete, die vollen roten Lippen ansah, bevor der Blick auf den Busen fiel.

Marcella schaute von ihm zu ihr und sagte schließlich: »Mir gefallen die Bilder, sie erregen mich. Und ich sehe, dass Lydia auch Feuer gefangen hat. Ist das die Absicht solcher Gemälde? Ich meine, es sind keine kalten Bilder irgendwelcher Göttinnen, die man in anderen Häusern findet. Diese Gestalten sind aus Fleisch und Blut, sie leben.«

»Sie sind Tribute an die Macht der körperlichen Liebe. Wenn es mir gelungen ist, euer Blut in Wallung zu bringen, bin ich sehr zufrieden«, sagte er und trat näher an sie heran. Auf seinem Handrücken befand sich ein Farbklecks, und er rieb mit den Fingern der anderen Hand leicht darüber.

Sie konnte den schwachen Geruch seines Körpers über der Süße der Salben wahrnehmen, die noch vom nachmittäglichen Bad an ihm haftete. Deshalb waren auch seine Haare noch ein wenig klamm. Marcella sah, dass seine Erektion gegen den Stoff der Tunika drückte.

»Ich muss noch eine Figur malen, bevor ich nach Rom zurückkehre«, sagte er und sah Marcella an. »Es ist ein Bild der Venus, wie sie aus der Muschel aufsteigt, dazu eine ihr dienende Wassernymphe. Den Hintergrund habe ich schon fertig, ich habe ihn gemalt, während ich darauf wartete, dass diese Bilder hier trocknen, damit ich letzte Hand anlegen kann. Ich kann die Venus natürlich auch aus dem Gedächtnis malen, aber du hast eine schöne, verführerische Figur, und ganz besonders gefallen mir deine unwiderstehlichen fröhlichen Augen. Ich könnte dich als Modell der Venus gut gebrauchen, und Lydia würde ich dann als Wassernymphe malen.«

»Ich habe die Zeit nicht dafür«, murmelte Marcella und schlug die Augen nieder, damit er nicht sehen konnte, wie gern sie ihm Modell gestanden hätte. Die Vorstellung, sich vor diesem Mann auszuziehen und sich ihm nackt zu zeigen, erregte sie, denn ihm waren die Schönheiten des weiblichen und männlichen Körpers so vertraut, dass er sie in jedem Bild einfangen würde.

Seine Blicke brannten sich in ihre Haut, und ihr wurde bewusst, dass er sie in Gedanken auszog. Sie konnte beinahe körperlich spüren, wie er ihre Nippel berührte und sie mit seinen Fingern umkreiste.

»Ich wohne ein paar Straßen weiter«, sagte er und bückte sich nach einem anderen Pinsel. »Wenn du deine Meinung änderst und meine Inspiration sein willst, kannst du ja morgen früh vorbeikommen.«

Drittes Kapitel

Marcella verbrachte eine unruhige Nacht, weil sie an ihre Abenteuer denken musste, und weil sie erfahren musste, dass ihre eigenen Hände ihr nicht annähernd die Befriedigung brachten, die der geheimnisvolle Liebhaber ihr beschert hatte.

»Hast du gespürt, wie die Erde gebebt hat?« fragte ihr Onkel, als sie am anderen Morgen die Küche betrat. Sie war noch ganz benommen vom Schlafmangel.

»Solche kleinen Beben erleben wir doch immer«, sagte sie leichthin. Sie konnte nur an das Beben ihres Körpers denken, an die Lust, die sie empfunden hatte. Sie war entschlossen, solche Genüsse zu wiederholen.

Ein paar Stunden später, nachdem sie ihrer Tante zwei Lügen aufgetischt hatte und nachdem es ihr nicht gelungen war, mehr über ihren geheimnisvollen Liebhaber herauszufinden, kletterte sie die Stufen zu Petronius' Bleibe hoch.

»Lydia war schon hier, aber nur, um mir zu sagen, dass sie mir erst später als Modell zur Verfügung stehen könnte«, sagte Petronius.

Seine beiden Räume waren spärlich eingerichtet. Der erste Raum enthielt nur Malerutensilien, dazu eine farbverschmierte Liege in einer Ecke und eine Kommode in der anderen. Vor der Liege stand ein kleiner Tisch. Durch die halb geöffnete Tür konnte sie ins Nebenzimmer schauen, wo es offenbar nur ein Bett und eine Kommode gab.

»Du lebst so hoch oben!« stellte Marcella fest. »Der Lärm der Straße ist kaum zu hören.«

»Das ist einer der wenigen Vorteile einer billigen Unterkunft«, sagte er lächelnd. »Trink ein Glas Wein. Er wird dich entspannen. Beim ersten Mal sind die meisten Modelle nervös. Bist du angespannt?«

»Es wird mir komisch vorkommen, mich vor einem Mann auszuziehen«, sagte sie, und sie wusste, dass es beim Ausziehen nicht bleiben würde. Der Künstler hatte eine völlig andere Gestalt als ihr erster Liebhaber, und sie wollte Erfahrungen sammeln. Wenn sie den Mann aus der Taverne wieder traf, wollte sie ihm mehr bieten als nur den Charme ihrer Unschuld.

»Selbst die erfahrenen Modelle sind nicht frei von Verkrampfungen, wenn sie daran denken, dass die Gesellschaft sie ächten wird, wenn man sie erwischt«, sagte er ruhig und reichte ihr einen Becher.

Sie nippte vorsichtig am Wein. »Er schmeckt gut«, sagte sie. Sie spürte, wie die Flüssigkeit ihre Adern aufheizte. Ja, der Wein entspannte sie.

Im Vergleich zu dem Mann in der Taverne war Petro ein Leichtgewicht, aber was sie an ihm faszinierte, waren seine großen seelenvollen Augen.

»Ich erhalte gute Honorare für meine Gemälde, aber reich werde ich davon nicht«, sagte er mit einem Anflug von Bitterkeit. »Als Gegenleistung liefere ich ihnen Bilder, die meinen Kunden jahrelang lüsterne Erlebnisse bescheren – solange sie nicht zulassen, dass ihre Gäste in ihrer Trunkenheit Essensreste und Wein gegen die Wände schleudern.«

»Du hast eine geringschätzende Meinung von deinen Auftraggebern«, sagte sie und ging im Zimmer auf und ab. Sie hielt den Becher mit dem Wein fest in ihrer Hand.

Sie spürte, wie ihr der Wein zu Kopf stieg und ihre Hemmungen abbaute.

»Sie wollen eine Dekoration für ihre Wände und einen billigen Nervenkitzel«, sagte er, »es geht ihnen nicht um Kunst. Ich könnte ihnen etwas Geschmackvolles malen oder auch etwas explizit Erotisches, aber sie wollen dieses Zwischenstadium, weder das eine noch das andere. Sie wollen sich an den Gestalten aufgeilen und halten sich dann für ebenso attraktiv.«

Er stand so dicht bei ihr, dass sie den männlichen Geruch seines Körpers wahrnahm, zusammen mit dem nicht unangenehmen Aroma, das Gips und Farbe ausströmten.

»Glaubst du denn nicht, dass deine Auftraggeber attraktiv sind?« fragte sie. Sie fragte sich, ob ihre Beine lang genug sein würden, oder ob ihre Achselhaare ihm zu buschig waren. War ihr Bauch schlank genug für seine Ansprüche?

Um sich Mut anzutrinken, nahm sie einen kräftigen Schluck Wein. Die Reaktion spürte sie fast sofort – es war wie eine wunderbare Befreiung. Sie hatte sich in eine verführerische Stimmung getrunken, und sie kam sich auf einmal ungeheuer reif und erwachsen vor.

»Die meisten sind flach, haben keine Tiefe«, sagte er. Jetzt nahm auch er einen tiefen Schluck aus dem Becher. »Am meisten hasse ich es, wenn sie wollen, dass ich ihre Töchter mit diesen breiten Pferdeärschen als Venus oder Diana malen soll. Das überfordert mein Können. Wenn ich die jungen Frauen malen soll, wie sie sind, würde das Bild viel besser wirken – es ist anmaßend, einen Vergleich zu den Göttinnen zu ziehen.«

Sie wiegte sich in den Hüften und schwebte hinüber zur Kommode, die genau die richtige Höhe hatte. Sie setzte sich darauf, schunkelte hin und her und verfolgte aus den Augenwinkeln, wie er die Bewegungen ihrer Hüften wahrnahm.

»Du bist anders«, sagte er. »Deine üppige Schönheit passt zur Göttin der Liebe.«

Sie glättete ihr Kleid über den Knien und überprüfte den Sitz des Gürtels. Sie wusste, dass sie dadurch seine Aufmerksamkeit auf die Schwellung ihrer Brüste lenkte. Lässig ließ sie die Beine baumeln.

»Und wenn ich bei diesen Kunden arbeite, muss ich ihnen vortäuschen, dass ich die nackten Körper aus der Phantasie heraus male. Sie würden nicht wollen, dass ich ihre Töchter nackt sehe, auch wenn ich sie nackt malen soll.«

Sie nahm wieder einen kräftigen Schluck aus dem Becher. Es war herrlich, wie der Wein ihre Hemmungen ertränkte. Sie wiegte sich wieder in den Hüften und hoffte, dass ihr Kleid sich an ihre Formen schmiegte, damit er mehr von ihr sehen konnte.

Er betrachtete sie, lehnte sich mit einer Schulter an der Wand an und starrte sie unverwandt an.

»Vielleicht sollten wir ohne Lydia beginnen«, schlug sie vor, fing seinen Blick auf und hielt ihm stand. Sie fragte sich, was sie denn noch tun musste, um ihn zu ermuntern.

Er lächelte, seine Augen verengten sich und schienen sich auf die Kurven ihres Körpers zu konzentrieren.

Sie stellte den Becher vorsichtig hin. »Ich habe so etwas noch nie getan – soll ich so sitzen bleiben?«

Im nächsten Moment sprang sie von der Kommode und schritt hüftwackelnd zur Liege. Sie ließ sich nieder und breitete sich aus. »Oder ist es besser so?«

»Du musst dein Kleid ausziehen. Es kann nicht angehen, dass die Göttin der Liebe so aussieht, als käme sie gerade vom Fischmarkt. Außerdem» – er lächelte – »möchte ich, dass meine Bilder zeitlos bleiben, und nur die nackten Menschen zeigen eine zeitlose Schönheit.«

Er trat auf sie zu und zog ihr alle Sachen aus. Sie sah, wie er sie ordentlich auf die Kommode legte. Dann hob er eine Schüssel vom Tisch auf.

»Das ist meine eigene Erfindung«, erklärte er. »Wie die meisten anderen Künstler benutze ich Eiweiß, um die Farben zu binden, aber für die exotischen Gemälde mische ich auch noch eine Creme und vielleicht sogar ein wenig Honig drunter. Lege dich hin.«

Es kribbelte zwischen ihren Schenkeln, und sie spürte, wie sie feucht wurde. Gleichzeitig wurde ihr eine zunehmende Verärgerung bewusst, die sich ihrer bemächtigte. Hatte er wirklich vor, sie nur zu malen – sonst nichts?

Sie konnte sich nicht einladender hinlegen, und herausfordernder konnte man auch keinen Mann anschauen. Aber von ihm kam nichts, er blieb geschäftig.

»Ich will auch den Künstler nackt sehen. Ich will mich davon überzeugen, ob du die Männer realistisch gezeichnet hast«, murmelte sie.

Er lächelte, dann schöpfte er eine Flüssigkeit aus einer Schale. Er fuhr mit seinen cremigen Fingern über ihre Brüste und glitt hinunter zu ihrem Bauch, wobei er eine glitschige Spur hinterließ. Mit den Zeigefingern umkreiste er sanft ihre Brustwarzen, die sich steil aufgerichtet hatten.

»Und ich muss erst die richtige Frau kennen lernen, ehe ich sie als Göttin malen kann, findest du nicht auch?«

Er beugte sich über sie und fing an, die weiße Flüssigkeit mit genüsslichen Zügen seiner langen Zunge von ihrer Haut zu lecken. Die Zunge beschrieb kleine feuchte Kreise um ihren Nabel und auf ihren Brüsten, und sie entfachte das Feuer zwischen ihren Schenkeln.

Sie zog ihn an seinem Ledergurt zu sich heran und öffnete die schwere Schnalle. Sie fiel polternd zu Boden, und der Stoff der Tunika fiel glatt hinunter und konnte die Erektion nicht mehr in den Falten verbergen. Sie schob beide Hände unter den Stoff und ertastete gierig den langen, dünnen Schaft seiner stolzen Männlichkeit.

»Du bist eine wunderbare, köstliche Verführerin«, raunte er, »und es ist mehr als angemessen, dich als Venus zu malen. Ich habe noch keine Frau gesehen, die dem sinnlichen Versprechen der Liebesgöttin mehr gerecht geworden wäre als du.«

Er ruckte die Hüften vor, und sie packte seine Tunika und zog sie ihm über den Kopf. Sein Phallus fühlte sich warm an, dicke Adern durchzogen den Schaft. Dann schloss sie die Augen, als wollte sie das Gefühl verinnerlichen, wie er sich in ihren Händen anfühlte. Unbewusst verglich sie ihn mit dem Schaft ihres ersten Liebhabers. Sie wusste, dass der kleine Schwamm noch in ihr war, den der angebliche Beamte platziert hatte. Sie schwor sich, nie mehr unvorbereitet das Haus zu verlassen, denn man konnte nie wissen, wann sich eine Gelegenheit für erotische Erfahrungen bot.

Sie verstärkte ihren Griff um den steifen Schaft und begann ihn leicht zu reiben. Sie bewegte ihre Hände von oben nach unten und wieder zurück, dann umkreiste sie die Spitze, drückte sanft, dann härter.

Seine Hände massierten ihre Kopfhaut und die Schläfen, dann den Nacken, und sie war sicher, dass er die Erfahrung eines Masseurs hatte, wahrscheinlich von den regelmäßigen Besuchen in den öffentlichen Bädern.

»Lege dich zurück«, sagte er.

Er hob die Schale an und ließ die Flüssigkeit auf ihren Bauch tröpfeln. Er schaute zu, wie sich der dicke Saft ausbreitete und dann in zwei behäbig rinnende Spuren teilte, die Lenden entlang. Er griff nach einem dicken Pinsel und verteilte die Flüssigkeit auf ihrem Körper.

»Wir brauchen noch mehr«, sagte er. Er griff wieder zur Schale und goss die Flüssigkeit über den Venusberg. Ein paar Tropfen ließ er auf ihre Klitoris fallen. Er zog ein Bein nach außen, so dass sich die Falten ihres Geschlechts öffneten.

Sie spürte, wie sich das Öl ihrer Erregung sammelte, und sah, wie er wieder den Pinsel einsetzte und über die Lippen bürstete, die sich immer mehr mit Blut füllten und zusehends praller wurden. Sie wartete darauf, dass er sie berührte.

»Ich habe nicht oft die Gelegenheit, solche Dinge zu malen, weil die Frauen sich zu sehr genieren und die Männer sich zu sehr erregen«, murmelte er gepresst. »Aber es wäre ein wunderbares Bild – die weiße, sämige Flüssigkeit ist ein starker Kontrast zu den dunkelroten Lippen deiner Vulva. Es gibt Männer, die viel Geld dafür zahlen würden.«

»Hast du oft solche Aufträge?« fragte sie und rutschte ungeduldig näher zu ihm. Sie sehnte sich danach, seine Zunge auf dem pochenden Kitzler zu spüren. Sie stellte sich vor, wie er die geschwollenen Lippen leckte. Hatte er sie deshalb mit dieser Flüssigkeit beträufelt, damit er sie ablecken konnte? Oh, wenn er ihr jetzt diese Erleichterung nicht verschaffte, würde sie ...

»Ja, gelegentlich«, antwortete er und riss sie aus ihren Phantasien. »Ab und zu will ein geiler Bock solche Bilder haben. Aber nicht an der Wand, sondern als Einzelstück, das er sich in eine stille Kammer hängen kann.«

Er setzte sich auf die Liege und fuhr fort, die Flüssigkeit mit dem Pinsel zu verteilen, als wäre ihr Körper ein Gemälde. Sie spürte, wie ein Rinnsal in ihre Pokerbe drang, und sie öffnete die Schenkel weiter, bot sich ihm schamlos einladend dar. Aber sie wollte seinen Körper, nicht nur seine Blicke.

»Wenn ich solche Bilder male«, sagte er, ohne ihre Nöte zu erkennen, »kann es durchaus sein, dass die Männer eifersüchtig werden, wenn sie sich vorstellen, dass ich mit dem Modell zusammen war. Ein Mann, der solche Kunst erwirbt, will das Gefühl haben, dass die Frau auf dem Gemälde ihm ganz allein gehört.«

Sie wurde zunehmend ungeduldig mit ihm. Er spielte mit ihrem Körper, hing aber seinen eigenen Gedanken nach. Endlich legte er den Pinsel hin und umkreiste die heftig pulsierende Klitoris mit den Fingern. Sie schob sich ihm seufzend entgegen. Sie wollte viel, viel mehr.

Er bewegte seine Hand schneller, und ein Finger drang zwischen die Falten ein, fuhr an den Lippen entlang und drang dann in die verborgene Tiefe ihres Verlangens ein. Sie presste die Schenkel fest zusammen, damit seine Hand nicht wieder zurückgleiten konnte. Sie genoss das Eindringen, aber sie wollte mehr als seinen Finger. Sie war enttäuscht, dass er sie nicht die Zunge spüren ließ, aber sie tröstete sich damit, dass es wenigstens bald sein Phallus sein würde.

Er bewegte den Finger immer schneller in ihr, und sie bäumte sich auf, warf sich ihm entgegen und kostete die Gefühle aus, die er in ihr hervorrief.

»Schneller, härter«, forderte sie ihn keuchend auf, und zwei, drei Herzschläge später wurde sie vom Orgasmus gepackt, den sie wild herausschrie.

»Das war gut für dich, nicht wahr, mein Künstlermodell?«

Er nahm wieder den Pinsel zur Hand, tauchte ihn in die Flüssigkeit, die sich auf ihrem Bauch gesammelt hatte, und verteilte sie auf den Brüsten.

»Du hast dein Vergnügen noch nicht gehabt.« Sie keuchte noch heftig und rang nach Luft. »Diesmal will ich oben sein.«

Er zog sich aus und legen sich neben sie. Marcella betrachtete seine schlanke Gestalt.

»Spreize dich über mich«, sagte der Künstler. »Dann kann ich dir geben, was du erwartest, und danach haben wir beide genug Muße, dass ich dich endlich malen kann.«

»Das hört sich nicht gut an«, klagte sie. »Es klingt fast so, als würdest du es nur tun, damit du anschließend deine Arbeit erledigen kannst.« Aber sie schwang sich über ihn.

Er war nicht so feurig, wie sie es sich gewünscht hätte, aber ihre Lust war zu groß, um auf diesen Mann zu verzichten.

Sie waren nackt, er hatte einen einsatzbereiten Phallus, und sie waren allein. Eine solche Gelegenheit wollte sie sich nicht entgehen lassen. Sie hob sich über das zuckende Glied, das er mit einer Hand lenkte. Sie ließ sich langsam hinab.

Oh, es fühlte sich gut an!

Sie rotierte die Hüften, während sie sich immer tiefer sinken ließ. Zwischendurch hob sie sich vorsichtig an, um den Schaft gegen die Klitoris zu reiben. Ja, so würde sie die Erlösung erleben. Langsam, nur ja alles auskosten.

Er lag da, stöhnte, ließ sie gewähren und hatte die Augen fest geschlossen.

Im Flur waren leise Schritte zu hören.

Sie schauten beide hoch, Petronius lächelte.

»Salve, Lydia. Schön, dich zu sehen. Warum kommst du nicht herein?«

»Wie lange stehst du schon dort?« wollte Marcella aufgebracht wissen. Ihre Wangen hatten die Farbe von dunkelroten Rosen angenommen. Es war ihr im ersten Augenblick peinlich, in dieser Situation von der Freundin überrascht zu werden. Sie warf die langen Haare mit einer schwungvollen Kopfbewegung zurück und setzte sich aufrecht hin.

Das leichte Zucken in ihr erinnerte sie daran, dass er noch in ihr steckte, obwohl seine Erektion sich abgeschwächt hatte. Ihr Körper war mit einem hellen Schweißfilm überzogen. Bisher war ihr nicht aufgefallen, dass sie derart hart gearbeitet hatte.

Lydia trat in den Raum und drückte hinter sich die Tür zu.

»Steig nicht ab, Marcella«, sagte sie, nachdem sie ein paar Mal geschluckt hatte. »Ihr zwei habt noch nicht vollendet, was ihr tun wolltet, und ich bedauere, euch gestört zu haben. Jetzt sehe ich auch, Marcella, dass du nicht übertrieben hast, als du mir gestern sagtest, du hättest die körperlichen Freuden schon mit einem Mann geteilt.«

Marcella und Petro schauten zu, wie Lydia langsam ihre Kleider ablegte, ohne einen Blick vom innig verbundenen Paar auf der Liege zu wenden. Sie hatte eine schlanke Figur, die Marcella von den gemeinsamen Besuchen der öffentlichen Bäder kannte. Im diffusen Sonnenlicht des Studios sahen ihre Brüste größer aus als sonst, und Marcella fiel auf, dass sie die Nippel mit Öl eingerieben hatte.

Sie trat mit einer geschickten Bewegung aus ihrem Kleid und trat auf die Liege zu.

»Du siehst wirklich wie eine Wassernymphe aus«, sagte Petro. »Es war genau richtig, dich so auch malen zu wollen. Eines Tages möchte ich dich mit Neptun malen.«

Marcella spürte, wie sich der Phallus in ihr wieder verhärtete. Es war ein exquisites Gefühl, und unwillkürlich stöhnte sie auf. Der Schaft führte ein eigenes Leben und pulsierte in seinem eigenen Rhythmus.

Lydia trat zu ihm.

Marcella wusste, dass Petros Lust vom Anblick des zweiten nackten Mädchens angestachelt wurde. Ohne innere Überzeugung sagte sie: »Du bist dran, Lydia.« Sie hasste es, ihn jetzt zu verlassen, ihren Platz aufzugeben, denn ihr Körper lechzte nach der Befriedigung, die er ihr geben konnte. Aber sie wollte die Freundin nicht im Regen stehen lassen.

»Ich weiß, dass du das nicht wirklich willst. Ich bin

sehr unerfahren. Wenn du nichts dagegen hast, würde ich lieber still dabei sein und, zugucken.«

»Tritt näher«, sagte Petro. »Wir können alle unseren Spaß haben.«

Er streckte seine Hand nach Lydias Schoß aus, und als er liebevoll darüber streichelte, spürte Marcella, wie der Penis in ihr hüpfte. Sie reagierte mit einem unwillkürlichen Zusammenziehen ihrer Muskeln, denn sie wusste genau, was die Freundin unter den Fingern des Künstlers empfinden würde.

»Du bist bereit für einen Mann«, sagte er, als er mit einem Finger die Schamlippen geteilt und leicht über den Kitzler gerieben hatte. »Es wäre schade, wenn du nur passiv bleibst. Komm noch ein bisschen näher, damit ich deine Brüste schmecken kann.«

Das Mädchen errötete tief, aber die Schenkel drückten sich gegen die Hand und spreizten sich wie von selbst. Petro drückte die andere Hand gegen ihren Hintern, damit er sie noch näher an sich heranziehen konnte. Sie beugte den Oberkörper leicht, und sein Mund schnappte sich eine kleine feste Brustwarze.

Marcella konnte sich nicht länger zurückhalten, sie hüpfte jetzt auf dem Penis auf und ab und hielt sich mit den Händen auf seiner Brust fest. Sie schaute gebannt zu, wie er die Klitoris der Freundin reizte, wie er leicht mit der Fingerkuppe darüber strich, zuerst langsam und behutsam, dann schneller und mit mehr Druck. Gleichzeitig stieß er die Hand vor, die ihren Hintern gefasst hielt, und zwei lange Finger drangen von hinten in die jungfräuliche Scheide ein.

Lydia stöhnte auf und drückte sich gegen seine Hände, fuhr mit den Hüften vor und zurück. Er konnte nicht mehr an der Warze nuckeln und sah begeistert zu, wie die kleinen festen Brüste aufgeregt schwangen.

Marcella spürte, wie seine Männlichkeit in ihr pochte und zuckte. Er stieß jetzt von unten hoch, und sie erwiderte jeden seiner Stöße und mahlte ihre Hüften tief in ihn hinein, wollte das Gefühl der Penetration voll auskosten.

»Komm näher«, sagte er heiser und zog Lydia heran, bis ihr Venusberg über seinem Gesicht war. »Ich liebe deinen Geruch, du köstliches Wesen. Schmeckst du auch so gut?« Er stieß seine Zunge vor und ließ sie über den geschwollenen Kitzler schnellen.

Marcella hörte, wie Lydia schneller atmete und kleine ekstatische Schreie ausstieß. Die lustvolle Szene trieb ihr eigenes Verlangen an, obwohl Petro sie vernachlässigte, seit er intensiv mit Lydia beschäftigt war.

Lydia stieß einen Schrei aus, der gar nicht mehr enden wollte, sie zitterte am ganzen Körper, bis sie sich nicht mehr auf den Beinen halten konnte und sich über Petros Oberkörper warf.

Auch Marcella näherte sich dem Orgasmus, aber sie war es, die ihn herbeiführte durch entschlossene rhythmische Bewegungen. Sie hatte keine Lust, hinter den beiden zurückzustehen, also hüpfte sie schneller auf und ab, ließ ihre Muskeln spielen und umklammerte den Schaft, als wollte sie ihn melken.

Als Petro in ihr explodierte, spürte Marcella, wie sich ihre Säfte mit seinen vermischten. Sie hätte sich gern auf seinen Brustkorb geworfen, aber dort lag Lydia noch, die jetzt erst langsam wieder zu Atem kam.

»Wo hast du so etwas gelernt?« keuchte Lydia und sah Petro bewundernd an.

Sie schienen Marcellas Gegenwart vergessen zu haben, und ihr Zorn schwoll an. Sie hatte ihm eine formidable Vorstellung geboten und ihn geritten wie einen Preishengst, hatte ihre Bewegungen den seinen angepasst und seinen Schaft mit ihren Muskeln ausgepumpt. Da hätte er zumindest ein wenig höflicher sein können.

Aber er starrte nur in Lydias Augen. Dabei hatte die Freundin nichts getan, sie hatte nur alles geschehen lassen. Marcella fühlte sich ungerecht behandelt.

Sie erinnerte sich an die Berührungen des Mannes in der Taverne.

Sie brauchte einen Mann, der ihr ebenbürtig war und dessen Interesse an ihr nicht davon abhängig war, ob sie sich anschließend von ihm malen ließ. Ihre Sehnsucht nach dem Mann aus der Taverne wuchs, als sie sich jetzt von Petro wälzte und sich anzuziehen begann.

Viertes Kapitel

Frauen in prächtigen bunten Kleidern schritten vorbei, als schwebten sie durch die heiße, aromatisierte Luft. Unter den durchsichtigen Stoffen ihrer Kleider bebten ihre Brüste, deren Warzen sich in der Erwartung der Freuden des Abends schon versteift hatten.

»Selbst die Frauen, die sonst nur durchschnittlich aussehen, sind heute Abend Schönheiten«, flüsterte Marcella. Sie und Lydia waren stehen geblieben, um die Ankunft der Gäste zu beobachten.

»Schau nur die vielen goldbestickten Stoffe!« rief Marcella aus. Die dünnen Metallfäden glitzerten im subtilen Licht der Terracottalampen, die in hohen Wandnischen standen.

»Sie können sich alle die feinste orientalische Seide leisten«, sagte Lydia. »Aber du musst aufhören, so zu tun, als wärst du noch nie auf einer Gesellschaft von Reichen gewesen.« Sie klang genervt.

»Aber ich war noch nie da«, sagte Marcella. »Ich hatte keine Ahnung, dass du für Leute arbeitest, die stinkreich sind. Wenn ich dich von ihnen reden höre, dann sind sie langweilig, dick und spießig.«

»Dann arbeite du doch mal ein paar Wochen für sie«, sagte Lydia verärgert. »Dann hörst du rasch auf, sie zu bewundern, du erlebst zu jeder Tageszeit ihre Selbstsucht, und du denkst nur noch an deine schmerzenden Füße und an deinen krummen Rücken.«

Eine Frau mittleren Alters schwebte vorbei. Ihr Kleid wallte auf, als wollte es den grazilen, wunderbar gepflegten Körper streicheln. Bei jedem Schritt voller angeborener Eleganz spannte sich der Stoff über dem Gesäß. Ihre Gesichtsfarbe hatte sie der Wirkung von Puder zu verdanken. Tief hängende zierliche Ohrringe schwangen fast bis auf die Schultern, und von dort würden die Blicke ihrer Bewunderer zur Halskette gleiten, die im Tal ihrer vollen Brüste verschwand.

Lydia schob sich mit dem Handrücken die Haare aus den Augen und balancierte das Silbertablett auf einem angehobenen Knie. »Dies scheint das Fest des Jahres in Pompeji zu werden, Marcella. Aber das ist alles nur Schau. Diese Reichen bilden sich gern ein, dass sie fast so vollkommen sind wie die Götter und Göttinnen.«

»Sei nicht so verbittert«, sagte Marcella. »Stell dir nur vor, was wir aus uns machen könnten, wenn wir Zugang zu diesen Kreisen hätten.«

»Ich hasse sie nicht. Ich bin Realistin und danke den Göttern, dass ich frei geboren bin. Aber wenn man nicht an sich arbeitet und keinen klaren Kopf bewahrt, wird man zynisch, wenn man eine Zeit lang bei ihnen gearbeitet hat. Die Taverne ist Realität. Wir haben keinen Platz in der Welt der Reichen – sie brauchen uns nur als Dienerinnen.«

Lydia drückte das schwere Tablett jetzt mit einer Hüfte gegen die Wand, wobei einige der honigüberzogenen Süßigkeiten überzuschwappen drohten.

»Gib deine Gedanken auf, es mit ihnen aufnehmen zu können, Marcella. Dein Onkel und deine Tante haben dir nur deshalb erlaubt, heute abend hier zu sein, weil sie wissen, dass die Herrschaft im Ruf steht, mit Dienstpersonal und Sklaven streng umzuspringen. Die Gäste können alles Mögliche anstellen, aber wir müssen arbeiten. Und lass dich nicht beim Trödeln erwischen. Wenn der Verwalter dich dabei erwischt, wird er ungemütlich.«

Mit einem selbstgerechten Ausdruck warf sie den Kopf herum und ging.

Der aufwallende Seidenschal einer Frau strich im Vorbeigehen gegen Marcellas Arm.

»Wunderbar, nicht wahr, Liebling?« Sie wandte sich an ihre Begleiterin. »Ist es nicht ein herrlicher Einfall gewesen, einen so talentierten Künstler zu engagieren? Ich habe gehört, dass die Zeichnungen und Wandgemälde absolut göttlich sind. Oh, ich kann es kaum erwarten!«

Sie legte einen Arm um ihre Begleiterin und küsste sie auf den Hals. Die andere Frau zog sie an sich heran und erwiderte den Kuss – auf die Lippen.

Marcella starrte offenen Mundes auf die Szene.

»Ich kann es auch kaum erwarten«, erwiderte die Begleiterin. »Ich bin mehr an den Phalli interessiert als an dem ganzen Dekor. Aber seit wann bist du eine Liebhaberin der Künste?«

»Seit ich entdeckt habe, dass Malerei nicht nur bedeutet, dass man Stilleben und langweilige Säulen sieht, die sich spießige Bürger ins Haus hängen.«

Die beiden Frauen lachten. Eine blieb stehen, um an ihrem Schuh zu zupfen; es waren Meisterstücke aus golddekoriertem Leder, das die Zehen frei ließ.

Marcella musste schlucken, als sie zwischen den Beinen der Frau eine unübersehbare Schwellung bemerkte.

Jetzt sah sie sich auch die Begleiterin genauer an

und erkannte, dass es sich um zwei Männer handelte, die sich makellos geschminkt und frisiert hatten.

Marcella beobachtete weiter. Sie konnte die Spielleute beim Aufwärmen hören, sie begannen eine Melodie, brachen sie plötzlich ab und begannen erneut, aber in einem anderen Tempo.

»Geh zur Tür und nimm die Umhänge der Gäste ab. Lege sie in die Kammer des Türstehers«, zischte ihr der Verwalter zu, während sie den Klängen der Flöten- und Tamburinspieler lauschte. »Zum Träumen bist du nicht hier.«

Der strenge Blick schien nicht wirklich so gemeint zu sein. Marcella sah aus den Augenwinkeln, wie weiter unten im Korridor ein paar Dienstboten herumstanden und die Szene mit ihr und dem Verwalter verfolgten. Er hatte sehr leise gesprochen, und sie bemerkte, wie er ihre Brüste anstarrte. Ein Gefühl der Macht überkam sie. Nachdem Petro sie wie Luft behandelt hatte, dürstete sie nach der Aufmerksamkeit eines heißblütigen Mannes. Der Verwalter starrte sie immer noch an. Mit den Augen hatte er sie längst ausgezogen.

»Ich musste nur mal eine kleine Rast einlegen«, flüsterte sie zurück und drehte sich ein wenig zur Seite, um den Zuschauern unten im Korridor die Sicht zu nehmen. Bei dieser Bewegung stieß sie – wie unbeabsichtigt – mit den Brüsten gegen seinen Arm.

Er fuhr mit einer Hand über ihren Hintern und zeichnete mit einem Finger die Kerbe ihres Gesäßes nach. Sie zitterte vor unerwarteter Erregung. Sie spannte ihre Muskeln an, um ihn wissen zu lassen, dass sie gegen seine Berührungen nichts einzuwenden hatte. Ihre Brustwarzen stellten sich auf, und sie blickte zu ihm hoch, die Lippen leicht geöffnet. Sie fragte sich, ob er wirklich etwas von ihr wollte – und was – und wann.

Ohne sie anzuschauen, wandte er sich plötzlich ab, doch zuvor hatte Marcella in seinem Blick noch ein funkelndes Glitzern gesehen.

Wie in Trance ging sie den Korridor entlang. Die schönen Frauen, die ihr begegneten, verströmten berauschende Düfte, die schwer in der Luft hingen.

Als die meisten Gäste eingetroffen waren, wies der Verwalter sie an, Essen aufzutragen. Dabei nahm er die Gelegenheit wahr, ihre Brüste zu berühren. Jeder, der das sah, musste glauben, es wäre unbeabsichtigt gewesen. Marcella spürte ein verräterisches Ziehen in ihrem Schoß.

»Pass auf die Wandgemälde auf, sie sind noch nicht trocken«, murmelte er ihr zu.

»Aber wenn ich nicht zwischen den Gästen durchreichen darf, dann muss ich mich an den Wänden vorbeischlängeln«, flüsterte sie. »Du hast diese Regeln aufgestellt, nicht ich.«

»Warte, bis ich dich später am Abend zwischen die Finger bekomme«, raunte er und griff ihr rasch zwischen die Beine.

»Hier wird mehr Wein benötigt!«

Zögernd löste sich Marcella vom Verwalter und wandte sich an den Mann, der mehr Wein haben wollte.

Der Mann schaute ihr mit glasigen Augen auf die Brüste, deren Warzen sich durch das weiche Gewebe des Kleids drückten. Er beugte sich vor und legte eine Hand auf die linke Brust, als wäre er ein Gemüsehändler, der auf dem Markt die Reife der Melonen prüfte.

Sie versteifte sich und schaute hinüber zum Verwalter, während sie den Becher füllte.

»Liebling«, rief eine Frau mit einem besonders kunstvollen Haarschmuck.

Der Mann drehte sich nach ihr um und langte mit beiden Händen zu den Brüsten der Frau. Mit einem geschickten Griff hatte er die vollen Brüste aus dem Ausschnitt geholt und beleckte sie feucht und gierig. Dann richtete er sich wieder auf.

Sie lachte gellend und klopfte ihm leicht auf die Hand. »Sehr unanständig, mein Lieber. Was willst du wohl als Nächstes lecken?«

»Dein Dreieck, meine Liebe. Ich dürste. Lass mich deinen Nektar trinken. Jetzt.«

Marcella hielt den Atem an.

Sie sah, dass der Mann zwischen die Schenkel der Frau griff.

»Die Götter sind meine Zeugen, du denkst immer nur an dich«, sagte sie schmunzelnd. »Aber auch mir dürstet's. Was schlägst du vor, was wir dagegen tun können?«

Er tunkte einen Finger in seinen Wein und führte ihn in ihren Mund. Sie saugte eifrig daran, warf den Kopf in den Nacken und schaute ihn herausfordernd an.

Sie legte ihre langen, eleganten Finger auf seine Hand und streichelte auf und ab. Sie beugte sich vor und glitt mit der anderen Hand unter seine Tunika. Er lächelte.

Der Verwalter ging vorbei und berührte leicht Marcellas Gesäß. »Du hast das sehr gut gemacht, weiter so.« Er fuhr sich mit der Zunge über die Unterlippe.

Ein leichtes Beben erschütterte den Boden, als sie

sich zurückziehen wollte. Sie spürte das Zittern, das von den Fußsohlen die Beine hoch schoss und sich in ihrem Schoß sammelte, bis sie glaubte, der Druck der angestauten Energie müsste jeden Augenblick ausbrechen.

Einige der Gäste bemerkten das Beben und lachten ausgelassen.

»Oh. Minerva und Juno! Ist das langweilig hier!«

Marcella drehte sich um und sah eine Frau mit goldverzierten Elfenbeinspangen im glänzenden Haar. Sie schnipste mit den Fingern.

»Hierhin«, rief sie Marcella zu.

Sie trug verschiedene Ringe, zwei mit klobigen Smaragden und einen mit einem kleinen Saphir. Sie leuchteten im Schein der Öllampen.

Gehorsam bewegte sich Marcella auf sie zu und reichte der Frau ein undurchsichtiges Becherglas. Die Frau aber ignorierte sie und lächelte zu einem großen, kräftigen Mann hoch, dessen Augen aufleuchteten, als er die kleinen langen Locken sah, die das Gesicht der Frau einrahmten.

»Ich sehe, dass du in Rom gewesen bist, und dann hast du deiner Sklavin gesagt, dass sie den Stil am Hofe kopieren soll.«

Sie sah schmachtend zu ihm hoch, ihre Lider flatterten, ihr Busen wogte.

»Ich habe immer schon eine Schwäche für kleine Locken gehabt«, sagte er. »Diese Angewohnheit der Frauen, ihren Schoß zu rasieren, ist eine Unsitte. In den Provinzen gibt es viele Frauen, die sich gar nicht rasieren.«

Die Frau errötete ein wenig. »Wie es der Zufall will, habe ich mich schon seit Wochen nicht mehr rasiert, Caballius.« Sie bedachte ihn mit einem herausfordernden Blick. »Vielleicht willst du mir deine Ansicht dazu mitteilen?«

»Es mag sein, dass du mehr als nur meine Meinung bekommst«, sagte er nach einem kurzen Zögern.

Der Speiseraum leerte sich bald. Die Gäste zogen sich in einen Vorraum zurück, wo sich die Musiker eingerichtet hatten.

Eine Frau mit üppigen Formen räkelte sich auf einer Liege.

Ihre Brüste fielen aus dem tiefen Ausschnitt der Tunika. Vor ihr auf dem Boden saß ein Mann, der aus einer bronzenen Flasche trank. Um ihn herum lagen verschiedene Gläser und Becher verstreut. Als der Wein an seinem Kinn hinablief, lachte die Frau kehlig und streckte sich ihm entgegen. Er nahm einen ihrer reifen Nippel zwischen die Lippen, und sie lachte schrill auf.

Ermutigt griff er nach dem zweiten Nippel und zwirbelte ihn zwischen den Fingern. Der Körper der Frau schüttelte sich, und ihre vollen Brüste schwappten auf und ab. Sie ließ sich nach hinten fallen und breitete sich auf der Liege aus.

Marcella schlenderte durch den Raum und schob sich unauffällig zu dem Mann, der Caballius hieß. Er und die Frau sowie ein weiterer Mann inspizierten die Wandgemälde. Sie hatten gerade die Dreier-Szene erreicht, von der Lydia so berührt gewesen war.

»Der Bursche mit dem langen Phallus kommt nicht weit, nicht wahr, Caballius?« sagte die Frau.

Marcella hörte jedes Wort und war erstaunt, dass die Frau so selbstverständlich darüber sprechen konnte, als ginge es um die neuesten Brotpreise.

»Die Penetration wird mager«, stimmte Caballius zu.

Marcella schauderte, weil ihr bewusst wurde, dass dieser kräftige Mann eine ungeheure Energie ausstrahlte. Sie war sicher, dass diese Energie, die sich in ihm staute, schon bald heraus wollte.

»Dreier in dieser Besetzung sind immer problematisch«, wusste der andere Mann, der Mühe hatte, seine Worte zu artikulieren.

»Sie müsste sich weiter vorbeugen und sich tiefer bücken«, meinte die Frau. »Wenigstens so tief …« Die Frau demonstrierte die Position, das Gesäß oben, den Kopf fast auf dem Boden. Ihr Kleid rutschte hoch und gab den Blick auf gut geformte Waden frei.

»So will ich's meinen«, sagte Caballius und wandte sich an den betrunkenen Mann. »Dann zeig uns allen, wie es richtig gemacht wird.«

Der Mann sprang vor, fummelte an seiner Toga, aber der dicke Stoff verfing sich in seinen Sandalen, er stolperte und landete mit dem Gesicht auf dem Boden.

»Zu betrunken, um seine Männlichkeit zu beweisen!« rief die Frau verärgert. »Und er nennt sich einen Liebhaber von Bacchanalia!«

»Ja, man sieht gleich, dass du eher dem Bacchus huldigst als der Venus«, sagte Caballius.

»Daraus mache ich kein Hehl«, sagte der Mann. »Es gibt keine größeren Vergnügen als die, die von der Traube herrühren.« Er streckte sich auf dem Boden aus und schloss die Augen. »Die Rebstöcke müssen auf gutem Boden gedeihen, und darüber wacht Silenus. Dann müssen die Trauben in der Sonne reifen, dafür sorgt der gute Apollo. Die Hausgötter und Hestia übernehmen dann die Sorge für die gute Traube, und schließlich ist Bacchus dafür zuständig, dass der Rebensaft so köstlich gerät. Die Herstellung von Wein erfordert viele Götter. Für die Lust sind nur zwei da – Venus und ihr Sohn.«

Seine Worte kamen lallend, aber die geschlossenen Augen deuteten darauf hin, dass er sich konzentrierte, deshalb konnte man das meiste seiner Rede auch verstehen.

»Wir wären undankbar, wenn wir dem Elixier nicht gut zusprächen. Ich liebe die Sinnlichkeit der himmlischen Tropfen und den bittersüßen Geschmack auf meiner Zunge. Genau in diesem Moment spüre ich, wie die Hitze der Flüssigkeit in jede Faser meines Körpers sickert. Ein unvergleichliches Gefühl! Das nenne ich Leben! Das wahre Vergnügen. Alles andere ist nur ein schaler Ersatz dafür. Mit genug Wein werden alle Sinne geschärft, und die Lüste verzehnfachen sich.«

Er packte ein Bein der Frau, die in Gelächter ausbrach.

»He, wenn du schon da unten liegst, könntest du dich ein bisschen nützlich machen«, sagte die Frau. »Ich weiß, dass du Männer bevorzugst, aber es wäre höflich gewesen, meine bereitwillige Position mit einer kräftigen Kopulation zu honorieren. So schwer kann das doch nicht sein.«

»Ich weiß, dass es nicht schwer ist, aber wie du schon sagst, Männer sind mir lieber.« Er zuckte entschuldigend die Achseln. »Nimm doch das Dienstmädchen«, schlug er dann vor. »Zunge ist Zunge.«

Marcella erstarrte.

Er packte ihre Beine, und sie schwankte und fiel verdreht auf seinen hingestreckten Körper. Sie hielt die Weinflasche geistesgegenwärtig hoch, aber ein paar Tropfen waren übergeschwappt.

Marcella sprang wieder auf die Beine, dann sah sie, dass der betrunkene Mann sich vor sie hinkniete, die Tunika hochzog und seinen schlaffen Penis entblößte.

»He, Mädchen, bring mich hoch.«

»Mein Herr, ich muss für die Gäste ...« Sie hielt ihre Weinflasche hoch, und bevor der Betrunkene noch etwas sagen konnte, war sie aus seiner Reichweite. Aus einigem Abstand sah Marcella, wie sich die Frau um den schlaffen Penis kümmerte, ihn bedächtig zwischen beide Hände nahm und langsam rollte. Dann beugte sie den Kopf und leckte ein paar Mal über die Eichel, ehe sie ihn ganz in den Mund nahm.

Aus den Augenwinkeln musste sie gesehen haben, dass ein Sklave vorbeiging, um schmutzige Teller einzusammeln. Die Frau hielt ihn fest und deutete auf ihren Schoß.

Der Sklave ließ sich ohne ein Wort auf die Knie fallen und hob die Röcke der Frau hoch. Sie befand sich fast wieder in der Stellung, die sie vor ein paar Minuten demonstriert hatte.

Der Sklave nahm den Anblick in Augenschein, dann bückte er sich und begann eine beidhändige Massage.

Sie bildeten ein interessantes Dreieck, und Marcella schaute auf und sah, dass Caballius die Szene intensiv verfolgte. Der dunkle Ausdruck auf seinem Gesicht verunsicherte Marcella. Rasch lief sie hinaus.

Zwei hoch gewachsene Männer lehnten an zwei Säulen, und das muntere Treiben um sie herum schien sie absolut nicht zu interessieren.

Der größere von ihnen hatte eine schwarze Haut und die biegsame Statur eines Athleten. Er war nicht muskulös genug, um ein Gladiator zu sein. Er stand mit der Gelassenheit eines Mannes da, der wusste, dass die Augen der Frauen mit Wohlwollen und Verlangen seinen Körper betrachteten.

Der andere war nur unwesentlich kleiner und sonst das genaue Gegenteil, er hatte weißblonde Haare und blaue Augen, die Marcella an die sonnigen Tage im Frühsommer erinnerten. Er war muskulöser als der andere, aber die wuchtige Statur eines Gladiators hatte auch er nicht. Dazu fehlten ihm auch die Narben. Seine Brustmuskulatur war stark ausgeprägt, und wenn er von einem Bein aufs andere trat, konnte man deutlich das Spiel der Sehnen und Muskeln sehen.

Sie konnte die Einzelheiten der Körper und ihre Schönheit so genau sehen, weil beide Männer nichts trugen außer einem dunklen Lendenschurz aus Leder, ein paar dicken Goldringen und leichten Umhängen, die sie lässig über die Schulter geworfen hatten.

Nein, mit dem Fest schienen sie nichts zu tun zu haben. Ein paar Frauen eilten vorbei, der Musik entgegen, aber die Männer würdigten sie keines Blickes.

Marcella verspürte den Drang, zu ihnen zu gehen und an ihren Lendenschurz zu fassen. Sie wollte erleben, ob sie dann auch noch so uninteressiert schauen würden. Sie stellte sich vor, wie sich gleichzeitig beide Phalli reckten. Wenn sie groß und hart genug waren, würde sie ...

Ihre Phantasien wurden durch ein heiseres Kichern unterbrochen, und gleich danach zog das erregende Murmeln eines Mannes sie näher zum Garten hin. Sie sah eine griechische Statue des Eros, der eine Kanne hielt, aus der Wasser floss. Die Statue wurde eingerahmt von Kletterpflanzen, die sich an einem ausgeklügelten Gitterwerk hochrankten.

Marcella sah das Paar, das aufgeregt miteinander sprach, und drückte sich näher an die Statue heran, um besser lauschen zu können. Ein feiner feuchter Film des sprühenden Wassers legte sich auf ihr Gesicht.

»Julia, meine Liebste, ich würde ja bleiben, wenn es möglich wäre. Außerdem ist dies nicht die Art Gesellschaft, die ich schätze. Du weißt, dass ich es lieber habe, wenn es intimer zugeht.«

Marcella war es, als wäre sie von Jupiters Blitzen getroffen worden. Die sympathische dunkle Stimme gehörte dem Mann aus der Taverne – ihrem Liebhaber.

Sie schlich sich um die Ranken auf einer Seite der Statue herum, damit sie das Gesicht des Mannes sehen konnte. Zuerst sah sie die Frau. Sehr elegant. Trotz der späten Stunde war ihre Frisur untadelig. Ihre auffallend gute Figur steckte in einem dunkelblauen Kleid aus indischer Baumwolle. Es wurde um die Taille mit einer schlichten Kordel zusammengerafft. An einem Handgelenk trug sie ein paar Goldreifen.

Am dritten Finger der linken Hand trug sie einen Eisenring, der sie als verheiratete Frau auswies. Selbst in der Dunkelheit erkannte Marcella, dass sie eine schöne, elegante Frau war.

»Mein Liebling, Gaius, du weißt, wie schwer es mir fällt, ohne dich zu sein.« Sie sprach bedächtig und wohl moduliert. »Diese Zwischenspiele mit dir sind es, die mich vor dem Wahnsinn bewahren.«

Seine Antwort war ein tiefes, fröhliches Glucksen, was Marcella überraschte, denn sie hatte ihn bisher nicht in heiterer Verfassung erlebt.

»Diese Zwischenspiele, wie du unsere Beziehung nennst, sind eine Freude für uns beide, und um so befriedigender, weil sie so unerwartet stattfinden. Du würdest meiner längst überdrüssig sein, wenn du mich regelmäßig sehen könntest und wir eine Beziehung wie viele heimliche Liebespaare am Kaiserlichen Hof hätten.«

Sie lachte auf und legte eine Hand auf seinen Arm. »Ich habe nicht damit gerechnet, dich auf einer solchen vulgären Gesellschaft zu treffen«, sagte sie. »Ich muss die einzige Frau sein, die nicht völlig zerzaust und nackt und aufgelöst durch die Gegend läuft. Ich habe mich schon gefragt, warum mein Mann unbedingt hingehen wollte. Ich hätte doch nie geglaubt, dass ihr beide die Gelegenheit nutzen wolltet, um hier über Geschäfte zu sprechen.«

»Wir haben uns im letzten Augenblick verabredet, und ich hätte dir kaum eine Nachricht schicken können, nicht wahr, Julia?«

»Wie konntest du nur so grausam sein?« fuhr Julia fort. »Warum hast du mich nicht irgendwie wissen lassen, dass du hier sein würdest? Wenn ich nicht zu diesem Zeitpunkt aus dem Musikraum gekommen wäre, hättest du dich einfach wieder verdrückt – ohne ein einziges Wort, nicht wahr?«

Als Antwort drückte er seine Lippen auf ihre. Sanft fuhr er mit den Händen über ihre Wangen.

Marcella wurde von einer ungeheuren Wut erfasst. Sie spürte, dass sie am ganzen Körper zitterte.

Er legte einen Arm um Julias Schultern und sagte, und Marcella konnte jede Silbe deutlich hören:

»Heute Abend, meine Liebe, wirst du alle Köstlichkeiten der körperlichen Liebe erleben, die du erleben willst. Du musst nur Geduld haben.«

Völlig verstört wich Marcella zurück in den Speiseraum, wo sie gegen Lydia stolperte.

»Du siehst völlig aufgelöst aus!«

»Ich fühle mich verraten und gedemütigt.«

»Hat ein Mann dich beleidigt?«

»Ich habe den Mann aus der Taverne gesehen. Ich hätte wissen sollen, dass er noch andere Interessen hat.«

»Erzähl mir alles!« rief Lydia aufgeregt und zog Marcella hinter eine Säule.

»Die Leichtigkeit, mit der er mir das erste Mal einen Orgasmus verschafft hat, sagte mir schon, dass er ein Meister der Liebeskunst ist. Natürlich hat ein solcher Mann andere Frauen! Natürlich ist seine Geliebte eine Patrizierin, die sich auch gebildet mit ihm unterhalten kann. Und natürlich ist sie eine elegante Schönheit.«

»Ich habe dich gewarnt, dass wir mit den Gästen nicht mithalten können«, sagte Lydia weich. »Es ist müßig, sich mit einem solchen Mann einzulassen. Er hat sein eigenes Leben, und wahrscheinlich erinnert er sich schon gar nicht mehr an dich.«

»Du hast recht«, gab Marcella widerwillig zu. »Ich muss nach vorn schauen und andere Beziehungen knüpfen. Ich werde ihm immer dankbar sein, aber ich darf nicht zulassen, dass die Freude, die ich bei seinen Berührungen empfunden habe, mich für andere Erfahrungen abstumpfen lässt.«

Sie fühlte sich über die erste Wut und Enttäuschung hinweg, und versonnen trennte sie sich von Lydia. Schon im nächsten Augenblick wurde sie an der Schulter gepackt und herumgewirbelt. Ein starker Arm führte sie hinaus in den kühlen Innenhof.

»Komm, du Schlampe, ich habe gesehen, wie du dem Trunkenbold an den Schwanz gegangen bist. Um mich hast du dich noch nicht gekümmert.«

Sie sah, dass es Caballius war. Sie wollte ihm ins Gesicht schlagen, denn er war es nicht, den sie begehrte. Er war kräftig gebaut, und seine Hand, die ihren Arm gepackt hielt, schmerzte sie.

»Komm schon. Saug mich. Da drinnen ist es mir zu langweilig. Ich habe das Interesse verloren, als die stupide Frau nicht zum Höhepunkt kam, auch dann nicht, als sie sich von zwei Kerlen bedienen ließ. Ich bin sicher, dass es bei dir nicht so lange dauert, bis du zu singen anfängst. Deine Titten sehen saftig aus wie reife Früchte. So was wünsche ich mir für meinen Schwanz.«

Trotz seiner groben Sprache spürte Marcella, dass ihr Interesse wuchs. Sie schaute neugierig zu ihm hoch. Zuerst war er ihr unheimlich gewesen, dann hatte er ihr Angst eingejagt. Und nun? Was erwartete sie von ihm?

Fünftes Kapitel

Als sie das Schwimmbad erreicht hatten, blieb er stehen. »Das reicht«, sagte er. »Ich will keine Zeit vergeuden, bis ich ein Schlafzimmer gefunden habe. Die meisten sind besetzt, und nach einem Vierer steht mir nicht der Sinn.«

Im Hintergrund schwoll das Tempo der Musik an, die Gäste wurden ausgelassener, klatschten lauter. Marcella spürte, wie ihr Blut im wilden Rhythmus der Musik durch ihre Adern peitschte. Nach Jahren der unfreiwilligen Enthaltsamkeit schien es ihr, als hätte sie eine Barriere durchbrochen. Jeder Mann, den sie traf, war offenbar bereit, ihre Begierde zu stillen.

»Da drinnen geht's wild zur Sache«, sagte sie. Er ließ sie los und begann, sich die Toga abzustreifen.

»Ich habe solche Orgien schon zu oft miterlebt und mehr Mösen öffentlich zur Schau gestellt gesehen, als mir lieb war«, sagte er, warf die Toga auf den Boden und schob sie zum Wasser.

»Ich nicht«, sagte sie. »Hör mal – der Musikraum muss zum Bersten gefüllt sein. Ich glaube, wir verpassen was.«

»Ach, was denn schon?« knurrte er ungeduldig. »Einige Pärchen ficken auf der Bühne, das ist alles. Habe ich schon hundertmal gesehen.« Er packte sie wieder an der Schulter. »Du bereust es wohl schon, mit mir hier zu sein, was? Du möchtest lieber die Schau drinnen miterleben. Vielleicht selbst auftreten und dich geil zeigen, was? Aber dazu hast du jetzt bei mir Gelegenheit.«

Im nächsten Augenblick fasste er ihr mit einer Hand rau an die Brüste, und die andere Hand packte sie zwischen den Schenkeln. Seine Attacken waren so derb wie seine Sprache.

Er hob sie vom Boden hoch und hätte sie fast in das Schwimmbad geworfen. Sie stand jetzt bis zu den Knien im Wasser, und die Kälte wirkte wie ein Schock.

»Ich kenne nicht mal deinen Namen«, sagte er. »Wenn ich 'ne Frau nehme, will ich wenigstens wissen, wie sie heißt. Aber zuerst saugst du mich.«

Er legte seine Hände auf ihre Schultern und drückte sie hinunter, bis sie im Wasser kniete. Das Wasser leckte gegen ihre Hüften. Sie versuchte, sich aus seinem Griff zu befreien, aber es gelang ihr nicht. Er zog seine Tunika hoch, und sein Stamm federte dicht vor ihrem Gesicht auf und ab.

Sie sträubte sich, aber lange konnte sie sich gegen seine Kraft nicht wehren. Sie musste wieder an Gaius denken. Warum konnten nicht alle Männer so sein wie er?

Sie nahm den Schaft schließlich in den Mund, er stieß ihn grob hinein, und unwillkürlich wich sie zurück. Er schimpfte und stieß wieder zu.

Nach einer Weile zog er sich plötzlich zurück. »Das genügt, es bringt mir nicht viel, was du mit meinem Ding anstellst. Außerdem bin ich es leid, deinen Kopf von oben zu sehen. Ich knalle dich jetzt richtig durch.«

Er drehte sie herum.

»Was machst du?«

»Ich bringe dich in Position für eine richtige Nummer. Richtig geil ist es nur von hinten.«

Sie musste sich mit den Händen auf den Knien abstützen, und dann stieß er brutal in sie hinein, dass sie fast nach vorn ins Wasser gekippt wäre. Sie stieß einen Protestschrei aus, aber der animierte ihn nur, noch unbeherrschter einzufahren.

Es dauerte eine Weile, bis sie selbst Lust an seinem rücksichtslosen Vorgehen empfand. Aber sobald er das bemerkte, zog er sich ganz aus ihr heraus. Sie hätte beinahe das Gleichgewicht verloren, konnte sich aber am Beckenrand festhalten. Sie strich ihr nasses Kleid glatt.

»Du Bastard«, sagte sie keuchend.

»Rühr dich nicht von der Stelle!« Seine Stimme klang scharf. Sie schaute ihn wütend an, und sie sah, dass sein Schaft nichts an Steifheit eingebüßt hatte.

Er hob ihre Kleider wieder an. »Ich bin noch nicht fertig mit dir«, fauchte er. Er beugte ihren Rücken, trat hinter sie und stieß wieder hinein. Er fand schnell einen ruckenden Rhythmus, und Marcella konnte sich vorstellen, dass sie doch noch auf ihre Kosten kam – obwohl sie den Kerl verabscheute.

Aber dann zog er sich wieder ohne Vorwarnung aus ihr zurück, und im nächsten Moment spürte sie, wie er sich auf ihrem Rücken ergoss.

»Das war's«, sagte er dann, »das wird dich lehren, dass ich nicht da bin, dich auf Touren zu bringen. Ihr Frauen habt kein Recht, beim Akt der Lust zu genießen.«

»Du Widerling! Ich hasse dich, du armseliger Bastard!« Sie ließ eine lange Tirade von Beschimpfungen los. Sie wollte sich aufrichten, aber er hielt sie mit brutalen Griffen in dieser gebückten Haltung.

»Du bist nichts als eine kleine Hure, und du wirst nicht das Vergnügen haben, durch mich deine Befriedigung er erlangen. Deine Funktion ist es, mir zu meiner Lust zu verhelfen. Und das wirst du tun, bis ich deiner überdrüssig bin.«

Sie versuchte, sich aus seinen Griffen zu befreien, aber er hielt sie fest und verrieb seinen Samen auf ihrem Rücken und dem Hintern. Sie verharrte voller Entsetzen.

Wut und Erniedrigung machten sich in ihr breit, ihre Verachtung für diesen ungeschlachten Kerl brannte wie ein Feuer in ihr. Sie stand still und war wütend über sich selbst, dass sie es zugelassen hatte, in eine solche Situation zu geraten.

»Da wir uns jetzt kennen, werden wir das öfter tun. Morgen kommst du in mein Haus.« Gleichzeitig versetzte er ihr einen Stoß und schob sie von sich weg.

»Mit dir will ich nichts mehr zu tun haben, und wärest du der letzte Mann auf Erden, Caballius«, rief sie voller Wut, wenn auch mit gedämpfter Stimme, weil ihr bewusst wurde, in welcher Umgebung sie sich befanden. »Ich hasse deinen Anblick. Du bist ein mieser Mensch, und die Götter mögen dir die Eingeweide faulen lassen.«

Im Hintergrund spielte immer noch die Musik, und das Klatschen der vielen Hände trieb die Musiker offenbar zu immer höherem Tempo an.

Marcella wurde daran erinnert, dass sie im Haus ein wildes Geschehen verpasst hatte, und auch daran trug dieser brutale Mensch die Schuld. Sie kochte vor Zorn über die Anmaßung des blasierten Kerls.

»Du wirst morgen zu mir in mein Haus kommen, sonst verlierst du deine Stelle hier und den Respekt aller, die dich kennen«, zischte er gehässig. Seine Trunkenheit wurde jetzt offensichtlicher, er zog die

Wörter in die Länge und hatte Mühe, sich auf den Beinen zu halten.

»Du Bastard! Das traue ich dir zu, ein junges Mädchen mit Erpressung an dich zu fesseln. Freiwillig würde wohl keine mit dir gehen. Wie kann man nur so tief sinken? Hast du keinen Stolz, Caballius?«

Er hob die Schultern und grinste breit. »Wenn du es Erpressung nennen willst, dann nenne es Erpressung. Für mich ist es der schnellste Weg, im Leben zu gewinnen. Der sicherste Weg zum Sieg.«

»Du bist Abschaum!«

Diesen Satz hatte sie herausgeschrien, und er hallte durch die Korridore, auch das Plätschern der Brunnen konnte ihn nicht überlagern.

Sie zitterte am ganzen Körper, weniger von der Kühle des Wassers, sondern vor Wut über die Unverschämtheit dieses Mannes. Sie stieg aus dem Becken und trat auf den Mosaikboden.

»Morgen erwarte ich deinen Besuch, du verkommenes Luder«, rief er ihr nach.

»Ich komme«, log sie und lief von ihm weg aufs Haus zu. Sie brauchte dringend Distanz von diesem Mann, damit ihre Sinne sich wieder beruhigen konnten.

Sechstes Kapitel

»Du siehst aus, als hättest du einen Gewittersturm überlebt. Was ist passiert?« fragte Lydia.

Sie sah erschöpft aus und ließ sich mit einem halbleeren Bronzekrug in der Hand gegen die Wand fallen.

»Irgendein Trunkenbold hat mich in den Brunnen geworfen.«

»Hinter der Tür in der Halle hängen frische Kleider«, sagte Lydia.

Marcella kämpfte in ihrem Gefühlsgemisch aus Zorn und sexueller Frustration gegen ihre Tränen an. »Es war erniedrigend«, sagte sie leise. »Ich konnte mich nicht zur Wehr setzen, weil ich fürchten musste, dass er ernsthaft gewalttätig werden würde.«

»Sage Juno Dank, dass du nicht an einem einsamen Ort mit ihm zusammen warst, dort hätte er mit dir nach Belieben umspringen können. Ich habe gehört, dass Männer gemeingefährlich sein können, wenn niemand außer ihren Sklaven in Hörweite ist«, vertraute Lydia der Freundin an.

»Es hat mich eines gelehrt«, murmelte Marcella, während sie in ein trockenes Kleid schlüpfte. »Der Mann, den ich in der Taverne kennen gelernt habe, war etwas Besonderes. Er ist meiner Bewunderung und meiner Träume wert. Der andere Bastard hat es geschafft, mich innerhalb von wenigen Augenblicken zu einer hasserfüllten Frau zu machen.«

Sie hatte sich wieder gefasst und ging hinüber in den Speiseraum.

Ihr Blick fiel auf Gaius. Er stand allein, und sie konnte Julia nirgendwo entdecken. Gaius sah brummig aus, verärgert. Marcella war es, als bliebe ihr Herz stehen: Hoffentlich hatten sie sich gestritten!

Er schritt auf sie zu und sagte in einem Ton völliger Verachtung: »Es scheint, dass ich mich geirrt habe. Du bist doch keine Genießerin. Was für ein düsterer Anblick das war! Du hättest Venus gleichen müssen, wie sie den Wellen entsteigt, aber du warst nur ein gestrandeter Fisch.«

Seine Verachtung schmerzte fast körperlich, und sie zuckte zurück.

In ihrem Entsetzen, vom geliebten Mann so harsche Worte zu hören, platzte sie mit der ersten Replik heraus, die ihr einfiel. »Was weißt du denn davon? Wo warst du denn? Hast du uns beobachtet und belauscht?«

Die Spielleute beendeten ihre Darbietungen mit einem letzten Aufklingen ihrer Instrumente, aber Marcella hatte kein Gehör dafür. Sie konnte nur an eins denken: Was hatte Gaius gesehen, wie viel wusste er?

»Ich dachte, du wärst anders«, fuhr er fort. »Wer war er? Ich habe ihn vorher nicht gesehen. ›Abschaum‹ hast du ihn genannt, und er hat dich ein ›Luder‹ geschimpft. Was für ein charmantes Paar! Warum hast du dich mit ihm getroffen?«

»Ich musste ihn beschimpfen, um ihn los zu werden«, rechtfertigte sie sich. »Außerdem geht es dich nichts an! Ich brauche mich weder bei dir noch bei irgendeinem anderen für das zu entschuldigen, was ich getan habe.«

Gaius lehnte sich gegen eine Säule und sah Marcella durchdringend an.

Sie hielt seinem Blick stand.

Der Verwalter hastete mit einem Tablett voller Süßigkeiten an ihnen vorbei. »Marcella«, sagte er knarrend, »du wirst gebraucht, um Essen aufzutragen. Sofort.«

Sie ging.

Auf dem Weg zur Küche huschte sie kurz hinaus auf den Innenhof. Er lag verlassen da. Benommen schaute sie hinüber zum Schwimmbecken, wo der Bastard sie so gedemütigt hatte. Sie bückte sich und schöpfte Wasser aus dem Brunnen, um es sich ins Gesicht zu klatschen. Dann spülte sie sich den Mund aus. Am liebsten wäre sie jetzt in ein Bad gegangen, um seinen Geruch abzuwaschen. Sobald sie eine Gelegenheit hatte, würde sie das tun, und dann würde sie Stunden im Heißraum bleiben, bis sie ihn aus jeder Pore geschwitzt hatte.

Am schlimmsten war noch, dass der Mann, nach dem sie am meisten dürstete, ihre Schmach mitangesehen hatte und jetzt nichts als Verachtung für sie empfand.

Sie fühlte eine Hand auf ihrer Hüfte und wirbelte voller Zorn herum, ihr Arm schon ausgestreckt, schlagbereit. »Erlaube dir nicht, mich noch einmal anzufassen, du ...«

Gaius griff rasch nach ihrer Hand. »Du verpasst eine gute Schau«, sagte er ruhig.

»Welche Schau? Ich dachte, die Musiker hätten schon aufgehört und die Instrumente eingepackt.«

»Es gibt immer wieder etwas anderes zu sehen. Jetzt ist der Zeitpunkt gekommen, dass die Gäste aufgeheizt genug sind, um sich zur Schau zu stellen. Die bezahlten Mimen und Tänzer waren nur die Vorspeise.«

Er legte eine Hand auf ihre Schulter und drehte sie

so, dass sie ihn anschauen musste. »Ich nehme an, dass du heute erfahren hast, dass Lust und Leidenschaft nicht ganz so einfach sind, wie man auf den ersten Blick glauben will.«

Sie hielt den Kopf gesenkt, immer noch beschämt von dem, was Caballius ihr angetan hatte. Dann nickte sie. »Man kann nicht immer am Fuße des Olymps mit den Unsterblichen Ambrosia trinken.«

Er sah sie lange an, bevor er sagte: »Ich entschuldige mich bei dir, dass ich schlecht von dir gedacht habe, Marcella.«

Er lächelte. Sein Ausdruck war freundlich, und sie spürte die Wärme seiner Hände auf ihrer Hüfte und auf der Schulter.

»Du hast erfahren, dass die Männer auf diesem Fest nicht das sind, was du dir erhofft hast?«

»Ich darf mir nichts erhoffen«, sagte sie gepresst. »Der Verwalter ist sehr streng.«

Er gluckste laut, und sie fühlte sich an die Szene in der Taverne erinnert, wo er auch dieses tiefe Geräusch ausgestoßen hatte.

»Das ist der Bursche, der dich in die Küche geschickt hat? Soll ich denn glauben, dass er keine Andeutungen gemacht hat, dass er dich nach dem Fest vernaschen will?«

Sie errötete. »Ja, er hat gesagt, ich sollte mich am Schluss für ihn zur Verfügung halten.«

»Na, bitte. Ich kann es dem Mann nicht einmal verübeln, dass er es versucht. Aber jetzt verdrängen wir ihn aus unseren Gedanken und wenden uns schöneren Dingen zu. Erzähle mir von deinen Abenteuern.«

»An diesen Bastard möchte ich wirklich nicht mehr denken«, sagte sie hitzig. »Er hasst alle Frauen und will nicht, dass sie ihren Spaß bei ihm haben.«

Sie schüttelte wütend den Kopf. »Und Petro war nicht viel besser. Er hat keine Ahnung, was eine Frau braucht. Ich musste die ganze Arbeit tun.«

»Warte mal. Wer, zum Hades, ist Petro?« Er sah sie amüsiert und auch ein wenig bewundernd an. »Du bist in den letzten beiden Tagen ziemlich beschäftigt gewesen. Als ich dich kennen lernte, warst du Jungfrau, und jetzt lässt du keinen Mann aus.«

»Ich habe ihn kennen gelernt, nachdem du die Taverne verlassen hattest. Er ist sehr lieb, aber er zieht meine Freundin Lydia vor. Und der andere Mann war nur ein ungehobelter, unverschämter Kerl. In Zukunft muss ich vorsichtiger sein.«

»Das stimmt. Ich bin froh, dass du aus dieser Lektion gelernt hast. Du musst wählerischer werden, meine begehrenswerte kleine Freundin.«

Eine Hand lag immer noch auf ihrer Schulter, sie lag nur locker da, aber sie brachte ihr Blut in Wallung. Sie wünschte sich, dass er die Finger über ihre Brüste streicheln ließ, und sie sehnte sich nach einer Berührung seiner Lippen. Warum suchte er nicht wieder jene geheimnisvolle Stelle zwischen ihren Schenkeln?

»Die Götter haben mir offenbar das Schicksal zugedacht, dich immer dann zu treffen, wenn ich es entsetzlich eilig habe. Ich bin schon zu spät für eine dringende Verabredung.«

»Ich verstehe«, murmelte sie. Ihr würde es schon genügen, wenn sie herausfinden könnte, wie er mit vollem Namen hieß und wo er wohnte, damit sie ihn später wiedersehen könnte. Aber diese ›dringende Verabredung‹ war wahrscheinlich mit der eleganten Julia.

Trotzdem. Sie würde die nächsten Stunden und auch Tage leicht überstehen, wenn sie wüsste, dass sie bald wieder seine Hände auf ihrem Leib spüren würde, seinen Mund an ihren intimen Stellen, seine Männlichkeit tief in ihr.

»Sag mir, was dieser Kerl getan hat, um dich so in Rage zu bringen«, forderte Gaius sie auf.

Er legte seine Hände auf ihre Hüften und zog sie sanft an sich heran. Sein Mund war warm und zärtlich auf ihren Lippen, und seine Zunge schmeckte wie ein Elixier. Er hatte die schwere Toga aus Wolle abgelegt. Hatte er bei Julia auch die leichte weiße Tunika abgelegt? Sie war ohne Knitterfalten und ohne jeden Fleck. Hatte er es nackt mit ihr auf einer Liege getrieben?

»Nun?« fragte er.

Sie schaute zu ihm hoch, dann wandte sie verschämt den Blick ab und erklärte zögernd, wie Caballius sie in die gebückte Stellung gezwungen hatte.

»In dieser Position hat eine Frau bestimmte Wünsche, sonst ist sie – wie du es warst – anschließend sehr frustriert«, sagte Gaius.

Sie nickte. Ja, sie hatte sich gewünscht, dass Caballius ihre Brüste gestreichelt und ihre Klitoris gerieben hätte, als er sie von hinten bearbeitete.

Sanft strich Gaius mit den Lippen über ihren Mund. Oh, er konnte so süß sein, dieser Mann aus der Taverne.

»Er wollte mich frustrieren«, sagte sie, aber das Erlebnis mit dem brutalen Kerl verlor mit jeder Berührung von Gaius seine Bedeutung. Sie spürte die Wirkung seines Küssens und Kosens und Streichelns, und ihr Verlangen wuchs.

»Manche Männer verschaffen sich ihre Lust auf diese Weise.« Er streichelte ihre Augenbrauen und schaute liebevoll auf sie hinab. Seine Blicke allein reichten, um sie zum Beben zu bringen.

»Dreh dich um«, murmelte er. »Ich kann dich so nicht in die Nacht schicken. Sonst behältst du seine egoistische Art in Erinnerung und verbitterst.«

Sie wusste nicht genau, was er meinte, denn ihre Sinne hatten Mühe, seine Worte zu begreifen, aber sie hörte das Versprechen neuen Glücks aus seinem Mund.

Er hob ihr Kleid bis zu den Hüften. Er streichelte über ihren Hintern, knetete das feste Fleisch und zog sie näher zu sich heran. Er spürte, wie sie zitterte, wie sich ihr Körper unter seinen Liebkosungen wand und schlängelte, er hörte, wie sie stöhnende Laute ausstieß, und dann schlang sie beide Arme um seinen Nacken und kuschelte den Kopf an seine Brust.

Eine Hand glitt jetzt zu der geheimen Stelle zwischen den Schenkeln. Er schob ein Knie zwischen ihre Beine und zwängte sie behutsam auseinander. Sie stieß einen spitzen Schrei aus, als er druckvoll über die Klitoris rieb. Er nahm die fleischige Spitze zwischen Daumen und Zeigefinger und malträtierte sie auf eine unbeschreiblich köstliche Weise.

Sie konnte nicht genug von ihm bekommen, spreizte die Beine weiter und wollte, dass er nicht nachließ, sie so wunderbar zu verwöhnen.

Er setzte sich auf den Brunnenrand und nahm sie zwischen seine Beine, ohne die Reibung zu unterbrechen. Jetzt erreichte er ihre Brüste mit seinem Mund, und sie spürte, wie sich ihre inneren Muskeln zusammenzogen. Ihre Säfte flossen, und sie griff nach seinem Phallus, der unter dem dünnen Stoff der Tunika bereits ein gewaltiges Zelt bildete.

Sie nahm den Schaft in beide Hände und rieb ihn zärtlich, und wieder wunderte sie sich über die weiche Haut des harten Stabs. Sie sehnte sich danach, ihn in den Mund zu nehmen, aber so tief konnte sie sich nicht bücken, ohne den Kontakt mit Gaius' Händen zu unterbrechen.

Er glitt mit zwei Fingern in sie hinein, während die Finger der anderen Hand unermüdlich über ihren Kitzler strich. Flüssiges Feuer lief durch ihre Adern. Sie wurde von ihm auf eine Ebene gehoben, wo es nur Lust und Wonne gab. Bei jedem Stoß seiner Finger zuckte ihr Schoß, die Muskeln klammerten sich um die Eindringlinge und schienen sie melken zu wollen.

Schließlich ertrug sie es nicht mehr länger, und sie schrie ihren Orgasmus heraus.

Gaius hob ihr Gesäß leicht an, und im nächsten Augenblick hatte er sie auf seinen Schoß gesetzt. Behutsam richtete er den Phallus auf ihre pochende, prickelnde Öffnung, dann ließ er Marcellas Körper langsam sinken.

Heiße Schauer liefen über ihren Rücken, als Gaius sich vom Brunnenrand abdrückte und ihre Beine um seine Hüften schlang. Er stieß zu, und sie fühlte sich wie gepfählt. Die gespannte Kraft seiner Männlichkeit spießte sie auf. Sie hatte seinen Nacken umschlungen, küsste seine Stirn, die Augenlider, den Nasenrücken und schließlich die Lippen. Sie fiel über seinen Mund her, als verdurste sie, drang tief mit der Zunge ein, nahm den Rhythmus seiner Stöße auf und wiederholte sie mit der Zunge in seinem Mund.

Als sie die ersten verräterischen Zuckungen seines bevorstehenden Orgasmus spürte, fiel plötzlich alle Anspannung von ihr ab. Sie entkrampfte sich und flüsterte in sein Ohr: »Oh, du machst mich glücklich. Die Götter haben dich zu mir geschickt, Gaius.«

Dann blieb ihr die Luft weg, als die Wellen des eigenen Höhepunktes sie überrollten.

Sie spürte, wie Gaius' Körper sich nach der Erlösung entspannte, wie das letzte Zucken langsam verebbte.

Sie blieben lange so stehen, innig umarmt, an der entscheidenden Stelle miteinander verbunden, und sie wünschte, sie wären jetzt in einem Bett und könnten nebeneinander so einschlafen und den neuen Tag begrüßen. Sie konnte sich nicht erinnern, etwas Schöneres je erlebt zu haben, und wieder küsste sie ihn, aber diesmal nicht so hitzig, sondern voller Liebe und Dankbarkeit.

Langsam ließ sie sich an seinem Körper hinab, und er glitt aus ihr heraus.

»Hast du denn genug?« fragte er leise.

Bevor sie antworten konnten, traten zwei Männer in den Innenhof, und Marcella ahnte, dass sie im Haus gewartet hatten, bis Gaius und sie ihr Liebesspiel beendet hatten. Die beiden Männer – Marcella hatte sie zuvor gelangweilt an den Säulen gesehen, der eine schwarz, der andere weiß, und beide nur mit einem Lendenschurz bekleidet – blieben in respektvollem Abstand vor Gaius stehen und schauten ihn fragend an.

»Julia wartet auf euch«, sagte er ihnen. »Geht zu ihr und gebt euch Mühe.«

Sie lächelten und wandten sich rasch ab, offenbar bereit und in der Lage, einer Dame Lust zu bescheren.

»Sind sie deine Sklaven?« fragte sie und warf einen Blick auf die muskulösen Gesäße der Männer, die jetzt wieder im Haus verschwanden.

»Nein«, sagte er. »Sie sind Freigelassene. Sie haben keinerlei Verpflichtung, aber sie verrichten ihre Arbeit gut, und sie wissen ein Vergnügen zu schätzen. Manchmal, wie heute Abend, habe ich einfach nicht die Zeit, mich um eine Frau so zu kümmern, wie sie es verdient. Dann biete ich ihr eine Abwechslung an.«

»Du warst wunderbar«, sagte sie, aber sie wusste, dass dieses eine Wort nicht ausreichte, um ihre Gefühle zu beschreiben.

»Geht es dir jetzt besser?« fragte er.

Ihre Antwort bestand darin, sich ganz eng an ihn zu kuscheln, erschöpft und befriedigt.

»Das nächste Mal müssen wir es unbedingt mal in einem Bett versuchen«, flüsterte er in ihre Haare.

Ihr Herz hüpfte vor Freude, denn er hatte von einem nächsten Mal gesprochen! »Das wäre mein Traum«, raunte sie, nahm seine Hand und hauchte einen Kuss darauf. »Ich habe mich nie besser gefühlt als jetzt.«

Sie blieben noch eine lange Zeit nebeneinander stehen. Sie fühlte sich entspannt und glücklich, auf einer Ebene der Zufriedenheit, die nur die Götter begreifen würden.

»Sei nie wieder traurig, Marcella. Du hast eine großartige Gabe, und die sollst du nur zu deinem Vergnügen und zum Vergnügen anderer einsetzen. Lasse dich nicht ausnutzen oder gar einschüchtern. Sonst wirst du vielleicht garstig oder grausam.«

Sie schaute zu ihm auf, und sie sah, dass er irgendwo in die Ferne schaute – oder auch in die Vergangenheit.

Vielleicht hatte er etwas erlebt, was ihn zu diesen Mahnungen veranlasste.

»Ich werde dich nie vergessen«, sagte er dann. »Nicht einmal die Ablenkungen, die in Rom auf mich warten, werden das schaffen, Marcella.«

Ihr Herz verkrampfte sich. Er ging nach Rom? Die Ablenkungen, von denen er gesprochen hatte, würden Frauen sein.

»Du bist nackt. Das geht nicht. Wir müssen dir neue Kleider besorgen. Komm mit.«

Er nahm sie an der Hand und führte sie über einen Korridor zu einem Raum, in dem eine streng aussehende Matrone saß.

»Diese Dame braucht neue Kleider. Sie hat sogar ihren Schmuck verloren. Sie braucht viel Zuneigung, damit sie ihre Traumata überwindet.«

»Dafür bin ich hier, mein Herr«, sagte die Frau und hielt Marcella eine Hand hin. »Komm, mein Liebe. Du brauchst dich nicht zu schämen, solche Dinge geschehen oft. Wenn die eigenen Kleider beschmutzt werden, oder wenn ein Verehrer allzu stürmisch ist. Männer können oft wie wilde Tiere sein, nicht wahr?«

»Aber ich bin nicht ...«

Sie brach ab. Sie wollte sagen, dass sie nicht zu den Gästen gehörte, aber da hatte die Frau ihr schon einen Mantel um die Schultern gelegt. Marcella drehte sich nach Gaius um.

Ihm musste sie sagen, dass sie diesen exklusiven Mantel nicht annehmen konnte. Aber Gaius war nicht mehr da.

Vielleicht würde sie ihn nie mehr wiedersehen. Der Gedanke erfüllte sie mit einer unendlichen Traurigkeit.

Siebtes Kapitel

»Du hast eine schöne Gesichtsfarbe und eine verführerische Figur. Ich glaube, du kannst grelle Farben tragen, die andere Frauen blass machen würden«, sagte die Matrone, nachdem Marcella sich niedergeschlagen hingesetzt hatte.

Eine junge Sklavin hielt einen großen polierten Silberspiegel hoch, damit Marcella sich betrachten konnte. Sie sah, dass ihr Gesicht von den Liebesgenüssen aufgedunsen war. Sie starrte sich an, sah die Blässe ihres Gesichts und schaute sich dann unsicher um. Mehrere Kleider waren für sie ausgelegt worden, und auf dem Mosaikboden aus schwarzen und weißen Steinen standen viele Schuhpaare in einer Reihe.

»Die Gäste verschütten oft Wein und andere Dinge, dann müssen wir entweder ihre Kleider reinigen, oder wir liefern Ersatz«, sagte die Matrone.

»Ich gehöre nicht zu den Gästen«, sagte Marcella niedergeschlagen. »Du redest, als gehörte es zu deinen täglichen Aufgaben, nackte Frauen zu beruhigen.«

»Ist es auch«, sagte die Frau. »Du wärst überrascht, wenn du einige Szenen sehen würdest, die sich auf diesen Festen abspielen. Als ich jünger war, gehörte ich einer Familie in Rom. Zu den Zeiten des Kaisers Nero ging es dort drunter und drüber.«

Sie wählte zwei Kleider aus. »Probiere sie an. Dieses hier ist aus feinstem Leinen, und der Saum ist mit

Silberfäden durchzogen, und wenn du genau hinsiehst, wiederholen sich die Silberfäden bei den Stickereien um die Taille. Eigentlich braucht man Silberschmuck dazu.«

Sie trat zu einem kleinen Tisch und hob ein Ohrringpaar auf. Ein delikater Glastropfen saß auf einem dünnen Silberdraht.

»Ich habe noch meine eigenen Ohrringe«, sagte Marcella und erinnerte sich daran, wie Gaius sie liebkost und geherzt hatte, wie er sie in die Arme genommen und ihren Hals und Nacken geküsst hatte. Die Erinnerung daran machte sie unruhig.

»Sie sind sehr schön«, sagte die Frau, »aber sie passen nicht zu den Kleidern, die wir hier haben.«

»Ich kann sie nicht annehmen, sie sind zu edel«, rief Marcella voller Sorge. »Ich bin nur eine Dienstkraft. Wenn sie mich in diesen Kleidern erwischen, könnten sie glauben, ich hätte sie gestohlen. Oh, ich darf gar nicht an die Folgen denken!«

»Das ist wirklich nichts Ungewöhnliches«, sagte die Matrone. »Wenn ein geschätzter Gast mir einen Befehl erteilt, würde meine Herrin mich bestrafen, wenn ich den Wunsch nicht erfülle. Sie würde nicht wollen, dass jemand wie er beleidigt ist.«

»Aber der Türsteher wird das nicht wissen!«

»Der Türsteher wird sich hüten, einen Gast anzusprechen, der das Fest verlässt. Seine Pflicht ist es, dafür sorgen, dass niemand hereinkommt, der nicht geladen ist. Wie die Gäste gekleidet sind, wenn sie das Haus verlassen, ist nicht seine Sache.«

»Offenbar weißt du, wer Gaius ist. Ich kenne nur seinen Vornamen – und das ist auch noch ein Allerweltsname«, sagte Marcella. »Aus welcher Familie stammt er?«

Die Matrone wich verlegen ihrem Blick aus. »Es tut mir Leid, aber wenn du den Namen nicht weißt, hat er offenbar seine Gründe, seine Identität zu verschleiern. Ich darf dir seinen Namen nicht nennen.«

Marcella seufzte. »Was ist denn so geheimnisvoll an ihm?«

»Nichts. Du weißt doch, dass die Patrizier oft verrückte Ideen haben, und gewöhnliche Sterbliche wie ich müssen uns nach ihnen richten. Deshalb wage ich nicht, dir seinen Namen zu nennen. Aber wenn er wünscht, dass du elegant gekleidet wirst, dann wirst du elegant gekleidet.«

»Ich komme mir billig vor, wenn ich solche Geschenke annehme«, murmelte Marcella.

»Also billig bist du gewiss nicht in diesen Kleidern«, sagte die Frau lachend. Sie nahm einen Umhang, legte ihn um Marcellas Schultern, trat einen Schritt zurück und betrachtete die Wirkung.

»Aber was will er von mir?« fragte Marcella, als sie sich den Umhang fester um den Leib schlang. Sie fuhr mit den Fingerspitzen über den edlen Stoff. Sie ging ein paar Schritte im Raum umher und spürte, wie das Gewebe sie im Nacken streichelte, und wieder wurde sie an Gaius' Küsse erinnert.

»Das ist doch ganz normal«, sagte die Frau. »Ein Geschenk von einem Freund. Er zahlt nie für sein Vergnügen, das hat er auch nicht nötig. Aber er stammt aus einem Teil der Gesellschaft, der es liebt, Geschenke zu machen. Du kannst sicher sein, dass meine Herrschaft in Kürze Geschenke von ihm erhalten wird, die den Wert dieser kleinen Wunscherfüllung bei weitem übersteigen.«

»Kleine Wunscherfüllung«, wiederholte Marcella und befingerte eine kunstvolle Stickerei mit eingewebten Goldfäden. Die Stickerei stellte eine Vogelschar mit Blumen und Bäumen dar.

»Aber du würdest einem Gast, der sich bei dir im Hause die Kleider bekleckert hat, doch auch aus deinem Fundus aushelfen, nicht wahr? Ich meine, du würdest ihn nicht beschmutzt nach Hause gehen lassen.«

Sie legte eine Kette aus bernsteinfarbenen Perlen um Marcellas Hals. Das Licht fing sich in den Perlen und strahlte sanft auf ihre Haut.

»Sie muss mindestens zwei Dinar gekostet haben«, protestierte Marcella.

»Eher das Zehnfache«, erwiderte die Frau ungerührt. »Das Halsband steht dir gut. Ich glaube, wir sollten ein Kleid finden, das zu dem Schmuck passt, und nicht umgekehrt.«

Marcella griff nach einem grünen Kleid und hielt die weiche Seide an ihr Gesicht. Sie sog tief den Duft ein. Vor ihrem geistigen Auge sah sie sich wieder in Gaius' Armen. Sie fühlte sich erschöpft und glücklich, und allmählich erholte sich auch ihr Körper von den herrlichen sinnlichen Erfahrungen mit Gaius. Sie konnte immer noch seinen Geruch wahrnehmen. Am liebsten würde sie sich ein paar Tage nicht waschen, um besser in den Erinnerungen schwelgen zu können.

Tief in ihr zuckte es immer noch, als ob leichte Nachbeben der Lust ihre Weiblichkeit nicht zur Ruhe kommen lassen wollten.

»Es war gut für dich, was?« murmelte die Matrone ihr ins Ohr. »Du bist eine glückliche Frau. Dein Geliebter ist ein Kenner der Frauen. Wenn ich nicht so alt wäre und nur noch meinen Erinnerungen lebte, wäre ich eifersüchtig.«

Marcella riss sich von ihren Erinnerungen der Leidenschaft los, um das Kleid bewundern zu können, das die Frau ihr zeigte. Es war safrangelb – die Farbe des Brautschleiers.

»Ich liebe dieses Kleid«, sagte die Matrone.

Die bernsteinfarbenen Perlen passten, als wären sie eigens für das Kleid angefertigt worden.

Marcella schlüpfte in das Kleid, und das Sklavenmädchen hielt den Spiegel, so dass sie sich in voller Länge betrachten konnte. Der weiche Stoff schmiegte sich verführerisch um Brüste, Bauch und Hüften, ehe es in einer wunderbaren Bewegung zu Boden floss. Marcella drehte sich einmal und sah, wie der Rock wogend jede Bewegung mitmachte. Sie konnte sich vorstellen, dass Gaius sie in diesem Kleid bewundern würde. Oh, könnte er sie doch jetzt sehen! Er würde ihr das Kleid abstreifen und sie erneut in einen Wirbel der Sinnlichkeit führen.

»Du siehst atemberaubend aus«, sagte die Matrone. »Jetzt brauchst du nur noch ein wenig Schminke, dann wird dich niemand mehr erkennen. Du kannst dich zu den Herrschaften setzen und ihnen zuschauen oder ihnen bei ihren Spielen Gesellschaft leisten.«

»Ich habe genug gespielt in dieser Nacht«, sagte Marcella. »Höchstens wieder mit ihm.«

Die Frau lachte. »Du brauchst ein paar hellere Sandalen, und auch sie müssen goldbestickt sein, damit alles zusammenpasst, und dann fehlt nur noch ein Gürtel.«

Die Sklavin holte einen Gürtel, mit Goldfäden durchzogen, aus einer Kiste, und legte ihn um Marcellas Taille. Die Frau raffte Marcellas Haare zusammen und hielt sie über ihrem Kopf. Die Sklavin eilte mit dem Spiegel herbei.

»Oh, so sehe ich wirklich elegant aus!« rief Marcella.

»Nachher drehe ich dir die Haare auf. Schade, dass wir nicht die Zeit haben, sie zu schneiden und Locken zu brennen. Die modebewussten Damen am Hof tragen die Haare sehr kurz, und an den Seiten lassen sie viele kleine Löckchen hängen, die das Gesicht einrahmen. Viele Frauen setzen sich auch Haarteile auf, die nur aus Locken bestehen. Keine Frau, die so gut aussieht wie du, sollte auf solche modischen Ergänzungen verzichten.«

»Was ich jetzt trage, würde den Lohn von vielen Jahren verschlingen«, sagte Marcella. »In der Taverne verdiene ich nicht viel.«

»Wenn du einen Platz an der Seite der Patrizier finden willst, musst du auch so aussehen wie sie«, riet die Frau.

»Wie sollte ich einen Platz bei ihnen finden? Ich bin ein Nichts.«

Bitterkeit schwang in ihrer Stimme mit, aber sie wurde gemildert durch ihr Wissen, dass sie es mit den schönsten der weiblichen Gäste aufnehmen konnte.

»Was auch immer er damit bezwecken wollte, dein Freund will, dass du Kleider trägst, in denen du auf Festen glänzen kannst. Und vielleicht hofft er, dich auf dem nächsten Fest zu treffen. Du musst alles in einem hellen Licht sehen.«

»Aber warum sollte er solche Umwege für ein weiteres Treffen mit mir gehen wollen?« rief sie aufgebracht. »Ich kann nicht glauben, dass er es so gemeint hat.«

»Ich weiß, wie Männer denken. Er läuft zwar weg, aber du hast genug Hinweise, um ihm folgen zu können, findest du nicht auch? Und er weiß das.«

»Du meinst, er will mich auf die Probe stellen?« Bei diesem Gedanken musste Marcella lachen.

»Sehr gut möglich«, sagte die Frau. »Behalte dieses Kleid und nimm auch noch einige andere mit. Verbirg sie unter dem Umhang. Und denke an mich mit Wohlgefallen, wenn du deine Stelle in der Gesellschaft erlangt hast.«

Marcella schlenderte durch die Korridore des großen Hauses. Niemand erkannte sie, auch Lydia nicht. Sie schritt hoch erhobenen Kopfes durch die Räume, das Gesicht blass geschminkt, nur die Wangen hatten bernsteinfarbene Tupfer, und sie war mit dem Öl des Jasmin parfümiert. Sie übte das elegante Schreiten und fand, dass es ihr in den leichten Ledersandalen kaum Mühe bereitete.

Bei jedem Schritt schmiegte sich der Stoff des Kleids zwischen die Schenkel, sanft wie die Hand des Geliebten. Die Weichheit des Lendentuchs und des Unterkleids bildete einen starken Gegensatz zu den groben Stoffen, die sie bisher am Leib getragen hatte. Sie wusste, dass sie umwerfend aussah.

Als sie Caballius sah, der in einem Raum beim Würfelspiel saß, ging sie erhobenen Hauptes an ihm vorbei.

Das Fest neigte sich dem Ende zu, es war ruhig geworden. Einige Paare lagen umschlungen schlafend auf den Kissen. Marcella rauschte an ihnen vorbei, als wäre sie in einer anderen Welt, und bewegte sich auf den Eingang zu.

»Du willst gehen, Herrin?« fragte der Türsteher.

Sie nickte und errötete schuldbewusst, als sie die Anrede des Türstehers hörte. Er öffnete ihr ehrerbietig die Tür, und sie schritt hinaus, neigte kaum merklich den Kopf und tat so, als sei sie an eine solche Zuvorkommenheit gewöhnt.

Sie kroch in die Taverne zurück, ohne Onkel und Tante aufzuwecken, und versteckte ihre neuen Kleider in einer Vorratskiste. Sie wischte sich die Schminke mit einem Tuch und Olivenöl ab.

Sofort fiel sie in einen tiefen Schlaf, aber sie träumte von Gaius und seinen Berührungen, und sie hörte seine kosenden Worte, die in ihr nachklangen. Er war davongelaufen, aber die Matrone hatte gemeint, dass er sie irgendwo anders erwartete.

Sie wachte auf und glaubte, die Tante rüttle am Bett, um sie zu wecken, aber dann begriff sie, dass der ganze Raum heftig durchgerüttelt wurde. Stirnrunzelnd musste sie an Terentius' Warnungen denken.

Onkel und Tante standen vor der Taverne auf der Straße und blickten hinauf zum Berg. Das erste graue Licht der Dämmerung durchbrach den dunklen Himmel, aber da war mehr als nur das Schwarz der Nacht.

»Aus dem Gipfel kommt Rauch – siehst du? Die Götter der Erde zürnen. Vulcanus und Pluto sind beleidigt. Wir müssen etwas tun, um ihren Zorn zu besänftigen.«

Sie starrte hinauf zum Vesuv und konnte dünne dunkle Schleier oberhalb der Grenze sehen, die von den Weinhängen und Olivenhainen gebildet wurde.

»Wahrscheinlich ist es ein Winzer oder ein Bauer, der dürres Zeug verbrennt«, murmelte sie. Ihre

Gedanken waren mit wichtigeren Dingen beschäftigt. Ihr Liebhaber hieß Gaius, und er verbrachte Zeit in Rom – aber sie musste viel, viel mehr über ihn in Erfahrung bringen.

»Kannst du mir etwas Geld borgen?« fragte sie ohne Umschweife, nachdem sie eine Stunde später die Treppen zu Petronius' Wohnung hochgestiegen war.

»Hab Erbarmen, Geliebte«, sagte er. Er lag im Bett, und die Tücher waren verdreht und zerknüllt, als hätte er eine unruhige Nacht verbracht. »Ich habe einen entsetzlichen Kater. Nach dem Ende des offiziellen Fests habe ich mit den Dienstboten noch eine Menge Zeug getrunken.«

Sie schenkte ihm Wasser aus einem Krug ein, der auf dem Tisch stand.

»Du siehst schrecklich aus, aber in der Taverne habe ich gelernt, wie man einen Kater kuriert. Hast du Eier vorrätig?«

Er stöhnte. Sein Penis lag schlaff auf einem Schenkel, eine Hand dicht dabei, als wäre er beim Masturbieren eingeschlafen.

»Natürlich habe ich keine Eier hier.«

»Künstler malen doch Stilleben mit Eiern und toten Vögeln oder Hasen. Und manchmal nehmt ihr Eiweiß, um die Farben zu binden, das hast du mir selbst gesagt.«

»Aber wir bewahren sie nicht auf, wir essen sie, wenn wir sie überhaupt behalten dürfen. Die meisten Kunden nehmen sie wieder mit, wenn sie das Bild bezahlt haben.« Er nahm einen Schluck Wasser und verzog das Gesicht.

»Du bist der einzige Mensch, der mir helfen kann«, sagte sie ernst und setzte sich neben ihn aufs Bett.

»Wo bist du gestern Abend abgeblieben?« fragte er, während er mit einer Hand leicht über sein Glied fuhr. »Der Verwalter war in einer stinkigen Laune. Wenn ich an deiner Stelle wäre, würde ich ihn nicht noch einmal um Arbeit bitten. Einer der Gäste hat sich wohl über dich beklagt. Du hättest ihn ins Schwimmbecken geschubst.«

»Dieses Schwein«, sagte sie und sah fasziniert zu, wie der Schaft wuchs. Vom Zuschauen begann es in ihren Brüsten zu kribbeln. Sie wandte sich ihm zu, weil sie besser sehen wollte.

»Dir geht es schon besser«, sagte sie. »Trink das Wasser aus und hilf mir. Ich muss nach Rom gehen.«

»Du wurdest gestern am Ende des Festes vermisst, und jetzt sagst du, dass du nach Rom willst. Ich wette, dass du einen Mann kennen gelernt hast.«

»Deine Phantasie geht mit dir durch«, fuhr sie ihn an. »Reserviere sie für deine Bilder, Petronius.«

Er lachte und hielt seinen Phallus jetzt fest umpackt. »Dein Freund muss ein Patrizier sein«, fuhr er fort. »Deshalb läufst du ihm hinterher.«

Die Hand fuhr auf und ab. Sie schaute gebannt zu, weil sie lernen wollte, wie ein Mann sich Lust bereitete, damit sie es später für einen Mann tun könnte – am liebsten für Gaius.

»Ich würde den Lohn eines Tages opfern, um zu erfahren, was du gestern Abend getrieben hast. Und die Miete einer Woche, um es zu malen! Deine Natur fließt über vor Lust.«

»Mach dich nicht lächerlich«, sagte sie scharf, aber sie wusste, dass Petronius Recht hatte. Sie brauchte nur daran zu denken, wie lustvoll sie das Spiel von Gaius' Händen empfunden hatte.

Er legte sich zurück und schloss die Augen, während die rechte Hand ihre Arbeit am Penis fortsetzte. Die Hoden zogen sich zusammen. Sie beugte sich vor und streichelte sanft über seine Oberschenkel.

»Ich brauche Kapital, um ein Geschäft zu eröffnen, wenn ich im Leben etwas erreichen will«, sagte sie. »In Rom gibt es mehr Möglichkeiten als hier in Pompeji.«

Er öffnete die Augen und schaute sie an, ohne den Rhythmus der Hand zu unterbrechen. Sie tupfte mit der Fingerkuppe auf die Eichel und lächelte. Er hob die Lenden an und stieß kräftiger nach oben, gegen ihre Hand.

Sie schob den Ausschnitt hinunter, bis ihre Brüste entblößt waren, dann beugte sie sich weit über ihn, und er drückte den Penis in das weiche Tal ihrer Brüste. Sie drückte die Halbkugeln zusammen, und er wuchtete sich hoch, fuhr auf und ab, langsam zuerst, dann rascher und wilder.

Im nächsten Augenblick zog er sich zurück. »Ich will es selbst machen und dich dabei anschauen«, sagte er. »Hebe dein Kleid und lass mich schauen. Du kannst sehr süß sein, wenn du etwas willst, Marcella. Du hast eine Menge Charme neben deinen körperlichen Vorzügen.«

»Sage mir zuerst, dass du mir helfen wirst.«

»Komm schon, Geliebte, lass mich dich schauen«, sagte er, und die Hand am Phallus fuhr rascher auf und ab.

Sie hob das Kleid und stellte sich neben sein Bett, ihr Dreieck auf einer Höhe mit seinem Kopf. Der

Anblick des sich selbstbefriedigenden Malers erregte sie über alle Maßen.

»So ist es gut«, murmelte er heiser. Er legte sich zurück und überließ sich seinen Gefühlen.

Marcella spürte, wie ihre inneren Muskeln sich unter seinen gierigen Blicken zusammenzogen. Sein Atem kam hechelnd, die Augen wurden von einem glasigen Dunst überzogen. Sie spreizte die Beine weiter und sah, wie er sich lüstern über die Lippen leckte. Nicht einen Augenblick nahm er den Blick von ihrem Schoß.

»Bitte, Petro, hilf mir.«

»Man hat mich noch nicht für die Wandbilder bezahlt«, keuchte er. »Die Reichen lassen sich Zeit mit dem Bezahlen.«

Marcella sah ihn an, Entsetzen in den Augen.

Seine Blicke verharrten auf den leicht geöffneten Labien. Er streckte eine Hand aus und fuhr mit einem Finger über die gerötete Knospe der Klitoris. Sie schob ihren Unterleib vor, und während er sich selbst weiter massierte, strich er geschickt über ihr geschwollenes Geschlecht. Dann, plötzlich, ohne jede Warnung, ejakulierte er, und sie verfolgte mit angehaltenem Atem, wie der Saft hinausschoss und bis auf seine Brust sprühte.

»Es gibt einen Weg, wie wir uns gegenseitig helfen können, und dabei könntest du viel Geld verdienen«, sagte er, als er wieder auf dem Rücken lag, die Augen fest geschlossen.

»Sage mir wie!« rief sie voller Eifer.

»Vielleicht gefällt es dir nicht.«

»Petro!«

»Neben der Venus habe ich noch drei Aufträge für verschiedene Gemälde. Davon ist eins fertig – es steht da und wartet darauf, abgeholt und bezahlt zu werden.«

»Und was ist mit den beiden anderen – warum hast du sie noch nicht gemalt? Sind sie was Besonderes?«

»Nun, die Thematik ist ein bisschen … sagen wir – delikat. Ich hatte mich schon damit abgefunden, dass ich nach Rom zurückkehren muss, um sie zu malen, aber wenn du bereit bist, hat sich die Situation geändert …«

»Delikat?«

»Deutlich. Im Vergleich zu den Wandgemälden, die du gesehen hast, werden sie wirklich heiß sein. Einige Kunden ergötzen sich an solchen Darstellungen, wenn sie in der stillen Kammer sitzen oder liegen. Aber sie wollen alles ganz deutlich dargestellt sehen, nichts soll der Phantasie überlassen bleiben. Und das andere Bild soll eine junge Frau zeigen, die gefesselt ist und sich gegen das sträubt, was gleich mit ihr geschehen wird.«

Sie starrte ihn an. »Was ist das für eine Art Mann, die dafür soviel Geld zahlt?«

»Reiche Kerle, meine Liebe, ganz reiche Kerle. Aber gleichzeitig sind sie auch schwach und arm, weil sie ihren Spaß nicht mit echten Frauen finden können. Aber wenn du kein Interesse hast …«

Sie musste an Gaius denken, der ihr von Menschen erzählt hatte, die ihren Drang unterdrücken und deshalb schwermütig oder verbittert werden, manchmal auch grausam.

»Ich habe gehört, dass manche Leute ihren Trieb unterdrücken. Aber das ist doch gegen die Natur, nicht wahr?« fragte sie unsicher.

»Du hast gerade bewiesen, dass es dir nichts ausmacht, wenn man dich anschaut, solange es dir und dem Mann Spaß macht. Das hat mir gut an dir gefallen, Marcella. Du willst dich zeigen, kannst vielen Männern eine Freude bereiten und verdienst auch noch Geld damit.«

Sie sah ihn konsterniert an. »Willst du damit sagen, dass du gerade überprüft hast, ob ich für den Auftrag geeignet bin?«

»Die prüden Menschen opponieren gegen meine Kunst, deshalb muss ich meine Modelle sehr sorgsam auswählen.« Petro erhob sich in eine sitzende Position und wischte sich mit einem Tuch ab. »Ich muss oft aus dem Gedächtnis malen, aber dieser Kunde ist schwierig, und er will eine realistische Darstellung. Wenn du also daran interessiert bist, gutes Geld zu verdienen, brauchst du es nur zu sagen.«

Sie sah ihn lange an.

Ihr körperliches Verlangen schwand rasch. Jetzt stand die Aussicht im Vordergrund, eine Gelegenheit zu erhalten, ihr provinzielles Leben hinter sich zu lassen. Sie streckte ihren Körper und sagte: »Male mich.«

»Abgemacht«, sagte Petronius, schwang sich vom Bett und griff nach seinen Kleidern.

»Lehne dich bequem in die Kissen zurück und drücke deine Brust raus!«

Zum zehnten Male veränderte sie ihre Position. Sie war es schon lange leid, jeder seiner Anweisungen aufs Wort zu folgen.

»Sind alle Maler so temperamentvoll?« fragte sie höhnisch.

Er ignorierte sie. »Spreize die Beine ein wenig mehr.«

Sie warf sich in die wollüstigste Pose, die ihr einfiel, und er lächelte.

»So ist es gut. Nach einer kurzen Pause kannst du dich ausziehen, dann geht's zur Sache.«

Anmutig erhob sie sich. Er schenkte sich Wein ein und verdünnte ihn mit Wasser. Er mied es, sie anzuschauen.

»Du scheinst nervös zu sein, Petro.«

Er hob die Schultern und biss in ein Stück Käse. »Ich bin immer angespannt, wenn ich arbeite. Das ist immer wieder eine Herausforderung für mich.«

»Oder sorgst du dich wegen Lydia? Hast du Angst, dass sie wieder hereinplatzen und uns stören könnte? Nun, ich kann dich beruhigen, sie wird genug mit den Aufräumarbeiten im Haus ihrer Herrschaft zu tun haben.«

Sie nahm ein Bild von dem Stapel in der Ecke in die Hand und betrachtete es lange. »Ich dachte, du hättest dich auf phantasiereiche Szenen spezialisiert. Dieses Bild hier scheint mir ein sehr realistisches Porträt zu sein.«

»Ich habe mit Porträtmalerei begonnen, das andere hat sich ergeben. Die Leute wollten, dass ich ihren Kopf male und ihn auf den Körper eines Gottes oder einer Göttin setze. Nachdem ich damit begonnen hatte, weitete sich das Geschäft aus.«

»Es ist gut«, sagte sie und bewunderte seine einfühlsame Art, mit der er das zerfurchte, sorgenvolle Gesicht eines alten Mannes gemalt hatte.

»Man kann eine Menge Geld damit machen, wenn man in die richtigen gesellschaftlichen Kreise eindringt. Ich porträtiere auch die aufstrebenden Menschen, denn aus ihnen kann ich das große Kapital herausholen, wenn sie erst einmal die berufliche Leiter hochgestiegen sind.«

Er hob ein anderes Bild hoch und hielt es schräg, damit das Licht sich darauf fing.

»Das ist ein gutes Beispiel. Gaius Salvius Antoninus wird es weit bringen, sagt man. Wenn das zutrifft, wird er mich auch hochziehen. Wenn die Leute in fünf oder zehn Jahren sein Porträt bei mir sehen, werden sie mich engagieren, damit ich ein Porträt von ihnen anfertige.«

Der Mann auf dem Bild war ihr Liebhaber, daran gab es keinen Zweifel. Sie fuhr mit einem Finger über die Augenbrauen, streichelte die hohe Stirn und zerzauste im Geiste seine vollen Haare.

Gaius Salvius Antoninus. Leise wiederholte sie den Namen ein paar Mal, bis ihr Gedächtnis ihn sich eingeprägt hatte.

»Nun komm, denn wir haben viel Arbeit vor uns.« Petro war plötzlich sehr geschäftsmäßig. »Dies wird heute nur eine kurze Sitzung. Ich lege nur die Silhouette fest, dann kann ich morgen die Einzelheiten ausfüllen.«

Sie legte sich zurück auf die Kissen. Ihre Gedanken kreisten nur um ihn. Gaius.

Ärgerlich ranzte er sie an. »Nun zieh schon deine Kleider aus.«

»Entschuldige.« Sie kicherte, übermütig und voller Freude, dass sie jetzt den vollen Namen ihres Liebhabers kannte. »Soll ich alles auf einmal ausziehen, oder soll ich die Röcke heben, wenn du an diese Stelle kommst?«

»Hör auf mit dem Unsinn, Marcella. Natürlich muss ich deinen ganzen Körper sehen. Und deine Brüste müssen sich keck aufrichten. Dazu verschränkst du am besten die Hände hinter deinem Kopf.«

Sie streifte ihr Kleid ab und streckte sich auf der Liege aus, die Beine leicht gespreizt.

Petronius sah sie stirnrunzelnd an. Er trat zu ihr, griff nach einem ihrer Beine und stellte den Fuß auf den Boden. Jetzt war ihr Geschlecht geöffnet.

»Das sieht nicht lüstern aus. Du bist ganz trocken«, kritisierte er. Er nahm ein Tuch, tauchte es in Wasser und wrang es über ihrem Schoß aus. Das Wasser rann vom Nabel hinunter und versickerte zwischen den Pobacken. Sie rutschte nervös herum.

»Das ist besser, aber immer noch nicht gut. Ich glaube, wir müssen dich erregen. Warum versuchst du es nicht selbst? Ich meine, du hast doch zwei Hände.«

»Das werde ich gewiss nicht tun. Solche Dinge mache ich nicht für jeden.«

»Aha! Du hast es also schon einmal für jemanden getan! Das wird ja immer interessanter mit dir. Also, wer ist dieser Patrizier, der dich beobachtet, während du dich erregst?«

»Es gibt niemanden«, behauptete sie.

Er grinste und begann zu malen.

Sie schloss die Augen und dachte darüber nach, wie groß Rom sein mochte und wie schwierig es sein würde, dort eine bestimmte Person zu finden. Da sie jetzt wusste, dass Gaius zur Familie Antoninus und zum Clan der Salvius gehörte, würde die Aufgabe leichter sein.

Ihre Gedanken malten sich Bilder aus, wie es sein würde, wenn sie ihn gefunden hatte und er sie mit in sein Bett nahm. Sie konnte seine Hände spüren, fühlte seinen heißen Atem im Nacken. In ihrer Phantasie trieb er sie mit seinen Worten der Leidenschaft an. Die Zeit hatte ihre Bedeutung verloren.

»Fertig.« Petronius unterbrach ihre Träume mit gefühlloser Hast. »Du kannst dich wieder anziehen, Marcella.«

Sie stand auf, streckte sich, vertrieb die Tagträumereien und schlenderte hinüber zu seinem Bild.

»Mögen Juno und Venus es bezeugen – aber sehe ich wirklich so aus?«

»Man sagt mir nicht nach, dass ich ein schlechter Maler sei«, gab er beleidigt zurück.

Mit Unbehagen betrachtete sie das Bild des Mädchens. Sie selbst hätte sich nicht erkannt. Er hatte sie mit schweren Brüsten gemalt und dunklen großen Nippeln.

»Wenn jemand mein Gesicht erkennt ... ich meine, er wird feststellen, dass ich nicht diesen Körper habe.«

»Unsinn. Ich habe dein Gesicht sehr undeutlich gemalt. Deutlich wird es an den entscheidenden Stellen. Ich bin sicher, dass jeder Mann, in dessen Adern Blut fließt, von diesem Bild erregt wird, ganz egal, wie gehemmt und schüchtern er sonst sein wird. Du bist ein sensationelles Modell.«

»Ich hätte nie geglaubt, dass das Bild die geheimen Stellen so deutlich zeigt«, sagte sie unglücklich, während er seine Farben sortierte.

»Ich kann sehen, wann du an deinen Liebhaber denkst«, sagte er, »denn die Reaktion deines Körpers erfolgt sofort. Und im Ausdruck deines Gesichts geht eine verblüffende Wende vor sich. Morgen malen wir das Bild, in dem du die Pose, der gefesselten Frau einnimmst. Das ist der Beginn eines lukrativen Geschäfts unter Partnern.«

Achtes Kapitel

Der stumpfe Gipfel des Bergs ragte gen Himmel, als wollte er sich von den Weinhängen und Olivenhainen befreien, die sich an seine Hänge klammerten. Als Marcella nach dem Besuch der öffentlichen Bäder nach Hause ging, passierte sie immer wieder Menschen, die bangend zum rauchverhangenen Gipfel starrten. Eine graue Wolke hing darüber, und man konnte riechen, dass Asche in der Luft lag.

In der Taverne hastete ihre Tante hin und her. Sie wackelte mit den ausladenden Hüften. »Wir gehen eine Weile weg, bis die Gefahr vorüber ist«, sagte die Tante. »Ich werde zu meiner jüngsten Schwester nach Apulien gehen.«

»Aber ich wette, dass es nicht mehr ist als ein kleines Feuerwerk«, sagte Marcella.

»Ich stimme dir zu, wir haben keinen Grund zur Beunruhigung.« Marcellas Onkel hörte sich genervt an, war aber gefasst. »Deine Tante neigt zum maßlosen Übertreiben. Das letzte Erdbeben haben wir überlebt, während andere Leute immens hohe Reparaturkosten bezahlen mussten.«

Er hob eine der großen Amphoren hoch und goss Wein in eines der Mischgefäße.

»Wo ist Terentius? Du ruinierst deinen Rücken, Onkel. Das ist seine Aufgabe. Er vernachlässigt offensichtlich wieder seine Arbeit«, sagte Marcella.

»Er ist weggelaufen«, antwortete die Tante brüsk. Sie war dabei, Töpfe und Pfannen aus den Regalen zu holen. Die besten sortierte sie auf der Essenstheke aus.

»Das darf doch nicht wahr sein! Er ist ein Sklave! Darauf steht die Todesstrafe!«

»Wenn wir ihn wiederbekommen, können wir es uns nicht leisten, ihn derart harsch zu bestrafen«, sagte die Tante. »Das wäre verschwendetes Geld. Außerdem ist er schon seit Jahren bei uns, und ich habe mich an ihn gewöhnt. Dass er weggelaufen ist, zeigt uns allen, wie groß seine Angst ist, und ich nehme seine Ängste sehr ernst.«

»Er übertreibt«, behauptete Marcella.

»Seit Tagen hat er uns geraten, diesen Ort zu verlassen. Ich habe nicht auf ihn gehört, und sonst auch niemand. Wenn er bereit ist, sogar den Tod zu riskieren, muss er wirklich davon überzeugt sein, dass der Berg ausbricht.«

»Ich kann Asche riechen«, murmelte Marcella, »und der Wind weht einen üblen Geruch herüber.« Zum erstenmal kamen ihr Zweifel an ihrer Sicherheit.

»In dem Augenblick, in dem wir einen Karren durch die Straßen führen dürfen, ohne angezeigt zu werden, bin ich weg«, sagte die Tante entschlossen. Sie griff eine Handvoll Messer und schob sie in eine große Ledertasche, in der sie schon Schüsseln und Krüge verstaut hatte. Ein Messer fiel ihr aus den leicht zitternden Händen und fiel klirrend auf den Boden.

»Du übertreibst mit deiner Reaktion«, sagte Marcella.

»Du würdest besser dran sein, wenn du auf mich hörst. Packe deine wichtigsten Sachen zusammen. Was verlierst du schon, wenn ich unrecht habe?

Wenn nichts geschieht, haben wir keinen Schaden, dann stehe ich nur als dumme alte Frau da. Aber lieber eine dumme alte Frau als tot. Ich gehe kein Risiko ein. Ich warte bis zur Dämmerung am Porta Nuceria. Wenn du bis dahin nicht da bist, stehst du allein. Ich packe auch ein paar Dinge für dich ein, wenn du dazu nicht in der Lage bist, du faules Mädchen.«

»Nein, ich werde es selbst tun«, sagte Marcella rasch, denn ihr fielen die Kleider und ihr teurer Schmuck ein. »Ich nehme meine Tasche am Nachmittag mit, damit ich nicht mehr nach Hause muss, bevor ich zu dir komme.«

»Vielleicht sollten wir die Stadt verlassen«, sagte Marcella zu Petronius, als sie sich eine Stunde später auf seiner Liege ausstreckte. Ihre Beine waren gespreizt, und die Arme waren fest an ihre Seiten gebunden, so dass die Brüste hochgedrückt wurden.

Unten auf der Straße waren rasche Schritte zu hören, Menschen riefen sich kurze Mitteilungen zu. Im Stockwerk über ihnen wurden ein paar schwere Türen zugeschlagen.

»Es ist wie die Stunde vor dem Sturm«, murmelte Marcella. »Oder wie die letzte Stunde vor dem Beginn eines wichtigen Ereignisses. Wenn die Leute sich um die besten Plätze bei einem Wagenrennen streiten.«

»Ich will das Bild beenden, das ich begonnen habe.« Er studierte ihren Körper. »Ich will nicht, dass du in lustvoller Panik nach Rom rennst und mich mit einem unvollständigen Bild zurücklässt. Lege jetzt eine Hand zwischen deine Schenkel – es muss so aussehen, als wolltest du dich dagegen sträuben. Und verdecke nicht deine Lippen. Der Betrachter muss den Eindruck gewinnen, als wolltest du deine Unschuld verteidigen.«

Sie kicherte verlegen.

»Nach all den Mühen, die ich hatte, um sie los zu werden, ist das wirklich ein gelungener Scherz. Gibt es denn Männer, die sich an einer solchen Phantasie ergötzen? Und denen es dann genug ist, das Bild zu betrachten?«

»Jupiter sei Dank, dass es sie gibt, denn sie zahlen gut dafür, und davon profitierst du auch.«

Die Hand auf ihrem frisch rasierten Schoß sandte eine sinnliche Wärme durch ihren Körper, und ab und zu rieb sie mit einer Fingerkuppe über die neugierige Knospe.

»Das darfst du nicht«, schalt Petronius. »Eros, hilf! Marcella, du musst das richtige Gefühl in deinen Ausdruck legen. Gestern war amouröse Erwartung, heute musst du zögerlich wirken, ängstlich schauen. Aber dein Gesicht sagt, dass du danach lechzt!«

»Tut mir leid.« Sie seufzte. »Du regst dich nur auf, weil du Angst hast, dass Lydia uns überraschen könnte.«

»Nur Apollo weiß, wie ich ihr das erklären könnte«, murmelte er und schaute über seine Schulter zur Tür.

Die Unruhe in den Straßen nahm zu. Ein dumpfes Rollen war zu hören, was die Rufe und Schreie der Menschen noch übertönte.

»Ist das ein Karren?« fragte Marcella ungläubig.

»Hört sich so an. Sie haben so große Angst vor ein bisschen Rauch und einem leichten Zittern der Erde, dass sie sich nicht an das Verbot halten und auch tagsüber mit ihren Karren die Straßen versperren. Sie sind hysterisch. Was kann in einer so riesigen Stadt wie Pompeji schon passieren?«

»Meine Tante verlässt die Stadt. Sie glaubt, dass es eine große Bedrohung gibt.« Sie zurrte an ihren Fesseln. »Können wir eine Pause einlegen, Petro? Meine Arme schlafen allmählich ein, ich muss sie ein bisschen bewegen.«

Er seufzte, dann knurrte er: »Meinetwegen. Aber nur kurz.«

Er band sie los, und sie rieb ihre Arme und hörte die Leute auf den Straßen schreien. Immer mehr Karren rollten heran und vorbei. Ab und zu wieherte ein Pferd. In den Straßen von Pompeji wimmelte es von ängstlichen Leuten.

Ein kräftiges Klopfen an die Tür ließ sie herumfahren, und dann begann ihr Herz wie verrückt zu pochen, als sie den Mann eintreten sah, der Petro erwartungsvoll ansah. Angst verkrampfte sie, als sie den Mann erkannte, der sie gestern beim Fest so gepeinigt hatte.

»Caballius Zoticus! Ich habe nicht gehört, wie du die Treppen hinaufgekommen bist«, sagte Petronius und eilte ihm entgegen, um ihn zu begrüßen.

»Du hast gesagt, ich sollte um diese Zeit vorbeikommen, Petro. Ich bin voller Ungeduld, denn ich will sehen, was du mir anzubieten hast.«

Marcella senkte den Kopf, und ihre Haare fielen nach vorn über ihr Gesicht. Sie hoffte, dass er sie nicht erkennen würde.

»Ein Bild ist schon fertig, Caballius«, sagte Petro. »Es ist noch nicht trocken, aber ich habe Eiweiß als Bindemittel benutzt, und bei dieser Witterung sollte es bis morgen getrocknet sein. Ich glaube, es wird dir gefallen.«

Marcella hob ihr Kleid auf und wollte sich unauffällig zur Tür schleichen.

»Beim Jupiter, ich kenne dieses Mädchen! Ha, so sieht also ihre Möse aus! Wenn das kein Zufall ist, dass ausgerechnet sie dir Modell gestanden hat!«

Seine Stimme troff vor Gier, und Marcella drückte gerade die Tür zu Petros zweitem Raum auf. Wenn sie Glück hatte, würde sie ungesehen hineinschlüpfen können. Aber dann knarrte die Tür, und die beiden Männern schauten vom Bild auf und drehten sich nach ihr um.

»Ah, da bist du! Komm her, du Luder! Gestern Abend bist du abgehauen. Ich will mit dir reden.«

Er stand zwischen ihr und der Tür ins Freie. In dem kleinen Studio des Künstlers sah seine Gestalt noch wuchtiger und angsteinflößender aus.

»Ich bin nicht abgehauen«, verteidigte sie sich. »Ich hatte eher den Eindruck, dass du zuviel getrunken hattest.« Sie wusste, dass sie ihre Angst vor ihm nicht zeigen durfte. »Aber jetzt sehen wir uns ja wieder. Ich bin froh, dass dir das Bild gefällt.«

»Es gefällt mir so sehr, dass ich ein weiteres in Auftrag gebe.« Er starrte sie hungrig an, und von ihr glitt sein gieriger Blick wieder zum Bild.

Er hatte einen grausamen Zug um den Mund, was ihr gestern Abend nicht aufgefallen war. Was sie in ihrer Unschuld für bloße Lüsternheit gehalten hatte, erkannte sie jetzt als eine abstoßende Art von Perversion.

»Das schmeichelt mir sehr«, sagte Petronius, und Marcella hätte ihn wegen seiner zur Schau getragenen Unterwürfigkeit ohrfeigen können.

Sie war halb nackt und kam sich sehr verletzlich vor. Unbemerkt schlüpfte sie ins Schlafzimmer und warf sich rasch ein Kleid über. Dann lauschte sie, was die Männer beredeten.

»Das andere Bild kann ich innerhalb einer Woche fertig haben«, sagte Petronius.

»Ich will sie von hinten«, sagte Caballius mit rauer Stimme. »Male sie von hinten, nackt natürlich, den Arsch kräftig rausgestreckt. Weit und offen soll sie sein, ich will die Pflaume sehen und das rosige Loch.«

Marcella schüttelte sich bei der derben Sprache des Mannes. Für sie war es erniedrigend, wie er den weiblichen Körper beschrieb. Sie war entsetzt über die Entwicklung – sie hatte als Modell posieren wollen, auch in gewagten Posen, aber jetzt erkannte sie, dass ihre Bereitschaft zu einer Bedrohung werden konnte.

Der Mann war nicht nur ein Erpresser, sondern auch ein Perverser.

»Wenn ich rosenrote Farbe verwenden muss, wird es teurer«, sagte Petro.

»Das kümmert mich nicht. Du kannst ihr ja den Hintern versohlen, dann hast du die Vorlage für das Rot, das ich haben will.« Caballius lachte grölend. »Ich weiß, dass ich mehr dafür zahlen muss, aber ich mag die Wirkung. Wo ist sie denn hin? Ich will dir genau zeigen, in welcher Pose ich sie haben will.«

Marcella riss sich zusammen und schritt hoch erhobenen Hauptes ins Studio.

»Petro und ich wissen genau, welche Pose du haben willst. Ich bin vertraut mit deinen Wünschen und Neigungen«, sagte sie, und es klang so hochnäsig, wie sie es meinte.

»Dann zeige es mir jetzt. Es ist immer besser, wenn man Gewissheit haben kann, dass Maler, Modell und Auftraggeber dasselbe meinen.«

Er trat auf sie zu und packte sie. Seine Finger gruben sich tief in das Fleisch ihrer Schulter, als er sie an sich zog, dann aber herumdrehte, mit dem Rücken zu sich.

Er drückte eine Hand in ihren Nacken, um ihr zu verstehen zu geben, dass sie sich bücken sollte, aber sie wich ihm aus. Doch er hielt sie immer noch am Oberarm fest, und als sie sich aus diesem Griff befreien wollte, drehte er ihr den Arm um. Sie schrie schmerzvoll auf.

»Ich zeige es dir heute Abend, wir haben doch eine Verabredung, nicht wahr?« sagte sie mit unterdrückter Wut. Sie starrte ihn über die Schulter an und sah Brutalität in seinem Blick. Sie schüttelte sich.

»Wenn du ein weiteres Bild willst, muss ich Marcella heute Nachmittag hier haben«, sagte Petro.

Caballius ließ sie so abrupt los, dass Marcella zu Boden fiel. Benommen raffte sie sich auf.

»Du entkommst mir nicht, du kleines Luder. Ich habe mir ein paar besondere Dinge für dich ausgedacht. Der Verwalter hat mir deinen Namen genannt. Ich weiß, wo du wohnst. Du wirst heute Abend zu mir kommen, oder du wirst es bereuen. Du willst doch nicht, dass deine Familie und deine Freunde erfahren, was du hinter ihrem Rücken alles treibst, oder?«

»Das würde dir doch keiner glauben!« rief sie, wenn auch ohne große Überzeugung.

»Deine Familie würde dich enterben, und dir würde nichts anderes übrigbleiben, als in ein Hurenhaus zu gehen. Ich habe keine Skrupel, dir dieses

Schicksal zu bescheren, wenn du nicht das tust, was ich von dir erwarte.«

»Vielleicht sollten wir jetzt mal unterbrechen«, meinte Petro, als Caballius' Schritte auf der Holztreppe verklungen waren. »Ich würde gern auf die Straße gehen und ein paar Skizzen anfertigen, um die interessantesten Szenen festzuhalten.«

»Du hast gewusst, dass er kommen würde«, sagte Marcella. Sie zitterte vor Furcht und Zorn.

Er ging zu ihr, legte einen Arm um ihre Hüften und zog sie an sich. »Es war ein Fehler. Der Lärm von der Straße war so laut, dass ich Caballius auf den Treppen nicht gehört habe.«

»Du hast ihm ausdrücklich gesagt, dass er um diese Zeit kommen sollte, und du hast gewusst, dass ich um diese Zeit hier sein würde«, sagte sie hitzig. »Er ist ein ganz übler Bastard.«

»Ich wollte Geld von ihm haben. Das ist auch ein Vorteil für dich, denn dann kann ich dich auch früher bezahlen.«

Sie schob sich von ihm weg und schlang die Arme um ihren Körper, um ihr Zittern abzustellen. Es war ihr, als wäre sie allein von Caballius' Gedanken vergewaltigt worden.

»Nun, dann will ich das Geld jetzt.«

»Ich kenne dich, Marcella. Ich zahle dir nichts, bevor das Bild fertig ist.«

»Dann male es jetzt fertig.«

Ihre Angst und Verlegenheit wurde durch kalte Wut ersetzt. Auf irgendeine Art würde sie es Caballius heimzahlen. Auf irgendeine Art. »Ich gehe nicht ohne mein Geld hier weg. Du hast mich hinters Licht geführt, Petronius. Ein Mann, der für solche Bilder Geld zahlt, ist nicht immer der traurige alte Kerl, der sonst keinen Spaß mehr haben kann, wie du mir gestern hast weismachen wollen.«

»Nicht immer«, räumte er ein.

»Caballius neigt selbst dann zu leichten Brutalitäten, wenn andere Leute in der Nähe sind. Was wird ihm erst in seinen eigenen vier Wänden einfallen?«

Petronius sah sie neugierig an. »Ich glaube, du übertreibst. Er redet nur derb, das ist alles. Du bist so sehr mit deinem Liebhaber beschäftigt, dass jeder andere Mann für dich nicht mehr begehrenswert ist. Aber ich werde das Bild jetzt beenden, sonst verlieren wir beide Geld. Ich bezahle dich jetzt schon, denn nackt und verschnürt kannst du mir nicht davonlaufen.«

Er reichte ihr einen kleinen Beutel mit Münzen, den sie sofort in ihrer Tasche verstaute. Erst dann zog sie sich aus, und Petro fesselte sie wieder.

Nach dem schockierenden Erlebnis kehrten die süßen Erinnerungen an Gaius zurück und durchfluteten ihren Körper. Sie wusste, dass ihre Brustwarzen anschwollen und ihr Schoß feucht wurde. Sie schloss die Augen, legte sich zurück und träumte.

Petronius zog die Fesseln stramm, und sie verzog das Gesicht. »Nicht so fest, Petro!«

Er knurrte etwas, was sie nicht verstehen konnte, dann sagte er: »So ist es viel besser, Marcella. Behalte diesen Ausdruck bei! Ich hatte schon befürchtete, dass du dich wieder so verdammt verführerisch hinlegst, statt die Rolle zu spielen, die dieses Bild vorschreibt.«

»Aber es engt mich zu sehr ein«, klagte sie wütend. »Das ist doch lächerlich.«

»Nein, du hast jetzt genau den abweisenden Blick,

den ich haben will«, erklärte er entschlossen und zurrte die Fesseln noch ein bisschen strammer.

Sie schrie auf. »Das tut weh!«

»In dieser Pose stehst du kurz vor einer Vergewaltigung, Marcella. Denke an die griechische Sage der Heirat des Pirithous. Stell dir vor, du bist seine Braut Hippodamia.«

Sie runzelte die Stirn, während er zu malen begann. Zu ihrem Befremden sah sie, dass er erigiert war.

»Das ist eine schreckliche Sage. Die Zentauren betranken sich und versuchten, Hippodamia und ihre Dienstmädchen zu vergewaltigen. Der Zwischenfall führte zum Krieg zwischen den Lapithaern und den Zentauren. Ich wusste nicht, dass du solche finsteren Geschichten malst.«

»In der Kunst ist dieses Thema oft verwendet worden.«

»Frauen überfallen und ihre Männer getötet – zum Wohlgefallen widerlicher Kreaturen! Eine schreckliche Geschichte, was soll denn daran erregend sein?«

»Für mich ist sie nicht erregend, aber so etwas lässt sich verkaufen. Stell dir vor, du bist das hilflose Mädchen, das von Wesen angegriffen wird, die halb Mann und halb Tier sind. Ihre niederen Instinkte haben sich in ihnen durchgesetzt.«

Sie schüttelte sich, als sie sich ausmalte, was er so drastisch beschrieb. »Du hättest Geschichtenerzähler werden sollen«, sagte sie und versuchte, die Furcht aus ihrer Stimme zu halten.

»Es ist eine Allegorie«, sagte er. »Man darf sie nicht so lesen, wie sie geschrieben steht. Die Geschichte soll uns daran erinnern, dass in der menschlichen

Natur das Gute mit dem Bösen vereint ist. Es ist jedem Individuum überlassen, sich für das eine oder andere zu entscheiden.«

Sie fühlte sich im Halblicht des kühlen Studios hilflos und verletzlich. Der anschwellende Straßenlärm trug zu ihrer Verunsicherung bei. Wenn sie geschrien hätte, wäre ihr Schrei ungehört verklungen.

»Du hast mich in dem Glauben gelassen, dass du ein erotisches Bild malen willst, Petronius. Das hier nenne ich nicht erotisch. Cupid ist ein charmanter Gott, er ist der Sohn der Venus. Man stellt ihn sich als verspielten, liebenswürdigen und fröhlichen Jungen vor.«

Er hob nur die Schultern, kniff die Augen zusammen, als er ihre Körperpartien betrachtete, und malte weiter.

»Viele reiche Männer würden über deinen Sinn von Erotik lachen. Weibischer Kram. Sie wollen etwas Handfesteres haben, etwas Robusteres.«

»Ich hasse dich dafür, dass du mich in die Irre geführt hast, Petronius. Und jetzt schmerzen mir alle Glieder. Löse mir sofort die Fesseln!«

»Die Fesseln müssen so stramm angezogen sein, damit die Szene realistisch wirkt. Vorher hatte man den Eindruck, als wolltest du tausend Männer verführen.«

»Petro!« Ihre Stimme klang heiser.

»Marcella, meine Liebe, du hast genau den richtigen Gesichtsausdruck! Ideal für meinen Zweck. Du bist eine kleine Schauspielerin, was? Vielleicht solltest du daran denken, in diesem Fach eine Laufbahn zu beginnen. In der Taverne vergeudest du dich nur. Du gehörst auf die Bühne – mit deinem Talent könntest du in jedem Theater der Erde bestehen.«

»Ich schauspielere nicht! Mir behagt das nicht, ich will nicht mehr. Ich habe meine Meinung geändert.«

In seinen Bewegungen lag etwas Sexuelles, als er die Pulver anrührte. Sie hatte den Eindruck, dass er kurz vor einem Orgasmus stand. Angewidert wandte sie den Blick ab.

»Du hast gut reden«, fuhr sie fort. »Du steckst nicht in dieser wehrlosen Pose. Was wird wohl geschehen, wenn dieser Perversling wiederkommt?«

»Hör auf, dich aufzuregen, sonst gerätst du noch in Panik. Lege dich zurück und zeige mir, was du zu bieten hast.«

Sie zwang sich zur Ruhe. Sie glaubte nicht, dass ihr Gefahr von Petro drohte. Er schien seinen Spaß daran zu finden, sie einfach nur anzuschauen und malen zu können. Aber dann hörte sie wieder die panikartigen Schreie in den Straßen, und die Unruhe schwoll in ihr an. »Bitte, Petro, binde mich los«, sagte sie verzweifelt. »Jetzt sofort. Ich will nicht mehr.«

»Du warst einverstanden, dass ich dich male.«

Er betrachtete sie eine lange Weile, konzentrierte sich auf die Linien und Farbnuancen ihres Körpers, ließ die Zunge zwischen den Lippen hervorlugen und pinselte Farbe aufs Brett.

Die Situation feuerte ihn an, sie konnte es deutlich sehen. Seine Augen glänzten.

»He, ich will nicht mehr, habe ich gesagt. Du musst damit aufhören.« Sie versuchte, sich aufzurichten und musste dabei die Beine weit spreizen, um das Gleichgewicht zu halten. Ihre Arme und die Muskeln des Brustkorbs spannten sich gegen die strammen Fesseln.

»Leg dich zurück und denk ans Geld«, antwortete

er mit einem versonnenen Lächeln, das ihr verriet, dass er tatsächlich ejakuliert hatte. »Dein erschrockener Ausdruck lag lange genug auf deinem Gesicht, ich habe ihn schon eingefangen. Du kannst dich jetzt entspannt hinlegen, denn ich bin jetzt bei deinen Schultern und Armen.«

»Du bist ein mieser Typ!« schimpfte sie.

»Wenn du das wirklich glaubst, dann kann ich dir nur wünschen, dass dieser Mann in Rom deine Gefühle wert ist.«

»Er ist es wert.«

Resigniert legte sie sich zurück.

Sie lenkte ihre Gedanken zu ihrem Geliebten, weil sie wusste, dass sie diese Gedanken beruhigen würden. Sie konnte sich an den Geschmack seiner Haut auf ihrer Zunge erinnern, konnte die Härte seines Phallus spüren, der sie durchdrungen hatte. So hart und bestimmt, und doch so wunderbar weich.

Unwillkürlich begannen ihre inneren Muskeln, sich zusammenzuziehen, als sie an die Kraft seines Eindringens dachte. Ihre Brüste schwollen unter den Fesselstreifen an. Ihre Nippel dehnten sich vor Erwartung. Sie dachte an den wilden, furiosen Orgasmus, den er ihr auf dem Fest beschert hatte.

»So, jetzt ist es fertig!« rief Petro triumphierend.

Sie öffnete die Augen und sah einen großen, kräftigen Mann als Silhouette im Türrahmen stehen.

Als sich der Mann in den Raum hinein bewegte, sah sie eine wilde Entschlossenheit auf seinem Gesicht. Es war, als würde er alles vernichten, was sich ihm in den Weg stellte. Auf der Stirn lief eine senkrechte Falte, die sie noch nie bei ihm gesehen hatte.

Marcella starrte stumm auf den Mann und schloss beschämt die Schenkel.

»Gaius.«

Er bedachte Petro mit einem verächtlichen Blick und wandte sich dann ihr zu.

»Ah, mein kleines Flittchen, so möchtest du es also am liebsten haben, ja?«

»Wage es nicht, mich noch einmal so zu nennen«, sagte sie mit einer Wut, die aus Furcht geboren war.

Petro, der bis jetzt nichts begriffen hatte, drehte sich überrascht um. »Was hat das denn ...?«

»Hier holst du dir wohl deine Erfahrungen, was?« fuhr Gaius sie an. Mit drei, vier Schritten war er bei ihr. »Wie willst du denn, wie ich dich nenne? Hure? Nein, du glaubst bestimmt, dass du was Besseres bist. Eine Hetäre. Catullus der Dichter hat sie ›kleine Frauen‹ genannt, und so werde ich dich auch nennen!«

»Was nimmst du dir eigentlich heraus?« fauchte sie ihn an und mühte sich in eine sitzende Position. »Du weißt gar nichts, überhaupt nichts!«

»Zieh dich an. Wenn du länger in Pompeji bleibst, wirst du gar kein Gewerbe ausüben können, weil du nicht überlebst.« Seine Stimme klang hart, gepresst. »Die Beben werden stärker, und jeder, der seinen Verstand beisammen hat, rennt hinaus aufs Land. Es ist nur noch eine Frage der Zeit, bis die Säulen zusammenbrechen und die Dächer einstürzen.«

»Glaubst du wirklich, dass wir in so großer Gefahr sind?« fragte Petro, der in aller Ruhe einen Pinsel säuberte.

»Natürlich sind wir in großer Gefahr. Eine dicke Ascheschicht legt sich auf alles. Während sie sich anzieht, wickelst du mir das Bild ein. Es gehört mir. Aber einem wie dir will ich nichts schuldig bleiben.«

Er warf einen kleinen Beutel mit Münzen auf den Boden, den Petro rasch aufhob.

Der Maler stand wieder aufrecht und mied den Blick des größeren Mannes. »Es ist nicht so, wie du denkst ...«, begann er.

Gaius Salvius Antoninus tat einen großen Schritt auf den Maler zu. Er hatte die Fäuste geballt, und die Muskeln in seinen Armen zuckten, als wären sie zum Angriff bereit.

Er blieb einen langen Augenblick so stehen, vom Zorn geschüttelt, aber dann drehte er sich auf dem Absatz um und ging in dem kleinen Raum auf und ab.

Er schaute zu Marcella. »Worauf, verdammt, wartest du noch?« giftete er sie an.

»Du hast es vielleicht noch nicht bemerkt«, sagte sie gepresst, »aber ich bin gefesselt.«

Er ging auf sie zu, und sie empfand nichts als Scham und Verlegenheit.

Plötzlich wurde der ganze Raum von einem kräftigen Beben geschüttelt. Einige Töpfe fielen von Regalen, und von der Straße drangen laute Schreie herauf.

»Wir haben keine Zeit mehr! Komm so, wie du bist. Auf diese Weise kannst du keinen weiteren Unsinn mehr anstellen.«

Er nahm eine Decke und wickelte sie darin ein. Das Haus wurde wieder wie von unsichtbarer Faust geschüttelt, und in der Wand neben ihnen tat sich ein breiter Riss auf. Gaius hielt Marcellas Decke mit einem Gürtel fest, den er um ihre Taille legte.

»Du willst sichergehen, dass ich nicht fliehe, nicht wahr?« schrie Marcella ihn an. Sie wehrte sich gegen seinen festen Griff, aber sie hatte keine Chance.

»Ja, ich will sichergehen, dass du nicht nackt über die Straßen läufst«, gab er ebenso laut zurück. Putz rieselte auf sie nieder, und Gaius zog die junge Frau an sich, um sie vor einem Sturz zu bewahren.

»Bilde dir bloß nicht ein, dass ich dich attraktiv finden könnte, weil du wie ein Paket verschnürt bist. Nur triefnasige Dummköpfe, die zu faul sind, darüber nachzudenken, wie sie eine Frau gewinnen können, fallen über eine Frau her, die sich nicht wehren kann. Mir ist der Gedanke zutiefst zuwider, und die Tat erniedrigt nicht nur die Frau, sondern auch den Mann.«

»Dann binde mich los!« kreischte sie.

»Oh, verstehe mich nicht falsch.« Seine Stimme klang eisig, während er sie zur Tür schleppte. »Es weckt nicht mein Verlangen, dich verschnürt zu sehen. Aber unter diesen Umständen finde ich die Lösung durchaus hilfreich. Du bist nicht in der Lage, dich in einer respektablen Gesellschaft zu benehmen. Deshalb behandle ich dich wie eine Gefangene, die ich in die Sicherheit führen will.«

Sein Gesicht zeigte nichts als Feindseligkeit, aber seine Hände waren unerwartet behutsam, als er sie zur Tür zog. Sie brannte nach seinen kosenden Händen, und sie rief die Götter an, dafür zu sorgen, dass zwischen ihnen eine bessere Stimmung entstand.

»Sei vorsichtig mit ihr«, sagte Petro und schüttelte sich den Staub aus den Haaren. »Ein zorniger Mann kann einer Frau Schaden anrichten, ohne es zu wollen.«

»Hast wohl Angst um deine Investition, was?« Gaius' Griff um ihren Arm verstärkte sich noch, als er in der Tür stehen blieb. Seine gespannten Muskeln fühlten sich wie Eisen an.

»Angst nicht, aber ich sorge mich. Ja, sie ist Geld wert«, sagte Petro.

Marcella starrte ihn voller Entsetzen an.

»Ich habe mehr Gefangene begleitet, als du gewöhnliche Flittchen gemalt hast.« Seine Kinnmuskeln mahlten. »Ganz egal, wie sehr ich sie wegen ihrer schmutzigen Verbrechen verachtete, niemandem ist je ein Leid zugestoßen. Kannst du dasselbe auch von deinen Modellen sagen?«

Petronius hob die Schultern und beendete das Verpacken des Bildes. »Jedes Leben ist ein Risiko.«

»Ich will meine Tasche«, rief Marcella laut. Sie versuchte, den entsetzlichen Vergleich, den Gaius gezogen hatte, aus ihrem Kopf zu verbannen, indem sie sich zwang, an praktische Dinge zu denken. »Sie enthält alles, was ich besitze.«

»Deine Tasche! Bei Jupiter, kannst du nicht an etwas denken, was wirklich wichtig ist?« Gaius zog sie von der Tür weg. Sie prallte gegen seinen Körper. »Meine kleine Frau, du bist in dieser unanständigen Szene überrascht worden. Unser Leben ist in Gefahr. Die ganze Stadt ist in Aufruhr, überall herrscht das blanke Chaos. Und du denkst an deinen Gesichtspuder und deine Brenneisen für die Locken!«

»Du Bastard!« schrie sie und trat nach ihm, und als das nicht fruchtete, setzte sie ihre Zähne an seinen Arm.

»Trau dich bloß nicht!«

Durch einen plötzlichen Dreh hatte er sie von sich abgewendet. Sie sträubte sich vergebens gegen seine eisenharten Muskeln, die noch weniger nachgaben als ihre Fesseln.

»Ich bin deiner Entschlossenheit mehr als gewachsen, Marcella. Versuche nicht noch einmal, mir zu entwischen. Als Erwachsener habe ich als erstes gelernt, wie man einen Gefangenen bewegungslos fesselt.«

»Ich bringe dir die Tasche nach«, sagte Petro ruhig. »Zusammen mit dem Bild.«

Marcella stemmte sich mit den Füßen gegen die Holzstufen, aber Gaius trieb sie an, schubste sie weiter und hielt sie nach wie vor in seinem eisernen Griff.

»Dass du dich nicht schämst!« schrie sie, und noch einmal versuchte sie, ihn zu beißen. Die Treppenstufen brannten unter ihren nackten Füßen, und die Decke verfing sich zwischen ihren Beinen.

Als sie sich wieder mit aller Gewalt gegen eine Stufe stemmte, hob er sie kurzerhand auf, schwang sie über eine Schulter und trug sie die letzten Schritte. Dabei murmelte er ein paarmal: »Möge Merkur Erbarmen mit uns haben.«

Ein kleiner Bauernkarren stand vor dem Haus, und ein derb aussehender Mann hielt die Zügel eines verängstigten Pferdes. Überall sah Marcella Menschen, die sich mit ihrer Habe abschleppten, und dabei haderten sie mit den Göttern oder riefen sie um Beistand an.

Eine Frau rannte an ihnen vorbei, zwei Kleinkinder hielten sich an ihrem Kleid fest und liefen neben ihr, während sie einen Säugling in den Armen trug. Der Kopf des Kleinen wurde bedenklich hin und her geschüttelt.

»Endlich bereit?« rief der Fuhrmann. »Hast du dein Kunstwerk?« Er warf einen Blick auf Marcella. »Seltsame Statue.«

Gaius hievte Marcella auf den Karren und warf dem Fuhrmann einen schweren Geldbeutel zu. »Hier hast du das Geld zurück, wie ich versprochen habe, obwohl du es nicht verdient hast, nachdem ich dich dabei erwischt habe, wie du das verlassene Haus geplündert hast. Aber wenigstens bist du habgierig genug, dass du auf uns gewartet hast. Ich wette, das hättest du nicht getan, wenn ich dir nicht versprochen hätte, deine Beute zurückzugeben.«

Auf dem Karren stank es nach Hühnermist und nach anderen Tieren, und Marcella versuchte mühsam, in eine sauberere Ecke zu rutschen.

»Es tut mir leid, dass es mir nicht gelungen ist, eine Kutsche zu organisieren, die der kleinen Frau angemessener wäre, aber das ist alles, was ich auftreiben konnte«, sagte Gaius, dann sprang er zum Fuhrmann und nahm ihm die Zügel ab.

Es war dunkel wie am Abend.

Marcella schaute zum Berg hoch. Feuer schoss aus dem Gipfel, und eine dunkle Wolke aus Asche und Rauch hatte sich über der ganzen Stadt ausgebreitet.

Petro warf ihre Tasche und das Bild auf den Karren.

»Du musst Lydia holen!« schrie Marcella gegen den Lärm der anderen Menschen an, die sie umgaben. »Schnell! Lauf!«

»Ich komme mit euch«, antwortete Petro ruhig und hielt sich am Wagen fest. »Wer, zum Hades, schert sich um Lydia?«

Gaius gab dem Pferd die Peitsche, und das Tier setzte sich in Bewegung. Der Karren ruckte an.

»Da du glaubst, dass dies die richtige Zeit zum Malen ist«, rief Gaius, »solltest du es auch jetzt tun. Überall gibt es ungewöhnliche Motive!«

»Du hättest mir sagen sollen, wer dein Freund ist«,

zischte Petro wütend in Marcellas Ohr. »Ich hätte ein ganz besonderes Bild für ihn gemalt.«

Der Rest seiner Worte wurde verschluckt von einem gewaltigen Dröhnen, und gleich darauf regnete es heiße Asche, die sie fingerdick bedeckte. Ein Holzscheit fiel auf die Decke, und eine kleine Flamme flackerte auf.

Marcella schrie und kreischte, aber so sehr sie sich auch bemühte, sie konnte die Decke nicht abstreifen, und sie konnte das brennende Holzscheit auch nicht entfernen, da ihre Hände gebunden waren.

Neuntes Kapitel

»Oh, Göttin Fortuna, hilf mir.«

Marcella flog unsanft gegen den Seitenaufbau des Karrens. Es war, als würde die ganze Straße hochgehoben, als wäre ein riesiger Maulwurf am Werk. Sie fluchte laut und schrie zu den Göttinnen und Göttern, sie zu verschonen. Die Flamme auf der Decke hatte Nahrung gefunden und breitete sich aus, unbemerkt von den anderen Menschen auf dem Karren, die genug mit sich selbst zu tun hatten. Die Fesseln ihres Körpers gaben nicht nach, deshalb wälzte sie sich herum und erstickte das Feuer, als es ihr gelang, sich auf den Bauch zu legen. Sie spürte die Hitze als scharfen Schmerz, und wieder schrie sie gellend auf.

Sie blieb eine Weile still liegen, roch ihre verbrannte Haut und fühlte den Schmerz der Wundstelle, aber sie traute sich nicht, sich wieder auf den Rücken zu wälzen, weil sie nicht wusste, ob das Feuer wirklich gelöscht war.

»Mars, gib uns Kraft!« Gaius' Stimme durchdrang den Lärm des Karrens und der anderen schreienden Menschen. Immer noch flog Asche durch die Luft.

Ohne Vorwarnung zügelte Gaius das stark schwitzende Pferd und sprang auf den Boden. Er hob die beiden kleinen Kinder auf, die Marcella in der Stadt an den Rockschößen ihrer Mutter gesehen hatte. Die Mutter kletterte wortlos mit ihrem Baby auf den Karren und warf Gaius einen dankbaren Blick zu.

»Nimm uns auch mit!« rief ein alter Mann. »Ich bitte dich! Ich kann keinen Schritt mehr gehen, und mein Enkel verdient nicht den Tod!«

Gaius hob ihn in den Karren, als wäre er ein Sack mit Federn, und der Knabe quetschte sich zwischen die beiden Kleinkinder und Marcella.

»Er muss ein Wagenlenker sein«, keuchte der alte Mann, nachdem der Karren sich wieder in Bewegung gesetzt hatte.

»Nein, er ist ein Heeresmann«, sagte Marcella. »Er betet zu Mars, dem Rächer.«

Vor ihnen tauchte ein hoher Wagen auf, der bis obenhin mit Hausrat vollgepackt war und in halsbrecherischer Fahrt versuchte, Pompeji hinter sich zu lassen.

»Schade«, sagte der alte Mann. »Bei einem Wagenlenker wären wir besser aufgehoben. Ich meine, er ist gut, aber was wir brauchen, ist einer, der uns so schnell wie möglich aus der Gefahrenzone herausbringt. Ob er wohl an dem Wagen da vorn vorbeikommt? Platz genug wäre da ...«

Nach der langen Rede brachte der Mann keinen Ton mehr heraus, er rang nach Luft, aber das half ihm nicht, denn die Luft war voller Asche, die sich in die Bronchien fraß.

»Wir sollten beten, dass er keltisches Blut in den Adern hat«, sagte die Mutter ruhig, als ob sie sich in ihrem Heim mit Freunden unterhielte. »Die Kelten haben Julius Cäsar mit ihren Kriegswagen schwindlig gefahren.«

Marcella hustete.

Der Karren war jetzt auf einer Höhe mit dem schwer beladenen Wagen, und von dort fiel eine Pfanne herunter und traf den Knaben am Kopf. Er schrie überrascht und vor Schmerz auf.

Gaius riss das Pferd auf einen schmalen Seitenweg.

»Nein!« schrie Marcella. »Dieser Weg führt direkt in die Berge! Dreh um!«

Sie blinzelte durch die aschegefüllte Luft zurück auf den Weg, den sie verlassen hatten, und bemerkte, dass der Wagen plötzlich angehalten hatte. Haushaltsgegenstände lagen auf den Steinen verstreut.

»Sie haben im vergangenen Jahr einen Poller mitten auf den Weg gesetzt, weil sie keine Karren mehr durchlassen wollen«, wusste die Frau. Sie war immer noch bewundernswert gelassen und kuschelte ihre drei Kinder an sich. »Wir wären tot oder mindestens schwerverletzt, wenn er auf dem Weg geblieben wäre.«

Marcella sah, dass sich die Frau ein kleines billiges Bildnis der Göttin Minerva um den Hals gebunden hatte, Beschützerin der Frauen.

Nach ein paar scharfen Abbiegungen fuhren sie durch eines der wenig befahrenen Stadttore. Vor ihnen erstreckte sich jetzt die Landschaft, auf der ein dunkler Schleier aus Asche lag. Trotzdem meinte Marcella, dass die Luft klarer war als in der Stadt.

Gaius führte das Pferd wie jemand, der sich mit dieser Aufgabe auskannte. Sie war oft bei den Wagenrennen gewesen, aber keines dieser Pferde war so nervös und panisch gewesen wie das Tier, das ihren Karren in die vermeintliche Sicherheit zog. Jetzt mehrten sich die Olivenhaine und Weinberge zu beiden Seiten der Straße, und die Luft wurde klarer.

»Lass mich heraus, bitte, Herr«, rief die Mutter, als sie einen kleinen Bauernhof passierten. »Ganz in der Nähe wohnt meine Familie.«

Der alte Mann nutzte die Gelegenheit. »Auch wir

wollen deine Gastfreundschaft nur noch bis zur nächsten Gabelung ausnutzen«, sagte er.

Als Gaius ihm kurz darauf aus dem Karren half, sagte der Alte gerührt: »Mögen Fortuna und die Götter, die du verehrst, immer bei dir sein, mein Herr. Ich werde den Göttern ein Opfer bringen, damit sie dir ein Leben in Wohlhabenheit gewähren.«

»Und mögen Jupiter, Juno und Minerva mit dir sein«, antwortete Gaius. »Wir alle werden Opfer bringen, wenn wir verschont werden.«

Er setzte die Reise schweigend fort und gönnte dem Pferd keine Rast, bis sie sich einer kleinen Villa innerhalb eines gepflegten Weingartens näherten. Er zügelte das Tier.

»Das Pferd ist müde. Auch wir brauchen Ruhe.«

Gaius schritt zum Haus, während der Fuhrmann das Bild und Marcellas Tasche an den Wegesrand legte.

Dann packte er Marcella und trug sie vom Boden des Karrens und stellte sie auf die Beine.

»Binde mich los!« befahl sie.

»Ich will nicht den Fluch der Götter oder deines Freundes heraufbeschwören«, sagte der ungeschlachte Fuhrmann. »Nicht, nachdem ich gesehen habe, wie er fährt. Muskeln wie ein Ochse und eine Entschlossenheit, die man sonst nur bei den Göttern vermutet. Wenn er gegen Herkules kämpfte, wüsste ich nicht, auf wen ich mein Geld setzen sollte. Ich bin weg.«

Der Karren verschwand schnell hinter dem nächsten Hügel. Sie suchte den Weg nach einem scharfen Stein ab, doch sie fand keinen.

Gaius kehrte zurück. »Das Haus ist verschlossen, es ist niemand da«, sagte er. »Du und ich werden die Nacht dort verbringen, denn es ist gefährlich, nachts zu Fuß zu marschieren. Es gibt keine Säulen, die uns zerschmettern könnten, und außerdem hoffe ich, meine kleine Frau, dass wir das Schlimmste hinter uns haben.«

»Nenne mich nicht so! Ich bin keine Hure! Ich bin eine Genießerin – das hast du selbst gesagt!«

Er zerrte sie auf die breite Veranda vor der Villa und dann weiter zum Eingang.

»Wenn ich diese Katastrophe überlebe, werde ich am meisten bedauern, dass ich dich in das Reich der Sinne eingeführt habe. Du bist noch nicht reif, um auf die Welt losgelassen zu werden.«

»Du hast den falschen Eindruck«, schrie sie ihn voller Verzweiflung an, während er mit der Schulter gegen die Tür rammte.

Er ging zu ihr, riss sie grob in seine Arme und presste seinen Mund auf ihren. Es war ein wilder, unbeherrschter Kuss ohne jede Zärtlichkeit.

»Nein, ich habe nicht den falschen Eindruck. Du bist wütend auf mich, weil ich dir gezeigt habe, was für ein wertloser Geselle dieser Petronius ist und wie nah du am Abgrund warst. Mehr noch – du hasst dich selbst dafür, dass du immer noch nach meinem Körper verlangst.«

Der Geschmack seines Mundes war wie Ambrosia auf ihrer Zunge. Seine Berührungen versetzten sie in einen Zustand, in dem sie sich wie im Land der Lotusesser fühlte, aus dem kein Reisender je zurückkehren wollte. Die grausamen Worte taten ihrer Sehnsucht nach ihm keinen Abbruch.

»Du hast zugelassen, dass man dich in eine erotische Pose bringt und dabei fesselt«, sagte er voller Verachtung, »und dafür hast du dir den falschen Mann ausgesucht. Wenn man solche Sachen mit sich geschehen lässt, muss man ein absolutes Vertrauen zu dem Mann haben, sonst kann aus dem Spiel leicht blutiger Ernst werden.«

Er ließ abrupt von ihr ab und widmete sich wieder der Tür.

Das Holz begann unter der Wucht seines Körpers zu splittern.

»Ich verstehe, dass einige Frauen sich davon angezogen fühlen, die Unschuldige zu spielen«, sagte er und sah sie über die Schulter an. »Und je verdorbener sie sind, desto sehnsüchtiger trauern sie der verlorenen Unschuld nach.«

Als die Tür aus den Angeln sprang, wandte er sich Marcella mit funkelnden Augen zu. Sein Gesicht glänzte vom Schweiß. »Aber du gehörst nicht zu diesen Frauen, denn du kannst der normalen Spiele der Liebe noch nicht überdrüssig sein. Glaube mir, wenn du deine Talente mit den richtigen Partnern einsetzt, wirst du ihrer nie überdrüssig. Die Liebe ist das schönste Spiel, was zwei Menschen miteinander spielen können – es bedeutet, einander Lust zu geben und zu bescheren.«

»Er hatte nicht vor, mich zu vergewaltigen«, heulte sie, aber sie zuckte, als sie sah, wie sich Gaius' Brustkorb vor Ärger hob und senkte.

»Kann sein, kann nicht sein.« Seine Stimme klang besorgt, fand sie. »Aber die Tür stand offen, und wer weiß, wer alles hätte hereinkommen können.«

Er packte ihren Arm und zog sie ins Haus. Durch einen Korridor gelangten sie in den Innenhof, wo ein

Brunnen im schwindenden Tageslicht leise sprudelte.

»Wenigstens fließt das Wasser noch. Als ich bemerkte, dass viele Brunnen ausgetrocknet waren, beschloss ich, Pompeji so schnell wie möglich zu verlassen«, sagte er. »Warte hier, ich besorge uns eine Lampe.«

Sie gehorchte und wartete, bis er zurückkam. Dann folgte sie ihm ins Wohnzimmer und ließ sich auf einer Liege nieder, während er die Wandlampen anzündete.

»Die Hausbesitzer müssen überhastet geflohen sein, denn das Feuer in der Küche war noch so heiß, dass ich eine Wachskerze anzünden konnte.« Er war immer noch reserviert und verärgert, aber sie war zu müde, um weiter gegen ihn anzukämpfen.

Sie legte sich zurück auf die Kissen und schloss die Augen.

»Du bist wohl in einer verführerischen Stimmung, was?« fragte er.

»Nein. Ich habe überall blaue Flecken, weil ich auf dem Karren von einer Ecke in die andere geflogen bin, weil ich mich nirgendwo festhalten konnte, denn du hattest freundlicherweise beschlossen, mich nicht loszubinden«, fauchte sie.

Er stand da, turmhoch über ihr, betrachtete sie lange, und sein Ärger schmolz. »Ich hatte keine Zeit, dich loszubinden.«

»Du hättest genug Zeit gehabt«, gab sie zurück. Sie hörte an seinem Tonfall, dass er seiner nicht mehr ganz so sicher war. »Du warst vollauf damit beschäftigt, deine falschen Schlüsse aus der Szene zu ziehen, die du gesehen hast. Und das war dir recht so, denn du hast es gern, wenn ich in einer Situation bin, in der ich mich schämen muss.«

Er hob ihren Arm und sah die Stelle, wo der Holzscheit sie verbrannt hatte. »Oh, Asclepius, wie ist denn das geschehen?«

»Es war ein Holzscheit. Ich musste mich herumwälzen und auf den Bauch werfen, damit ich die Flamme auf der Decke löschen konnte.«

»Die Wunde muss behandelt werden. Warte, ich suche im Haus nach geeigneten Mitteln.«

»Es ist wohl zuviel verlangt, dich zu bitten, mich zuerst loszubinden? Oder stimmt es gar nicht, dass es dir zuwider ist, dich mit wehrlosen Frauen abzugeben?«

Er sah sie an, und sie wusste sofort, dass sie ihn zu sehr gereizt hatte.

Er beugte sich so nahe zu ihr, dass sie seinen wütenden Atem im offenen Mund spüren konnte. Er zerrte sie auf die Füße. Seine Haare rochen nach Asche, und seine Haut gab den starken Moschus von Angst und Gefahr ab. Sein Gesicht war von Asche und Schweiß verschmiert. Sie betete ihn an. Es gab kein anderes Wort für das, was sie empfand.

»Ich habe dir bei unserem ersten Treffen gesagt, dass ich nie eine Frau enttäusche, wenn ich es vermeiden kann«, sagte er harsch und zog sie an sich heran. »Du willst offenbar glauben, dass ich ein schlimmer Zeitgenosse bin, also werde ich mir Mühe geben, deine Erwartungen zu erfüllen. Du hast dich bereit erklärt, dich vor dieser kleinen Künstlerratte zu entkleiden. Jetzt bin ich an der Reihe, dich zu genießen. Warum sollte ich noch länger warten?«

Er hielt sie fest umschlungen und stieß ein Knie zwischen ihre Schenkel.

»Bastard«, sagte sie und sträubte sich. Sie versuchte, ein Knie in seine Körpermitte zu stoßen. »Du hast gelogen, als du gesagt hast, dass du nie eine Frau gegen ihren Willen nehmen würdest.«

»Aber es wäre doch gar nicht gegen deinen Willen«, murmelte er.

Sie konnte die Haare auf seinem Schenkel spüren, als er gegen ihr Delta stieß.

»Gut, du bist gefesselt«, sagte er, »du magst dich auch nicht wehren können, aber du kannst mir nicht glaubhaft versichern, dass du es nicht willst. Oder willst du mir sagen, dass ich dich trocken und uninteressiert vorfinde, wenn ich einen Finger in dich hineinstecke? Wenn ich einen solchen Beweis für deine Gegenwehr hätte, würde ich sofort aufhören.«

»Du bist ein Strauchdieb. Ein Entführer.«

Sie wich einen Schritt zurück. Mit den Kniekehlen stieß sie gegen die Liege. Sie stolperte, aber er fing sie auf und nahm sie in die Arme.

Er zog seinen gewaltig ausgefahrenen Phallus aus den Kleidern und schob ihn mit verräterischer Leichtigkeit in ihre feuchte Vagina. Sie keuchte überrascht und spürte, dass er sie an den Hinterbacken packte und noch enger an sich zog.

Er pumpte in einem stetigen Rhythmus und ignorierte ihre Proteste, denn ihr Körper kündete von einer anderen Sprache. Jauchzer des Entzückens drangen über ihre Lippen, und Wirbel der Lust entfachten ein Feuer, das sich vom Schoß in alle Fasern ihres Körpers ausbreitete.

Mit den gespreizten Fingern einer Hand fuhr er über ihren Rücken, die andere Hand legte sich über ihre Brüste und zwirbelte die Brustwarzen. Sie war benommen vor Lust, einer Ohnmacht nahe. Er presste seinen Mund auf ihren und nahm Besitz von ihr, wissend, arrogant und selbstbeherrscht. Er schien zu unterstellen, dass sie ihm gehörte, und sie hatte nicht die Kraft, ihm zu widerstehen.

»Jetzt sage mir, dass du es nicht willst.« Seine Stimme klang wild. Er stoppte jede Bewegung.

»Nein«, flüsterte sie und trieb ihm ihren Leib entgegen, um ihm zu zeigen, wie versessen sie auf seine Stöße war.

Er hob die Augenbrauen und glitt aus ihr heraus. Sie jammerte kläglich.

»Ich habe nein gesagt«, keuchte sie, »nein, ich kann dir nicht sagen, dass ich es nicht will. Ich will nicht, dass du aufhörst.« Sie wollte nicht länger mit ihm kämpfen. Sie wollte ihn genießen.

Ein triumphierendes Glitzern trat in seine Augen. Er zog sie wieder an sich, drang erneut in sie ein. Sie gab sich ihm hin, als wäre es die ultimative Erlösung für ihn, und als sie beide zur gleichen Zeit den Höhepunkt erlebten, brauchten sie gleich lange, um wieder zu Atem zu gelangen.

»Und nun sage mir, dass es dir nicht gefallen hat«, forderte er sie auf.

Noch bevor sie antworten konnte, presste er seine Lippen auf ihre, und seine Zunge bohrte sich tief in ihren Mund.

»Es hat mir nicht gefallen«, sagte sie mit zitternder Stimme, die Hände um seinen Nacken geschlungen, sein Phallus noch warm in ihr. »Ich habe es genossen wie nie. Ich wollte es nicht, aber du hast mir eine Wonne beschert, die ich nie vergessen werde.«

Seine Küsse veränderten sich sofort, sie wurden sanfter und zärtlicher, und eine lange Zeit standen sie reglos da, vereint im bebenden Nachglühen ihrer Lust, und nahmen Geruch und Geschmack des anderen in sich auf.

Schließlich befreite er sich aus ihrer Umarmung und zog behutsam an ihren Fesseln. »Dein Malerfreund war erpicht darauf, dass du ihm nicht weglaufen konntest. Er hat dich so fest gewickelt, dass sich das Blut staut. Es wird ein bisschen schmerzen, ehe die Zirkulation wieder normal fließt.«

»Er wollte, dass das Bild realistisch aussieht.«

Er schnaufte ungeduldig, aber seine Finger gingen behutsam zu Werke, als er die Knoten löste. »Ist dir nie der Gedanke gekommen, dass er dich vielleicht für einen seiner unappetitlichen Kunden zurechtgemacht hat? Er traf keine Anstalten, dir zur Hilfe zu eilen, als ich dich gewaltsam wegriss. Glaubst du denn, er hätte dir geholfen, wenn ich ein Fremder gewesen wäre und dich vergewaltigt hätte?«

Sie wand sich vor Widerwillen, als sie an Caballius dachte.

»Könntest du beschwören, dass dein Malerfreund Petronius ausschließlich künstlerische Motive hatte, dich so hart zu verschnüren? Würdest du es bei Venus und Jupiter beschwören?« Er sah sie forschend an.

»Ich fand sein Verhalten schon ein bisschen seltsam, aber ich führte es darauf zurück, dass er fürchtete, seine Freundin Lydia könnte hereinplatzen.«

»Wenn ich nicht aufgetaucht wäre, welche entwürdigenden Posen hättest du dann noch einnehmen sollen? Und wieso kommt er überhaupt auf solche abstrusen Ideen? Hat er sie alle im Kopf? Sind das die Gedanken, die ihn beschäftigen?«

»Es sagt, dass er seine Beobachtungen auf Festen

macht«, sagte sie leise, in die Defensive gedrückt. »Er sagt, dass Männer sich nicht für solche expliziten Bilder zur Verfügung stellen.«

»Einige Männer mögen es, wenn sie Zuschauer haben. Andere zahlen vielleicht sogar dafür, wenn für die Ewigkeit festgehalten wird, wie sie ihren Schaft in eine x-beliebige Öffnung stecken.« Er schüttelte den Kopf. »Du hast ihn erst ein paar Tage gekannt. Du hast mir gesagt, dass er als Liebhaber eher langweilig war. Wieso hältst du deinen Petro für einen so lieben Menschen?«

Er sah sie fragend an, dann seufzte er und entfernte die letzten Schnüre.

»Ich weiß es nicht genau. Ich nehme an, es hatte damit zu tun, dass er von der Herrschaft meiner Freundin Lydia den Auftrag für die Wandgemälde erhalten hatte.«

Er starrte sie fassungslos an. »Inzwischen müsstest du gelernt haben, dass Status und Geld nicht immer Hand in Hand gehen mit Liebenswürdigkeit und Freundschaft. Reichtum wird oft durch Skrupellosigkeit gewonnen.«

Ohne ein weiteres Wort ging er hastig aus dem Zimmer.

Sie zog die Decke um sich und saß bibbernd da, entsetzt über die Gefahren, die ihr hätten drohen können, und die sie nicht vorhergesehen hatte. Das Blut floss zurück in ihre Arme, zuerst spürte sie nur ein leichtes, unangenehmes Kribbeln, aber dann floss es stärker, und die Schmerzen wurden so stark, dass ihr Tränen aus den Augen quollen. Sie rieb sich über die roten Striemen und war froh, dass er nicht bei ihr war. Er sollte sie nicht weinen sehen.

Als er mit einer Schatulle voller Arzneien zurückkehrte, hatte sie die schlimmsten Schmerzen überstanden, jetzt prickelte es nur noch, und ihre Haut brannte.

»Wie durch ein Wunder und durch Asclepius' Gnade haben sie das hier zurückgelassen.«

Er setzte sich neben sie auf die Liege und schlug die Decke zurück, damit er sich ihre Wunde anschauen konnte.

»Ich habe einen Nachteil entdeckt«, sagte er. »Es gibt zwar einige gefüllte Weinkrüge, an denen wir uns schadlos halten können, aber es gibt nichts zu essen. Wir werden wohl im Garten auf Nahrungssuche gehen müssen.«

Ihre Brüste standen stolz über dem flachen Bauch. Sie schlug instinktiv die Beine übereinander. Die Striemen waren schon blasser geworden, und sie spürte, wie ein inbrünstiges Sehnen sie erfüllte. Ihr spontaner Liebesakt hatte ihr erstes Verlangen gesättigt, sie aber auch mit einer tiefen Sehnsucht zurück gelassen.

»Es fällt mir schwer, den Arzt in dir zu sehen«, sagte sie, als er mit vermeintlichem Kennerblick eine Salbe auswählte.

»Ich habe bei den Soldaten viel gelernt«, sagte er. »Soldaten erleiden oft schlimmste Verletzungen. Deine Wunde ist nicht sehr schlimm, aber sie wird ein paar Tage schmerzen. Du hast richtig reagiert, dich sofort auf den Bauch zu wälzen, um die Flamme zu ersticken. Das war sehr tapfer und hat uns vielleicht allen das Leben gerettet, denn zu diesem Zeitpunkt kam es auf jeden Augenblick an.«

Sie zog die Nase hoch, um die Tränen zurückzuhalten, denn sie war gerührt über seinen Versuch, sich bei ihr quasi für die gewaltsame Entführung zu entschuldigen.

Behutsam legte er einen Verband über die wohltuende, kühlende Salbe. Als er die Aufgabe beendet hatte, nahm er ihre Hände und zog sie von der Liege hoch. Die Decke fiel auf den Boden, und er sah voller Ernst in ihre Augen.

»Du hast mich zorniger gemacht, als ich seit Jahren gewesen bin. Ich glaube, ich hätte deinen Maler zu Brei geschlagen, wenn der Berg sich nicht so gewaltig bemerkbar gemacht hätte. Du hast mich dazu gebracht, eine andere Seite meines Naturells kennen zu lernen. Ich wusste, dass ich auf Männer wütend sein kann, wenn ich im Krieg bin, aber bisher wusste ich nicht, dass eine Frau mich derart in Rage bringen kann.«

»Es war nicht das, was du gedacht hast«, sagte sie leise. »Er hat mich gemalt. Ich glaube nicht, dass es ihm um irgend etwas anderes ging. Er liebt Lydia. Das wusste ich sofort, als ich die beiden miteinander gesehen habe.«

Er hob seine Augenbrauen.

»Ich sehe ein, dass es töricht war, ein solches Risiko einzugehen«, sagte sie zögerlich.

»Und warum, zum Hades, hast du es dann getan?«

»Ich brauchte das Geld.«

Er starrte sie wütend an. »Das ist doch lächerlich! Du hättest zu mir kommen können. Wie jeder Mann mit meiner gesellschaftlichen Position habe ich Hunderte von Männern, die mir einen Gefallen schuldig oder die abhängig von mir sind. Wenn ich in Rom bin, stehen die Leute bei mir Schlange, weil sie für das eine oder andere Unternehmen Geld brauchen.«

»Das kannst du jetzt leicht sagen!« rief sie erregt.

»Ich gehöre nicht zu denen, die einen wohlhabenden Patron haben. Ich bin frei geboren, aber ich muss mir auf sehr harte Weise den Lebensunterhalt verdienen.«

»Aber warum brauchtest du so dringend Geld?«

»Weil ich dich suchen wollte!« schrie sie. »Ich weiß jetzt, dass das ein Fehler war – du bist nichts als ein jähzorniger, arroganter und übelgelaunter Bastard, der mehr Wut im Leib hat als Leidenschaft. Und ich habe gedacht, dass du ganz anders bist.«

Er ließ sie abrupt los, und sie stand da, die Arme an den Seiten, schaute ihn kläglich an und fühlte sich verraten.

Er streichelte ihr sanft über die Wangen. »Ich habe nicht einmal im Traum daran gedacht, dass ich die Ursache für diese schreckliche Szene sein könnte. Ich habe dich wollüstig auf dieser Liege gesehen, und mein erstes Empfinden war Lust. Ich hätte dich am liebsten an Ort und Stelle genommen, Marcella.«

Sie hielt den Atem an, als sie die Wucht seiner Leidenschaft spürte.

Sie erkannte, dass seine Wut und sein besitzergreifendes Verhalten aus dem starken körperlichen Verlangen nach ihr resultierten. Diese Erkenntnis machte sie stolz und verlieh ihr ein Gefühl der Macht.

»In diesem kurzen Augenblick stellte ich mir vor, wie ich zu dir schreite, deine Schönheit einatme, deine Brüste streichle, deinen Mund schmecke, deinen Schoß öffne. Ich wollte dich lieben, bis du vor Glück geschrien hättest, bis ich meine Kraft in dir vergossen hätte. Es war eine Szene von olympischem Entzücken. Das war es, was du mir gegeben hast. Und im nächsten Augenblick war dieses Bild zerstört.«

Er packte ihren nackten Körper und starrte ihr wild in die Augen. »Kannst du dir meine Verzweiflung vorstellen, die einem solchen Glücksgefühl folgen muss, wenn es erst einmal zerstört ist? Es ist besser, nie den Nektar der Götter geschmeckt zu haben, wenn man danach mit trocken Brot auf Diät gesetzt wird.«

»Ja«, sagte sie, den Blick gesenkt, »ich kenne diese trüben Gedanken.«

»Dann erst bemerkte ich, dass du nicht allein warst, und am schlimmsten war meine Entdeckung, dass du hilflos verschnürt vor ihm lagst. Da hätte ich ihn am liebsten umgebracht.«

Er hielt sie wieder in den Armen, und sie spürte, dass sein Körper zitterte, als er sie an sich heranzog. Sie fühlte seinen Atem auf der Wange und das leichte Kratzen seines Barts.

»Ich lag da und habe an dich gedacht«, murmelte sie. »Hast du nicht gesehen, dass ich bereit für dich war?«

»Ich habe gesehen, dass deine Nippel steif und deine Schamlippen geschwollen und feucht waren, aber ich wusste auch, dass deine Lust nicht mir galt.«

»Und doch war es so«, flüsterte sie, ihre Lippen in seinem Nacken. »Wann immer ich an dich denke, verlangt mein Körper nach dir.«

»Und jetzt bist du hier bei mir, und mein Verlangen ist größer, als ich es beschreiben kann. Ich muss an mich halten, um dich nicht auf den Boden zu legen und über dich herzufallen.«

»Ein Bett wäre mir lieber«, sagte sie kess.

Er röhrte vor Lachen. »Wir haben die ganze Nacht für uns«, sagte er grinsend, »und diesmal lasse ich nicht zu, dass mein Trieb mich davon abhängig macht, die sinnlichen Freuden der Liebe länger zu genießen.«

Das kalte Bad war eine köstliche Qual. Ihre Brustwarzen standen wie kleine harte Spitzen ab, und zögernd öffnete sie die Schenkel, um das Wasser an ihren Schoß zu lassen. Der Schock durchlief sie in einem Wirrwarr sinnlicher Gefühle. Sie tauchte ihre Haare ins Wasser, um die Asche herauszuwaschen, aber sie stellte sich ungeschickt an, denn bisher hatte sie immer eine Sklavin gehabt, die ihr dabei geholfen hatte.

»Es ist schade, dass die Feuer ausgegangen sind, aber wir werden uns bald an die Kälte gewöhnt haben. Die Barbaren ertragen schließlich auch das kalte Wasser.« Gaius trat auf sie zu, hoch aufgerichtet und erigiert.

»Du musst lange an der Grenze des Nordens gewesen sein, wenn du dich so schnell an die Kälte gewöhnt hast.« Sie zeigte auf seine Erektion, wollte aber auch die Gelegenheit nutzen, etwas mehr über ihn zu erfahren.

»Du meinst Britannien und Gallien? Glaubst du, ich hätte unter den Druiden und den wilden Kaledoniern aufgeräumt?« Sein Lachen hallte in dem kargen kleinen Raum wider. »Ich bin ein- oder zweimal jenseits der Alpen in Gallien gewesen. Sie haben das ganze Jahr über dort Schnee, und es ist so kalt, dass es einem die Finger abfriert. Du hältst es nicht für möglich, bis du es selbst erlebt hast.«

»Hast du denn an der Donaugrenze gekämpft?«

Er küsste sanft ihren Mund. »Dafür bin ich nicht tapfer genug«, sagte er dann. »Ich habe es arrangiert, dass ich weiter im Süden eingesetzt wurde. Ich mag das warme Land und das lockere Leben. Ich habe ein kleines Haus in Tripolitania, wo ich mich zum Ausruhen zurückziehe.«

Er legte eines der Handtücher, die sie gefunden hatte, auf den Marmorboden aus schwarzen und weißen Fliesen. »Willst du vielleicht den ganzen Abend über meine militärische Karriere sprechen?« fragte er.

Er rubbelte sie mit einem anderen Tuch trocken, bis sie sich wärmer fühlte und das Leben allmählich in ihren zitternden Körper zurückkehrte. Gaius warf das feuchte Tuch weg und tastete sie ausgiebig mit seinen Händen ab, als wollte er letzte Wassertropfen trocknen.

Sie vergaß, worüber sie gesprochen hatten und gab sich dem herrlichen Gefühl hin, von seinen sanften Händen berührt zu werden. Sehnsüchtig schaute sie ihn an. »Du siehst wie die Statue des Apollo im Forum aus«, murmelte sie. »Dein Körper hat das griechische Schönheitsideal, breite Schultern, schmale Taille.«

»Du kennst dich aus«, sagte er, lächelte und stieg in das Tauchbecken.

Sie streichelte mit den Händen an seinen langen Beinen entlang und fuhr über die gespannten Muskeln seiner Waden. »Ich bin gebildet«, sagte sie streng, »ich bin nicht das gewöhnliche Tavernenmädchen, auch wenn ich in der Taverne arbeiten musste, um meinen Lebensunterhalt zu verdienen. Als ich dreizehn war, wurden meine Eltern in einem schrecklichen Sturm auf hoher See getötet, und auch ihr ganzes Vermögen ging bei dem Unglück unter. Ich sollte verheiratet werden, aber die Eltern des Jungen machten einen Rückzieher, als sie erfuhren, dass ich keine Mitgift mehr in die Ehe bringen konnte. Ich hatte Glück, dass mein Onkel und meine Tante mich bei sich aufnahmen.«

Sie fuhr jetzt mit leichter Hand über seine Schultern und den Rücken entlang, dann berührte sie die Innenseiten seiner Schenkel mit den Fingerkuppen.

»Du weißt, wie man einen Mann entflammt, mein Liebling«, murmelte er. Sie sah, wie sein Phallus wuchs und vom Wasser umspült wurde.

Er legte seine Hände auf ihre Brüste und rieb sie zart. Marcella fühlte sich benommen vor Glück. Sie wusch ihn, fuhr über Brustkorb und Bauch, nahm sein Glied und hielt es ins kalte Wasser, aber es behielt seinen Umfang bei.

Als er auch trocken war, gingen sie Hand in Hand in eines der Schlafzimmer.

»Lege dich hin und öffne dich für mich, Marcella«, bat er. »Mich verzehrt die Erinnerung an deine zauberhafte Muschel, ich will sie mir für immer und ewig einprägen.«

Sie schritt rückwärts, damit sie den Blick nicht von ihm und seinem vibrierenden Penis wenden musste. Sie konnte es kaum erwarten, ihn in sich zu spüren.

Sie wollte seinen nackten Körper auf ihrem fühlen, wollte seine gewaltige Kraft spüren, die ihr die Lust brachte. Sie legte sich auf den Rücken und spreizte langsam, fast scheu, ihre Beine. Sie hörte ihn laut einatmen.

»Du bist noch schöner als in meiner Erinnerung. Diesmal lächelst du mich an, du hast keine Angst und schämst dich nicht. Und du bist bereit. Ich sehe, deine Schamlippen sind geschwollen und feucht.«

Er kniete vor ihr auf dem Bett, und mit den Knien

hielte er ihre Beine geöffnet. Er lehnte sich über sie, stützte sich mit den Händen ab und küsste sie auf den Mund.

Jetzt senkte er langsam den Körper und lag auf ihr, und seine Zunge drang ohne jede Hast in ihre Mundhöhle.

Sie hob die Beine an und schlang sie um ihn, sie drückte damit seinen Rücken noch mehr nach unten, denn sie wollte seine Männlichkeit spüren. Er war hart wie Fels, aber er verharrte über ihr, ließ sich nicht von ihr dirigieren.

»Mein Liebling, du willst mich verführen, aber ich möchte nicht ein zweites Mal an diesem Tag alles nach ein paar Stößen beendet wissen. Ich will, dass du diese Nacht bis an dein Lebensende in Erinnerung behältst. Und es soll eine süße Erinnerung sein, nicht eine, die nach Augenblicken schon vorbei ist.«

Er setzte sich über ihre Schenkel, sein Pfahl hoch und hart über ihrem Bauch. Sie streckte die Hände aus und fühlte die sanfte Kraft, fuhr mit den Fingern den Schaft entlang und nahm die Eichel in einen Drei-Finger-Griff.

Sie setzte sich auf und schob ihn gewaltsam von sich, bis sie sich tief bücken konnte, um das Ziel ihrer Begierde mit dem Mund zu umfangen. Es war ein Gefühl des Vertrauten, als wäre sie nach langer Reise zurück nach Hause gekommen. Ein unsagbares Glücksgefühl erfüllte sie, als sie leckte und lutschte und saugte und den winzigen Tropfen von der Spitze ableckte.

Sie wollte alle Köstlichkeiten aufnehmen, die sein Körper zu bieten hatte.

Er griff nach ihren Brüsten und zwirbelte die Warzen, bis sie sich vor Verlangen versteiften. Das sanfte

Drücken und Kosen seiner Finger und Daumen ließ sie unruhig herumrutschen, bis sie mit gespreizten Beinen neben ihm lag. Er packte die Beine und legte sie sich über die Schultern.

»Ich möchte dich aus nächster Nähe schauen«, raunte er. »Es ist ein wunderbarer Anblick. Der beste in der Welt, Marcella, mein Schatz.«

Sie spürte seine Blicke, und unwillkürlich zogen sich ihre inneren Muskeln erwartungsvoll zusammen.

Er lächelte und legte einen Finger zwischen die Labien. Langsam ließ er ihn auf und ab gleiten. Sie schob sich ihm entgegen, wollte ihn tiefer spüren, aber er reagierte nicht darauf.

Er beugte sich vor und streckte sich über ihren Bauch, bis sein Mund ihre Brustwarzen erreichen konnte. Er fuhr mit der Zunge über die harten Nippel, und sie stöhnte mit vollem Mund.

Sie spannte ihre Beinmuskel an und spürte die Haare seiner Brust, die sanft gegen die samtenen Falten ihrer Vulva rieben.

Er fuhr fort, ihre Brüste zu kosen, und sie bemerkte, wie sich das Feuer der Lust in ihrem Körper ausbreitete. Sie streckte instinktiv die Zehen, ihr Becken glitt auf und ab, und ihre Brüste schickten immer wieder neue ekstatische Schübe ins Zentrum ihres Empfindens. Seine herrlichen Berührungen entflammten all ihre Sinne, und seine Stimme, die süße Dinge in ihr Ohr murmelte, hörte sich an wie tausend Flöten des Gottes Pan. Ohne jede Vorwarnung erreichte sie einen Höhepunkt. Sie schlaffte ab und lag ganz still da.

Er lächelte und küsste sie leicht auf die Lippen. »Wie ich schon sagte, du bist eine Genießerin. Nicht alle Frauen reagieren so rasch auf leichte Berührungen. Du bist wunderbar, Marcella.«

»Ich habe noch nie so rasch einen Höhepunkt erlebt.« Sie fühlte sich gleichzeitig erschöpft und euphorisch. »Er kam ganz unerwartet über mich.«

Er fuhr mit der Zunge über ihre Brüste und dann über ihren Bauch. Er ließ ihre Beine von seinen Schultern hinab und legte die Hände auf ihre Hüften.

»Jetzt beginnt der zweite Teil der Verführung«, kündigte er an.

Die raschen Bewegungen seiner Zunge, die über den zitternden Kitzler schnellte, ließen sie vor Wonne aufstöhnen. Es war ihr, als würde sie auf seidenen Schwingen hoch auf den Olymp gehoben, auf eine Ebene der Lust, die sie bisher noch nie erreicht hatte.

Er küsste die Klitoris mit geschlossenen Lippen, leckte die feuchten Falten ihres Geschlechts entlang, unermüdlich nach oben und dann nach unten, während er mit der Kuppe des Daumens leicht über den Kitzler rieb. Ihre Anspannung wurde schier unerträglich, sie seufzte und stöhnte, packte seine Haare, bäumte sich auf und erlebte den nächsten Höhepunkt, wuchtiger, heftiger, gewaltiger als vorher. Hitze wallte in ihrem Körper auf, und als sie abgeklungen war, lag sie in glücklicher Entspannung da und schaute dankbar zu ihm.

Es dauerte eine Weile, ehe sie genug Energie gesammelt hatte, um sich auf ihn zu schwingen. Sie rutschte mit dem Hintern seine Schenkel hinunter. »Jetzt werde ich dich verführen«, sagte sie und legte beide Hände um den harten, lebhaft zuckenden Schaft.

Er lachte. »Das hast du schon getan. Ich bin gefangen von deiner Schönheit und der natürlichen Art, wie du auf meinen Appetit reagierst. Du bist die erregendste Frau, die ich je kennen gelernt habe, Marcella.«

Noch während er sprach, hatte sie den Schaft tief in den Mund genommen.

Seine Finger verfingen sich in ihren Haaren, als sie begann, den Kopf auf und ab zu bewegen. Mit der Zunge fuhr sie aufreizend langsam über die Penisspitze.

Der Geschmack seiner Lust weckte Gier auf mehr in ihr.

Abrupt schob er ihren Kopf hoch. »Das ist zuviel, mein Schatz«, murmelte er. Mit einer flüssigen Bewegung legte er sie auf den Rücken, und er schwang sich über sie. »Ich möchte, dass du immer wieder kommst«, raunte er ihr ins Ohr, während er langsam in sie eindrang. »Ich will in dir kommen, und dabei will ich spüren, wie dein Körper geschüttelt wird, wie du dich vor Lust aufbäumst.«

Er küsste sie auf den Mund, stieß die Zunge tief hinein, als wollte er ihren Körper und ihre Seele schmecken.

Der Rhythmus ihrer gemeinsamen Bewegungen war hypnotisch, und sie vergaß um sich herum Zeit und Raum. Sie bewegte sich in einem Stadium unvorstellbaren Glücks. Die Wellen der Leidenschaft schlugen mit Macht über ihr zusammen.

Sie konnte nicht mehr zählen, wie oft sie schon einen Höhepunkt erlebt hatte. Die nächsten Momente danach blieb sie still, und auch Gaius bewegte sich nur noch schwach in ihr, aber nach einer Weile nahm er den treibenden Rhythmus wieder auf und riss sie mit.

Schließlich beschleunigte er seine Bewegungen. Sie spürte, dass er sich nicht mehr lange zurückhalten konnte, dass er endlich die Selbstbeherrschung verlor.

Sie stieß von unten gegen ihn, erwiderte seine Stöße mit ihrer jugendlichen Kraft und stimulierte ihn zusätzlich. Er schüttelte sich unkontrolliert, und sein Atem kam hechelnd.

»Marcella, du verzauberst mich wie die Sirenen. Ich habe mich nicht mehr unter Kontrolle ...«

Im nächsten Augenblick spürte sie, wie er sich mit majestätischer Kraft in ihr ergoss. Er sank auf sie nieder, umarmte sie, presste sie ganz eng an sich und blieb mit ihr verbunden.

»Mein Schatz, du verzauberst mich wirklich. Ich habe noch nie eine Frau wie dich getroffen, und ich will, dass du mein ganzes Leben bei mir bleibst.«

Die Worte wirkten wie Balsam auf sie, und sie blieb still in seinen Armen liegen, bis sie eingeschlafen war.

Zehntes Kapitel

»Hallo. Ich habe was zu essen gefunden. Die Speise der Götter«, rief sie lachend, als sie am anderen Morgen über die unebenen Treppe der Veranda stolperte. Ein paar dicke, reife Trauben kullerten über den gefliesten Boden.

Sie sagte ihm nicht, was sie sonst noch entdeckt hatte, während sie die Villa und das Grundstück erforscht hatte. Sie wollte einige Geheimnisse für sich bewahren, und ihn um Rat zu fragen, hätte ihren Stolz verletzt, weil es ein Anzeichen von Schwäche gewesen wäre.

Er saß auf einer niedrigen Bank und sah ernst drein. Ihr war bewusst, dass sie in den Kleidern, die sie trug, nicht besonders attraktiv aussah. Die schweren Schuhe ließen sie aussehen wie die römische Matrone, der sie gehörten, denn sie hatte den Schrank der Hausbesitzerin durchwühlt. Aber ihn schien ihr Äußeres nicht zu stören, denn jetzt lächelte er sie strahlend an.

Sie beugte sich zu ihm hinunter und küsste ihn auf die Augenbrauen. Ihre Brüste rieben sich gegen den rauen Stoff des Kleids, das ebenfalls der Frau des Hauses gehörte. Gaius legte besitzergreifend einen Arm um ihre Hüften.

»Und ich habe ein paar sehr trockene Kuchen und einige Eier in einer Holzkiste gefunden. Damit werden wir uns begnügen müssen.«

»Die Eier sind bestimmt nicht mehr frisch, aber das wissen wir erst, wenn wir sie probiert haben.«

»Ich glaube, wir müssen bald weiter. Ich habe das Gefühl, dass neue Erdstöße unterwegs sind«, sagte er. »Die ganze vergangene Nacht hat sich die Erde nicht beruhigt, und der Wind weht stärker denn je.«

Sie lächelte in Erinnerung an die leichten Beben der vergangenen Nacht. Sie hatte befriedigt in seinen Armen gelegen und sich überaus sicher gefühlt.

Sie hatten sich oft geliebt, die halbe Nacht lang, bis sie beide völlig erschöpft gewesen waren.

Irgendwann in der Nacht hatten sie einen kleinen Vorrat an Wein gefunden, auch ein paar sehr harte und ausgetrocknete Brote. Sie hatten sie in den Wein getunkt, und sie hatten das Brot so gierig verschlungen, als wäre es eine Delikatesse auf einem festlichen Bankett.

»Ich hatte gehofft, dass wir hier auf dem Land sicher genug sind«, fuhr er fort, »aber wir können den Berg nicht mehr sehen, weil die Aschewolke alles verdüstert. Und sie wird immer größer. Um sicher zu sein, müssen wir weiter weg. Merkst du auch, dass die Luft seit gestern Abend dicker geworden ist? Für die Stadt selbst habe ich kaum noch Hoffnung.«

»Der Garten ist mit einer feinen Schicht aus Asche bedeckt. Ich habe so etwas noch nie gesehen«, sagte sie hilflos. »Bisher dachte ich, dass Terentius solche Geschichten erfindet, um mir Angst einzujagen.«

»Ich habe von solchen Katastrophen gehört, sie aber auch noch nicht selbst erlebt. Der berühmte Geograph Strabo hat den Berg vulkanisch genannt. Als Spartakus und seine Abtrünnigen vor langer, langer Zeit in den Krater gestiegen sind, schafften sie es, sich hinter die feindlichen Linien zu schmuggeln, weil es niemand für möglich hielt, dass sie dieses Wagnis eingehen würden.«

»Diese Geschichte habe ich gehört«, sagte sie. »Aber die meisten Leute waren der Meinung, dass der Berg jetzt sicher sei.«

»Vielleicht wiegten sich die Pompejaner in Sicherheit, weil Spartakus damals unbehelligt davonkam«, meinte Gaius. »Und außerdem war der letzte Ausbruch vor siebzehn Jahren nicht sehr schlimm. Da wir gerade von Ausbruch sprechen ...«

Er drückte beide Daumen gegen ihren Venusberg und hob ihr Kleid hoch, ehe er das Lendentuch aus Musselin ungeduldig wegzog. Jetzt lag ihr Geschlecht offen vor ihm.

»Es mag sein, dass ich übervorsichtig bin, wenn ich meine, dass wir eine größere Distanz zwischen dem Berg und uns bringen sollten«, sagte er rau, »aber ich möchte, dass wir beide überleben, damit ich dir noch viele Male dieses Vergnügen bereiten kann.«

Er sah sie an, und ihre Blicke trafen sich. Sie schmachtete, als sie das Glitzern in seinen Augen sah. Ihre Lenden zuckten vor angespannter Erwartung.

Sie stellte einen Fuß neben ihn auf die Bank. Er berührte ihre Klitoris mit einem Finger, bevor er ihn behutsam hineingleiten ließ. Sie stöhnte auf.

Sie schwang sich über seinen Schoß, das Gesicht ihm zugewandt. Seine feingliedrigen Finger streichelten ihre intimen Stellen. Sie zerrte an seiner Tunika, bis sie seinen erregt zuckenden Phallus in Händen hielt.

Er hob sie an und ließ sie langsam über seinem Schaft nieder. Während er Stück für Stück in sie hineinglitt, schlang sie die Arme um seinen Hals und presste ihre Brüste gegen seinen Oberkörper. Sie presste ihre Lippen gegen seine Halsseite und hinterließ eine Spur von kleinen feuchten Küssen.

»Ich liebe es, meine Mahlzeiten in bequemer Stellung einzunehmen«, sagte er grinsend. Er sah sorgenfrei und jungenhaft aus, die Falten seines Gesichts hatten sich geglättet. Er reichte ihr eine Traube. »Das steht uns besonders zu, weil wir einen langen Weg vor uns haben.«

»Wir haben keinen Karren und kein Pferd«, sagte sie, während sie die Traube mit dem Mund von seinen Fingern aufnahm und auch die Finger mit der Zunge nässte. Er stöhnte auf, und sie streichelte seine Stirn und strich die Brauen glatt.

Er legte eine Hand auf ihre Brust. »Wir müssen zu Fuß gehen«, sagte er. Als sie eine Traube zwischen seine Lippen schob, schloss er die Augen und saugte die süße Frucht in seinen Mund. Dann schob sie eine Traube in ihren Mund, biss sie durch und schob sie mit der Zunge in seinen Mund. Er lachte und schaute sie mit unverhohlener Bewunderung an.

»Die Straße war in einem guten Zustand, und wenn wir uns beeilen, können wir bis Mittag schon das Meer erreichen«, sagte sie, während sie begonnen hatte, ihre Hüften leicht zu bewegen. »Dort müssen wir auf einen Fischer hoffen, der bereit ist, uns die Küste entlang in Sicherheit zu bringen.«

Sie fuhr fort, ihre Hüften zu bewegen, während sie sich gegenseitig mit Trauben fütterten. Er hielt den Krug an ihren Mund und gab ihr verdünnten Wein zu trinken. Ein paar Tropfen rannen über ihr Kinn, und noch bevor sie in ihrem Kleid versickern konnten, hatte er sie aufgeleckt.

»Hast du genug?« fragte er, als die Erde unter ihnen bebte. Der Tisch vor ihnen polterte, und einige Töpfe auf der Veranda fielen um. Sie spürte tief in sich, wie sein ganzer Körper vibrierte.

»Nein, ich habe noch nicht genug«, flüsterte sie. »Dies war für uns. Selbst die Götter wollen, dass wir uns vergnügen. Sie arbeiten sogar für uns. Ich brauche mich nicht zu bewegen, und du brauchst es auch nicht – die Götter schicken diese Vibrationen, um uns durch die Bewegungen der Erde Vergnügen zu schicken.«

Er legte seine Hände auf ihre Hüften und packte sie kräftig, hob sie an und rammte sie auf seinen Pfahl. Ihre inneren Muskeln reagierten durch ein ungestümes Zucken und Zusammenziehen, und im nächsten Moment wurde sie von einer solchen Wucht geschüttelt, die sie nicht für möglich gehalten hatte. Seine Antwort erfolgte sofort, sein Körper barst und schüttete seinen Vorrat in sie hinein, obwohl er sich wunderte, dass nach der vergangenen Nacht überhaupt schon wieder das Reservoir gefüllt war.

Lange Zeit hielten sie sich eng umschlungen. Sie genossen ihre Nähe und kosteten das friedliche Alleinsein aus, denn sie wussten, dass es bald mit der Ruhe und der Abgeschiedenheit vorbei sein würde.

»Der Berg spuckt wieder Feuer.«

Einige Stunden später standen sie an der Straße und schauten hinunter auf die Stadt, aber sie sahen nur eine dicke Rauchwolke. Gaius' Augen waren ernst und müde.

Die Beben waren immer stärker geworden, und ein paar Mal waren sie aus dem Gleichgewicht und auf die Straße geworfen worden, schwankend wie ein Schiff im Sturm. Marcella war übel von der ungewöhnlichen Mahlzeit, und sie spürte auch, wie die Angst sich in ihr Herz schlich.

Als ein Mann sich ihnen schleppend näherte,

drehte sich Gaius um und rief: »Was ist in der Stadt geschehen?« Der Mann trug eine kleine Tasche über der Schulter.

»Gestern Abend war es wie eine Vision des Hades. Wir glaubten, wir könnten heute morgen das Weite suchen, aber es war das vollendete Chaos«, antwortete er, ohne seine Schritte zu verlangsamen, nachdem er sie eingeholt hatte. »Hunderte von Menschen sind von herunterfallenden Steinen erschlagen worden. Die Luft ist so dick verrußt, dass alte Leute und Kinder umfallen wie die Fliegen, weil sie nicht mehr atmen können. Ich habe viele Menschen gesehen, die unter umstürzenden Säulen begraben wurden.«

»Wir hatten Glück, dass wir gestern herausgekommen sind«, sagte Gaius. »Aber es wäre besser gewesen, wenn wir noch einen Tag eher die Stadt verlassen hätten.«

»Ich habe nur diese Tasche mitnehmen können«, sagte der Mann verbittert. »Es blieb nicht mehr Zeit, andere Wertsachen mitzunehmen. Ich bin ruiniert. Wenn die Stadt nicht vollständig zerstört ist, wenn ich zurückkehre, wird alles, was ich besitze, geplündert sein. Es gibt immer noch Leute, die dort bleiben und wahrscheinlich nur darauf warten, dass sie alles an sich reißen können.«

»Das kann ich mir denken«, sagte Gaius.

»Sie plündern die Häuser der Reichen«, fuhr der Mann fort, »und sie laden alles auf jeden Karren, den sie finden können. Über die Häuser am Hang wälzt sich eine dicke, glühende Lavaschicht. Ich habe Menschen und Tiere gesehen, die damit übergossen werden, als wären sie Fliegen im kochenden Sirup. Ich bin nur deshalb entkommen, weil ich mal ein Athlet war, und ich habe immer noch eine gute Ausdauer. An einigen Stellen am Hang floss die Lava schneller, als ein Pferd galoppieren kann.«

»Mars und Vulcan mögen uns beschützen«, murmelte Gaius betroffen. »Wir hätten doch in der Nacht aufbrechen sollen, auch wenn die Reise in der Nacht beschwerlich und gefährlich ist.«

»Mars und Vulcan sind die richtigen Götter, an die man sich wenden muss«, rief ein zweiter Mann in ihrem Rücken. Er holte so rasch aus, dass er sie bald schon überholt hatte. »Wenn ich diesen Tag überstehe, werde ich Vulcan ein üppiges Opfer darbringen. Ich werde solange arbeiten, bis ich ihm eine Statue errichten kann. In einem Tempel in Rom. Dies gelobe ich feierlich.«

Marcella schlang den Umhang enger um ihren Leib. Sie sah die ausgeprägten Muskeln des Mannes und bemerkte die entsetzlichen Narben von Beinwunden, die er sich vor längerer Zeit zugezogen haben musste.

»Er ist ein Wagenlenker«, flüsterte sie Gaius zu. Er nickte.

»Ich habe schreckliche Szenen gesehen«, sagte der Mann, der so stramm marschierte, dass besonders Marcella Mühe hatte, ihm zu folgen. »Selbst ich war schockiert, obwohl ich dachte, ich hätte schon alles bei den Wettkämpfen gesehen. Auch bei uns gibt es Unglücke und Todesfälle, entsetzliche Verletzungen, aber das ist nichts gegen das ...«

»Nun, ich habe einiges auf verschiedenen Schlachtfeldern gesehen«, sagte Gaius mit gepresster Stimme. »Die Götter merken, wenn wir überheblich werden und glauben, alles zu wissen. Dann schicken sie uns Zeichen ihrer Macht.«

»Ich habe einen Mann gesehen, der ganz gelassen

auf der Straße stand und Kohlezeichnungen von den Toten und Sterbenden anfertigte. Er konzentrierte sich auf die Ausdrücke in ihren Gesichtern – blankes Entsetzen, Todesangst, höllische Schmerzen. Er ignorierte sie nicht, einige zog er unter den Trümmern weg und legte sie auf Holzplanken – vielleicht deshalb, dass er sie dort besser zeichnen konnte, um später sein Geld mit ihnen zu machen. Dieser Kerl verdient nicht, dass er lebt.«

Petro! Gierig genug, um auch noch aus dieser Situation die letzten Dinare herauszuholen. Ob er es wirklich gewesen war?

Marcella schüttelte sich. »Ich wüsste gern, was mit Lydia geschehen ist – und mit Onkel und Tante. Und auch mit Petro.«

»Kümmere dich ausschließlich um dich, Marcella«, riet Gaius. Er holte jetzt weiter aus, um dem Wagenlenker folgen zu können. »Dein Maler gehört zum Abschaum, begreifst du das immer noch nicht? Bei ihm wärst du gewiss auf die schiefe Bahn geraten. Glaube nicht, dass eine Freigeborene nicht auch in die Sklaverei verkommen kann.«

»Aber seine schönen Bilder!« rief sie. Sie wollte nicht glauben, dass jemand mit dieser Gabe wirklich schlecht sein konnte.

»Schöne Bilder haben nichts mit dem Leben zu tun.« Sein Gesicht war angespannt und ernst, wie ein General in der Schlacht, dachte sie. Eben noch hatte er, der Geliebte, in ihren Armen gelegen, jetzt war er der Anführer, der das Kommando übernommen hatte.

Sie sah mit ungläubigem Staunen zu ihm auf, bewunderte seine Kraft und seine Entschlossenheit. Sie selbst war müde und erschöpft, und ihr Körper wollte nicht weiter, aber ihr Geist war noch hellwach.

Warum konnte sie nicht weiter in seinen Armen liegen und noch einmal von der Wonne träumen, die er ihr bereitet hatte? Statt dessen musste sie über die Steine stolpern, die vom Beben der Erde noch unebener geworden oder gar aus dem Boden herausgerissen waren.

»Ich muss eine Weile ruhen, Gaius«, sagte sie schwach. »Diese Schuhe sind zwar kräftig, aber sie sind mir zu klein. Das Leder ist hart und hat sich den Füßen der Besitzerin angepasst. Es schneidet in mein Fleisch, und ich laufe mir Blasen.« Sie setzte sich hin und schlug verzweifelt die Hände vors Gesicht.

In diesem Moment wurde die Erde von einer gewaltigen Explosion geschüttelt. Marcella wurde herumgeschleudert, und dann ging ein Regen aus Asche und Schlacke über sie alle nieder. Sie schlug ein paar Mal hart auf dem Boden auf und zog sich Hautabschürfungen zu, und die bandagierte Brandwunde begann stark zu schmerzen.

Gaius warf seinen dicken Umhang schützend über sie, und sie schmiegten sich aneinander, bis das Schlimmste überstanden war. Sie fühlte seinen Atem auf ihrem Gesicht, und sie wandte sich ihm zu und hauchte einen Kuss auf die schmutzige Wange.

»Wir müssen weiter. Jetzt. Oder du wirst schlimmere Schmerzen ertragen müssen als ein paar Blasen«, rief er gegen den plötzlich aufheulenden Wind.

Sie raffte sich auf, und Hand in Hand liefen sie die Straße hinunter. Heiße Schlacke fiel auf sie herab, doch sie konnte ihr nichts anhaben, weil sie an ihrem Umhang, den sie in der Villa erhalten hatte, abprallten. Aber bei jedem Einschlag zuckte sie zusammen.

Ein Aufschrei des Entsetzens gellte links von ihnen am Straßenrand auf.

»Juno und Hestia, Diana und Minerva, verschont mich!«

Drei Männer beugten sich über eine alte Frau. Der eine trat sie mit harten Stiefeln, wie sie Gladiatoren trugen, ein anderer zerrte an einer Tasche, an die sich die Frau mit letzter Kraft klammerte.

»Das ist alles, was ich noch auf dieser Welt besitze!« kreischte sie.

Gaius ließ Marcellas Tasche fallen und rief: »Lauf weiter! Ich werde dich bald eingeholt haben.«

Er sprang den kräftigsten der Straßenräuber an und fällte ihn mit einem einzigen Schlag in den Rücken.

»Nein!« schrie Marcella voller Angst. »Ich gehe nicht weiter.«

»Lauf!«

Er trat den zweiten Verbrecher mit einer blitzschnellen Bewegung seines Fußes unters Kinn. Er wurde von der Wucht des Tritts hochgehoben und über die Frau hinweg geschleudert. Blut schoss aus der Nase des Räubers. Er krümmte sich auf dem Boden. Gaius wandte sich dem dritten Mann zu, der gerade sprungbereit war, und der erste kam langsam wieder auf die Füße. Ein Messer glitzerte in der Hand des dritten Mannes, und er umkreiste Gaius mit der Entschlossenheit eines Gladiators, dessen Leben von jedem Kampf abhing.

Marcella schrie: »Gaius!«

Sie hatte Angst, dass er zu anständig kämpfte und deshalb den miesen Tricks dieser Bande nicht gewachsen war. In diesem Augenblick wurde ihr bewusst, dass sie nicht nur nach seinem Körper gierte, sondern dass sie viel mehr für ihn empfand – etwas, das ewig andauern konnte.

»Nana, Nana …«

Die dünne Stimme eines kleinen Kindes durchschnitt die Kampfgeräusche und den Lärm der Naturelemente. Der Junge war vielleicht zwei Jahre alt und stand mit großen Augen vor Marcella und schaute zu ihr hoch.

Marcella bückte sich und hob den Jungen auf, drückte den mageren Körper an sich. Er wirkte ruhig und zufrieden, zu jung, um die Gefahren zu begreifen.

»Es ist alles gut«, murmelte Marcella, aber sie wusste, dass sie es mehr sagte, um sich selbst zu beruhigen. Liebevoll strich sie über die dunklen krausen Haare des Jungen.

Wieder bebte die Erde, und sie fiel hart auf den Ellenbogen, als sie versuchte, dem Jungen den Aufprall auf den Boden zu ersparen. Eine Wolke aus Schutt und Asche ging über sie nieder, und diesmal weinte er und rief nach seiner Großmutter.

»Bleib ruhig, mein Schatz, sie kommt bald wieder. Du bist ein tapferer kleiner Kerl. Kennst du schon dieses neue Spiel? Du versteckst dich, und ich muss dich suchen.« Sie schob das Gesicht des Jungen unter ihren dicken Mantel, damit er nicht noch mehr Asche einatmen musste.

Sie schaute hinüber zu der Stelle, wo Gaius mit den drei Männern gekämpft hatte.

Sie sah nichts als eine Aschewolke.

Die Menschen waren verschwunden. Nichts Lebendes war zu sehen.

Sie zitterte vor Angst und stolperte blindlings auf die Füße. Sie raffte auch den Jungen hoch und griff mit der anderen Hand nach ihrer Tasche, die beim Laufen immer wieder gegen ihre Beine schlug. Schlacke fiel auf sie herab, traf Kopf und Schultern. Die Angst verlieh ihr den Mut und die Kraft einer Bärin.

Blind stolperte sie voran. Sie hustete die rauchgeschwängerte Luft aus. Tränen zogen weiße Furchen in das geschwärzte Gesicht und trübten ihre Sicht.

Sie hatte ihren Liebhaber wiedergefunden, aber schon Stunden später hatte sie ihn erneut verloren.

Die Götter hatten sich gegen die Welt und gegen sie verschworen. Sie wollten vernichten.

»Oh, Vulcan, Gott des Feuers«, betete sie, »habe Erbarmen mit uns.«

Aber in ihrer Stimme schwang keine Hoffnung mit.

Elftes Kapitel

Sie hielt sich an der Seite eines mittelgroßen Frachtschiffs fest, und der Junge klammerte sich mit seinen erbärmlich dürren Händchen an sie. Sie konnte sich nicht erinnern, wie sie ans Meer gekommen waren.

Um sie herum schrien Menschen, sie schrien sich gegenseitig an oder haderten mit dem Schicksal und den Göttern, andere beklagten laut und jammernd ihre Angehörigen oder Freunde, die den Ausbruch des Vulkans oder die Folgen der Beben nicht überlebt hatten. Wieder andere brachten Opfer, warfen Geschenke ins Meer, um den Göttern zu gefallen und sie milde zu stimmen.

Das Meer war unruhig, um sie herum gischteten die Wellen, denn immer noch wälzte sich die kochende Lava über die Hänge und ins Meer, und überall am Ufer zischte es, beißender Rauch stieg hoch und vermischte sich mit der Wolke aus Asche.

Kleinere Boote hatten Mühe mit den Wellen und mit verzweifelten Pompejanern, die sich an die Außenwände krallten, um noch ins Boot gehoben zu werden. Marcella sah, wie ein Boot kenterte und hörte die Schreie der Menschen, die ins Meer kippten und sofort auseinander getrieben wurden.

Der Mann neben ihr kam ihr irgendwie vertraut vor. Er hatte kräftige Muskeln und ein verbittertes Gesicht, und er betete zu den Göttern der Kämpfer und Soldaten. Marcella wurde an Gaius erinnert, und es war ihr, als würde ihr Herz von einer Riesenfaust zusammengequetscht: Sie wusste, dass Gaius tot war.

»Sie haben die Kriegsschiffe geholt!« hörte sie einen Mann rufen.

Sie blinzelte in die Beinahe-Dunkelheit und konnte die Umrisse eines gewaltigen Schiffs ausmachen, das entschlossen die Wellen zerschnitt und aufs Ufer zuhielt. Die Ruder bewegten sich in absoluter Gleichförmigkeit.

»Wir haben das Schlimmste bald überstanden«, sagte der Mann neben ihr. »Wenn wir dort drüben an den Felsen vorbei sind, geraten wir in ruhigeres Gewässer.«

»Wir haben dich auf dem Weg aus der Stadt gesehen«, sagte Marcella, weil sie plötzlich wusste, woher ihr der muskulöse Mann so vertraut vorkam. »Du bist der Wagenlenker.«

»Mein Name ist Virius. Du warst bei diesem Heroen, nicht wahr? Er nannte dich Marcella. Er hatte keine Chance.«

»Du hast es gesehen?«

»Ich kam zu spät, um helfen zu können. Sie wurden von der Schlacke erschlagen und zugedeckt.«

Er sagte es so nüchtern, als sei es die selbstverständlichste Sache der Welt. Marcella presste die Augen zusammen und barg das Kind unter ihrem Mantel, damit es die schmutzige Luft nicht einatmen musste. Es kam ihr wie ein Ewigkeit vor, ehe sie an den Felsen vorbei waren und das offene Meer erreicht hatten. Sie lagen jetzt im Schutz des Vorgebirges, das den größten Teil des Ascheregens abfing.

Die Passagiere starrten gebannt und voller Entsetzen hinüber zur Bergspitze, und durch die dicke schwarze Rauchwolke sahen sie einen Feuerstoß, der aus dem Krater hoch schoss. Marcella hielt den Atem an. Wer jetzt noch in Pompeji war, hatte keine Chance mehr. Auch Gaius nicht. Er würde nicht zurückkehren, und so musste sie sich ohne ihn durchschlagen.

»Jetzt fahren wir in die Normalität«, sagte Virius.

Stunden später trieb das Schiff unter einem strahlend blauen Himmel gemächlich durch die grüne See.

Virius berichtete, wie er sie unterwegs wiedergetroffen hatte. »Die letzten paar hundert Schritte habe ich dich fast getragen«, sagte er. Er hatte Marcella und das Kleinkind aus dem Gedränge und dem Geschrei der anderen Passagiere weggeholt und in eine kleine Frachtkammer geführt, wo sie sich auf Weizensäcken ausruhen konnten.

»Du warst fast ohnmächtig, und das Kind hatte sich an dir festgeklammert. Du bist immer wieder zu Boden gestürzt, weil du über deine Tasche gestolpert bist. Ich dachte, das Kind sei dein eigenes.«

Sie schaute auf und musterte seine kräftigen Muskeln. Sie begriff, dass er ihr und dem Kind das Leben gerettet hatte. Sie schuldete ihm wenigstens Höflichkeit. »Du musst viele Wagenrennen fahren«, sagte sie.

»Die längst Zeit des Jahres bin ich in Galliens Arenen, in Rom während der Septemberspiele. Ich war in Pompeji, um mich über die Trainingsmethoden der einheimischen Wagenlenker zu informieren.«

Seine dunklen lockigen Haare und sein strahlendes Lachen, bei dem er ebenmäßige weiße Zähne zeigte, würden ihn bei jedem Rennen zum Liebling der Frauen machen, dachte Marcella. Selbst aus einiger Entfernung wirkte er attraktiv. »Hast du viele Rennen gewonnen?«

Sie musste sich wirklich zwingen zu dieser höflichen Unterhaltung. Am liebsten hätte sie ihre Wut und ihre Verzweiflung herausgeschrien, hätte Gegenstände an die Wand oder auf den Boden geworfen, aber sie musste sich um ein kleines Kind kümmern und einem Fremden gegenüber die Form wahren, denn schließlich verdankte sie ihm ihr Leben.

»Ich habe mit dem Zählen aufgehört, aber nach den nächsten Spielen in Rom werde ich Schluss machen. Ich gehe zurück nach Syrien, wo ich geboren bin. Meine Familie hat einen Glasbläserbetrieb, den ich vielleicht übernehme. Oder ich beginne mit der Herstellung von Tonstatuen von Mars und Vulcan. Nach dieser Katastrophe werden die Bürger im gesamten römischen Reich solche Statuen in ihren Häusern haben wollen.«

»Ich habe viele Rennen gesehen«, sagte Marcella, »und auch viele Unglücke.« Sie konnte sich immer noch nicht an die sachliche Art gewöhnen, mit der er die Tragödie hinnahm. Die Hysterie, von der sie auf dem Land und zu Wasser stundenlang umgeben waren, schien spurlos an ihm abzuprallen.

»Wagenlenker riskieren in jedem Rennen ihr Leben, das erhöht den Reiz und den Nervenkitzel für die Zuschauer«, sagte Virius stolz. »Wer den Mut nicht dazu hat, sollte gar nicht erst damit anfangen.«

Der kleine Junge seufzte in seinem Schlaf und kuschelte sich noch ein bisschen enger an Marcella.

»Du brauchst auch Schlaf«, sagte Virius. »Du bist nicht an solche Gefahren und Strapazen gewöhnt.«

Einige Stunden später wartete sie immer noch darauf, dass die Anspannung und Unruhe aus ihrem Körper wich. Sie konnte in der Nähe Leute reden und lachen hören. Sie gaben sich ihre Geschichten zum Besten, wie sie der Katastrophe entkommen waren. Das Kind schlief fest, und Marcella war bewusst, dass Virius ihr ab und zu Blicke zuwarf, während sie auf dem Rücken lag und die Erinnerungen aus dem Gedächtnis verbannen wollte.

Nach einer Weile wurde ihr Körper von Schluchzern geschüttelt, und die Tränen flossen ungehemmt. Er nahm sie sanft in seine kräftigen Arme, und sie schluchzte weiter und legte den Kopf an seine breite Brust. Sie konnte die Asche und den Rauch auf ihren Kleidern riechen, eine ständige Erinnerung dessen, was hinter ihnen lag.

Er hielt sie fest umschlungen, umklammerte ihre Beine mit seinen und zog sie mit einem Ruck auf sich. Während die Schluchzer allmählich abebbten, spürte sie einen seltsamen Vorgang. Es war, als ginge seine physische und mentale Kraft in ihren Körper über, als fände so etwas wie ein Austausch statt.

Er musste die Veränderung ebenfalls wahrgenommen haben, denn er legte eine Hand unter ihr Kinn und küsste sie. Ihr Körper reagierte mit Dankbarkeit.

Sie hungerten nach der körperlichen Wärme des anderen. Er nahm sie in seine starken Arme, und ohne Mühe legte er sie auf den Rücken und schwang sich über sie. Das Gewicht seines Körpers empfand sie als trostreich und wohltuend; es war jemand da, der sich um sie kümmerte. Nach den Stunden der Todesangst ein willkommenes Gefühl der Sicherheit.

Er zurrte und zerrte an ihrem Kleid, schließlich half sie ihm, sich zu entblößen. Im nächsten Augenblick spürte sie seinen harten Schaft, wie er leicht in sie hineinglitt.

Sie schwelgte in Glücksgefühlen. Euphorie machte sich in ihr breit, die Wärme strahlte in alle Fasern ihres Körpers aus, und sie konnte sich keinen Ort auf der Welt vorstellen, an dem sie jetzt lieber gewesen wäre. Sie verlangte verzweifelt nach der beruhigenden Sensation des dicken Schafts in ihr. Sie spannte ihre inneren Muskeln an und drückte zu.

Er begann eine Serie von kurzen, heftigen Stößen, die sie nach Kräften erwiderte. Für diese Minuten war sie glücklich, und das sexuelle Erlebnis schloss die Tragödie und den schrecklichen Verlust aus ihren Gedanken aus.

Sie hielten sich umklammert, als müssten sie ihre Körper immer noch vor einer tödlichen Gefahr schützen.

Er setzte seine Zähne in ihrem Nacken an und ritzte leicht ihre empfindliche Haut, während sie die Fingernägel hart in seinen Rücken grub. Ihre Münder verbissen sich ineinander. Sie bäumte sich unter ihm auf, spornte ihn zu weiteren Stößen an. Er wurde immer wilder und erinnerte sie an einen Waldgott, wild und ungestüm, angefüllt mit unendlicher Begierde. Sie bot ihm Paroli, als wäre sie Diana, Göttin der Jagd. Bei der animalischen Paarung kam es nicht auf Feingefühl und Zärtlichkeit an, sie wollten sich beide ein Ventil schaffen für das, was hinter ihnen lag.

Zwei laute, spitze Schreie kündeten von ihrem Höhepunkt, und Augenblicke später ergoss er sich mit einem langanhaltenden Stöhnen in sie. Sie lag still unter ihm und schmeckte seinen Schweiß, Beweis seiner ausgiebigen Tätigkeit.

»Das war gut«, sagte er nach einer kurzen Erholungspause. »Das war genau das, was wir beide gebraucht haben, nicht wahr? Und diesmal ganz ohne Konkurrenz.« Er zog sich langsam aus ihr zurück, glättete seine Tunika und zupfte an ihrem Kleid, bis sie wieder bedeckt war.

»Niemand hat etwas bemerken können«, fuhr er fort. »Ich suche uns etwas Brot. Irgendwo auf diesem Schiff muss es einen Bissen Brot für uns geben.«

Sie blieb in der Dunkelheit still liegen, und sie spürte, wie eine neue Ruhe über sie kam. Sie schaute wieder optimistischer in die Zukunft, und stumm bedankte sie sich bei Juno für die Rettung ihres Lebens.

»Was hast du gemeint, als du gesagt hast, dass es ganz ohne Konkurrenz geschehen sei?« fragte sie später, als sie einige Pasteten aßen, die er von der Mannschaft gekauft hatte.

»In den Arenen führt man ein waghalsiges Leben«, antwortete er. »Aber es gibt einige Entschädigungen. Die eine ist Geld. Die andere sind Frauen. Frauen mögen Wagenlenker, besonders die reichen und eleganten Frauen.« Er grinste anzüglich.

Sie lächelte unsicher.

»Wenn sie uns besuchen«, fuhr er fort, »wissen die Kollegen und Trainer natürlich Bescheid. Sie versuchen, uns dabei zu beobachten. Wir müssen nicht nur in der Arena unseren Mann stehen, sondern danach auch im Bett, denn die Erwartungen der Damen sind hoch. Ich weiß von den Athleten und den Boxern, dass es bei ihnen genauso ist. Eigentlich will man nach einem Wettbewerb nur entspannen und ausruhen, aber wir werden wieder eingespannt. Und bei dir hat mir gefallen, dass es keine Fortsetzung eines anstrengenden Rennens war.«

Als sich das Schiff dem Hafen von Ostia näherte, drängten sich die Flüchtlinge auf die dem Ufer zugewandte Seite.

Der kleine Junge begann zu weinen. Sie wollte ihm etwas zu essen geben, aber er schob es mit den kleinen Händen weg und schrie noch lauter.

»Du willst zu deiner Nana, und ich will zu meinem Geliebten«, flüsterte sie ihm traurig ins Ohr.

Gleichzeitig flüsterte ihr Virius zu: »Bevor der Tag sich neigt, werden wir in Rom sein. Dort können wir uns entspannen.«

»Die Reise war kostenlos, aber die Ausschiffung lassen wir uns bezahlen«, rief der Kapitän, als die Taue festgemacht wurden.

Die Passagiere schimpften und fluchten, aber die Seeleute blockierten den Ausgang, und deshalb gab es keine Möglichkeit, sich vor dem Bezahlen zu drücken. Vor ihnen zögerte ein Mädchen und suchte den Blick eines Seemanns, der sie schließlich aus dem Pulk winkte und hinter einige Ballen führte.

»Frauen und Mädchen können auf die übliche Art zahlen, wenn sie kein Geld haben. Männer, die nicht zahlen können, werden den Sklaventreibern übergeben.« Der Kapitän zeigte auf ein paar hart gesottene Kerle, die an der Kaiseite des Schiffs standen und auf ihre Stunde warteten.

Marcella hatte Angst, sie könnten in ihre Tasche sehen wollen. Sie war davon überzeugt, dass die Kerle ihr alles nehmen würden. Aber sie hatte das

Geld auf harte Weise verdient, und sie würde darum kämpfen.

»Ich werde mich keinem dieser üblen Burschen hingeben, die alle möglichen Krankheiten mit sich herumschleppen mögen«, sagte sie entschlossen.

»Die Dame gehört zu mir«, sagte Virius. »Das Kind auch.«

Der Kapitän betrachtete ihn prüfend, dann zuckte es in seinem Gesicht. »Virius«, sagte er ungläubig. »Virius, den man den Unbesiegbaren nennt.«

Virius nickte. Selbst neben den stämmigen Seeleuten sah er wie ein Fels aus.

»Ich habe dich in den Septemberrennen gesehen«, sagte der Kapitän. »Das war in dem Jahr, als du den Titel gewonnen hast.«

»An das Jahr kann ich mich gut erinnern«, sagte Virius.

»Du bist wie ein Verrückter um das Oval gerast! Ein Rad hing in den Kurven immer in der Luft. Die Menge fieberte mit dir und spornte dich mit wilden Schreien an. Ich hatte einen Beutel mit Silberlingen auf dich gesetzt und fürchtete schon, dass ich ihn verlieren würde.«

»Ich habe das Risiko auf mich genommen«, sagte Virius. »Mein Gespann war nicht das schnellste, aber die Pferde waren erfahren und geschickt. Alle anderen Gespanne gingen weitere Wege als ich, und in jeder Kurve habe ich meinen Vorsprung ausbauen können, auch wenn nur ein Rad auf dem Boden war. Auf der Geraden haben sie mich dann wieder eingeholt.«

»Es war ein spektakuläres Rennen«, sagte der Kapitän, in dessen Stimme immer noch Ungläubigkeit mitschwang. »Ich dachte, dass sich die Pferde in den Kurven den Hals brechen. Das Rennen werde ich nie vergessen.«

»Ich auch nicht«, sagte Virius Invictus trocken. »Ich hatte Glück. Mögest auch du Glück haben.«

Der Kapitän nickte und trat beiseite, um den Wagenlenker und Marcella an Land gehen zu lassen.

Der kleine Junge strampelte plötzlich in ihren Armen.

»Mama!«

Eine jüngere Frau löste sich aus der Menge, und im nächsten Augenblick lag das Kind in ihren Armen.

»Er hat ein paar Wochen bei seiner Großmutter gelebt«, erklärte die Frau, während sie den Jungen streichelte. »Es ist ein Wunder, das ich ihn in diesem Chaos wiedergefunden habe. Ich schätze, meine Schwiegermutter wird irgendwo in der Nähe sein.«

Marcella wandte sich ab, sie brachte es nicht übers Herz, der Frau zu sagen, dass die Großmutter wahrscheinlich nie wieder zurückkommen würde.

»Die Götter meinen es bisher gut mit uns«, sagte Virius, »jetzt brauchen wir nur noch eine Transportmöglichkeit nach Rom.«

»Was die Götter angeht, bin ich mir nicht sicher«, sagte Marcella traurig. »Ich glaube, dass Gaius tot ist. Die Götter haben ihn für eine kurze Periode der Lust und Sinnenfreude in mein Leben geschickt. Durch ihn haben sie mir eine neue Welt eröffnet. Vielleicht wollten sie mir damit einen Weg weisen.«

Virius schaute sie von der Seite an. »Ich habe eine ganze Reihe von Einladungen meiner römischen Freunde. Die meisten werden zu dieser Jahreszeit nicht in der Stadt sein, weil sie der Hitze fliehen, aber um so eher werden wir ein Bett für uns finden. Und dann brauchen wir ein paar Feste, um uns auf andere Gedanken zu bringen. Selbst zu dieser Zeit sollte es ein paar geben, die sich anzuschauen lohnen.«

Virius brachte sie zu einem einfachen Haus am Ortsrand von Rom, wo sie ungestört bis tief in den Tag hinein schliefen. Sie wachte in ihrem bequemen Bett auf und bemerkte, dass er mit beiden Händen über ihre Brüste strich. Schläfrig wandte sie sich ihm zu und küsste ihn, während ihre Hände nach unten glitten. Sein Phallus war hart erigiert, und sie richtete sich auf und wollte sich über ihm niederlassen.

»Nein«, sagte er, »dafür bin ich zu müde. Wir versuchen etwas weniger Anstrengendes!

Er veränderte seine Position, bis er mit dem Kopf zwischen ihren Schenkeln lag, und sie legte sich auf die Seite, dicht vor sich seine Lenden. Sie sog seinen männlichen Geruch ein und sah, wie sein Penis aufgeregt zuckte.

Er spreizte ihre Schenkel und teilte mit Daumen und Zeigefinger ihre Lippen, bis seine Zunge direkten Zugang zu ihrer Klitoris hatte, die er mit der Zungenspitze anstieß und leckte und verspielt verwöhnte.

Marcella langte nach dem Penis dicht vor ihren Augen und fuhr probend mit der Zunge über die Eichel, während eine Hand an dem Schaft leicht auf und ab glitt.

Seine beharrliche Zunge entflammte sie. Ihre Muskeln spannten sich, sie presste sich noch härter gegen ihn, als wollte sie die Zunge tiefer in sich spüren. Rasch ließ sie den Schaft aus dem Mund gleiten, weil sie befürchtete, sie könnte ihn in ihrer Ekstase verletzen, als sie den Höhepunkt erlebte. Ermattet und glücklich blieb sie liegen, aber sie hatte keinen Augenblick den Phallus aus den Händen gelassen. Jetzt berührte sie ihn wieder leicht mit der Zunge, und dann spürte sie auch schon, wie es in dem harten Schaft rumorte, wie sich alles zusammenbraute, was sich kurz darauf in wilden Schüben auf ihrer Brust entlud. Ihr war, als wäre es heilender Balsam, der ihr Kraft und Stärke verleihen könnte.

»Locker und gemütlich, und gar nicht anstrengend. Genau so wollte ich es haben«, murmelte Virius.

Später an diesem Tag stieg Marcella in einem der Kleider, die man ihr in Pompeji gegeben hatte, vor einer beeindruckenden Villa aus einer Sänfte. Virius nahm sie am Arm und führte sie zum breiten Eingang.

»Das Fest hat schon begonnen«, bemerkte sie, als sie einen geräumigen Vorhof erreichten, hinter dem es eine von Säulen getragene Halle gab. Die Gäste unterhielten sich angeregt. Marcella beobachtete besonders die Frauen, von denen es in Pompeji hieß, dass sie mehr Charme hätten und immer nach der letzten Mode gekleidet wären.

Eine Frau machte sich durch einen kurzen Ruf bei einer anderen bemerkbar. Ein Mädchen in einem blauen Kleid drehte sich um und lächelte.

Das Mädchen war schlank wie eine Nereide, und über dem blauen Kleid trug sie einen Umhang aus weißer Seide, die mit Silberfäden durchzogen war. Das Gesicht des Mädchens war von klassischer Schönheit, aber am überraschendsten waren die weißblonden Haare.

Die ältere Frau hätte man sich kontrastreicher nicht vorstellen können. Sie hatte eine dunkle Haut, und die schwarzen Haare, in die Mitte gescheitelt, hatte sie zu dicken Zöpfen geflochten, die von goldbestickten Bändern gehalten wurden. Ihr Kleid war kürzer, als die Mode es verlangte, und zeigte ihre Waden wie bei einem Mann.

Sie umarmten sich herzlich wie Freundinnen. Die dunkelhäutige Frau drückte ihren Mund auf die Lippen des Mädchens und bewegte eifrig die Zunge dabei. Das Mädchen legte die Hände auf die eigenen Brüste und drückte sie sinnlich, während die Frau mit einer Hand zwischen die Schenkel der Freundin griff.

Marcella starrte offenen Mundes zu den beiden, als wollte sie nicht glauben, was sie sah.

»Hetären«, sagte Virius geringschätzig. »Ich habe zu viele von ihnen gehabt, als dass ich nicht wüsste, dass viele von ihnen nichts für Männer empfinden. Sie leben gut von ihrem Gewerbe, aber sie täuschen ihre Gefühle nur vor. Allerdings muss ich zugeben, dass ihre Schau oft gut ist.«

»Sie sind beide sehr hübsch.« Marcella war fasziniert von dem erdentrückten Anblick des jungen Mädchens. »Ich hätte nie gedacht, dass es so schöne Menschen gibt. Und sie genieren sich nicht, ihre Leidenschaft für einander in der Öffentlichkeit zu zeigen. Das finde ich großartig.«

Sie hatte sich für das blaue Kleid mit den eingewirkten Silberfäden für den heutigen Abend entschieden und den Gürtel so hoch wie möglich geschoben, so dass der weiche Stoff ihre Brüste koste. Ihre Arme waren nackt bis auf den Silberschmuck, den sie zum Kleid bekommen hatte.

»Du bist auch eine Schönheit«, sagte Virius. »Du siehst wie die Ehefrau eines jungen Senators aus oder wie die Geliebte eines bedeutenden Mannes.«

»Du hättest mich nicht in eine solche Villa mitgenommen, wenn ich nur die Sachen dabei hätte, die ich während der Reise am Leib hatte«, sagte sie unverblümt. Die beiden Frauen hatten sich voneinander gelöst und schritten weiter in das Haus hinein. Sie bewegten die Hüften beim Gehen sehr betont, und der fließende Stoff ihrer Kleider unterstrich die berauschende Form ihrer Kurven. »Ich hatte wirklich Glück, dass es mir gelang, diese Kleider aus Pompeji zu retten.«

»Fortuna hat uns beigestanden. Ich wette, du hast so etwas noch nie geschmeckt.« Er wies auf eine Schüssel mit einer weißlichen Substanz, die eine Sklavin ihnen anbot.

»Probier's mal!«

Sie tunkte einen Finger hinein und kreischte. »Es ist heiß! Aber es dampft nicht!«

Er lachte laut auf. »Es ist nicht heiß. Versuche es noch einmal.«

Sie erinnerte sich, dass Gaius ihr erzählt hatte, der Schnee in den Alpen von Gallien sei so kalt, dass er sich heiß anfühlte. Sie nahm den silbernen Löffel und nahm ein Stückchen der Substanz heraus, dann führte sie den Löffel vorsichtig zum Mund.

»Es ist kalt, sehr kalt, du hattest recht. Woher kommt diese Speise?«

Das Stückchen, das sie genommen hatte, begann zu schmelzen, und die Flüssigkeit rann aus ihren Mundwinkeln. Sie lachte. »Man braucht Übung dazu.«

»Es sind riesige Eisklumpen, die leichtfüßige

Gespanne aus den Bergen holen. Wenn sie Rom erreicht haben, ist kaum noch etwas übrig, weil es unterwegs schmilzt. Kaiser Nero hat mit dieser Marotte begonnen, und seither ist sie der letzte Schrei. Aber es hat einen interessanten Geschmack, nicht wahr?«

»Schmeckt so auch Schnee? Ich schmecke Honig und Eier und ...«

Er gluckste. »Nein, so schmeckt Schnee nicht. Und dein Eis schmeckt nur deshalb so, weil man es mit Honig und Eiern gemischt hat.«

Sie steckte den Rest der Köstlichkeit in den Mund, weil das flüssige Eis über den Löffel zu schwappen drohte.

»Die Wärme im Raum lässt das Eis natürlich noch schneller schmelzen. Komm, jetzt wollen wir mal sehen, was es alles zu bestaunen gibt. Ich bin froh, dass ich mal nicht im Mittelpunkt des Interesses stehe. Es ist ein Genuss zu erleben, wie andere sich zu meinem Vergnügen abrackern. Etwa jetzt müsste ein kurioser Wettbewerb starten. Ich habe zwei Sesterzen auf Nummer acht gesetzt.«

Sie leckte sich die Finger ab und folgte ihm durch die Menge aufregend gekleideter Menschen.

Die Räume waren üppig ausgestattet.

Verschlungene Mosaike auf den Böden, reich verzierte Stuckarbeiten und herrliche Malereien an den Decken.

»Ich kannte mal einen Maler«, sagte sie. »Ich dachte, er sei der begabteste Künstler, den man sich vorstellen kann, aber diese wunderschönen Gemälde sind eine Klasse für sich, an die kommt er nie heran.«

Hatte Petronius überlebt?

Hatte Gaius überlebt?

Ihr Herz war schwer, als sie Virius in einen Raum folgte, der mit üppigen Wandgemälden gestaltet war. Der Maler hatte Panoramen von Olivenhainen geschaffen, die dem Raum eine unendliche Weite zu geben schienen.

Aber niemand interessierte sich für die Kunst.

Das Gedränge in dem Raum war groß. Marcella musste sich den Hals verrenken und sich auf die Zehenspitzen stellen, um etwas sehen zu können.

»Damen und Herren, freie Bürger und Sklaven, ihr seid alle willkommen, wenn ihr das nötige Kleingeld habt, um euren Wetteinsatz zu leisten. Wer von euch nicht bleiben will, möge jetzt gehen. Ich warne euch, dass Epikurier und Stoiker, Philosophen, prüde Menschen, Pädagogen und Ästheten die Schau nicht sehr ansprechend finden werden.«

»Was ist das denn für eine Schau?« fragte ein hoch aufgeschossener Mann mit länglichem Gesicht und einem tristen Ausdruck.

»Sie ist verdammt gut, mein Herr, aber wenn du erst fragen musst, ist sie wahrscheinlich nicht nach deinem Geschmack.«

Der Zeremonienmeister war ein freigelassener Sklave.

Die Goldketten um den Hals bewiesen, dass er seine Freiheit genutzt hatte, um es zu einem kleinen Vermögen zu bringen.

Einige Leute zwängten sich zurück, hatten offenbar kein Interesse an der Schau oder waren vor der Warnung zurückgeschreckt. Einige zuckten verlegen die Schultern, weil sie wohl kein Geld hatten. Andere zeigten unmissverständlich ihre Verachtung für jene, die blieben und jetzt noch neugieriger geworden waren.

»Wie viel Geld brauchen wir denn?« flüsterte Marcella.

»Es ist alles geregelt«, raunte Virius. »Ich habe dir doch gesagt, dass ich Verbindungen in Rom habe. Siehst du die Männer da vorn? Welcher, glaubst du, wird am längsten im Rennen bleiben?«

Sie sah erst jetzt die Aufstellung der Männer, etwa fünf Schritte von einer Tafel entfernt, auf die jemand mehrere Kreise mit einem Kohlestift gemalt hatte.

»Ich weiß nicht. Was müssen sie denn tun?«

»Der erste Wettbewerb, meine Damen und Herren, ist der Weitwurf.«

Sie biss sich enttäuscht auf die Unterlippe.

»Der Mann, der das Ziel erreicht oder ihm am nächsten kommt, gewinnt den Preis«, verkündete der Zeremonienmeister.«

Die Männer hoben ihre Tuniken und zeigten ihre erigierten Phalli. Marcella stockte der Atem.

»Wer von ihnen wird als erster die Tafel treffen?«

Wetten wurden angenommen. Besonders die Frauen inspizierten die Wettbewerber, und wer ganz vorne stand, tippte mit einem ausgestreckten Finger gegen den einen oder anderen Penis, um ihn auf Härte zu überprüfen. Ein Mann am Ende der Aufstellung verlor plötzlich seine Erektion, und unter dem schadenfrohen Gelächter der Zuschauer musste er sich zurückziehen. Ein anderer Mann schien auch Schwierigkeiten zu haben, die Erektion zu halten, aber dann streckte sich eine Frauenhand und vollführte reibende Bewegungen, bis der Mast wieder aufrecht stand. Der Mann grinste und hauchte der Frau einen Kuss zu.

»Auf wen hast du gesetzt?« fragte Marcella.

»Nummer acht. Er ist größer als die meisten anderen, und sein Schwanz ist kolossal, deshalb bin ich sicher, dass er das Ziel trifft. Die anderen mögen genauso gut drauf sein, aber er hat den Vorteil seiner körperlichen Größe.«

»Der Wettstreit beginnt.«

Der Zeremonienmeister klatschte in die Hände, und die Männer begannen mit den Vorbereitungen. Zwei bedienten sich ihrer Hände, einer hatte einen Sklaven mitgebracht, der ihm half, und drei hatten sich der Hilfe von Frauen versichert, die sich jetzt mit Finger und Lippen an die Arbeit begaben. Der große Mann verzichtete auf jede Stimulans.

»Er hat keine Chance«, flüsterte Marcella.

Mehrere Leute waren ihrer Meinung und äußerten ihre Wut. »Wir wollen unser Geld zurück! Dieser Kerl hat uns reingelegt! Er ist ein Betrüger!«

»Warte«, mahnte Virius. »Das ist seine Art. Ich habe ihn schon einmal gesehen, er ist unschlagbar. Er braucht eine bestimmte Zeit, um sich aufzubauen, aber wenn es so weit ist – du wirst dich wundern!«

Nummer acht schaute zur Seite und beobachtete seinen Konkurrenten, der sich von einer Sklavin helfen ließ. Sie kniete zwischen seinen Beinen auf dem Boden, saugte und rieb.

»Ja, ja, ihr habt es bald geschafft!« feuerte einer aus dem Publikum die beiden an.

Nummer acht schaute ihnen unverwandt zu. Jetzt sah man, wie sein Penis leicht zu zucken begann, während die Frau sich bei dem Mitbewerber noch mächtiger ins Zeug legte.

»Ja!«

Der Mann zog sich von der Frau zurück und richtete den Mast auf die Tafel.

In diesem Moment schoss es mit Kraft aus dem

großen Mann mit der Nummer acht heraus. Es war wie ein Brunnen, der im Bogen durch die Luft sprudelte. Während die Menge in Jubel ausbrach, als die Flüssigkeit auf die Tafel klatschte, folgte auch der Mann neben ihm, der allerdings nicht so hoch spuckte. Der Sieger lachte, ließ die Tunika sinken und kassierte seinen Gewinn.

»Das bringt uns ein bisschen Kleingeld«, murmelte Virius. »Na, hatte ich recht?« fragte er selbstbewusst.

Die Verlierer sahen frustriert aus, und Marcella musste ein Auflachen unterdrücken, als die anderen sich bemühten, würdevoll den Raum zu verlassen – sechs verräterische Zelte in den Tuniken.

Anschließend betraten vier Frauen die Bühne, zwei Pärchen. Das eine Paar waren die beiden Hetären, die Marcella in der Halle bewundert hatte. Sie sollten einen Wettbewerb in lesbischer Liebe gegen das andere Paar austragen, auch zwei schöne Frauen, die eine rothaarig, die andere mit einem zeitlosen schwarzen Pagenschnitt. Die Rothaarige war sehr rund und weiblich, der schwarze Pagenkopf schlank, groß und mit einem kleinen Busen versehen. Während das erste Paar ohne Hilfsmittel auskommen wollte, setzte das zweite Paar ›neue Spielzeuge aus dem Osten‹ ein, wie der Zeremonienmeister verkündete. Das Publikum sollte abstimmen, wer am überzeugendsten die Lust zeigte oder spielte, aber Marcella war von dem ersten Wettbewerb noch zu aufgeregt, um den zweiten zu genießen.

»Gibt es sonst nichts?« fragte sie Virius, der sie erst hörte, als sie ihre Frage das zweite Mal wiederholte, so gebannt schaute er den vier Frauen zu.

»Warte«, raunte er barsch, ohne den Blick von der Bühne zu nehmen.

Nach zehn Minuten erklärte der Zeremonienmeister das erste Paar der Hetären für die Siegerinnen, gemessen am Beifall des Publikums. Benommen rafften sich die Frauen auf und verließen die Bühne.

Der Zeremonienmeister kündigte die nächste Darbietung an. »Ein ungewöhnliches Ereignis zu eurem Entzücken, meine Damen und Herren. »Es findet nun die Auktion eines ungewöhnlichen Kunstwerks statt, das alle Freunde der schönen Künste interessieren wird.«

Zu Marcellas Entsetzen hielt ein Sklave das Bild hoch, das Petronius von ihr gemalt hatte – es war das letzte Bild, bevor Gaius sie gerettet hatte. Ihre offene Scham klaffte überlebensgroß, und sie schämte sich und schaute betroffen zu Boden.

Virius kicherte und flüsterte in ihr Ohr: »Das Mädchen sieht dir verdammt ähnlich.«

Marcella schlang die Arme um seinen Leib, um ihn vom Anblick des obszönen Gemäldes abzulenken. Er küsste sie lüstern auf den Mund.

»Bietet großzügig für dieses Kunstwerk, meine Damen und Herren, denn der Verkäufer ist soeben der Katastrophe von Pompeji entkommen. Wir haben heute erfahren, dass der allseits verehrte und unvergleichliche Kaiser Titus großzügige Hilfe in die Stadt schickt. Hier habt ihr eine wunderbare Gelegenheit, einem Flüchtling zu helfen, der nur mit den Kleidern, die er am Leib trug, und diesem feinen Bild dem Ort des entsetzlichen Geschehens entrinnen konnte.«

Während die Gebote gerufen wurden, spürte Marcella, wie sie vor Scham scharlachrot wurde. Sie schmiegte sich noch enger an Virius.

Die Gebote stiegen rasch in eine unvorstellbare

Höhe, und schließlich erhielt ein dürrer, verschlagen wirkender Mann mit schlechten Zähnen den Zuschlag. Marcella zitterte vor Wut, als sie daran dachte, wie wenig ihr Petronius für das Modelliegen gegeben hatte.

»Beim Jupiter, du bist voller Lüsternheit«, bemerkte Virius. »Das wird heute Nacht eine Freude mit dir sein, wenn dich das Geschehen so wild macht.«

Sie lächelte gezwungen.

Der Zeremonienmeister kündigte den nächsten Wettbewerb an – zehn der begehrtesten Hetären Roms lagen für die Kandidaten bereit. Gewonnen hatte, wer nacheinander in allen Frauen zehn Stöße abgab, ohne sich zu verströmen.

Marcella wollte es unbedingt aus nächster Nähe erleben, aber Virius schüttelte den Kopf. »Nach einer Weile wird es langweilig.«

Marcella schmollte, und schließlich gab Virius klein bei.

Zehn Frauen traten heraus, alle in bunte Kleider gehüllt und dick geschminkt. Sie drehten sich um, standen mit dem Rücken zum Publikum.

»Der Wettbewerb beginnt«, rief der Zeremonienmeister.

Ein kräftiger Kerl trat vor und löste im Gehen sein Lendentuch, so dass sein beeindruckender Penis sichtbar wurde. Er stand fast senkrecht vorm Bauch und glänzte vom Öl. Die Eichel war purpurrot, und Marcella fragte sich, ob er sie mit Gemüsesaft eingerieben hatte. Sie spürte, wie es in ihrem Schoß zu kribbeln begann.

Die Frauen hoben synchron die Kleider, spreizten die Beine und boten den Zuschauern den Anblick ihrer Hintern. Deutlich konnte man das einzelne

Geschlecht erkennen, die Schamlippen aller Frauen waren rot gefärbt.

Der Mann rieb kurz über seinen Schaft, grinste ins Publikum und begann. Das Publikum zählte laut mit. »Eins ... zwei ... drei ...«

Bei der zweiten Frau war es für ihn schon vorbei.

Enttäuscht hob er das Lendentuch und ging hinaus.

»Der nächste Kandidat«, rief der Zeremonienmeister. »Die ersten beiden Frauen können gehen, wenn sie möchten. Dann werden sie gegen andere ausgetauscht.«

»Ich habe genug gesehen«, sagte Virius. »Ich habe Caballius Zoticus gesehen, er wird bei diesem Wettbewerb mitmachen und ihn gewinnen, denn er gewinnt jedes Mal. Er kann seine Erektion halten, solange er will. Ich glaube, er ist kein normaler Mensch. Und Priapus selbst muss ihn ausgerüstet haben. Ich will ein paar Wetten abschließen.«

Sie drückten sich an den anderen vorbei, bis sie wieder in dem breiten Gang standen. Marcella, schaute sich nach Caballius um, aber sie sah ihn nirgendwo. Draußen warteten die Hetären, die auf ihre Einwechslung warteten.

»Ich treffe dich in einer Stunde, Virius«, sagte Marcella. »Deine Wetten interessieren mich nicht, denn ich habe kein Geld. Außerdem bin ich hungrig. Ich will doch nachher, wenn's darauf ankommt, nicht vor Schwäche zusammenklappen.«

Er grinste.

Der Blick in den Raum und auf Caballius Zoticus war durch ihre gespreizten Beine leicht verzerrt. Sie hatte es geschafft, so lange zu betteln, bis die Hetären sie in ihren Kreis aufgenommen und dann geholfen hatten.

Als sie ihnen ihren Plan erläuterte, hatten sie gelacht und waren begeistert gewesen. Sie hatten sie geschminkt und die Schamlippen mit Traubensaft rot bemalt.

»Der Wettbewerb möge beginnen«, kündigte der Zeremonienmeister an. Seine Stimme hatte nichts mehr vom Enthusiasmus der ersten Stunde.

»Komm schon, Caballius, du Bastard«, zischte Marcella leise.

Caballius packte ihre Hüften und zog sein Becken zurück, um zu einem gewaltigen Stoß anzusetzen. Ihr war bewusst, dass sie nur einen Wimpernschlag Zeit hatte, um ihren Plan zu verwirklichen, sonst würde der Mann, den sie am meisten hasste, sie mit wenigen Stößen ruiniert haben.

Sie sah, wie sich die Muskeln seiner Beine spannten. Sie ließ unauffällig die Hände sinken, als er hineinrammen wollte.

Er brüllte vor Überraschung und dann vor Schreck auf, als sie ihren Griff um den Beutel aus Musselin verstärkte, den sie mit Eisstückchen gefüllt hatte. Sie drückte sie fest um sein rasch erschlaffendes Glied und zählte in Gedanken bis fünf. Sie war sicher, dass sich das Eis wie Glassplitter anfühlte.

Er riss sich von ihr los, und Marcella gab den Beutel an die Frau neben sich weiter. Die Prostituierten reichten es weiter, unbeobachtet hinter ihren langen Röcken und Togen.

Das Publikum röhrte vor Lachen über Caballius' schlaffen Zustand, und er trat voller Zorn nach ihr, aber sie hatte mit dieser Gemeinheit gerechnet und wich geschickt aus. Sie grinste den Zuschauern triumphierend zu und war überzeugt, dass niemand unter ihnen sie durch die dicke Schminke erkennen konnte.

»Lass sie in Ruhe, sie hat dich im fairen Wettbewerb besiegt«, rief ein Mann.

Die Menge brüllte vor Lachen. Inzwischen war der Eisbeutel verschwunden, und die üppig bemalten Huren richteten sich auf und klatschten Beifall. Die Frau neben Marcella umarmte sie, und eine Frau aus dem Publikum warf ihr einen kleinen Beutel mit Münzen zu.

»Sie ist frigide. Kalt wie der Winter in Thule!« schrie Caballius. »Ich verlange, dass man das untersucht, und dann will ich, dass man mir eine neue Reihe hinstellt!«

»Pfui!«

»Bah!«

»Du bist ein schlechter Verlierer!«

»Du bist auch nicht mehr das, was du mal warst!«

»Geh nach Haus und übe! Für diesen Sport bist du erledigt, Caballius!«

»Das wirst du nicht so schnell vergessen! Geschieht dir Prahler recht!«

Marcella badete im Applaus und lächelte zu den tobenden Zuschauern. Sie drehte Pirouetten, wie sie es von Tänzerinnen gesehen hatte, und dabei hoben sich ihre Röcke. Voller Stolz tanzte sie aus dem Raum.

Sie stieß auf eine Gruppe der Huren, die wild durcheinander redeten, derb lachten und sich dabei den Bauch hielten. Marcella blieb bei ihnen stehen und erzählte ihnen, was sie getan hatte und warum sie sich bei Caballius rächen wollte. Das löste eine neue Welle lauten Gelächters aus.

»Du hast einen Kunden«, sagte die Frau neben Marcella und schaute lachend über ihre Schulter.

»Ich gratuliere.« Seine Stimme klang kalt.

Sie erkannte die Stimme sofort, und abrupt drehte sie sich um. Sein Gesicht war harsch und wie erstarrt, als ob es in Stein gehauen wäre.

»Ja«, sagte er, und er starrte sie hart und mit funkelnden Augen an. »Ich bin auch dem Vulkan entkommen.«

»Gaius!«

Er zerrte sie grob aus der Gruppe der Huren weg, auf die andere Seite des Flurs, weil er nicht wollte, dass die anderen lauschen konnten.

»Was für eine Verschwendung!« zischte er ihr zu. »Du bist mit Glück dem Fluch der Götter entkommen, und dann wirfst du deine wunderbare Veranlagung einfach weg und wirst eine gewöhnliche Hure, die sogar an diesen vulgären Spielen ihren Spaß findet. Ich hatte gedacht, du hättest mehr Stolz, Marcella!«

Dreizehntes Kapitel

»Gaius! Ich bin ja so froh, dich zu sehen!«

Sie zitterte noch vor Freude über das unerwartete Wiedersehen, aber gleichzeitig zitterte sie auch vor Entsetzen darüber, dass er sie als Hure gesehen hatte. Auch jetzt war sie noch wie eine Hure gekleidet.

»Ich habe dich für tot gehalten. Sei nicht böse auf mich. Ich musste weglaufen – wo ich dich zuletzt habe stehen lassen, war nichts mehr.«

»Ich werfe dir nicht vor, dass du gelaufen bist. Ich habe dir das selbst gesagt.« Seine Stimme war immer noch kalt. »Du verdienst meine Verachtung, weil ich sehe, was du aus deinem Leben machst, das die Götter dir ein zweites Mal geschenkt haben.«

»Lass dich von meiner Kleidung nicht blenden – ich bin keine Hure.«

»Das«, sagte er zornig, »sagen sie alle. Sie nennen sich Hetären oder Mätressen, Damen der Nacht oder wie auch immer, sie legen sich Bezeichnungen zu, die Kultur und Bildung suggerieren sollen. Aber keine Hetäre würde in einem solchen Aufzug herumlaufen, Marcella!«

Sein Körper wurde von der Intensität seiner Gefühle geschüttelt, von Verachtung und Verlangen.

»Schau dich doch an! Du läufst in den erniedrigenden Klamotten der billigsten Hure herum, für die sexuelle Gunst nur ein Mittel zum Geldverdienen ist. Ich habe dich für eine der seltenen Frauen gehalten, die ihr unersättliches Verlangen in einer Art Kunst stillt. Und wo, im Namen der Olympier, hast du diese Toga her, wenn nicht von einer Hure, die im Schatten des Kolosseums kniet, ein paar kleine Münzen in der Hand und den Schwanz eines Fremden im Mund?«

Sie wandte sich ab, erschrocken über seine derbe Sprache, aber er riss sie an der Schulter herum.

»Wie viele Männer haben sich für Geld ihr Vergnügen bei dir geholt, seit wir uns das letzte Mal gesehen haben?«

Er zwang sie hinter eine Säule und hielt ihre Schultern gepackt. »Wenn ich dich noch einmal haben will, muss ich schnell sein, sonst steigt dein Preis so hoch, dass ich mir das nicht mehr erlauben kann!«

Er machte sich unter ihrer Toga zu schaffen, sein Gesicht dunkel vor Zorn. Seine Finger stießen in die Falten ihrer Weiblichkeit. Sie entwand sich ihm und schlug ihm so heftig ins Gesicht, dass er benommen den Kopf schüttelte und ein Knurren ausstieß. Er hielt sie wieder an den Schultern gepackt. »Wenn dir das Bild nicht gefällt, was du präsentierst, warum läufst du dann so herum? Hast du dich mal selbst betrachtet, Marcella? Hast du nicht gesehen, wie tief du gesunken bist?«

Sein Griff war unerbittlich, als er sie durch die Halle zu den hinteren Schlafräumen am Innenhof führte. Sie hoffte, dass er sie dort nehmen würde, denn sie wollte seinen harten Körper spüren, seine aufgestaute Kraft. Sie wollte das Pumpen dieser Kraft spüren, bis ihre Lust gestillt war. Sie wusste, dass er wieder klarer sehen und ihr vergeben würde, wenn erst sein Zorn verraucht und seine Leidenschaft verklungen war.

Er öffnete eine Tür und stieß sie so heftig hinein, dass sie auf ein Bett fiel. Er setzte sich nieder und zog

Marcella zu sich. Sie spürte, wie sie schneller atmete, erfüllt von der Erwartung kommender Freuden.

Er legte sie grob über seine Knie und schob das Hurenkleid hoch, so dass der untere Teil ihres Körpers entblößt war. Er schlug mit der flachen Hand auf ihr Gesäß, und es brannte entsetzlich, dass sie aufschrie.

»Du sagst, du bist keine Hure, also musst du ein ungezogenes Kind sein. Und ungezogene Kinder erhalten Schläge, damit sie wissen, wie sie sich zu benehmen haben«, sagte er heiser.

Seine Hand klatschte wieder auf ihre sanfte Haut. Sie brannte. Sie ruckte wild hin und her, um sich ihm zu entwinden, aber er hielt sie fest. Immer wieder klatschte die Hand auf die nackte Haut. Ihre Scheide berührte seinen Schenkel, und bei jedem Schlag glitt sie über die harten Muskeln. Ihr Po glühte, und sie spürte, wie die würzigen Säfte ihrer Weiblichkeit zu rinnen begannen.

Ihr Atem kam stoßweise. Sie spannte die Pobacken, bevor sie jeweils den nächsten Schlag erwartete, um die Auswirkungen zu verringern, aber durch das Zusammenziehen und Entspannen der Muskeln erhöhte sie noch ihre sexuelle Erregung.

Sie lag über seine Beine drapiert, den Kopf nahe bei seiner Wade. Die Schläge kamen schneller und wurden weniger hart. Die wohlige Wärme breitete sich vom Gesäß im ganzen Körper aus. Seine Handfläche schien den Po jetzt mehr zu streicheln, und sie spürte, wie seine Finger in die Kerbe zwischen den Backen drangen, ehe er die Hand zu einem weiteren Schlag hob. Sie fuhr mit der Zunge über sein Bein, hielt sich fest und wartete darauf, vom Orgasmus überflutet zu werden.

»Gaius, bitte.«

Abrupt hörte er auf und schob sie auf den Boden. Sie richtete sich benommen auf, nachdem sie mühsam ihre Röcke sortiert hatte, und starrte ihn fassungslos an. Ihr Verlangen verwandelte sich sofort in Zorn.

»War es zuviel für dich? Kannst du dich nicht beherrschen?« fuhr sie ihn voller Hohn an.

»Offenbar war es zuviel für dich«, gab er knapp zurück.

Sie saß mit überkreuzten Beinen da, und es war ihr bewusst, dass sie ihren intimen Bereich seinen Blicken entblößte. Sie sah, dass er erregt war.

»Ist dein Stolz zu groß, dass du nicht wahrhaben willst, wie sehr du mich begehrst?« fragte sie.

»Mein Stolz ist zu groß, um mich mit einer Hure zu paaren. Schau dich doch selbst an! Dann frage dich, ob ein anständiger Mann dich begehren und attraktiv finden kann.«

Er zog sie auf die Füße und zerrte sie in den Flur. Ein Sklavenmädchen saß vor einem der anderen Räume.

»Hol mir einen Spiegel!« verlangte er von dem Mädchen. Dabei behielt er Marcella fest im Griff, damit sie sich nicht losreißen konnte.

»Du jagst ihr Angst ein, Gaius. Sie ist kaum älter als zwölf. Gefällt es dir, Kinder zu erschrecken? Willst du ihr auch den Hintern versohlen?«

»Du bist ein Luder«, zischte er.

»Ich weiß, wie ich aussehe, und ich weiß auch, warum. Du weißt den Grund nicht! Und du weißt auch nicht, wie schrecklich du dreinschauen kannst, wenn du zornig bist. Sie ist doch nur ein Kind.«

»Du hast immer eine gute Ausrede für dein entwürdigendes Verhalten. Aber diesmal bist du zu weit gegangen.« Er packte sie an den Schultern und schüttelte sie heftig. Dann wandte er sich an das Mädchen, das verängstigt auf dem Boden kauerte. »Hole mir einen Spiegel. Du hast nichts zu befürchten. Ich sehe, dass du ein anständiges, hübsches Mädchen bist.« Er lächelte ihr gewinnend und aufmunternd zu. Es wurde deutlich, dass er seinen Zorn nur auf Marcella konzentrierte.

Das Mädchen lächelte scheu und zeigte dabei hübsche Grübchen. Dann verschwand es im Zimmer.

»Du bist ein Bastard, Gaius! Du schmeichelst dem kleinen Ding, um das zu erreichen, was du haben willst. Das ist wohl das Geheimnis deines Erfolgs bei Frauen, was? Du hast nie zugehört, was ich zu sagen habe. Du donnerst einfach drauflos, ohne mal nachzudenken. Führst du so deine Kompanie?«

Sein lautes Gelächter wurde in der mit Marmor ausgelegten Halle als Echo von den Säulen zurückgeworfen. »Meine Kompanie?«

»Ich weiß, dass du beim Heer bist.«

»Ich bin in meinem ganzen Leben kein Zenturio gewesen.«

»Ich rede vom Heer und von deiner Laufbahn dort. Willst du das abstreiten?«

Er kam nicht zu einer Antwort, denn das Mädchen kehrte zurück und hielt einen großen polierten Bronzespiegel hoch. Fragend sah das Kind zu Gaius.

»Sie soll ihr Gesicht sehen können, damit sie erkennt, wie sehr sie ihre Schminke übertrieben hat.«

Marcella trat ihm gegen das Schienbein.

»Schau dich an!« fauchte er. »Und diese Kleider, die du trägst! Wo sind die schönen Kleider, die du hattest, als du die Villa von Pompeji verlassen hast? Ich kann nicht glauben, dass du deine Tasche hast stehen lassen, obwohl sie schwer genug war. Aber du riskierst eher den Tod, als dich von deiner Tasche zu trennen.«

»Wenn du mich nur erklären ließest!« schrie sie, als sie sich im Spiegel sah.

Ihr Gesicht sah im sanften Schimmer des polierten Metalls wie eine Theatermaske aus. Ihre Züge waren von der Wut verzerrt, die sie erfasst hatte, und der geöffnete Mund sah aus wie eine offene Wunde.

»Siehst du es jetzt selbst? Unanständig und vulgär! Du bist es, die das kleine Mädchen erschreckt hat, nicht ich!«

»Ich hatte einen Grund dafür«, sagte sie steif. »Aber ich muss zugeben, dass ich nicht gut aussehe. Ich will mich umziehen. Mein Kleid liegt noch bei den Huren.«

»Ha! Glaubst du, dass du es zurückbekommst?«

»Oh, daran habe ich noch gar nicht gedacht«, murmelte sie. Ihr Selbstbewusstsein schwand rasch. Aber dann sagte sie trotzig: »Sicher wird das Kleid noch da sein. Die Huren haben mir geholfen. Sie sind freundliche Frauen.«

»Mach sie sauber und gib ihr eines der Kleider, die deine Herrin für Gäste zurücklegt, die irgendein Pech hatten. Und ihren Fummel verbrennst du.« Er gab dem Mädchen eine Handvoll Münzen. Sie hielt vor freudiger Überraschung den Atem an.

»Das wird dir helfen, irgendwann einmal deine Freiheit zu kaufen«, sagte Gaius. Dann wandte er sich ab und ging aus dem Haus.

Marcella ließ sich Zeit.

Das Mädchen kleidete sie an und frisierte sie. Gaius konnte warten, und außerdem wollte sie ihre Gefühle unter Kontrolle haben, bevor sie ihm wieder begegnete. Sie war nur wenig geschminkt und trug ein sehr züchtiges Kleid, das an zwei Stellen geflickt war. Sie sah sich im Haus nach Gaius um. Ihr Po brannte immer noch von seinen Schlägen, aber der Schmerz des Unbefriedigtseins war genauso intensiv.

Wie Gaius vorhergesagt hatte, waren die Huren mit dem Kleid und dem dazu passenden Schmuck verschwunden. Schlimmer noch war für sie, dass offenbar auch Gaius verschwunden war.

Sie sah Caballius Zoticus, der bei einer dunkelhäutigen Frau mit hart geschnittenem Gesicht stand, und an seinem Blick erkannte Marcella, dass er sie in diesem Kleid sofort wiedererkannte. Sie versuchte erst gar nicht, ihm auszuweichen. Solchen Typen musste man sich stellen, wusste sie.

»Hure«, zischte er, und die Frau neben ihm lächelte verächtlich. »Ich dachte, ich hätte dich vor einer Weile schon mal gesehen, aber ich war zu sehr damit beschäftigt, das Bild zu verkaufen, auf dem du so freizügig alles von dir zeigst.«

»Du bist nur ein mieser Stänkerer«, sagte sie. »Hau ab aus meinem Leben.«

»Das würde dir so passen, was? Du bist mir in Pompeji schon einmal entwischt, aber das wird dir nicht noch einmal gelingen. Du wirst in mein Leben treten und genau das tun, was ich von dir verlange.«

Er packte ihren Arm, aber sie entwand sich ihm entschlossen.

»Ich werde dich öffentlich denunzieren, wie ich gesagt habe. Oder du tust, was ich verlange.«

Nach seiner Niederlage suchte Caballius nach einer Stärkung seines angeschlagenen Selbstbewusstseins, und da kam ihm Marcella gerade recht. Sie hatte Angst vor ihm, aber das wollte sie ihm nicht zeigen.

»Ich werde mich deinen dreckigen Drohungen nicht fügen«, sagte sie giftig. »Ich habe nichts zu verlieren. Ich kenne niemanden hier, was soll ich also deine üblichen Geschichten fürchten, die du über mich verbreiten willst?«

Er starrte sie an und zog sie wieder in seinen Griff.

»Caballius, ich langweile mich«, sagte die Frau mit dem harten Gesicht. Sie hatte einen starken gallischen Akzent. »Wir wollten das Geld vom Auktionator kassieren, oder hast du das vergessen? Und wenn du mich nicht im voraus bezahlst, werde ich dir nicht mehr die Frauen besorgen können, die du heute Abend haben willst. Ich meine, Frauen von der Art, die bereit sind, zusammen zu arbeiten und auch die nötige Erfahrung haben, sind früh ausgebucht. Und ich habe keine Lust, mich allein um dich zu kümmern.«

Caballius war abgelenkt und lockerte den Griff um Marcellas Arm. »Hör auf, mich zu nerven, du dumme Gans«, fauchte er die Frau an.

Marcella nutzte ihre Chance, riss sich los und floh. In einem der anderen Räume stieß sie auf Virius. Er sah stark aus und wirkte sofort beruhigend auf sie. Er mochte ein bisschen simpel sein und selbstsüchtig, aber er war nicht so abartig veranlagt wie Caballius.

»Marcella!« rief er fröhlich. »Wie ist es dir ergangen? Ich dachte schon, du wärst abgehauen.«

»Ich habe ein paar Leute getroffen, die ich kenne.« Es hörte sich so unschuldig an, dass sie selbst kichern musste.

»Komm mit ins Haus meines Freundes. Es wird dir gefallen, das verspreche ich dir. Unser Abend hat erst begonnen.«

Vierzehntes Kapitel

Nach einer sinnenfrohen Nacht, in der Virius sich als athletischer Kraftprotz erwiesen hatte, war sie froh, dass sie am Morgen allein aufwachte. Sie badete, zog sich an und begab sich auf die Suche nach Gaius. Sie würde nicht zulassen, dass er sich erneut aus ihrem Leben schlich. Er war in Rom, und sie würde ihn finden.

Nach vielen Fragen stand sie schließlich vor seinem Stadthaus in einer begehrten Wohngegend Roms. Aber sie sah nichts von dem Mann, mit dem sie im Schatten des Vulkans gelacht und geliebt hatte.

Der Aufseher der Sklaven des Haushalts saß im Vorhof reglos in einem Schilfrohrsessel. Seine dunkle Haut schimmerte in der Sonne. In kleinen Nischen rund um den Vorhof standen Büsten von Gaius' Vorfahren und von bedeutenden griechischen Schriftstellern. Mitten auf dem Hof stand ein Brunnen.

»Mein Herr ist vor Sonnenaufgang nach Nordafrika aufgebrochen«, sagte der Sklave. Er bedachte Marcella mit einem abschätzenden, argwöhnischen Blick.

Sie stellte die schwere Tasche ab, die ihren ganzen Besitz enthielt, und starrte ihn ungläubig an. »Aber gestern Abend war er noch hier! Ich meine, hier in Rom. Bei Jupiter, ich habe drei Stunden gebraucht, um sein Haus zu finden!«

Er hob die Schultern. »Es gibt Ärger mit den Stämmen an der Grenze. Das Heer ist zusammengerufen worden.«

Sie fühlte sich niedergeschlagen und sank, ohne aufgefordert worden zu sein, auf einen Holzstuhl.

»Du siehst erschöpft aus. Du kannst dich eine Weile bei mir ausruhen, dann überlegen wir gemeinsam, wie dir zu helfen ist.« Er erhob sich, und klatschte in die Hände. Sofort trat eine Dienerin in den Hof.

»Kann ich dir etwas bringen, Imilico?«

Selbst die jüngste Sklavin in Gaius' Haushalt sprach gebildet, dachte Marcella.

Imilico war nicht unfreundlich, aber unter seinem freundlichen Äußeren lag eine Zurückhaltung, die ihr Sorgen bereitete. Während Marcella erzählte, wie sie den Vulkanausbrüchen entkommen war, fühlte sie, dass er seine eigenen Überlegungen anstellte.

»Ich habe Gaius im Chaos von Pompeji kennen gelernt«, sagte sie, »und ich habe noch einiges mit ihm zu besprechen.«

Es entstand ein kurzes Schweigen, dann erzählte er Belanglosigkeiten. Marcella wusste, dass er darauf wartete, mehr über das zu erfahren, was sie mit Gaius zu besprechen hatte. Er machte deutlich, dass die meisten praktischen und finanziellen Dinge mit Gaius' zahlreichem Personal geregelt werden könnten. Und er ließ auch durchblicken, dass sie seiner Meinung nach nicht in den traditionellen Haushalt von Gaius passte. Er überlegte offenbar, wie er sie einzuschätzen hatte und wie er sie behandeln sollte.

»Wovon hast du vor dem Vulkanausbruch gelebt?« fragte er schließlich.

»Ich habe in der Taverne meines Onkels gearbeitet.«

Er lächelte, und mit einem Mal schien er zugänglicher zu werden. »Im Laufe der nächsten Wochen«, sagte er plötzlich, »werde ich auf Geheiß des Gaius

Salvius Antoninus Geschenke an seine Freunde liefern.«

Marcella hob überrascht die Brauen.

»Wie alle Männer seines Standes«, erklärte er, »mietet mein Herr Villen und Häuser seiner Freunde, wenn er privat reist, statt Tavernen aufzusuchen. Er revanchiert sich für diese Freundlichkeit mit Geschenken, und diese Aufgabe obliegt mir. Ich sollte eigentlich mit ihm reisen, aber jetzt hat er schon einen zu großen Vorsprung. Ich schätze, dass er schon auf dem Schiff ist.«

»Dann werde ich ihn wohl auch nicht mehr einholen können«, sagte sie traurig und verzweifelt.

»Die Militärposten sind hervorragend organisiert. Bei jedem Posten tauscht er das erschöpfte Pferd gegen ein frisches ein, deshalb kommt er rasch voran. Und wie ich ihn kenne, wird er sofort nach seiner Ankunft mit der Arbeit beginnen.« Er stand auf und bot ihr das frische Obst an, das von dem Sklavenmädchen gebracht worden war. »Wenn du willst«, sagte er dann, »kannst du mich bis zur letzten Villa auf meiner Liste begleiten. Deine Gesellschaft wäre mir recht. Aber danach musst du dich selbst bis zur Festung Theveste durchschlagen.«

Zwei Tage später begann Marcella ihren Entschluss zu bereuen, Imilicos Angebot wahrgenommen zu haben. Sie hörte die Stimme des Kutschers, der den müden Ochsen dem nächsten Halt entgegentrieb. Mit jedem Rucken des Wagens fühlte sich Marcella, immer verzweifelter.

Imilico betrachtete sie. Er war ein gut gewachsener Mann mit ebenmäßigen weißen Zähnen. Aber sie spürte, dass irgend etwas zwischen ihnen stand. Sie lächelte verlegen.

»Hast du Befürchtungen, dass Gaius Salvius Antoninus den Stützpunkt Theveste schon verlassen haben wird, wenn du dort eintriffst?« fragte Imilico.

Sie seufzte. »Er ist mir schon so oft entwischt, dass ich mich allmählich frage, ob die Götter uns nicht zusammenkommen lassen wollen. Er wird sein eigenes Leben vielleicht schon ohne mich eingerichtet haben.«

Er lächelte seltsam, und das verunsicherte sie noch mehr.

»Nicht unbedingt«, antwortete er. »Als er in der Nacht in seinem Haus eintraf, war er fürchterlicher Stimmung. Das ist sehr ungewöhnlich bei ihm. Ich nahm an, dass er sich über irgendetwas geärgert hatte. Er war kurz angebunden, bellte seine Befehle und schloss sich dann in seinem Zimmer ein.«

Sie nahm sich vor, den Anlass für Gaius' Verärgerung zu verschweigen, obwohl Imilico sich bemühte, mehr über die Beziehung seines Herrn zu Marcella herauszufinden. Sie wechselte rasch das Thema.

»Mein Onkel hat seine Probleme immer an seinem Sklaven ausgelassen. Gaius hat dich doch nicht geschlagen, oder? War ich vielleicht sogar der Anlass dafür?«

Er lächelte überlegen. »Mein Herr schlägt nie jemanden ohne Grund.«

Sie dachte mit Wut im Bauch daran, wie er ihr den Hintern versohlt hatte. Dafür hatte es keinen richtigen Grund gegeben.

»Selbst wenn jemand im Haushalt einen Fehler macht«, fuhr Imilico fort, »ist er bereit, denjenigen anzuhören und Kompromisse einzugehen, was die

Behebung des Schadens angeht. Er verbirgt seine Emotionen gut. Wenn er sich über seine politische Entscheidung ärgert, achtet er darauf, dass niemand in seinem Haus darunter leidet.«

Mir selbst hat er nie zugehört, dachte Marcella.

»Ich bin froh, dass ich auf dieser Reise dich als Begleiterin habe«, sagte Imilico. »Die Geschenke, die ich dabei habe, sind zwar wunderschön, aber sie können nicht sprechen.«

Er wies auf die Kissen aus roter und purpurner Wolle, auf die Ballen von Brokat und Seide, auf die luxuriösen Tischbestecke aus Silber und die verschiedenen Pakete, die vermutlich Zerbrechliches enthielten. Für einen speziellen Freund hatte Gaius einen Tisch erworben, dessen Füße wie Adlerklauen aussahen.

»Ich bin eine langweilige Gesellschafterin. Ich will versuchen, weniger zu greinen«, sagte Marcella. Sie rutschte auf den Stoffballen herum, bis sie eine bequemere Position gefunden hatte.

In der Ferne hörte sie ein leises, rhythmisches Geräusch. In der letzten Stunde war es näher gekommen, jetzt hörte es sich wie ein Platzregen an. Es erinnerte sie auch an die Vorboten des Erdbebens. Ihre Nackenhaare stellten sich auf.

»Was ist das?« fragte sie ängstlich.

»Wahrscheinlich sind es marschierende Truppen.«

Es schien ihn nicht zu stören. Er saß reglos da, die Beine unter sich gekreuzt, der Rücken kerzengerade.

»Afrika ist seit über zwei Jahrhunderten unter römischer Herrschaft«, murmelte Marcella. »Kann man davon ausgehen, dass die Grenzen sicher sind?«

»Alle Grenzen sind Gebiete der Unruhe. Mein Herr hat in letzter Zeit mehrere Audienzen beim Kaiser wegen der Sicherheit der Grenzen gehabt. Titus schätzt seinen Rat. Wie der Kaiser ist auch mein Herr einer der seltenen Menschen, die nicht nur einen ererbten Wohlstand besitzen, sondern auch über persönlichen Charme und große Fähigkeiten verfügen.«

»Ich wusste, dass er ein Mann des Heeres ist, aber ich wusste nicht, dass er so einflussreich ist«, sagte sie, und ihre Stimmung fiel in ein noch größeres Loch. Je mehr sie über Gaius herausfand, desto mehr musste sie erkennen, dass sie kaum etwas gemeinsam hatten.

»Gute Frau«, sagte Imilico lächelnd, »Gaius Salvius Antoninus ist der Legat einer der drei besten Legionen – der dritten Augusta. Als deren Befehlshaber ist er gleichzeitig Senator. Seine Legion verfügt über zwölftausend Mann, und die Verteidigung der afrikanischen Provinzen hängt von ihnen ab.«

»Er hat mir gegenüber nicht einmal angedeutet, dass er eine so hohe Verantwortung hat.« Sie kam sich wie eine dumme Gans vor, dass sie den Versuch machte, diesem Mann in seine so völlig andere Welt zu folgen. Sie sah Imilico fragend an, weil sie nach weiteren Informationen über Gaius dürstete.

»Er hat an so vielen Feldzügen teilgenommen, dass dein hübscher Arm nicht ausreichen würde, um die Schlachtenorte aufzuschreiben. Er ist der ungewöhnlichen Ansicht, dass der Befehlshaber einer Legion selbst an der Front sein muss, um sich von der Situation zu überzeugen und den niederen Rängen mit gutem Beispiel voranzugehen. Er hat auch Schlachten in Britannien geschlagen, aber dann wurden seine Fähigkeiten in Gegenden benötigt, die größere Herausforderungen darstellen.«

»Davon hat er mir nie erzählt«, sagte sie leise.

»Ich höre, dass du eine Schwäche für ihn hast«, sagte er. »Du bist nicht die erste, und du wirst nicht die letzte sein.«

Er sah, dass sie zusammenzuckte.

»Ich kann dir helfen zu entspannen«, bot er an. »Ich bin in den Künsten der Massage und der Düfte geübt – eine Fähigkeit, die ich von Menschen ererbt habe, die sie am Hof der Kleopatra ausübten und verfeinerten. Mir kommt dieses Wissen auch in meiner jetzigen Position zugute, denn zu meinen Aufgaben gehört es, dafür zu sorgen, dass sich die Gäste des Hauses auf jede erdenkliche Art wohlfühlen.«

»Aber doch nicht die weiblichen, für die gibt es bestimmt eine Masseuse«, sagte Marcella lächelnd. »Außerdem kann man das, was mir fehlt, nicht durch ein paar Tropfen Öl und ein bisschen Reiben beheben.«

»Meine Kunst enthält mehr, als du ahnst, denn du hast bisher nur die öffentlichen Bäder aufgesucht. Du solltest dein eigenes Vergnügen nicht so leichtfertig ablehnen.«

Er sah wie eine Statue aus, die ein Künstler aus Stein gehauen hatte, um seinem Modell zu schmeicheln. Er strahlte eine innere Ruhe aus, die Marcella beeindruckte. Man sagte, dass die Nubier aus Oberägypten eine solche Ausstrahlung besitzen.

»Deine Probleme können tatsächlich durch nichts, was ich tue, behoben werden«, räumte er ein, erhob sich und schwankte, als der Wagen plötzlich ruckte. »Aber deine Sicht der Dinge kann optimistischer werden. Wenn dein Körper gesund und entspannt ist, kann dein Geist freier denken, und du wirst deine Probleme leichter bewältigen.«

Er kniete sich neben sie und legte seine Hände auf ihre Schultern. »Lege dich bäuchlings auf die Kissen.«

»Ich will nicht. Es ist nicht erforderlich«, sagte sie, aber dann fing er an, über ihre Schultern zu reiben und die Muskeln zu ziehen. Sie schrie vor Schmerz auf.

»Das beweist, dass ich Recht habe«, sagte er nur. »Du brauchst die Zuwendung des Fachmanns. Du darfst die Bedürfnisse deines Körpers nie ignorieren. Einige alteingesessene Familien frönen immer noch der Askese, aber sie dezimieren sich selbst – sie enden verbittert und ohne Nachkommen.«

Er öffnete eine kleine Tasche und holte drei kleine Gefäße mit verschiedenen Ölen heraus. Die Bewegungen des Wagens auf der unebenen Straße machten sie schläfrig, und träge schaute sie seinen Vorbereitungen zu.

Er breitete ein dickes weißes Tuch über die Kissen aus, die mitten im Wagen lagen und strich alle Falten glatt, als wollte er ein Bankett für den Kaiser vorbereiten.

Seine Hände bewegten sich mit der Anmut eines Tänzers.

»Zieh dein Kleid aus und lege dich auf das Tuch, damit ich die Kissen nicht verschmiere.«

»Das werde ich nicht tun! Deshalb hast du mich also eingeladen! Du willst, dass ich dafür bezahle.«

»Du brauchst keine Angst um deine Tugend zu haben.«

»Ach? Und das soll ich glauben? Was unterscheidet dich denn von den anderen Männern, die ich bisher kennen gelernt habe?«

Matt dachte sie, dass sie gar nicht erst versuchen wollte, sich gegen seine Attacken zur Wehr zu setzen – aber noch weniger wollte sie sie über sich ergehen lassen. Trotz der Schönheit seines Körpers würde sie nicht reagieren, wenn er sie nehmen sollte. Auf der anderen Seite erkannte sie, dass seine wissende, sensible Art ihn wahrscheinlich zu einem guten, rücksichtsvollen Liebhaber machte.

»Ich unterscheide mich von einigen, aber nicht von allen«, antwortete er mit einem Lächeln. »Frauenkörper bedeuten mir nicht viel. Ich bevorzuge Männer. Einen Mann ganz besonders. Das heißt, dass sich die Frauen in jedem Haushalt, in dem ich mich aufhalte, sicher sind.«

Sie starrte ihn an.

»Ich habe die Wirkung bestimmter Öle und Düfte auf den menschlichen Körper und Geist beobachtet und studiert«, fuhr er fort. »Ich habe das im Osten gelernt. Und jetzt zieh endlich dein Kleid aus und lass mich dir einige der Wonnen zeigen, die du von einem Mann annehmen kannst, bei dem du deine libidinösen Lüste nicht auszutoben brauchst.«

Langsam zog sie ihre Sachen aus. Sie saß da, die Beine angezogen, die Arme schützend um ihre Knie geschlungen. Sie empfand Scheu und wusste plötzlich, warum er ihr von Anfang an so zurückhaltend vorgekommen war.

»Ich habe ein- oder zweimal eine Masseuse in den Bädern genommen«, murmelte sie, »aber die Mädchen hatten es eilig, und danach fühlte ich mich eher schlechter als vorher.«

»Das wird dir diesmal nicht passieren, das verspreche ich. Lege dich hin, dann fangen wir an. Zuerst ein Kräuteröl.«

Er träufelte einige Tropfen in seine Handfläche, rieb sie in die andere Hand und begann dann, ihre Schultern kreisförmig zu massieren. Die kundigen Berührungen war gleichzeitig leicht und fest. Die kräftige Würze des Öls umhüllte ihre Sinne und machte sie schläfrig.

Er drückte die Daumen gegen ihr Rückgrat, während die Finger locker über die Haut glitten. Als er ihr Gesäß erreichte, streichelte er zunächst nur mit den Fingerkuppen darüber, ehe er fest ins Fleisch griff.

Er bearbeitete ihren ganzen Körper, massierte sogar ihre Füße, nahm sich Zeit für jeden einzelnen Zeh, fuhr mit Daumen und Zeigefinger an den Fersen entlang. Als er ihre Arme nahm und die Finger massierte, konnte sie aus eigener Kraft kaum noch die Glieder bewegen, so lethargisch war sie geworden.

Zwischendurch träufelte er immer wieder Öl auf seine Handflächen. Er drehte sie auf den Rücken, und sie schloss die Augen, als er sich auf ihre Beine setzte und das Öl in ihre Schultern einmassierte. Er hob ihre Brüste an und verrieb das Öl behutsam mit beiden Händen. Er rutschte nach unten und führte auf ihrem Bauch kreisende Bewegungen aus, und dann drückte er gegen die Muskeln ihrer Hüften.

»Ich wusste gar nicht, dass ich auch da so verkrampft war«, murmelte sie überrascht. »Ich spürte nur die verhärteten Muskeln in den Schultern.«

»Dein ganzer Körper ist verspannt, aber die schlimmsten Muskelknoten sitzen in deinen Hüften und Leisten. Auch wenn ich es nicht schon wüsste, steht für mich fest, dass deine Probleme von einem Mann ausgelöst werden. Es ist ein häufiges Problem bei Frauen deines Alters.«

Er rieb die Handflächen über ihre Oberschenkel und massierte sie kräftig, dann nahm er sich ihre Knie und Waden vor.

Sie fühlte sich völlig entspannt. Der einzige Schmerz, der noch blieb, ging von ihrem Schoß aus. Sie spürte einen körperlichen Schmerz vor lauter Verlangen nach Gaius.

»Du brauchst etwas mehr als nur das, glaube ich«, sagte Imilico schließlich. Er streichelte mit der flachen Hand über ihre Stirn und dann entlang des Haaransatzes.

»Und was könnte das sein?«

Sie lag bequem und entspannt da, und sie wusste, dass nichts außer der harten Penetration eines kräftigen Mannes ihre vollkommene Befriedigung würde herbeiführen können.

»Ich werde es dir zeigen.«

Er holte einen Lederstab aus seiner Tasche. Er war fast so lang wie ihr Unterarm, und erstaunt begriff sie, dass er die Form eines Phallus hatte. Das Leder war so geformt worden, dass es dem erigierten Penis nachgebildet war. Am Ende befand sich eine kleine Schlaufe, um ihn besser handhaben zu können.

»Ich habe solche Dinger schon mal gesehen«, sagte sie und betrachtete den Gegenstand mit Staunen. Ihre Müdigkeit war verflogen, und sie spürte, wie ihre Labien anschwollen und feucht wurden, als ihre Säfte zu fließen begannen, als wüsste ihr Innerstes schon, dass weitere Freuden auf sie warteten.

»Es ist die einzige Möglichkeit, die inneren Muskeln zu massieren, wenn kein Mann zur Verfügung steht. Ich bewundere deinen Körper aus ästhetischen Gründen, aber der Anblick eines Frauenkörpers kann mich nicht erregen. Daher kann ich dir leider nicht dienen. Aber selbst wenn es mir möglich wäre, würde ich Schwierigkeiten bekommen, eine so intime Beziehung mit einer Dame einzugehen.«

»Ich würde es niemandem erzählen«, sagte sie und lächelte zu ihm hoch.

»Es könnte einige Gründe geben, die mich verraten«, sagte er lachend. »Außerdem ist der Liebesakt mit einem Mann gewöhnlich eine ziemlich strapaziöse Angelegenheit für eine Frau, wenn sie wirklich große Lust daraus ziehen will. Aber auf meine Art wirst du entspannt und glücklich sein und dich dabei kaum anstrengen müssen.«

»Das kann ich nicht glauben«, sagte sie, »aber es stimmt schon, dass ich vielleicht zu erschöpft bin, um allzu harte Leibesübungen zu betreiben.«

»Etwa tausend Schritte hinter uns marschieren Hunderte der feinsten Krieger des Kaisers. Sie werden uns den Beweis liefern, ob ich dich gut befriedigt habe. Wenn sie in einer Stunde oder zwei an uns vorbei marschieren und du nach ihnen lechzt, weiß ich, dass ich versagt habe.«

Sie lachte und schaute zu, wie er mit seinen feingliedrigen langen Fingern den Phallus einölte. Er achtete darauf, dass genug Öl in die breite Kerbe unterhalb der Eichel floss, und dann rieb er den Lederstab so liebevoll, als wäre er aus Fleisch und Blut.

»Fühl mal.«

Sie streckte ihre Hände aus, und schon bei der ersten Berührung empfand sie ein Kribbeln im Bauch. Der Stab war härter als ein männlicher Phallus und furchterregend starr.

»Er wird nie schlaff«, murmelte sie bewundernd und fuhr mit den Fingern über die Spitze. »Ich will ihn in mir spüren, wenn es auch nicht richtig ist, sich auf diese Weise das Vergnügen zu bescheren.«

Er lächelte und nahm den Lederstab wieder an sich. Mit der Spitze rieb er leicht über ihre geschwollenen Brustwarzen und umkreiste sie mit dem eingeölten Leder.

»Viele Menschen würden es nicht für richtig halten, wenn sie uns beobachten könnten. Denke nur an die Ältesten im Rat der Stadt – was würden ihre Ehefrauen denken, wenn sie wüssten, dass du einem Sklaven deinen Körper auf diese Weise zeigst?«

Er spreizte ihre Beine mit seinen eleganten langen Fingern. Sie bebte vor Verlangen, berührt und gestreichelt zu werden. Er massierte ihre Oberschenkel bis hinauf zum Delta, dann öffnete er die Labien mit den Daumen.

»Stell dir die prüdesten Menschen vor, die du kennst, und stell dir dann vor, dass sie dich jetzt sehen könnten. Stell dir vor, dass sie verschnürt auf einem Stuhl sitzen und zusehen müssen, ohne eingreifen zu können. Stell dir vor, wie neidisch sie wären, obwohl sie vorgeben, entsetzt und zornig zu sein.«

Seine Berührung war sanft wie Seide.

»Beuge deine Knie«, sagte er, und sie kam seiner Aufforderung nach. Ihr Körper öffnete sich für ihn. »Das ist unser Geheimnis. Niemand wird je erfahren, was in diesem Wagen geschehen ist. Ich werde dir göttliches Vergnügen bereiten, auch wenn es von der Gesellschaft verpönt ist.«

»Du solltest solche Dinge gar nicht wissen, wenn du Männer bevorzugst«, sagte sie hitzig, denn ihr Atem hatte sich schon beschleunigt. »Ich kenne viele Leute, die entsetzt wären, dass du so viel über den weiblichen Körper weißt.«

Er setzte den Phallus an.

Die schiere Größe stimulierte den Fluss ihrer intimen Säfte. Sie war zuversichtlich, dass sie in den letzten Wochen genug Erfahrung gesammelt hatte, um den Stab aufnehmen zu können.

Er schob ihn behutsam hinein. »Vergiss nicht«, sagte er, »dies ist unser Geheimnis, eine verbotene Erfahrung, die wir gemeinsam erleben und von der wir niemals sprechen werden.«

Seine Berührungen und die weich gesprochenen Worte führten unwillkürlich dazu, dass sie sich noch weiter öffnete. Sie war ganz entspannt, und der Lederstab drang langsam in sie ein.

Er kniete zwischen ihren geöffneten Beinen, ließ den Stab in ihr ruhen und massierte wieder ihre Schenkel. Er drückte die Beine flach aufs weiche, bequeme Lager. Die Festigkeit des Phallus in ihr strahlte in ihren ganzen Körper aus, und sie spürte, wie sich ihre inneren Muskeln spannten und entspannten.

Sie streckte die Beine und legte eine Hand gegen den Stab.

»Ich werde das für dich tun«, sagte er leise. »Ich will, dass wir den Moment deines ultimativen Vergnügens teilen. Ich will der Anlass dafür sein. Lege die Hände auf deine Brüste.«

Er begann, den Dildo sanft in ihr zu bewegen, rollte ihn von Seite zu Seite. Ihre Muskeln umklammerten ihn, als hätten sie Angst, den Freudenbringer zu verlieren. Sie bebte, und heftige Vibrationen gingen von ihrem Schoß aus, als er den Phallus kreisförmig in ihr bewegte.

»Oh, das ist herrlich. Ein wunderbares Gefühl.«

Sie rupfte und zupfte an den Brustwarzen. Er

umfing eine Brust mit seiner feingliedrigen Hand, vernachlässigte aber den Phallus nicht. Er knetete ihren Nippel, und Marcella spürte, wie heiße Wellen zu ihrem Schoß rannen.

»Unser Geheimnis, Marcella, vergiss das nicht«, raunte er.

Ihre inneren Muskeln zuckten unkontrolliert. Der Phallus war hart aber biegsam und reagierte auf das Zusammenziehen ihrer Muskeln. Sie begann hart dagegen zu drücken, ihr Atem kam jetzt rasselnd und keuchend, sie warf den Kopf zurück, schob ihren Körper vor, diesem herrlichen Ding und Imilicos Hand entgegen. Funken sinnlicher Lust sprühten vor ihren Augen, ihre Erregung erreichte eine Höhe, die sie noch nie gekannt hatte, hielt sich auf dem Plateau, und dann spürte sie, wie die Wellen abebbten, wie ihre Muskeln ausgewrungen waren und wie alle Anspannung aus ihrem Körper wich.

Sie lag endlich still, unfähig, sich zu bewegen oder auch nur zu denken.

Er zog sanft den Phallus heraus, und noch einmal durchfluteten sie diese geilen Gefühle, als das Leder sich an den Wänden der Vagina rieb. Als sie die Augen öffnete, sah sie, dass er sie anlächelte.

»Siehst du nun, dass es möglich ist, die ultimativsten Freuden zu erleben, ohne sich anzustrengen? Du hast mir nicht glauben wollen, nicht wahr?«

Sie schüttelte den Kopf.

»Das Gesicht eines Menschen zu sehen, der den Höhepunkt seiner sexuellen Erregung erreicht, ist ein Vorzug, der einem nur selten widerfährt. Damit hast du auch mir Freude gebracht. Und weil ich, mich nicht darauf zu konzentrieren brauchte, meine eigene Befriedigung zu erlangen, konnte ich mich auf deine Nöte konzentrieren.«

Sie schloss die Augen und ließ sich langsam in den Schlaf sinken, körperlich befriedigt, mit sich und der Welt im Reinen.

Als sie aufwachte, lugte Imilico aus dem Wagen. Sie sah, dass er erregt war. Der Lärm marschierender Schritte auf dem Kopfsteinpflaster war Ohren betäubend.

»Sie haben uns eingeholt«, murmelte sie schwach.

Er nickte, ohne seinen Blick zu wenden. »Ich habe sie reden gehört. Sie sind auf dem Weg nach Syrien. Mit meinem Herrn haben sie nichts zu tun – den Göttern sei Dank. Ich glaube, ich könnte der Versuchung nicht widerstehen, wenn wir tagelang von diesen Legionären begleitet würden. Die ersten drei Hundertschaften sind schon vorbei. Willst du sie dir nicht anschauen?«

Sie stemmte sich von ihrem Lager hoch und tupfte sich mit dem weißen Tuch das Öl vom Leib.

»Ich fühle mich wunderbar«, sagte sie. »Du hattest Recht. Selbst der Gedanke an Tausende der besten Männer der Welt kann mich nicht erregen. Aber in ein paar Stunden denke ich vielleicht anders darüber.«

»Du Glückliche«, erwiderte er und starrte weiter hinaus.

Auch sie kroch zu einem Riss in der Plane und lugte hinaus. Brustpanzer, Helme und Schwerter glänzten in der Sonne. Bronzefarbene Beine und Arme in der Bewegung des Marschierens. Die Gesichter der Soldaten waren hart und erinnerten sie an Virius.

»Dies sind die besten Krieger des Kaisers, und von

ihnen hängt unsere Sicherheit und unser Wohlstand in den Provinzen ab«, sagte sie ehrfürchtig.

Ein Hauptmann blickte zu ihnen hoch, aufmerksam geworden durch eine Handbewegung von ihr.

»Bei Juno«, sagte sie mit angehaltenem Atem. »Das ist ein Bild von einem Mann.«

»Er ist mir auch schon aufgefallen«, antwortete Imilico trocken.

»Wirst du dich mit einem von ihnen in der nächsten Taverne zu einem Krug Wein verabreden?«

»Das wäre meine Anstellung im Haushalt von Gaius nicht wert«, sagte er ernst. »Es wäre ein Vertrauensbruch gegenüber meinem Partner und meinem Herrn.«

»Du bist sehr loyal und hast eine hohe Moral.«

»Ich habe auch einen ausgeprägten Selbsterhaltungstrieb. Als Sklave eines reichen Mannes führe ich ein Leben im Wohlstand. Wenn ich genug gespart habe, um meine Freiheit zu erkaufen, habe ich vor, in Gaius' Haushalt zu bleiben, denn er wird mir gegen eine Gewinnbeteiligung ein Geschäft einrichten. Außerdem würde ich meine intimste Beziehung abbrechen müssen, wenn ich den Haushalt verließe.«

Sie nickte. »Ich weiß, dass diese Sitte schon Tradition hat. Mein Onkel war nicht reich genug, um Terentius ausreichend Geld zu geben, dass er eines Tages seine Freiheit kaufen könnte, und er wäre bestimmt nie in der Lage, ihm ein Geschäft einzurichten.«

»So geht es den meisten Sklaven«, sagte Imilico. »Und deshalb will ich wegen eines kurzen, unbefriedigenden Fummelns in der Taverne meine Position nicht gefährden. Ich kann mich beherrschen, bis ich meinen Partner wiedersehe. Bis dahin muss ich den Trieb bekämpfen. Warum, glaubst du, dass ich so gut begriff, wie es um dich stand?«

Sie schob eine Hand unter seine Tunika und griff nach seinem Schaft. Er war lang und schlank.

»Ich finde Mädchen nicht attraktiv«, sagte er hilflos.

»Ich scheine dich aber nicht entmutigt zu haben«, sagte sie nach einer Weile, in der sie mit einer Hand an seinem Schaft auf und ab gefahren war. »Ich möchte dir ein wenig von den Freuden zurückgeben, die du mir bereitet hast.«

Sie steckte den Saum der Tunika unter seinen Gürtel. Sein Penis schwang frei.

»Du bist überall elegant, sogar hier«, sagte sie und fuhr mit beiden Händen von den Knien hoch zu seinem Geschlecht. Seine Haut war dunkelbraun und glänzte in einem schwarzen Schimmer.

Sie verstärkte den Druck ihrer Hand und nahm die andere zur Hilfe. Sein Atem kam schneller, und ihre Bewegungen schienen sich seinen Atemzügen anzupassen.

»Unwiderstehlich«, sagte er, als er den Blick von der Straße nahm und auf die beiden zierlichen Hände schaute.

Er bewegte sich, trieb den Penis in ihre Hände. Es war ein schönes und schließlich überwältigendes Gefühl, und seine Eruption erfolgte gleichzeitig mit dem Vorbeimarschieren einer weiteren Hundertschaft.

Sie überquerten das Mittelmeer und landeten in Karthago, wo Imilico die Geschenke ablieferte. In den folgenden Wochen sah Marcella mehrere große und beeindruckende Städte in Nordafrika. Ein paar Nächte verbrachten sie in Thabraca, bevor sie entlang der Küste nach Hippo Regius und Cuicul reisten, wo sie einkaufen und sich mit den verschiedenen Bräuchen der einzelnen Völker vertraut machen konnte. Mit dem Geld, das man ihr zugeworfen hatte, als sie Caballius gedemütigt hatte, kaufte sie sich eine kleine Bronzestatue der Juno und legte sie als Dank für ihre gute Reise in einen Schrein.

Sie lernte die Namen der viele Parfüme und ihre Anwendungen, und man führte sie in die Kunst der Massage für Männer und Frauen ein.

»Ich kann mich nicht mehr an alle Termini der einzelnen Körperteilen und Muskelpartien erinnern, und ich habe auch nur einen Bruchteil deiner Kenntnisse, aber ich traue mir zu, jedermann ein paar entspannende Stunden zu bereiten«, sagte sie zu Imilico.

Die Hitze war erdrückend auf dem letzten Teilstück ihrer Reise. Sie lagen rücklings auf den Kissen, und um sich die Zeit zu vertreiben, schaute Marcella den Olivenhainen und den Weinbergen nach, die ihren Weg säumten.

Als sie westlich von Sitifis auf einen langen geraden Weg bogen, schaute Imilico hoch und sagte: »Wir kommen zur letzten Station unserer Reise.«

Schlanke Pferde in eingezäunten Koppeln folgten dem Wagen eine Zeit lang.

»Ich bin beeindruckt«, sagte Marcella.

Der Wagen hielt vor einer Villa, und als sie ausstiegen, trat ein untersetzter Mann von ungefähr sechzig Jahren aus dem Haus.

»Ich grüße euch«, sagte er. Er hatte graues krauses

Haar, und er sprach mit dem rauen Akzent, der allen römischen Nordafrikanern eigen war.

»Grüße! Marcella, Hasdrubal ist der Verwalter der Villa«, sagte Imilico. »Ihr werdet gut miteinander auskommen.«

Der alte Mann lächelte ihr aufmunternd zu. Er hatte ein offenes Gesicht, wenn auch gegerbt vom heißen Klima, und schien sie wirklich willkommen zu heißen.

Während sie in eines der leichten Kleider schlüpfte, die sie in Hippo gekauft hatte, fiel ihr ein, dass Imilico sich nur kurz angebunden verhalten hatte. Etwas stimmte nicht mit ihm.

Später gesellte sie sich zu den anderen Bediensteten, die sich zu einem leichten Mahl in einem offenen Hof versammelt hatten. Die Säulen, die den Hof umgaben, wurden von Kletterpflanzen fast verdeckt.

»Wir sind zur Zeit knapp an Personal, und bald wird der Sohn meines Herrn mit seinen Freunden eintreffen. Ich habe den Hausgöttern eine doppelte Opfergabe dargebracht, und dann erhielt ich Imilicos Nachricht, dass er dich mitbringt und dass du Erfahrung im Auftragen von Speisen und Getränken hast«, bemerkte Hasdrubal.

Verdutzt starrte sie ihn an.

»Für die nächsten ein, zwei Monate brauchen wir alle Hilfe, die wir kriegen können.«

Sie verbarg ihre Überraschung und ihre Wut und machte sich an dem Obst auf ihrem Teller zu schaffen.

»Es bringt nichts, Sklaven nur für eine kurze Zeit zu kaufen«, vertraute er ihr an. »Es ist immer mit einem Verlust verbunden, wenn man sie nachher wiederverkauft, denn die Käufer meinen, sie hätten irgendein verstecktes Gebrechen, dass man sich so schnell wieder von ihnen trennt. Du wirst nicht enttäuscht sein von dem Lohn, den ich dir zahle, das kann ich dir versichern.«

»Aber ich bin nicht hier, um ...«

»Sie ist nicht ausschließlich des Geldes wegen hier, Hasdrubal«, unterbrach Imilico sie und sah sie streng an. »Sie möchte nach Theveste. Zur gegebenen Zeit. Es trifft sich gut, dass du gerade eine Vakanz hast.«

»Es sieht so aus, als würde es ein Vergnügen sein, hier zu arbeiten«, sagte Marcella ohne große Überzeugung. Sie kam nicht dahinter, was hier gespielt wurde.

Imilico grinste. »Du willst bestimmt gar nicht mehr weg!«

»Ich wusste, dass du ein eigensüchtiges Motiv hattest, mich mitzunehmen, ich wusste nur nicht welches!« rief Marcella verbittert, als sie und Imilico allein waren. »Warum soll ich bleiben? Und warum hast du mich hintergangen?«

»Indem ich ihnen aus einer Notlage helfe, baue ich ihren guten Willen auf, den ich bestimmt gut gebrauchen kann, wenn ich erst einmal mein eigenes Geschäft habe. Auf der anderen Seite kannst du etwas Geld verdienen, damit du dich mir gegenüber dafür erkenntlich zeigen kannst, dass ich dich sicher und bequem hierher gebracht habe.«

»Du bist unaufrichtig«, warf sie ihm vor. »Ich mag es nicht, derart manipuliert zu werden. Ich verliere wertvolle Zeit bei meiner Suche nach Gaius. Er wird Theveste längst den Rücken gekehrt haben, wenn ich dort eintreffe. Jeder Tag, der dahinzieht, lässt ihn über mich schlecht denken, weil er etwas Falsches denkt.«

»Es gibt zu viele Unruhen im Wüstengebiet, deshalb wird er noch nicht zurückkehren«, sagte Imilico.

»War es deine Absicht, mich aufzuhalten?« fragte sie, als sich ihr plötzlich dieser Verdacht aufdrängte. »Hast du mir überhaupt die Wahrheit gesagt? Ist er in Afrika? Oder hält er sich noch in Rom auf? Ist dies nur eine willkommene Gelegenheit, mich in dieser Einöde abzuladen, damit ich ihn nie wiederfinden kann? Woher soll ich wissen, dass du mir die Wahrheit sagst?«

Diese Furcht hatte sich schon seit einigen Tagen bei ihr eingenistet, und sie war froh, dass sie sie jetzt ausgesprochen hatte. Konnte es sein, dass Gaius sogar der besondere Partner von Imilico war? Hatte er sie deshalb hierhin verschleppt, um sie aus dem Weg zu haben?

»Da du mir so absurde Beschuldigungen an den Kopf wirfst«, erwiderte Imilico ruhig, »sehe ich, dass deine Gefühle so stark sind wie seine. Nein, alle meine Geschäfte mögen zwar nicht immer astrein sein und vor den Göttern bestehen, aber so skrupellos bin ich auch wieder nicht.«

»Und was hat dieser erzwungene Aufenthalt hier zu bedeuten?« fragte sie erregt.

»Die Zivilisten sollen sich aus den Gefahrenzonen heraushalten, bis das Heer die Rebellion der Garamanten niedergeschlagen hat. Deshalb empfiehlt sich zur Zeit keine Weiterreise. Außerdem wird sich mein Herr im Grenzgebiet der Wüste aufhalten, mehrere Tagesreisen von der Festung entfernt. Ich habe die neue Situation nur zu jedermanns Vorteil genutzt.«

Sie dachte darüber nach und räumte dann schließlich ein: »Ja, kann sein. Aber ich will keine Zeit vertrödeln, bis ich Gaius ein paar Dinge erklärt habe.«

Es war ihr inzwischen gleichgültig, ob Imilico ahnte, dass sie etwas sehr Persönliches mit Gaius zu besprechen hatte. Sie wollte seine Reaktionen beobachten, um vielleicht zu erkennen, ob er Leidenschaft für Gaius empfand.

»Selbst wenn es dir gelingen würde, ihn ausfindig zu machen, würde er dir nicht danken, dass du ihn mitten in einer militärischen Krise störst«, sagte er. »Wenn er die Situation nicht im Keim ersticken kann, könnte sich daraus ein Krieg entwickeln, der mehrere Jahre dauert. Die Garamanten kontrollieren die Karawanenroute durch die Wüste, also würde ein Krieg weitreichende Folgen haben.«

Sie sah ihn nachdenklich an. »Ich sehe ja ein, dass ich warten muss, aber es ist fürchterlich zu wissen, dass er sein Leben riskiert.«

»Jeder lobt die ruhige Art, in der er Krisen meistert, und nachher gibt er sich immer sehr bescheiden.«

»Mir hat er erzählt, dass er nicht mutig genug wäre, im Norden zu kämpfen, und dass er sich deshalb für das leichte Leben im Süden entschieden hätte«, sagte sie bedauernd. Es schmerzte, dass Imilico so viel mehr über ihren Geliebten wusste als sie.

»Solche Dinge sagt er immer. Er mag es nicht, wenn die Leute ihn loben oder gar bewundern.«

»Ich nehme an, das erklärt auch diese wilde unterdrückte Intensität seiner Natur«, sagte sie. »Er nimmt sich das Vergnügen des Augenblicks, wenn es sich ihm bietet. Das wird verständlich, wenn man weiß, dass er immer sein Leben und das Leben seiner Männer riskiert.«

Ein seltsamer Ausdruck stand in Imilicos Gesicht.

»Habe ich etwas Verrücktes gesagt?« fragte sie. Er lächelte.

»In diesem Licht haben ich meinen Herrn noch nie gesehen. Er ist nicht einer, der sich das Vergnügen des Augenblicks nimmt, wie du es genannt hast. Er genießt das gute Leben, aber er ist in der Lage, an jeder Verführung vorbeizugehen, ohne im Widerstreit mit sich zu liegen.«

Sie starrte ihn an.

»Mir wird deutlich, dass du eine Seite in der Persönlichkeit meines Herrn angesprochen hast, die lange verborgen war«, sagte er weich. Er küsste Marcella auf die Stirn. »Ich breche morgen zur Rückreise auf, deshalb kann ich dir keine körperliche Erleichterung verschaffen, aber ich bin sicher, dass du einen Weg findest, um das lodernde Feuer in dir zu löschen.«

Die Bediensteten der Villa waren gut ausgebildet und arbeiteten fleißig. Es gab etwa dreißig Haussklaven und einige freigekaufte Sklaven und Sklavinnen. In den folgenden Tagen lernte Marcella nur wenige der Kolleginnen und Kollegen kennen, denn kaum jemand sprach Latein.

»Ich erwarte, dass du überall mithilfst, wo Not am Mann ist, wenn auch deine Hauptaufgabe darin besteht, die Speisen aufzutragen und abzuräumen«, klärte Hasdrubal sie auf, während er ihr zeigte, wo das Silberbesteck, das Geschirr und die Gläser und Krüge aufbewahrt wurden.

»Du wirst früh aufstehen müssen und wirst erst spät ins Bett kommen«, fuhr Hasdrubal fort. »Wenn die jungen Männer es wünschen, müssen wir sie die ganze Nacht mit Wein und Essen bedienen. Aber gewöhnlich ruht alles von der Mittagszeit an, weil man sich in der Hitze kaum bewegen kann. In der Taverne wirst du an feste Arbeitszeiten gewöhnt gewesen sein, aber bei uns in der Villa ist man immer im Dienst.«

In der zweiten Woche fand Hasdrubal sie niedergeschlagen auf dem Hof sitzen.

»Du musst Kraft sammeln. Du wirst sie brauchen, wenn die jungen Leute eintreffen.«

Sie hob den Kopf und wischte sich verstohlen eine Träne aus dem Auge.

»Du hast in den letzten Wochen eine Menge durchmachen müssen«, sagte Hasdrubal verständnisvoll. »Du hast dein Zuhause, deine Familie und deine Freunde verloren.«

Und meinen Geliebten, fügte sie in Gedanken hinzu.

»Seltsam, ich habe mir immer gewünscht, auf eigenen Füßen zu stehen und der Enge der Familie zu entkommen«, sagte Marcella leise. »Aber jetzt, da ich meine Familie verloren habe, sehne ich mich nach ihr. Ich vermisse sie.«

»Das ist doch nur natürlich.«

»Ich habe mich auf die Reise gefreut«, fuhr sie fort. »Aber jetzt kommen mir Zweifel. Ich gehöre nicht hierhin.«

»Ich bin einmal mit meinem Herrn nach Griechenland gereist. Ich weiß, was du meinst. Dort war alles ganz anders.«

Sie lächelte traurig. »Das Essen, das Klima, selbst die Luft ist anders. Bei uns in Pompeji war die Luft süß und dick.«

»Mit der Zeit wirst du lernen, das Land zu lieben, und du wirst auch unsere Sprache lernen. Du darfst nicht zu schnell zuviel von dir erwarten.«

Ihr Unterbewusstsein nagte an ihren Gedanken. Sie wusste, dass sie sich nicht wirklich bemüht hatte, ihre Familie und Freunde wiederzufinden. Lieber war sie einem Mann gefolgt, der nicht einmal daran interessiert war, ihre Version der Geschehnisse zu hören. Sie schüttelte den Kopf und verdrängte den Gedanken wieder. Sie lächelte Hasdrubal an.

»Erzähle mir von den jungen Leuten, die bald eintreffen werden.«

»Wenn mein Herr und die Herrin verreist sind, lebt ihr Sohn Julius gewöhnlich bei seinem Onkel in Italien. Er hat uns jetzt die Nachricht zukommen lassen, dass er und drei seiner Freunde einige Zeit in der Villa verbringen wollen. Sie können alle ziemlich ausgelassen sein. Ich nehme an, dass der Onkel darauf bestanden hat, dass gewisse Spielregeln eingehalten werden müssen, solange sie bei ihm wohnten, und dass sie annehmen, in der Villa ein freizügigeres Leben führen zu können, denn schließlich gibt es hier niemanden, der ihnen Einhalt gebieten kann. Wenn die jungen Leute wirklich die Sau rauslassen wollen, können sie es ungestraft tun, und für uns bricht eine schwierige Zeit an.«

»Vielleicht gelingt es ihnen, mich von meinen Problemen abzulenken«, murmelte Marcella. »Bisher sitze ich nur herum und grüble und trauere der Vergangenheit nach. Aber ich will gar nicht alles negativ sehen.«

»Gut so«, lobte Hasdrubal, fuhr mit beiden Händen durch ihre Haare und ging aus dem Zimmer.

Fünfzehntes Kapitel

»Komm herein! Hier gibt es keine alberne Prüderie!« rief Julius fröhlich, als er völlig nackt vor Marcella stand. »Gemischtes Baden ist in Rom und in den öffentlichen Bädern nicht erlaubt, aber hier bei uns ist es die Norm. Besonders, wenn mein Vater nicht zu Hause ist!«

Seine helle, kräftige Stimme wurde von den Steinwänden des luxuriösen Bads zurückgeworfen. Wände und Decke waren mit wunderschönen blauen und weißen Mosaiken verziert, und sie waren so dick, dass von außen kein Laut hereindrang.

Marcella hielt einen Stapel Tücher in den Armen.

»Ich habe Arbeit zu tun«, murmelte sie und vermied es, seinen Körper zu betrachten, aber lange hielt sie das nicht durch. Er war schlank und muskulös, und die blonden krausen Haare waren nach der jüngsten Mode geschnitten. Sein Schamhaar war sogar noch ein bisschen heller, es rahmte seinen aufrecht stehenden Penis wie ein Blätterwerk ein. Sie musste genauer hinschauen, als sie aus den Augenwinkeln erkannte, dass sich der Penis noch versteifte und sich weiter in die Höhe reckte. Der Speichel sammelte sich in ihrem Mund, und sie musste ein paar Mal schlucken.

Sie zwang sich, den Blick abzuwenden und sich daran zu erinnern, dass sie zum Arbeiten und Bedienen hier war, und nicht zum Herumexperimentieren mit jungen Männern, die sicher ebenso oder noch mehr auf der Suche nach sexueller Erleichterung waren wie sie.

»Ich habe eine Stunde lang geschwitzt, und dann bin ich eingeölt und massiert worden. Jetzt will ich ein bisschen Spaß haben. Wenn mein Vater hier wäre, müsste ich in kaltes Wasser tauchen, weil er mich erziehen will wie ein Spartaner. Er glaubt, ich würde sonst ein Weichling.« Er grinste und schaute an sich hinab. »Ich kann nichts Weiches entdecken.«

Unwillkürlich folgte sie seinen Blicken. Die Rute nickte wie zur Bestätigung.

»Möchte der Herr eine Massage haben? Ich habe die Kunst vor kurzem erst gelernt.«

»Zieh dein Kleid aus, damit es nicht nass wird, und dann kommst du zu mir. Das ist ein Befehl«, sagte er, aber seine Augen zwinkerten dabei.

»Hasdrubal wird wütend sein«, antwortete sie ohne große Überzeugung in der Stimme.

Sie bemerkte, dass sich die Sklavinnen, die ihn gebadet, massiert und eingeölt hatten, zurückgezogen hatten, und dass sie nun allein waren.

Ja, gestand sie sich, sie sehnte sich nach der Berührung eines Mannes. Sie wollte einen Mann in ich spüren. Sie wollte die körperliche Lust durch einen Mann erfahren. Viel zu lange hatte sie darauf verzichten müssen.

»Hasdrubal arbeitet für meinen Vater«, sagte er. »Da mein Vater nicht anwesend ist, bin ich der Herr des Hauses.«

Sie fragte sich, ob sie ihre Stelle riskierte, wenn sie sich weigerte – oder ob sie die Stelle riskierte, wenn sie seinem Drängen – und ihrem eigenen auch – nachgab.

»Beeile dich«, rief er ungeduldig. »Oder willst du nicht?« fragte er dann lauernd.

Sein Penis stand nicht mehr so aufrecht, und sie empfand plötzlich das Bewusstsein weiblicher Macht: Er hatte sich wegen ihr aufgerichtet, und jetzt begann er abzuschlaffen, weil Julius fürchtete, sie könnte sich ihm verweigern. Sein »Befehl» hatte eher wie ein Betteln geklungen, und jetzt wusste er nicht mehr, was er tun oder sagen sollte.

»Ich kann nicht widerstehen«, sagte sie leise. »Ich muss die Gelegenheiten wahrnehmen, die die Götter mir schicken. Ich kann nicht immer nur von meinen Hoffnungen und Träumen leben.«

Sie ließ die Handtücher entschlossen auf den Boden fallen, mitten auf das Mosaikbild eines mythischen Liebespaares, Dido und Aeneas. Langsam öffnete sie den langen Gürtel ihres Kleids und beobachtete, wie Julius jede ihrer Bewegungen verfolgte. Sie wand sich verführerisch hin und her, und dabei schaute sie auf seine Lenden. Sie fuhr sich mit der Zunge über die Lippen und feuchtete sie an, während sie mit den Händen leicht über ihre Hüften strich. Sie musste schmunzeln, als sie sah, dass sich der Penis wieder aufrichtete. Sie konnte kaum erwarten, bis er in sie eindrang und seine Kraft bewies. Ihr Körper verlangte nach seiner Kraft.

Sie bückte sich und legte ihre Kleider auf die Handtücher, und dabei war ihr bewusst, dass sie ihm den Schwung ihrer Hüften und die baumelnden Brüste zeigte. Absichtlich tat sie einen Schritt zur Seite, damit er einen Blick auf die weichen Falten zwischen ihren Schenkeln werfen konnte.

»Beeile dich, ich verbrenne hier!« rief er ungehalten.

»Ich auch, mein Herr«, sagte sie lachend.

Der Anblick seines schlanken, drahtigen Körpers weckte die Lust in ihr. Sie spürte, dass sie bei der Vorstellung, wie er bald in sie eindringen würde, feucht wurde. Sie streckte sich, richtete sich auf und wusste, dass ihre Brüste keck aufragten.

Er watete durch das hüfthohe Wasser und legte eine Hand auf seinen Penis, der ungestüm zu zucken begann. Marcella musste schlucken. Bald würde sie ihn in der Hand halten und kosen und reiben und schmecken.

Er rief: »Ich will dich jetzt, Frau!«

»Dann musst du mich fangen«, kreischte sie in den Widerhall seiner Worte. Sie wandte sich ab und wedelte verführerisch mit ihrem Hinterteil.

Er sprang aus dem Wasser und rannte auf sie zu, aber sie entwischte ihm und sprang ins Becken. Sie neckte ihn mit lachenden Augen.

Er sprang wieder hinein, und das Wasser klatschte hoch, während sie am anderen Ende stand und vorgab, wieder hinauszuspringen. Sie ließ sich Zeit, als sie mit gespreizten Beinen über dem Rand des Beckens war, und im nächsten Moment war auch schon Julius bei ihr und griff sie. Er zog sie an sich heran und drückte sie an seinen Körper, hielt ihren Po mit einer Hand fest und fuhr mit der anderen über ihre nassen Brüste.

Sie kicherte und griff mit beiden Händen zwischen seine Beine, sie berührte sanft den von krausen Haaren umgebenen Hodensack und fuhr mit den Fingern an seinem Schaft entlang. Er stöhnte auf und ruckte mit dem Unterleib vor und zurück, als wollte er kleine, schnelle Stöße ausführen.

»Ich will dich, jetzt! Im Wasser!« Er wollte sie

packen, aber seine nassen Hände glitten an ihr ab, und durch eine unbedachte Bewegung geriet er auf dem glitschigen Steinboden ins Straucheln.

Sie hielt ihn fest, packte ihn an der Schulter und geriet ebenfalls ins Straucheln, als ein Fuß nach hinten rutschte. Sie glitt an seinem Körper hinunter und klammerte sich mit beiden Händen an seinem Gesäß fest. Sie kicherte, als sie mit der Stirn gegen seinen zuckenden Penis stieß.

Ohne darüber nachzudenken, öffnete sie den Mund und hieß ihn willkommen. Sie bewegte den Kopf vor und zurück und umspielte die Spitze mit der Zunge. Er schmeckte frisch und jung. Sie kniete auf dem Beckenboden und spürte, wie das Wasser gegen ihre Brüste schwappte. Sie saugte rhythmisch und knetete seine Backen mit beiden Händen.

Er keuchte, und sie spürte, dass der Penis in ihrem Mund bedenklich zu zucken begann, deshalb zog sie den Kopf rasch zurück und schöpfte Wasser, um den erhitzten Phallus abzukühlen. Sie lachten und kreischten und bespritzten sich gegenseitig mit Wasser. Ihre Haare waren klatschnass, und ihr Schoß pochte. Sie konnte das Bild seines zuckenden Penis nicht vergessen, und für sie gab es in diesem Moment nichts Wichtigeres, als ihn so bald wie möglich in sich zu spüren.

Sie kletterte aus dem Becken und ließ sich wieder viel Zeit dabei, denn sie bot ihm nicht nur Rücken und Po als Anblick, sondern auch die geöffnete Kerbe zwischen den Schenkeln. Absichtlich beugte sie sich weiter vor, als es nötig war, um aus dem Becken zu steigen.

Er planschte ihr nach und rief, dass sie zu ihm zurückkehren sollte. Sie drehte sich nach ihm um und grinste, dann stieg sie über den Rand und lief zum nächsten Bogengang.

Sie blieb stehen, als sie ihren Fehler bemerkte.

»Ha! Du bist auf dem Weg ins Heißbad, da wirst du es kaum aushalten können«, rief er. »Jetzt kannst du mir nicht mehr entwischen. Ich kriege dich, und dann nehme ich dich, Frau!«

Seine ungestüme Art erregte sie noch mehr. Sie mochte seine jugendliche Begeisterung, und sie war bereit, ihn alles zu lehren – so wie Gaius ihr vor noch gar nicht langer Zeit alles beigebracht hatte, was mit Lust und Sinnenfreude zu tun hatte.

Der andere Ausgang führte in den Erholungsraum, aber den ignorierte Marcella. Da lief sie lieber hinaus in die gleißende Sonne. Die Hitze traf sie, als wäre sie gegen eine Mauer gelaufen. Sie verharrte nur einen Augenblick, dann lief sie weiter – nackt und kreischend. Und hinter sich hörte sie den schimpfenden Julius. Zwei Gärtner hielten mitten in ihrer Arbeit inne und drehten sich neugierig und ungläubig nach den beiden um.

Marcella schaute sich um und sah, dass Julius sie fast eingeholt hatte. Sie rannte schneller.

Sie konnte bald seinen Atem hören und glaubte auch, die Hitze seines Körpers zu spüren. Sie erreichte die Ecke der Villa und sah vor sich die Ställe.

Ein Pferdepfleger zog hastig einen Zuchthengst vom Pfad weg und starrte ihr offenen Mundes entgegen. Er schirmte die Augen mit einer Hand gegen die Sonne ab, um sich zu vergewissern, dass seine Sinne ihm keinen Streich spielten – im Garten seines Herrn lief ein nacktes Mädchen herum, und wenige Schritte dahinter rannte der junge Herr.

Julius berührte ihre Schultern mit den Fingerspitzen, und Marcella kreischte und lachte. Das Pferd wieherte und schnaubte, aber Marcella hatte kein Auge für das Tier, sie rannte den Ställen entgegen. Und dort drinnen, erkannte sie, blieb ihr keine weitere Fluchtmöglichkeit.

Sie drehte sich und schaute ihrem Verfolger ins Gesicht. Ihr nächster Blick galt seinem Penis, der immer noch starr aufgerichtet war und nichts von seiner Härte verloren zu haben schien.

»Lege dich hin!«

»Ha! Warum sollte ich?«

Er sprang sie an, brachte sie aus dem Gleichgewicht, und gemeinsam fielen sie in das tiefe Stroh des nächsten Stalls. Die harten Halme bissen ihr in Hintern und Rücken. Julius' Körper war fast unbehaart, nur ein weicher Flaum spross auf seiner Brust, die sich seidig anfühlte. Sie stöhnte vor Lust, als sie seinen Körper auf ihrem spürte und über seine samtene Haut strich.

»Öffne deine Schenkel, du Sirene«, keuchte er, sein Gesicht in ihren Haaren verborgen. Er küsste ihren Nacken und schob eine Hand zwischen ihre Beine.

»Sag bitte«, forderte sie ihn auf.

»Bitte.«

»Sag bitte, meine Dame. Bitte, öffne deine Schenkel. Und du musst es so sagen, dass ich das Gefühl habe, es sei dir ernst, ganz ernst.«

»Bitte, meine Dame. Bitte, bitte, bitte, bitte, öffne deine Schenkel und verschaffe mir Zugang zum Tempel der Freuden.«

Sie musste lachen, hielt sein Gesicht in beiden Händen und küsste ihn.

»So sehr brauchst du auch nicht zu übertreiben.«

»Ich werde noch viel mehr treiben. Ich treibe es weiter, als ich je getrieben habe. Viel, viel weiter. Weißt du, du bist meine erste Frau. Und ich will dich. Ich begehre dich.«

Er verschloss ihren Mund mit seinen Lippen, und ungeschickt drang seine Zunge ein.

Sie musste lachen, dann versuchte sie, seine Zunge mit ihrer zurück zu drängen.

Er packte ihre Hände, hielt sie mit einer Hand oberhalb ihres Kopfes fest. »Ah, du sträubst dich! Nein, du wirst dich mir nicht widersetzen können. Wenn ich erst in dich eingedrungen bin, wird mein animalischer Magnetismus in dich übergehen. Öffne deine Schenkel. Wie kann ich in dich hineinkommen, wenn du sie zusammenpresst?«

»Ich muss dir erst eine Lehrstunde geben«, sagte sie streng. Sie befreite sich aus seinem Griff und wälzte sich unter ihm weg. »Du musst lernen, dass eine Frau erst bereit sein muss, ehe du in die eindringen kannst. Wenn du sie vorher nicht genügend beeindruckt hast, wirst du dein ganzes Leben lang ein schlechter Liebhaber sein und bei Frauen als Versager gelten.«

Er schaute verdrießlich drein, und seine Erektion begann abzuschlaffen.

Derart hatte sie ihn nun auch nicht entmutigen wollen, also beugte sie sich rasch über ihn und stülpte ihren Mund über ihn. Sofort richtete er sich wieder auf.

»Jupiter! Odysseus!«

Sie musste lachen und drückte seinen Oberkörper aufs Strohlager.

»Lege ich zurück. Wie ich schon sagte, muss ich dir erst eine Lehrstunde erteilen. Oder vielleicht auch zwei oder drei. Und bei allen geht es um die körperliche Liebe.«

Sie grätschte über ihn und öffnete mit der Penisspitze ihre Schamlippen. Die Hitze fühlte sich wunderbar an, und sie hätte nichts lieber gespürt, als den harten Stab tief in sich, aber sie wusste, dass er sie nicht würde befriedigen können, wenn sie ihn jetzt schon einließ.

»Du hast die Signale nicht missdeutet«, versicherte sie ihm. »Ich will es ebenso sehr wie du. Vielleicht noch mehr, weil ich schon weiß, welche Freuden vor uns liegen. Ich kenne mich aus mit dem Körper des Mannes, und ich will unbedingt deinen Phallus in mir spüren.«

»Dann lass mich endlich rein.«

»Das wird auch geschehen. Ich will dir nur sagen, dass es nicht alle Frauen schätzen würden, gejagt und herumkommandiert zu werden. Ein unschuldiges Mädchen würde verängstigt sein und sich ihr Leben lang vor dir und allen Männern fürchten, wenn du sie so jagst, wie du mich gejagt hast. Und das willst du doch nicht, oder?«

»Ich will, dass die Frauen zu meinen Füßen liegen und sich mir nicht nur willig anbieten, sondern auch vor Lust und Wonne zerfließen.«

Sie rieb seinen Penis zwischen ihren Labien und führte dann seine Hände zu ihren Brüsten und zeigte ihm, wie er sie zu streicheln und zu drücken hatte.

»Jupiter!« rief er wieder aus.

Sie rutschte auf seinem Körper hoch und hockte über seinem Gesicht. Er stieß ein wildes Juchzen aus, und seine Finger berührten beinahe andächtig die Falten und erforschten die tiefe Öffnung dazwischen.

»Ich habe noch nie das Innere einer Frau gesehen«, sagte er leise. Zögernd schob er einen Finger hinein, und sie stöhnte und raunte ihm aufmunternd zu. Er tupfte behutsam die Fingerkuppe gegen die Klitoris, und sie zuckte zusammen und stöhnte lauter. Er begriff und widmete sich nun verstärkt diesem wundersamen Knopf, zwirbelte ihn mit Daumen und Zeigefinger.

»Auch wenn du nicht viele Erfahrungen mit Frauen hast, weißt du doch, was du zu tun hast und womit du ihnen Freude bringst«, stöhnte sie. Sie ließ sich nach vorn fallen und stützte sich mit den Händen ab.

»Die Dienstmädchen haben heimlich schon mal Erbarmen mit mir, aber sie lassen mich nicht in sich eindringen, weil sie Angst haben, schwanger zu werden. Oder sie haben Angst, dass mein Vater etwas erfahren könnte. Nur wenn ich mit einem männlichen Sklaven zusammen bin und wir uns streicheln, drückt mein Vater beide Augen zu. Er ist eben altmodisch. Nur weil dies in seiner Jugend Sitte war, lässt er mich nichts anderes tun. Aber du lässt mich, ja, Marcella?« fragte er, tiefe Furchen auf der jungen Stirn.

»Natürlich lasse ich dich. Ich will die Erleichterung haben, die du mir bringen kannst. Und gleichzeitig wirst du lernen, wie du dir der Dankbarkeit jeder Frau sicher sein kannst. Sie wird dann wieder kommen und mehr von dir haben wollen.«

»Oh, ja, bitte, zeige mir das.«

Er beschäftigte sich immer noch mit ihrer Klitoris und führte einen Finger tief in ihre Scheide.

»Du brauchst dich nicht auf deine Finger zu beschränken«, sagte sie und ließ sich auf sein Gesicht hinunter.

Seine vollen Lippen fühlten sich wunderbar sanft und feucht an. Er begriff sofort und fuhr mit der Zunge über den Kitzler, was sie zu einem wilden Hecheln brachte.

»Du bist ein Naturtalent«, stöhnte sie und ließ ihr Becken leicht rotieren. Sie spürte seinen Finger, der sie tiefer erforschte, und die Kontraktionen ihrer Scheidenwände lösten einen leichten Orgasmus ein.

»Das war ganz süß«, sagte sie leise, als sie sich neben ihn legte, den Kopf auf seiner Brust.

»Jetzt will ich aber, was du mir versprochen hast«, sagte er, und sie legte sich auf den Rücken und spreizte bereitwillig die Schenkel. Sein Penis zuckte gegen ihre Hinterbacken und dann gegen den Venusberg, bis sie ihn sanft in die Hand nahm und langsam einführte. Sie beobachtete sein Gesicht dabei und sah, dass er den Atem anhielt. Sie zog seinen Kopf zu sich herunter und küsste seinen Mund. Zweimal bewegte er seine Hüften, dann ergoss er sich schüttelnd und zuckend in ihr.

Er rollte von ihr und lag mit geschlossenen Augen neben ihr, ein gesättigtes, zufriedenes Grinsen im Gesicht.

Sie streichelte liebevoll über seine Haare, sein Gesicht und den Brustkorb. Sie wusste jetzt, dass Imilico recht gehabt hatte: Es war eine wunderbare Erfahrung, die ultimative Lust im Gesicht des Partners zu sehen.

Sie selbst fühlte sich unausgefüllt und unbefriedigt, denn der schwache Orgasmus hatte sie lediglich daran erinnert, was sie schon seit Wochen so schmerzlich vermisste. Ihr Körper sehnte sich nach einer tiefen Erlösung. Sie schloss die Augen und fiel in einen leichten Schlaf.

»Mich überkommt die Langeweile. Ja, wir alle leiden unter der Langeweile«, sagte eine Stimme.

Julius setzte sich abrupt auf und starrte auf die jungen Männer an der Tür, von denen im gleißenden Sonnenlicht nur die Umrisse zu sehen waren.

»Ich grüße euch, Freunde.«

»Quintus hat ejakuliert, als er ihren Hintern über deinem Gesicht gesehen hat«, sagte der eine Junge und wies auf den anderen.

»Du auch, Publius, also sei ruhig. Das war ein irrer Anblick, Mann. Das Beste, was ich bisher gesehen habe.«

Der dritte junge Mann sagte: »Ich wollte, sie täte das auch für mich. Würdest du das tun, Marcella?«

Sie wandte ihr Gesicht ab, verlegen und verunsichert. Sie wusste nicht, wie sie sich verhalten sollte. Ihre körperlichen Nöte nagten immer noch in ihr, sie verlangten nach der Erfüllung, die Julius ihr nicht gegeben hatte.

»Das wäre die einzige Lösung, Felicius«, dröhnte Publius, »denn ich wette, dass Julius es nicht noch einmal schafft.«

»Gib mir eine Viertelstunde, denn werde ich es euch zeigen«, sagte Julius, aber sehr überzeugend klang er nicht.

»Du hast schon mehr als eine Viertelstunde gehabt, um dich zu erholen. Du hast geschnarcht, du Faulpelz. Wir langweilten uns bei dir, deshalb sind wir gegangen, und als wir zurückkamen, lagst du immer noch wie erschlagen da. Weißt du noch, was du uns gesagt hast? ›Kommt mit mir und verbringt ein paar aufregende Wochen in der Villa, während meine Eltern in Syrien sind.‹ Und was haben wir bisher als Abwechslung gehabt? Wir haben dich schlafen gesehen.«

»Ja, das ist dürftig, was du uns bietest, du bist wirklich ein lausiger Gastgeber«, sagte Felicias, aber er lächelte dabei.

Er war ein stiller junger Mann, und Marcella konnte sich an seinen strahlend blauen Augen nicht satt sehen.

»Ich brauche länger als ... beim Hades, sie hat mich fertiggemacht!« stöhnte Julius. Als er aufstehen wollte, trat Publius ans Lager.

»Ich wette zwei Dinar, dass dir keine Ejakulation mehr gelingt, ehe ich bis fünfhundert gezählt habe.«

Verwirrt schaute Marcella zu, wie sich Publius neben Julius aufs Lager legte. Seine Hand berührte den schlaffen Penis des Freundes, und im nächsten Augenblick trafen sich ihre Lippen zu einem langen Kuss.

»Ich bin weg, das ist mir zu lahm, denn diese Schau habe ich oft genug gesehen«, bemerkte Quintus. »Wie wäre es mit einem Würfelspiel, Felicius?«

Felicius konnte seinen Blick nicht von Marcella wenden.

»Ich werde eine Weile hier bleiben. Ich will ihnen zusehen. Es beruhigt die Nerven, finde ich.«

»Lege das um deinen Körper«, schlug Felicius vor und reichte ihr eine dicke Pferdedecke. »Später holen wir deine Kleider aus dem Bad.«

»Woher weißt du, dass wir dort waren?« fragte sie.

»In der Villa gibt es kein anderes Thema mehr. Die Gärtner und Pferdepfleger haben allen von eurer

Jagd durch den Garten und zu den Ställen erzählt. Deshalb sind wir doch gekommen, um euch zuzusehen.« Er kicherte. »Ich möchte dich gern besser kennen lernen«, fügte er dann hinzu. »Woher kommst du? Du hast einen ungewöhnlichen Akzent – das klingt nicht römisch, aber auch nicht tripolitanisch.«

Felicius umfasste zärtlich ihre Brüste, als hätte er Angst, etwas zu zerbrechen. Er roch gut, stellte sie fest, als er sie küsste.

Das Paar im Stroh war in sich versunken, während Marcella und Felicius Geschichten aus ihrer Kindheit tauschten. Aber durch ihre gegenseitigen Berührungen waren sie bald bei einem anderen Thema.

»Ich sehne mich nach einer kräftigen Mannesrute, die mir einen langen Orgasmus besorgt«, flüsterte sie ihm zu und schaute ihm dabei in die blauen Augen.

»Ich weiß«, flüsterte er zurück. »Die Episode mit Julius diente nur als Appetitanreger, nicht wahr? Jetzt brauchst du es noch nötiger als vorher. Ich mag zwar noch jung sein, aber ich kann das Feuer löschen, das zwischen deinen Schenkeln lodert. Im Gegensatz zu Julius habe ich schon bei einer Frau gelegen. Ich weiß, was Frauen wollen.«

»Du erinnerst mich an jemanden«, raunte sie.

In den Ställen war es dunkel und still.

Die Pferdedecke kratzte ihre sanfte Haut.

»Ich glaube, er hat seine Wette verloren«, sagte Felicius. »Die sind doch schon seit einer Stunde zugange.«

Marcella legte sich auf die Seite und sah zum Strohlager.

»Ich schaue ihnen gern zu«, gestand Felicius zwischen Küssen in ihren Nacken. »Man sieht ihnen an, dass sie es genießen. Aber ich habe keine Lust, mich ihnen anzuschließen. Julius ist ein glücklicher Mann – er kann sein Leben lang sein Vergnügen mit beiden Geschlechtern haben. Wir dagegen sind auf das jeweils andere Geschlecht beschränkt.«

Er legte sich behutsam auf sie, bereitete sie kundig vor und drang leicht in die bereitwillige Frau ein.

»Man merkt, dass du das nicht zum ersten Mal machst«, sagte sie. »Mit wem hast du geübt?«

»Mein Vater und mein Onkel teilen sich ein Sklavenmädchen. Sie ist etwa vierundzwanzig Jahre alt, und sie ist voller Sinnenfreude. Die Männer haben nichts dagegen, wenn ich mich gelegentlich mit ihr beschäftige. Und das Mädchen ist froh, dass sich jemand um sie kümmert, wenn Vater und Onkel verreist sind. Ich nehme an, dass meine Mutter und meine Tante davon wissen, aber sie drücken wohl beide Augen zu.«

»Wie klug von ihnen. Ich glaube, diese Weisheit gibt es nur in wohlhabenden Familien.«

Er bewegte sich locker in ihr, und sie erwiderte seinen Rhythmus.

»Ich halte mich zurück, bis du deinen Orgasmus erlebt hast. Wie oft willst du den Höhepunkt erleben, bevor ich es beende?«

Sie kicherte.

»Du hörst dich an wie ein Verkäufer, der eine Bestellung entgegennimmt. Wenn der erste Höhepunkt mich ganz durchschüttelt, bin ich mit einem zufrieden.« Sie spannte ihre inneren Muskeln an, und er stöhnte und verstärkte seine Stoßbewegungen.

»Für eine Frau wie dich ist ein Höhepunkt längst nicht genug«, sagte er entschieden. »Wir lassen es mal mit zweien beginnen, und dann sehen wir, wie wir uns fühlen. Ich finde dich ungeheuer attraktiv, deshalb kann ich mich möglicherweise nicht so lange zurückhalten, wie ich gerne möchte. Manchmal bleibe ich die halbe Nacht dran, und Candida taumelt von einem Orgasmus in den anderen.«

Sie sah vor sich das Bild der beiden Körper, der eine weiß, der andere schwarz, wie sie in völliger Entzückung einander Lust bereiteten. Unwillkürlich verkrampften sich ihre inneren Muskeln, was Felicius wieder zu heftigeren Bewegungen veranlasste. Marcella stöhnte glücklich.

Sie zog seinen Kopf zu sich herunter und küsste ihn auf den Mund, während sie erschauerte, als sich ihre Nippel an seinem schön behaarten Brustkorb rieben.

Das Paar auf dem Stroh änderte die Stellung. Sie lagen jetzt nebeneinander, aber in verkehrter Richtung, und widmeten sich dem Flötenspiel.

Marcella war hingerissen von der ästhetischen Schönheit der Szene. Sie konnte Julius' Gesicht sehen, er hatte die Augen geschlossen.

»Oh, Juno, es ist schön, die Lust im Gesicht eines anderen zu sehen ...«

Als sich die orgasmischen Wellen in ihrem Körper ausbreiteten, war sie überrascht. Alles in ihr zog sich zusammen, sie wurde wie von einer unsichtbaren Faust geschüttelt, und Felicius setzte unentwegt seine tiefen Stöße fort, die Marcella jetzt beantwortete, indem sie sich unter ihm aufbäumte.

»Nicht aufhören!« keuchte sie. »Es ist wunderbar mit dir, Felicius!«

Sie hörte das Paar im Stroh stöhnen und ächzen, die Bewegungen der Köpfe und Hände wurden schneller, hektischer, und dann eruptierten sie mit unterdrücktem Aufschrei.

Es war, als hätte dieses Bild auch sie zum nächsten Höhepunkt gebracht, denn sie hörte sich in diesen Aufschrei der beiden jungen Männer einstimmen, als sich die Hitze entlud. Sie spürte ein wohliges Kribbeln, das sich von den Haarwurzeln auf dem Kopf bis zu den Zehennägeln ausbreitete. Sie bäumte sich unter ihm auf, hob den Unterkörper an und zwang Felicius für eine kleine Weile zum Stillhalten, während sie den Genuss dieses Höhepunktes noch ein bisschen in die Länge zog.

Sie sackte zusammen und blieb heftig atmend liegen. Nach einer Weile öffnete sie die Augen und lächelte.

»Jetzt kommt der beste Teil«, hörte sie Felicius' fröhliche Stimme an ihrem Ohr. »Konzentriere dich. Drück hart dagegen. Ich kann mich nicht länger beherrschen. Den nächsten Orgasmus werden wir gemeinsam erleben.«

Sie sah ihn forschend an. »Du erinnerst mich an jemanden«, sagte sie, und bei sich wusste sie, dass es Gaius war, der von Wesen und Statur verblüffende Parallelen aufwies. Der Gedanke an ihren Geliebten leitete ihren nächsten Höhepunkt ein, und voller Stolz setzte Felicius zum Endspurt an, der sie wie ein reißender Strom erfasste. Bald darauf lag sie dösend da, überwältigt von Glück und gesättigter Lust.

»Gaius Salvius Antoninus wird Probleme damit haben, die Stämme zum Frieden zu bewegen«, bemerkte Publius.

Verwirrt, als sie den vertrauten Namen des Geliebten hörte, ließ Marcella beinahe die Servierplatte mit den kleinen gerösteten Vögeln fallen, den sie ins Speisezimmer trug.

Sie genoss die bewundernden Blicke und das gelegentliche Berühren der jungen Gäste, während sie den Sklaven half, Essen und Wein zu servieren.

Quintus warf eine Weintraube in die Luft, und sie fing sie auf und schob sie rasch in seinen Mund. Lachend tätschelte er ihren Hintern.

»Er hat schon schwierigere Aufgaben bewältigt als diese«, antwortete Felicius auf Publius' Bemerkung. »Die dritte Legion ist von Kaiser Augustus ausgezeichnet worden, und sie ist auch heute noch die beste Streitkraft des Reiches. Sie wird mit dem Problem fertig.«

»Aber die Stämme sind wirklich zum Äußersten entschlossen«, warf Quintus ein. Er wusch seine Hände in dem parfümierten Wasser in dem Gefäß neben seinem Teller und trocknete sie an seiner Serviette ab. »Ich nehme an, dass sie erkannt haben, dass Rom nicht länger mit sich spaßen lässt. Der Bau der Festung in Theveste vor vier Jahren muss sie überzeugt haben, dass Rom die Grenzen schützen will.«

»Du wirst sein Land an der Küste erben, wenn er getötet wird, nicht wahr, Felicius?« fragte Publius. »Ich höre, dass er so etwas wie einen Palast darauf gebaut hat, viel größer und großzügiger als diese Villa hier.«

»Ich glaube, dass er es mir zukommen lassen will.

Aber ehrlich, lieber ist mir, dass mein Vetter Gaius lebt. Ich habe genug Geld mit dem, was ich habe.«

Marcella starrte ihn offenen Mundes an.

Gaius und Felicius waren Vettern! Kein Wunder, dass sie diese Ähnlichkeiten bei ihnen festgestellt hatte!

Das Essen war eine einzige Qual für sie. Die Unterhaltung kehrte immer wieder zu Gaius zurück, aber sie hatte zuviel zu tun, um Fragen zu stellen.

»Mein kleines Zuhause in Tripolitania«, von dem er ihr erzählt hatte, hörte sich in der Schilderung der jungen Männer wie ein Kaiserpalast an, der Inbegriff des luxuriösen Wohnens und Lebens.

Hatte Gaius ihr auch bei anderen Dingen nicht die Wahrheit gesagt? Zum Beispiel, was seine Beziehung zu Imilico anging?

Gegen Ende des Essens stampfte sie zurück in die Küche und warf ein Tuch in die Ecke, müde und ungeduldig und voller Verzweiflung.

»Erschöpft? Du hast einen anstrengenden Tag gehabt«, sagte Hasdrubal und lächelte freundlich. »Ich habe gehört, dass du geholfen hast, den jungen Julius zu bändigen.«

»Indem wir uns eine Jagd durch die Gärten geliefert haben?« fragte sie und zog eine Grimasse.

»Ich habe nur gesehen, wie Felicius dich mit einer Pferdedecke ins Haus gebracht hat. Den athletischen Teil des Geschehens habe, ich verpasst. Aber du hast den Bediensteten Gesprächsstoff für mehrere Monate gegeben. Angesichts Julius' Verhalten wirst du es kaum glauben können, aber seine Eltern sind sehr bürgerlich gesonnen und haben eine hohe Moral. Deshalb haben wir solche Szenen hier noch nicht gesehen. Und ich bezweifle, dass wir sie noch einmal erleben werden«, fügte er glucksend hinzu.

»Du hast mir gesagt, ich soll ihn unter allen Umständen bei Laune halten«, erinnerte Marcella ihn.

»Und ich möchte, dass du deine gute Arbeit fortsetzt. Nimm das Gequatsche nicht als Kritik. Du kannst dir nicht vorstellen, wie schwierig Julius sein kann. Alle vom Personal werden dir dankbar sein, dass du dich um ihn kümmerst. Er hat mehr Energie, als gut für ihn ist. Du solltest ihn mal reiten sehen! Sein Vater verzweifelt an ihm. Er reitet jeden Monat ein Pferd zuschanden, und es ist ein Wunder, dass er sich dabei noch nicht das Genick gebrochen hat.«

»Ja, er scheint ein wenig wild zu sein«, sagte sie lächelnd und erinnerte sich daran, wie begeistert er ihren Körper erforscht hatte.

»Um ehrlich zu sein, uns grauste, als wir hörten, dass er und seine Freunde in die Villa kommen würden. Aber da er jetzt die Frauen entdeckt hat, wird sich vielleicht alles bessern. Das größte Problem ist sein Vater – ein Ästhet der alten Schule. Er ist ein guter Mensch und ein gerechter Herr, aber er hat wenig Verständnis für die überschäumende Energie seines Filius.« Hasdrubal seufzte. »Felicius' Vater ist genauso.«

»Später wollen sie Spiele veranstalten«, sagte Marcella. »Ich habe sie reden gehört. Sie schwärmen von den harten Burschen unter den mythischen Helden – Theseus, Herkules und Perseus ...« Sie lehnte sich erschöpft gegen die Wand. »Heute Nachmittag hat es Spaß gemacht, aber jetzt bin ich müde.«

»Geh zu Bett. Ich bringe ihnen die letzten Getränke. Du hast genug gearbeitet und sie uns vom

Hals gehalten. Es bringt uns nichts, wenn du am dritten Tag vor Erschöpfung umfällst.«

Sie hörte, wie sie in der Nacht nach ihr riefen. Sie lag in ihr parfümiertes Kissen gekuschelt und streckte ihre müden Glieder. Als sie keinen Laut mehr in der Villa hörte, etwa in der fünften Stunde der Nacht, stand sie auf und spazierte in den Garten.

Der Mond beschien die umrankten Säulen mit einem unwirklichen blauen Licht. Sie sog die kühle Luft ein. Irgendwo dort im Osten, an der Grenze zur Wüste, unter genau diesem Mond, umgeben von feindlichen Stämmen, schritt gerade um diese Zeit vielleicht auch Gaius Salvius Antoninus. Sein Zelt würde hinter hohen, gesicherten Palisaden stehen, aber die Sorge um seine Männer würde ihn nicht schlafen lassen.

Er hatte sie in die sinnlichen Freuden eingeführt, und kein anderer Mann hatte sie je zu solchen Höhen des Glücks gebracht, das sie bei ihm erfahren hatte.

Ob er auch den einen oder anderen Gedanken an sie verschwendete? Oder war die Erinnerung an sie eher bitter, wollte er die Erinnerung aus seinem Gedächtnis löschen?

Oh, was hätte sie dafür gegeben, in dieser Nacht in seinen Armen zu liegen!

Sechzehntes Kapitel

»Du siehst viel besser aus heute morgen.«

Hasdrubal tauchte ein Tuch in ein Gefäß mit Wasser und dann in eine Schale mit Sand, dann rieb er das Tuch kräftig über eine große Silberschüssel.

»Ich habe gut geschlafen«, log sie, nahm ein Stück Brot und schenkte sich Ziegenmilch in einen Becher ein. »Das ist eine wunderschöne Schüssel.«

»Meine Frau ist wenige Monate, nachdem diese Schüssel meinem Herrn geschenkt wurde, gestorben. Wann immer ich die Schüssel sehe, muss ich an meine Frau denken – es war ihr das schönste Stück aus dem ganzen Haushalt.«

»Das tut mir Leid«, murmelte Marcella. »Du musst sie sehr vermissen.«

»Wir waren fast vierzig Jahre lang verheiratet. Sie wurde in Gallien geboren – wo diese Schüssel hergestellt wurde.« Er hielt sie hoch, um seine Arbeit zu betrachten.

Marcella fuhr mit einem Finger über das glänzende Metall. »Was für ein prächtiges Geschenk.«

»Gaius Salvius Antoninus hat es durch Imilico bringen lassen. Es ist pures Silber.«

Wieder Gaius. Sie versuchte, die Erinnerung an ihn zu verdrängen und schaute zu, wie Hasdrubal vorsichtig die Figur eines fülligen Kindes schrubbte.

»Der junge Herkules, der mit den Schlangen in seiner Wiege ringt«, bemerkte sie.

»Die anderen Figuren rund um die Schüssel zeigen die zwölf Aufgaben des Herkules.«

Sie betrachteten sie gemeinsam.

»Hier erlegt er den Löwen von Nemea, und hier kämpft er gegen die neunköpfige Hydra von Lerna.«

»Da fängt er den Hirsch von Arcadia ein, und hier, das ist der Eber von Erymanthus.« Sie fuhr mit einem Finger über eine andere Szene. »Da mistet er den Stall des Augeas aus.«

Sie stand auf und ging in der Küche auf und ab. Sie nahm ein weiteres Stück Brot und biss hinein. Ihre Gedanken sammelten sich allmählich und formten sich zu einem Plan.

»Diese jungen Männer haben zuviel Energie«, murmelte sie. »Sie wollen wie die großen Helden sein. Nun gut, ich werde ihnen Aufgaben stellen.«

Hasdrubal wischte noch einmal rund um die Schüssel, dann war er mit dem Ergebnis seiner Arbeit zufrieden.

Er widmete sich nun einem großen Pokal, ebenso verarbeitet wie die Schüssel, aber mit Blumenmotiven verziert.

»Dem Sieger dieser Herausforderungen winkt ein Preis«, fuhr Marcella fort. »Ich werde ihn in der Kunst der körperlichen Liebe unterrichten. Schließlich können nur wir Frauen wissen, was sie von Männern erwarten, und wenn wir es ihnen nicht zeigen, werden sie es nie erfahren.«

»Du vermisst deinen Geliebten«, sagte er, während er den Pokal betrachtete. »Er muss zur Dritten Legion gehören, wenn du nach Theveste gehen willst.«

»Du ziehst voreilige Schlüsse!« sagte sie rasch, aber Hasdrubal lächelte nur.

»Eine Frau wie du wird innerlich verbrennen, wenn du nicht bald bei ihm sein kannst. Du kannst dich eine Weile mit vier jungen Männern ablenken, aber wenn der Durst gestillt ist, werden deine Gedanken zu ihm wandern.«

»Der Sieger wird zwei Stunden lang an einem Ort seiner Wahl meine ungeteilte Aufmerksamkeit erfahren«, sagte sie den jungen Männern am nächsten Tag.

»Wir sollen dich durch Arbeit beeindrucken?« fragte Publius ungläubig. »Meinem Vater gehört die halbe Toskana und ein großer Teil Roms.«

»Das ist nicht fair, dass du Marcella damit beeindrucken willst«, rief Julius verärgert. »Wir alle wissen, dass deine Familie die reichste von uns allen ist.«

»Und was ist mit meinen verwandtschaftlichen Beziehungen? Meine Schwester ist verheiratet mit ...«

»Es ist mir egal, wie viel Geld und Besitz eure Familien haben oder wer mit wem verheiratet ist«, sagte Marcella. »Ich glaube, ihr versteht mich nicht.« Sie wusste, dass Hasdrubal im Hintergrund stand und in sich hineinlachte. »Ich will, dass ihr euch alle einer Reihe von Herausforderungen stellt, wie es Herkules damals getan hat.«

Die jungen Männer sahen sich verlegen an und drucksten unglücklich herum.

»Wir sind Patrizier, wir haben es nicht nötig, körperliche Arbeit zu verrichten«, sagte Quintus.

»Das heißt also, dass der Sohn eines Patriziers sich zu fein ist, um es einem Herkules nachzutun?«

»Ach, das ist doch etwas aus der Mythologie. Heutzutage gibt es keine monströsen Kreaturen, gegen die man kämpfen kann«, warf Felicius ein.

»Jede Frau träumt von einem Helden, der tapfer an die ihm gestellten Aufgaben herangeht, auch wenn sie unmöglich zu erfüllen sind. Ihr selbst kennt Sterbliche, die solche Helden sind – dein Vetter Gaius, zum Beispiel, Felicius. Und wenn ich mich nicht irre, wirkt er auf viele Frauen sehr attraktiv.«

Sie bemerkte, dass Hasdrubal sie neugierig ansah. Sie mied seinen Blick, denn es war ihr bewusst, dass keine Notwendigkeit bestanden hatte, die Sprache auf Gaius zu bringen.

»Falls es keine Entscheidung bei der Lösung der Aufgaben gibt, stelle ich eine weitere Aufgabe, bis es einen eindeutigen Sieger gibt.« Sie tat so, als hörte sie nicht das aufseufzende Stöhnen ihres Publikums, und stellte ein Wachsschild vor sie hin.

»Dies ist die Liste eurer Aufgaben.«

Sie schoben sich zum Tisch vor und lasen die in den Wachs geritzten Buchstaben.

»Erster Tag – Ställe ausmisten«, las Publius. »Genau wie Herkules.«

»Zweiter Tag – Feld hinter der Villa umgraben, damit es wieder bepflanzt werden kann«, las Marcella vor, dann fügte sie hinzu: »Das ist eine wirkliche Herausforderung, die vielleicht länger als einen Tag dauern kann.«

»Die Aufgabe des heutigen Tages wird leicht sein, Freunde«, murmelte Julius, als sie die Küche verließen. »Die Pferdepfleger haben ihre Arbeit immer bis zum Mittag erledigt, also werden wir heute nichts zu tun haben und können uns im Bad ausgiebig amüsieren.«

»Wie schade, dass die Pferdepfleger heute nicht dazu gekommen sind, die Ställe auszumisten«, bemerkte Marcella mit unschuldsvollem Blick zu Hasdrubal.

Dessen Augen zwinkerten. »Ja, aber es ließ sich nicht vermeiden, dass ich sie wegschicken musste, um den Hund des Herrn zu suchen. Ich bezweifle, dass sie ihn bis zum Einbruch der Dämmerung gefunden haben werden.«

»Gewiss nicht«, erwiderte Marcella lachend, »schließlich haben wir ihn in eine Scheune gesperrt.«

Die vier jungen Männer hatten den ganzen Tag in den Ställen zu tun, und Marcella ließ sich ab und zu bei ihnen sehen, um sich davon zu überzeugen, dass sie ihre schweißtreibende Arbeit verrichteten. Sie sprach ihnen aufmunternd zu und bückte sich gelegentlich nach einem Strohhalm, wobei sie ihnen einen Einblick in den Ausschnitt ihres Kleids gewährte.

Die jungen Männer hatten sich längst ihrer Tunika entledigt und schwitzten in der Sonne. Ihre Muskeln waren im Vergleich zu den Männern, die Marcella bisher kannte, deutlich unterentwickelt, aber sie hatten junge, biegsame Körper und waren gut gebaut. Quintus verfügte noch über die stärksten Muskeln, und auf seiner Brust sprossen die meisten Haare.

Sie fühlte sich gut und begehrenswert.

»Es ist wirklich angenehm hier, Hasdrubal«, sagte sie, als sie das Esszimmer aufräumte. »Du kannst dir nicht vorstellen, wie gut es mir tut, unter Menschen zu sein, die sich den höheren Zielen des Lebens verschrieben haben.«

»Wir bemühen uns.«

»Hier bei euch führen sogar die Sklaven ein angenehmes Leben. Und wenn die jungen Männer betrunken sind, sind sie nicht so ungebührlich laut und ausfallend wie die Männer in der Taverne meines Onkels.«

»Die Reichen tolerieren keine Zügellosigkeit. Ich wurde in diese Familie hineingeboren, wie vorher schon mein Vater, deshalb weiß ich nichts von dem Leben, das du beschreibst. Es würde mir nicht gefallen.«

»Ich liebe Afrika. Ich lerne jeden Tag ein paar neue Wörter eures Dialekts, und jeder, mit dem ich spreche, ist zuvorkommend und freundlich.«

»Wir haben immer Platz für Menschen, die sich einordnen und hart arbeiten können.«

Sie sah ihn nachdenklich an. »Ich würde gern hier bleiben, Hasdrubal. Ich fühle mich sicher hier, und ich muss die Vergangenheit einfach vergessen.«

»Dann musst du bleiben.«

Die jungen Männer erfüllten sechs verschiedene Aufgaben, und Marcella erwartete ungeduldig das Ende ihrer Arbeiten, wenn sie den Sieger zwischen ihren Schenkeln belohnen würde. In der Stille der Nacht legte sie Hand an sich an und dachte an Virius, um Gaius aus ihren Gedanken zu verbannen.

Eines Nachmittags, während die jungen Leute an ihrer siebten Aufgabe arbeiteten, schlenderte Marcella hinüber zum Badehaus. Die Kessel waren gut geheizt, und im Heißbad geriet sie ins Schwitzen. Kurz entschlossen entledigte sie sich ihrer Kleider, nahm ein heißes Bad und hoffte, dass es ihr helfen würde, die schmerzende Leere in ihrem Innern zu lindern. Als sie es kaum noch im heißen Wasser aushalten konnte, sprang sie rasch ins Tauchbecken.

Erschöpft von den extremen Temperaturen, denen sie ihren Körper ausgesetzt hatte, schlenderte sie durch die einzelnen Räume des Badehauses. Die Mosaike hätte man in Pompeji für altmodisch gehalten, aber Marcella gefielen sie. Im Gymnasium entdeckte sie einige Büsten in kleinen Nischen. Sie erkannte Julius Cäsar und den Schriftsteller Cicero. Beide waren Symbolfiguren der alten Republik, in der frivoles Leben und Luxus für unrömisch gehalten wurden. Sie erinnerte sich, dass Hasdrubal ihr erzählt hatte, sein Herr trauere diesen Zeiten nach. Der erste Kaiser, Augustus, stand mit einer kleineren Büste etwas weiter weg, und neben ihm erkannte sie den jetzigen Kaiser, Titus.

Ihr Herz machte einen Sprung, als sie in einer anderen Nische die Büste eines Mannes erkannte, der ihr ganzes Leben aus dem Gleichgewicht gebracht hatte: Gaius Salvius Antoninus.

In diesem Moment wusste sie, dass sie einer Selbsttäuschung erlegen war, als sie Hasdrubal gesagt hatte, sie würde hier bleiben wollen, weil sie so glücklich sei.

Sie wurde schwach in den Knien, und die Erinnerung flutete zurück in ihren Schoß. Sie schwankte und ließ sich auf dem Steinboden nieder, weil sie glaubte, sonst ungewollt umzufallen. Unbewusst berührte sie ihre Brüste, wie er sie berührt hatte, und mit der anderen Hand rieb sie über die Klitoris und erinnerte sich an seine wirkungsvollen, süßen Berührungen. Sie wollte Gaius, nicht einen dieser jungen Männer, die gestern noch Kinder gewesen waren.

Sie öffnete die Augen und schaute auf das weiße, ruhige Gesicht der Büste. Sie erhob sich und legte beide Arme um den Hals und küsste die kalten Lippen.

Sie breitete das Badetuch auf dem harten Steinboden aus und legte sich hin. Sie schloss die Augen und dachte an Gaius, stellte sich vor, wie er sie umschlungen und geküsst hatte. Sie griff sich mit einer Hand an die Brüste, drückte nacheinander die Warzen und spürte, wie es in ihrem Schoß zu fließen begann.

Sie sah sein Gesicht dicht vor sich, spürte seine Arme um ihren Leib, spürte seine feste Männlichkeit, diesen harten Stab, der sich so sanft anfühlte wie Seide. Sie spannte die Beine, rieb die Innenseiten der Schenkel gegeneinander und bildete sich ein, seine Zunge zu spüren.

Jetzt öffnete sie die Schenkel weit, als wollte sie ihm mehr Platz verschaffen. Sie hielt die Augen geschlossen, weil sie fürchtete, der Moment könnte sich als bloßer Traum erweisen. Sie wollte die Einbildung festhalten, solange es ging. Sie streckte ihre Hand aus, griff seinen Phallus, betastete seine Länge, kraulte die Haare. Die Hoden waren gespannt vor Lust.

Blind griff sie weiter nach oben, tastete seinen Brustkorb ab, berührte sein Gesicht. Sie spürte, wie sein Penis die Schamlippen teilte, und im nächsten Moment war er in ihrem Innern versunken, und vor Dankbarkeit stieß sie einen langen Seufzer aus. Sie bewegten sich gleichmäßig, ihre Körper befanden sich in vollkommener Harmonie. Sie fühlte sich in seiner Umarmung sicher und gut aufgehoben. Sie atmeten heftiger, als sich ihre Bewegungen beschleunigten, und sie stieß kleine spitze Schreie aus, als sie spürte, wie seine Stöße sie sicher zum Höhepunkt führten. Sie umklammerte seine Hinterbacken, zogen ihn tiefer in sich herein, bis sie seine wild wachsenden Schamhaare gegen ihren nackten Labien spürte.

Als es ihr kam, explodierte in ihrem Leib ein gleißendes Licht, das sich in Millionen kleine Partikel teilte. Hitze wallte in ihr auf, als wäre ein Ofen geöffnet worden. Ihr Körper war nass von ihrem Treiben, sie hatte sich im Namen der Lust und der Freundschaft völlig verausgabt.

Sie öffnete die Augen und lächelte, während er die letzten Zuckungen in ihr abwartete.

»Hasdrubal, du solltest dich schämen! In deinem Alter! Aber du hast die Energie eines Mannes, der vierzig Jahre jünger ist!«

Er grinste, rollte sich herum, so dass sie auf ihm lag, und küsste sie auf den Mund.

»Ich war eine lange Zeit verheiratet, da lernt ein Mann seine Grenzen und seine Fähigkeiten kennen. Als ich dich das erste Mal sah, wusste ich, dass ich dir gern Lust bescheren würde, und ich bin glücklich, dass es mir gelungen ist, auch wenn ich weiß, dass ich nicht derjenige sein kann, den du wirklich liebst.«

Er küsste sie wieder.

Die vier jungen Männer waren erschöpft von ihren Arbeiten im Herkules-Stil. Nachdem sie gebadet und sich angezogen hatten, hingen sie im Esszimmer abgeschlafft auf ihren Stühlen.

»Ich nehme an«, sagte Marcella, »dass ihr heute Abend früh zu Bett gehen wollt. Morgen müsst ihr den Weg zur Hauptstraße ebnen, es gibt zu viele Schlaglöcher darauf.«

»Das ist völlig absurd – kein Patrizier würde solche Arbeit verrichten«, maulte Julius.

»Willst du eine Legion befehligen und vielleicht im Triumphzug durch Rom getragen werden, weil du eine große Schlacht erfolgreich geschlagen hast?«

»Natürlich, aber ein Befehlshaber braucht nicht körperlich zu arbeiten.«

»Das Heer baut Straßen, und der Befehlshaber sollte wissen, was er von seinen Männern erwarten kann«, hielt Marcella dagegen.

»Du hörst dich an wie mein Vater.«

»Und wie mein Vetter Gaius«, rief Felicius.

Sie schüttelte die Bilder ab, die der Name in ihr auslöste.

Die jungen Männer stöhnten, und Publius warf ein Stück Brot nach ihr. »Wir haben fast alle Aufgaben erledigt«, sagte er. »Ich sehe nicht ein, warum du nicht ein bisschen für uns tanzen kannst. Aber es muss irgendwas Provokatives sein.«

Sie dachte einen Moment nach. »Nun gut«, sagte sie dann. »Aber nur schauen – kein Anfassen. Ihr verdient eine kleine Belohnung am heutigen Abend.«

Sie ging hinaus, damit sie ihre Mahlzeit ungestört einnehmen konnten, und sie zog sich ihr elegantes safranfarbenes Kleid an, dazu den passenden Schmuck. Um die Schultern legte sie eine durchsichtige Stola, die sie in Hippo Regius gekauft hatte. Sie schlüpfte in ihre golddurchwirkten Schuhe und band duftende Blumen aus dem Garten in ihr Haar.

Als sie in die Küche trat, schaute Hasdrubal von seiner Arbeit auf. »Du siehst unglaublich hinreißend aus«, sagte er mit heiserer Stimme, und seine Augen blickten ernst und andächtig.

»Ich will für sie tanzen«, sagte sie und lächelte.

»Du wirst froh sein – und ich bin es auch –, dass sie so erschöpft sind, dass sie nicht mehr die Kraft haben werden, irgendwas anzustellen. Ich bin sicher, dass sie früh im Bett sein werden. Kann jemand die Flöte spielen oder die Laute?«

Hasdrubal übersetzte einer Sklavin ihren Wunsch, und kurz darauf traten zwei Sklaven in die Küche.

»Sie spielen Flöte und Cymbalo.«

Sie stolzierte hoch erhobenen Hauptes in das Zimmer, die Brust herausgestreckt, den Rücken durchgedrückt, den Po betont – wie sie es von den Hetären in Rom gesehen hatte. Sie nahm die Stola in eine Hand und wedelte hoch über dem Kopf damit, wie sie es auf Bildern in ihrer Heimatstadt von der Venus gesehen hatte.

Der Rhythmus der beiden Musiker begann langsam, als müssten sie sich erst mit Marcellas Stimmung in Einklang bringen. Dann aber kamen sie in Schwung. Marcella stampfte auf dem Mosaikboden, wirbelte herum, dass ihre Röcke flogen. Die jungen Männer applaudierten, und aus der Küche kamen einige Bedienstete und schauten auch zu.

Sie warf Julius die Stola zu. Er fing sie auf und sog tief den Geruch ein, dann nahm er einen Schluck aus seinem Pokal. Marcella streifte mit eleganten Bewegungen einen Schuh ab und lupfte ihn unter einen Stuhl.

Der Flötenspieler wechselte das Tempo und spielte eine eingängige langsame Melodie, die sie nicht kannte, aber trotzdem hörte man die Einsamkeit der Wüste, die lauernden Gefahren der Umgebung, in der ein Mensch nachts an der Kälte und tags an der Hitze sterben konnte.

Sie streifte den zweiten Schuh ab und löste dann den Gürtel ihres Kleids. Die jungen Männer fingen an, ihr bestimmte Anweisungen zuzurufen.

»Mehr! Mehr!«

»Zieh dein Kleid aus – sei kein Feigling!« rief Publius.

Sie wirbelte noch zweimal durchs Esszimmer und verbeugte sich dann tief. »Gute Nacht, die Herren«, murmelte sie leise. »Ich wünsche allen eine gute Nacht.«

Die Musiker spielten weiter ihre traurige Melodie, die sie noch hörte, als sie den Gang hinunter zu ihrem Schlafzimmer ging. Die hohen Töne der Flöte durchdrangen die Stille, aber dann schloss sie die Tür hinter sich, legte sich hin und dachte in der Dunkelheit an Gaius, ihren Geliebten.

»Ich habe seit Wochen wie ein Sklave gearbeitet. Wie dein Sklave, Marcella. Ich habe alle Aufgaben erledigt«, rief Quintus außer Atem, als er die letzten Stufen zur Villa nahm. Die anderen jungen Männer stolperten noch über das Feld hinter ihm her.

»Dann erkläre ich dich zum Sieger.« Lachend legte sie ihm einen Kranz auf den Kopf. »Wir hatten kein Lorbeer, deshalb musste ich auf Blätter aus der Küche zurückgreifen.«

»Ich war mehr motiviert als die anderen«, sagte er, als er sich keuchend gegen eine Säule in der Eingangshalle lehnte.

Zu ihrer Überraschung stellte Marcella fest, dass er

schon viel erwachsener redete als zu Beginn des Besuchs.

»Ihr seid zu langsam! Kniet nieder vor der Dame und entschuldigt euch, dass ihr nicht an den Maßstab für wahre Helden heranreicht«, rief er den anderen zu, die ihrerseits johlten und buhten.

»Du hast uns noch nicht den Ort genannt, an dem die Siegerehrung stattfindet«, rief Publius.

»Das habe ich auch nicht vor. Das ist eine Sache zwischen Marcella und mir. Ich will nicht, dass ihr eure perversen Anwandlungen bei mir ausleben könnt, indem ihr uns heimlich beobachtet!«

Eine Stunde später hielt er sie mit beiden Armen umschlungen, als hätte er Angst, sie könnte ihm davonlaufen.

»Julius' Mutter benutzt diese Kutsche gewöhnlich, wenn sie einkaufen fährt«, sagte Quintus, der die beiden Pferde mit einer Hand kontrollierte.

Es war eine angenehm kühler Abend, und die Felder lagen verlassen da. Quintus fand einen geeigneten Platz, grasbewachsen, und ein paar Bäume boten Sichtschutz. In der Ferne waberte die Hitze und verzerrte das Bild der Berge.

Aus einer Kiste holte er Wein, Brot und Trauben hervor. Er schenkte ihr Wein in einen Becher und prostete ihr zu. Er brach das Brot und reichte ihr danach noch ein paar Trauben.

Nach einer Weile sagte sie: »Nun hör auf, dir andauernd was in den Mund zu stopfen.« Sie nahm seine Hand in ihre. »Du brauchst nicht nervös zu sein.«

Stunden später lag er auf dem Rücken, entspannt und glücklich, zufrieden mit dem, was er bisher erreicht hatte.

»In einer Woche müssen wir nach Hause gehen«, sagte er. »Wirst du in Afrika bleiben, damit wir dich jeden Sommer besuchen können?«

Sie rollte sich auf den Bauch und schaute zur untergehenden Sonne. »Da gibt es noch etwas, was ich tun muss«, sagte sie langsam. »Ich möchte gern bleiben, aber ein Teil von mir wird an einen anderen Ort gerufen.«

»Ich hoffe, ich werde dich wiedersehen, Marcella. Bald schon. Wenn ich erst ein gestandener Mann bin, möchte ich dich richtig gut kennen lernen.«

»Darauf freue ich mich«, sagte sie lächelnd. Sie beugte sich über ihn und küsste ihn.

Siebzehntes Kapitel

»Es ist jetzt relativ sicher, nach Theveste zu reisen«, sagte Hasdrubal, als Marcella und Quintus in die Villa zurückkehrten. »Die Aufstände sind niedergeschlagen worden, und es ist lange genug ruhig geblieben, so dass man annehmen darf, dass der Frieden von Dauer sein wird. Es ist an der Zeit, dass du Gaius Salvius Antoninus wiedersiehst.«

Er lächelte ihr traurig zu. Marcella war plötzlich ganz aufgeregt, aber in die Vorfreude mischte sich auch die Trauer des Abschieds aus der Villa, in der sie heimisch geworden war.

»Ein Kontingent der Dritten Legion wird in Kürze hier vorbeikommen. Ich habe veranlasst, dass du mit ihnen nach Süden reist.«

»Woher weißt du davon?« fragte sie verwirrt.

»Ein Kurier mit einem Eilauftrag hat auf dem Weg in den Süden hier Station gemacht.«

»Gibt es denn wieder neue Aufstände?« fragte sie unruhig.

»Nein, denn dann würden wir die Kuriere schnell wie Merkur gegen Rom reiten sehen.«

»Du weißt eine Menge über solche Dinge«, sagte sie verwundert.

»Italien ist weit weg von den Grenzen des Reichs, und in Pompeji hast du in ewiger Sicherheit gelebt. Hier ist es zwar auch nur selten gefährlich, dennoch lauern die Gefahren nicht weit vor unseren Toren. Deshalb halten wir Augen und Ohren offen.«

»Ich hatte keine Vorstellung davon, wie die Welt außerhalb Pompejis aussah«, sagte sie traurig. »Ich hatte mich auf ein Abenteuer gefreut. Ich hatte so viele Träume ...«

»Vielleicht werden einige von ihnen noch erfüllt.« Er lächelte, aber seine Augen blieben ernst. »Ich bringe dich bis zur Durchgangsstraße. Man wird dich erwarten, weil ich dich angekündigt habe. Sie sind natürlich zu Fuß unterwegs, aber sie führen ein paar Wagen mit sich, und ich bin sicher, dass du dich auf einen der Wagen quetschen kannst.«

Die Reise in der trockenen Hitze war beschwerlich, und die Legionäre machten deutlich, dass ihre Anwesenheit nicht erwünscht war. Schon bald vermisste sie Hasdrubals Fürsorge und das geregelte, sorgenfreie Leben in der Villa. Das hatte sie eingetauscht gegen unerträgliche Hitze, unfreundliche, grobe Männer und unendlich viel Dreck.

»Ihr seid alle so schlecht gelaunt, Brutus«, sagte sie zu einem der Hauptleute, als er den Wagen inspizierte, auf dem sie saß. Er war ein gut aussehender Mann, etwa dreißig Jahre alt, mittelgroß, mit braunen Haaren und durchdringenden blauen Augen.

»Vor sechs Monaten wurden wir zu einem kleinen Außenposten in einer sicheren Gegend eingesetzt«, sagte er, während er die Zügel überprüfte. »Wir hatten nichts anderes zu tun, als den Eidechsen zuzuschauen und die Sanddünen zu zählen.«

Nicht gerade aufregend, dachte Marcella, aber das kann nicht der Grund für die schlechte Laune der Soldaten sein.

»Nachdem die Aktion vorüber war«, fuhr der

Hauptmann fort, »erhielten wir den Auftrag, den edlen Kämpfern der dritten Legion Vorräte zu bringen. Alle anderen Einheiten blieben unbehelligt, nur wir mussten Obst und Gemüse sammeln und kommen uns vor wie Marktweiber! Das werden wir nicht überleben! Kannst du dir den Spott vorstellen, den wir uns von unseren Kameraden anhören müssen?«

»Aber wieso denn? Eure Kameraden werden froh sein, dass ihr ihnen Nachschub bringt.«

»Unsere Hoffnung ist, früher als erwartet bei der dritten Legion einzutreffen, damit wir ihnen den Luxus bringen, den sie am meisten vermissen. Aber um alles noch schlimmer zu machen, mussten wir auch noch tiefer in den Süden marschieren, um dort einem Außenposten Vorräte zu bringen. Der Auftrag bei diesen Temperaturen ist mörderisch. Ja, jetzt weißt du, warum wir wütend sind.«

Die Legionäre marschierten nachts und schlugen tagsüber ihre Lager auf. Marcella durfte im Wagen schlafen. Nach etwa vier Tagen veränderte sich die Landschaft, sie wurde weniger fruchtbar. Es gab nur noch wenige Olivenbäume und keine Weinberge mehr. In der Stille des Tages, wenn die Männer sich von den Strapazen des nächtlichen Marsches ausruhen sollten, wurden sie zunehmend nervöser. Sie hatten das Gebiet erreicht, in dem sie mit Überfällen rechnen mussten.

Zur Morgendämmerung des fünften Tages hatte sich das Bild der Landschaft wieder verändert, sie waren von Grün umgeben, und die Berge waren dicht vor ihnen. Die Soldaten freuten sich schon auf ihr Lager, aber Brutus änderte die Strategie.

»Wir halten nicht an. Wir marschieren weiter, legen

aber mehrere Rasten ein. So haben wir eine gute Chance, vor Mitternacht einzutreffen«, verkündete er.

Seine Rechnung ging auf.

Marcella war völlig erschöpft, als sie die Festung erreichten.

Die Tore, die sich für sie öffneten, sahen im schwachen Mondlicht dunkel und gefährlich aus, gefräßig wie riesige Mäuler. Im Hof der Festung waren Fackeln zu sehen, die ihren gespenstischen Schein warfen.

Ein grauhaariger Hauptmann trat aus dem Tor und begrüßte die Einheit.

»Ich grüße dich, Nicomedes! Ich hoffe, wir haben deinen Schönheitsschlaf nicht gestört.«

»Du hast nie gelernt, Rücksicht zu nehmen, Brutus.«

»Wir haben gehört, dass ihr alle an Unterernährung zugrunde geht und ihr deshalb dringend so wichtige Nahrungsmittel braucht wie Wein, Trüffel und Granatäpfel, damit ihr wieder zu Kräften kommt.«

»So ist es«, sagte Nicomedes trocken. Er sprach mit einem starken griechischen Akzent, den Marcella kaum verstehen konnte. »Wir haben einige Frauen hier, die sich über die Sanitäranlagen im Einzelnen und die Architektur im Allgemeinen beschweren. Die Legion hat ein Aquädukt gebaut, um Wasser hierher zu schaffen, aber plötzlich gibt es nicht genug Wasser. Und die Bäder hätten wir mit Blumenmotiven ausstatten müssen. Die Festung selbst ist in Stein gebaut, aber das Holzhaus des Legats erfüllt die Erwartungen nicht.«

»Wer beklagt sich denn?« fragte Brutus kopfschüttelnd. »Ich meine, jedermann weiß, dass solche Dinge Zeit brauchen.«

»Einige der Zivilsten, die eingetroffen sind, um den Friedensgesprächen beizuwohnen. Sie rühren nicht einmal unseren selbstgebrauten Schnaps an, aus Angst, wir könnten sie milde stimmen wollen. Also, weißt du, eine anständige Schlacht wäre mir lieber.«

Die beiden Männer lachten. »Das kannst du mir bei einem Schluck Falerner erzählen«, sagte Brutus.«

Marcella hatte sich noch nie irgendwo so fehl am Platz gefühlt wie jetzt, als die Soldaten mit oft geübter Disziplin und Schnelligkeit in ihren Quartieren verschwanden. Ein paar Männer der Garnison warfen verstohlene Blicke zu ihr und gaben Kommentare in einer Sprache ab, die sie nicht verstand. Sie schüttelte sich vor Unbehagen.

»Welche Sprache reden sie?« fragte sie Nicodemes.

»Das sind Gallier«, erwiderte er. »Wir haben Männer aus dem gesamten Römischen Reich hier, aber keine Sorge, wir sind alle Bürger und sprechen Latein.«

»Und was sagen diese Männer?« wollte Marcella wissen.

»Sie sind überrascht, dich zu sehen. Es gibt nur wenige Frauen hier, und sie sind alle die Ehefrauen von Zivilbediensteten oder der höheren Ränge«, antwortete Nicodemes, während er ihre Tasche vom Wagen hob. »Jupiter Maximus!« rief er. »Was schleppt ihr Frauen alles mit euch herum?«

»Ich habe einen langen Weg hinter mir«, sagte sie vage. »Und in den Städten habe ich eingekauft.«

»Wir werden dich im Haus des Kommandanten unterbringen müssen, denn nirgendwo sonst haben wir Platz für dich.«

»Ich habe einige Dinge mit Gaius Salvius Antoninus zu erledigen.«

Nicomedes hob eine Augenbraue und sah sie forschend an. »Das muss bis morgen warten, denn er ist zu erschöpft von der Arbeit. Wie üblich hat er sich wieder verausgabt. Und jetzt muss er sich auch noch um die hohen Herren aus Rom kümmern, die eingetroffen sind. Und die Aufzeichnungen auf den neuesten Stand bringen. Nein, ich würde ihn höchstens für einen Überraschungsangriff der Rebellen wecken.«

Nervös, verlegen und unbehaglich schlich sie ins Haus. Sie lehnte es ab, etwas zu essen, und verkroch sich in ein kleines Kabuff, das man ihr zum Schlafen zugewiesen hatte. In der Nacht wälzte sie sich mehrere Stunden lang herum, während sie darüber grübelte, was sie Gaius sagen sollte.

Zum ersten Mal wurde ihr bewusst, dass alle ihre Erklärungen dumm und fadenscheinig klingen würden. Das Wissen, dass diese riesige Festung und die berühmte dritte Legion von ihrem Geliebten befehligt wurde, überwältigte sie. Ihr Anliegen schien ihr plötzlich angesichts der Welt, in der er zu Hause war, völlig unbedeutend zu sein. Sie bangte ihrer Begegnung am nächsten Morgen entgegen.

Sie wusste, dass er nicht vor Wiedersehensfreude in ihre Arme fallen würde, obwohl sie sich diese Szene in jedem ihrer Träume so ausgemalt hatte.

»Ich habe dir nichts zu sagen.«

Seine Stimme klang kalt. Nicodemes hatte sie am späten Morgen in sein Arbeitszimmer geführt, nachdem sie über zwei Stunden hatte warten müssen, als wäre sie eine seiner Abhängigen in Rom. Gaius hätte sie mit einem kalten, ungläubigen und dann entsetzten Blick angesehen und sie dann aufgefordert zu gehen.

»Ich kann mir nicht vorstellen, was du hier suchst oder warum du es für richtig gehalten hast, mir zu folgen. Das ist nicht korrekt, es ist nicht erwünscht, und so etwas hat es noch nicht gegeben. Deine Anwesenheit hier ist nicht nur eine Peinlichkeit für dich und für mich, sondern auch für alle Männer unter meinem Kommando.«

Seine eisigen Worte hallten im nackten Raum wider. Als sie sah, wie seine Gesichtsmuskeln zuckten, verlor sie ihre Beherrschung. Es ärgerte sie, dass sie mit Gaius nicht allein sein konnte, und am liebsten wäre sie auf beide losgegangen, um sie zu verletzen.

»Du hättest mir eine Menge zu sagen!« rief sie, ihr Körper starr vor Wut. »Aber wenn du das nicht willst, solltest du wenigstens die Höflichkeit haben, mich erklären zu lassen, wieso ich bei unserem letzten Zusammentreffen so gekleidet war.«

»Du hast den ganzen Weg zurückgelegt, um mit mir über Kleideretikette zu reden? Meine liebe kleine Frau! Wie du dir vorstellen kannst, habe ich absolut kein Interesse an solchen Fragen. Seit wir uns zuletzt gesehen haben, war ich auf dem Schlachtfeld aktiv.«

»Das weiß ich!« fauchte sie ungeduldig. »Du brauchst mir nicht zu sagen, was hier los ist.«

»Das sehe ich anders, denn wenn du es wüsstest, wärst du nicht hier. Männer sind getötet oder schrecklich verwundet und verkrüppelt worden, und seither haben wir schwierige Verhandlungen geführt, um ein dauerhaftes Ende der Stammeskriege gegen Rom durchzusetzen. Und da glaubst du, dass deine Kleiderfrage in meinem Bewusstsein ganz oben steht?«

Ein unterdrücktes Schnaufen der anderen Person hörte sich verdächtig nach einem Lachen an, und ihre Verärgerung wuchs noch. Sie starrte sie beide wütend an und suchte nach den richtigen Worten, um ihren Zorn auszudrücken.

»Ich wäre dir verbunden, wenn du jetzt gehen würdest. Ich muss mich um verschiedene Geschäfte kümmern«, sagte Gaius und sah die grüne Wand seines Arbeitszimmers an. »Imilico, würdest du die diese ... Dame bitte hinausbringen?«

Der schöne Sklave neigte leicht den Kopf.

»Und du hast mich belogen!« rief sie Imilico verbittert zu. »Du hast mir gesagt, dass du nach Italien zurückkehrst!«

Er lächelte und erhob sich von seinem Stuhl. Er legte die Papyrusrolle auf den Tisch, die er in der Hand gehalten hatte.

»Ich hole Nicodemes, Herr«, murmelte er.

Marcella errötete. »Wie kannst du es wagen, mich gewaltsam herauswerfen zu lassen?«

Gaius schritt durchs Zimmer, und sie dachte, dass er in seiner kurzen Tunika und dem Umhang majestätisch aussah. Sein Gesicht war hart, und die Falten in seinem Gesicht waren von den letzten Wochen der Anstrengung tiefer geworden. Aber sie fand, dass er wunderbar aussah, und ihr Körper schrie nach ihm. Sie durfte ihn nicht verlieren. Sie musste ihn zwingen, seinen Frieden mit ihr zu machen. Aber zuerst musste sie ihre Beherrschung wiederfinden. Da er mit eiskalter Logik vorgegangen war, dachte sie, sollte sie ihn mit den eigenen Waffen schlagen.

»Ich glaube, du hast ein Interesse an dem, was ich dir zu sagen habe«, behauptete sie verwegen und mit einem Selbstvertrauen, das ihr selbst Angst einjagte. Sie legte eine Pause ein, um die Worte sinken zu lassen.

»Befehligst du deine Männer ohne Gedanken an ihr Wohlergehen? Weigerst du dich, die Meinungen anderer Menschen anzuhören? Strafst du deine Sklaven, ohne sich ihre Seite der Geschichte anzuhören?«

Er machte eine Geste der Ungeduld, wandte sich ihr aber halb zu, und Marcella glaubte, ein Flackern der Unsicherheit bei ihm bemerkt zu haben.

»Du verleugnest deine Gefühle, wenn du mich wegschickst. Ich will dich jetzt, Gaius. Und du willst mich, ganz egal, wen es sonst noch in deinem Leben gibt.«

Er wirbelte herum, wobei seine schweren Schuhe den Boden kratzten. »Kann sein, dass du mich willst, aber ich finde dich nicht mehr attraktiv. Oh«, sagte er aufstöhnend und mit einer Bitterkeit, die ihr ins Herz schnitt, »ich gebe zu, dass ich dich einmal begehrte. Ich leugne nicht die Freuden jener Nacht und das Entzücken am anderen Morgen. Ich labte mich an deinem Körper und erinnere mich an deine Leidenschaft.«

»Und warum bist du weggelaufen, und warum schickst du mich auch jetzt wieder weg?«

»Unsere Emotionen und unser körperliches Verlangen wurden durch die Gefahren und die ungewöhnlichen Ereignisse noch verstärkt. Das Schicksal hat uns für eine Weile zusammengeschweißt, aber wie es so oft geschieht, sieht das Schicksal nicht vor, dass wir uns wiedersehen.«

»Es war nicht das Schicksal, es war Fortuna!« rief sie verzweifelt. »Siehst du denn nicht, dass es ein Werk Fortunas ist, dass wir uns wiedersehen?«

»Da irrst du dich. Dass du mir gefolgt bist, kann die Vergangenheit nicht wieder aufleben lassen. Es ist nicht richtig, dass du hier bist, denn daraus wird nichts als Ärger entstehen.«

»Wie kann meine Anwesenheit zu Ärger führen – wenn du es nicht willst?« Sie dachte an Imilico – stand Gaius unter seinem Bann? Würde es Imilico, der Sklave, sein, von dem Gaius den Ärger befürchtete?

»Wie wird das bei meinen Männern aussehen?« fragte er. »Nur die Tribune dürfen gesetzmäßig heiraten, und für die Legionäre gibt es in der Siedlung nicht genug Huren. Und ich habe eine unbegleitete, unverheiratete Frau in meinem Haus! Du forderst das Schicksal heraus mit deinen dauernden Verstößen gegen das, was schicklich ist! Und für das, was sein soll.«

Sie sah die Bitterkeit in seinen Augen, hörte die Verzweiflung in seiner Stimme.

»Ich weiß, dass du das nicht so meinen kannst, Gaius. Weißt du denn nicht, dass es für uns beide noch so viel mehr gibt? Wir haben nicht einmal begonnen!«

»Unsere Beziehung endete in der Minute, in der ich in Rom gesehen habe, wie und wer du in Wirklichkeit bist. Ich sehe heute noch dein bemaltes Gesicht und deine beschmutzte und befleckte Toga. In der Taverne glaubte ich, eine Nymphe gefunden zu haben, ein reiner Geist mit einem Trieb zur Unabhängigkeit. Warum hätte ich sonst nach dir suchen sollen, als ich es in Pompeji für zu gefährlich hielt?«

Sie starrte ihn an, bewegt von seinen ernsthaften Ausführungen.

»Du bist gekommen, um dein Gemälde abzuholen«, sagte sie. »Es war reiner Zufall, dass ich da war.«

»Ich hatte kein Interesse für Kunst! Ich bin zuerst zur Taverne gegangen. Deine Freundin Lydia war dort, sie suchte dich auch. Sie meinte, du könntest bei Petronius sein.«

»Aber wenn du damals schon so gefühlt hast ...«

»Später, in Rom, wusste ich dann genau, dass ich mich in dir getäuscht hatte.« Seine Augen glitzerten vor unterdrückter Emotion. »Wo, zum Hades, ist Imilico hingegangen?«

»Warum wirfst du mich nicht eigenhändig hinaus?« fragte sie herausfordernd.

»Ich befehlige diese Legion und werde an einer so entwürdigenden Szene nicht teilnehmen. Ich will nichts mehr mit dir zu tun haben. Ich bin entsetzt, dass ich es war, der dich auf diesen Unglücksweg gebracht hat. Ich würde alles darum geben, das Geschehen rückgängig zu machen. Du magst deinen Preis nennen, um dir die Basis für ein anständiges Geschäft zu geben. Imilico oder mein persönlicher Sekretär werden sich darum kümmern.«

Sie trat zurück und schlug ihn ins Gesicht. Sie traf ihn hart am Kinn. Er zuckte zusammen, und sein Körper reagierte unwillkürlich mit der Gegenwehr, die ihm antrainiert worden war. Seine Muskeln spannten sich, und für einen Moment sah es so aus, als wollte er sie in Grund und Boden schlagen. Sie wusste, dass er in ihr eine Gegnerin sah, und dieser

Gedanke durchdrang sie wie der Todesstoß eines Schwerts.

Innerhalb eines Augenblicks hatte er sich wieder unter Kontrolle. Langsam entspannten sich die Hände, die er zu Fäusten geballt gehabt hatte.

»Ein Spezialzug mit vier Hauptleuten wird sich in drei Nächten Richtung Norden in Bewegung setzen. Du kannst mit ihnen reisen. Die Angelegenheit ist streng geheim, deshalb solltest du diese Information für dich behalten.«

Sie wandte sich ab und ging zur Tür, und hinter sich knallte sie sie ins Schloss, dass die Wucht die Steinmauern des Korridors erschütterte.

»Ich habe Nicodemes nicht gefunden«, sagte Imilico, der sich aus einem Schilfrohrsessel im Korridor erhob und gähnte. »Deshalb bringe ich dich selbst auf dein Zimmer. Ich nehme an, dass du dein neues Quartier gemütlich findest. Ich hatte keine Ahnung, dass du gestern Abend eingetroffen warst.«

»Ich dachte, du solltest mich hinauswerfen«, sagte sie, während sich ihre Wut in Überraschung wandelte.

»Ich freue mich, dich zu sehen«, erwiderte er lächelnd. »Er hat nie daran gedacht, dich hinauszuwerfen. Wenn er das gewollt hätte, wären seine Gehilfen gekommen, nicht Nicodemes oder ich. Ich wollte dir ein wenig Zeit mit ihm allein lassen, und ich glaube, das war ihm ganz recht. Aber er kann sehr starrköpfig sein, wenn es um sein eigenes Wohl geht.«

Sie starrte ihn an und verwarf ihre früheren Befürchtungen, dass er ihr Rivale um Gaius' Gunst sein könnte. Imilico war der ergebene Sklave, der sie für gut befand und dem Glück seines Herrn nicht im Wege stehen wollte.

»Ich habe ihn noch nie in einem Zustand dieser Erregung gesehen«, sagte Imilico.

»Das war kein Zustand. Er hatte sich voll unter Kontrolle.«

»Wie du weißt, ist er gewöhnlich sehr locker drauf. Er zeigt diese kühle Beherrschung nur in gewissen Krisensituationen. Deshalb ist er so ein großartiger Kommandant. Ich glaube, du hast recht getan, ihn hier zu besuchen.«

»Du hast mich belogen«, sagte sie vorwurfsvoll, als sie ihm vom Hauptquartier in ein Nebengebäude folgte.

»Nein, habe ich nicht. Nachdem ich die Villa verlassen hatte, erhielt ich eine Nachricht, dass ich nach Süden reisen sollte. Das Nachrichtensystem des Heeres funktioniert schneller als ein vom Ochsen gezogener Wagen.«

Er zeigte ihr die Zimmer im Haus, die sie bewohnen konnte. »Ich lasse dir Essen bringen, damit du zu Kräften kommst«, sagte er. »Mir scheint, dass du vor einer entscheidenden Schlacht stehst.«

Achtzehntes Kapitel

Nach der anstrengenden Reise ruhte sich Marcella den Rest des Tages aus. Am späten Abend hörte sie die Gäste ins Bett gehen. Gaius verabschiedete sich von einigen, wünschte ihnen eine gute Nacht und schien so gut gelaunt zu sein, dass sie vor Wut die Hände zu Fäusten ballte. Als der Mond hoch am Himmel stand und alles ruhig war, warf sie sich hastig ihr Kleid über und schlich sich hinüber zu dem Zimmer, in dem Gaius schlief – Imilico hatte es ihr verraten.

Sie verharrte an der Tür und hörte seine ebenmäßigen Atemzüge. Sie schlüpfte hinein, und nachdem sich ihre Augen an die Dunkelheit gewöhnt hatten, konnte sie ihn schlafend auf dem Bett sehen, die Arme über dem Kopf. Sie hatte noch nie so ein reich verziertes Kopfteil eines Bettes gesehen – es zeigte geschnitzte Schlachtenszenen.

»Du glaubst also, dass das falsch ist, ja?« fragte sie leise. Ihre Hände zitterten vor Wut. Wieso konnte er so rasch in einen tiefen Schlaf versinken, wenn sie von der Sehnsucht nach ihm verzehrt wurde? »Dir ist wichtiger, auf das Gerede der Leute zu hören, als dich zu unserer Lust zu bekennen.«

Sie löste den Gürtel ihres Kleids, trat an sein Lager und band seinen rechten Arm um eine Öffnung im Kopfteil. Er bewegte sich im Schlaf, deshalb ging sie beim linken Arm schneller und zielstrebiger vor. Sie war davon überzeugt, dass er sich nicht so schnell befreien konnte, deshalb ließ sie sich Zeit, schaute sich im Zimmer um, fand eine dünne Wachskerze, zündete sie an der Kerze draußen im Korridor an, um dann im Zimmer mehrere Lampen anzuzünden.

Er blieb reglos liegen, als sie die Decke wegzog und mit hungrigen Blicken die Schönheit seines Körpers aufsog. Sie sehnte sich so sehr nach ihm. Sie starrte auf seinen muskulösen Körper, auf den Brustkorb, der sich mit jedem Atemzug leicht hob und senkte, auch den flachen Bauch. Aber es reichte ihr nicht, nur zu starren und zu bewundern, sie wollte ihn auch berühren, streicheln und schmecken.

Sie schwang sich grätschend über ihn und fühlte den weichen Penis an ihren feuchten Labien. Das Fühlen seiner Haut besänftigte ihre Wut, und sie wurde von einer wunderbaren Erregung ob des Wissens erfüllt, dass er wider seinen Willen bald anschwellen und sie ausfüllen würde. Ihre inneren Muskeln zogen sich schon in freudiger Erwartung zusammen, und sie bewegte sich leicht auf und ab, während sie sich über ihn beugte und seine Lippen sanft küsste.

»Ich werde dich dazu bringen, mir einzugestehen, dass du mich willst«, raunte sie leise und zog ihr Kleid über den Kopf. »Du wirst mir Vergnügen verschaffen, weil du dich nicht dagegen wehren kannst. Heute Abend kannst du nicht einfach verschwinden und deinen Frust bei einer anderen Frau abarbeiten.«

Sein Atem blieb regelmäßig, aber sie spürte, wie sich sein Penis versteifte und zwischen ihren Schenkeln härter wurde. Sie spürte, dass er sein Becken langsam anhob, und dann hörte sie auch, dass sich sein Atem beschleunigt hatte.

»Ah, du bist also wach geworden!«

»Ich war schon wach, als du ins Zimmer getreten bist. Ich wollte mich davon überzeugen, wie skrupellos du wirklich bist, Marcella.«

»Und dabei hast du nur bewiesen, wie skrupellos du bist. Du nimmst jedes Vergnügen, das eine Frau dir bietet, nicht wahr? Solange du dir einreden kannst, dass du nicht dafür verantwortlich bist.«

»Das würde ich nicht tun, wenn ihr dieses Vergnügen Probleme bereiten könnte«, stellte er klar. »Aber ich will dir noch etwas sagen: Ich habe meine Frustration nicht bei irgendeiner anderen Frau abgearbeitet, wie du es genannt hast. Nicht in Rom und nicht danach.«

»Das glaube ich dir nicht. Ich werde dich dazu bringen, mir zu sagen, wie viel wir uns bedeuten.«

»Unsere Beziehung ist gegen alle Moralvorschriften des Römischen Reiches. Ich möchte die körperliche Verbindung, die wir genossen haben, nicht fortsetzen.«

Seine kalte Art brachte sie zur Weißglut.

»Lügner!« fauchte sie. »Du verlässt dich auf deine durchtriebenen Ausreden, aber du benimmst dich wie all diese Trunkenbolde, die ich in der Taverne meines Onkels kennen gelernt habe. Sie prahlen damit, wie sie Frauen hereingelegt haben. Erst schön tun, sie rumkriegen, seinen Spaß haben und abhauen. Das ist ein Spiel von euch Männern, nicht wahr?« Sie schlug ihn auf den Brustkorb. Ja, sie wollte ihm weh tun, wie er ihr weh tat.

Er zuckte. »Du hast sehr starke Emotionen«, sagte er. »Du musst lernen, sie zu beherrschen.«

»Wie kannst du es wagen, dich so kühl und unnahbar zu geben?« fragte sie leise.

Wieder und wieder schlug sie mit den kleinen Fäusten auf ihn ein, als wollte sie ihre Enttäuschung aus sich herausschlagen. Dabei hätte sie ihn viel lieber geküsst, sie wollte ihn in sich spüren, wollte von ihm geliebt werden.

Schließlich fiel sie vor Erschöpfung um und kuschelte sich an seine Brust.

»Es gibt wirklich keine Zukunft für uns«, sagte er traurig.

»Dein Körper stimmt dir nicht zu«, sagte sie. Sie fuhr mit der Zungenspitze über sein Kinn, küsste seinen Hals, schmeckte den Körper, den sie liebte.

Die Hitze seines Körpers befeuchtete ihre Haut. Sie spürte, dass sein Penis steif und hart war. »Er reagiert auf die Kraft meiner Gefühle für dich. Außerdem«, flüsterte sie, setzte sich auf und grätschte über ihn, »hast du keine Wahl. Diesmal bist du nicht der einzige, der über die ultimative Beherrschung verfügt. Ich werde dir zeigen, wie sehr du unsere Beziehung fortsetzen willst.«

Sie glitt an seinem muskulösen Körper hinab, erregt von dem würzigen Duft, den er verströmte, und nahm den harten Schaft seiner Männlichkeit in den Mund.

Er stöhnte und versuchte, im Bett nach außen zu rutschen, aber die Handfesseln schränkten seine Bewegungsmöglichkeiten ein, und außerdem hockte sie auf ihm und rutschte mit ihm.

Sie saß auf seinen Schienbeinen und saugte und schwelgte in der Macht, die sie über ihn hatte.

»Du weißt sehr genau, dass du jeden Augenblick genießt«, sagte sie. »Deine Proteste sind nur die Folge deiner Loyalität dem Moralcode gegenüber.«

»Und weil ich dich vor der Verdammung der anderen Leute bewahren will«, sagte er keuchend.

»Das verstehe ich. Ich möchte auch nicht, dass du unter unserer Leidenschaft zu leiden hast. Aber warum muss einer erfahren, was wir füreinander empfinden?«

»Das Leben hat die Eigenheit, zurückzuschlagen. Es ist unberechenbar wie die Wüstenstämme.«

»Was würden deine Gäste und Kameraden sagen, wenn sie dich jetzt sehen könnten?« murmelte sie, wobei sie die Penisspitze mit den Zähnen neckte. Gleich darauf nahm sie die Eichel zwischen die vollen Lippen, badete sie in Speichel und umkreiste sie liebevoll mit der Zunge.

»Und was würden deine Freunde sagen?« hielt er dagegen.

Sie sah, dass die Fesseln in seine Haut schnitten, weil er sich zu befreien versuchte.

»Meine Freunde sind alle tot«, sagte sie traurig. »Ich brauche mich nicht mehr um Konventionen zu scheren. Ich habe keinen Status in der Gesellschaft zu verlieren. Von nun an kann ich tun, was ich für richtig halte.«

»Binde mich los.«

»Ganz gewiss nicht.«

»Ich will dich berühren, Marcella.« Seine Stimme klang jetzt weicher. »Es ist grausam, deine wundervollen Brüste so nah zu sehen, ohne sie berühren zu können. Ich möchte sie in den Mund nehmen.«

Sie hob den Kopf und strich mit den Händen über seine Schenkel. »Du steckst voller Tricks«, sagte sie und rutschte an seinem Körper hoch, bis ihre Münder sich nahe waren. »Du bist entschlossen, dich durchzusetzen, ob deine Argumente stechen oder nicht. Aber mich kannst du nicht hinters Licht führen.«

Ohne jede Warnung spreizte er plötzlich die Beine, hob sie blitzschnell an und umklammerte ihren Körper. Aus dieser Zange konnte sie sich nicht befreien.

»Lass mich los, Gaius«, rief sie empört.

»Keine Chance, Marcella. Du hast es so gewollt, jetzt wirst du sehen, was du davon hast. Jetzt ist der Moment, in dem du Macht über mich hattest, schon vorüber, nicht wahr? Du wolltest mich dominieren. Das haben schon viele Frauen versucht, aber keiner ist es gelungen. Binde mich los, dann werde ich dich noch einmal davonkommen lassen.«

Sie kämpfte gegen ihn an, aber er lachte nur über ihre fruchtlosen Versuche.

»Lass mich los! Dir geht es nur darum, die Oberhand zu behalten. Du willst mich ebenso sehr, wie ich dich will. Das kannst du nicht abstreiten.«

»Dies ist weder der Ort noch die Zeit. Aber für uns beide wird es nie wieder den richtigen Ort und die richtige Zeit geben, Marcella, das habe ich dir gesagt.«

»Aber ich spüre, dass du mich willst!«

»Du musst mich losbinden, sonst bekommt niemand von uns, was er will.«

Sie spürte seine harte Männlichkeit, die gegen ihren Bauch drückte. Sie wollte sie in sich spüren. Sie wollte seine Arme um ihn schlingen und seine Hände auf ihren Brüsten fühlen. Sie wollte seinen hechelnden Atem hören, sein Keuchen, die gestöhnten Laute, die er ausstieß, kurz bevor es ihm kam.

»Ich will dich wirklich«, flüsterte sie, als sie zu seinem Handgelenk griff und die Fessel löste. Ihre

Brüste strichen über sein Gesicht, und er fing eine Brustwarze in seinem Mund auf. Sie stieß einen kleinen spitzen Lustlaut aus.

»Binde jetzt auch die andere Hand los.«

Sie versuchte, den Gürtel zu entknoten, und er drückte die freie Hand auf ihre Brust und streichelte sie mit unendlicher Zärtlichkeit. Seine Beine hielten sie immer noch umklammert.

Sie konnte den Knoten nicht öffnen, und ungeduldig riss er am Gürtel.

Sie hörte das Holz brechen, und im nächsten Moment hatte er die Hand frei. Er packte ihre Handgelenke und wälzte sie auf den Rücken, und mit derselben Bewegung warf er sich über sie. Ungeduldig spreizte er ihre Beine, und sie spürte, dass er heiß und bereit war.

»Nein!« Sie biss in seine Schulter und wehrte sich heftig gegen ihn. »Du wusstest die ganze Zeit, dass du dich befreien konntest! Du hinterhältiger Bastard! Du hast dich halb totgelacht über mich, weil ich glaubte, die Kontrolle über dich zu haben!«

Sie spürte, wie sein harter Penis gegen ihren Schamberg stieß. Ihre Scheide war geöffnet und feucht für ihn. Sie sehnte sich nach ihm, wollte von ihm ausgefüllt und geliebt werden, wollte es so sehr, dass sie vor Frustration am liebsten geheult hätte.

»Du meinst ›nein‹, wenn du nicht die Kontrolle ausübst«, sagte er rau. »Aber du meinst ›ja‹, wenn wir dieses Spiel nach deinen Regeln spielen. Du willst dies ebenso sehr wie ich, aber auch du willst es unter bestimmten Bedingungen. Dies sind keine guten Voraussetzungen, Marcella. Für uns wird die Situation nie richtig sein. Wir haben uns gefunden, als wir uns im Taumel der Lust befanden, und das ist die schlimmste Basis für eine dauerhafte Leidenschaft.«

Er drückte seinen Penis gegen sie, rieb gegen ihre Klitoris, bis sie glaubte, zu explodieren. Sie spannte die Muskeln ihrer Schenkel, und dann spürte sie, wie sich sein Mund auf ihren presste. Er ließ ihr kaum Luft zum Atmen, und weil er sie mit seinem Gewicht beinahe erdrückte, konnte sie sich nicht bewegen.

Er ließ ihr keinen Raum, er nahm sie, ob sie wollte oder nicht.

Sie stieß ein gepresstes Stöhnen aus. Sie spürte, wie sich ihre Brustwarzen gegen seiner haarigen Brust verhärteten. Er stieß die Spitze des Penis in sie, und ihre Labien legten sich lechzend um ihn. Es war nicht ein Akt mit Würde, und es war auch ganz anders, als sie es sich vorgestellt und in ihren Träumen ausgemalt hatte, aber ihr Körper gewann über ihren Verstand, und sie überließ sich ihren Gefühlen und wollte sich ihm hingeben.

In diesem Moment zog er sich aus ihr zurück, stützte sich mit den Händen ab und stemmte sich hoch.

Er stand auf, setzte sich auf einen Stuhl und beobachtete ihr Gesicht.

»Ich habe mir geschworen, dass ich dich nie wieder nehmen will«, sagte er dumpf. »Das bin ich dir schuldig. Aber wie du siehst, hast du Recht, dass mein Körper dich immer noch attraktiv findet, selbst wenn ich das nicht möchte. Wir sind beide erregt, warum legen wir nicht Hand an uns selbst?«

Sie sah, dass seine Hand diesem Gedanken schon gefolgt war, während seine Blicke ihren Körper hungrig betrachteten.

»Du bist grausam, warum können wir nicht genießen, was wir beide wollen?«

»Weil es falsch ist«, antwortete er stöhnend. »Stell dir vor, es ist meine Hand an deinem Schoß, meine Finger, die in dir kraulen und dich erregen ...«

»Kompromisse sind nur dann gestattet, wenn beide Seiten einverstanden sind«, sagte sie, und sie spürte, dass sich ihre Augen mit Tränen füllten. Ihr Körper drängte sie, seinem Fordern nachzugeben, aber sie wollte nicht die Erfüllung dieses Augenblicks haben, sie wollte eine Zukunft mit ihm. Sie wusste, dass sie stärker sein musste, als sie je gewesen war. Wenn sie jetzt versagte, würde sie es ein Leben lang bereuen.

»Nein, Gaius. Du fühlst dich dafür verantwortlich, dass du mich in die Welt der körperlichen Freuden eingeführt hast, aber deine Schuldgefühle sind fehl am Platz. Und ich selbst fühle auch eine Verantwortung dir gegenüber – wegen der starken Leidenschaft, die wir füreinander empfinden. Aber unsere Sehnsüchte sind nichts wert, wenn sie sich nicht auf einer Ebene des gegenseitigen Verstehens und Wollens begegnen.«

Sie presste die Schenkel fest zusammen und stand auf.

Sie zog ihr Kleid an und sah voller Befriedigung, dass seine Erektion abzuschlaffen begann.

»Siehst du?« sagte sie ruhig. »Deine Hand reicht nicht. Du brauchst mich. Aber wir müssen es beide wollen. Dieses Einverständnis hatten wir am Anfang – warum kann es nicht wieder so sein? Vielleicht hast du Recht – es gibt wohl keine Zukunft für uns beide.«

Sie sah, dass ein Ausdruck von Schmerz in seine Augen trat.

»Aber es könnte eine Gegenwart geben. Und an die könnten wir uns in der Zukunft erinnern.«

Sie verließ das Zimmer, erfüllt von einer Mischung aus Enttäuschung und Triumphgefühl.

Neunzehntes Kapitel

Sie ging zurück in ihr Zimmer und lauschte auf das Knacken und Knarren der Holzwände und des Fußbodens. Auf dem Hof wuchs nichts, es gab auch keinen Brunnen. Ein paar Büsten vergangener Kaiser standen auf kleinen Marmorpodesten, im blassen Mondlicht wirkten sie eher gruselig, dachte Marcella. Die spärliche Einrichtung ihres Zimmers und die völlige Abwesenheit jedes menschlichen Lauts ließen sie erschauern.

Als sie gerade die Tür zu ihrem Zimmer aufstoßen wollte, ließ ein lauter Pfeifton sie im Schritt verharren. Sie erschrak und spürte ihr Herz heftig schlagen, während sie im dunklen Korridor stehen blieb. Sie konnte nichts sehen, und es gab auch keinen Laut mehr, nur das stete Tropfen in eine Wasserschüssel. Sie begriff, dass sie eine kostspielige Wasseruhr gehört hatte, die durch den Pfiff eine neue Stunde bekannt gegeben hatte.

In ihrem Zimmer zündete sie einige Lampen an, dann setzte sie sich hin, um ihre Gedanken sammeln zu können. Das karge Mobiliar erinnerte sie an ihr Schlafzimmer in der Taverne. Der Kopf des Betts war lediglich ein Balken, aber Decke und Zudecke waren bestes Material, und die Matratze war dick.

Sie kämmte sich ihre Haare eine Weile und wünschte, sie hätte einen Spiegel. Die regelmäßigen Bewegungen des Arms, als sie den Kamm durch die Haare zog, hatten eine beruhigende Wirkung auf sie.

Auf einem kleinen Tisch standen eine Wasserkanne und eine Schüssel. Sie zog sich aus, gab ein paar Tropfen der verschiedenen Öle ins Wasser, die Imilico ihr mitgegeben hatte, und wusch sich. Nach den Strapazen der Reise verspürte sie jetzt einen gewaltigen Hunger, aber sie traute sich nicht, einen Sklaven zu rufen, der ihr etwas zu essen hätte bringen können.

Im Haus war kein Laut zu hören, und auch aus den Baracken klang kein Geräusch mehr herüber. Marcella löschte die Lampen und legte sich ins Bett. Sie döste schließlich ein, aber dann pfiff die Wasseruhr erneut, und mit einem Schlag war sie hellwach.

Die Nacht schien sich endlos lange hinauszuschieben. Sie wälzte sich von einer Seite auf die andere. Und dann, so etwa zur sechsten oder siebten Stunde der Nacht, hörte sie, wie die Tür zu ihrem Zimmer geöffnet wurde. Gleich darauf hörte sie seinen Atem, als er an ihr Bett trat.

Sie hatte nicht schlafen können vor Sorge, dass er nicht kommen würde, aber jetzt, da er neben ihrem Bett stand, wusste sie, dass er einfach hatte kommen müssen. Der Mondschein, der durch das winzige Fenster hereinfiel, tauchte seinen Oberkörper und seinen Kopf in fahles Licht.

Sie schlug die Decke zurück, und wortlos zog er die Tunika aus und schlüpfte neben sie ins Bett, und als ob er die ganze Zeit an nichts anderes gedacht hätte, griff er gleich zu ihrem Schoß.

Er küsste sie, und seine Zunge drang in ihren Mund, hart und ungestüm. Sie öffnete sich für ihn, und in einer flüssigen Bewegung drang er ein und stieß dabei einen tiefen Seufzer aus – der erste menschliche Laut, den sie in dieser stillen, dunklen Nacht in Nordafrika gehört hatte.

Er fühlte sich so gut an in ihr. Sein Körper war ihr vertraut, das Gewicht auf ihr, die Konturen seiner Schultern, seines Kopfes. Sie bewegten sich, als hätten sie sich nie getrennt, vertraut, aufeinander abgestimmt. Er rollte sich auf die Seite und hielt sie fest, drückte ihren Po gegen sich. Er fuhr mit einem Finger die Kerbe zwischen den Backen entlang, ohne die rhythmische Bewegung zu unterbrechen. Sie schlang ein Bein über seine Hüfte, um ihn tiefer eindringen zu lassen.

Sein Atem wurde schneller, und die Spitzen ihrer Warzen rieben sich an seinem wogenden Brustkorb. Diesmal küsste er sie zärtlicher, spielte mit ihren Lippen und mit ihrer Zunge.

Sein Körper mahlte wild und drängend gegen ihren, und sie erkannte seine verwirrten Emotionen – Wut, Leidenschaft, Argwohn und das wahrscheinlich stärkste Gefühl, denn sonst wäre er nicht gekommen – Verlangen. Sein Schamberg stieß gegen ihren, immer und immer wieder, als seine Stöße härter und fordernder wurden. Es war, als wollte er ihr Vergnügen mit Gewalt herbeizwingen.

Sie legte die Arme um seinen Hals, um ihn näher an sich heranzuholen, aber er befreite sich aus ihrem Griff, legte sich wieder auf sie und pinnte sie mit seinem Gewicht aufs Bett.

Sie hob die Hüften an und stieß ihm entgegen, erwiderte jeden seiner Stöße und gab kleine unfreiwillige Schreie von sich, wann immer er bei ihr auf Grund stieß. Er gebärdete sich leidenschaftlicher denn je.

Marcella hielt ihm stand, bäumte sich unter ihm

auf, ruckte ihm den Schoß entgegen. Sie umklammerte seinen Schaft, umspülte ihn mit ihren Säften. Sie zog seinen Kopf zu sich herunter und küsste ihn liebevoll. Sie erzwang, dass er den Mund öffnete, und stieß ihre Zunge hinein, erforschte seine feuchte Höhle, trank seinen Speichel und spürte, wie er erschauerte. Oh, ja, er geriet außer Kontrolle, seine Stöße kamen heftig, nicht mehr rhythmisch, und dann konnte er sich nicht länger zurückhalten und endete diesen olympischen Marathon mit nicht enden wollenden Zuckungen.

Allmählich erholte er sich, kam wieder zu sich und sah sie verwundert an. Sie blieben lange aufeinander liegen, umarmten sich und genossen das kleine Glück danach. Ihre Körper entspannten sich gemeinsam.

Nach einer Weile glitt er aus ihr hinaus, und er rollte von ihr und blieb neben ihr liegen. Marcella kuschelte sich an ihn und legte ein Bein über seinen Oberschenkel, während sie ihre Brüste gegen ihn drückte.

Ihr Körper war immer noch bereit, immer noch voller Verlangen nach Erfüllung. Sie hatte keine Erlösung gefunden, weil sie zu sehr damit beschäftigt gewesen war, ihm zum Höhepunkt zu verhelfen.

Er sollte das Vergnügen empfinden, das sie ihm bereiten konnte. Und es genügte ihr auch, jetzt nur neben ihm zu liegen und zu wissen, dass er das bekommen hatte, weswegen er gekommen war. Sie wusste, dass seine Gedanken Salto schlugen, dass seine Gefühle durcheinander geraten waren. Er wollte wissen, woran er mit ihr war. Ob er sich auf sie verlassen konnte. Und warum er sich nach dieser

Frau sehnte, die ihn in Schwierigkeiten brachte, weil sie eine unkonventionelle Frau war.

Als er schlief, rieb sie ihren heißen, feuchten Schoß an seinem kräftigen Oberschenkel auf und ab, bis eine kleine Erleichterung ihre angespannten Nerven löste, und danach konnte auch sie einschlafen.

Als sie aufwachte, war er gegangen. Durch das kleine Fenster drang die Sonne herein, und draußen herrschte offenbar reger Betrieb. Bei den Baracken hörte sie knappe Befehle, als ob dort die Parade abgenommen würde. Und aus der anderen Richtung, wo die Ställe waren, hörte sie Hufgetrappel und Wiehern.

Sie kuschelte sich in die Kissen und atmete tief seinen Geruch ein, der ihnen noch anhaftete. Das Bett roch auch nach dem Sex, den sie in der Nacht genossen hatten, und sie hing ihren glücklichen Gedanken nach, aus denen ein Sklave sie riss, der ihr Wasser, Brot und Obst brachte.

Später an diesem Morgen sagte Imilico zu ihr: »Die meisten Gäste stehen hoch in der Gunst des Kaisers. Ich sage dir das, weil du vielleicht überrascht sein wirst, wenn du hörst, worüber sich die Herrschaften unterhalten.«

»In der Anwesenheit so hochgestellter Personen habe ich nichts zu sagen«, meinte sie steif. »Ich fühle mich bei solchen Leuten auch nicht wohl.«

»Sie werden dich sofort akzeptieren. Ich habe ihnen die Wahrheit über dich erzählt – dass du eine Freundin von Felicius bist, Vetter meines Herrn. Du hast gute Manieren, und dass du über keine Reichtümer verfügst, wird ihnen egal sein – das sind nicht Dinge, für die sie sich interessieren. Heute sind sie zu einer Rundreise aufgebrochen, aber heute Abend beim Essen wirst du die meisten von ihnen kennen lernen, auch die Kriegstribune, die ständig hier stationiert sind.«

Sie unterhielten sich dann wieder über Öle und Parfüms. Sie war fasziniert von der Art, wie gewisse Öle verschiedene gefühlsmäßige Regungen auslösen oder verstärken konnten, und sie war begierig, alles darüber zu erfahren. Öle, die beruhigten, Öle, die anregten. Es gab einen ganz speziellen Grund, warum sie sich für dieses Thema interessierte, und in ihrem Kopf begannen sich die ersten Gedanken zu formen. Und sie sah, dass Imilico ihre Gedanken erriet. Er durchschaute sie.

Während sie ein leichtes Mittagsmahl einnahmen, kam das Gespräch auf Gaius.

»Er verwirrt mich«, sagte Marcella. »Er hat mir keine glaubhafte Erklärung für sein Verhalten in Rom gegeben, und seit Wochen hat er einen Groll gegen mich genährt, er hat mich all diese Wochen zutiefst verachtet.«

Imilico lächelte, sagte aber nichts.

»Wir hatten einen kleinen Machtkampf in seinem Arbeitszimmer, aber ich glaube, ich war der eindeutige Sieger«, sagte sie. »Er hat eingesehen, dass ich Recht habe, glaube ich, wenn er auch allen Grund hatte, böse auf mich zu sein. Und doch hat sein Instinkt ihm gesagt, dass er mir trotz allem vertrauen kann.«

»Kein Zweifel, dass ihr zwei euch gesucht und gefunden habt«, sagte Imilico, jetzt ganz ernst. »Und das ist ein großes Geschenk. Jetzt können wir nur darauf warten, dass die Götter uns zeigen, wie sie sich eure Zukunft vorstellen.« Bei Sonnenuntergang vertrieben sich Marcella, die militärischen Berater und die zivilen Gäste die Zeit mit belanglosem Geplauder. Sie warteten im karg eingerichteten Speisezimmer auf Gaius. Die anderen kannten sich alle untereinander, aber wie Imilico vorausgesagt hatte, störte sich niemand an ihrer Gegenwart, man war freundlich zu ihr und bezog sie in die Gespräche ein. Bald gefiel es ihr gut in der Gesellschaft so vieler verschiedener Menschen, und dann hatte sie sich schon so gut eingelebt, dass sie zwei kleine Witze erzählte, über die herzlich gelacht wurde.

Gaius sah ausgeruht aus, als er eintraf. Ihre Blicke trafen sich kurz, er nickte ihr zu, aber seine Augen lächelten nicht.

Er entschuldigte sich, dass er nicht pünktlich hatte sein können, aber die Arbeit mit der Wachstafel, die vielen Berichte, die Rom verlangte ... »Manchmal glaube ich, dass Rom nur sicherstellen will, dass wir etwas zu tun haben.«

Er ließ sich auf einer Liege nieder, und ein Diener brachte ihm eine Schüssel mit gebratenen Damaszenerpflaumen.

»Marcella hat uns erzählt, wie es euch gelungen ist, Pompeji zu entkommen«, sagte einer der Tribune. »Wir wussten nicht, dass du bei der Katastrophe dabei warst.«

»Wir haben alle gedacht, du wärst zu dieser Zeit in Rom gewesen«, sagte ein stiller Mann mit Namen Lucius.

»Du führst so ein interessantes Leben, Gaius. Heute Vulkanausbrüche und morgen Stammeserhebungen. Und du hast uns alle hinters Licht geführt – ich finde, dafür hast du eine Strafe verdient. Eine sehr schwere Strafe.«

Das sagte eine Frau mit funkelnden, kostbaren

Juwelen und strahlenden Augen. Ihr Gesichtsausdruck verriet, dass sie es nicht so locker nahm, wie es sich anhörte, was Marcella verwunderte, und plötzlich wünschte sie sich den Mut, dieser Frau das kunstvoll frisierte Haar zu zerzausen und ihr genüsslich das Gesicht zu zerkratzen.

Die Art und Weise, wie die Frau Lucius' Arm berührte, ließ Marcella vermuten, dass sie mit ihm verheiratet war. Vielleicht wollte sie den Ehemann auch nur eifersüchtig machen. Dazu passte Lucius' Gesicht. Er hob die Augen zur Decke und seufzte resignierend.

»Es waren dramatische Tage, Fulvia«, antwortete Gaius und schaute Marcella eine lange Zeit an, ehe er den Blick wieder auf die lächelnde Frau richtete. »Ein solches Geschehen vergisst man sein Leben lang nicht.«

»Fortuna hat dir beigestanden! Du hast Glück gehabt, aber ich finde, du hast trotzdem eine Strafe verdient, weil du deine Abenteuer für dich behalten hast.«

»Ich bin sicher, dass Fortuna in meiner Nähe war – und eine ganze Reihe anderer Götter auch noch.«

Der Abend verlief in fröhlicher Atmosphäre, denn die Gesellschaft genoss die entspannte Lage nach den angestrengten Wochen der Beunruhigung. Alle Teilnehmer waren bereit, sich zu amüsieren und die luxuriösen Delikatessen zu genießen, die extra von der Hundertschaft geliefert worden waren. Man sprach dem Wein ausgiebig zu, und alles hätte wunderbar sein können, wenn da nicht die Spitzen Fulvias gewesen wären.

Marcella zog sich früher zurück als die anderen, und auf dem Weg zu ihrem Zimmer traf sie Imilico.

»Sind alle Gäste die Freunde des Kaisers?« fragte sie. »Einige haben ganz unverblümt ihre Witze über ihn gerissen, auch in Gaius' Beisein. Und eine Frau hat Gaius ziemliche Avancen gemacht, hatte ich den Eindruck.«

»Ah, du meinst Fulvia.« Sein Gesicht schien sich zu verschließen, als er den Namen erwähnte, dann sagte er: »Sie ist ein Skandal, aber er weiß, was mit ihr los ist. Und ihr Mann weiß es auch.«

»Er ist zu tolerant, nicht wahr?«

»Das ist zwar nicht das Wort, das ich gewählt hätte, aber so kann man es nennen«, sagte Imilico lächelnd. Dann waren sie vor ihrer Tür angekommen, und er wünschte ihr eine gute Nacht.

Gaius kam in dieser Nacht nicht zu ihr, und erst nach der achten Stunde dieser Nacht fiel sie endlich in den ersehnten Schlaf, nachdem ihre Tränen das Kissen genässt hatten. Sie malte sich aus, wie er heimlich in Fulvias Zimmer schlich und sie mit einer Wildheit bestieg, die sie sich von ihm wünschte, während Lucius sich mit ein paar Kumpanen dem Würfelspiel hingab. Sie malte sich die Lustschreie der Frau aus und befürchtete, dass Gaius ihre vulgäre, geile Art attraktiv finden könnte. Sie hasste die Frau und hasste ihn, weil er in dieser Nacht nicht zu ihr kam und sie allein schlafen ließ, allein mit ihrem unendlichen Verlangen.

Am nächsten Morgen ging sie früh in den Speiseraum, obwohl sie wusste, dass sie keinen Bissen hinunter bekommen würde. Ihr war übel, und die Gewalt ihrer eigenen Gefühle ängstigte sie. Ihr Verlangen war auf ihn ausgerichtet, ausschließlich auf ihn, und niemand und nichts sonst konnte es stillen.

Er war allein im Speiseraum und stand von der Liege auf, als sie eintrat. Stumm ging er ihr entgegen, blieb dicht vor ihr stehen, legte seine Hände auf ihre Schultern und sah ihr in die Augen. Er schob sie behutsam auf einen niedrigen Schemel zu, ohne den Blickkontakt zu beenden. Er hob ihr Kleid an und schob es ungeduldig hoch.

Er streichelte über die Innenseiten ihrer Schenkel, drückte sie ein wenig auseinander, fuhr mit dem Finger leicht über ihr Geschlecht und schob ihn dann vorsichtig hinein.

Das Unerwartete an der Situation ließ sie erschauern, sie spürte, wie sich ihre inneren Muskeln spannten und entspannten, wie sie auf der Stelle bereit für ihn wurde. Sie schaute in seine Augen und sah dort einen Ausdruck von altem Schmerz und überraschender Lust.

»Gaius, die anderen Gäste könnten jeden Augenblick kommen«, mahnte sie ihn leise. »Warum hast du mich in der Nacht nicht besucht?«

Sie hätte genauso gut mit der Wand sprechen können. Seine einzige Antwort bestand darin, das Lendentuch zur Seite zu schieben, ihren Po zu halten und seinen Penis tief in sie hinein zu stoßen.

Sie hielt sich an seinen Schultern fest und ruckte mit dem Schoß vor und zurück. Ihr ganzer Körper stand in diesen wenigen Augenblicken in hellen Flammen, die Hitze strahlte von ihrem Innern aus und wurde noch angefacht von seinen kräftigen, noch nicht immer rhythmischen Stößen.

Sie spürte seinen Atem in der Halsbeuge, und seine Lippen und die Zungenspitze labten sich an dem süßen Geschmack ihrer Haut. Sie erschauerte und genoss die Kraft seiner Männlichkeit.

Er legte eine Hand auf ihre Brüste und drückte eine Warze durch den Kleiderstoff, und sie begann eine unglaubliche Reise zu den sexuellen Höhen ihres Empfindens, sie kletterte von einem Gipfel zum nächsten, und jeder schien ein bisschen höher und intensiver zu sein als der vorige. Er zog sich jetzt fast ganz aus ihr zurück, ehe er tief hineinstieß. Bei jedem Stoß fürchtete sie, es könnte der letzte sein, denn sie wollte, dass es nie enden würde.

Draußen auf dem Korridor polterte und schepperte es, und darauf folgte das hohe Lachen einer Frau.

Marcella spannte ihre inneren Muskeln an. Es wäre eine Schande, wenn man sie in dieser Situation überraschte. Gaius beschleunigte seine Stöße und zog sie näher zu sich heran. Er presste seinen Mund gegen ihren Hals.

»Marcella, Liebling.«

Die sanften Worte lösten einen Funkenregen in ihr aus, Freude und Lust füllten sie aus, und während er seine Kraft in ihr verströmte, wurde ihr Körper von der Gewalt seines Ausbruchs geschüttelt.

Draußen vor der Tür hörten sie eine Stimme: »Lucius, nun komm doch schon!«

Eine Männerstimme rief zurück: »Geh ruhig schon hinein, Fulvia, ich komme später!«

Mit einem spitzbübischen Lächeln zog sich Gaius aus ihr zurück und half Marcella auf die Beine. Er ordnete sein Lendentuch und strich ihr Kleid glatt, dann nahm er eine Schüssel mit Obst und saß gerade wieder an seinem Tisch, als die Tür geöffnete wurde. Gaius reichte Marcella die Schüssel mit Obst.

»Ah, Gaius! Grüße! Dies verspricht, wieder ein sehr schöner Tag zu werden. Dein Sklave Imilico hat auch wieder einen Wagenausflug für uns organisiert«, rief Fulvia.

Marcella gefiel nicht die Art, in der sie ›Sklave‹ aussprach, aber sie konnte nicht genau sagen, warum.

Gaius lächelte. »Es wird tatsächlich wieder ein schöner Tag«, stimmte er zu. Er blinzelte Marcella unbemerkt zu. »Jedenfalls hat er schön begonnen.« Sie entdeckte ein amüsiertes Lächeln um die Mundwinkel, wohl ausgelöst von der Erinnerung, was sie vor einer kurzen Weile noch verbunden hatte. Dieses Lächeln, dachte Marcella, hatte sie fasziniert, als sie es das erste Mal in der Taverne ihres Onkels gesehen hatte.

»Ich bin sicher, wir werden ihn gründlich genießen können«, raunte Fulvia, die Stimme voller Anzüglichkeiten.

Das versteckte Lächeln war immer noch da, als er der Frau ein Tablett mit Brot reichte.

»Ich werde das auch versuchen«, sagte er, ohne Marcella anzuschauen. »In dieser Woche hatte ich noch keinen freien Tag, und weil ich am späten Abend noch eine Nachricht erhielt, habe ich die ganze Nacht arbeiten müssen.«

Marcella atmete erleichtert auf. Jetzt wusste sie, warum er sie in der Nacht nicht besucht hatte.

»Aber heute werde ich mich vergnügen wie jeder andere auch. Die Legionäre erhalten Ausgang, deshalb nehme ich mir auch ein paar Stunden dienstfrei.«

Marcella spürte, wie ihr Herz schneller schlug. War das ein Versprechen?

Ihre Gedanken wurden unterbrochen, als die Tür aufgestoßen wurde.

»Wo ist meine Frau? Ah, da bist du, Fulvia!«

Ein Mann trat in das Zimmer, und Marcella war es, als hätte sich plötzlich das Tor zur Unterwelt geöffnet und Zerberus mit seinen drei Köpfen wäre ausgespuckt worden, um ihr in die Waden zu beißen.

Nicht Lucius war Fulvias Ehemann, sondern der schreckliche Caballius Zoticus.

»Es ist unser Schicksal, dass wir uns immer wieder begegnen.«

Es klang wie eine Drohung. Er sprach leise, und die anderen Gäste waren mit den Plänen für den neuen Tag beschäftigt und achteten nicht auf das Zwiegespräch. Die derbe Männlichkeit, die sie an jenem Abend auf dem Fest in Pompeji angezogen hatte, schreckte sie seither ab. Sie bekam eine Gänsehaut. Sie wusste, dass Caballius wieder Unheil über sie bringen würde.

»Von nun an wirst du alles tun, was ich verlange«, sagte er. »Das war schon in Pompeji verabredet. Wenn nicht, werde ich dich öffentlich als Hure bloßstellen. Hier bist du im Gegensatz zu Rom sehr bekannt und wirst von allen akzeptiert. Und deshalb hast du eine Menge zu verlieren.«

Sie schaute sich um und dachte an die Scham, die sie empfinden würde, wenn Caballius seine Drohung wahr machte.

Er wies mit dem Kopf zu Gaius. »Du hättest mir sagen sollen, dass er dein Liebhaber ist.«

»Das ist er nicht.« Ihre Stimme klang unnatürlich hoch, als sie spontan antwortete.

»Natürlich ist er dein Liebhaber. Petro hat es mir schon gesagt, als wir gemeinsam aus Pompeji abhauten. Ich bin nicht zufällig hier, weißt du. Ich wusste, dass du irgendwann hier auftauchen würdest, um deinen Geliebten wiederzusehen.«

Er grinste sie an, ehe er fortfuhr.

»Ich bin froh, dass Petronius mir den Tipp gegeben hat, sonst wäre ich wahrscheinlich nie auf die Idee gekommen, ihr zwei könntet heimlich was miteinander haben. Ich meine, ich habe euch schon eine Weile beobachtet, aber ihr gebt durch nichts zu erkennen, dass ihr zusammengehört. Ihr schaut euch nicht an, ihr seid Luft füreinander. Deshalb ahnt auch keiner der anderen Gäste etwas. Selbst Fulvia hat keine Ahnung, und sie hat sonst ein Gespür für solche Dinge. Aber sie wird ihre helle Freude an dir haben. Meine Frau frönt nämlich Lastern, die selbst mir ein bisschen zu bizarr sind.«

»Du bist ein mieser Bastard, für den ich nichts als Verachtung empfinde«, flüsterte sie voller Entsetzen.

»Wenn du und einige andere Leute glauben, ich hätte eigenartige Vorlieben«, fuhr er ungerührt fort, »solltest du mal Fulvia erleben. Sie schafft es, sogar mich zu schockieren.«

Sie schluckte und schüttelte langsam den Kopf.

»Sie bezieht ihre Lust daraus, Menschen zu erniedrigen und Dinge von ihnen zu verlangen, die wirklich nicht jedermanns Geschmack sind. Es wäre mir ein großes Vergnügen, sie auf dich loszulassen – he, das zu beobachten, wäre das Größte!«

»Du bist ein gemeiner, bösartiger Bastard«, fauchte sie. Sie zitterte am ganzen Körper, während sie versuchte, ihre Emotionen in den Griff zu bekommen. Vor allem durfte sie es nicht zulassen, dass die anderen Gäste etwas von ihrem erregten Zustand bemerkten. »Du bist einfach nur schlecht. Der reinste Abschaum. Ich werde dich eher im Hades sehen, als mich von dir verderben zu lassen!«

»Dann wirst du bald feststellen, dass der Hades ein Ort auf dieser Erde ist«, sagte er und lächelte.

Zwanzigstes Kapitel

Eine halbe Stunde später funkelten Fulvias Augen vor lüsterner Aufregung. Sie standen auf der Veranda des Hauses des Legaten und schauten zu, wie die Bediensteten Holzkisten mit Essen und Trinken zu den Wagen brachten. Alles war für den Ausflug vorbereitet.

Die Luft war noch kühl, aber Fulvia trug ein leichtes Kleid, das ihre üppigen Kurven zeigte. Der Seidenschal wurde immer wieder von ihren Schultern geweht und lenkte die Aufmerksamkeit auf ihre vollen Brüste.

»Sie haben uns nur einen Militärwagen gestellt und einen altersschwachen Karren, der von einem Esel gezogen wird. Das Tier sieht so langsam aus, dass wir bis Sonnenuntergang wahrscheinlich nur zweitausend Schritte zurückgelegt haben«, sagte sie. Obwohl sie locker sprach, konnte sie ihren Unmut nicht verbergen.

»Gaius ist der Kommandant, deshalb muss er mit einem eigenen Wagen fahren, er kann sich unmöglich mit uns allen zusammenquetschen lassen«, meinte eine der Ehefrauen. »Ich war gestern nicht dabei, was für mich eine schreckliche Enttäuschung war, denn ich hatte mich schon lange auf ein solches Abenteuer gefreut!«

Imilico hatte Marcella von dieser Frau gesagt, dass sie unvorstellbar reich und verwandtschaftlich mit der kaiserlichen Familie verbunden sei. Ihr zur Seite stand eine junge, blonde Sklavin, die den kleinen Sonnenschirm trug und einen gewaltigen Fächer aus Pfauenfedern. Er musste ein Vermögen gekostet haben, dachte Marcella. Die gute Laune, die von der Ehefrau ausströmte, stand im herben Kontrast zu Marcellas düsterer Stimmung – aber auch im Gegensatz zu den boshaften Anspielungen, die man in jedem Satz heraushören konnte, der über Fulvias Lippen kam.

»Ich selbst freue mich auch auf diese primitiven Ausflüge«, sagte Fulvia ohne Überzeugung. »Sie erhöhen noch den Spaß, aus Rom weg zu sein.«

Sie stieg umständlich auf den Karren, und Marcella fing zufällig einen gehässigen Blick von Caballius auf, der seiner Frau hinterher schaute.

Gaius schritt vom Hauptquartier über den Platz, im tiefen Gespräch mit Nicodemes. Der Kommandant sah würdig aus in seinem militärischen Umhang, locker über eine Schulter drapiert. Er schaute gelassen über den Hof.

»Es war vereinbart, dass du mit im Karren fahren solltest«, rief Fulvia mit fester Stimme. »Ich habe dir einen Platz gesichert. Wir warten auf dich.«

Gaius nickte ihr zu, und Nicodemes gab einem Legionär einen knappen Befehl, den Marcella aber nicht hören konnte.

Marcella wich einen Schritt zurück, als sie entsetzt feststellte, dass es im Wagen nur noch einen Platz gab, und der befand sich neben Caballius Zoticus. Sie warf einen verzweifelten Blick auf Gaius, fing aber nur einen giftigen Blick von Fulvia auf.

Stirnrunzelnd blieb sie stehen, unentschlossen, was sie tun sollte. Aber wenige Augenblicke später fuhr ein kleiner eleganter offener Wagen vor, von zwei kraftstrotzenden Ponys gezogen, und hielt vor ihr an. Es war ein leichter Wagen, der schnell unterwegs sein würde, und der Lenker war keiner von den Kavalleristen, sondern Brutus, der gut aussehende Hauptmann des Versorgungstrupps, mit dem sie nach Theveste gereist war.

Er sprang mit kraftvollem Schwung vom Wagen, wobei sein Umhang flatterte, und half Marcella auf ihren Sitz. Seine blauen Augen zwinkerten fröhlich, ein völlig anderer Ausdruck als die säuerliche Miene, die sie auf der Reise hierhin bei ihm gesehen hatte. Er war charmant, ungezwungen und höchst attraktiv, und Marcella hasste jeden muskulösen Zentimeter von ihm, als er ihr in den Wagen half.

Ob Gaius sie jetzt so behandelte wie Julia, der er männlichen Trost geschickt hatte, weil er gerade mit ihr, Marcella, beschäftigt gewesen war? Hatte Gaius vor, sich auf dieser Reise mit einer anderen Frau zu vergnügen?

Während Brutus das Geschirr des Gespanns überprüfte, stieg Caballius Zoticus vom überfüllten Wagen hinunter. »Ich kann ein paar wilde Ponys zähmen«, sagte er. »Das würde mir großen Spaß machen.«

Er stand dicht beim Wagen und zischte Marcella zu: »Bald habe ich dich ganz für mich. Oben in den Sanddünen. Ich kann es kaum erwarten, bis ich dich für deine Ungezogenheiten und Unverschämtheiten abstrafen kann, vor allem, da ich weiß, dass du die geringste Berührung mit mir für widerlich hältst. Du bist so spontan, so voraussehbar. Huren täuschen ihre Gefühle vor, wenn man ihnen genug zahlt, aber sie können mich ebenso wenig täuschen wie du. Und ich weiß auch, dass du verdammt heiß bist. Ja, ich werde meinen Spaß mit dir haben. Ich werde dir eine

Lektion erteilen, die du nicht so schnell vergessen wirst. Die erste von vielen, meine Liebe.«

Hatte Gaius geplant, sie in der Wüste mit Caballius allein zu lassen? War es gar nicht Brutus, den er für sie arrangiert hatte? Sie saß unbeweglich da, starr vor Schreck. Ihre Augen nahmen das Umfeld wahr, aber sie sahen nichts.

Nicodemes schritt davon, und Gaius lächelte zu Fulvia hoch, die kokett mit ihren Locken spielte. Die Frau mit dem Fächer aus Pfauenfedern schickte ihre Sklavin zu einem Botengang ins Haus zurück.

Marcella versuchte, ihre Gedanken zu ordnen, aber da dieses gemeine Monstrum so nahe bei ihr stand, kam sie sich körperlich und geistig gelähmt vor.

»Keine Lüge, die du diesen Leuten erzählst, wird ihnen imponieren. Es wird ihnen einfach egal sein, denn ich bin ein Niemand.«

»Das stimmt«, sagte er grinsend. »Aber Gaius Salvius Antoninus ist jemand von entscheidender Bedeutung. Es wird ihm beträchtlich schaden, wenn bekannt wird, dass die Frau, die er sich ins Bett nimmt und seinen Gleichgestellten vorführt, eine ganz gewöhnliche Hure ist. Dies ist eine sehr verschworene Gemeinschaft, in der Familienbande eine große Rolle spielt. Du hast niemanden, der für deinen Charakter bürgen kann. Das allein macht dich schon verdächtig. Nur Kriminelle haben keine Vergangenheit.«

Die junge Sklavin kehrte zum Wagen zurück und ließ den Sonnenschirm fallen, als sie in den hohen Wagen klettern wollte und in der einen Hand einen Schal hielt.

Eine leichte Bewegung lenkte Marcellas Aufmerksamkeit zu Fulvia. Die Frau erwartete offenbar eine Bestrafung der Sklavin, und gespannt und lechzend rutschte Fulvia auf ihrem Sitz hin und her. Marcella ahnte, welche Partien bei diesem Rutschen gereizt wurden. Pfui, die Frau musste krank sein.

Die römische Dame bemerkte den Unfall ihrer jungen Sklavin und lachte. Sie streckte eine Hand aus, um das Mädchen in den Wagen zu ziehen. Dann legte sie den Schal über den Kopf der Sklavin, um ihn vor der Sonne zu schützen. Fulvias Gesicht war verzerrt von der Enttäuschung, dass ihr das Auspeitschen eines nackten Mädchenrückens entgangen war.

Der schwere Wagen, von stämmigen Ochsen gezogen und gefüllt mit fröhlichen Patriziern, begann eine Reihe komplizierter Manöver, um sich zum Tor hin auszurichten. Marcella bekam davon nichts mit. Sie sah alles nur durch verschwommene Augen. Sie fühlte sich von aller Welt verlassen.

»Was lässt dich glauben, dass ich so anders sein werde als dein Liebhaber?« fragte Caballius leise und packte sie grob am Arm.

Als sie schwieg und weiter starr geradeaus starrte, fuhr er fort: »Er nimmt sich auch jeden Spaß von einer Frau, der ihm gerade einfällt. Er braucht sie doch nur anzulächeln, und schon glauben die geilen Weiber, dass sie was Besonderes sind. Aber wenn eine Frau mehr will als nur eine Nacht mit ihm, schickt er sie skrupellos davon. Was dir gerade am eigenen Leib widerfährt. Das Wort ›Verpflichtung‹ kommt in seinem privaten Sprachschatz nicht vor.«

Er wartete einen Augenblick, ehe er fortfuhr. »Schau dir doch meine Frau an, auch sie ist nicht immun gegen seine Reize. Sie betrachtet ihn wohl als Herausforderung für ihre dominanten Spielchen. Sie ist gespannt, ob sie ihn unterwerfen kann. Sie wird ihren Spaß heute mit ihm haben, und danach, sage ich dir, wird alles viel leichter sein.«

Er sah sie an, und sie erkannte den abstoßenden Blick des Triumphs in seinen Augen. Sie überlegte, ob sie eine Ohnmacht vortäuschen könnte, um den Ausflug nicht mitmachen zu müssen. Oder fiel ihr sonst eine überzeugende Ausrede ein?

Caballius nahm die Zügel auf und wollte gerade auf den Wagen steigen und sich neben ihr niederlassen.

Gaius rief: »Caballius, du lenkst den Wagen deiner Frau! Die Ponys sind nicht so ausdauernd, deshalb können sie nicht mithalten. Ich will Marcella ein Stück der näheren Umgebung zeigen, damit sie mehr von Afrika kennen lernt. Du kennst diese Gegend schon – also nimm den anderen Wagen, damit du neue Gegenden siehst.«

Caballius sah für einen Moment so aus, als wollte er sich auf Gaius stürzen oder sich schlicht weigern, die Zügel aus der Hand zu legen. Aber dann ließ er sie fallen, drehte sich um und ging.

Marcella lief in der aufsteigenden Hitze ein kalter Schauer über den Rücken. Sie wusste, dass der Zorn in Caballius durch diese erneute Niederlage noch größer geworden war, und sein Dürsten nach Vergeltung ebenfalls.

»Du hast genau zwei Worte mit mir gesprochen, seit du aus meinem Bett aufgestanden bist«, sagte sie klagend, als Gaius den Wagen durch das beeindruckende Osttor lenkte.

Ohne zu antworten, schaute er sie von der Seite an, dann blickte er wieder nach vorn, denn er gestattete den Ponys, ihre überschüssige Kraft abzuarbeiten. Seine Gegenwart war Balsam für ihre angenagten Nerven, und allmählich gelang es ihr, sich zu entspannen. Sie war glücklich, einfach neben ihm zu sitzen. Caballius und Fulvia waren weit weg, sie waren auf der Hauptstraße in die entgegengesetzte Richtung gefahren.

Die Gegend wurde karg und sandig. Die Luft war angenehm warm, und man hörte nichts außer dem Summen des Windes, der den Sand auf dem Boden kreiseln ließ. Nirgendwo gab es Anzeichen für eine Siedlung.

Nach etwa zwei Stunden lenkte Gaius die Ponys vom Weg ab, band ihnen Futterbeutel um und band die Zügel fest.

»Hier beginnt die Wüste, und wenn man drin ist, glaubt man, dass sie nirgendwo aufhört«, sagte er. »Hier erhältst du eine Vorstellung, wie das Grenzland aussieht. Kein Römer hat je die Ausmaße des Sandes feststellen können, er ist unerforscht und genauso gefährlich wie ein Vulkan. Die Hitze um die Tagesmitte ist unvorstellbar, man muss sie erlebt haben, um sie glauben zu können. Diese Temperatur jetzt ist im Vergleich dazu eher kühl.«

»Ich habe die Kleider der Hure geborgt, weil ich es Caballius heimzahlen wollte, denn er hatte sich mir gegenüber schäbig verhalten. Und es ist mir gelungen.« Sie wollte, dass die Sache nicht mehr zwischen ihnen stand, das war ihr wichtiger als dieser Vortrag über die Wüste und ihre Gesetze. »Aber das ist schon lange her, und seither sind viel wichtigere Dinge geschehen.«

Er zog sie in den weichen, warmen Sand.

Eines der Ponys drehte sich zu ihnen um und wieherte.

»Du brauchst es mir nicht zu erzählen, Marcella. Du brauchst dich auch nicht zu rechtfertigen.«

Er schaute auf den Boden, scheinbar tief in Gedanken versunken, und legte eine Hand auf ihr Knie. »Ich möchte die Wahrheit über uns wissen«, sagte er.

Er legte eine Hand auf ihre Brust und schob den Stoff vorsichtig nach unten, so dass er sehen konnte, wie die beiden Zwillingshügel sich stolz reckten. Ihr fiel spontan ein, dass er das auch bei ihrem aller ersten Treffen getan hatte. Bei Jupiter, das schien tausend Jahre her zu sein.

Sie lag im Sand, spürte, wie sich der weiche Boden ihrem Körper anpasste, während er versonnen ihre Brüste streichelte.

»Als ich die Taverne betrat, war ich in fürchterliche Stimmung, denn ich hatte mich verirrt«, sagte er. »Und da sah ich dich, ein dampfendes kleines Bündel unterdrückter Leidenschaft, das verzweifelt einen Weg suchte, die Enge des Zuhauses hinter sich zu lassen.«

Sie errötete.

»Mein Vater war ein Mann, der sich nach der Zeit der Republik zurücksehnte. Sehr reserviert, scheu und unfähig zu lieben«, sagte er und schaute über sie hinweg in die Weite der Wüste. »Als mir bewusst wurde, wie sehr er meiner Mutter mit seinem Charakter schadete und wie grausam er sein konnte, da schwor ich mir, dass ich nie eine Frau gegen ihren Willen im Mittelmaß zurücklassen würde.«

»Ich habe oft darüber nachgedacht, wie und warum du plötzlich in Pompeji gelandet bist«, sagte sie, verlegen ob seiner gefühlsbetonten Erklärung.

»Der Kaiser hatte darauf bestanden, dass ich mich

mit ein paar Befehlshabern aus Britannien treffe, damit wir unsere Erfahrungen im Grenzland austauschen können«, sagte er. »Pompeji lag günstig für uns alle, aber ich stand unter Zeitnot, weil ich wusste, dass wir in Afrika schwierige Auseinandersetzungen haben würden. Deshalb wollte ich so schnell wie möglich wieder zurück.«

»Gehört Julias Ehemann zu den Befehlshabern aus Britannien?« fragte sie.

»Woher weißt du von Julia?« Er lachte und küsste sie auf die Stirn. »Sie ist eine liebenswürdige Frau, verheiratet mit einem kaiserlichen Verwalter. Ihr Mann ist seit einem Unfall impotent, aber sie verstehen sich gut, deshalb lassen sie sich nicht scheiden. Er toleriert die eine oder andere diskrete Affäre. Manchmal betreiben wir mehr als Konversation, aber es ist eine lose Beziehung ohne jede Verpflichtung – von ihrer Seite und von meiner. Sie würde es hassen, auf einen Geliebten beschränkt zu sein.«

Er bückte sich und küsste ihre Nippel. Sofort kribbelte es heftig in ihrem Schoß, und sie rutschte näher zu ihm heran, damit ihre Schenkel in seinen Griffbereich gerieten. Sie wollte, dass er sie an den pochenden Stellen berührte, wollte seinen Atem spüren, seine Lippen.

Sie legte eine Hand auf sein Bein und streichelte über seine weiche Haut. Sie beschrieb kleine Kreise mit der ganzen Handfläche, rieb ein bisschen höher, drang unter das Lendentuch vor und stieß mit den Fingerspitzen gegen die Hoden.

Er nahm eine Brustwarze in den Mund und umspielte sie mit der Zunge, kratzte sie leicht mit den Zähnen und leckte dann mit der ganzen Zunge darüber.

Sie drückte die Handfläche sanft gegen seine Hoden, wiegte sie auf und ab, ehe sie höher glitt und den kräftigen Schaft mit der Hand umspannte. Sie streichelte ihn von unten nach oben, verweilte eine Weile auf der Eichel, rieb sie gegen ihre Innenhand, dann packte sie den Schaft wieder und rieb kräftig. Voller Freude hörte sie, wie sein Atem sich beschleunigte.

Sie wollte ihn in sich spüren, wollte die endgültige Versöhnung durch eine liebevolle, zärtliche Vereinigung ihrer Körper festschreiben. Seine Hand glitt zu ihrem Schoß, drang sanft ein und spürte ihre Bereitschaft. Ein Finger rieb leicht über den zuckenden Kitzler, dann drang er tiefer ein. Er wiederholte den Vorgang ein paar Mal, und ihre stöhnenden Laute wurden schriller und wilder und lustvoller.

Er glitt an ihrem Körper hinunter, schob, das Kleid ungeduldig beiseite und beugte den Kopf zu ihrem Schoß.

Als er ihre Labien zwischen die Lippen nahm und die Klitoris sofort mit den Lippen attackierte, blieb ihr fast die Luft weg. Sie kam sich vor, als wäre sie im Sand gestrandet, sie lag hilflos da und konnte von seinem Kosen und Zupfen und Lecken nicht genug bekommen. Ganz tief in sich spürte sie seine Zunge.

Abrupt spreizte er ihre Beine, und dann stieß er zwei Finger in sie hinein, während die Zunge ihr unwiderstehliches Spiel auf ihrer Klitoris trieb.

Sie lag still, wollte jeden Augenblick voll genießen. Sie hielt seine Haare mit beiden Händen fest, als fürchtete sie, er könnte den Kopf von ihr weg bewegen.

»Konzentriere dich, Liebling«, murmelte er. »Ich

will dich schmecken, wenn du unter meiner Zunge zu deinem Höhepunkt kommst.«

Die Wärme in seiner Stimme erfüllte sie mit einem Schwall von Glück. Sie spannte sich an, drückte sich ihm entgegen und öffnete sich noch weiter.

Er rieb den kleinen festen Knopf des Kitzlers mit dem Daumen.

Sie drückte sich ihm noch stärker entgegen und ruckte die Hüften hoch.

Er sah ihr in die Augen. »Da willst du mich haben, nicht wahr? Du brauchst mich in dir, ja?«

Sie nickte, biss sich auf die Lippen und streichelte über seine Schultern. Er beugte sich über sie, küsste ihren Bauch und fuhr mit der Zunge vom Nabel hinunter zu den empfindsamen Stellen, wo sich Beine und Körper begegnen. Dann küsste er die Innenseiten ihrer Schenkel. Er hielt ihre Beine weit gespreizt.

Ihre Hände verkrampften sich in seinen vollen, dichten Haaren.

Er folgte dem Zug ihrer Hände, und wieder fuhr er mit der Zunge über die nassen, geschwollenen Lippen ihres Geschlechts. Sie bäumte sich unter ihm auf und stieß einen Schrei voller Lust und Genuss aus.

»Dies wird einige Zeit dauern«, raunte er. »Glücklicherweise haben wir genau das – Zeit. Wir brauchen eigentlich ein Kissen ... nun, wir werden improvisieren.«

Er schöpfte Sand und schob ihn unter ihren Hintern, so dass sie höher zu liegen kam. Sie schaute ihn fragend an, fühlte sich aber völlig sicher und entspannt in seiner Gegenwart, in der Einsamkeit der Wüste, auch wenn sie wusste, dass sie ihm und seinen Liebkosungen hilflos ausgeliefert war.

Er streichelte wieder über die Innenseiten ihrer Schenkel, rieb mit den Daumen über die fleischigen Lippen.

»Ich muss dich schmecken und dein Elixier trinken. Ich kann nicht genug von dir bekommen«, murmelte er, und wieder beugte er den Kopf und attackierte den kleinen festen Knopf ihrer Lust. Seine Hände waren sandig, und sie spürte die rauhen Körner auf der Haut, ein aufregender Kontrast zur Sanftheit seiner Lippen.

Er saugte den Kitzler sanft ein, saugte härter, und kurz bevor die Lust in Schmerz übergehen konnte, hörte er auf und leckte mit der rauen Zunge über den geröteten Knopf. Gleich darauf saugte er wieder, bis sie zu stöhnen begann.

Seine Zunge drang dann in sie ein, stieß zu, leckte, forschte, zwirbelte.

Ihr Orgasmus schüttelte sie durch, als hätte ein Fieber sie ergriffen, aber sie spürte gleich, dass sie noch nicht genug hatte. Sie setzte sich auf, warf sich über ihn und rieb ihre Brüste gegen den rauen Stoff seiner Tunika.

Als die unkontrollierbaren Zuckungen abgeklungen waren, legte er sie wieder hin und drang mit einem einzigen gezielten harten Stoß tief in sie ein.

Ihr Körper, der sich noch erholte vom letzten Anschlag seiner Leidenschaft, wurde in einen neuen orgasmischen Rhythmus gezwungen. Sie arbeiteten gegenseitig am Orgasmus des anderen, ihre Körper bewegten sich in voller Harmonie, bis sie wieder von den Kräften der Lust geschüttelt wurde und vor unbezähmbarer Wonne aufschrie.

Stunden schienen vergangen zu sein, als sie die Augen aufschlug und sich vergewissern musste, wo sie war. Sand … überall Sand. Er lag noch neben ihr, sein Penis immer noch kräftig und geschwollen in ihr.

»Ich will dich immer bei mir haben, Marcella«, sagte er. »Ich habe oft genug mit mir selbst gerungen, aber jetzt weiß ich, was ich will. Ich werde dir eine schöne kleine Villa kaufen, in der ich dich besuchen kann, wann immer es möglich ist. Irgendwo in Süditalien oder Afrika. Dann kann ich auch noch zu dir kommen, wenn ich meine Karriere beim Militär beendet habe.«

»Das ist nicht das, was ich vom Leben erwarte«, sagte sie und fühlte sich verletzt. »Und ich will auch nicht dein Haus und dein Geld.«

»Das weiß ich, deshalb habe ich auch nicht von Geld gesprochen. Meine tiefen Gefühle sagen mir, Marcella, dass ich alles, was in meiner Macht steht, einsetzen will, damit du für immer in meinem Leben bleibst.«

Sie küsste ihn leicht auf den Mund. »Vielleicht weißt du jetzt, wie ich mich fühlte, als ich entschied, ich müsste dir folgen. Ich war nicht mehr in der Lage, logisch zu denken. Ich habe alle Einwände, dass du vielleicht nichts mehr von mir wissen willst oder eine andere Frau hast, zur Seite geschoben und bin dem gefolgt, was ich für mein Schicksal halte.«

»Leidenschaft führt zu starken Entschlüssen. Ich weiß nicht, wie ich es anstellen kann, aber ich will dich bei mir haben. Dafür würde ich alles geben.«

Sein Geständnis, das so unerwartet über seine Lippen kam, ließ ihr Herz höher schlagen und löste in ihrem Innern eine Welle der Freude aus.

»Ich weiß, dass ich nie eine große Rolle in dem Leben spielen werde, das du führen willst und musst«, sagte sie. »Du wirst immer Ziele vor Augen haben, die ich nicht mit dir teilen kann. Die Menschen, die dich umgeben und mit denen du zu tun hast, würden mich mit ihren Konventionen ersticken. Aber ich will dich mein ganzes Leben lang begleiten.«

Sie wollte wissen – nein, sie musste wissen, ob diese kleine Rolle, die sie in seinem Leben spielen wollte, nicht nur in ihrer Phantasie existierte, in ihrer Einbildung. Sie betete zu den Göttern, dass sie ihr diesen Wunsch erfüllten – es war nicht zuviel verlangt, nicht wahr?

»Mein Liebling, das steht doch außer Frage«, murmelte er. »Vielleicht wirst du nie eine öffentliche Rolle in meinem Leben spielen oder spielen wollen, aber du wirst immer wichtig für mich sein. Ich weiß nicht, ob diese außergewöhnliche Leidenschaft, die wir füreinander empfinden, von Dauer sein wird, aber ich möchte dir mehr sein als ein Freund, auch mehr als ein Geliebter. Durch unsere Leidenschaft fühle ich, als wäre ich ein Teil von dir, und diese Tatsache kann uns niemand nehmen, das kann niemand zerstören.«

Ihre inneren Muskeln spannten sich an, und sie spürte das Zucken seines Glieds. Sie entspannte sich, um gleich darauf wieder die Muskeln spielen zu lassen. Sie drückte sich von unten gegen ihn, hob ihre Hüften an und stieß gegen seinen Schaft.

»Gaius«, flüsterte sie, »mein einzigartiger Geliebter.« Sie wiegten ihre Körper im weichen Sand, und das Flüstern des Windes begleitete sie mit seinem Liebeslied.

Er setzte jetzt zum Endspurt an, stieß mit kräftigen, gleichmäßigen Zügen in sie hinein, hielt ihre

Schultern umfasst und drückte sie eng an sich. Sie bäumte sich auf, ruckte ihm entgegen, und er galoppierte ins Ziel wie ein edles Rennpferd, das alle Beschränkungen aufgibt und nur noch dem Urinstinkt gehorcht.

Unter der heißen Sonne trieben sie sich gegenseitig zum Höhepunkt, stöhnend, schreiend, klammernd, einander haltend. Sie schlang ihre Schenkel um seinen Rücken, um ihn noch tiefer in sich spüren zu können, warf die Arme um seinen Hals und zog seinen Kopf herunter, um ihn voller Hingabe zu küssen.

Als der Höhepunkt sie überschwemmte, war er so intensiv, dass sie später glaubte, für eine Weile das Bewusstsein verloren zu haben. Lichter funkelten in einer Dunkelheit, die ewig zu sein schien, ihr Körper schien zu schweben und bewegte sich wie ein Schiff im Sand.

Sie schrie seinen Namen, und sie spürte, wie er die letzten Tropfen seines Samens in sie vergoss, und dann schloss sie die Augen und erkannte, dass sie bisher nicht gewusst hatte, was Glückseligkeit wirklich war.

Einundzwanzigstes Kapitel

Sie kehrten lange vor den anderen zur Festung zurück, und um kein Aufsehen zu erregen, badeten sie nicht gemeinsam. Aber danach schlich sie zu seinen Räumen, und wenig später lagen sie nebeneinander in seinem kargen Schlafzimmer, sauber, wohlriechend und entspannt.

»Ich wüsste gern, was mit Lydia und mit Onkel und Tante geschehen ist«, sagte sie plötzlich.

»Oh, ich hätte es dir längst sagen sollen«, antwortete er schläfrig. »Ich habe sie kurz auf einem Schiff gesehen, als ich mich um die alte Frau gekümmert hatte. Jemand sagte mir, dass das Schiff nach Apulien führe. Du könntest sie dort ausfindig machen, wenn du willst.« Sie nickte, wurde im nächsten Moment aber abgelenkt, als er sie auf sich zog, ihre vollen Brüste zusammendrückte und beide Warzen in den Mund nahm.

»Lass uns jetzt für eine Weile an uns denken«, sagte er dann und streichelte über ihren Rücken. Leise wohlige Schauer ließen sie erbeben, als seine Finger behutsam die Kerbe zwischen den Backen ertasteten und dann weiter vordrangen, den Damm entlang zu ihren geschwollenen Lippen, die sie mit einem fein duftenden Öl eingerieben hatte.

Ihr Körper reagierte sofort, und obwohl sie es nach den nicht enden wollenden Orgasmen in der Wüste nicht für möglich gehalten hatte, schaffte er es mit unendlicher Sanftheit, sie wieder auf eine Ebene des

Glücks zu heben, auf der sie ewig leben wollte. Ja, dachte sie glücklich, bevor sie einschlief, er ist mein Freund und mein Geliebter. Später an diesem Tag, als die anderen Gäste ruhten, ließ Marcella sich im Speiseraum von Imilico ein kleines Glas Falerner einschenken, den sie mit Wasser verdünnte.

Gaius saß auf der Liege. Immer wieder warf sie einen Blick zu ihm hinüber. Er sieht um Jahre jünger aus, dachte Marcella. Ich habe ihn von seinen Sorgen ablenken können.

»Marcella und ich haben eine Idee«, sagte Imilico. »Sie ist nicht sicher, ob du zustimmen wirst, mein Herr, aber ich weiß, dass du nichts dagegen hast. Sie und ich zusammen haben genug Geld, um mich freizukaufen, und dann werden wir gemeinsam ein kleines Geschäft aufmachen.«

Gaius schaute argwöhnisch von Imilico zu Marcella. Die junge Frau hielt die Luft an.

»Wir haben die Frage deiner Freilassung schon verschiedentlich erörtert«, sagte Gaius. »Ich dachte, wir hätten festgelegt, dass du bis zum nächsten Jahr bleibst, bis dein Nachfolger sich ganz eingearbeitet hat. Warum plötzlich die Eile? Bin ich ein so harscher Herr, dass du frei sein willst, auch wenn das bedeutet, Geld von einer Frau anzunehmen? Eine Frau, die auch noch mittellos ist, möchte ich hinzufügen.«

»Mein Herr, ganz so ist es nicht. Es geht mir nicht darum, früher als geplant frei zu sein. Mein Nachfolger ist schon jetzt kundig auf allen erforderlichen Gebieten, aber ich würde auch nicht – wenn es nach mir ginge – alle Arbeiten auf einmal aufgeben. Außerdem ist Marcella nicht mittellos, sie hat sich was auf die Seite gelegt, was allerdings rasch aufgebraucht sein wird, wenn man es nicht klug investiert.«

»Was auf die Seite gelegt?« wiederholte Gaius. »In Rom war sie noch mittellos.«

»Das war ich nicht«, sagte sie. »Ich verfüge über eine größere Menge Gold.«

Er runzelte die Stirn. »Jetzt verstehe ich auch, warum deine Tasche so schwer war«, sagte er bedächtig. »Du musst es in der Villa gefunden haben, in der wir unterwegs Rast gemacht haben, denn als der Maler die Tasche trug, hatte er keine Mühe damit, aber sie war verdammt schwer, als ich sie trug, als wir von der Villa zur Straße gingen.«

Sie lächelte. »Ich habe das Gold im Garten der Villa gefunden. Ich habe hart mit mir gerungen, ob ich es an mich nehmen sollte oder nicht. Die Goldstücke lagen überall im Garten verstreut herum, als hätte jemand sie in aller Hast weggeworfen. Schließlich habe ich mir gesagt, dass Fortuna mir den Schatz zukommen lassen wollte.«

»Inzwischen würden sie unter der Asche des Vulkans liegen«, sagte Gaius. »Ich habe gehört, dass einige Städte unter der Lava begraben sind. Nur die Spitzen der größten Häuser kann man noch sehen. Viele tausend Menschen sind umgekommen.«

Sie schüttelte sich.

»Marcella muss so schnell wie möglich eine Einkommensquelle finden«, sagte Imilico. »Sie wird erfolgreicher sein, wenn sie mit einem Freien arbeitet. Besonders, wenn er jemand ist, der sonst keine Ansprüche an sie stellt.«

Gaius schaute Marcella ernst an. »Und was für ein Geschäft wollt ihr ausüben?«

»Wie ich höre, habt ihr einen sehr bekannten Wagenlenker auf dem Weg von Pompeji getroffen, Virius, der Unbesiegbare«, fuhr Imilico fort. »Virius hat Kontakte nach Syrien, und wir hoffen, dass er uns von dort Gläser und Flaschen besorgen kann. Ich werde diese Behälter mit Ölen und Parfüms füllen, die ich eigens zusammenstelle. Marcella wird die Vermarktung übernehmen, wird sie an wohlhabende Frauen in den Städten und Villen verkaufen und die Kontakte nutzen, die sie geknüpft hat, als sie mit mir unterwegs war. Es wird ein erfolgreiches Geschäft, wenn uns die Götter hold sind.«

Gaius stieß ein kurzes Lachen aus. Seine Augen glitzerten. Er stand auf und ging zur Tür. »Ich muss für ein paar Stunden in mein Arbeitszimmer«, sagte er. »Imilico, sage Claudius, wie viel du brauchst, und sage ihm, dass er die Angelegenheit in der üblichen Weise regeln soll. Marcella will von mir kein Geld nehmen, aber dir wird sie deine traditionellen Rechte nicht verweigern können.«

An der Tür blieb er stehen. »Das bedeutet, Marcella, dass wir gesetzlich und finanziell für viele Jahre aneinander gebunden sein werden, und es wird erforderlich sein, dass wir uns in regelmäßigen Abständen sehen.«

»Solange Imilico Mitglied deines Haushalts ist«, sagte sie vorsichtig.

Er warf ihr einen vergnügten, verliebten Blick zu und ging aus dem Raum.

»Alles läuft gut«, sagte Imilico voller Zuversicht und schloss Marcella in seine Arme.

»Wer ist Claudius?« fragte sie. »Er muss eine Menge Macht haben, wenn Gaius ihm solche Entscheidungen überträgt.«

»Hat er auch«, sagte Imilico ernst. »Als persönlicher Sekretär des Gaius Salvius Antoninus wird er nie eine bessere Position in seinem Leben erhalten.

Und mein Herr hat eine große Stütze an ihm.« Er lächelte. »Claudius ist auch der Grund, warum ich in diesem Haushalt bleiben will.«

Am Abend schlemmten die Gäste und Offiziere. Es gab ein feines Mahl und den besten Wein. Jeder erzählte kleine Episoden vom Tagesausflug. Marcella warf verstohlene Blicke zu Caballius und Fulvia, die sich zurückhielten, aber guter Stimmung zu sein schienen. Marcella hoffte, dass sie ihre Frustrationen aneinander ausgelebt hatten.

Drei Legionäre sorgten für stimmungsvolle Tischmusik.

Niemand achtete auf sie, die Gäste waren zu sehr mit sich selbst beschäftigt. Man unterhielt sich über die schöneren Dinge des Lebens, über Kunst und Philosophie. Was für ein Unterschied zu den Gästen in der Taverne, dachte Marcella. Dort hatten sie über nichts als Sex gesprochen, und wenn sie das Thema erschöpft hatten, gaben sie sich dem Würfelspiel hin.

Als sich das Mahl dem Ende neigte, ging es weniger formell zu. Ein Gaukler brachte sie mit derben Späßen und geschickten Tricks zum Lachen.

Caballius schlenderte durch den Raum und ließ sich vor Marcellas Liege auf dem Boden nieder. Er warf Gaius einen flüchtigen Blick zu.

»Es wird dich interessieren«, sagte er mit gedämpfter Stimme, »dass ich das Bild mit deinen intimsten Stellen mitgebracht habe. Ich musste es kurzfristig verkaufen, aber da ich wusste, dass mehr Potential darin steckt, habe ich es zurückgekauft. Und heute Abend werde ich es hier im Speiseraum versteigern. Es sei denn, du gehorchst endlich.«

Sie wurde bleich und stammelte: »Das würdest du nicht tun.« Sie atmete tief durch und fügte dann hinzu: »Wenn du mich als Hure hinstellst, beweist das doch, dass du solchen Umgang pflegst. Das muss für deine Frau sehr erniedrigend sein.«

Er lachte. »Es war Fulvias Idee, das Bild zurückzukaufen und es mit auf die Festung zu nehmen, um auf dich zu warten. Sie hat ein Gespür für solche Gelegenheiten. Eines habe ich mit meiner Frau gemeinsam: Wir warten schon seit Jahren auf eine Chance, Gaius Salvius Antoninus vom hohen Ross zu holen.«

»Du Bastard!« fauchte sie. »Ich werde nie gemeinsame Sache mit euch machen.«

»Es wird dir nichts anderes übrig bleiben«, sagte er. »Du befindest dich in einer Festung in der Wüste, es ist Nacht, und es gibt keine Möglichkeit, die Festung zu verlassen. Selbst wenn es dir gelänge, einen Soldaten dazu zu bringen, dich hinauszuschmuggeln, hätte man dich innerhalb einer Stunde wieder eingefangen.«

»In den Hades mit dir! Du hast keinen Funken Anstand im Leib!« Sie zitterte vor Wut und Angst, vor Wut auch deshalb, weil ihr nichts einfiel, um diesem Schicksal zu entgehen.

»Du hast keine Möglichkeit, dich und deinen Geliebten vor der Erniedrigung zu schützen – es sei denn, du tust, was ich sage. Und natürlich, was Fulvia dir sagt. Vergiss nicht, dass du selbst die Schuld an allem trägst. Sie war wie von Sinnen, als er sie öffentlich brüskierte, indem er mit dir hinausgefahren ist. Sie wollte ihren Zorn an mir auslassen, aber ich bin noch einmal davongekommen – weil ich ihr versprochen habe, dass sie ihren Spaß mir dir haben wird. Sie ist verrückt nach einem Dreier.«

Marcella schüttelte sich vor Widerwillen. »Ich will mit euren dreckigen Spielen nichts zu tun haben, und Gaius würde es mir nie verzeihen.«

»Nun gut, wie auch immer es ausgeht, ich werde der Gewinner sein«, raunte Caballius. »Fulvia und ich werden die Genugtuung haben, dich und Gaius in aller Öffentlichkeit bloßgestellt zu sehen, oder, wenn du dich doch noch anders entscheidest, werden Fulvia und ich viele Nächte unseren Spaß mit dir haben. Ehrlich, ich weiß nicht, für welche Variante ich mich entscheiden soll.«

Marcella bemerkte, dass Fulvia in ihre Richtung blickte, während Caballius zurück zu seinem Platz schlenderte. Der Gaukler beendete seine Vorführung.

Caballius verkündete: »Ich habe eine weitere Abwechslung anzubieten. Ich möchte ein Kunstwerk versteigern.«

Marcella betete zu Minerva und Juno, den Patroninnen der Frauen, ihr aus diesem Dilemma zu helfen, aber sie hatte selbst kein Vertrauen.

»Ein Kunstwerk?« fragte Gaius.

»Ein ganz besonderes Gemälde.«

Caballius gab ein Zeichen, dass man das Bild hereinbrachte. Der Auktionator sollte Brutus sein, der an diesem Abend besonders gepflegt aussah. Seine blauen Augen strahlten.

»Ich habe Marcella das Bild angeboten, weil sie eine Kunstexpertin ist, aber sie wollte den verlangten Preis nicht zahlen. Wenn sie ihre Entscheidung nicht revidiert, kann ich das Bild jetzt anbieten. Nun, Marcella? Das ist deine letzte Gelegenheit, bevor das Gemälde enthüllt wird.«

Aus den Augenwinkeln sah sie, dass Fulvia diese

Szene ebenso sehr genoss wie ihr Mann. Ihre Hüften wiegten sich leicht wie am Morgen im Wagen, als sie die blonde Sklavin beobachtet hatte. Sie hatte beide Ellbogen auf die Knie gestützt, das Kinn auf die Hände. Da sie auch den Oberkörper leicht vor und zurück wiegte, konnte sie bei jeder Bewegung ihre Brüste reizen.

»Ich finde, Marcella sollte den Preis zahlen!« rief sie mit einer unnatürlich hohen Stimme.

Marcella sah, wie Gaius' Blick von ihr zu Fulvia schweifte. Der Ausdruck auf seinem Gesicht war nicht zu deuten. Vielleicht war dies das letzte Mal, dass er dich überhaupt anschaut, dachte Marcella niedergeschlagen.

Er hatte ihr Leben gerettet und sie vor Schaden bewahrt. Er hatte sie seinen wichtigen Gästen vorgestellt und hatte zugesagt, Imilico früher die Freiheit zu geben. Und als Gegenleistung würde sie ihm in wenigen Augenblicken eine peinliche und erniedrigende Situation bescheren.

Erst vor drei Tagen war sie, bei ihm in der Festung eingetroffen, und wehmütig dachte sie an die wunderschönen Stunden zurück, die sie seither verbracht hatten. Das alles würde jetzt vorbei sein, unwiederbringlich verloren.

In dieser Nacht würde der geheime Konvoi die Rückreise antreten. Ursprünglich hatte Gaius sie mit dem Konvoi zurückschicken wollen.

Jetzt war es vielleicht die letzte Chance für sie, ihm und ihr die entsetzliche Verlegenheit zu ersparen.

Sie könnte irgendwie das Bild an sich bringen und in einem der Wagen verstecken. Auf diese Weise würde sie das Bild haben, ohne den Preis zahlen zu müssen.

Sie brauchte nur Zeit.

»Nun, entscheide dich«, rief Fulvia.

»Ich kaufe das Bild«, rief sie so leicht, wie es ihr möglich war. »Warum sollte ich es nicht kaufen? Der Preis ist eine Unverschämtheit, aber ich werde ihn zahlen.«

Caballius lachte triumphierend. »Ich wusste, dass du nicht widerstehen würdest.«

Fulvia grinste zu Marcella hinüber, es war ein unangenehmes, unheilvolles Grinsen, und Marcella lief es kalt über den Rücken. Am liebsten hätte sie sich übergeben.

»Das war aber eine schlechte Verkaufsstrategie, Caballius«, meinte Gaius und warf sich ein paar Trauben in den Mund. »Einer von uns wäre vielleicht bereit gewesen, mehr für das Bild zu zahlen.«

Marcella starrte ihn an, und beinahe wäre ihr das Herz stehen geblieben. Sie schluckte ein paar Mal und sagte dann bestimmt: »Der Handel ist abgeschlossen. Ich bin Käuferin des Bildes.«

»Wenn du darauf bestehst«, sagte er lächelnd. »Aber ich möchte trotzdem deinen Kunstgeschmack kennen lernen. Mich interessiert, was du zu diesem ›unverschämten Preis‹ erworben hast. Es geschieht nicht oft, dass wir in dieser Einöde mit kulturellen Dingen konfrontiert werden. Außerdem gehört es zu den Vorschriften, dass ich über jeden Handel informiert sein muss, der in dieser Festung geschlossen wird.«

»Nein, Liebling Gaius.« Sie hauchte diese Worte, und wahrscheinlich hatte er sie auch gar nicht verstanden. »Es ist nicht, was es zu sein scheint. Du verstehst nicht ...«

Sie bemerkte, dass die Gäste sie neugierig und

gespannt musterten, überrascht von der intimen Anrede.

»Du hast Recht, Gaius«, rief Caballius gehässig, ein grausames Lächeln im Blick. »Einer der Gäste wird in deinen Augen nie mehr so sein wie früher, wenn du dieses Bild gesehen hast, deshalb hast du jedes Recht, es zu sehen.«

Brutus schaute zu Gaius, um dessen Befehl zu hören. Marcella verfolgte hilflos, wie ihr Geliebter eine Handbewegung machte, aus der hervorging, dass er das Bild enthüllt sehen wollte. Marcella schlug die Hände vors Gesicht. Sie konnte nicht hinschauen.

Es entstand ein langes Schweigen, dann machte sich die Anspannung bei den meisten Gästen Luft. Die meisten konnten nicht glauben, was sie sahen. Einige kicherten, andere lachten laut auf. Selbst einige Frauen glucksten verschämt.

Lucius stieß ein wildes Gelächter aus. »Die Dame hat einen ausgezeichneten Geschmack, Gaius! Und einen seltenen Sinn für Humor! Was hast du dafür bezahlt, Marcella? Ich wette, es war weniger als ein Aureus! Wenn du mir das Bild verkaufst, verdopple ich den Preis!«

»Ich verdreifache!« rief einer der Tribune.

»Nein, ich muss es haben! Ich will es in Rom herumzeigen! Das wird eine Sensation!« rief Lucius. »Ich biete zehn Goldmünzen!«

Marcella hörte die totale Verachtung in Fulvias Stimme und das Versprechen kurz bevorstehender Bestrafungen für ihren Mann. Erst jetzt wagte Marcella einen scheuen Blick auf das Bild.

Es zeigte Caballius, im groben, übertriebenen Stil gemalt, den sie mehrmals in Pompeji gesehen hatte.

Der Kopf war zu groß für den Körper, und im Hintergrund produzierten sich mehrere Huren auf schamlose Weise.

Sein Penis war in leuchtenden Farben gezeichnet und sehr detailgetreu, und jedem Betrachter war klar, dass es dem Maler vor allem auf dieses Stück angekommen war.

Aber es war übertrieben winzig.

Und schlaff.

Später an diesem Abend, als sich die Gesellschaft allmählich auflöste, ging Marcella zu den Unterkünften. Bei sich trug sie einen Beutel mit den Goldstücken, die Lucius ihr für das Bild gegeben hatte. Imilico, Brutus und Nicodemes tranken still in einer Ecke und schauten sich an, völlig zufrieden mit sich selbst.

Sie setzte sich, ohne aufgefordert worden zu sein, und bediente sich aus der Karaffe mit Wein.

»Wer ist der Maler?«, fragte sie, nachdem sie einen Schluck getrunken hatte.

Die zwei Soldaten schauten sich an, und gemeinsam blickten sie dann auf Imilico, der verlegen dreinschaute.

»Caballius konnte sich mit dem Prahlen über seine Trophäe nicht zurückhalten«, sagte Brutus. »Er hat mir gesagt, dass du das Mädchen auf dem Gemälde bist, obwohl ich nicht glaube, dass du so eine Art Mädchen bist. Das Mädchen auf dem Bild ist ein naives kleines Ding, und du hast eine reife Ausstrahlung, so ganz die Frau von Welt.«

Marcella nippte am Glas, um ihn bei dieser Aussage nicht anschauen zu müssen.

»Ich war erst einen Tag hier«, fuhr er fort, »da

wusste ich schon alles über ihn und Fulvia. Ich muss sagen, es war mir zuwider, und deshalb habe ich mit diesen beiden darüber gesprochen, und wir kamen zu dem Schluss, dass er eine Lektion verdient hat.«

Imilico ergänzte: »Wie wir gehört haben, muss eine Hure ihn bei einem dieser vulgären Wettbewerbe in Rom gedemütigt haben – ganz Rom kennt die Geschichte, und auch hier in der Festung hat sie schon die Runde gemacht. Wahrscheinlich kennt man jede Einzelheit im gesamten Weltreich.« Er grinste verlegen. »Es war Nicodemes' Idee, ein paar Huren in den Hintergrund des Bildes aufzunehmen, um Caballius an die Stunde seiner größten Schmach zu erinnern.«

»Wir wussten natürlich nicht, dass er das Bild an diesem Abend versteigern lassen würde, das hat er uns erst im letzten Moment gesagt«, erklärte Nicodemes lachend. »Deshalb wurde der Streich, den wir ihm spielen wollten, zu einer öffentlichen Blamage.«

»Ich bin euch etwas schuldig«, sagte sie und legte Lucius' Gold auf den Tisch. »Dies hier möchte ich bei euch lassen, um meine Schuld zu tilgen.«

»Wir sind quitt«, sagte Nicodemes. »Wir sind sicher, dass du nicht das Mädchen auf dem Bild sein kannst, aber trotzdem wäre es Caballius gelungen, dich und Gaius in arge Verlegenheit zu bringen. Niemand von uns will, dass er das Gespött der Leute wird – das würde sich auch negativ auf das gesamte Militär auswirken. Deshalb haben wir eingegriffen.«

Sie ließ das Geld auf dem Tisch liegen, als sie ging.

Viel später trat Gaius in ihr Zimmer. Er zog sich schweigend aus und setzte sich auf ihr Bett. Sie zog langsam ihre Kleider aus und beobachtete sein Gesicht. Sie sah, dass er lüstern auf ihre Brüste schaute.

»Was war eigentlich heute Abend los?«, fragte er schließlich.

»Glaube mir, du willst die Einzelheiten nicht hören.«

»Brutus, Nicodemes und Imilico haben in den letzten Tagen irgendetwas ausgeheckt. Sie haben sich sehr seltsam verhalten. Fulvia und Caballius waren so voller Gift und Galle, dass ich ihnen gesagt habe, sie könnten den Konvoi nehmen, wenn sie abreisen wollten. Inzwischen werden sie schon weg sein. Offenbar hast du etwas mit der Angelegenheit zu tun gehabt, um was geht es also? Wie kam der Mann dazu, ein so entlarvendes Bild von sich selbst zu enthüllen?«

»Ich habe Lucius' Gold nicht mehr, und ich habe für das Bild nichts gezahlt«, sagte sie. »Mehr musst du über diese Sache nicht wissen. Sie ist abgeschlossen.«

»Wenn ich es nicht besser wüsste«, fuhr er nachdenklich fort, »würde ich sagen, dass Imilico das Bild gemalt hat. Er hat eine künstlerische Ader, obwohl ich noch nicht gesehen habe, dass er auch Porträts malt. Meistens malt er Gartenszenen, Vögel und Blumen. Im Stadthaus in Sabratha hat er einige Wände bemalt. Man kommt sich wie auf dem Land vor.«

Sie legte sich aufs Bett, und sein Blick nahm einen hungrigen Ausdruck an, als er ihren grazilen Körper betrachtete.

»Ich glaube, wir sollten aufhören zu reden«, sagte sie, zog ihn zu sich und küsste ihn. Sie drängte die Zunge zwischen seine Lippen, und plötzlich empfand sie leidenschaftliche Lust auf ihn, die sie nicht länger im Zaum halten konnte. Sie war sicher, dass sie seiner nie überdrüssig werden würde. Ohne ihn würde sie sich von nun an stets unvollkommen fühlen.

Er grätschte über sie, legte eine Hand auf ihre Brust und drückte sie genüsslich. Er streichelte über die Nippel, nahm sie nacheinander zwischen Daumen und Zeigefinger und spielte behutsam mit ihnen, bis sie dick geschwollen waren und aufrecht standen. Er beugte sich über sie und wollte die Brustwarzen saugen, aber sie rutschte rasch unter ihm weg und nach unten.

Sie nahm seinen steifen Phallus in den Mund und hielt die prallen Hoden vorsichtig in der Hand. Sie ging mit dem Kopf auf und ab und schwelgte in dem Bewusstsein, ihm Lust zu bereiten.

»Oh, Marcella«, hörte sie ihn ächzen.

Sie leckte über die Spitze, während sie mit einer Hand am Schaft auf und ab fuhr und wie immer überrascht war von der seidigen Haut des harten Stabs. Sie bestimmte die Geschwindigkeit des Aufs und Abs, und er begann zu stöhnen und versuchte, sich ihr zu entziehen, aber sie hielt seine Schenkel mit den Armen umschlungen und ging jede seiner Bewegungen mit. Sie wollte seine Ekstase schmecken.

»Nein«, rief er heiser, »das musst du nicht ... Ich will ... Ich will dich doch ...«

Aber es war zu spät für erfolgreiche Proteste, mitten im Satz brach er ab, stieß tief in die feuchte, warme Mundhöhle und versprühte den Balsam seiner Leidenschaft, und sie schluckte, bis ihr schwindlig wurde.

Er fiel zur Seite und zog sie eng an sich, hielt sie mit beiden Armen umschlungen und drückte sie an sein Herz.

Er schlief bis in die Nacht hinein, und sie war zufrieden, neben ihm zu liegen und sein würziges männliches Aroma zu riechen. Sie fühlte sich von den Göttern auserwählt, dass es ihr vergönnt war, in diesen Stunden der höchsten Verletzlichkeit so nahe bei ihm sein zu dürfen.

Sie wurde wach, als er sie küsste und ihr Gesicht betrachtete, als würde er nicht müde, ihre Schönheit zu genießen. Ein Finger strich behutsam über ihren empfindlichen Liebesknopf.

»Davon hast du geträumt«, sagte er lächelnd. »Ich habe dein Gesicht beobachtet und bemerkt, wie du allmählich erregt wurdest. Es war ein wunderschöner Anblick, die steigende Lust in deinem Gesicht zu sehen. So unschuldig. Du strahlst eine außergewöhnliche Reinheit aus, Marcella, was beinahe eine Unverschämtheit ist, wenn man weiß, wie lüstern du sein kannst.«

Ihr Geschlecht war heiß wie ein glühender Ofen, und seine Finger bearbeiteten sie wie ein Instrument. Sie stemmte ihm ihren Unterleib entgegen und spreizte die Schenkel, um ihm ungehinderten Zugang zu ermöglichen.

»So eine winzige kleine Blüte, und doch so mächtig«, flüsterte er und schaute zu, wie die Klitoris zuckte.

Sie öffnete den Mund und küsste ihn, und mit seiner freien Hand strich er kundig über ihre festen Brüste. Sie stöhnte in seinen Mund hinein, und dann schlugen auch schon die Wellen der Lust über ihr zusammen, und mit einem wohligen Strecken kam sie zu einem Höhepunkt, mit dem sie so rasch gar nicht gerechnet hatte.

Bevor die Wellen abgeklungen waren, schob er sich auf sie und stieß tief in sie hinein, und dabei hörten sie nicht auf, sich zu küssen.

In vollkommener Harmonie wiegten sich ihre Körper, als folgten sie einer verborgenen Musik. Er stieß zuerst langsam und bedächtig zu, dann nahm er Tempo auf, bis ihr Körper zu zittern begann und sie spitze kleine Schreie ausstieß.

Eine kleine Ewigkeit wiegten sie sich in absoluter Glückseligkeit. Zeit und Raum schienen an Bedeutung verloren zu haben, während sie sich im Ozean der sinnlichen Freuden tummelten.

ENDE

Die aufregende Jagd nach einem magischen Halsband

Die Journalistin Charlotte ist einer heißen Geschichte auf der Spur. Gibt es das rubinrote Halsband wirklich, das eine Frau willenlos macht? Im schottischen Hochland und viele Höhepunkte später kommt sie dem Geheimnis näher.

»Bücher, die die Nation im Sturm genommen haben.«
Spank

Die Romane aus dieser Reihe haben allein in England eine Gesamtauflage von über drei Millionen Exemplaren. Sie werden in fünfzehn Sprachen übersetzt und sind die erfolgreichsten erotischen Romane auf der Insel.

3-404-14864-9

BASTEI LÜBBE